btb

JENS LAPIDUS

KREUZ VERHÖR

THRILLER

Aus dem Schwedischen
von Susanne Dahmann

btb

Svensk Damtidning

Viel feine Gesellschaft auf der Vernissage bei Buchards

Es waren längst nicht nur Prinz Carl Philip und sein Designerfreund Joakim Andersson zugegen, als CoolArt und Buchards zur Vernissage ihrer einzigartigen Kunst einluden. Hier versammelte sich die Stockholmer feine Gesellschaft zusammen mit den Großen der Kunstwelt.

Die *Svensk Damtidning* bemerkte unter anderem einen neuen Stern am Himmel der Stockholmer Kunstsammler-Szene, den jungen Finanzmann Hugo Pederson mit seiner schönen Ehefrau Louise. Beide sind ungeheuer kunstinteressiert, und obwohl sie erst seit zwei Jahren sammeln, haben sie, so verlauten die Quellen unserer Zeitung, bereits eine ansehnliche Sammlung zeitgenössischer Kunst aufbauen können.

»Seit jeher liebe ich das Zerbrechliche und das Schwierige«, sagt ein fröhlicher Pederson zu unserem Reporter.

Hugo Pederson ist im Investmentunternehmen Fortem aktiv und hat sich binnen kurzer Zeit als Mäzen für eine Reihe Künstler hervorgetan.

»Wenn man das Glück gehabt hat, ein bisschen Geld zu verdienen, dann muss man auch etwas zurückgeben«, erklärt Hugo Pederson, bevor er sich bei Buchards zusammen mit seiner ebenso engagierten Ehefrau wieder unter die Gäste mischt.

Johan W. Lindvall, 2007

Prolog

Adan schleppte die Aluminiumleiter zur Rückseite des Hauses und sah zum Balkon hinauf. Die Nystadsgatan. Die Wohnung befand sich im ersten Stock – es sollte also kein großes Problem sein, die Leiter aufzuklappen, sie ans Balkongeländer zu lehnen und hochzuklettern. Trotzdem: *fuck* – er hatte das Gefühl, sich in die Hosen zu scheißen. Und zwar richtig. Er sah es förmlich vor sich: Er selbst ganz oben auf der Leiter mit einem braunen Fleck am Hintern.

Eigentlich hatte er mit diesem Kram Schluss gemacht. Er war neunzehn Jahre und zu alt für kleine Brüche. Mit so was hatten sie sich am Ende der Oberstufe die Zeit vertrieben. Außerdem war das inzwischen unter seiner Würde. Aber was sollte er machen? Wenn Surri was angesagt hatte, dann war das Gesetz.

Sie kannten sich seit dem Kindergarten, hatten im selben Hof gewohnt, in derselben Mannschaft gespielt – ihre Väter waren sogar im alten Land Nachbarn gewesen. »In Bakool kannten wir uns kaum, wir hatten nie mehr Kontakt, als nötig war«, pflegte Adans Vater zu sagen. »Aber hier denken alle, wir sind wie eine Familie, als wären wir ein und dieselbe Person.«

Sein Papa hatte recht und unrecht zugleich: Surri *war* ein Bruder. Trotzdem benahm er sich wie ein Schwein.

Adan spürte die Kälte des Balkongeländers durch die genoppten Handschuhe. So viel Routine hatte er von früher noch drauf – seine Fingerabdrücke waren nämlich garantiert in irgendeinem alten Register. Er nahm Anlauf, das war viel Körper, was er rüberhieven musste. Er wog sicherlich hundertzehn. Trotzdem hatte er den Schraubenzieher locker in der Hand, und der Griff fühlte sich bequem an – als hätten seine Finger sich danach gesehnt, ihn zu benutzen. Obwohl er inzwischen doch ein normales Leben führte: Er fuhr den Botenwagen für den Chef seines Vaters, aß Popcorn und kuckte abends mit seinem Mädel *Luke Cage* und *Fauda*. Aber vor zwei Wochen war die Anfrage reingekommen, ob er ein paar Flocken extra verdienen wollte. Nichts Ungesetzliches, nur ein Tag Arbeit, um der alten Freundschaft willen. Da war man doch dumm, wenn man nein sagte.

Alles war nur die Schuld von den Deutschfotzen. Surri hatte nämlich gefragt, ob Adan nach Hamburg runterfahren und einen BMW aus der neuen 7er-Serie abholen könnte. Eine ganz einfache Win-win-Situation: Da konnte man einen 730d für unter hunderttausend Euro kriegen, und hier verkaufte man den easy für anderthalb Mille. Nur eins musste beachtet werden: Man durfte nicht zu viele Autos pro Jahr auf sich anmelden, denn dann wachte das Finanzamt auf. Und hier kam Adan ins Spiel.

Er war mit dem Zug runter nach Rødby, die einfache Fahrt kostete fünfhundertneunundvierzig Kröten, und er saß die ganze Reise über und hörte Spotify mit seinen neuen Beats-Kopfhörern, hielt die Bauchtasche umklammert, die er von Surri bekommen hatte, und schaute aus dem Fenster. Eine Million Kronen in Euroscheinen wog nichts. Er hatte noch nie zuvor so lange in einem Zug gesessen, aber es war ehrlich naiß. Er konnte sich an der Natur draußen gar nicht sattsehen.

Die Landschaft wischte vorbei: überfrorene Äcker, Nadelwald und kleine Dörfer, wo die Menschen rostige Autowracks und alte Planken zu sammeln schienen. Wovon die wohl lebten?

Der Autoschuppen war schnell gefunden, er hatte die Kaufunterlagen unterschrieben und war mit dem Verkaufstypen einig geworden, der sogar ein bisschen Arabisch sprach. Das war zwar nicht Adans Sprache, aber er beherrschte sie gut genug für ein paar nette Worte. Dann war es obersoft gewesen, sich in den schwarzen Ledersitz sinken zu lassen, den Motor zu starten und zur Fähre nach Schweden zurückzubrausen. Dieses Auto sah nicht nur nach Klasse aus, die Qualität war in allen Details zu spüren. Der Geruch von Leder, das Gefühl unter den Fingern, wenn er über das Armaturenbrett fuhr, das Gewicht der Autotüren, das dumpfe Geräusch von Geborgenheit, wenn sie zuschlugen. Surri hatte einfach Stil – sogar seine Kapuzenpullis waren von abgefahrenen französischen Designermarken. Eines Tages würde sich Adan vielleicht auch so ein Auto leisten können. Doch jetzt würde er erst mal den ganzen Abend und die Nacht durchfahren, er wollte den BMW nach Hause bringen, ohne noch mal in einem Motel Halt machen zu müssen.

Auf der Autobahn bei Jönköping hörte er es zum ersten Mal: ein hartnäckig schleifendes Geräusch, das überhaupt nicht gut klang. Drei Kilometer später hielt er den Wagen an. Stieg aus, inspizierte alles, konnte aber nichts sehen. Sowie er wieder losrollte, kehrte das Geräusch zurück. Nach wenigen weiteren Kilometern begann ein Warnlämpchen zu leuchten. Etwas mit den Bremsen. Was bedeutete das? Shit – er wusste nicht mal, ob er weiterfahren konnte. Er nahm das Tempo raus, hinter ihm bildete sich eine Schlange, er fuhr mit siebzig auf einer Straße, wo man hundertzwanzig durfte. Das Auto klang Hölle.

Noch ein paar Kilometer weiter bog er auf eine Tankstelle und fragte freundlich, ob der Angestellte mal rauskommen und sein Auto ansehen könne. Der Typ hatte krass viele Pickel und sah fünf Jahre jünger aus als Adan, aber er fing sofort an, mit seiner Taschenlampe hinter die Felgen zu leuchten.

»Ich finde, das sieht aus, als wären Ihre Bremsscheiben irgendwie nicht mehr da«, sagte der Tankwart. »Sie können mit dem Auto keinen Zentimeter mehr fahren. Voll schade um so einen schicken Wagen allerdings.«

Dann nahm das Unheil seinen Lauf: Adan hatte einen Abschleppwagen bezahlen müssen, der das Auto in die nächste Werkstatt brachte. Es dauerte fünf Wochen, es zu reparieren, und kostete vierzig Riesen. Aber wahrscheinlich war auch der Rahmen des Wagens verzogen, sagten sie. Adan rief den Verkäufer in Deutschland an und machte ihn fertig, aber der Alte tat so, als würde er nicht mal mehr Englisch verstehen. Am Ende ließ Surri den Katastrophenwagen schätzen: Er würde gerade mal sechshunderttausend dafür kriegen.

»Wie konntest du so verdammt bekloppt sein, dass du den Wagen nicht untersucht hast, bevor du unterschrieben hast?«

Das Schloss der Balkontür gab mit einem klackenden Geräusch nach. Adan schob sie auf. Surri war deutlich gewesen. »Die Bullen haben unseren Mann, der diese Wohnung gemietet hat, hochgenommen, aber sie haben den Stoff da nicht gefunden. Wenn du also mal in die Wohnung reingehst und das suchst, was mir gehört, dann können wir die Hälfte deiner Schuld streichen. Du weißt ja schon, was ich für das Auto habe berappen müssen.«

Adan wand sich. »Wohnt da jetzt jemand drin?«

»Das kann dir scheißegal sein. Zumindest kommt vor morgen Abend niemand nach Hause.«

Adan erinnerte sich an ein Ereignis von damals, als sie klein waren und auf dem Hof spielten. Surri war vom Klettergerüst gefallen, wie ein kleiner Handschuh, und hatte sich das Knie aufgeschlagen. Es floss ein Schwall von Blut, so kam es ihnen zumindest vor, und in der Wunde saß jede Menge Kies. Sein Kumpel hörte nicht auf zu weinen. »Ich helfe dir. Komm, wir gehen nach Hause zu mir, ich glaub, mein Papa ist da«, sagte Adan, so freundlich er konnte. Sie waren sechs Jahre alt, und Adan wusste, dass sein Papa das Knie von Surri wieder heil machen konnte. Und so kam es auch – Papa reinigte die Wunde und klebte das größte Pflaster drauf, das sie je gesehen hatten. Als sie hinterher Kakao tranken, Kekse aßen und *Toy Story* auf DVD anschauten, sagte Surri: »Dein Papa ist besser als meiner darin, sich um kleine Krieger zu kümmern.«

Es handelte sich um eine Dreizimmerwohnung mit Küche. Adan schaltete das Licht in dem Raum ein, der wahrscheinlich das Wohnzimmer war. Dort standen ein grünes Stoffsofa, ein Couchtisch mit Glasplatte und ein Bücherregal. Dann war da etwas, das aussah wie eine Art Projektor. In beiden Schlafzimmern schmale, ungemachte Betten. Hier wohnten welche – warum sollten sonst auf dem Couchtisch Zeitungen liegen und ein T-Shirt über dem Stuhl hängen?

Es war allerdings sparsam möbliert, vielleicht war es jemand, der nur ab und zu hier übernachtete. Adan inspizierte den Mülleimer in der Küche, sah auf eine leere Milchtüte herab und vernahm einen Geruch, den er definitiv kannte: die Asche von Gras.

Er schaute Küchenregal und Kühlschrank durch. Wer immer hier wohnte, besaß massenhaft Chipstüten und saure Sahne, aber kein normales Essen. Er sah in den Ofen und die Spülmaschine, legte sich auf den Boden und leuchtete mit seiner Taschenlampe unter die Spüle und hinter den Kühlschrank. Es war staubig.

Manchmal waren die Leute einfallsreich. Trotzdem fand er nichts. Er nahm die Kissen im Sofa beiseite, fühlte mit der Hand unter Laken und Matratzen in den Betten. In dem einen der Schlafzimmer stand eine Tasche auf dem Boden. Er wühlte darin herum – ein paar T-Shirts, vier Paar Unterhosen und Strümpfe. Er stellte sich auf den Couchtisch und leuchtete in den Luftabzug an der Wand. Nichts.

Er fand nichts.

Noch mal das Wohnzimmer. Adan ging auf alle viere und schaute unters Sofa, leuchtete hinter das Bücherregal.

Die Person, die die Wohnung gemietet hatte, musste Surri reingelegt haben – denn hier gab es keinen Stoff. Oder die Bullen hatten das Zeug doch gefunden. Eigentlich war das jetzt nicht mehr Adans Problem, aber das würde Surri natürlich anders sehen.

Plötzlich hörte er etwas. Ein Geräusch aus der Diele.

Nein, es kam von der Galerie vor der Tür. Das waren Stimmen, da draußen.

Noch ehe Adan weiter darüber nachdenken konnte, rasselte es im Schloss. Verdammter FICK aber auch – da war jemand auf dem Weg in die Wohnung. Er schaltete das Licht im Wohnzimmer aus.

Jetzt hörte er Leute in der Diele reden. Die Stimme eines Mädchens und die eines Typen. Vielleicht sollte er einfach raustreten und die beiden zusammenschlagen, egal, wer sie waren. Doch – er war nicht so wie Surri. Er war kein *schwerer Junge*.

Adan kauerte sich hinters Sofa.

Die Stimmen wurden deutlicher. Das Mädchen redete von

einer, die Billie hieß. Der Typ murmelte was von einem Fest. »Gleich ist Party.«

Adan lag mucksmäuschenstill, versuchte, sich ganz ruhig zu verhalten. Er sollte nach Hamburg zurückfahren und diesen BMW-Verkäufer mit seinen eigenen Händen erwürgen – alles war nur die Schuld von dem.

Dann hörte er eine Tür zuschlagen, es klang weiter entfernt, so als wäre es die Toilettentür. Vielleicht war das seine Chance. Jetzt war nur noch die Stimme des Mädchens zu hören, sie summte irgendeinen Song. Der Typ war wahrscheinlich auf dem Klo. Es klang, als käme das Mädchen ins Wohnzimmer. Dann wurde es still. Adan hielt die Luft an, versuchte, nur zu lauschen. Leise Schritte. Pustelaute. Dann wieder Schritte, hinaus, zu einem der Schlafzimmer.

Jetzt.

Er stand auf. Das Wohnzimmer war leer. In zwei Riesenschritten war er an der Balkontür. Er dachte nicht mehr, lief auf Autopilot. Handelte einfach. Riss die Tür auf. Sah nicht zurück. Trat auf den Balkon, machte die Tür hinter sich zu. Sog die frische Luft ein.

Sprang übers Geländer.

Warf sich hinunter. Nein, fiel.

Wie Surri vom Klettergerüst.

Die Dunkelheit fühlte sich sicher an, aber es war viel zu kalt draußen. Die Noppenhandschuhe waren dünn wie Papier.

Adan lehnte sich an den Baum. Er versuchte, nicht mit seinem rechten Fuß aufzutreten. Im Fallen hatte er sich ernsthaft verletzt, im schlimmsten Fall war der verdammte Fuß gebrochen. Trotzdem wollte er hier nicht weggehen. Vor ihm auf dem Boden lag die Leiter, er hatte sie mit sich gezerrt, war mit dem Ding über den Schnee gehinkt. Surri würde wahnsinnig vor Wut werden, wenn er hörte, dass Adan nichts gefunden hatte. Aber es musste doch Surris eigener Typ gewesen sein, der ihn reingelegt hatte. Adan *hatte* ordentlich gesucht.

Seit vier Stunden stand er jetzt hier. Wartete einfach. Hoffte, dass der Schmerz im Fuß nachlassen würde. Die Wohnung war hell. Seltsame Farben erleuchteten die Wände, und Musik dröhnte aus der Balkontür, die ab und zu aufging. Da drinnen waren massenhaft Leute – man konnte sie durch die Fenster erkennen, wie verwischte Backgroundtänzer in einer Talentshow im Fernsehen.

Irgendwann im Laufe des Abends mussten die Idioten, die da drinnen feierten, doch mal abhauen oder sich wenigstens schlafen legen. Irgendwann mussten die Chips und die Dips doch mal alle sein. Dann würde er die Leiter aufstellen, und sich noch einmal reinschleichen. Den ganzen Place noch mal absuchen.

Er konnte hier nicht die ganze Nacht stehen – dazu tat ihm der Fuß zu sehr weh –, aber ein bisschen ging noch.

Er war kein wirklicher Krieger.

Aber warten konnte er.

*

Neunzehn Personen drängten sich in dem kleinen Wohnzimmer, aber sie hatten mindestens noch mal so viele eingeladen. Heute musste es wirklich voll werden, fand Roksana, schließlich war es die Einweihungsparty von ihr und Z. Immerhin ein guter Grund zum Feiern. Die würden doch wohl kommen?

Young-Thug-Rhythmen pulsierten aus der Lautsprecheranlage, die sie von Billie hatte ausleihen können und die Z. direkt mit der SoundCloud auf seinem Telefon verbunden hatte. Thuggy gab alles – seine treu leiernde Stimme zu Reggae-Riddims. Man konnte sich fallen lassen, eintauchen in ein wild funkelndes Meer aus Rhythmen und Lauten. Roksana sah sich um: Gefiel den Leuten der Sound? Hatten sie Spaß? War die Stimmung gut?

Die Leute hatten eigene Getränke mitgebracht. Sektflaschen standen auf dem Couchtisch aufgereiht, darum hatte Roksana in der Einladung ausdrücklich gebeten: *Bringt Blubber! Roksana & Z. laden zu Musik, Party und Snacks ein.* Sie hoffte nur, dass sie nicht zu übereifrig geklungen hatte.

Die Snacks bestanden hauptsächlich aus Erdnüssen und Chips, aber Roksana hatte Trüffelöl in die saure Sahne geträufelt, und alle sagten, das sei der beste Dip, den sie je zu Chips gegessen hätten. Aber darum ging es eigentlich nicht – wichtig war vor allem die Party, und die wurde von der Musik angeheizt. Von Lautsprechern, Songauswahl, Mix. Sogar eine Nebelmaschine und eine Minilasershow hatte Z. besorgt. Sie hatten es noch nicht geschafft, Bilder oder Plakate aufzuhängen, deshalb war die weiße Fläche die perfekte Leinwand. Und der künstliche Nebel hing wie eine Wolkendecke um das Sofa. Roksana fand, man fühlte sich wie in einem besonders exklusiven Club. Mit dem einzigen Unterschied, dass hier keine DJ-Base stand und dass diejenigen, die jetzt erst kamen, durch eine Diele voller Roshe Runs und Retro-Vans waten mussten. Z. war es wichtig gewesen, dass die Leute die Schuhe ausziehen. »Wenn wir das hier zusammen durchziehen wollen, dann müssen wir den Putzaufwand hinterher so gering wie möglich halten. Weil Putzen ist nervig. Habe ich das schon gesagt?«

Roksana wusste nicht, was Z. gesagt hatte und was nicht. Es war nicht direkt ihr Plan gewesen zusammenzuziehen. Aber es müsste trotzdem zwischen ihnen funktionieren. Er war ein guter Typ.

Roksana checkte Instagram und Snapchat, ob jemand was über das Fest gepostet hatte: Aber nein, dieses Level hatte ihre

Veranstaltung bisher noch nicht erreicht. Bitte, liebe Gäste, dachte sie, euch gefällt die Party doch, oder? Könnt ihr nicht ein bisschen tanzen, nur ein bisschen, wenigstens ein paar von euch? Und ein paar Bilder machen?

Die Wohnung war ziemlich groß, zweiundfünfzig Quadratmeter, aber sie lag an der Nystadsgatan in Akalla, weit weg sowohl von der Innenstadt als auch von der Hochschule Södertörn, wo sie studierte. Aber Roksana hatte keine andere Wahl gehabt. Eigentlich hatte sie bei Billie auf der Verkstadgatan am Hornstull zur Untermiete gewohnt, aber dann wurde Billie polyamourös und wollte, dass drei von ihren Partnern gleichzeitig bei ihr wohnten. Den Vorschlag von Z., den Stadtteil in »Hornsfick« umzutaufen, konnte Roksana nicht lustig finden, sie hatte da ganz einfach keinen Platz mehr – zudem hielt sie es nicht aus, dass einer der Typen tagelang in voller Lautstärke Danny Saucedo spielte, ohne das ein bisschen ironisch zu meinen. In derselben Woche war Z. aus seinem Untermietvertrag rausgeflogen. Er hatte daraufhin drei Nächte lang bei seiner Oma auf dem Sofa geschlafen und war nur mehr einen Nanomillimeter von einem seriösen Nervenzusammenbruch entfernt.

Roksana stand mitten zwischen Z. und Billie. Ringsum unterhielten sich die Gäste. Einige wiegten sich tatsächlich ein klein wenig im Takt der Musik. Roksana wollte sie nicht allzu offen beobachten, das wäre zu auffällig. Sie checkte noch mal Insta und Snapchat. Vielleicht fand jemand sie langweilig, weil sie nur mit ihren besten Freunden rumstand, vielleicht fanden ihre besten Freunde sie aber auch voll beige, weil sie nur mit ihnen herumstand.

Sie hatte sich extra die Haare hochgesteckt und trug neue silberfarbene Birkenstocks. Ansonsten ein Paar gewöhnlicher

Bluejeans und ein weißes T-Shirt, das sie zu Hause bei ihren Eltern abgegriffen hatte. Billie nölte manchmal, aber Roksana blieb bei ihrem Stil, ihre Vorbilder waren George Costanza und irgendwie alle von *Beverly Hills 90210*. Sie hielt nichts von flüchtigen Trends und vorgegebenen Modeidealen.

Billie hatte gute Laune, das war schon mal ein gutes Zeichen. Sie trug Adidashosen, ein riesiges langärmeliges T-Shirt, ein Chokerhalsband und eine weiche Gucci-Kappe auf dem rosa gefärbten Haar. Ihre Achselhaare hatte sie auch rosa gefärbt – »um euch zu feiern«, wie sie sagte. Es war nur schwer vorstellbar, dass sie in wenigen Tagen mit dem Jurastudium beginnen würde. Roksana war froh, dass Billie ihre sämtlichen männlichen und weiblichen Liebschaften zu Hause gelassen hatte, dann war sie einfach entspannter. Sie war Roksanas älteste und wahrscheinlich beste Freundin, aber nach dem Chaos in der letzten Zeit wussten sie beide nicht mehr so richtig, wie sie zueinander standen.

Billie zog eine Zigarettenschachtel hervor. »Wie ist das bei euch? Muss ich auf den Balkon, oder ist es okay, wenn ich drinnen rauche?«

Z. sah auf. »Verdammt, hör bloß auf. Zigarettenrauch setzt sich in Gardinen und Bettzeug. Roxy und ich haben das schon besprochen.«

Billie verdrehte die Augen. »Ihr habt ja gar keine Gardinen.«

Z. blieb streng. »Ist egal. Es ist eklig, im Haus zu rauchen.«

»Ah, dann soll das hier also so ein Ort des reinen Lebens werden?«

Roksana lachte. »Schon, auf gewisse Art, wir werden auf jeden Fall ausschließlich *plant-based* Biolebensmittel haben, du weißt schon, *forks-over-knives*, und Plastik kommt uns nicht ins Haus.«

Z. holte einen Tabakbeutel und ein Paket Blättchen raus.

»Will jemand eine eigene Tüte? Ich hab jede Menge.« Er hielt den Beutel hin. »Wie man weiß, gibt es bei Marihuana eine heilige Unterscheidungsregel. Trennt zwischen Sativa und Indica. Beide sind Unterarten des Cannabis, aber die Pflanzen sehen unterschiedlich aus, haben unterschiedlich dicke Blätter und so weiter, aber *who cares*. Entscheidend ist der Effekt: wie Nacht und Tag. Indica ist die Sofapupservariante, der Rausch für alle, die das wollen, eher ein PlayStation-spielen-und-chillen-Gefühl. Aber das hier ist ein vierundzwanzig Monate alter Sativa, das ist mindestens der Châteauneuf-du-Pape des Rauchens, mit Luft nach oben, besser als das geht nicht.«

Mit sorgfältigen Bewegungen verteilte Z. das Gras im Papier des Blättchens. »Man raucht das hier und wird high. Dann raucht man mehr und wird noch higher. Es gibt kein Dach. Ich schwör.«

Das war alles Anfängerbullshit. Der Unterschied zwischen Sativa und Indica war keineswegs immer klar, aber Z. liebte es, Dinge in Worte zu kleiden, zu reden. So einer war er. Es genügte ihm nicht, im Takt mit der Welt zu gehen, er wollte auch bezeichnen können, was geschah, es einkreisen, es in der Terminologie von Kategorien und Strukturen verstehen. Manchmal wurde ein Wettbewerb daraus.

Roksana griff nach dem Joint, den Z. ihr reichte, und nahm einen tiefen Zug. »Bist du jetzt fertig mit deinem Besserwissergeschwafel?«

Sie kicherten, Z. auch. »Ihr kennt mich doch«, sagte er.

Was Z. gut konnte: Er durchschaute patriarchale Strukturen ebenso klar wie Weedprinzipien, er kapierte nicht nur die Muster der Gesellschaft, sondern erkannte auch seinen eigenen Platz in der Machtordnung. Ein Mann, der Frauen Sachen erklärte. Ein Mann, der immer wusste, wie die Dinge standen. Ein Mann, der neunzig Prozent seiner Ausführungen mit »nun ist es aber so, dass…« einleitete.

Die Stunden gingen dahin. Erik Lundin soft gemixt mit Lil B in einem sanften Übergang zu Rihanna – etwas unerwartet, aber shiiiit, die war so gut –, dann etwas, das total anders war und das nur Z. kannte: offensichtlich hießen die Hubbabubbaklubb. Die Leute hüpften auf dem Boden auf und ab, tanzten free-spirit in den Ecken, wippten im Takt der Musik. Z.s kleines Laserspiel malte geometrische Symbole auf die Wände. Leere Plastikbecher und Chipskrümel lagen auf dem Tisch. An anderen Stellen Blättchen und Weinflaschen. Sah sie da nicht sogar ein Röhrchen? Manchmal waren die Leute zu offensichtlich, das war nicht schön.

Aber jetzt mussten sie doch wohl Spaß haben, oder? Roksana checkte zum zweihundertsten Mal ihr Telefon. Der einzige Post war ein Screenshot von Z. mit der Playlist, die er an diesem Abend abspielte, dazu ein Zigaretten-Emoji und der Text *smoke w everyday.*

Roksana hatte die Nachbarn informiert, das müsste also in Ordnung gehen, Z. und sie hatten ja nicht vor, jedes Wochenende solche Partys zu feiern. Und irgendwie hatte sie das Gefühl, dass David, der Typ, der ihnen diese Bude untervermietete, sich da keinen großen Kopf machte. Der war zufrieden, wenn er sein Geld bekam, obwohl der Geruch von Weed, der wahrscheinlich dick im Treppenhaus hing, schon zu Fragen Anlass geben könnte. Einer der Nachbarn hatte erzählt, dass der Typ, der vorher hier gewohnt hatte, mit der Polizei zu tun hatte. Den hatten sie offenbar festgenommen und nach einer Hausdurchsuchung dann aber die Wohnung wieder David überlassen. Roksana war das egal. David sagte, sie könnten hier so lange bleiben, wie sie wollten. Was juckte sie es, wer die Wohnung zuletzt gemietet hatte und zu welchem Zweck.

Entscheidend war nun, dass die Leute fanden, dass sie und Z. alles richtig machten.

Dass dies hier einen guten Start für ihr Minikollektiv mit ihm bedeutete.

Einen guten Start für dieses Semester.

Die Freunde waren abgezogen. Etwas zu früh, war ihr Eindruck. Roksana versuchte, die Gedanken im Kopf zu stoppen: War sie zu klischeehaft gewesen, als sie erzählt hatte, dass sie überlegte, ein Semester nach Berlin zu gehen? War sie nicht schön genug gewesen?

Das Wohnzimmer sah aus wie ein Schlachtfeld. Der Flickenteppich in der Küche war nass. Auf dem Fensterbrett lagen Marihuanablätter. Sie fragte sich, wie Z. das Putzen hinterher wohl überstehen würde.

Billie sagte: »Shit, wie alle so plötzlich verschwunden sind, sogar der Typ, den ich angebaggert habe. Aber viele wollten wahrscheinlich Ida Engberg sehen.«

Z. saß auf dem Sofa. »Ida Engberg ist einfach großartig. Sollen wir auch hinfahren?« Z. war so high von seinem angeblich vierundzwanzig Monate alten Sativa, dass er wahrscheinlich nicht mal gerade stehen konnte.

»Wir müssen hier aber erst mal aufräumen und lüften. Aber wenn du willst, fahr hin. Ist okay für mich«, sagte Roksana.

Billies Pupillen waren so groß wie Monde. »Ich kann dir helfen, den größten Mist aufzuräumen.«

»Wie willst du dann nach Hause kommen? Taxi?«

»Nein.«

»Erste U-Bahn in die Stadt?«

»Nein.«

»Mit dem Kajak?«

Billie lachte.

Roksana öffnete die Balkontür sperrangelweit. Sie fühlte sich nicht mehr betrunken und nur ein bisschen high, trotzdem kam die frische, kalte Luft überraschend – als würde ihr Kopf mit Mineralwasser ausgespült. Sie schaute zu den schattengleichen Bäumen hinaus. Die Wohnung lag im ersten Stock, zum Boden war es nicht besonders weit. Man konnte dort eine dünne Schneedecke erkennen, doch direkt unter dem Balkon sah es so aus, als hätte jemand die Erde aufgewühlt, und sie erkannte Fußstapfen im Schnee, die in die Dunkelheit führten.

Sollte Billie doch nach Hause kommen, wie sie wollte, das ging Roksana nichts an.

»Ich hab gesehen, dass da in der Kleiderkammer ein Klappbett steht. Kann ich hier übernachten?«, fragte Billie.

Roksana drehte sich um. Das Zimmer war wirklich ein einziges Chaos, jemand hatte eine Wasserpfeife umgeworfen, sodass unter dem Glastisch jetzt alles nass war. Dennoch spürte sie, wie ihr Herz höher schlug: Billie wollte hier übernachten.

»Aber musst du nicht nach Haus zu Fia, Pia, Cia, Olle und wie sie alle heißen?«

»Jetzt klingst du ziemlich heteronormativ, finde ich, und faschistisch.«

»War nicht so gemeint. Aber du hast mich schließlich aus deiner Wohnung geworfen. Und jetzt willst du hier pennen.«

»Man muss die herrschenden Normen infrage stellen, und das betrifft auch die Art zu reden. Wörter sind autoritäre Instrumente der Geschlechterhierarchie …« Billie grinste über sich selbst. Ihr Mund war schief, schon immer. »Aber ich bin so müde. Und es ist echt lange her, dass wir zusammen gefrühstückt haben.«

Sie öffneten die Tür zur Kammer. Ein muffiger Geruch schlug Roksana entgegen. Da drinnen gab es keine Lampe, aber Z.

schaltete sein Handy ein und ließ den Lichtstrahl über einen Strickmantel und eine Jeansjacke wandern, die Roksana dort hineingehängt hatte. Er fand es auch okay, wenn Billie hier übernachtete.

Irgendwas war komisch mit diesem Raum. Roksana wusste nicht, was es war, aber sie spürte miese Vibes.

»Kann ich mal dein Handy haben?« Roksana leuchtete die Wand an. Bis auf das Klappbett, ihre zwei Kleidungsstücke und ein paar zurückgelassene Bügel, die auf der Stange schaukelten, war die Kammer leer. Eigentlich roch es nicht muffig, sondern mehr nach altem Holz und stickiger Luft. Mit einem Mal begriff sie, warum ihr dieser kleine Raum ein seltsames Gefühl gab. Das hatte nichts mit dem Gras oder den Drinks, die sie sich genehmigt hatte, zu tun. Nein, hier stimmte was nicht. Auf der anderen Seite der Wand befand sich das Badezimmer, aber eigentlich müsste die Kammer größer sein. Die Winkel stimmten nicht. Der Architekt musste völlig zu gewesen sein. Irgendwas war hier falsch konstruiert.

Dann fing sie an zu klopfen. Schon klar, dass sie das nicht getan hätte, wenn sie nicht nüchtern gewesen wäre. Sie klopfte an die innere Wand. Überall klopfte sie, ganz unten, in der Mitte, etwas höher – als würde sie nach irgendeinem versteckten Schatz suchen. Roksana stellte sich auf Zehenspitzen und fühlte mit der Hand ganz oben über die Sperrholzplatte hinter der Garderobenstange. Sie kam mit den Fingerspitzen dahinter. Es knackte.

»Z. hilf mir mal. Ich glaube, diese Wand ist lose.«

Z. schob sich in die Kammer. Billie stand draußen und glotzte.

Z. zugedröhnt, aber groß.

»Zieh ein bisschen«, sagte Roksana.

Z. riss an der Platte. Sie brach raus. Die ganze Wand löste sich und fiel auf sie herunter.

Roksana konnte noch rechtzeitig die Hände nach oben reißen, irgendwie hatte sie damit gerechnet, dass genau das passieren würde.

»Hallo?«, stöhnte Z., der die Platte auf den Kopf bekommen hatte.

Sie schauten in den Raum, der sich nun vor ihnen geöffnet hatte: rechteckig, insgesamt ungefähr einen halben Quadratmeter groß. Da drin standen zwei Kartons.

Jetzt war Roksana völlig nüchtern und konzentriert, die frische Luft von der geöffneten Balkontür zog bis hier rein. Kühl. Klärend. Was war das hier für ein geheimer Raum?

Sie beugte sich hinab und hob den ersten Karton hoch, der ungefähr neunzig Zentimeter breit war.

Z. war jetzt auf den Beinen. »Sind wir hier bei Shurgard, oder was?«

Sie stellte den Karton auf den Wohnzimmerboden. Da konnte man besser sehen. Der Pappkarton war nicht zugeklebt.

Z. beugte sich vor. Auch Billie sah zu. Roksana beugte sich nach unten und klappte die Seiten auf.

Alle starrten auf den Inhalt.

What the fuck?

TEIL I

Januar

1

Das einzig Nette an diesem Termin war, dass es dieselbe Beraterin war, die Teddy geholfen hatte, als er gerade aus dem Knast gekommen war. Sie hieß Isa und sah genauso aus wie letztes Mal. Immer noch um die vierzig, immer noch wie eine Mischung aus Boheme-Södermalmsfrau und glitzeriger Östermalmslady gekleidet. Immer noch Tücher und seltsame Pulswärmer in starken Farben kombiniert mit kleinen Brillantohrringen, die eigentlich gar nicht so klein waren.

»Hallo, Teddy, lang ist's her«, sagte Isa. Wenn sie lächelte, bekam sie kleine Grübchen in den Wangen. Aus irgendeinem Grund mochte Teddy sie, obwohl ihre einzige Aufgabe war, ihn zum Arbeiten zu bringen.

»Ja, die Zeit rast«, erwiderte er und versuchte, nett zurückzulächeln. Im Grunde war das alles hier nur peinlich.

Schon als er aus dem Knast gekommen war, hatte er nicht erwartet, hier irgendwann sitzen zu müssen, und schon gar nicht jetzt, zwei Jahre später. Er hatte geglaubt, er sei in einem anderen Schweden angekommen, auf einem anderen Niveau. Er war motiviert gewesen, bereit, hart zu arbeiten und dafür Zeit zu investieren. Er hatte sich wirklich verändert: Er war entschlossen, den unbequemen Weg zu nehmen, den ganzen Scheiß hinter sich zu lassen. Aber bereit zu sein war eine Sache – die Veränderung dann auch durchzuziehen eine andere. Die Wirklichkeit rannte ihm schnell davon. In seinem Lebenslauf klaffte ein acht

Jahre langes schwarzes Loch, und inzwischen hatte er sich fast an das Misstrauen der Menschen gewöhnt. Aber nur *fast*.

»Dann gehen wir mal durch, wie die letzten Jahre aus der Jobperspektive so ausgesehen haben«, schlug Isa vor.

»Wo wollen Sie anfangen?«

»Ich weiß, dass Sie einen Job in einer Anwaltskanzlei bekommen haben, stimmt doch, oder?«

Diesen Teil wollte Teddy gern kurz halten. »Ja, ich habe ein paar Aufträge als Sonderermittler für eine Kanzlei namens Leijon angenommen.«

»Sonderermittler? Was heißt das?«

»Das ist nicht so einfach zu erklären. Aber der verantwortliche Teilhaber, Magnus Hassel, nannte mich den *Macher*.«

Teddy musste daran denken, dass mehrere dieser Jobs in Gewalttätigkeiten geendet hatten und dass er riskiert hatte, der Teddy zu werden, der er nicht mehr sein wollte. Vor mehr als einem Jahr, nach der Geschichte mit Mats Emanuelsson, hatte er den Job bei der Kanzlei quittiert.

Isa fragte nach Gehalt, Arbeitsgewohnheiten und ob er irgendwelche Fortbildungen absolviert habe. »Und nach der Kanzlei?«, fragte sie. »Was haben Sie dann gemacht?«

»Dann war es schwierig. Aber ich hab die KRAMI-Kurse gemacht.«

Isa sah in ihre Akte. Er wusste, dass sie sehen würde, dass er nicht nur alle Kurse und Gruppenaktivitäten von KRAMI mitgemacht hatte, sondern auch mindestens fünf Praktika absolviert hatte, von denen aber keines zu einer Anstellung geführt hatte. KRAMI: eine schöne Mischung aus Arbeitsvermittlung und Rehabilitationsmaßnahme mit dem Ziel, dass Typen wie er – Personen mit einem sogenannten kriminellen Hintergrund – einen Job finden und vor allem *behalten* würden. Er wusste nicht, warum das bei ihm nie funktionierte.

Isa sprach von Wegweiserkursen und Arbeitsplänen. Ihr Schreibtisch war aus hellem Holz. Der Boden Linoleum, an den Wänden weiße Strukturtapeten, und die Stühle fühlten sich plastikartig an. Hinter ihr war eine Glasscheibe, in der Teddy arbeitende Arbeitsvermittler und sein eigenes vages Spiegelbild sah. Er war groß und fand immer, seine Haare sahen irgendwie unsichtbar aus: braun, halbkurz oder vielleicht auch mittellang.

Außer Isas Ohrringen erinnerte alles in diesem Raum ans Gefängnis. Das hier war kein persönliches Zimmer, es gehörte nicht Isa, sondern war eine Besucherzelle, ein Ort mit Einblick in die Arbeitsvermittlung, aber ohne Fenster zur Wirklichkeit.

Vielleicht wusste Teddy ja auch, wo sein Problem lag. Nach den Jahren in der Anstalt und den Jahren in Freiheit kannte er immer noch keine anderen Menschen als die, die er vorher schon gekannt hatte und mit denen er schon befreundet gewesen war, ehe er einfuhr. Die zu seinem alten Leben gehörten. Er konnte an einer Hand abzählen, wer zu seinem Umkreis zählte: seine Schwester Linda und deren Sohn Nikola. Dejan von früher. Tagg und Loke vom selben Gang. Mit denen fühlte er sich wohl. In deren Gegenwart konnte er er selbst sein. Und dann natürlich Emelie, aber an die wollte er jetzt lieber nicht denken. Wie auch immer, keiner von denen konnte ihm irgendeine Arbeit anbieten. Abgesehen von Dejan vielleicht, aber die Jobs würden dem schwedischen Staat kaum irgendwelche Steuereinkünfte bescheren. Ehrlich gesagt bestand eher die Gefahr, dass sie zu gesteigerten Kosten für Schweden führen würden – in Form einer größeren Belastung der Polizeikräfte, die ermitteln mussten, was Dejan da so trieb.

Vielleicht sollte er mal zu seiner Lage stehen und einsehen, dass er nirgends hineinpasste. Teddy würde niemals ein Teil des Schweden sein, nach dem er sich während der Jahre im Gefängnis so sehr gesehnt hatte. Er würde für immer ein Außenseiter bleiben. Aber das bedeutete nicht, dass er wieder kriminell werden wollte.

»Hören Sie mir zu, Teddy? Sie müssen mir zuhören, sonst kann ich Ihnen nicht helfen.«

Teddy streckte die Beine unter dem Tisch aus, die vom langen Sitzen schon ganz steif waren. »Entschuldigung. Ich musste nur gerade an einen Kumpel von mir denken, der mir vielleicht helfen könnte, einen Job zu finden.«

Es war ein Versuch. Aber was sollte er auch tun? Keiner der Kurse, Praktikumsplätze und Gruppenworkshops hatte zu irgendetwas geführt. Dejan würde ihm sicher helfen, um der alten Freundschaft willen. Isa tippte auf dem Computer, als Teddy von der Baufirma des Freundes erzählte. Dann legte sie den Kopf schief und sah ernst aus.

»Tut mir leid, Teddy, aber ich glaube, das mit Ihrem Freund wird schwierig. Ich möchte nicht verurteilend wirken, aber seine Firma hat nur einen sehr geringen Umsatz, und er hat in den letzten zehn Jahren kein Einkommen versteuert. Ich glaube nicht, dass er Ihnen einen richtigen Job wird anbieten können. Also, jedenfalls keinen, den ich gutheißen kann.«

Isa hatte recht.

Aber gleichzeitig lag sie auch falsch.

2

Sechs Uhr früh war es, und das Kranke war, dass Nikola deshalb nicht völlig fertig war. George Samuel, sein Chef, hatte ein ganz eigenes Smile, bei dem sich das ganze Gesicht um die

Augen herum zusammenfaltete. Nikola fragte sich, ob George überhaupt noch etwas sehen konnte, wenn er grinste.

»Guten Morgen, Nicko, weißt du, was wir heute machen werden?«, fragte er, als Nikola das winzige Büro betrat.

Nikola hängte sich den Werkzeuggürtel um. »Jepp. Heute werden wir mit unserem größten Job überhaupt anfangen. Sie reden jetzt schon eine Woche lang von nichts anderem.«

Sie gingen zum Kleinlaster runter: *George Samuels Elektroservice* stand in schnörkeligen Buchstaben auf der Seite. Der Werkzeuggürtel klapperte. Nikola hatte keine eigene Karre, deshalb schlug er immer erst mal bei seinem Chef auf, und dann fuhren sie zusammen zu den Jobs. Da hatten sie auch immer Zeit, ein bisschen zu quatschen.

Seine Mutter Linda hatte diese Lehrstelle organisiert. Und jetzt arbeitete Nikola wie jeder normale Affe: fünf Tage die Woche. Mit der ersten Sendung des Morgenradios hoch, Mittag gegen halb elf, und noch ehe es im Winter dunkel wurde wieder nach Hause. Manchmal schlief er eine Stunde vorm Abendessen, damit er es überhaupt schaffte, länger als bis neun Uhr aufzubleiben.

Ein unfertiges Shoppingcenter erhob sich aus dem Nichts zwischen Bahnschienen und Landgericht in Flemingsberg und sah aus, als hätte jemand ein Beton-Ei dort vergraben, das nun erste Risse zeigte. Das war wirklich ein Riesenjob. George Samuel war nicht der einzige Elektriker, der beauftragt worden war, aber für ihn plus seinen Lehrling bedeutete das einen Vollzeitauftrag für über zehn Monate. Ein garantierter sicherer Kunde für fast ein Jahr, das war unschätzbar, so viel wusste Nikola.

Sie standen nebeneinander, arbeiteten als Team. Einphasenwechselstrom, Dreiphasenwechselstrom und Verbindungsdosen. Kabel, Sicherungen und Ampere. Nikolas Wortschatz im Elektrosegment war so schnell gewachsen, dass er schon bald mehr stromführende Wörter beherrschte als Slangbegriffe für Drogen. Manchmal fühlte es sich an, als würde der Job mehr bedeuten als das restliche Leben. Aber das war okay – er mochte das, wenn sie nicht gerade weiter hinten den Boden aufrissen: Das Geräusch erinnerte ihn an das Ereignis.

Vor anderthalb Jahren war er auf dem Weg nach Hause zu Teddy gewesen. Als er die Tür zur Wohnung seines Onkels aufmachte, war eine Bombe explodiert und hatte Nikola an die Wand gedrückt. Er hatte sich Verletzungen im Bauch, auf der Brust und an den Händen zugezogen, mit denen er reflexhaft sein Gesicht geschützt hatte. Das bedeutete eine Woche auf der Intensivstation des Krankenhauses und einen Monat Reha. Seine Mutter und Teddy hatten ihn jeden Tag besucht. Nur das Mädchen, mit dem er sich getroffen hatte, Paulina, die hatte mit ihm Schluss gemacht. Aber egal, sie war es ja offensichtlich nicht wert gewesen.

George hatte wie gewöhnlich ein verstaubtes altes Radio auf den Boden gestellt. Sie hörten Radio: Bebe Rexhas aufmüpfige Stimme versprühte wieder und wieder denselben Refrain. Es war, als würde man in einem eigenen Raum arbeiten.

George drehte die Lautstärke runter. »Du weißt ja wohl, dass du nächste Woche deine sechzehnhundert Stunden geschafft hast, oder?«

»Ehrlich?«

»Ja, ehrlich. Du hast sehr gut gearbeitet, Nicko. Die Lehrzeit ist beendet, der Zentrale Elektrikerverband wird dich sofort anerkennen und dir dein Zertifikat ausstellen. Du wirst fertiger Elektriker sein. Was sagst du dazu?«

George Samuel lachte in sich hinein – da wurden seine Augen wieder so ganz schmal, und Nikola konnte nicht anders: Er musste auch laut lachen. Ja, er musste richtig laut lachen. George Samuel: blind vor Lachen – Nikola: bald Elektriker. Das gehörte zusammen. Er würde einen richtigen Job bekommen. Einen richtigen Lohn.

Wer hätte das vor anderthalb Jahren noch gedacht? Als er nach der Explosion auf der Intensiv lag, als Linda vor Sorgen fast vergangen war, weil er auf dem falschen Weg zu sein schien. Wer hätte gedacht, dass das Leben schön sein würde? Wer hätte gedacht, dass es tatsächlich *richtig* schön sein würde?

Alle waren stolz auf ihn. Teddy, der ihm die Wohnung besorgt hatte, schlug ihm jedes Mal auf die Schulter, wenn sie sich trafen: »Nicko, wie gut, dass du nicht in meine Fußstapfen trittst.« Sein Opa Bojan versuchte immer noch, ihn mit in die Kirche zu schleppen, aber lächelte nur noch, wenn Nikola sich weigerte. »Du bist ja doch auf dem richtigen Weg, *moje malo zlato*. Deine Großmutter hätte geweint vor Glück.« Und sogar der Leiter des Heims für straffällige Jugendliche in Spillersboda hatte angerufen, um ihm zu seinem neuen Leben zu gratulieren – gerade so, als hätte Nikola drei gleiche Eine-Million-Bilder von einem Rubbellos gekratzt.

Doch am glücklichsten von allen war Mama Linda.

»Weißt du, was ich so schön finde?«, hatte sie irgendwann im Frühjahr gefragt, als er immer noch in die Abendschule ging und ihr seine Noten vorgelesen hatte. Da machten sie gerade einen Spaziergang entlang des Kanals, und Nikola sah rüber zum Zentrum von Södertälje. Die Vögel zwitscherten wie verrückt, und auf dem Kiesweg lag Hundekacke.

»Dass ich mit meinem alten Leben gebrochen habe?«, versuchte er.

»Nein, eigentlich nicht. Das Schönste ist, dass Veränderung

möglich ist. Du weißt ja, dass ich mir Sorgen gemacht habe, als du in Spillersboda gesessen hast, und noch mehr, als du festgenommen worden bist, und dann nach der Explosion. Aber jetzt ist es bewiesen. Menschen können sich ändern.«

Linda war solariumgebräunt und trug Ray-Bans die ihr halbes Gesicht verdeckten, aber Nikola konnte an ihrer bebenden Stimme hören, dass da hinter der Sonnenbrille eine Träne kullerte.

»Weißt du, Nicko, du musst nie wieder denken, dass du jemand werden musst, dass du auf Status und solche Sachen aus sein musst«, sagte seine Mutter und machte eine Kunstpause. »Denn du bist ja schon wer.«

Sie blieben an einer Parkbank stehen. Nikola wandte sich ihr zu. Sie trug einen Houdinifleece und eine Art Wanderhose – das passte alles nicht mit der Sonnenbräune und der Brille zusammen. Körper: Freiluft-Spießertraining. Kopf: MILF-Alarm in der Stadt. Ach was, streich das Letzte, so denkt man doch nicht von seiner Mutter.

Der Boden unter der Bank war voller Schalen. *Albuzur* – Sonnenblumenkerne. Die mochte Nikola selbst sehr gerne. Hier hatte vor ihnen jemand gesessen und lange philosophiert. Nikola setzte sich. »Nächsten Donnerstag habe ich Schwedischprüfung und soll dafür einen Aufsatz abliefern.«

»Spannend. Worum geht es?«

»*Der Graf von Monte Christo*. Hast du das gelesen?«

»Nein.«

»Eines der Lieblingsbücher von Opa Bojan, wusstest du das?«

»Das kann ich mir vorstellen. Der ist ja ein großer Leser. Aber es wird gut werden, das weiß ich.«

Nikola musste wieder an seinen Opa denken. Der Bücherwurm, die krasseste Leseratte aus Belgrad, der Nikola, als der sechs Jahre alt war, in die magische Welt der Bücher entführt hatte, an seinem Bett saß und sich durch alte Schmöker arbeitete. *Die Schatzinsel, Zwanzigtausend Meilen unter dem Meer, Die geheimnisvolle Insel.*

Und gleichzeitig hatte Opa Bojan seinen Onkel Teddy großgezogen – seinerzeit eine Gangsterlegende von Süd-Stockholm. Das kriegte Nikola nicht zusammen.

Chamons Audi A7 stand zwischen den Baumaschinen vor dem halb fertigen Einkaufszentrum. Wie immer: Die Knöllchensammlung seines Kumpels war dicker als die Geldscheinbündel von Pablo Escobar. Aber das war Chamon scheißegal – das Auto war nicht auf ihn gemeldet. Das machte man immer so. *Vorsprung durch Technik* – oder, wie Chamon zu sagen pflegte: »Vorsprung durch Babso« – so hieß der Typ, der auf den Fahrzeugscheinen von mehr als vierhundert Autos in Södertälje stand.

Es war Donnerstag, aber Nikola würde morgen nicht arbeiten. Mit anderen Worten: Jetzt war Wochenende. George Samuel war einverstanden gewesen, ihn schon um drei Uhr ziehen zu lassen. Am Montag würden sie sich wie immer sehen.

Chamon startete den Wagen. »Hast du gehört, dass Audi ein neues krasses Modell rausbringt, Q8?«

»Yes, hab davon gelesen. Mit V8-Motor. Aber wolltest du dir nicht den neuen Lexus holen, den LS?«

Chamon starrte ihn an. »Machst du Witze, oder was? Ich bin von Södertälje. Ich fahr nur deutsch.«

Es lief offensichtlich gut für Chamon, und das Auto war immer der heftigste Beweis. Dann kam die Uhr, dann der übrige Schmuck, dann wo man Urlaub machte. Nur wie man wohnte, da gaben die Leute einen Scheiß drauf. Sie sprachen niemals darüber, wo Chamon seinen Schotter herhatte – auch wenn Nikola wusste, dass er kreidebleichen Innenstadthipstern in ihren übertriebenen Raveclubs Präparate verkaufte. Nicht einmal mit seinem besten Freund redete man über sowas – und schon gar nicht, wenn man nicht selbst ein Teil des *Lebens* war. Manchmal sehnte sich Nikola danach: zurück zu dem, was er gehabt hatte. Zurück zu der Freiheit. Dem Unkontrollierten.

Sie fuhren zu ihm nach Hause, zogen sich zum zweiten Mal ein paar Folgen von *Narcos* rein: liebten es, wenn Escobar die Kokainfabriken in Medellín checkte. Dann gingen sie runter und kauften sich einen Kebab. Chamon holte ein paar Gramm Gras raus, die sie in Nikolas Shisha rauchten – Nikola brauchte diese gechillten Momente: Auch wenn er es nicht richtig benennen konnte, war in ihm doch irgendwas passiert, seit die Explosion ihn durchgeschüttelt hatte.

Chamon und er kicherten. Hörten Musik. Ließen sich aufs Sofa fallen und redeten einfach.

Nach ein paar Stunden sah Chamon auf. »Nicko, glaubst du an Gott?«

»Nee, eigentlich nicht.« Das hier war echter Chamon-Softschnack. »Ich glaube an das Schicksal. Und meinen *Dachri*.«

Chamon lachte nicht. »Glaubst du nun an Gott, oder nicht?«

»Shit, also, Bratan, ich weiß nicht.«

Chamon nahm einen Zug aus der Pfeife, dann küsste er das fette Goldkreuz, das an der noch fetteren Kette um seinen Hals hing. »Ich glaube.«

»Und warum?«

Die Augen des Kumpels wurden feucht. »Weil es was anderes geben muss als das hier.«

»Als was?«

»Bratan, ich mach nachts kein Auge zu. Einmal die Viertelstunde steh ich auf und checke hinter der Gardine, was draußen ist. Hör ich hinter mir auf der Straße ein Geräusch, schmeiß ich mich auf die Erde. Wenn ich ein unbekanntes Auto auf dem Parkplatz sehe, krieg ich Bauchschmerzen. Verdammte Scheiße, ich bekomm noch ein Magengeschwür.«

»Aber du bist doch frei. Du musst nicht wie ich jeden Tag um fünf Uhr aufstehen.«

»Ja, zum Teufel, vielleicht hast du es gar nicht so schlecht. Ist schwer zu erklären, aber manchmal glaub ich, ich kann nicht mehr, ich bin die Scheiße leid, hab keine *Power* mehr. Weißt du, wie viele hier in den letzten Jahren umgebracht worden sind? Weißt du, wie viele Brüder verschwunden sind? Und die das bestimmen, die scheißen einfach drauf. All die verdammten Huren, verstehst du? Ich würd gern irgendwann was anderes machen. Reisen oder so. Oder Musik. Verstehst du?«

»Musik?« Nikola erkannte seinen Kumpel nicht wieder: *Ich würd gern irgendwann was anderes machen* – das klang mehr wie das Gelaber seiner Mutter als nach Chamon.

»Also, ich würd gern ein Instrument lernen. Ne Weile lang hab ich Fußball gespielt, aber meine Mom hat immer gesagt, dass ich eigentlich den Kopf für Musik hab, wenn ich eine Melodie gehört hab, dann konnte ich die perfekt nachsingen. Sie hat gesagt, ich bin musikalistisch oder wie zum Teufel das heißt. Aber *fuck*, jetzt pfeifen mir die Zivilbullen und die ganzen Singvögel im Kopf herum, sodass ich da drin nix mehr höre. Bald gibt's nichts mehr von mir. Nicht mal *naiße tunes.*«

Nikola versuchte rauszukriegen, wie ernst dieses Gerede war. Er dachte an George Samuel und dass das Anstrengendste, was er heute gemacht hatte, war, vier Kabel in ein PVC-Rohr zu friemeln.

Und Nikola wusste: Er hatte die richtige Wahl getroffen. Bald Elektriker.

Das *Leben* war nichts für ihn.

3

Emelie erhob sich, strich die Falten ihrer Anzughose glatt und ging hinaus, um Marcus zu empfangen. Anneli, die Sekretärin, die für sie und die anderen Anwälte zuständig war, hatte ihn bereits per Knopfdruck durch das Gittertor unten hereingelassen. Wenn Marcus die Treppe hochstieg, müsste er ungefähr in sieben Sekunden an der Tür klingeln. Sollte er stattdessen den Aufzug wählen, würde es noch ein paar Sekunden länger dauern. Das war ein kleiner Lackmustest, der erste, dem Marcus unterworfen wurde. Emelie hatte es sich persönlich zum Prinzip gemacht, immer die Treppe zu nehmen, ganz gleich, wie schwer die Akten in ihrer Tasche wogen. Allerdings spielte das alles eigentlich keine Rolle, denn sie hatte ihm bereits die Anstellung auf Probe als Anwalt bei ihr angeboten. Fraglos ein großer Schritt. Emelie betrieb erst seit knapp anderthalb Jahren ihr eigenes Unternehmen, doch die Fälle strömten deutlich besser herein, als sie erwartet hatte. Sie schaffte es nicht mehr, alle Aufträge selbst zu bearbeiten, was ein Luxus war. Und doch auch ein ungeheures Risiko – von heute an war sie nicht mehr nur für ihr eigenes Einkommen verantwortlich. Die Anwaltskanzlei Emelie Jansson musste jeden Monat genügend Geld einbringen, um ein weiteres Gehalt zu decken, und zwar eines, das Vorrang vor ihrem eigenen hatte. Der Fluch des Kleinunternehmers, dachte sie. Wenn Marcus krank wurde, dem Job nicht gewachsen war oder es ganz simpel nicht hinbekam, ordentliche Rechnungen zu schreiben, dann würde die Firma darunter leiden und vielleicht sogar nicht überleben. Dann wäre ihr Traum geplatzt. Doch sie brauchte jemanden, der sie entlastete, das war einfach ein Muss – sie hatte zu viel zu tun.

Marcus war lang und groß, trug einen schmalen, gepflegten Bart, und als sie einander die Hände schüttelten, bemerkte Emelie, dass er gut roch. Offenbar hatte er die Treppe genommen. Einen kurzen Augenblick dachte sie, dass er vielleicht eine Umarmung von ihr erwartete, doch sie war seine Chefin und Arbeitgeberin, auch wenn sie nur ein paar wenige Jahre trennten. Außerdem war sie niemand, der gerne umarmte.

»Willkommen. Wie schön, dass Sie heute schon anfangen konnten.«

Marcus trug einen dunkelblauen Anzug, dessen Hosenbeine Hochwasser hatten, aber das war ja gerade in Mode. Der oberste Hemdenknopf war offen, und er hatte keinen Schlips, was okay war, da er heute nicht ins Gericht musste. Er würde sich in der nächsten Zeit schon in alles einfinden. Seine Art, sich zu bewegen, erinnerte sie irgendwie an Teddy: ruhig und zielgerichtet.

»Wir können in mein Zimmer gehen«, sagte Emelie. »Möchten Sie etwas zu trinken?«

Sie hatte Anneli gebeten, für frischen Kaffee aus der Maschine und ein paar Flaschen Sprudel im Kühlschrank zu sorgen.

»Danke, haben Sie vielleicht koffeinfreien Tee?«, fragte Marcus.

Koffeinfreien Tee, auch das noch, dachte Emelie, das war ein wenig untypisch für einen Anwalt – obwohl wahrscheinlich auch das gerade in Mode war. Sie wandte sich Amelie zu und gab die Frage weiter.

»Na ja, also ausgerechnet Koffeinfreies ist heute leider etwas knapp«, stellte die Sekretärin mit einem schiefen Lächeln fest.

Das Einzige, was Emelie und die anderen Anwälte hier tranken, war Kaffee, Kaffee und nochmals Kaffee.

Sie setzten sich in Emelies Zimmer. An der Wand hing ein gerahmter Mark Rothko. Das war natürlich nur ein Plakat, ein dumpfrotes Farbfeld, das in ein braunes Farbfeld überging, das in etwas Gelbliches überging. Emelie mochte es, der Raum bekam dadurch eine Ruhe, auch wenn die Tatsache, dass es sich nur um ein Plakat handelte, sie an ihren früheren Arbeitsplatz, die Kanzlei Leijon erinnerte. Der Teilhaber, dem sie dort unterstand, Magnus Hassel, sammelte internationale Kunst, und in seinem Zimmer hatten sowohl Warhol- als auch Karin-Mamma-Andersson-Bilder gehangen, und das neben Werken von Giacometti und Bror Hjorth. Doch das war jetzt Geschichte. Sie hatte bei Leijon gekündigt, weil das Unternehmen nicht damit einverstanden gewesen war, dass sie die Verteidigung in einem Strafrechtsfall übernommen hatte. Dann hatte sie getan, was in der Welt der Rechtsanwälte als ein riesenhafter Schritt betrachtet wurde: von der Anstellung in einer der vornehmsten Geschäftskanzleien Europas zu einem Zimmer und einem Viertel Sekretariat in einer Bürogemeinschaft mit drei alten Strafrechtlern. Die ehemaligen Kollegen bei Leijon zogen die Augenbrauen hoch. Ein Rückschritt, der verzweifelte Fall aus der A-Elite auf das D-Niveau. Sie hätte ja wohl wenigstens eine Anstellung bei einer renommierten Kanzlei suchen oder bei Gericht oder in der Staatsanwaltschaft anfangen können, wenn sie sich nun schon mit so etwas wie Strafrecht abgeben wollte. Nur passte das Emelie einfach nicht – sie wollte es alleine schaffen, das war ihr wichtig. Sie hatte die Nase voll von Chefs, die sich einmischten. Und sie wusste, dass sie eine der Besten werden konnte.

Marcus stellte seine Tasche aus dunkelgrüner Leinwand ab, die sehr schick aussah. Eigentlich wusste sie nichts über ihn, außer dass er das Gymnasium in Kärrtorp besucht hatte und mittlerweile auf Södermalm wohnte. Das Gehalt, das sie ihm bot, lag einen Tausender unter dem, was er in der kleinen Familienrechtskanzlei bekommen hatte, in der er zuvor angestellt gewesen war – dass er sich darauf eingelassen hatte, war an sich schon ein Beweis für sein *commitment*. Und wenn er so gut war wie sie hoffte, dann würde er ja bald Provision bekommen.

»So«, sagte sie und schob ihm einen Laptop zu. »Das hier ist Ihr Rechner, Sie müssen sich ein Passwort und so weiter anlegen. Ihr Büro ist nebenan, ich habe Schreibtisch und Stuhl für Sie bestellt, aber die werden erst nächste Woche geliefert. Tut mir leid, aber heute müssen Sie hier drinnen bei mir sitzen. Ich hoffe, das ist okay.«

»Absolut, aber könnten wir vielleicht die Lampe ausschalten?«

Emelie sah auf. Jetzt verstand sie ihn nicht wirklich.

»Also, ich bin Elektroallergiker. Ich vertrage keine Elektrizität. Am liebsten arbeite ich im Kerzenschein oder mit einer Petroleumlampe und sehr gerne mit Papier und Stift anstelle eines Computers.«

Emelie starrte den jungen Anwalt an, der da vor ihr saß. Sie hatte sich direkt nach dem Vorstellungsgespräch für Marcus Engvall entschieden. Er hatte beste Noten von der Station im Gericht, schöne Referenzen von seinem früheren Arbeitgeber, und er brannte für Strafrecht. Außerdem schien er Humor zu besitzen, eine nette Art und die nötige Portion Mut – die erstgenannten Charakterzüge waren wichtig für die Klienten, Letzteres war unabdingbar für den Beruf insgesamt. Mut – davon sprachen nicht viele, doch war es die wichtigste Eigenschaft des Verteidigers. Und jetzt das: Schon bei dem koffeinfreien Tee hätte sie hellhörig werden müssen. Was ging hier vor? Elektroallergiker? Das gab es doch gar nicht.

Marcus grinste und zwinkerte ihr zu. »Das war ein Witz. Ich sitze gern hier in Ihrem Zimmer. Und das Licht darf auch anbleiben.«

Er legte ein Handy mit Spider-App auf den Tisch. »Und ich habe auch nichts gegen elektronische Dinge, im Gegenteil, ich bin ein bisschen ein Gadgetfreak.«

Emelie lachte. Auch Marcus lachte laut. Er hatte eben doch Humor.

Tatsächlich war der Kontakt zu Marcus vor einigen Monaten über Magnus Hassel gekommen. Emelie saß im Pocket City und wartete auf Josephine, die immer noch bei Leijon arbeitete, als sie plötzlich ihren Namen hörte. Sie drehte sich um und erkannte, dass zwei ihrer ehemaligen Chefs am Nebentisch saßen. Magnus Hassel und Anders Henriksson. Wie hatte sie die übersehen können? Als sie noch in der Kanzlei Leijon war, hatte sie mit eben diesen beiden ihre jährlichen Entwicklungsgespräche geführt, eine Tradition, die sie nicht wirklich vermisste. Sie erinnerte sich gut an die beiden.

Anders Henriksson war ein fünfzigjähriger Meganerd, der in zweiter Ehe mit einer siebenundzwanzigjährigen Sekretärin verheiratet war und so tat, als wäre er dreißig, aber dennoch meinte, Zara Larsson sei eine spanische Billigkleidermarke. Gleichzeitig war er einer der absolut führenden Experten Schwedens in Mergers & Acquisitions. Im *Legal 500* – der Rangliste, die bei Leijon von größerer Wichtigkeit war als der Ausgang der Reichstagswahl – wurde er als ein Leading Individual geführt, und das Zitat lautete *A brilliant analyst – creative and authoritative.* Emelie hatte immer gefunden, dass er rein IQ-mäßig sicher brillant war, doch was den sogenannten EQ betraf, musste man doch von einem äußerst verbesserungswürdigen Zustand sprechen.

Magnus Hassel auf der anderen Seite hatte nie eine besondere Präsentation gebraucht. Alle in der Welt der Wirtschaftsjuristen kannten ihn. Das Zitat über Magnus war seit vielen Jahren konstant. *The clearest shining M&A star in Sweden* und *Incredibly impressive* waren die Urteile, die mit der Zeit ebenso solide geworden waren wie die Finanzlage des Teilhabers. Laut *Dagens Industri* hatte Magnus Hassel allein im vorigen Jahr fünfundzwanzig Millionen Kronen Ausschüttung bezogen.

Doch das alles gehörte zu ihrem alten Leben. Emelie hatte eine neue Arena betreten. Weit entfernt von protzigen Büros, milliardenschweren Klienten und exotischen Jurisdiktionen. Und mit nur halb so viel Gehalt.

Magnus war es gewesen, der sie genötigt hatte, zu kündigen. Und Magnus war auch bei der Gerichtsverhandlung gegen Benjamin Emanuelsson, den sie verteidigt hatte, aufgetaucht und hatte einen ganzen Tag auf einem Zuhörerplatz gesessen und das Geschehen verfolgt. Sie müsste ihn eigentlich hassen. Dennoch wusste sie, dass er große Stücke auf sie hielt und dass er wirklich versucht hatte, sie zum Umdenken zu bewegen und sie in der Kanzlei Leijon zu halten. Emelie konnte nicht durch und durch schlecht von Magnus Hassel denken. Nur zu achtundneunzig Prozent.

»Und ich dachte, Sie würden sich nicht mehr in diesen Breiten aufhalten«, hatte Magnus gesagt. Er war leger gekleidet: grünes Tweedjackett, Jeans und rosa Hemd. Jeans – Emelie konnte sich nicht erinnern, ihn während ihrer drei Jahre bei Leijon jemals in etwas so Sportlichem gesehen zu haben. »Ich dachte, Leuten wie Ihnen begegnet man ausschließlich auf Kungsholmen und in den Satelliten.«

Im Grunde genommen hatte er recht. Die meisten Verteidiger in Stockholm hatten ihre Büros auf Kungsholmen. Die Nähe zum Oberlandesgericht, zum Polizeihaus und zum Untersuchungsgefängnis Kronobergshäktet machten dies zum selbstverständlichen Stadtteil für alle, die zu Fuß zu Besuchen, Vernehmungen und Verhandlungen spazierten. Die restliche Zeit verbrachte sie oft draußen im Amtsgericht Södertörn und im Gefängnis Huddinge oder im Amtsgericht Attunda und dem Gefängnis Sollentuna.

Die »Satelliten«, wie Magnus die nahe gelegenen Vororte zu nennen beliebte, ließen Emelie an das ehemalige Osteuropa denken. Die Satellitenstaaten, die Vasallen der Sowjetunion.

»Ich bin mit Jossan verabredet«, erklärte Emelie, »und die bewegt sich nur ungern aus diesem Bezirk heraus.«

Magnus lachte. Anders Henriksson hingegen verzog keine Miene. Emelie musste an sein hochrotes Gesicht denken, als er und Magnus sie zum ersten Mal damit konfrontierten, dass sie sich herausgenommen hatte, Emanuelsson zu verteidigen.

»Ich höre, es läuft gut für Sie«, sagte Magnus und erhob sein Weinglas, um ihr zuzuprosten.

»Ja, ich habe wirklich viel zu tun. Ich sollte einen Assistenten einstellen.«

»Da können Sie sich ja freuen. Aber wahrscheinlich sind Sie immer noch nicht in derselben Gehaltsklasse gelandet wie bei uns, oder?«

Emelie fragte sich, ob er sie nur freundschaftlich neckte oder wirklich zu provozieren versuchte. Sie erhob ihr noch leeres Glas in seine Richtung. »Es ist einfach teuer, an der Spitze zu liegen.«

Die Gesichtsfarbe von Anders Henriksson verdunkelte sich bei ihrem letzten Kommentar, doch Magnus kicherte nur.

»Übrigens«, sagte er und beugte sich vor, »ich glaube, ich hätte jemanden, der ausgezeichnet zu Ihnen passen würde. Er hat sich vorige Woche bei uns beworben, ist frisch gebackener Anwalt, hat im Gericht gesessen und scheint schlau zu sein und hart zu arbeiten, so wie Sie.«

»Warum haben Sie ihn nicht genommen, Sie lieben doch Workaholics.«

Magnus beugte sich noch weiter vor, sodass sein Mund fast Emelies Ohr berührte. »Er hat davon gesprochen, dass er für die Rechte des Individuums einstehen wolle und ein System befürwortet, das alle unterstützt. Tatsächlich klang er auf besorgniserregende Weise ähnlich wie Sie. Außerdem ist er Veganer, und Menschen, die keine toten Dinge essen wollen sollte man nie vertrauen.«

Emelie zog den Kopf zurück und sah Magnus Hassel forschend an. Seine Augen glitzerten.

Emelie antwortete: »Sagen Sie ihm, dass er sich bei mir bewerben soll.«

Anneli rief an. »Ich habe eine total verzweifelte Frau in der Leitung, die Sie sprechen will.«

»Spreche ich mit Emelie Jansson?«, fragte eine helle Stimme am anderen Ende.

»Ja, Sie sprechen mit mir.«

»Gut. Sehr gut. Ich heiße Katja und muss Sie treffen. Heute.«

Emelie lehnte sich in ihrem Stuhl zurück. Marcus saß ihr schweigend gegenüber und machte mit seinem Rechner herum.

Alle fanden immer, dass ihr Anliegen besonders eilig war. Das war vielleicht nicht verwunderlich – wenn man eines Verbrechens verdächtigt oder Gewalt ausgesetzt war, dann erlebte das jeder ausnahmslos als traumatisch und als eine Sache, die man sofort angehen wollte.

»Heute bin ich beschäftigt, denn mein neuer Anwalt hat gerade angefangen. Hätten Sie nächste Woche Zeit?«

»Nein, nein. Wir müssen uns sofort treffen. Für Warten ist keine Zeit.«

»Darf ich fragen, worum es geht?«

In der Leitung wurde es still.

Emelie wiederholte ihre Frage. »Worum geht es?«

Sie hörte, wie die Frau namens Katja tief Luft holte. Als sie dann wieder sprach, klang es, als würde ihre Stimme zittern. »Das kann ich am Telefon nicht sagen. Wann haben Sie denn Zeit?«

Der Tonfall der Stimme war es, der Emelies Aufmerksamkeit fing, nicht der Inhalt dessen, was sie sagte.

»Wie wäre es am Montag? Samstags und sonntags nehme ich für gewöhnlich keine Termine an.«

»Ich weiß nicht. Sie dürfen absolut niemandem sagen, dass Sie mit mir gesprochen haben.«

»Hier herrscht vollkommene Schweigepflicht.«

Emelie fragte sich, worum es wohl ging. Die junge Frau hatte kaum etwas gesagt – dennoch vibrierte ihre Stimme vom offenkundigen Stress.

»Ich würde Sie gern so bald wie möglich treffen, geht es auch früher als Montag?«, fragte Katja.

Emelie wusste, dass man in seiner Haltung den Klienten gegenüber bei seinen Prinzipien bleiben sollte, sonst riskierte man, dass sie einen auffraßen. Dennoch fühlte sich das hier besonders eilig an. Sie sagte: »Okay. Wir sehen uns morgen.«

4

Samstagsessen zu Hause bei Mama und Papa im Reihenhaus in Kista. Ihre Mutter sagte, der Vater sei wieder deprimiert, und Roksana wollte ihm gern auf irgendeine Weise helfen, aber zuerst musste er einsehen, dass er andere brauchte, dass er das hier allein nicht schaffen konnte.

Sie setzte sich in das eine Sofa und Caspar in das gegenüberliegende, dieselben Ledersofas, auf denen sie als kleine Kinder miteinander gekämpft hatten. Auf dem dicken persischen Teppich stand der Glastisch, von dem Roksana einmal runtergefallen war, als sie sieben, acht Jahre alt war, woraufhin ihr Vater einen Anfall bekam, weil er meinte, der Tisch sei kaputt gegangen. Roksana dachte manchmal daran: Hatte *Baba* keine Angst gehabt, dass *Roksana* kaputt gegangen sein könnte? Auf dem Glastisch stand das Messingtablett mit den Teegläsern, dieselbe Routine wie immer – die Mutter hatte das Tablett mit Tee als Erstes hingestellt, noch ehe Roksana draußen in der Diele ihre Jacke ausgezogen hatte.

Manche Dinge änderten sich nie.

Im Fernsehen lief ein Fußballspiel. Die Gardinen waren zur Hälfte vorgezogen, und die Kissen auf dem Sofa aufgeschüttelt und nach Farben geordnet: die roten in der einen Ecke, die grünen in der anderen. Der Vitrinenschrank aus Holz war voller Goldkaraffen, Messingtabletts und Vasen, Roksana könnte mit geschlossenen Augen genau wiedergeben, wie sie aufgestellt waren. Am kostbarsten waren für ihre Mutter die Kerzenständer von Großvater. »*Dokhtaram*, das hier sind die wertvollsten Dinge, die ich besitze«, pflegte sie zu sagen. »Nicht, weil wir bei einer Auktion so viel dafür bekommen würden, sondern weil sie die Mitgift der Familie meiner Großmutter an Großvater waren. Sie sind die einzige Erinnerung, die ich an die Familie meiner Großmutter habe.«

Caspar wandte den Blick nicht vom Bildschirm. Obwohl er der Ältere war, wohnte er noch zu Hause – und ausgerechnet diese Tatsache war zwischen ihnen beiden nicht diskutabel. Es durfte nicht erwähnt werden, denn dann würde sich Caspar erniedrigt fühlen.

Baba kam herein, und Roksana umarmte ihn. »Ich freue mich, dass du hier bist«, sagte er ihr ins Ohr. Wie immer roch er nach Aramis. »Es ist das Parfüm der Parfüme, das Original, Mutter aller Herrenparfüme«, hatte er erwidert, als Roksana ihn fragte, warum er ein Alte-Männer-Parfüm benutzte, auch wenn sie das natürlich etwas vorsichtiger formuliert hatte.

Ihr Vater trug ein weißes, kurzärmeliges Hemd, das in ein Paar Bluejeans gesteckt war. Die waren tatsächlich ziemlich schick. *Normcore*, wie Z. sich ausgedrückt hätte, doch darauf hatte es ihr Vater natürlich nicht angelegt. Als er sich im Sofa niederließ, äußerte er nur ein Wort: »Caspar …«

Caspar wie Roksana wussten, was das bedeutete: *Baba* wollte den Sender wechseln.

»Aber da spielt jetzt Man U. mit Zlatan, um Gottes willen«, zischte Caspar.

Vater nahm die Fernbedienung und schaltete aus. »Fußball ist etwas Schönes, wenn Team Melli spielt. Erinnert ihr euch?«

Roksana wusste, was er meinte. Als Iran 2014 in der Friends Arena gegen Schweden spielte, waren sie, zusammen mit vierzigtausend anderen Schweden-Iranern da gewesen. Es war eine Erinnerung fürs Leben, ein Volksfest, und das einzige Mal, dass sie ihren Vater in einer solchen Stimmung erlebt hatte – Iran hatte 1:3 verloren, und ihr Vater hatte hemmungslos geweint. Trotzdem hatte Roksana ihm angesehen, dass es nicht nur Tränen der Trauer gewesen waren, sondern dass da auch noch etwas anderes war. Und tatsächlich hatte auch Roksana geweint, dieses Match hatte etwas in ihr geweckt, das sie nicht begriff – Stolz und gleichzeitig die Sehnsucht nach etwas, von dem sonst nur ihre Mutter redete, ein Feeling, zu etwas zu gehören, das sie mit all den anderen Vierzigtausend teilte.

Dann dachte sie an den Fund, den sie in der Wohnung gemacht hatten. Sie, Z. und Billie hatten in einen der Kartons gestarrt, die sie hinter der falschen Wand in der Kleiderkammer gefunden hatten – einem Raum, der wahrscheinlich nur zu diesem einzigen Zweck konstruiert worden war.

Der Karton war voller großer, durchsichtiger Tüten, durch die man den Inhalt erkennen konnte. In den größeren Tüten lagen kleinere, mit weißem Pulver gefüllt.

Sie setzten sich aufs Sofa. Z. agierte wie ein Profi, er schnitt ein kleines Loch in die Ecke einer der Tüten und schüttete eine winzig kleine Menge auf einen Glasteller.

Billie sagte: »Ich finde, wir sollten die Jalousien runterziehen. Schließlich will ich ja doch Juristin werden und so.«

Sie hatte recht. Auch wenn sie vor weniger als einer Stunde noch ein Riesenfest gehabt hatten, gab es doch einen Unterschied zwischen ein bisschen Gras und diesen Tüten, die sie eben gefunden hatten. Möglicherweise handelte es sich um mehr als zehn Kilo des Pulvers.

Sie beugten sich vor. Z. leckte seinen kleinen Finger an und tauchte ihn in den kreideweißen Pulverhaufen. Er hielt ihn dicht vor sein Gesicht.

»Sieht ziemlich kristallig aus.«

Jetzt sah Roksana es auch. Das Pulver erinnerte eigentlich mehr an flockiges Salz als an Kokain oder Backpulver.

Ein weißes Tischtuch – es ging doch nichts über das Essen bei Mama und Papa. Mit den verschnörkelten geblümten Tellern, die sie aus Teheran mitgebracht hatten, war der Tisch sorgfältig gedeckt, mit Löffel und Gabel – aber ohne Messer. Zu Hause bei Mama und Papa benutzte man keine Messer. Als Roksana Kind war, legte sie für ihre schwedischen Freunde, die zum Essen kamen, immer Messer hin.

Das Essen türmte sich: Ghormeh Sabzi und Roksanas Extrateller mit vegetarischem Ghormeh Sabzi, Safranreis, Salat und grüne Erbsen. Als die Mutter die Schüssel mit Tahdig hinstellte, stürzten sich Roksana und Caspar gleichermaßen darauf. Tahdig – als Roksana klein war, wollte sie immer mit dabei sein und die Kartoffeln auf den Boden des Topfes legen, ehe der Reis darüber geschüttet wurde, und dann die Löcher formen, damit der Dampf leichter heraussteigen konnte. Doch am Ende war es immer ihre Mutter, die alles stürzte, sodass die Kartoffeln oben landeten: ein knuspriger Reiskuchen, vielleicht das beste Essen, das Roksana kannte.

»Wie geht es denn mit dem Studium, Roksana *joonam*«, fragte ihr Vater in seinem Achtzigerjahre-Persisch. Das war Roksana erst vorigen Sommer aufgegangen, als ihre Cousinen aus Teheran zu Besuch gewesen waren und über die altmodische Redeweise ihres Vaters gelacht hatten.

Roksana wusste ungefähr, was nun kommen würde, und sie antwortete ihrem Vater immer auf Schwedisch. »Alles gut.«

Ihr Vater nahm einen Schluck Wein, von dem die Mutter nur dem Vater und sich selbst eingeschenkt hatte. Von Caspar und Roksana wurde immer noch erwartet, dass sie Coca-Cola tranken, obwohl sie beide ein gutes Stück über zwanzig waren. »Verhaltensforschung heißt die Ausbildung, nicht wahr?«

»Ja.«

»Und das ist wie eine einfachere Version des Psychologiestudiums?«

»Ich weiß nicht, ob man das so sagen kann, aber ich werde mit vielen vergleichbaren Themen arbeiten. Das fühlt sich gut an.«

»Aber du hättest auch Psychologin werden können?«

»Ich hatte nicht die Noten dazu, *Baba*, und das weißt du auch. In das Psychologiestudium an der Stockholmer Universität reinzukommen, ist am schwierigsten in ganz Schweden. Man braucht an die 22,3 Punkte oder mindestens einen Durchschnitt von 1,9 in der Hochschulprüfung.«

Ihr Vater stellte das Weinglas mit einem Knall ab. »Du hättest durchaus 22,3 Punkte bekommen können, wenn du dich angestrengt hättest und nicht die ganze Zeit auf allen möglichen Partys herumgesprungen wärst. Du bist intelligent, Roksana, du bist tüchtig. Mama und ich haben dich gut erzogen. Sieh deinen Bruder an, er wird mal Zahnarzt. Das ist ein guter Beruf, er wird Arzt werden. Du hättest auch …«

»Aber ich habe keine Lust, Zahnarzt zu werden. Mit den Mundhöhlen anderer Menschen will ich nichts zu tun haben, sie sind uninteressant und riechen schlecht.«

»Nun, nun …«, warf ihre Mutter ein. »Jetzt wollen wir mal nicht streiten. Aber eins würde ich doch gern wissen, wirst du denn dann eine Ärztin sein?«

»Nein, Mama. Ich werde keine Ärztin. Ich werde Verhaltenswissenschaftlerin.«

»Aber du weißt ja, wie wir diese Sache sehen, *azzizam*. Wir sind *euretwegen* hierhergezogen. Wir haben *euretwegen* hart gearbeitet. Wir haben geschuftet, damit *ihr* euch die besten Jobs aussuchen und das beste Leben führen könnt. Wir wollen nicht, dass ihr eure Talente verschwendet. Hast du dich zur Hochschulprüfung angemeldet? Du hast die Fähigkeit, ins Psychologiestudium hineinzukommen, davon sind Papa und ich gleichermaßen überzeugt.«

Caspar goss sich eine Cola ein, die Blasen stiegen im Glas hoch, sodass sie fast überschäumten. »Bitte, jetzt hört doch auf, Roksana Schuldgefühle zu machen. Sie ist nicht so wie ihr, das müsst ihr respektieren.«

Die Mutter öffnete den Mund, wie um etwas zu sagen, schloss ihn dann aber wieder. Der Vater pikste ein paar Erbsen mit der Gabel auf. Roksana stocherte im Reis herum. Sie hatte sich durchaus zur Hochschulprüfung angemeldet, um zu sehen, ob sie ihren Schulabschluss würde verbessern können – doch hatte sie nicht vor, ihren Eltern davon zu erzählen.

Nach einer Weile schenkte die Mutter noch etwas Wein nach. »Wisst ihr, das ist ein Shirazwein, und ich habe gehört, dass er so heißt, weil die Traube eigentlich aus Shiraz, der Heimat von Großvater, stammt.«

Roksana erwiderte nichts, alle, die um den Tisch saßen, hatten die Shiraz-Theorie bestimmt schon hundertfünfzigmal gehört.

»Kuck mal, was ich habe«, hatte Z. gesagt und ein Luxusmakler-Smile aufgelegt. Er hielt einen kleinen Karton in der Größe eines Taschenbuchs hoch. »Du hast das Glück, mit dem Experten der Experten zusammengezogen zu sein. Wir können rauskriegen, was für ein Pulver das hier ist.«

Auf der Oberseite des Kartons stand es: EZ-Test. »Das Kit hier habe ich letztes Jahr mal im Netz gekauft. Es war ganz unten in meiner Reisetasche, die ich noch nicht ausgepackt habe. Supergut, wenn man wissen will, was man sich so reinzieht.«

Z. öffnete die Verpackung und erklärte gleichzeitig wie immer, wie alle Dinge lagen. »Das hier misst den Inhalt verschiedener Substanzen mit großer Präzision, hat nur neunundsechzig Kronen pro Set gekostet. Billiger kriegt man das nicht.« Er hielt eine kleine Ampulle hoch, die unten durchsichtig war und in der man eine Flüssigkeit erkennen konnte. »Man muss eine Menge so groß wie ein *pinhead* nehmen«, las er von dem winzigen Blatt mit Instruktionen und legte eine Menge Pulver, so groß wie ein Nagel, auf einen Teelöffel.

Roksana schaute auf die Beschreibung der Verpackung. »Das da ist zu viel. Das ist kein *pinhead*.«

Z. wandte den Kopf. »Kennst du dich mit sowas aus, oder ich? Das hier ist ungefähr die Menge eines Nagels.«

»Schon, aber *pinhead* heißt Stecknadelkopf auf Englisch. Oder hast du gedacht, die Gebrauchsanweisung ist auf Aserbaidschanisch? Weil auf Aserbaidschanisch heißt das Eier.«

Z. murmelte etwas und googelte derweil *pinhead* auf seinem Handy. »Okay, du hast recht«, brachte er dann heraus und schüttete ein bisschen von dem Pulver zurück. Dann bugsierte er das, was noch auf dem Löffel lag, in die Ampulle und schraubte den Deckel zu. Er schüttelte. Roksana musste an Ray denken, ihren Chemielehrer in der Oberstufe. Gelber Schnurrbart und Lederweste und fast in jeder Stunde derselbe heftige Wutanfall auf ein paar der Jungs in der Klasse. Doch hatte er sich immer schnell beruhigt und die Unterrichtsstunde mit unermüdlicher Energie weitergeführt – und er hatte Roksanas Neugier gemocht.

»Jetzt sind zwei Minuten um. Da sollte die Reaktion fertig sein, und wir können es mit der Farbskala abgleichen.« Z. hielt die Ampulle gegen das Licht und das Instruktionsheftchen gleich daneben. Roksana sah die unterschiedlichen Farbfelder. Rot: Ketamin. Grüngelb: Amphetamin. Blau: Kokain. Lila: MDMA. Gelb: Ritalin. Weinrot: PMA.

Die Farbe der Flüssigkeit in der Ampulle war eindeutig – sie war rot.

»Es ist Ketamin«, sagte Roksana.

»Das habe ich schon immer mal ausprobieren wollen«, sagte Billie.

»Sie sagen, es sei besser als DXM«, meinte Z.

»Und *sie* haben ja meistens recht«, gab Billie zurück.

»Wer sind *sie*?«, fragte Roksana.

»Keine Ahnung«, meinte Billie. »Aber scheißegal. Wir probieren es.«

Polizeibehörde Kreis Stockholm
Betreff: AZ 0104-K3941

Dienstbericht
Im Folgenden gesammelte Ausdrucke einer Auswahl von Telefongesprächen und SMS-Nachrichten zwischen dem verdächtigen Hugo Pederson und einer Reihe anderer Personen. Die abgehörten Telefone haben folgende Nummern: 0733-47 57 34 und 0704-34 32 22. Die Gespräche wurden während der Jahre 2005-2006 mitgeschnitten.

Telefongespräch Nr. 1
An: Hugo Pederson
Von: Louise Pederson (Ehefrau)
Datum: 23. September 2005
Zeit: 21:34

LOUISE: »Wo bist du?«
HUGO: »Bei der Arbeit.«
LOUISE: »Wirst du nach Hause kommen, ehe ich eingeschlafen bin, was meinst du?«
HUGO: »Mausi, das hängt davon ab, wann du einschläfst. Wenn du wie immer vor *Sex and the City* wegdämmerst, dann wirst du wie ein kleines Ferkelchen schlafen, wenn ich nach Hause komme, denn ich habe hier viel zu tun.«
LOUISE: »Aha, also *as usual*. Sag mal, übrigens, ich habe heute mit Isabelle gesprochen, und das hat mich so aufgeregt. Weißt du, was die vorhaben?«
HUGO: »Nein.«
LOUISE: »Sie werden Stacek für die Renovierung nehmen.«
HUGO: »Aber das ist doch gut, wir nehmen ihn ja auch.«

LOUISE: »Genau, aber sie werden ihn vor uns nehmen, haben sie sich gedacht. Und sie werden die gesamte Wohnung entkernen und alles verändern, tutti benutti. Isabelle hat eine halbe Stunde rumproletet über Dornbracht-Wasserhähne, die Kvänum-Küche, die Gaggenau-Herde, den Kalkstein in der Diele und die in die Decke eingelassenen Spotlights.«

HUGO: »*Good for them*, wenn sie nur nicht im Weg sind, wenn wir mit unserer Sache loslegen.«

LOUISE: »Unsere Sache, unsere Sache. Hugo, im Vergleich zu dem, was die vorhaben, ist unsere Sache nicht einmal eine Sache. Wir wollen ja nur die Küche austauschen und das Wohnzimmer neu streichen. Unsere Sache ist eine armselige Billigvariante, ein Witz. Ich finde, wir sollten auch das Badezimmer neu machen und zumindest den Strom verlegen. Alles andere wäre nur peinlich. Alle anderen renovieren alles, und wir machen nur ein bisschen mit der Arbeitsplatte in der Küche rum.«

HUGO: »Es ist nicht so, dass alle anderen alles renovieren.«

LOUISE: »Aber Isabelle und Anders werden alles renovieren, und du weißt genau, dass Ebba und Pierre letztes Jahr ihr Haus komplett renoviert und sogar noch angebaut haben, und Anna und Carl-Johan haben ihre ganze Wohnung in London neu gemacht. Also, doch, alle machen alles. Nur wir nicht.«

HUGO: »Aber unser Badezimmer ist doch perfekt. Warum sollten wir es verändern? Die früheren Besitzer haben es vor zwei Jahren renoviert. Sie haben alles ausgetauscht, jede einzelne Fliese.«

LOUISE: »Du sagst doch selbst, es ist schon zwei Jahre alt. Wir haben jetzt 2005, und ich hasse diese Terrakottafliesen. Und das freistehende Klo. Niemand hat mehr ein freistehendes Klo, es muss in der Wand fest sein, sonst kann man auch gleich ein Plumpsklo haben.«

HUGO: »Ich finde, wir sollten warten, die Wohnung war schon teuer genug, so wie sie war.«

LOUISE: »Hugo …«

HUGO: »Ja?«

LOUISE: »Ich schäme mich für unser Zuhause.«

HUGO: »Mausi, jetzt komm …«

LOUISE: »Nein. Ich finde es peinlich. Ich will kaum mehr Leute nach Hause einladen, wenn es da so aussieht wie aus dem Ikea-Katalog. Gute Nacht.«

Telefongespräch Nr. 2
An: Carl Trolle (Freund)
Von: Hugo Pederson
Datum: 23. September 2005
Zeit: 22:42

HUGO: »Hallo, Alter, ich bin's.«

CARL: »Sehe es. Was machst du?«

HUGO: »Sachen.«

CARL: »Hmm.«

HUGO: »Für mich gibt es Nachtschicht.«

CARL: »Du liebst doch Nachtschichten. Ich bin zu Hause.«

HUGO: »Ich habe nicht vor, einfach nur still zu sitzen und auf Geschäfte zu warten, da muss man schuften. Hast du heute nur einen halben Tag gemacht?«

CARL: »Haha, sehr witzig. Fredrika ist unterwegs und hat ein Arbeitsessen im Teatergrillen, also sie hat es wahrscheinlich nett, aber ich …«

HUGO: »Du machst das, was du am besten kannst, nehme ich an. Reibst die Handfläche.«

CARL: »Also, ehrlich, hast du Porn Hub gesehen? Was für eine Seite, da kann man sich durch alles durchklicken.«

HUGO: »Wie heißt die noch, hast du gesagt?«

CARL: »Porn Hub.«

HUGO: »Werde ich ausprobieren.«

CARL: »Jetzt auf Arbeit?«

HUGO: »Nee, ich bin ja nicht wie du.«

CARL: »Wir haben übrigens ein Angebot auf eine Wohnung abgegeben.«

HUGO: »Echt? Und wo?«

CARL: »Kommendörsgatan. Hundertsiebzig Quadratmeter.«

HUGO: »Was wollen die dafür?«

CARL: »Fünfundsechzigtausend pro Quadratmeter. Das ist einfach krank in dieser Stadt.«

HUGO: »Müsst ihr was damit machen?«

CARL: »Ja, natürlich. Fredrika will alles entkernen, offene Planlösung, im Badezimmer Carrara, es soll hell, frisch und so weiter sein. Ziemlich klasse, ehrlich.«

HUGO: »Ah ja.«

CARL: »Aber wir wissen ja noch nicht, ob wir sie kriegen.«

HUGO: »Nee, klar. Dann gibt das also eine Riesenrenovierung?«

CARL: »Ja, schon, hab ich doch gesagt. Das muss man machen. Man will sich ja schließlich ein gemütliches Zuhause schaffen, oder? Nicht irgendwie in die Welt eines andern ziehen. So gesehen verstehe ich Fredrika voll und ganz. Heutzutage ist es fast peinlich, nicht zu renovieren, finde ich. Man wohnt doch nicht zur Miete.«

HUGO: »Nein, das ist klar.«

CARL: »Genau.«

HUGO: »Du, ich muss mal weitermachen. Bis später, Alter. Bis später.«

CARL: »Ciao.«

5

Über der Garage hing ein Schild: *Carwash, Reparaturen – City & Söderort*. Auf den wehenden Wimpeln stand: *Unschlagbare Preise und Zugang zu Mietwagen.*

Teddy saß auf dem Beifahrersitz neben Dejan, und auf dem Rücksitz saß Dejans Hund, The Mauler. Sie waren weder wegen der qualitativ hochwertigen Autowäsche hier noch wegen der unschlagbaren Preise, auch wenn Dejan eine neue Karre besaß: einen Tesla Model X. Teddy hatte ihm kaum glauben können, als er erzählt hatte, er habe sich einen Tesla bestellt. »Bist du auf deine alten Tage jetzt noch öko geworden?«

Dejan antwortete mit totem Blick. »Warte, bis du eine Probefahrt mitmachen darfst.« Über gewisse Dinge scherzte man nicht mit Dejan: Sein Hund war ein solches Thema, seine Autos ein anderes.

Und der Kumpel hatte recht mit dem Auto, auch wenn es wie ein verwachsener Peugeot aussah. Der Tesla fühlte sich innen drin so dermaßen hightech an, dass er mehr an ein Tablet erinnerte, als an ein Auto. Die Flügeltüren öffneten sich gerade nach oben, wie bei einem Benz SLR, aber mit dem Unterschied, dass dies hier ein vierradgetriebener Riesenwagen war, der keinen Tropfen Benzin saugte. Doch das Verrückteste war die Einstellung auf dem Touchscreen: *Ludicrous Speed*. Das Monster machte es von null auf hundert in drei Sekunden glatt – ohne Schalten. Ein absolut geisteskrankes Erlebnis war die Stille, es war, als würde man sich aus dem Helikopter werfen, nur den Wind in den Ohren. Teddys Hand wurde instinktiv zum Griff über der Beifahrertür gezogen, er wollte sich an etwas festhalten, die Fallhöhe begrenzen, und sein Magen war sehr kurz davor, sich um hundertachtzig Grad zu drehen. Dejan auf der anderen Seite schrie laut: »Wohooo!«

Als sie bei Flemingsberg mit dem Tempo runtergingen, erklärte der Kumpel: »Sie sagen, es sei mehr als 1 G, dieser kleine Liebling beschleunigt also schneller, als wenn wir aus einem Flugzeug fallen würden.«

Teddy nickte, schluckte – das erklärte sein Nahkotzerlebnis. »Vielleicht werde ich ja auch noch Umweltfreund«, sagte er und lehnte den Kopf an die Nackenstütze. »Wenn ich es mir je leisten kann.«

Er hoffte, dass Dejan es auf dem Rückweg ein bisschen ruhiger angehen lassen würde.

Sie hätten Dejans Auto nicht einmal durch das enge Garagentor bekommen, aber er war wegen anderer Geschäfte hier. Und Teddy war aus dem einfachen Grunde dabei, dass solche Geschäfte, wie Dejan sie zu tätigen gedachte, nicht einmal Dejan allein erledigen wollte. Teddy war der Backup seines Kumpels. Sein Fallschirm. Und es war genau diese Art von Dejan-Jobs, von denen Isa von der Arbeitsvermittlung meinte, dass Teddy sie nicht annehmen sollte. Er konnte sie verstehen. Aber was sollte er tun?

Sie klingelten an der Metalltür im Garagentor. Zwar war es erst drei Uhr nachmittags, doch draußen war es schon dunkel. Es brummte laut: Das Klicken im Türschloss hörten sie kaum – aber offensichtlich saß irgendwo über ihnen eine Überwachungskamera. Dejan zog die Tür auf, und sie stiegen auf der Innenseite von der Rampe.

Betonfußboden, an den Wänden Ditec Entrematic-Schilder, Reklame für Unterhaltungsprodukte, Autoschutzpakete, Ausrüstung, Poliermittel und Wachs. Die Garage lag im Halbdunkel und roch nach Abgasen. An der einen langen Wand standen fünf Autos geparkt: verbeulte 7-Tonner eher unschicke Marken. Dejans Raumschiff hätte sich hier so unwohl gefühlt wie ein Hermelin unter Katzen oder was man dazu nun sagte. Vor dem kurzen Ende des Raumes erstreckte sich eine zusätzliche Wand, die einen eingebauten Raum, wahrscheinlich eine Art Büro, abschirmte. Ansonsten: ein Hydraulikfahrstuhl und eine Menge Ausrüstung – wahrscheinlich meist Sachen, die man für dieses Geschäft benötigte.

Aber Dejan war ja wegen eines anderen Geschäfts hierhergekommen.

Teddy wandte den Kopf, scannte den Ort. Er konnte keine Bewegungen wahrnehmen. Doch sie hörten eine Stimme aus dem Büroraum. »Dejan, der kleine Serbe, willkommen.«

Ein Mann mit getrimmtem Bart, Kapuzenpulli und Jogginghosen trat heraus. Im Vergleich zu ihm kam sich Teddy wie ein Zwerg vor, und das, obwohl er fast zwei Meter groß war. Er hatte im Laufe seines Lebens schon viele riesige Typen gesehen, in der Sporthalle im Knast, im Kreis um *Kum*, unter den Einsatzbullen, die ihn zusammengeschlagen hatten, als er festgenommen worden war. Gegen das Tier, das da vor ihm stand, waren das alles Typen, die sich jeden Tag unter der Bankpresse in die Hosen machten oder deren Nacken nach der Klimmzugstange immer noch nur wie Spaghetti aussah.

Dejan und der Riese gaben sich die Hand, murmelten einander zu. »Wo ist Abdel Kadir?«

Der Mann bat sie hinein. Dejan machte eine Bewegung mit dem Kopf zu dem Typen und zischte Teddy auf Serbisch zu: »*Hajduk.*«

Sie betraten das Büro. Am Schreibtisch dort drinnen saß ein anderer Mann, auch er in sportlich soften Klamotten. Sein Bart hingegen war nicht schütter und getrimmt, sondern erinnerte eher an den Weihnachtsmann oder Alexander Bard. Auf dem Kopf trug er eine weiße, gehäkelte Mütze. Das war Abdel Kadir – der Bartmann.

Der Raum war größer, als er von draußen gewirkt hatte, und hinter dem Schreibtisch war eine Art Vorhang angebracht. An den Wänden hingen Bilder von verschiedenen Autos und Texte auf Arabisch. Dejan ließ sich gegenüber Abdel Kadir nieder. »Lange her.«

Kein Stuhl für Teddy und den Riesen, sie sollten im Hintergrund stehen.

»Vier Jahre. An dem Abend habe ich hundert Riesen verdient, wusstest du das?« Abdel Kadirs Stimme war sanft, der Blick tot. »Aber ich spiele nicht mehr. Trinke auch nicht mehr.«

Der Riese trat an den Vorhang und zog ihn zur Seite.

Abdel Kadir machte eine Geste mit der Hand. »Das hier ist die Fabrik.«

»Okay, kleiner als ich dachte«, erwiderte Dejan.

»Mehr braucht man nicht.« Abdel Kadir zeigte die Zähne – wahrscheinlich lächelte er hinter dem Bart. »Das da ist der Drucker«, fuhr er fort und zeigte auf eines der Kopiergeräte. »Die Schwierigkeit ist nicht, die Führerscheine zu drucken, was Routine und Technik erfordert, ist, die Papierqualität hinzukriegen.« Er gestikulierte zum nächsten Apparat, der etwas kleiner war. »Das ist der Hologrammdrucker. Da werdet ihr niemals Probleme haben, der organisiert sich selbst, und inzwischen checkt sowieso niemand mehr die Hologramme auf Ausweispapieren.«

Der nächste Apparat war der größte. »Mit dem hier laminieren wir. Auch kein Problem.« Er zeigte auf das letzte Ding, das wie ein gewöhnlicher Computer aussah. »Ich sag mal so, die anderen Sachen könnt ihr im Netz für zwei Öcken das Stück kaufen. Aber was wir in diesem Kasten hier haben, das aufzubauen hat mehr als drei Jahre gedauert. Das ist die Software und die Datenbank. Das ist es, wofür du bezahlst.«

Dejan fuhr mit dem Finger über den grauen Deckel des Druckers. »Aber es ist ein Paketdeal. Nicht nur die Sachen hier, sondern auch das andere, wovon wir geredet haben. Da waren wir uns einig.«

»Selbstverständlich. Ich habe dir alles versprochen, also kriegst du auch alles. Nicht nur die Maschinen und die Datenbank. Du wirst das Bezahlsystem übernehmen können, mehrere Manuale, all unsere Kontakte, sogar den Chat.«

»Wie funktioniert das Bezahlsystem?«

»Wir benutzen Hawala. Das ist am sichersten.«

»Hawala? Wovon redest du? Da habt ihr den CIA und die FRA beim kleinsten Furz an der Backe. Warum nehmt ihr nicht einfach Forex, Swish oder was auch immer?«

»Die Kunden blechen hier, und der Hawala-Typ in Dubai zahlt auf die Konten unserer Banken Abu Dhabi Commercial Bank oder Emirates Islamic Bank ein. Das Cash verlässt nicht einmal Schweden, das ist doch der Trick. Hawala baut auf Vertrauen, sicherer geht nicht. Verstehst du?«

»Was nehmen die?«

»Fünf Prozent insgesamt, drei Prozent für den Empfänger hier und zwei Prozent für die Mutterorganisation in Dubai.«

»Das heißt, ich muss ein Konto in Dubai eröffnen?«

»Kein Problem. Norwegian fliegt dich für viertausend Kronen hin und zurück. Du musst nicht einmal über Nacht bleiben.«

Dejan murmelte etwas, das Teddy nicht verstand. Die Vibes waren nicht mehr angenehm. Dejan war über irgendwas verärgert. Der Gorilla fuhr die Augenbrauen nach unten. Abdel Kadir hingegen schien nicht zu bemerken, dass die Stimmung umgeschlagen war – er präsentierte jede Menge Papiere und pries die Vorteile des Hawala-Systems an. Wenn das Geschäft durchging, dann würde der Bartmann bald 1,2 Millionen Gründe haben, sich zu freuen.

Teddy musste an Nikola denken. Für seinen Neffen schien es im Großen und Ganzen jetzt gut zu laufen. Bald würde er Elektriker sein und vielleicht noch nebenher seine Noten verbessern können. Vielleicht besuchte er irgendwann sogar eine Hochschule. Aber manchmal wirkte es so, als könne Nicko sich nicht so richtig darüber freuen, wie sein Leben nun verlief. Vielleicht war es die Explosion, die ihn verletzt hatte – er war irgendwie anders, als hätte er einen harten Kern in sich entwickelt. Und Emelie? Die hatte auch einen harten Kern. Das Einzige, was Teddy wusste, war, dass sie inzwischen ihre eigene Anwaltskanzlei betrieb. Nach dem Emanuelsson-Gerichtsverfahren hatte er mehrmals versucht, sie anzurufen. Einmal hatte er sogar einen gewöhnlichen Papierbrief geschrieben und den auf die Post gebracht. Sie antwortete nicht. Er begriff nicht, warum. Sie mussten ja nicht heiraten und bis ans Ende ihrer Tage zusammenleben. Aber sie hätten sich doch ein paarmal treffen können, einfach so, über den Sommer. Jetzt fühlte es sich so an, als hätte das, was sie miteinander hatten, nie einen richtigen Abschluss gefunden.

Dejan drehte sich auf dem Stuhl und wandte sich Abdel Kadir zu. »Warum verkaufst du denn, wenn alles so verdammt gut ist?«

Der Bartmann verstummte kurz. »Ich habe an der Sache hier ordentlich Kohle verdient. Jetzt ist es an der Zeit, weiterzuziehen. Ich will ins Ausland.«

»Wohin?«

»Spielt keine Rolle. Aber ich bin nicht mehr derselbe Typ wie vor vier Jahren. Ich habe mein wahres Ich gefunden.«

»*Zakat*, was ist das?«

Abdel Kadir blies Luft durch die Nase, sodass die Schnurrbarthaare wehten. »Was spielt das für eine Rolle?«

»Ich schaue hier auf eine Quittung von Dubai. Drei Prozent plus zwei Prozent, wie du gesagt hast, dann steht da 2,5 Prozent *Zakat*. Was zum Teufel ist das?«

Jetzt erstarrte auch der Bartmann: Die Atmosphäre im Raum veränderte sich. Seine Mundwinkel fuhren herab. Die Augen des Gorillas flackerten zwischen Dejan und Teddy hin und her, als würde er ein aggressives Tennismatch verfolgen.

Abdel Kadir stand auf. »Du stellst zu viele Scheißfragen, Kumpel.«

Auch Dejan erhob sich. »Du hast zu mir gesagt, dass man zwei Prozent an den Vermittler hier in Schweden und drei an den unten in der Wüste abdrückt. Dann sehe ich noch weitere 2,5 Prozent.«

»Dann lass mich das erklären, bevor du anfängst rumzubrüllen.«

»Ich brülle nicht rum.« Dejan trat näher an Abdel Kadir heran, beide atmeten jetzt durch die Nase.

»*Zakat* bedeutet Almosen.«

»Und was sind das für Almosen?«

»Eine Spende, eine Gabe. Das ist eine muslimische Sache, nichts, was ihr bezahlen müsst.«

»Wohin ist die Spende gegangen?«

»Religiöse Organisationen, aber das gilt nicht für dich, *Kafir*. Also mach dir keine Sorgen.«

Dejans Nasenflügel bebten. Sein Atem zischte, als würde jemand Fleisch anbraten. Abdel Kadir starrte. Jetzt war es nahe daran, richtig aus dem Ruder zu laufen.

Teddy kam näher. Der Gorilla sah das und trat auch vor. Teddy spannte den Körper an. Er fingerte nach dem Tele-

Schlagstock, den Dejan ihm im Auto gegeben hatte, ehe sie hier reinkamen.

Das war *genau* die Sorte Job, von denen Isa NICHT wollte, dass er sie machte.

Er nahm jetzt alles wahr, jede kleinste Bewegung.

Der Gorilla, der auch in seinem Trainingsanzug herumsuchte.

Dejan, der sich ruckartig bewegte.

Abdel Kadir, der die Füße breiter auseinanderstellte.

Shit aber auch.

»Abdel, du hast mir besser gefallen, als du gesoffen, gespielt und gekifft hast. Ich werde jetzt nicht fragen, welche Organisationen dein Geld finanziert hat. Aber ich sage mal so: Ich habe kein Interesse, Geschäfte mit bärtigen Fotzen zu machen.«

Dejan machte auf dem Absatz kehrt und ging los. Teddy folgte.

Er atmete erst aus, als sie wieder auf der Straße standen.

»Jetzt beruhige dich mal«, sagte Teddy zu Dejan, als sie wieder im Wagen saßen.

»Warum soll ich mich beruhigen?«

»Weil das da richtig übel hätte ausgehen können.«

»Hör mal zu, Teddy. Ich bin mein ganzes Leben lang Dieb gewesen. Ich habe Restaurants abgefackelt und Autos angezündet. Ich habe alles importiert, was du dir nur vorstellen kannst. Ich habe Leute gekidnappt und zusammengeschlagen. Aber das bedeutet nicht, dass ich keine Ehre im Leib habe. Nicht wie diese Barttypen, die keine Ahnung haben, was richtig und was falsch ist. Denn eins sollen alle wissen: Wen immer ich in meinem Leben abgezogen habe, der hatte es verdient.«

»Auch Mats Emanuelsson? Den wir beide gekidnappt haben?«

Dejans Hände hingen entspannt auf dem Lenkrad. »Das ist über zehn Jahre her, und Emanuelsson war ein Geldwäscher und Krimineller. Wenn man im Game ist, dann kennt man die Regeln. Aber es tut mir leid, dass du acht Jahre dafür sitzen musstest.«

Sie fuhren an riesigen Werbeschildern für neugebaute Wohnsiedlungen vorbei. *Dalénum, Unum, Lyceum – modernes Design, hohe Decken und maßgeschneiderte Küche. Ein einzigartiges Wohnen.* Aber wenn alle Luxuswohnungen einzigartig waren, warum hießen sie dann immer ungefähr gleich? Teddy selbst wohnte in seiner Einzimmerwohnung in Alby, und dorthin war er jetzt unterwegs. Nach Hause.

Sein Telefon klingelte. Er sah verstohlen aufs Display des Handys: Emelie. Seit über einem Jahr hatten sie nicht miteinander gesprochen.

Er zögerte, ob er rangehen sollte. Aber sie gab nicht auf – das Display blinkte: *Emelie mobil.* Sein Blick, seine Ohren, seine Finger, alles zuckte.

Dejan drehte sich um. »Willst du nicht rangehen?«

Er wollte wirklich rangehen.

Trotzdem drückte er das Gespräch weg. »Nein, war nicht wichtig.«

6

Ein gechilltes Wochenende: Nikola und Chamon aßen zu Mittag in der Steakhouse Bar. Nikola einen Burger. Chamon schnitt sein gegrilltes New York Strip Loin in drei gleiche Teile.

»Gehst du nachher mit ins Studio?«

Nikola kaute erst fertig, ehe er in Chamons eigener Sprache antwortete. »Bratan, du wirst das nicht packen. Denn was du da machst, nennt man nicht essen. Du lässt dein Fleisch einfach vom Teller verschwinden, indem du vielleicht dreimal den Mund aufmachst. Nach dem da kannst du mindestens fünf Stunden nicht trainieren.«

Chamon lachte laut los. »Biblosh, in dem Fall können wir da einfach ein bisschen rumsoften.«

Die Brüder nannten Nikola manchmal den Bibelmann, oder selbst kreiert: Biblosh – sie fanden, dass er ein Syrisch sprach, das wie in den alten Büchern klang. Trotzdem imponierte das allen: Nikola war der einzige nicht-syrische Typ, den sie kannten, der ihre Sprache beherrschte. Aber war das eigentlich so seltsam? Sein Großvater Bojan hatte ihm beigebracht, die Sitten derer anzunehmen, in deren Umgebung man sich befand. »Sowie ich hierherkam, habe ich mich darum gekümmert, Schwedisch zu lernen.« In Nikolas Viertel hatten alle Arabisch und Syrisch gesprochen. Er war mit den Jungs aufgewachsen. Ihre Sprache war seine.

Vor dem Studio stiegen sie aus Chamons Auto.

Nikola verspürte etwas, das er nicht wollte. Erst kam es wie kleine Spiderman-Stiche in der Birne: der Kopfschmerz. Er fasste sich an die Stirn.

Chamon erkannte die Geste. »Tut es weh?«

»Ist okay. War schon schlimmer.«

Es war naiß von Chamon zu fragen. Der Kopfschmerz war ein Überbleibsel von *dem Ereignis*: der Explosion. Der Scheiß griff an. Alles war verheilt, sagten die Ärzte – außer eben diese Sache, die in regelmäßigen Abständen wiederkehrte. Die manchmal in ihm dröhnte, als wäre eine Death-Metal-Band in sein Gehirn eingezogen und hätte beschlossen, seinen Schädel von innen zu sprengen.

Die Polizei hatte den Fall mit der Bombe nach ein paar Monaten zu den Akten gelegt. *Die Ermittlung hat zu keinem Ergebnis geführt. Es konnte kein Verbrechen festgestellt werden*, stand in dem Brief, den sie Nikola nach Hause schickten, als ob nichts Kriminelles passiert wäre. Chamon hatte nur die Nase gerümpft, als er das gehört hatte. »Was hast du erwartet, Kumpel? Die Bullen haben sich noch nie angestrengt, wenn es um dich ging, außer früher, als sie dich hinter Gitter bringen wollten, oder?« Vielleicht hatte er recht. Aber irgendwie hoffte Nikola, dass sie ihn anders betrachten würden, wenn so etwas heute passierte.

Als sie zum Eingang des Studios gingen, war es, als würden die Nadelstiche im Kopf zu kleinen Blitzen werden. Als würde eine kleine Stimme versuchen, ihm etwas zu sagen, aber er konnte nicht verstehen, was.

Er schob die schwere Tür auf. Hörte die bekannten Geräusche von Gestöhne, Rufen und Füßen auf der Matte.

MMA-Training. Kellerstudio. Krafttempel. Fighting-Mekka mit großem M. Der Boden war weich. Die Betonwände weiß gestrichen. Die Sandsäcke und Boxbälle hingen von der Decke. Handschuhe, Fighting-Handschuhe und Springseile gab es am Eingang. Mixed Martial Arts war hier fast so groß wie Fußball: ein Volkssport.

Teenager rollten auf dem Boden herum. Ein Trainer in Jogginghosen und Hoodie, der aussah wie Snoop Doggy Dogg, glitt herum und gab Anweisungen. Das Prinzip war einfach: Wende die Gesetze der Physik und die Konstitution deines Körpers an, um deinem Widersacher so viel wie möglich zu schaden. Schweiß, Adrenalin und Blut. Ein Soziologe mit Interesse und gutem Geruchssinn hätte eine ganze Abhandlung über die Gerüche und die Jungs aus dem Viertel schreiben können – die buchstäblich gezwungen waren, sich durchzuschlagen.

Chamon und Nikola setzten sich ganz hinten im Raum gegen die Wand. Die Miniversion eines Achtecks war mit Gittern aufgestellt, Werbung für die unterschiedlichen Fighting-Marken und so. Aber es war leer – heute keuchten die Jungs unten auf dem Boden.

»Ich glaube, Yusuf wird herkommen«, sagte Chamon.

»Naß, den habe ich schon monatelang nicht mehr gesehen.«

»Yes, und weißt du was, er ist inzwischen wie ein Leibwächter für den Boss. Und Isaks Neffe trainiert hier. Also kommt Mr. Eins vielleicht auch.«

Nikola versuchte, cool auszusehen. Yusuf, der Chamon Aufträge zu geben pflegte, den traf er schon manchmal – aber Isak.

Der Mythos. Die Legende. Die Ikone. Isak: das Vorbild für alle, die wussten, dass Tony Montana lebte und in Schweden weilte. Nur unter anderem Namen: ISAK.

Da kehrten die Blitze zurück. Schweißten blendenden Schmerz in Nikolas Schädel. Und die kleine Stimme schrie wieder etwas. Was zum Teufel war denn los? Das Pfeifen. Der weiße Schein. Als ob sie Angst hätte. Es klang, als würde sie hinaus in die frische Luft wollen, weg von hier.

Nach anderthalb Stunden tauchten sie auf, offensichtlich fett verspätet. Chamon meckerte nicht.

Yusuf grüßte wie immer, Umarmungsschlag und lautes Lachen. Isak nickte kaum erkennbar mit dem Kopf und zwinkerte mit dem einen Auge. Er trug Adidashosen und eine

North-Face-Daunenjacke – sah aus wie jeder beliebige Araber. Aber die Fighterjungs glotzten Mr. Eins trotzdem an, als sei Gott in den Tempel des Schwitzens hinabgestiegen.

»Nicko, *Biblosh.*« Yusuf sprach mit seiner üblichen schleppenden und undeutlichen Stimme. »Bist du jetzt Elektriker geworden, oder nicht?«

Nikola sah verstohlen zu Mr. Eins. Vielleicht fand er, dass Nikola ihn verraten hatte, weil er nicht mehr für Yusuf, und damit indirekt auch für ihn, arbeitete. Dass er die Familie verlassen hatte.

»Nein, noch nicht. Aber bald, vielleicht nächste Woche, und meine Noten hab ich auch schon aufgemotzt.«

Isak trat einen Schritt näher. Seine Stimme war heiser. »Noten? Das heißt, du wirst einen richtigen Job haben?«

»Ich weiß nicht. Elektriker macht Spaß.«

Isak erhob die Stimme ein wenig. »Nein, das macht es nicht. Ich möchte dich als Anwalt oder Professor oder Doktor oder so etwas sehen. Glaub mir, mein Freund, verlass diesen Scheiß, wenn du kannst. Das ist besser.«

»Aber Elektriker ist ein guter Beruf, und es ist nicht leicht ...«

»Nichts ist leicht. Aber du hast doch schon immer gern gelesen, oder? Zumindest hat dein Onkel das. Wie geht es Björne denn so, übrigens?«

Isak und Teddy: Freunde von *waaay back* – Nikola kannte keinen anderen, der ihn Björne nannte. Er wusste nicht, ob sie sich in den letzten zehn Jahren begegnet waren, weder in der Zeit, als Teddy im Knast war, noch danach. Aber trotzdem.

»Es geht ihm gut, glaube ich«, sagte Nikola. »Aber ich denke, er braucht eine Frau.«

Isak öffnete den Mund, dann explodierte er vor Lachen. Er faltete sich zusammen, versprühte Spucke, er lachte so laut, dass er fast erstickte. »Grüß ihn auf jeden Fall von mir«, keuchte der Boss zwischen den Lachanfällen. »Und wenn er eine Frau will, dann soll er nächstes Mal mit nach Las Vegas kommen. Die Tussen da sind wie von einem anderen Stern.«

Nach einer Weile gingen Isak, Yusuf und Chamon in eine Art Büro.

Nikola blieb zurück und beobachtete die Jungs. Einige waren gut. Aber die üblen Vibes in ihm ließen sich nicht abschütteln. Die Blitzkopfschmerzen feuerten weiter. Er verstand nicht, warum es da drinnen bei Mr. Eins und seinen Jungs so lange dauerte.

Ein Weilchen später kamen drei Typen die Treppen hinunter. Chamon war immer noch mit Yusuf und Isak im Büro. Was machten die bloß da drinnen? Die Neuankömmlinge hatten keine Taschen oder Rucksäcke dabei, wahrscheinlich kamen sie also nicht zum Trainieren hierher. Sie hatten die Kapuzen über die Köpfe gezogen und schienen es eilig zu haben.

Einer von ihnen riss die Klappe auf. »Ey, Hurensöhne, wo sind sie?«

Die Jungs auf dem Boden hielten inne. Sie waren Fighters – und nicht gerade gewohnt, so angesprochen zu werden. Da sah Nikola: Die drei Typen hatten entspannt lange Arme. Alle drei trugen Waffen in den Händen.

D A C H R I.

Die Jungs auf der Matte kapierten nichts. »Wen meint ihr?«

Doch die Typen waren nicht daran interessiert lange zu reden. Sie gingen direkt auf die Tür des kleinen Büros zu – dem Raum, in dem Chamon, Isak und Yusuf ihr Treffen abhielten.

Nikola schrie, so laut er konnte. »Was wollt ihr?«

Die Tür ging auf, Chamon steckte den Kopf heraus – Augen wurden aufgerissen. Er sah die Typen. Fünf Meter entfernt.

Es war zu spät.

Chamon machte einen Schritt nach vorn. Die Typen hielten an.

Chamon völlig ohne Angst: »Fettsäcke, wer seid ihr? Und was glaubt ihr, dass ihr hier macht?«

Jetzt sah Nikola es, sein Kumpel hielt auch etwas in der Hand. Eine Glock.

Die Jungs von der Matte waren aufgestanden und schauten einfach nur. Der Schweiß glänzte in ihren Gesichtern. Einige wichen zurück. Im Achteck waren sie vielleicht hart, aber jetzt trauten sie sich *nada*. Genau wie Nikola.

Chamon richtete die Puste aus. Normalerweise war er nicht bewaffnet, soweit Nikola wusste.

Der Typ ganz vorn zog eine Grimasse. Er hatte seine Pistole immer noch auf Höhe seines Beines. Wahrscheinlich erstaunt darüber, dass Chamon seine Waffe so schnell hochgekriegt hatte.

Chamon starrte. Es gab keine Chance auf der ganzen Welt, dass das hier gut enden könnte. Der Typ ganz vorn wich nicht zurück: Sein Blick war dunkel wie ein fucking Müllraum ohne Licht.

Chamon machte noch einen Schritt. Nikola sah, wie einer der anderen Typen zusammenfuhr.

Falscher Move von Chamon.

Nikola schrie: »Pass auf.«

Doch es war Chamon, der abdrückte. Der Schuss knallte im Studio wie eine Atombombe.

Der Typ, der versucht hatte, seine Waffe zu heben, warf sich zur Seite.

Nikola sprang vor, versuchte, den Typen ganz vorn in den Bauch zu treten. Es war, als würde man einen Baum treffen – er musste unter der Kapuzenjacke eine Schutzweste haben.

Die Jungs von der Matte fingen jetzt an zu rennen. Wo war Yusuf? Wo war Isak? Saßen sie einfach da und versteckten sich im Büro?

Es knallte wie blöd – Chamon feuerte wieder mit der Glock.

Aber der Typ ganz vorn hielt jetzt seine Waffe hoch.

BAMM.

Chamon schrie nicht. Er brüllte nichts. Er fiel einfach in den Büroraum.

Wie in Zeitlupe. Wie in einem drittklassigen Actionfilm. Alle anderen kreischten wie wilde Äffchen.

Yusuf und Isak kamen jetzt herausgerannt. Yusuf wedelte mit einer Pistole. Brüllte den Eindringlingen zu, dass sie abhauen sollten, dass sie sterben würden, dass er ihre Mütter ficken würde.

Die Typen traten den Rückzug zur Treppe an.

Nikola beugte sich vor, sah jetzt: Chamon lag auf dem Boden.

Sein Unterkiefer. Den gab es nicht mehr.

Der untere Teil des Gesichts des Freundes war weggeschossen.

Nikola hockte sich hin.

Im Hintergrund schrien alle.

Er wagte nicht, Chamon hochzuheben. Er nahm einfach seine Hand.

Versuchte, seinen Blick festzuhalten.

Komm schon, verlass mich jetzt nicht, Bruder.

Ich würd gern irgendwann was anderes machen.

Chamons eigene Worte.

Ich würd gern irgendwann was anderes machen.

Stirb mir nicht weg.

Bitte.

7

Emelie konnte nicht begreifen, warum er nicht ranging. Sie hatte Teddy in den letzten Stunden mindestens fünfzehnmal angerufen, und er hatte sie jedes Mal weggedrückt. Sie musste mit ihm reden – es ging um das Treffen mit der jungen Frau Katja, das sie eben gehabt hatte.

Es war alles so schnell gegangen. Die Gegensprechanlage hatte gesummt, und eine dünne Stimme hatte mitgeteilt, dass sie reinkommen wolle. Emelie wurde klar, dass sie nicht nach Katjas Nachnamen gefragt hatte. Sie hätte den ganzen Namen aufnehmen sollen, und sei es auch nur, um eine Befangenheitskontrolle durchzuführen. Katja könnte zum Beispiel die Gegenseite eines aktuellen Klienten sein oder auf andere Weise in einem Fall vorkommen.

Marcus war da und arbeitete übers Wochenende – ein fleißiger Jurist. Er saß an einer Anklage wegen Betrugs, die der Staatsanwalt allein auf die Behauptung stützte, dass ihr Klient zuvor schon mit Ausweisfälschungen zu tun gehabt hatte. »Es müsste möglich sein, diesen Beweis zu entkräften«, hatte Emelie zu ihm gesagt. »Er hat nichts mit den aktuell behaupteten Tatvorwürfen zu tun. Ich finde, das ist nicht okay. Holen Sie alles raus, was Sie finden, sehen Sie alle Entscheidungen durch. Und dann möchte ich auch Ihre eigenen Aspekte und Empfehlungen dazu haben.«

Emelie hörte, wie die Tür draußen im Empfang geöffnet wurde und Marcus jemanden begrüßte. Sofort klingelte Emelies Telefon: »Sie sind jetzt hier.«

»Sie?«

»Ja, sie und ein Begleiter, und sie wollen nicht einmal ihre Mäntel ablegen oder sich zum Warten setzen.«

Die junge Frau trug eine kurze Lederjacke, die aussah, als würde sie in ein anderes Jahrzehnt gehören. Der Mann neben ihr hatte eine zerschlissene Jeansjacke an, die früher eine Reihe von Aufnähern gehabt zu haben schien – auf Rücken und Armen war der Denim-Stoff dunkler. Er schaute sich die ganze Zeit um, als erwartete er, dass es sich hier um eine Art Hinterhalt handelte. Vielleicht war er der Vater des Mädchens, er wirkte ungefähr wie fünfundvierzig. Das Mädchen starrte die meiste Zeit zu Boden, offensichtlich verunsichert.

Emelie streckte ihr die Hand hin. »Hallo, Sie sind Katja, nehme ich an.«

Die junge Frau sah auf. Ihre Haut war so bleich und durchsichtig, dass Emelie meinte, die Adern darunter erkennen zu können.

Der Mann ging dazwischen und streckte seine Hand hin. »Ja, das hier ist Katja. Und ich heiße Adam. Freund, Lebensgefährte, Verlobter. Geliebte Kinder haben viele Namen, wie man so sagt. Schön, dass Sie so kurzfristig Zeit hatten.«

Emelie dachte, dass dieser Adam extrem kleine Zähne hatte, wie ein kleiner Nager – eine Ratte.

Sie drängten sich in Emelies Zimmer. Sie auf ihrer Seite des Schreibtischs, Katja und Adam gegenüber und Marcus am kurzen Ende. »Das hier ist mein Assistent, Marcus Engvall, er ist auch Anwalt, und ich fand, er sollte mit dabei sein.«

Katja sah zu Adam, und als sie den Mund öffnete, wurde Emelie klar, dass sie zum ersten Mal, seit sie die Kanzlei betreten hatte, etwas sagte. »Es ist alles so heikel. Ich hätte lieber keinen Außenstehenden dabei.«

Emelie räusperte sich. »Marcus ist absolut kein Außenstehender. Er arbeitet für mich und unterliegt derselben Schweigepflicht wie ich. Aber wenn Sie sich dabei unwohl fühlen, ist das kein Problem.«

Adam legte eine Hand auf Katjas Arm. »Nein, wir wollen keine Probleme machen. Er kann bleiben.«

Emelie wandte sich Katja zu. »*Sie* entscheiden.«

Die junge Frau sprach fast tonlos. »Es ist okay für mich.«

»Gut. Worum geht es.«

Dasselbe Schweigen wie am Telefon. Katja sah Adam an. Keiner von beiden sprach, doch Emelie beobachtete ihre Körperhaltung: die Schultern fast bis zu den Ohren hochgezogen, die Finger trommelten auf die Tischplatte, die Atmung war unregelmäßig.

»Oder hätten Sie lieber, dass ich Fragen stelle?«

Katja schloss für einen Moment die Augen. »Nein, alles gut. Ich möchte das hier alleine schaffen.« Sie legte die Hände in den Schoß. »Die Polizei will mich verhören. Aber ich will nicht verhört werden.«

Sie verstummte wieder. Adam nahm Katjas Hand in seine, schloss die Finger um ihre kleine Faust. »Du musst von vorn erzählen, weißt du.«

Es war fast, als würde sie nach Atem ringen. »Es ist nicht leicht, wirklich nicht. Ich bin es nicht gewohnt, darüber zu reden.«

»Kein Problem. Tun Sie es in Ihrem eigenen Tempo«, sagte Emelie, »und so, wie Sie wollen.«

Katja sah aus, als würde sie sich am liebsten auf den Boden legen und in halbfötaler Lage zusammenrollen. Trotzdem begann sie zu erzählen.

»Also, es war vor knapp zehn Jahren, ich war dreizehn und ich war anstrengend, hatte massenhaft Probleme, kam zum Jugendamt und ich wurde in ein KVJS-Heim gebracht. Dann bekam ich durch … eine Person, der ich … der ich … vertraute, Kontakt mit einem Mann, der mit einem Vorschlag auf mich zukam. Wir sollten uns treffen, und ich würde Geld bekommen.«

Katja hielt inne. Es sah aus, als würde Adam ihre Hand ein wenig fester drücken.

Sie fuhr fort: »Der Mann war nett und sehr vorsichtig, als wir uns trafen, und er durfte machen, was er wollte. Hinterher bekam ich fünfhundert Kronen. Das war damals viel Geld für mich, und ich dachte nicht so viel an das, was passiert war, einige von den anderen Mädchen im Heim machten ja auch solche Sachen, manche redeten die ganze Zeit davon, und welche gaben damit an. Dann meldete er sich nach ein paar Wochen wieder, und wir trafen uns noch einmal. Danach traf ich ihn noch mehrere Male, und einmal fragte er, ob es okay wäre, wenn ein Freund von ihm mitkäme. Ich sagte ja, denn ich glaubte, dass ich dann mehr bezahlt bekäme.«

Katja machte eine Pause und sah wieder Adam an. »Ich war so jung, aber es gab niemanden, der mich verstand. Es ist schwer zu erklären.«

»Sie müssen nicht erklären«, sagte Emelie.

»Es war, wie wenn sie mir mich selbst weggenommen hätten. Und ich habe mich niemals wieder gefunden.«

Katja starrte auf das Fenster hinter Emelie.

Adam sagte: »Aber nun erzähl doch. Die Anwältin hat bestimmt nicht den ganzen Tag Zeit.«

Katja holte Luft. »Nach dem Mal sagte ich, dass ich nicht mehr mitmachen wollte, sie waren zu weit gegangen, aber da sagte er, er würde es meiner Mutter erzählen und dem Personal vom Heim und meinem Vater. Das Personal vom Heim war mir scheißegal, vielleicht war meine Mutter mir auch egal, und mein Vater lebte nicht mehr. Aber ich wollte auf keinen Fall, dass meine Großeltern, die noch lebten, etwas erfahren würden. Das hätte ich nie verkraftet – also hielt ich still. Erzählte niemandem etwas. Im Laufe des Jahres traf ich den Mann und seine Freunde unzählige Male. Ich kann nicht erzählen, was sie mit mir getan haben, ich habe keine Worte dafür. Ich lebte wie in einem Nebel, fing an, Hasch zu rauchen und Heroin zu spritzen, ich versuchte mich umzubringen, haute viermal aus dem Heim ab. Trotzdem ging es immer weiter.

Am Ende des Jahres brach ich einmal zusammen, ich erinnere mich, dass ich nur noch auf dem Badezimmerfußboden lag und schrie. Der Mann schien nervös, dass ich es jemandem erzählen könnte, dass ich es nicht schaffen würde, immer Stillschweigen über das zu bewahren, was sie mit mir gemacht hatten. Er erzählte, dass sie mehrmals gefilmt hätten, und er zeigte mir eine Filmszene mit mir selbst. ›Wenn du nicht aufhörst zu schreien, dann stellen wir das hier ins Netz, damit alle sehen können, was für ein kleines Flittchen du bist‹, drohte er.

Am Ende kam ich in ein anderes Heim oben in Norrland. Ich glaube, es war reiner Zufall, oder vielleicht hat das Personal im Heim auch gesehen, dass Stockholm nicht gut für mich war. Auf jeden Fall war es mein großes Glück. Oder wie man es nimmt, vielleicht wäre es besser gewesen, wenn ich mein Leben da beendet hätte.«

Katja sah Emelie zum ersten Mal an. Auch ihre Augen wirkten fast durchsichtig.

»Dann brachte jemand eine Festplatte mit massenhaft Filmen zur Polizei. Und die Polizei versuchte herauszufinden, wer alles auf diesen widerlichen Filmen war, und auf irgendeine Weise ist es ihnen gelungen, mich wiederzuerkennen, obwohl ich erst dreizehn Jahre alt war, und jetzt wollen die mit mir über all das reden. Und das Einzige, was ich die letzten zehn Jahre gemacht habe, war doch darum zu kämpfen, es vergessen zu können.«

Emelie merkte, wie sie erschauderte, sie hoffte, weder Katja noch Adam oder Marcus würden es ihr ansehen. Eine Festplatte mit gefilmten Vergewaltigungen. Das kam ihr nur zu bekannt vor. Im Benjamin-Emanuelsson-Fall war diese Festplatte aufgetaucht und am Ende von Benjamins Vater Mats bei der Polizei abgegeben worden. Sie und Teddy hatten in dem ganzen Mist gegraben, so gut sie konnten, doch es war ihnen nie gelungen, herauszufinden, wer eigentlich hinter der Sache steckte, wer zu der Gruppe von Männern gehörte, die die Mädchen missbraucht und Mats Emanuelsson zu einem Leben auf der Flucht genötigt hatten. Doch nun hatte die Polizei offenbar einen Durchbruch erzielt.

Dann fiel ihr ein, dass sie seit über einem Jahr nichts von Teddy gehört hatte. Nach diesen Ereignissen damals hatten sie es einmal mit einem Date versucht. Als sie mit dem Essen im Restaurant fertig waren und der Abend wie gemacht dafür war, zu ihr nach Hause zu gehen, hatte sie die Frage gestellt, die ihr immer noch im Kopf nachhallte: »Teddy, wirst du dir jetzt nach Leijon einen normalen Job suchen?«

»Ich weiß nicht.«

Sie ließ nicht locker. »Wirst du dich jetzt ändern?«

Er wischte sich den Mund mit der Stoffserviette ab. Dann sprach er mit kaum hörbarer Stimme, doch die Bedeutung dessen, was er sagte, war deutlich. »Erklär, was du damit meinst.«

»Ich meine, wirst du ein normales Leben führen?«

»Glaub mir, Emelie, seit ich im Knast saß, habe ich gekämpft, um in diese Gesellschaft reinzukommen. Aber nein, ich werde niemals den, der ich bin, *ändern*.«

Auch Emelie hatte sich den Mund abgewischt. Dann hatte sie nach der Rechnung verlangt. Das war das letzte Mal gewesen, dass sie sich gesehen hatten.

Sie wandte sich an Katja. »Ich kenne diesen Fall ein wenig.«

»Ich weiß.«

»Wieso haben Sie ausgerechnet mich angerufen?«

Katja stöhnte gequält. »Weil, als ich zur Polizei gesagt habe, dass ich nicht mit denen reden will, da meinten die, dass ich einen Anwalt kriegen könnte, der mir hilft, eine Zeugenbegleitung. Und da haben die Sie empfohlen.«

Emelie versuchte ein Lächeln. »Das ist gut, das erklärt die Sache. Die Polizei weiß natürlich, dass ich in diesen Fall schon relativ weit eingearbeitet bin. Und Katja, ich verstehe, dass es anstrengend ist, diese Erinnerungen wieder hervorzuholen, aber vielleicht würde es sich auch gut für Sie anfühlen, der Polizei alles zu erzählen und ihnen zu helfen, nach denen zu suchen, die Ihnen das alles angetan haben, die Schweine.«

Natürlich bereute Emelie sofort, dieses letzte Wort benutzt zu haben, aber sie war noch nie gut darin gewesen, sich zu verstellen.

Adam räusperte sich. »Nein, wir finden nicht, dass Katja aussagen sollte. Sie hat schon genug unter dem gelitten, was die ihr angetan haben.«

Emelie beugte sich vor. »Jetzt ist es aber so, dass wir in Schweden Aussagepflicht haben, man entscheidet das also nicht völlig allein. Doch ich habe volles Verständnis für Ihre Situation, Katja. Wir werden uns das ansehen, herausfinden, ob es eine Möglichkeit gibt, das hier für Sie leichter zu machen.«

Sie warf Marcus einen Seitenblick zu, der nickte.

Adam erhob sich. Auch Katja stand auf.

»Ich glaube, es ist am besten, wenn wir jetzt gehen, damit die Frau Anwältin in Ruhe arbeiten kann. Und die Polizei möchte bald mit Katja reden, vielleicht schon am Montag, es eilt also, herauszufinden, wie sie damit umgehen soll, wie man so sagt.« Adam beugte sich vor und legte eine Visitenkarte auf den Schreibtisch.

Sie gaben sich die Hand. Das Ganze fühlte sich abrupt an. Emelie schaffte es nicht einmal, sie hinauszubegleiten.

Sie wandte sich Marcus zu, der ihr Adams Visitenkarte gab. Sie betrachtete sie.

Adam Tagrin

K. Tagrin Import AB

0733-56 89 00

– Wir machen das Schöne einfach –

Noch ehe Emelie etwas tun konnte, hielt Marcus ihr das Display seines Handys hin.

Der Riss lag wie ein Schatten direkt über dem Text, doch sie konnte trotzdem deutlich erkennen, was auf der Website stand, die Marcus gefunden hatte.

K. Tagrin Import AB

Erwachsenenfilme und erotische Events

»Pornos«, sagte Marcus. »Dieser verdammte alte Sack besitzt ein Unternehmen, das mit Pornos Geld verdient.«

Und da hallte in Emelies Kopf ein Name wider. Der Name der Person, mit der sie jetzt reden musste.

Teddy.

8

Nach dem Essen half Roksana, den Tisch abzudecken. Caspar saß schon wieder vor dem Fernseher. Der Vater blieb sitzen, ohne zu helfen. Wenn es ihm so ging, wie ihre Mutter behauptet hatte, dann war er entschuldigt. Die Mutter stellte die Obstschale hin, in der das Obst wie immer sorgfältig aufgetürmt war: ganz unten die Apfelsinen, dann die Äpfel und obenauf die Weintrauben.

»Ist das Bio-Obst?«

»Das weiß ich nicht, aber es sind Trauben aus dem Iran.«

»Ich finde, ihr solltet mehr darauf achten, was ihr kauft.«

Ihr Vater räusperte sich. »Wie heißt denn das Seminar nun, das du jetzt machst.«

Roksana hatte keine Lust auf eine weitere Runde, sagte es aber trotzdem: »Es heißt ›Geschlecht, Macht und Ethnizität‹.«

»Aha, und was für einen Job bekommt man, wenn man das Seminar gemacht hat?«

Roksana antwortete nicht. Sie mochte nicht mit ihm streiten. Er war achtundfünfzig Jahre alt. Das war zu früh, um mit dem Arbeiten aufzuhören, ganze Tage zu Hause zu sitzen und nichts zu tun. Die Loyalität zu seiner Anstellung bei der Kommune war, seit die Eltern 1985 hierhergekommen waren, sein ganzer Stolz gewesen, das wusste Roksana. Die Arbeit ging vor. Immer.

»Ich hätte hier Ingenieur werden können«, sagte der Vater, als wolle er ein neues Gesprächsthema anschneiden. »Das wäre besser für den Rücken gewesen.«

Auch das wusste Roksana, *Baba* hatte an der Universität Teheran auf Diplomingenieur studiert, das Studium aber abbrechen müssen, als sie flohen. Nachdem der Schah gestürzt war, hatten sie auf eine bessere Gesellschaft gehofft. Doch die Fundamentalisten trugen den Sieg davon – und für ihren Vater gab es nie ein Examen.

Roksana trat an die Arbeitsplatte in der Küche und fing an, in seinen Tonkassetten herumzusuchen. Die Etiketten waren verwischt, aber sie wusste trotzdem, was drauf war: Googoosh, Darius, Vigen. Alles überholt, aber Roksana mochte sie trotzdem. »Du weißt schon, dass es das hier alles auch auf Spotify gibt, oder? Wir können die alten Kassetten wegschmeißen.«

Ihr Vater starrte sie an. Er erhob sich und griff nach einer der Kassetten – nicht einmal das BASF-Logo auf der Seite war noch sichtbar, so abgenutzt waren sie. »Bist du verrückt? Die hier sind heilig. Fass bloß meine Kassetten nicht an!«

Gemeinsam räumten sie die Spülmaschine ein. Ihre Mutter servierte noch mehr Tee. Roksana stellte eine Schale mit Pistazien vor Caspar hin.

»Roxy, sie haben recht.«

»Womit?«

»Wenn du dich anstrengen würdest, könntest du die Zulassung zum Psychologiestudium schaffen.«

Roksana setzte sich neben ihn, ohne zu antworten. Die Gedanken wanderten wieder zurück zu dem, was vor ein paar Tagen geschehen war.

Dreißig Milligramm vielleicht, nicht mehr als das. Z. war zehn Minuten lang auf »Flashback und Magische Moleküle« rumgesurft, ehe er rausgekriegt hatte, was die richtige Menge war. Sie legten sich jeder sein Häufchen zurecht und zogen es mit der Nase ein – wie superpotentes Koks. So sollte man das machen, hieß es im Internet, wenn man es nicht oral oder intravenös einnehmen wollte. Roksana hatte schon ein paarmal zuvor E und Speed ausprobiert. Sie war aufgekratzt davon gewesen und hatte sich kreativ gefühlt, doch es gab andere Sachen, die sie lieber nahm. Es war halb fünf Uhr morgens.

Nach ein paar Minuten zeigte sich die erste Wirkung.

Zuerst genau dasselbe Gefühl wie bei E, aber sanfter und gemütlicher, Roksanas Körper dämmerte weg, und das Sofa fing an, sich unendlich weich anzufühlen, als würde sie ohne aufgehalten zu werden tiefer und tiefer in die Kissen sinken, und mit einem Mal war es, als würden Billie und Z. mehrere Meter von ihr entfernt sitzen, und dann mindestens zehn Meter weg, und der Raum streckte sich länger, und der Körper fühlte sich wie Gelee an, wie schöner weicher und warmer Slime, und einen kurzen Moment lang hatte sie Angst, dass sie Panik kriegen würde, doch dann wusste sie nicht, ob sie die Augen auf oder zu hatte, und alles fühlte sich beweglich an, die

Wand, die Küchentür und die Balkontür flossen ineinander zu einem einzigen Bild, zu einem Wirbel, einem blinkenden Licht, das im Takt mit ihrem Herzen pochte, im Rhythmus mit ihrer ganzen Person und mit Billie und Z. und mit dem Kosmos als einem Licht, das immer stärker und stärker wurde und am Ende das gesamte Sichtfeld ausfüllte, sie sah nichts anderes als den weißen Schein und sie wollte dorthin, wollte in der Luft durch den Tunnel aus Licht schwimmen und sie war auf dem Weg durch das Ende des Lebens und vielleicht war sie dabei zu sterben, aber gleichzeitig wusste sie, dass sie sich *with the flow* bewegte, und dann sah sie wieder Billie, auf dem Kopf und negativ in Schwarz-Weiß, und dann war sie nicht mehr in der Wohnung, sie war draußen unterhalb des Balkons auf dem gefrorenen Gras, aber das war nicht schlimm, die Kälte war schön und warm gleichzeitig, und sie schmolz mit dem Boden zusammen, sie wurde ein Teil der Erde und der Wurzeln, und Z. fing an zu kichern und sagte, Roksana würde aussehen wie ein Elch, obwohl er selbst wie ein Apfel aussah, ein grüner und glänzender, und sie lachte nur und Z. lachte und Billie lachte, und es war so schön, dass sie alle nur wahnsinnig lachten, ohne dass sie das Gefühl hatte, reinpassen zu müssen, und ohne dass man eine Menge Regeln befolgen musste, und Roksana rollte auf dem Sofa herum und sagte, »können wir nicht was zeichnen«, und Billie schlug vor, dass sie Roboter zeichnen sollten, denn sie waren doch Roboter, und dann begriff Roksana, warum *Baba* sie, als sie klein war, niemals auf dieselbe Weise in die Luft geworfen hatte, wie sie es bei anderen Vätern gesehen hatte, und dann war der Peak vorüber, und Roksana setzte sich im Sofa auf, und alle kicherten, und sie versuchte, sich hinzustellen, schwankte aber zu stark, sodass sie sich wieder setzen musste.

Zehn Minuten später waren sie wieder ganz normal. Z. saß

mit seinem Telefon in der Hand da, googelte, forschte. »Das war gerade der Trip des Jahres«, sagte er.

Billie stellte sich hin. Sie schwankte kein bisschen. »Das Beste, was ich je erlebt habe. *Ever.*«

Als Roksana von ihren Eltern nach Hause kam, schaute Z. gerade auf dem Computer eine Dokumentation über Aufstieg und Fall von Lance Armstrong. So war er – er liebte das Kuriose, furchtbar viel Spezialwissen auf einem sehr kleinen Gebiet zu besitzen. Die Leute schätzten das als eine schöne Sache. Ein ironisches Nerdtum.

»Hast du was gegessen? Ich habe ein bisschen Essen von Mama und Papa mitgebracht, falls du willst.«

»Nee, echt? Das ist ja geil. Lammeintopf oder vegetarisch?«

»Ghormeh Sabzi, nicht mein vegetarisches, sondern Mamas Original.«

»Das beste Essen der Welt. Sehr gerne.«

Roksana setzte sich neben ihn aufs Sofa. Sie musste wieder an den Fund denken, den sie gemacht hatten. Sie hatten die zusätzliche Wand in den Kleiderschrank wieder eingebaut und die Tüten mit dem Ketamin auch wieder dort drinnen versteckt, die Nägel aber bewusst nicht sonderlich tief eingeschlagen.

Nach einer Weile wechselten Z. und sie zu einer anderen Doku, die im Grunde ein langes Interview mit Susan Sontag war. »*What pornography is really about, ultimately, isn't sex but death*«, sagte Sontag und sah eigentlich ziemlich persisch aus, obwohl sie wahrscheinlich Jüdin war.

»Ich würde gern ins Dusky gehen«, sagte Z.

Roksana hatte schon von dem Schwarzclub gehört: Das war eine riesige Veranstaltung, die schon mehrmals draußen im Industriegebiet von Ulvsunda stattgefunden hatte, alles herrlich illegal. »Das ist einfach eine unglaubliche Atmosphäre dort, und immer so neuschaffend«, hatte Billie ihr erklärt. Oft fette Haupt-DJs. Exklusive Einladungslisten – dahinter stand das Ora-Flesh-Kollektiv. Ora Flesh: das zweiundzwanzigjährige Model, das mit dem Fotografen mit Vollbart und ADHS verheiratet war, der in seinem jüngsten Kunstprojekt den Stockholmer Vorort Bagarmossen gefeiert hat – alles so perfekt, wie es nur sein konnte.

»Das würde ich auch gern«, erwiderte Roksana, »aber ich hab keine Einladung.«

»Ich auch nicht. Vielleicht kann Billie uns helfen? Ruf sie doch mal an. Sag, dass wir das lustige Pulver mitbringen, von dem darf sie dann noch mal probieren.«

»*The really important thing is not to reject anything*«, sagte Susan Sontag auf dem Bildschirm.

Roksana nahm ihr Telefon. Sie musste überlegen, wie sie sich Billie gegenüber ausdrücken sollte. Wie sie die Demütigung, betteln zu müssen, als etwas anderes darstellen könnte, als es eigentlich war.

9

Am Abend, auf dem Weg zurück von einem Job mit Dejan. Teddy saß in seinem eigenen Auto.

»Ja. Hallo?«, ging er in bewusst zurückhaltendem Tonfall ran. Es war vielleicht das zwanzigste Mal heute, dass Emelie ihn anrief. Doch diesmal drückte er sie nicht weg – er musste seine Neugier stillen, auch wenn er enttäuscht von ihr war.

»Hallo, ich bin's.«

»Das sehe und höre ich, erstaunlicherweise habe ich immer noch deine Nummer gespeichert. Was willst du von mir?«

Er drückte das Gaspedal fester herunter. Die Windschutzscheibe war schmutzig, obwohl er sie eben erst besprüht und von den Scheibenwischern hatte wischen lassen. Aus irgendeinem Grund war sie andauernd voller schmutziger Tropfen, obwohl es nicht einmal regnete und das nächste Auto mindestens fünfzig Meter vor ihm fuhr. Seltsam, als ob der Schmutz der Straße es eigentlich auf ihn abgesehen hätte, aber von der Windschutzscheibe aufgehalten wurde.

»Teddy, es ist was passiert.«

Teddy nahm den Fuß vom Gas. Er wollte seinen Führerschein nicht gefährden, den er gerade erst gemacht hatte – zehn Jahre lang war er ohne Lappen unterwegs gewesen und jetzt froh, dass Dejan sich für das betreute Fahren zur Verfügung gestellt hatte.

»Was ist passiert?«

Emelie erwiderte: »Wir müssen uns sehen.«

Er war kurz davor, auf die Bremse zu treten. »Warum?«

»Ich möchte nicht am Telefon darüber sprechen. Können wir uns sehen? Es geht um unseren alten Fall.«

Teddy hatte beschlossen, nicht weiter in der Geschichte der Familie Emanuelsson herumzugraben. Emelie und er hatten getan, was sie konnten, und noch mehr als das. Alle hatten gemeint, dass Mats – der Mann, den Teddy und Dejan zehn Jahre zuvor gekidnappt hatten – sich umgebracht hätte, doch als vor anderthalb Jahren in einem Haus auf Värmdö eine übel zugerichtete Leiche gefunden worden war, verdächtigte man Benjamin, den Sohn von Mats Emanuelsson, des Mordes. Am Ende hatten Teddy und Emelie herausgefunden, dass Mats noch lebte, aber wegen der Dinge, die er über die organisierten Übergriffe auf junge Frauen wusste, in den Untergrund hatte gehen müssen. Und es war ihnen klar gewesen, dass auch die Polizei daran beteiligt war, zu verhindern, dass die Wahrheit ans Licht kam. Schließlich hatte sich Mats zu erkennen geben müssen, um seinen Sohn vor einer Verurteilung zu bewahren, und in dem Zusammenhang hatte er die Festplatte mit den gefilmten Übergriffen an die Polizei übergeben. Letztendlich fanden Emelie und Teddy niemals die eigentlichen Verantwortlichen. Die Spur endete bei einer Person, die sich Peder Hult nannte. Mit anderen Worten: Die Männer gab es noch. Vielleicht betrieben sie nach wie vor ihr übles Geschäft.

Teddy hatte sich ein Prinzip hierzu auferlegt: Alles hat seine Zeit – ich habe nicht vor, zurückzusehen. Es musste einmal gut sein.

Trotzdem hörte er seine eigene Stimme Emelie antworten, als gehöre sie jemand anders und nicht ihm selbst: »Ich komme. Sofort.«

Eine halbe Stunde später stand er vor der Eichentür im zweiten Stock eines Gründerzeithauses auf der Hantverkargatan. Vier Plaketten waren da angebracht: *Martin Koor Anwaltsbüro*, *Anwaltskanzlei Kjell Ahlblom*, *Sami Guiterrez Anwaltsbüro* und dann *Anwaltskanzlei Emelie Jansson*. Teddy fragte sich, warum sie nicht einen gemeinsamen Namen hatten wie *eine* Kanzlei.

Emelie machte sofort die Tür auf, als er klingelte, so als hätte sie direkt dahinter gestanden und auf ihn gewartet. In ihrem Büro war es fast dunkel, dennoch entging ihm nicht, wie anmutig sie sich bewegte. Wie sie sich mit Mittel- und Ringfinger die Haare hinters Ohr strich. Wie sie von einem Bein aufs andere wechselte, sodass es aussah, als würde sie sich selbst in einem inneren Rhythmus wiegen.

Sie umarmten sich nicht.

In ihrem Zimmer war nur die Schreibtischlampe eingeschaltet, und am einen Ende des Schreibtischs stand ein halb leer gegessener Sushi-Karton. Am anderen Ende befanden sich ein Computerbildschirm und eine Tastatur. Ansonsten war er bis auf einen Notizblock und ein paar Stifte total aufgeräumt.

»Das hier ist also dein neues Büro? Warum hast du nicht mehr Kunstwerke an den Wänden?«, versuchte er zu scherzen und setzte sich. Eigentlich wollte er sie fragen, wie es ihr ging, wie es so funktionierte als selbständige Anwältin. Ob sie jemanden getroffen hatte, der besser in ihr Leben passte als er.

Emelie drehte den Kopf zur Seite und sah ihn nicht an, als sie sprach. »Das ist jetzt gerade nicht der richtige Moment, Teddy. Ich werde eine Frau betreuen müssen, die *denen* in die Hände gefallen war.«

Emelie erzählte von Katja.

»Also wollte ich fragen, ob du mir helfen kannst. Ich habe nämlich das Gefühl, dass ich in vieler Hinsicht Unterstützung brauchen werde.«

Es war still im Büro. Die Geräusche von einem Bus, der die Hantverkargatan hinaufkeuchte, drangen durchs Fenster.

»Emelie, ist es nicht besser, die Polizei ihren Job machen zu lassen?«

»Das war bisher ja wohl kaum sonderlich erfolgreich, die haben die Filme jetzt doch seit mehr als einem Jahr. Außerdem waren es wahrscheinlich die Peder-Hult-Leute, die vor anderthalb Jahren versucht haben, dich und deine Wohnung in die Luft zu sprengen und dabei Nikola erwischt haben.«

Der Mats-Emanuelsson-Fall, dachte Teddy, der verfolgte ihn durchs Leben. Katja war also eines der Mädchen, das von diesen Raubtieren missbraucht worden war.

Emelie hatte so etwas Starres im Blick. »Du musst mir helfen, Teddy. Hilf mir, den Faden da, wo wir aufgehört haben, wieder aufzunehmen.«

»Warum gerade ich?«

»Du kennst Leute, an die ich nicht rankomme, du kannst Sachen, die ich nicht kann. Ich weiß, dass du in deinem Leben weitergehen willst, und ich habe Respekt davor. Aber wir haben die wirklich Schuldigen an der ganzen Sache nie gefunden. Die deinen Neffen schwer verletzt haben. Wir haben auf halbem Weg aufgegeben.«

Jetzt wurde Teddy klar, was Emelies Blick bedeutete. Sie hatte nicht vor, nachzugeben.

Und er?

Wollte er nachgeben?

10

Überall Behälter mit Handdesinfektionsmittel in kleinen Metallhaltern. Ein Mekka für Alkis: Geh ins Krankenhaus, nimm eine leere Flasche mit und pump los. Sauf dir einen an mit Desinfektionsmittel. Gratis ist gut.

Nikola suchte den Weg. Die automatischen Drehtüren kreisten ununterbrochen. An der Information war eine Schlange. Die Farbcodes an den Wänden waren schwerer zu begreifen, als wenn alles auf Amarinya geschrieben wäre.

Als Yusuf und er vor drei Tagen mit Chamon hier reingekommen waren, hatte er noch gesehen, wie sie mit seinem Freund weggerollt waren und die Türen hinter sich zugemacht hatten. »Tut mir leid, aber Außenstehende dürfen nicht mit rein.« Niemand wusste, wie es ausgehen würde – das kaputte Gesicht von Chamon auf *rewind*. Das Geräusch seiner gurgelnden Laute auf *repeat*.

Aber jetzt war Nikola wieder hier.

Die automatische Frauenstimme im Fahrstuhl erklärte, dass er auf dem dritten Stock angekommen war. Nikola kontrollierte die Schilder. Abteilung 345. Hier war er richtig, Chamons Vater hatte Nikola gesagt, wo Chamon lag – sonst hätte er es nie erfahren.

Die Tür zur Abteilung öffnete sich mit einem surrenden Laut. Chamon war von der Intensivstation auf eine Pflegestation gekommen, und hier konnte man einfach reingehen. Nikola fragte sich, was die Polizei und das Krankenhaus wohl darüber wussten, wie Chamon zu den Verletzungen gekommen war – selbst hatte er zumindest kein Wort verlauten lassen, und es fiel ihm schwer zu glauben, dass jemand anders aus dem Studio sich bei den Bullen gemeldet haben könnte. Eine heilige Regel: nicht mit den Schweinen reden.

Im Flur standen Arztapparaturen auf Rollstativen. Trauben von Krankenschwestern und Ärzten in Birkenstockschuhen und grünen Krankenhaushosen sahen hauptsächlich so aus, als würden sie chillen. Der bläuliche Plastikfußboden glänzte poliert und reflektierte fast alles, was auf den Fluren passierte. Weiter hinten hing ein Schild mit einem durchgestrichenen Handy.

Nikola lief den Flur entlang. Er wusste nicht genau, in welchem Zimmer Chamon lag, aber da musste er ja nur ein bisschen rumschauen, dachte er. Außerdem sollte einer von Isaks Jungs vor der Tür sitzen und aufpassen, obwohl, vielleicht saß der auch im Zimmer drin.

Es roch nach gekochten Kartoffeln. Ein älterer Mann mit bandagiertem Mund schlurfte durch den Flur und sah richtig *scary* aus, als wäre in einem der Operationssäle eine Mumie zum Leben erwacht. Gleichzeitig erinnerte der Alte irgendwie an Bojan, Nikolas Opa. Der hatte in der letzten Zeit auch angefangen, die Füße schleifen zu lassen, als wäre es zu anstrengend geworden, zu laufen. Es entstand ein etwas anderer Laut, wenn er sich bewegte, ein schlaffes, unentspanntes Geräusch, ein schlurfender Stil, der nicht passte. Sein Opa war ein Kraftmensch – zumindest hatte Nikola das immer von ihm gedacht.

Eine Krankenschwester kam angelaufen. Über einer der Türen etwas weiter hinten blinkte eine rote Lampe. Entweder: Ich brauche Hilfe zum Scheißen, ich brauche Hilfe, um mich im Bett rumzudrehen, ich brauche jemanden, der mir einen runterholt, denn das schaffe ich nicht selbst.

»Entschuldigen Sie, ich suche Chamon Hanna«, sagte Nikola.

Die Schwester erklärte es ihm. »Da vorne links, und dann ist es das zweite Zimmer auf der rechten Seite. Aber ich glaube, er schläft.«

Es fühlte sich an, als hätte die Tür zu dem Zimmer eine extra große Klinke. Nikola trat ein: die Blitze fingen an, im Kopf zu stören. Er musste stehenbleiben, vielleicht musste er sich hinsetzen. Flashbacks von dem Zimmer, in dem er selbst nach der Explosion gelegen hatte. Die blaugrauen Gardinen vor den Fenstern, neben dem Bett der Tisch mit einem Glas Saft darauf. Mamas besorgte Blicke aus dem Sessel in der Ecke. Er musste die Hand vor die Augen legen. Weg von den Erinnerungen: die Blitze. Dann sah er auf, konzentrierte sich auf *dieses* Zimmer. Auf Chamon. Das Face des Freundes war bandagiert, Kompressen bedeckten den Unterkiefer – wahrscheinlich Wunden von den Operationen, und er hatte blaue Flecke um die Nase und auf den Wangen. Die Goldkette mit dem goldenen Kreuz hing nicht um seinen Hals – was war wohl damit geschehen? Die Räder des Bettes waren festgestellt, und daneben stand ein Gestell mit einem Tropf: der Schlauch führte zu Chamons Arm. Offenbar konnte der Freund nicht selbständig Flüssigkeit zu sich nehmen.

Nikola setzte sich auf den einzigen Stuhl des Zimmers. Chamon sah aus, als würde er schlafen. Das Studio *repeat*: Schreie von den Schweinen, den Angreifern, die Laute der Pistolenschüsse. Chamons Unterkiefer in Fetzen, Hyperventilation. Das Blut an der Wand dahinter. Nikolas eigener Herzschlag auf hundertachtzig. Unterkieferfragmente, die sich in seinen Pullover gerieben hatten.

Dann schlug es wie eine Bombe in Nikolas Bewusstsein. *Wtf* – hier war niemand! Niemand bewachte die Station. Niemand passte auf, weder draußen noch hier im Zimmer. Da konnte jeder einfach so reinkommen, genau, wie er es selbst eben getan hatte. Der Freund würde nicht einmal aufwachen, bevor ihm jemand etwas antun könnte. Und die Krankenschwester draußen würde so schnell nicht einmal begreifen, dass etwas passiert war.

Nikola nahm sein Handy raus und rief Yusuf an. Ging nicht ran. Er schickte eine Textnachricht: *Ich bin jetzt bei C. Warum ist hier niemand und passt auf ihn auf? Schickt jemanden. Bello von mir aus oder wen auch immer. N.*

Bello war ein guter Typ. Er, Nikola und Chamon waren in der Oberstufe zusammen am Igelstaviken Seifenkistenrennen gefahren. Nikola wusste nicht, wie er richtig hieß, alle nannten ihn nur Bello – niemand schien sich mehr daran zu erinnern, warum.

Er wartete ein paar Minuten. Chamon war still, Nikola beugte sich näher heran. Atmete der Freund? Er konnte nichts hören. Er beugte sich weiter hinunter, versuchte zu lauschen. Zu Schauen. Zu fühlen.

Er sah, dass sich Chamons Brustkorb bewegte. Langsam hoch. Langsam runter. Schön.

Es piepte in seinem Telefon. Eine Antwort von Yusuf: *Ich war heute da. Aber ich glaub, es ist in Ordnung.*

Nikola schrieb: *Es sollte trotzdem jemand hier sein.*

Ein paar Sekunden später kam die Antwort. *Wahrscheinlich hatten sie es auf Mr. 1 abgesehen. Nicht auf C.*

Nikola begriff, was er meinte: Niemand hatte es auf Chamon abgesehen, das schien logisch. Aber trotzdem. Er nahm wieder das Telefon zur Hand. Schickte Nachrichten an ein paar Kumpels. Zehn Minuten später hatte er Isaks private Telefonnummer erschlichen. Er rief an – das war das erste Mal überhaupt, dass er direkt zu Mr. Eins Kontakt aufnahm.

Das Klingeln klang, als käme es aus dem Ausland. »Hier ist der König«, meldete sich der Boss schließlich.

»Isak«, Nikola sprach Syrisch, »ich bin im Karolinska bei meinem Freund.«

»Wie geht es ihm?«

»Ich weiß es nicht. Aber er lebt. Sie haben ihn operiert.«

»Das habe ich gehört, danken wir Gott dafür. Zu Hause wartet ein Geschenk auf ihn.«

Nikola hatte schon davon gehört. Isak hatte einen gebogenen 78-Zoll Samsung zu Chamon nach Hause schicken lassen – der fetteste Fernseher, der momentan auf dem Markt war –, aber was zum Teufel sollte der Freund damit anfangen, wenn er hier lag?

»Ja, aber Isak, es gibt da etwas, das sich nicht gut anfühlt.«

»Was denn?«

Nikola trat ans Fenster. Wie sollte er das hier zu Mr. Eins sagen, ohne dass es falsch rüberkam? Ohne dass er es an Respekt fehlen ließ? Unten sah er den Haupteingang des Karolinska. Es wimmelte von Menschen. Das hier war wahrscheinlich das größte Krankenhaus Stockholms: Rentner, Einwandererfamilien, kaputte, fertige Menschen, die vielleicht eigentlich gar nicht hier sein mussten. Was er sah, wirkte nicht wie ein Querschnitt durch Schweden – das hier war, was sein Opa *radnička klasa* nannte, die Arbeiterklasse. Wo waren die anderen? Wo waren die Leute aus der City? Vielleicht hatten die inzwischen ihre eigenen Krankenhäuser, oder sie waren einfach nicht so oft krank.

Nikola sagte, was er dachte. »Isak, hier ist niemand und passt auf. Jeder kann rein.«

»Oh, Mist, das ist nicht gut. Dann schicke ich jemanden.«

Es klang, als würde Isak etwas essen – das Schmatzen war fast ohrenbetäubend.

Nikola versuchte zu erklären.

Mr. Eins kaute weiter.

»Ich kann nicht den ganzen Tag hierbleiben, es wäre also gut, wenn möglichst bald jemand kommt«, sagte Nikola.

»Verstehe. Wie lange hast du noch Zeit?« Man konnte fast nicht verstehen, was Isak sagte. Was aß der Boss denn da? Haferbrei, oder was?

»Maximal zwei Stunden. Dann muss ich arbeiten. Ich habe es meinem Chef versprochen, und ich brauche noch meine Stunden für mein Elektrikerzertifikat.«

»Ich werde bis dahin jemanden besorgen.«

Nikola drehte sich um und sah zu Chamon. Einer von Isaks Getreuen. Der immer für ihn eingestanden war. Niemals ausgewichen. Der sich nicht so wie Nikola rausgezogen hatte. Ein Blutsbruder. Ein Soldat.

»Chabibi.« Eine schwache, rasselnde Stimme.

Nikola fuhr herum. Chamon hatte die Augen auf. Nikola setzte sich hin. »Kannst du reden?«

Das, was von Chamons Gesicht zu sehen war, faltete sich vor Schmerz zusammen, als er versuchte, den Mund zu bewegen. Nikola sah ihm an, dass er sich fragte, mit wem er da geredet hatte.

»Es war nichts«, erklärte er. »Nur ein bisschen Gequatsche.«

Chamon griff nach einem Schreibblock, der auf dem Tisch lag. Er nahm einen Stift und schrieb langsam und mit dünner Handschrift. *Schreiben ist besser. Tut so verdammt weh zu reden.*

»Okay, das verstehe ich.«

Die Bullen haben gestern versucht, mich zu verhören. Ich habe so getan als wäre ich zu fertig, um zu kapieren, was sie sagen.

»Okay.«

Yusuf war vorhin hier.

»Aber jetzt ist er nicht da.«

Ich weiß nicht, wo er ist. Wisst ihr, wer die waren, die geschossen haben?

»Ich habe keine Ahnung. Aber was haben die Bullen gesagt?«

Nix. Nur, dass sie wissen wollen, wer auf mich geschossen hat. Und wer alles dabei war. Sie wollen euch alle verhören.

»Hast du was gesagt?«

Nein. So reden wir ja nicht mit denen.

»Nein, ich weiß. Also haben sie selbst keine Ahnung?«

Glaube nicht.

»Sie werden noch mal versuchen, dich zu verhören.«

Ich weiß. Viele hätten mehr gesagt als ich.

Das Letzte kapierte Nikola nicht ganz. »Was meinst du?«

Chamon ließ die Hand wieder auf die Decke sinken. Der Stift rollte auf den Fußboden. Nikola beugte sich hinab und hob ihn für ihn auf. Offensichtlich war sein Freund todmüde, trotzdem hielt Chamon den Stift fester, als er jetzt noch weitere Zeilen auf den Block schrieb. *Man kann niemandem vertrauen. Ich will aufhören.*

Nikola sah auf den letzten Satz hinunter.

Chamons Augenlider flatterten. Dann drehte er den Kopf zur Seite und schien einzuschlafen.

Knapp zwei Stunden später. Niemand war gekommen, um Nikola abzulösen. Chamon schlief immer noch. Nikola hatte den Stuhl ans Fenster gezogen und schaute auf den Fluss von Menschen am Haupteingang hinunter. Am Automaten neben den Fahrstühlen hatte er ein paar Dosen Red Bull gekauft und versuchte, selbst nicht auch noch einzuschlafen. Heute würde er auf George Samuel scheißen. Chamon war wichtiger – aber er konnte nicht begreifen, warum die Ablösung nicht kam.

Und da sah er, was er lieber nicht sehen wollte. Drei Stockwerke tiefer.

Zwei Typen, mit Sonnenbrillen, obwohl es draußen bewölkt war, zwei Typen, die etwas schneller gingen als alle anderen. Irgendwas war mit der Art, wie sie sich bewegten: dieser steife Gang. Auch wenn Nikola die Gesichter nicht sehen konnte, war er doch sicher – *sie* waren hier, dieselben Kerle, die ins Studio gekommen waren. Sie waren hier, um den Job mit Chamon zu Ende zu bringen, da gab es keinen Zweifel.

VERFICKTE HÖLLE.

Er öffnete die Tür zum Flur, zwei Frauen in weißen Krankenhausklamotten standen da und sprachen miteinander, vielleicht war die eine Ärztin und die andere Krankenschwester.

»Können Sie mir helfen?«

Die ältere der Frauen wandte sich ihm zu: Plastikbrille und Namensschild – offensichtlich hieß sie Britt Fuentes.

»Sie müssen mir helfen, meinen Freund hier wegzubringen«, bat Nikola.

»Wie meinen Sie das?«

»Britt, bitte. Mein Freund kann nicht länger auf dieser Abteilung bleiben. Wir müssen ihn woandershin rollen.«

Die faltige Stirn von Britt Fuentes sah aus wie zerknülltes Papier.

»Nein, nein. Das geht auf keinen Fall. Wir verlegen Patienten nicht einfach so.«

Die Typen dürften eigentlich nicht wissen, auf welcher Station sie Chamon finden würden – doch ihre eiligen Schritte sprachen für das Gegenteil.

»Es spielt keine Rolle, wie Sie das sonst machen. Sie müssen mir helfen. Sonst nehme ich ihn selbst mit.«

Er ging wieder ins Zimmer, trat die Bremse des Bettes los und fing an, es rauszurollen. Britt und die andere Frau stellten sich in die Türöffnung. Regten sich auf, versuchten, ihn zur Vernunft zu bringen. Die begriffen gar nichts. Er nahm Anlauf und versetzte dem Bett einen heftigen Schubs. Fuhr in die blöden Weiber rein: »He, was machen Sie denn da?«

Er rollte weiter auf den Flur hinaus. Da knallte es hinter ihm – das Gestell mit dem Tropf fiel um. Er fuhr zurück, stellte es wieder auf. Schob Chamon weiter zum Ausgang von der Station. Er schaute auf seinen Freund hinunter. Der schlief immer noch.

Ein Pfleger kam auf sie zugelaufen. Lächelte angespannt. »Und was passiert hier gerade?«

Nikola zog den Schlauch vom Tropf aus Chamons Arm – ein paar Minuten würde er ohne Nahrung überleben.

»Mein Freund muss von dieser Station runter.« Er schob das Bett weiter.

»Nein, nein, das geht aber nicht«, protestierte der Pfleger und stellte sich auch in den Weg.

Es war genug.

»Da sind zwei Typen auf dem Weg hierher, um ihn umzubringen. Also hören Sie schon auf!« Nikola brüllte.

Britt und die anderen packten das Bett. Schrien ihn an. Nikola fuchtelte mit den Armen. Die Neonröhren an der Decke sahen aus wie weiße Fahrbahnmarkierungen auf einer Autobahn.

Am Ende des Flurs öffneten sich die Türen, und Nikola sah sie: Die Typen kamen rein. Er wusste, was sie jetzt tun wollten – er wusste *nicht*, wie er sie aufhalten sollte. Alles geschah wie in Ultrarapid, als würde jemand alle aufgeregten Menschen einen nach dem anderen zeigen. Wutfalten auf Stirnen. Rote, erregte Wangen. Erstaunte, ärgerliche Blicke.

Die Typen hatten immer noch die Sonnenbrillen auf. Sie wedelten mit den Armen, wandten die Köpfe wie T-Rex-Saurier auf der Jagd.

Nikola schrie. »Nein, nein.«

Sie kamen näher, traten an das Bett, in dem Chamon lag. Die Krankenschwestern, oder was immer sie waren, kapierten nichts. Sie rissen weiterhin am Bett.

Jetzt waren sie fast da. Nikola sah deutlich die Gun in der Hand des einen. Drei Meter entfernt. Da schrie Britt Fuentes auf, erst jetzt begriff sie. Nikola reagierte instinktiv: gab dem Bett einen so festen Stoß, wie er nur konnte, schob es, so weit es ging, auf die Türen zu, an den beiden Eindringlingen vorbei.

Der Typ mit der Gun zischte etwas, aber Nikola hörte nicht, was. Dann drehte der sich um, erhob die Pistole und ging hinter dem Bett her. Nikola warf sich auf ihn, ein letztes Aufbäumen.

Die Leute schrien. Vielleicht würde es jetzt knallen: eine Kugel im Kopf. Es war egal. Nikola versuchte, die Waffe zu greifen. Schlug wild um sich. Er kam an etwas Hartes – die Gun flog dem Typen aus der Hand.

»Fotze!«, schrie der Typ und sah aus, als wäre er aus einem Traum erwacht – vielleicht kapierte er, dass er ohne Waffe auf alles scheißen konnte. Er fing an abzuhauen. Der andere Typ folgte ihm, boxte eine der Frauen beiseite, um vorbeizukommen, rang fast Britt Fuentes nieder. Aber er ging langsamer; auf der Höhe von Chamons Bett blieb er stehen. Britt Fuentes riss an ihm wie ein Kindergartenkind an seiner Mutter. Etwas knallte. Sie stolperten ein paar Sekunden herum, ehe der Typ sie abschütteln konnte. Dann verschwand er aus der Tür.

Nikola holte Luft. War es jetzt vorbei?

Die Krankenschwestern schrien weiter. Alle rannten herum wie krass besoffene Hühner. Britt war total rot im Gesicht. Es sah aus, als würde sich Chamon im Bett bewegen. Ein Arzt kam angerannt und fing an, ihn wegzurollen. Jemand, der wie ein Wachmann aussah, hob die Pistole vom Fußboden auf.

Nikola rannte zum Bett. Sah auf Chamon hinunter. Der bewegte sich nicht mehr. Der Arzt hielt die Hände über Chamons Bauch. Dann sah Nikola es: Die Decke rundherum war rot und klebrig. Was war passiert? Und gleichzeitig begriff er. Er sah, wie der Arzt versuchte, den Blutfluss zu stoppen – es sah schon aus wie ein See um Chamon herum. Das musste der Typ getan haben, an den Britt sich drangehängt hatte – ihn in den Bauch geschossen.

Nikola sah das stille Gesicht seines Freundes.

Er schrie ihn an. »Hörst du mich?«

Chamon lag still.

Chamon atmete nicht.

Chamon.

11

Das Riche: classy, stylish, krasses *people watching.* Stockholms angesagtestes Mittagsrestaurant seit Generationen, und abends – die zeitlose Bar: *Numero uno* in dieser Stadt.

Nicht einmal als sie in diesem Viertel arbeitete, hatte Emelie sich hier richtig wohlgefühlt. Aber Jossan liebte das Riche, also nahm Emelie freundlicherweise den Bus hierher, wenn sie miteinander Mittag essen wollten. Es war okay – wie der Ausflug in irgendeinen Tierpark, den man als Kind oft besucht hatte. Emelie musste daran denken, wie sie zufällig Magnus Hassel und Anders Henriksson in einem nahe gelegenen Restaurant getroffen und Magnus ihr empfohlen hatte, Marcus einzustellen.

Über dem Tresen hingen die Gläser in Kreisen – versprachen Erfolg in der sogenannten Scheidungsbar – und über den Tischen waren kopfüber Lilien befestigt. Ein Kontrast: Nach diesem Mittagessen würde sie Katja zu deren zweiter Polizeivernehmung begleiten. Vor kurzem war Emelie schon bei der ersten Vernehmung mit dabei gewesen.

Da hatten sie sich am Haupteingang an der Polhemsgatan getroffen, Adam war auch dabei gewesen. Das Dach über dem Eingang erstreckte sich wie eine lange Brücke über die Glastüren, und drinnen konnte man die Empfangskontrolle und die Sperren erkennen, die Unbefugte daran hinderten, weiter ins Haus vorzudringen. Tatsächlich war Emelie noch niemals durch diesen Eingang ins Haus gegangen. Sie war meist mit kleineren Fällen beschäftigt, und da wurden die Verdächtigen draußen in den örtlichen Polizeiwachen, auf der Kungsholmsgatan 39 oder im Untersuchungsgefängnis verhört. Doch diesmal war sie nicht Verteidigerin, sondern Zeugenbegleiterin, und die Polizistin, die sie treffen würden, arbeitete bei der NOA, der Nationalen Operativen Abteilung, die ehemalige Reichskripo.

»Sie will nicht«, war das Erste, was Adam gesagt hatte, nachdem sie einander die Hände geschüttelt hatten.

Emelie legte ihre Hand auf Katjas Schulter, die sich zerbrechlich und knochig anfühlte. Ihre Lederjacke sah heute viel zu dünn aus.

»Ich habe es mir angesehen. Wenn Sie sich der Vernehmung verweigern, Katja, dann können Sie am Ende selbst belangt werden. Aber ich finde nicht, dass Sie einfach mitmachen sollten, sondern dass Sie gewisse Gegenforderungen stellen sollten. Und ich werde die ganze Zeit dabei sein und aufpassen, sodass Sie wissen, alles ist in Ordnung.«

»Sie will trotzdem nicht«, wiederholte Adam.

»Adam«, sagte Emelie mit lauterer Stimme, »Sie werden bei der Vernehmung nicht dabei sein dürfen, ist Ihnen das klar? Es ist also besser, wenn Katja selbst spricht. Was meinen Sie, Katja?«

Katja schaute auf den Bürgersteig hinunter. »Es ist okay.«

Es klang nicht so, als würde sie sich auch nur im Entferntesten okay fühlen.

Kriminalkommissarin Nina Ley stellte sich höflich vor. Ihr dunkles kurzes Haar, das breite Gesicht und die schmalen Augen passten auf irgendeine Weise nicht zusammen, es war, als würde etwas fehlen, um ein Ganzes zu ergeben, zum Beispiel eine Brille. Sie führte sie durch Flure und Passagen, als würde jemand jeden Schritt, den sie tat, beobachten, als würde sie glauben, Teil einer Fotoreportage zu sein, bei der die Pose wichtiger war als das Vorankommen. Ihre Art zu laufen erinnerte an viele von Emelies Klienten.

Manche Teile des Polizeihauses sahen mit Glaspartien vom Boden bis zur Decke sehr modern aus, andere waren alt mit Wandpaneelen und dunklen Holzdetails. Sie begegneten riesigen Jungs in Uniform, die gut in die Vorstellungen von grobschlächtigen Muskelmaschinen der Einsatzkräfte passten, aber auch älteren Herren in Cardigans mit Lesebrillen um den Hals, Frauen mittleren Alters mit Pagenköpfen und Sportuhren am Arm. Offensichtlich waren sie alle Polizisten. Am Ende führte Nina sie ein paar Treppen hinunter, an deren Ende sie vor einer Metalltür einen Code eintippte. Sie kamen in einen kleineren Raum mit einer Art Empfangstisch. »Das hier ist eine so besondere Ermittlung, dass ich Sie bitten muss, Handys, Computer und mögliche Smart-Uhren hierzulassen.« Nina zeigte auf zwei Tüten mit Zippverschluss.

Emelie wand sich. »Aber Katja ist doch Zeugin und keine Verdächtige.«

»Absolut, aber wie gesagt, wir sind eine Spezialeinheit innerhalb der NOA, die mit diesem Fall befasst ist, und wir haben unsere Prinzipien.« Nina öffnete die eine Tüte und hielt sie hin. Diese Polizistin war nicht sonderlich nachgiebig.

Der Vernehmungsraum hatte keine sichtbaren Fenster, nur Vorhänge. Auf dem Tisch standen eine Wasserkaraffe und eine Thermoskanne mit Kaffee. Entlang der einen Wand hing ein großer Spiegel, wahrscheinlich konnte man sie von der anderen Seite aus beobachten.

»Setzen Sie sich ruhig schon«, sagte Nina. »Ich hole nur eben die Aufnahmeausrüstung.«

Katja trommelte mit den Fingern auf den Tisch.

»Geht es?«, fragte Emelie. »Sagen Sie sofort Bescheid, wenn Sie eine Pause brauchen.«

Katja trommelte weiter. Das Geräusch klang gedämpft, als

wäre dieser Raum dafür gebaut, dass man Schreie draußen nicht hören konnte. Emelie dachte an Teddy, er hatte hinter hohen Mauern und vergitterten Fenstern gesessen. Und selbst wenn er versuchte, der Gesellschaft zugewandt zu leben, war er doch von dem Vergangenen beeinträchtigt – oder zumindest davon, wie die Welt *ihn* betrachtete.

Nina kehrte zurück. Sie schenkte Katja Wasser und Emelie einen Kaffee ein.

»Katja, ich bin so froh, dass Sie kommen konnten. Sie sind wichtig für uns.«

Emelie sagte: »Bevor wir beginnen, möchte ich mich einiger Dinge vergewissern.«

Nina sah todernst aus.

Emelie fuhr fort: »Wie wir gehört haben, ist eine Spezialeinheit mit diesem Fall befasst, aber vor dem Hintergrund, was zuvor in anderen damit verbundenen Fällen geschehen ist, und da denke ich vor allem an den Fall Benjamin Emanuelsson, von dem wir wissen, dass zumindest ein Polizist, nämlich Joakim Sundén, in die Sache verwickelt war, würde ich gern wissen, wie Sie es in diesem Fall mit der Geheimhaltung innerhalb der Polizei halten.«

Nina wirkte nicht im Geringsten erstaunt über Emelies Frage. »Das ist ein relevanter Aspekt. Ich kann Sie darüber informieren, dass die Ermittlung von der AIE geleitet wird, soll heißen der Abteilung für interne Ermittlungen der Stockholmer Polizei, doch als die Festplatte mit den aktuellen Filmen übergeben wurde, übertrug man den Fall hierher an die NOA. Das, was wir die Chinesische Mauer nennen, also die interne Geheimhaltung, ist hier noch strikter, als wenn die AIE den Fall bearbeitet hätte. Das bedeutet, dass alles Material in besonderen Einheiten bearbeitet wird, deren Ergebnisse im normalen Datensystem der Polizeibehörde nur mit besonderen Passwörtern und Verifizierungen einsehbar sind. Kein anderer Polizist hat Zugang zu unserer Ermittlung, wie Sie merken, halten wir uns sogar in anderen Gebäudeteilen auf, und – das ist vielleicht überflüssig zu erwähnen – Katjas Person ist mit Geheimhaltung belegt, das heißt, ihr Name erscheint in keinem Material.«

Nina fuhr fort, indem sie die internen Routinen erklärte und warum Katja ihr vertrauen könne. Emelie konnte nicht anders als zustimmen – das hier war wirklich eine Spezialeinheit: eine Behörde innerhalb der Behörde.

»Können wir dann beginnen?«, fragte Nina, als sie fertig war.

Katja hatte noch nicht aufgehört, mit den Fingern auf den Tisch zu trommeln.

»Nein, ich hätte noch einen Punkt«, sagte Emelie. »Sie verstehen sicher, dass all das hier ungeheure Wunden aufreißt und schlimme Erinnerungen in meiner Klientin weckt. Ich möchte, dass wir uns zuvor darüber einig sind, dass, wann immer meine Klientin eine Pause verlangt oder die Vernehmung abbrechen möchte, wir das tun.«

Nina schenkte mehr Wasser ein. Ihre Augen hatten unterschiedliche Farben, das eine war blau und das andere grün. »Das akzeptiere ich. Aber Katja muss auch verstehen, dass es wichtig ist, dass ich meine Fragen stellen kann. Wir sitzen hier, um besonders schwere Verbrechen aufzuklären. Und ich kann Ihnen sagen, dass nicht nur Katja davon betroffen ist. Im Rahmen dieser Ermittlung habe ich mehr als zweiunddreißig Mädchen identifiziert, die von unterschiedlichen Männern, manchmal acht auf einmal, missbraucht wurden. Insgesamt scheint es sich um ungefähr fünfzehn Männer zu handeln, wir nennen sie ›das Netzwerk‹. Die Filme sind auf verschiedene Zeitpunkte datiert, doch erstrecken sie sich in unserem Fall über ein Jahr. Allerdings bin ich überzeugt, dass es noch länger ging.«

Nina schwieg. Die Klimaanlage summte.

»Und ich befürchte, dass es immer noch stattfindet. Dass das Netzwerk immer noch aktiv ist.«

Emelie verschränkte die Arme. »Das macht die Situation für meine Klientin nicht gerade weniger heikel.«

Die Vernehmung dauerte fast drei Stunden. Nina begann damit zu erklären, dass sie die Personen auf den Filmen der Festplatte mit Hilfe verschiedener Gesichtserkennungsprogramme analysiert hatten. »Die Köpfe der Männer sind leider nur selten zu sehen, und wenn, dann sind die Gesichter unkenntlich. Deshalb haben wir keinen Einzigen von ihnen identifiziert. Wir arbeiten auch weiter an gewissen anderen Spuren, doch mehr kann ich darüber derzeit noch nicht sagen.«

Katja musste selbst erzählen. Sie wiederholte, was sie Emelie schon in deren Büro gesagt hatte, doch nun mit mehr Details. In welchem Heim sie gewohnt hatte, wie sie den Mann zum ersten Mal getroffen hatte, in welchem Hotel am Hauptbahnhof in Stockholm sie sich verabredet hatten – den Namen des Hotels wusste sie nicht mehr, konnte sich aber erinnern, dass es eine Rezeption hatte, die von unten mit blauem Licht erleuchtet war. Sie erzählte, dass er sie zu Coca-Cola mit Whiskey eingeladen und sie gefragt hatte, ob sie noch Jungfrau sei, und dann eine lange Geschichte davon erzählt hatte, wie er zum ersten Mal Sex gehabt hatte, wie nervös er gewesen sei, aber wie glücklich hinterher, und wie er sie dann zum Bett führte, während er immer wiederholte, wie süß und sexy sie sei. Als sie auf der Tagesdecke lag, fragte er sie, ob er ihre Brüste massieren dürfe, und sie fühlte sich von dem Whiskey ein wenig betrunken, doch noch ehe sie antworten konnte, hatte der Kerl seine Hände unter ihrem Pullover, was sie im Grunde nicht so schlimm fand, weil er vorsichtig und sehr zaghaft war, aber später, nachdem sie noch ein paar Schluck von dem Drink genommen hatte und der Typ von ihren Brüsten gelabert und betont hatte, wie tough sie sei, und den Fünfhunderter, den sie bekommen sollte, auf den Nachttisch gelegt hatte, da fragte er, ob er Sex mit ihr haben dürfe. »Sobald es sich nicht gut anfühlt, gibst du einfach Bescheid«, sagte er mit heller, fast kindlicher Stimme, und er benutzte ein Kondom, und alles ging ganz schnell, und als sie ihn nach einer Weile bat aufzuhören, da tat er das. Aber dann, als sie fertig waren, schaute er sie kaum mehr an. Er zog sich schnell an und verließ das Zimmer vor ihr. Der Fünfhunderter lag noch da und wartete. Hinterher hatte sie sich bei H&M für jede einzelne Krone Klamotten gekauft.

»Hat er gesagt, wie er heißt?«

»Er nannte sich Henrik, hat aber nie seinen Nachnamen genannt.«

»Hat er sonst noch mal einen anderen Namen benutzt?«

»Nein, ich hörte nur Henrik.«

»Haben Sie ihm gesagt, wie alt Sie sind?«

»Nein, aber ich habe gesagt, dass ich in die siebte Klasse gehe.«

»Wann haben Sie das gesagt?«

»Ich weiß nicht, vielleicht war es später, als all das andere anfing.«

Ninas Fragen waren geradeheraus und konzentrierten sich auf die wichtigen Informationen. Sie redete nicht drumherum, sondern bat Katja einfach weiterzuerzählen. Ein Vernehmungsprofi.

»Haben Sie ihn noch häufiger getroffen?«

»Was geschah dann?«

»Wie haben Sie vereinbart, wann Sie sich treffen?«

»Erinnern Sie sich, welche Telefonnummer Sie damals hatten?«

»Erinnern Sie sich, welche Telefonnummer *er* damals hatte?«

Manchmal legte Nina zwischen den Fragen kurze Pausen ein, doch dann machte sie weiter. »Haben Sie noch Ihr Konto bei Nordea?«

»Haben Sie irgendjemandem von diesen Ereignissen erzählt?«

»Gab es jemanden, der Geld daran verdient hat?«

»Wussten Sie, dass gefilmt wird?«

Mehrmals hielt Katja inne und hatte den Blick gesenkt. Emelie meinte, sie wolle abbrechen, fragte sie sogar danach. Aber Katja hob den Kopf und sagte, jetzt mit festerer Stimme: »Wenn ich schon hier bin, kann ich auch erzählen.«

Die Frage war, ob das noch eine Rolle spielte. Manche der Ereignisse waren zu vagen Erinnerungsbildern geworden und andere zu noch vageren Fragmenten von Erinnerungen. Sie redete oft unzusammenhängend, vermischte Ereignisse und Personen. Das war wahrscheinlich ein völlig normaler psychologischer Schutzmechanismus – wenn sie sich an alles erinnert hätte, was sie erlitten hatte, dann wäre sie wahnsinnig geworden. Aber Emelie wusste, wie das in der Ermittlungsakte aussehen würde. Was sie allerdings nicht verstand war, wieso es Nina und ihrem Team in über einem Jahr nicht gelungen war, einen einzigen der Männer zu identifizieren – was waren das denn für Stümper?

Katjas Qualen hatten kein Ende genommen, sondern waren noch eskaliert. Hatten sie in den Abgrund, in die Hölle geführt. Sie erzählte, wie sie zu einem Herrensitz rausgefahren worden war, Bunny-Unterwäsche anziehen musste und zusammen mit anderen Mädchen mit einer Gruppe alter Männer rumflirten sollte.

Später waren sie und ein paar andere Mädchen in eine Art Untergeschoss gebracht worden, man hatte Katja in einen kalten Raum mit einem einzelnen Bett in der Mitte geführt. Neben dem Bett lagen auf dem Fußboden verschiedene Gegenstände: Lederriemen, Peitschen, Dildos, Handschellen.

Emelie kannte das: ein Herrensitz mit alten Männern. Mats Emanuelsson hatte dasselbe berichtet, wenn auch aus einer anderen Perspektive.

Katja fuhr fort. »Also, damit war klar, dass jemand kommen und mit mir Sex haben würde, aber ich … ich …«

Emelie war erstaunt darüber, dass Katja ohne Unterbrechung bis hierher so viel erzählt hatte. Doch jetzt war es, als wollten die Wörter nicht mehr mitspielen. »Sie haben mich am Bett festgebunden, die Arme ausgestreckt … sie waren so viele …« Sie redete weiter, unzusammenhängend, unkontrolliert. Emelie hörte trotzdem genug heraus. »Urin … Kot … ich habe nein, nein, aufhören geschrien … der Dildo in meinem Hintern, das hat mir so wehgetan, ich wollte sterben …«

Alles wurde still. Ninas Gesicht war so grau wie die Vorhänge entlang der Wand. Katja fing an zu zittern, sie presste die Hände vors Gesicht. Emelie legte ihr den Arm um die Schultern.

Nina sagte: »Ich glaube, das, wovon Sie erzählen, ist, was man auf einem der Filme sehen kann. Und leider müssen wir ihn abspielen. Vielleicht können Sie einen der Täter identifizieren. Woran auch immer Sie sich erinnern, ist von Wert für uns. Zum Beispiel ein Name von einem anderen Mädchen oder irgendeine andere Information über sie.«

Josephine kam ins Riche gerauscht, und Emelies Gedankenfluss wurde unterbrochen, ebenso wie die Vernehmung mit

Katja. Es hatte keine weiteren Fragen gegeben, aber sie würden heute weitermachen.

Auf dem Weg zu Emelies Tisch schaffte Josephine es, mit mindestens fünf Personen Küsschen auszutauschen. Für sie war das hier nicht nur ein Mittagessen mit einer Freundin, sondern lebenswichtiges Networking, *face time*, Clusterbuilding. Auf lange Sicht angelegte Klientenkontakte. Akquisition. Und wieder: der Kontrast. Eben noch Katjas Bericht – im nächsten Moment das hier.

»Pippa, wie geht's?« Jossan nannte Emelie immer Pippa, weil sie der Ansicht war, sie sei Pippa Middleton so ungeheuer ähnlich.

Sie umarmten sich wie ganz gewöhnliche Leute – Emelie war die ewige Küsserei immer noch fremd, selbst mit engen Freunden.

»Ich habe gehört, du hast einen Assistenzjuristen eingestellt, der Anwalt ist. Du wächst langsam in deiner Branche, das ist doch fantastisch«, sagte Josephine.

»Yes, den hat mir Magnus Hassel empfohlen. Ich bin ihm und Anders Henriksson vor kurzem zufällig in einem Restaurant begegnet.«

»Dieser Anders, sag ich dir, der ist komisch. Das ist so ein Nerd.«

»Ich weiß, aber warum ist er komisch?«

Jossan setzte sich. »Ich hab ja immer gedacht, Tunten würden ein besonderes Talent verbergen, so als wäre das mit dem Nerdsein nur eine Fassade, dass sie ihre Tuntigkeit damit kompensieren, zum Beispiel extrem schlau oder nett zu sein, nur dass niemand es weiß, weil sie niemals irgendwelche Freunde finden. Aber Anders Henriksson, also, der ist weder noch. Er ist einfach *nur* tuntig, nichts dahinter.«

»Immerhin ist er Teilhaber geworden.«

»Das können alle werden, die bereit sind, eine Achtzigstundenwoche zu arbeiten und zwanzig Jahre vor der Zeit zu sterben.«

Das Essen wurde gebracht. In Panko frittiertes Köhlerfilet mit Soja-Ingwercreme für Emelie und ein gegrilltes Zanderfilet mit Kaviarbutter blanc für Jossan, aber ohne das Mandelkartoffelpüree, das eigentlich dazugehörte. Emelie ließ allmählich die Gedanken an die Vernehmung mit Katja los.

Jossan holte eine kleine Metalldose aus ihrer Designertasche und stellte sie auf den Tisch. »Ich esse nichts, wo Stärke drin ist«, stellte sie fest und öffnete die Dose. Darin lag etwas Grünes, das aussah wie nasse Salatblätter. Jossan hob ein paar Blätter mit der Gabel auf den Teller. »Und deshalb habe ich mit einer neuen Beilagendiät angefangen.«

»Spannend, was ist das?«

»Algen. Algen muss man zu sich nehmen. Proppenvoll mit Mineralien, Vitaminen und Antioxidantien. Die Haare werden schöner, und es boostet das Immunsystem. Ich habe seit zwei Wochen keine Kopfschmerzen mehr gehabt. Und schau dir meine Haut an, die ist wie bei einem Baby.«

Emelie nahm einen Bissen von dem Fisch, der fantastisch gut war, auch wenn sie ihn nicht mit im Meer wachsendem Gemüse bestreut hatte. Sie mochte Josephine einfach, obwohl sie so mit sich selbst beschäftigt war und ungefähr siebenmal mehr über ihr Tinderdating und ihre Little-Liffner-Taschen redete als über wichtige Dinge. Sie konnte Emelie immer zum Lachen bringen.

Kurz darauf spürte Emelie, wie es in ihrer Jacketttasche brummte – sie holte das Telefon heraus und sah eine unbekannte Nummer. Das war Katja. Emelie hörte schon gleich an ihrer Stimme, dass irgendetwas nicht stimmte.

»Ich weiß nicht, ob ich weitermachen kann«, sagte Katja.

»Sie meinen, Sie wollen heute nicht zur Polizeivernehmung gehen?«

»Ich weiß nicht, ob ich mich traue.«

»Ist etwas passiert?«

»Ja.«

»Was denn?«

»Darüber kann ich am Telefon nicht sprechen.«

»Aber Sie möchten darüber reden?«

Es klang, als würde Katja ersticken. »Ja, das wäre schön.«

»Können Sie in mein Büro kommen?«

»Am liebsten nicht, ich möchte einfach hierbleiben. Können Sie nicht zu uns nach Hause kommen? Vielleicht gehen wir dann ja hinterher gemeinsam zur Vernehmung. Wenn ich hingehe.«

Katja und Adam wohnten in Axelsberg am Gösta Ekmans väg. Die braunen Häuser sahen aus wie riesige Legosteine. Flachdächer, Neunziggradwinkel, nichts Unnötiges, das hervorragte. Jossan hatte die Augenbrauen hochgezogen, als Emelie erzählt hatte, was sie plante. Es war nicht direkt üblich, dass eine Anwältin einfach so zu ihrer Klientin fuhr, aber andererseits war es auch nicht verboten. Und wenn die Klientin es so wollte, warum nicht?

Josephine hatte die Rechnung für das Essen übernommen, und sie hatten vereinbart, sich bald wiederzusehen.

Der Filmausschnitt, den Emelie und Katja bei der Polizei hatten anschauen müssen, nagte an Emelie – es war das Schlimmste, was sie in ihrem ganzen Leben gesehen hatte. Aber da war noch etwas anderes, was sie nicht exakt benennen konnte – ihr war, als würde sie Mädchen erkennen, die dort missbraucht worden waren. Aber vielleicht war es auch nur, dass sie alle so gewöhnlich aussahen, unter der Schminke, in der bizarren Unterwäsche und mit ihren gequälten Gesichtern. Das hätte sie selbst sein können oder irgendeine von ihren Freundinnen von vor fünfzehn Jahren.

Der Fahrstuhl hatte doppelte Türen, da gab es irgendwelche neuen Verordnungen – erst eine normale Tür, dann zwei automatische Schiebetüren, die die Blechdose vollkommen verschlossen. Das einzige Zeichen, das einem verriet, dass man nach oben fuhr, war das Achterbahngefühl im Bauch. Auf dem Briefkasten stand Adams Nachname: Tagrin. Wie viel älter als Katja er wohl war? Sie musste Marcus bitten, das herauszufinden.

Die Klingel war von der klassischen Sorte, eine kleine schwarze Blase in der Tür. Sie drückte drauf.

Niemand öffnete.

Emelie lauschte: Da drinnen schien es vollkommen still.

Aus irgendeinem Grund drückte sie die Klinke herunter. Die Tür war offen.

Das hier fühlte sich extrem schlecht an. »Hallo, Katja?«

Keine Antwort.

Die Diele war unordentlich. Auf dem Fußboden lag ein schlabbriger Flickenteppich, und auf einem Schuhregal standen Schuhe, die meisten offenbar Katjas.

»Adam?«, versuchte sie.

Keine Antwort.

Die Lampe in der Diele sah altmodisch aus, Messing und Glas. Sie war eingeschaltet.

Emelie erhob die Stimme. »Hallo, ist jemand zu Hause?«

Sie machte sich nicht die Mühe, die Schuhe auszuziehen. Hier stimmte irgendwas nicht, das spürte sie am ganzen Leib.

An der Wand hing ein Plakat, das eine alte Karte darstellte. *Bacon's Standard Map of Europe* stand ganz oben, und Emelie fiel auf, dass Jugoslawien darauf immer noch ein einziges großes Land war. Links sah sie ins Schlafzimmer, doch etwas in Emelie veranlasste sie, nach rechts zu gehen. Ein Wohnzimmer. Ein braunes Sofa, ein Sofatisch, auf dem Zeitungen und Fernbedienungen lagen, zwei Sitzkissen und am Fenster vertrocknete Topfpflanzen.

Auf dem Boden lag ein Mensch.

Erst begriff Emelie nicht, was für ein Laut das war, den sie hörte – dann wurde ihr klar, dass sie selbst es war, die schrie.

Da lag Katja.

Überall war Blut.

Sie musste sich nicht hinunterbeugen, um zu begreifen.

Jemand hatte Katja getötet. Erstochen.

Dann sah Emelie zur Wand.

Große Buchstaben, mit Blut geschrieben.

Dort stand: HURE.

Telefongespräch Nr. 3
An: Hugo Pederson
Von: Göran Blixt (Chef)
Datum: 12. Oktober 2005
Zeit: 10:10

GÖRAN: »Können Sie eine halbe Stunde vor der Mittagspause mal bei mir vorbeikommen?«

HUGO: »Selbstverständlich.«

GÖRAN: »Gut. Ich bin gerade auf dem Rückweg vom Golfplatz, bis dahin aber da. Wir sollten die Analyse noch mal durchgehen. Das sind sehr interessante Sachen, Hugo. Wir werden den kleinen Dänen wohl durchaus schlachten können. Aber das muss nach allen Regeln der Kunst geschehen. Heute liegt der Kurs um die Hundertvierzig.«

HUGO: »Ich weiß. Aber der geht runter, glauben Sie mir, der geht runter. Nur eine Frage des Timings.«

GÖRAN: »Wie immer. Lassen Sie uns drüber reden, wenn Sie bei mir sind. Und dann könnten Sie noch ein neues Policy-Dokument unterschreiben, das Michaela und ich entworfen haben. Alle Angestellten sollen diese Regeln bestätigen.«

HUGO: »Okay, kein Problem. Reicht die alte Absprache nicht mehr aus?«

GÖRAN: »Schon, aber diese hier ist klarer und besser, obwohl der Inhalt im Prinzip derselbe ist. Keine Befangenheitssituationen, kein privater Handel und so weiter.«

HUGO: »Wenn der Däne drei, vier Punkte runtergeht, würde ich ihn gern selbst bearbeiten.«

GÖRAN: »Das verstehe ich, aber Sie kennen die Regeln. Kein eigener Handel, wir können das nicht zulassen. Eure

Zeit soll in die Analyse investiert werden, was wir bei Fortem Capital tun sollen, nichts anderes. Ich besitze Ihr Gehirn, Hugo, haben Sie das noch nicht begriffen?«

HUGO: »Haha, doch, doch, das hat zumindest mein Gehirn schon vor langem kapiert.«

GÖRAN: »Gut, das wollte ich hören. Bis nachher. Tschüss.«

Telefongespräch Nr. 4
An: Pierre Danielsson (Mitverdächtiger)
Von: Hugo Pederson
Datum: 12. Oktober 2005
Zeit: 13:10

HUGO: »Kleiner Pille, kleiner Pille, fummelt an sei'm Pimmel.«

PIERRE: »Witzig, Alter.«

HUGO: »Jetzt geht es hier ab, verstehst du, kleiner Pille?«

PIERRE: »Was denn?«

HUGO: »Es geht um den Dänen.«

PIERRE: »Okay, aber dann sollten wir vielleicht über die Pay anrufen, oder?«

HUGO: »Okay, ich ruf dich an. Ciao.«

Telefongespräch Nr. 5
An: Pierre Danielsson (Mitverdächtiger)
Von: Hugo Pederson
Datum: 12. Oktober 2005
Zeit: 13:11

HUGO: »Kleiner Pierre, kleiner Pierre, fummelt an seinem haarigen Sack …«

PIERRE: »Du bist wirklich wahnsinnig witzig, das wissen alle. Wirklich. Singst wie Céline Dion.«

HUGO: »Das ist gut mit diesen Prepaidkarten ...«

PIERRE: »*Better safe than sorry*, nicht wahr? Man weiß nie, also gehen wir sicherheitshalber mal auf diese Schiene. Also, was geht?«

HUGO: »Zwei Wochen lang habe ich jetzt drangesessen und Danfoss analysiert. Wie du weißt, haben die viele Jahre gut zugelegt und sind noch weit vom Zenit entfernt. Die Dänen sind die Araber des Nordens. Aber wenn man die Unternehmensführung ein bisschen ummöbliert, die Effektivität antreibt und die Kapitalstruktur durchsieht, dann können da anständige Werte an die Aktionäre ausgeschüttet werden. Wir haben über zehn Fabriken gecheckt und sind alle Lieferantenverträge von denen durchgegangen. Ich kenne dieses Unternehmen wie meinen eigenen Schwanz. Und jetzt kommen wir zum lustigen Teil.«

PIERRE: »Was sagt Göran?«

HUGO: »Exakt. Ich habe ihm heute Mittag den Case vorgelegt, und er sagt: ›Wir gehen rein.‹ Fortem wird also als neuer Besitzer einsteigen. Ab morgen werden wir Positionen übernehmen, insgesamt soll Fortem mindestens zehn Prozent haben. Wenn also der Kurs kommt ...«

PIERRE: »Der Däne wird fliegen. Scheiße, wie geil ist das denn. Und was machen wir nun?«

HUGO: »Du kannst machen, was du willst, wenn du es nur ordentlich aufziehst. Keine großen sichtbaren Positionen, versuch so viele Blocks draußen zu haben wie möglich, außerhalb des Handelssystems der Börse.

Und du wirst ja wahrscheinlich deinen Typen in der Schweiz benutzen, oder?«

PIERRE: »Ja, ja.«

HUGO: »Gut, dann bis später.«

PIERRE: »Ja, und sag mal ...«

HUGO: »Ja?«

PIERRE: »*Greed is good.*«

HUGO: »So ist es. Ciao.«

Telefongespräch Nr. 6
An: Jesper Ringblad (Aktienmakler Nordea)
Von: Hugo Pederson
Datum: 12. Oktober 2005
Zeit: 13:17

HUGO: »Hi, Jeppe. Hier ist Hugo P.«

JESPER: »Ja, hallo, Herr Pederson, wie nett, dass Sie anrufen.«

HUGO: »Ja, hoffen wir mal.«

JESPER: »Haha.«

HUGO: »Ich möchte gern Danfoss A/S B-Aktien kaufen.«

JESPER: »Die dänischen Wärmepumpen?«

HUGO: »Yes, indeed. Und zwar hätte ich gern hunderttausend davon.«

JESPER: »Okay, warten Sie kurz ... yes, Danfoss B ... wird an der Kopenhagener Börse gehandelt und auf Dow Jones.«

HUGO: »Ich weiß.«

JESPER: »Und zu welchem Kurs möchten Sie kaufen?«

HUGO: »Wo stehen die denn jetzt? In den USA?«

JESPER: »Die haben noch nicht geöffnet.«

HUGO: »Natürlich. Und in Kopenhagen?«

JESPER: »So zwischen 123,70 und 123,80 Schwedischen Kronen.«

HUGO: »Also, dann nehmen Sie zweihunderttausend. Ich hab ein Gefühl, dass da was im Gange ist.«

JESPER: »Zweihunderttausend? Wirklich?«

HUGO: »Ja, und es muss pronto, pronto geschehen, ist das klar?«

JESPER: »Ja, ich werde es so schnell wie möglich versuchen. Was ist Ihr Limit?«

HUGO: »124.«

JESPER: »Okay. Dann leg ich gleich los.«

HUGO: »Nein, warten Sie. Da gibt es noch eine Sache, es darf nur Block-Trading sein, nichts über das elektronische System der Börse. Nur direkt von Ihren Kontakten. Das ist wichtig.«

JESPER: »Da wird es vielleicht ein bisschen schwierig, so viele zusammenzukriegen.«

HUGO: »Durchaus, aber Sie werden ja gut dafür bezahlt. Das ist Ihr Job, mein Guter, oder?«

JESPER. »DOCH, KLAR. ICH WERDE ES VERSUCHEN.«

HUGO: »Wunderbar. Ich rufe später wieder an.«

Telefongespräch Nr. 7
An: Jesper Ringblad (Aktienmakler Nordea)
Von: Hugo Pederson
Datum: 12. Oktober 2005
Zeit: 14:08

HUGO: »Wie läuft's?«

JESPER: »Ich habe hunderttausend zusammen.«

HUGO: »Dann halten Sie sich mal ran. Und übrigens, ich hätte gern noch hunderttausend drauf.«

JESPER: »Sind Sie ganz sicher, dreihunderttausend Danfoss B insgesamt?«

HUGO: »Ich war noch nie sicherer.«

JESPER: »Das Geld haben Sie nicht in Ihrem Depot.«

HUGO: »Sie wissen ja, was Mahatma Gandhi immer gesagt hat, oder?«

JESPER: »Äh, nein ...«

HUGO: »*Greed is good*. Ich beleihe meine eigenen Sachen.«

JESPER: »Mahatma Gan...?«

HUGO: »Oder wer zum Teufel es nun gesagt hat. Das kann Ihnen scheißegal sein. Das Einzige, was Sie machen müssen, ist dreihunderttausend verdammte Dänen einzuheimsen. Und wenn die Kohle nicht reicht, dann leihen Sie.«

Telefongespräch Nr. 8
An: Hugo Pederson
Von: Jesper Ringblad (Börsenmakler Nordea)
Datum: 12. Oktober 2005
Zeit: 16:40

JESPER: »Hallo, hier Jesper.«

HUGO: »Ja, hallo.«

JESPER: »Es ist erledigt. Alle Aktien sind in Ihrem Depot. Dreihunderttausend Stück.«

HUGO: »Alles im Block?«

JESPER: »Ja, alles.«

HUGO: »Danke, super Job.«

JESPER: »Ich freue mich, wenn Sie sich freuen, das ist das Wichtigste.«

HUGO: »*Hell no*, das Wichtigste ist, dass ich an der Sache hier Geld verdiene.«

Telefongespräch Nr. 9
An: Louise Pederson (Ehefrau)
Von: Hugo Pederson
Datum 12. Oktober 2005
Zeit: 18:40

HUGO: »Hallo, Liebling.«

LOUISE: »Hallo.«

HUGO: »Was machst du gerade?«

LOUISE: »Ich war beim Training und wollte jetzt in der Markthalle vorbei und was zum Abendessen mitnehmen.«

HUGO: »Wollen wir nicht ausgehen und was essen, wir zwei?«

LOUISE: »Hast du denn Zeit?«

HUGO: »Ja, natürlich. Wohin möchtest du gehen? Soll ich für sieben einen Tisch in der Sturecompagniet buchen?«

LOUISE: »Gern.«

HUGO: »Und du, Mausi, noch was. Wir machen das mit dem Badezimmer und alles andere. Den ganzen Kram.«

LOUISE: »Aber hast du nicht gesagt, wir könnten uns das nicht leisten?«

HUGO: »Das wird schon gehen.«

LOUISE: »Du bist wunderbar. Weißt du das? Küsschen!«

12

Roksana und Z. saßen im Taxi auf dem Weg zu Dusky. Natürlich ein Heetch, was anderes könnten sie sich nie leisten – der Trick war, dass man sich das Taxi teilte und dann dem Fahrer noch eine Spende gab.

»Wenn du was von dem Zeug mitbringst, das ich bei euch ausprobiert habe«, hatte Billie ins Telefon gekichert, als Roksana sie so subtil wie möglich nach dem Event gefragt hatte. Die Adresse war per Textnachricht ein paar Stunden später gekommen. Das Ganze wurde wie ein Privatfest gehandelt, aber Roksana wusste, dass es nicht genügte, Eintritt zu bezahlen, um reingelassen zu werden. Das Ora-Flesh-Kollektiv galt als sehr streng: Alle, die kamen, waren handverlesen.

Vor der Industrieanlage stand ein Food Truck. Der hatte noch nicht auf, es war erst halb eins, aber in ein paar Stunden würden die Leute garantiert hungrig werden. Über dem Eingang hing eine kleine Banderole mit Bildern von Emojis.

Aus dem Gebäude war Lärm zu hören. *Utz-utz-utz-utz*, machte es, ein kräftiger Bass, ein Rhythmus, der durch den Eingang heraustönte. Shit, das hier würde herrlich werden.

Roksana und Z. gingen einen langen Flur hinunter, Betonwände, Menschen, die in Trauben zusammenstanden – vielleicht waren die nicht reingelassen worden. Hier war es wärmer. Der Lärm wurde lauter. Nach einer Minute erkannten sie ein paar Leute vor einer Metalltür. Der Lärm schlug jetzt auf die Trommelfelle ein. Zwei Mädchen mit Fakepelzen standen dort, jedes mit einem iPad in der Hand, auf denen sie die Gästeliste abglichen. Hoffentlich ging jetzt nichts schief. Doch das eine Mädchen lächelte nur, als Roksana ihren Namen sagte. »Du bist Billies Freundin, nicht wahr?«

»Ich glaube, das ist eine alte Maschinenhalle«, sagte Z. kaum hörbar in der lauten Musik. Stoßwellen fuhren durch Roksanas Körper. Neben dem Turm mit Lautsprechern waren große Heizventilatoren zu erkennen. Laserstrahler bildeten Lichtformationen in der Luft: Herzen, geometrische Formen, Farbexplosionen. An einer der Wände hing selbstleuchtende psychedelische Deko. Auf der größten davon waren wieder die Emojis zu erkennen.

»Fett naißer Stil, das hier«, rief Z., was bedeutete, dass das Niveau der Ironie perfekt war.

SHIT, war das krass hier.

»Siehst du, wer da spielt?«

Roksana sah zur DJ-Base. Und da war sie: Ora Flesh, das Model, das mit dem Fotografen verheiratet war. Das heißeste Paar der Stadt. Besser ging nicht.

Drei-, vierhundert Leute in der Maschinenhalle. Die allermeisten in Roksanas Alter, Free-Spirit-Hippies standen entlang der einen kurzen Wand und wedelten mit ihren langen Haaren herum, als ginge hier ein Schamanenfestival ab. Doch hauptsächlich drängten sich ganz gewöhnliche Leute auf der Tanzfläche. Ein paar davon kannte sie: Bekannte von Billie, Bekannte von Bekannten von Billie und sogar zwei Mädels, die bei ihr und Z. auf dem Einweihungsfest gewesen waren. Sie versuchte, ihnen zu winken, aber die schienen sie nicht wiederzuerkennen. Es gab auch einige Ältere, sogar ein paar Typen mit Falten im Gesicht, sozusagen Keith-Richards-Kopien. Sie nahm mal an, dass das alte Fotografen, Stylisten, Art Directors und so waren.

Die Musik rollte *seamless*, Mixes wurden in andere Mixes gemixt. Roksana knüllte ihre North-Face-Daunenjacke zu einem kleinen Ball zusammen und stopfte sie in den Sportbeutel, den sie auf dem Rücken hatte. Die Jacke hatte sie bei Humana Second Hand auf der Timmermansgatan gekauft.

Z. ging zur Bar und kaufte zwei Ballons und für jeden ein Bier. Sie nahmen ein paar Schluck und zogen sich dann das Lachgas aus den Ballons rein. Es kribbelte im Kopf, und Roksana kicherte wie blöd, als Z. anfing, einen extremen *liquid and digits*-Tanz hinzulegen. Sein ganzer Körper wurde zu einem einzigen beweglichen Energiefluss. Ohne ihn hätte sie niemals hierherkommen können.

Weiter hinten auf der Tanzfläche erkannte sie Billie und wieder die beiden Mädels. Roksana sah verstohlen zu Z.: Sollten sie nicht hingehen? Aber der schien jetzt komplett mit sich selbst beschäftigt. Roksana fing auch an zu tanzen. Die Arme wie Elektrokabel in der Luft. Sie schwitzte. Sie atmete. Sie schaute auf die Uhr: Eine Stunde waren sie jetzt hier. Sie sah Billie mit einem Typen rummachen, der aussah wie Elijah Wood. Die Laserstrahler zeichneten Kunstwerke auf die Wände. Das Undergroundgefühl war massiv, obwohl die Veranstalter zu den bekanntesten Personen Stockholms gehörten. Sie wünschte, sie hätte das Geld gehabt, sich ein Paar neue Sneakers zu kaufen – ihre Füße waren durchnässt und fingen an wehzutun. Und noch mehr wünschte sie sich, dass eine von denen, die auf ihrem Einweihungsfest gewesen waren, auf sie zukommen und sagen würde, dass es cool gewesen sei.

»Sollen wir zu der anderen Bar gehen?«, rief Z. »Die mit den Sofas?«

In dem Raum mit den Sofas war es erstaunlich still. »Das ist die neue Lautsprechertechnologie, ich hab eine Dokumentation darüber gesehen«, fing Z. an und war schon drauf und dran, ihr einen Vortrag zu halten, als Roksana ihn stoppte.

»Ich weiß«, sagte sie.

Neben den alten Sofas waren Liegestühle aufgestellt. An den Wänden hingen Textilien. Auf dem Boden lag Sand, und auf dem Tresen standen Räucherstäbchen, die Kräuterduft und positive Vibes verbreiteten.

»Die heißen *Satya Sai Baba Nag Champa*«, legte Z. schon wieder los.

»Schön, richtig schön«, sagte Roksana. »Vor allem der Sand.«

Billie saß schon mit ihrer Gang da drinnen. »Heeey, Roxy. Kommt zu uns.«

Sie redeten eine Weile.

»Hat einer von euch was Gutes dabei?«, fragte eines der Mädchen nach einer Weile.

Ein süßer Typ lachte auf. »Ich hab was, aber ich habe zweihundert Kronen pro Tablette gezahlt, das müsste ich von euch auch nehmen.«

Roksana nahm ihren Sportbeutel ab und fühlte die Plastiktüte, die darin lag.

Billie wandte sich ihr zu. »*Ey, Bish*, habt ihr beiden nicht Zeug dabei?«

Billie wollte immer gern so klingen, als käme sie aus den Vororten, dabei war sie am Mariatorget mitten in Stockholm aufgewachsen.

Roksana sagte, wie es war: »Doch.«

Billie machte einen Kussmund. »*Gäri*, ich liebe dich. Aber echt. Darf man eine Messerspitze nehmen?«

Eine halbe Stunde später kamen sie vom Trip zurück. Die Musik von der Tanzfläche dröhnte dumpf in den Wänden.

Billie schrie laut vor Freude. »Sogar noch besser als letztes Mal!« Ihre Begleiter lachten wie blöd. Sie waren während des Rauschs im Sand rumgekrochen und hatten geglaubt, sie seien Zwerghamster.

Der süße Typ, der E hatte verkaufen wollen, hatte ein Lächeln drauf, das so breit war, dass es seinen Kopf in der Mitte zu durchteilen drohte. Er blinzelte Roksana zu. »Du hast ja vielleicht Zeugs. Also, das war total unglaublich. Wie heißt du?«

»Ich bin Roxy.«

»Aha, dann warst du das mit dem Einweihungsfest vorige Woche?«

»Ja.«

»Und, hattet ihr Spaß?«

Roksana wunderte sich, dass er das fragte. Was hatte er gehört?

»Ja, wir hatten Spaß.«

Der süße Typ schob sich eine Haarsträhne von den Augen, im Dunkel hier drinnen sah er fast aus wie William in *Skam*.

»Nur *Spaß*? Weil ich gehört habe, dass es total extrem war, krass fantastisch wahnsinnig cool.«

Der süße Typ blinzelte wieder mit seinen großen Augen. Dann räusperte er sich und rief laut in die Chill-Area hinein: »Hallo, alle! Roxy hier ist meine neue Königin. Sie ist einfach nur klasse!«

Ein blubberndes Gefühl im Körper. Das lag nicht am Ketamin. Roksana wusste, dass es etwas anderes war – es schien das Kribbeln auf dem Weg nach oben zu sein.

13

Teddy war unterwegs, Emelie und Jan von Redwood Security bei der Wohnung zu treffen, in der sie Katjas Leiche gefunden hatten. Jan war ein ehemaliger Bulle, der zum privaten Sicherheitsberater umgeschult und ihnen schon früher bei Ermittlungsarbeiten geholfen hatte. Emelie hatte Teddy direkt nach dem Ereignis angerufen und ihm davon erzählt. Ihre Stimme klang kontrolliert, obwohl sie bestimmt immer noch mehr oder weniger unter Schock stand.

Axelsberg, Gösta Ekmans väg. Teddys Vater wohnte hier in der Nähe. Diese Gegend hatte sich während der Zeit, in der Teddy im Knast war, verändert. Früher war es das Territorium der normal werktätigen Schweden und der Gastarbeiter gewesen. Jetzt: Axelsberg, Örnsberg, Aspudden – kleine Wannabe-Versionen von Södermalm. Dieselben trendig umgekrempelten schwarzen Mützen, dieselben braunen Schnürstiefel. Dieselben Kinder, die Harriet und Folke hießen.

Teddy war früh dran. Er betrachtete sich selbst im Rückspiegel. Seine Haare waren kurz geschnitten, in den ersten Jahren nach dem Knast hatte er sie am liebsten überhaupt nicht geschnitten, aber jetzt gab er darauf acht. Seine Nase war knubbelig, die Augen waren groß, im Rückspiegel sahen sie noch viel größer aus, wie dunkle Punkte, in denen sich nichts spiegelte.

Er wusste nicht, was sie hier zu finden hofften, doch war es einen Versuch wert. Vielleicht würden Emelie, Jan und er selbst etwas entdecken, das der Polizei entgangen war.

Vor ein paar Tagen hatte er sich mit Nikola in einem Espresso House im Bahnhof Södertälje getroffen. Es war mitten am Tag, das Lokal halb leer. Nikola nahm einen Monster, Teddy bestellte einen Kaffee mit Milch. Die Kassiererin sah ihn forschend an. »Welche Art Kaffee meinen Sie damit?«

»Einen normalen Kaffee, bitte.«

Die Kassiererin stützte die Hände in die Seiten. »Wir haben Flat White, Macchiato oder Cappuccino, wir haben Latte macchiato, Frapino und Single Estate von Lubanda, Monte Alegre, Monte de Dios und Sidamo. Und dann haben wir natürlich auch noch unsere *special brews.*«

Teddy versuchte, die Informationen zu sortieren. »Entscheiden Sie«, sagte er schließlich. »Wenn nur Milch drin ist.«

»Selbstverständlich. Möchten Sie laktosefrei, Mandelmilch oder Öko-Hafer?«

Teddy wusste nicht, ob er laut loslachen oder fluchen sollte. »Haben Sie ganz gewöhnliche Milch? Weiß, fließend. Von einer Kuh.«

Sie setzten sich in eine stille Ecke, die Ledersessel hatten künstliche Patina, waren aber schön. Teddy bemerkte eine ölige Schicht auf dem Kaffee. Nikola bewegte sich langsam, als würde ihm was wehtun. Teddy hatte gerade von Linda gehört, dass Chamon vor zwei Tagen erschossen worden war.

»Nicko, das tut mir so leid.«

Nikola nahm einen Schluck von seinem Energydrink.

»Wie geht es dir?«

Sein Neffe hatte die Stone-Island-Kappe tief ins Gesicht gezogen. »Schon okay.« Doch Teddy sah ihm an, dass es alles andere als okay war. Seine Schultern waren angespannt, das Gesicht bleich, die Fingernägel ungepflegt. Das war eine der Sachen, die sein Vater, Opa Bojan, immer sagte: dass die Fingernägel alles über einen Mann verraten würden.

»Es ist okay, traurig zu sein. Er war dein Freund«, sagte Teddy.

»Ich habe fertig getrauert.«

»So schnell geht das nicht.«

»Was weißt du schon davon?«

Zum ersten Mal bemerkte er Nikolas Augen unter dem Schirm der Kappe. Sie waren nicht nur voller Schmerz, sondern da war noch etwas anderes. Seine Augen brannten, blitzten. Der Blick, den er ihm zuwarf, wirkte tödlich – da drinnen schlugen die Flammen der Wut hoch.

»Glaub mir, ich weiß, was Chamon dir bedeutet hat. Aber

mach jetzt keine Dummheiten, Nicko. Versprich mir das. Mach keine Dummheiten.«

Nikola nahm sein Handy raus und schaltete es aus. Dann schob er seinen Sessel näher an Teddys heran. »Teddy, *ujak*, wie kann man einen hilflosen Menschen in einem Krankenhaus töten? Wo bleibt da die Ehre?«

Teddy suchte nach einer Antwort. »Da, wo auch der MP3-Spieler geblieben ist. Er ist durch was Effektiveres, was Leichteres ersetzt worden, was die Menschen einfacher bedienen können. Aber wenn die Welt auf den Kopf gestellt ist, heißt das nicht, dass du es auch sein musst.«

»Aber ich kann so nicht leben. Kannst du mir helfen, dieses Aas zu finden?«

»Ich glaube nicht, dass das eine gute Idee ist. Bitte, Nicko, halt dich zurück. Setz nicht irgendwas in Gang. Tu nichts, was du bereuen wirst.«

Jetzt klang Nikolas Stimme hart. »Aber ich muss was zurückbekommen.«

»Es ist zu spät.«

»Du willst mir nicht helfen?«

»Nicht bei einer Rache, nein.«

Nikolas Blick war nicht einmal mehr flammend, als er nun aufsah – er war nur noch stockfinster. »Teddy, du warst mein Held. Du hast mir beigebracht, was Ehre ist.« Ohne es selbst richtig zu merken, knüllte Nikola die leere Energydrink-Dose zusammen. »Erinnerst du dich noch, was du immer gesagt hast, als ich klein war und dich im Gefängnis besucht habe?«

Teddy schüttelte den Kopf.

»Du hast gesagt, dass man manchmal durchs Feuer gehen muss, um auf der anderen Seite sauber rauszukommen. Aber du bist nicht, was du mal warst, *ujak*. Du bist nicht mehr der, an den ich geglaubt habe.«

Es klopfte an die Autoscheibe. Draußen stand Emelie mit Jan, der eine Art glänzenden Mantel trug, der wahrscheinlich ordentlich aussehen und gleichzeitig Regen und Schnee abhalten sollte. Im Emanuelsson-Fall war Jan von ungeheurem Nutzen gewesen, er sah Dinge, die anderen entgingen. Teddy umarmte ihn. »Janne, *The Man*.« Dann näherte er sich Emelie.

»Wie geht es dir?« Nach dem, was passiert war, müsste sie eigentlich eine Umarmung bekommen, doch sie wich einen Schritt zurück, deutlich.

»Nicht gut. Aber jetzt müssen wir arbeiten.« Sie hatte dunkle Ringe unter den Augen.

Teddy kratzte sich an der Stirn, und mit den Fingerspitzen spürte er dort die Falten, die schlagartig mehr geworden waren, nachdem er erfahren hatte, dass Emelie Katja ermordet aufgefunden hatte.

»Wie kommen wir in die Wohnung?«, fragte er.

Jan zuckte mit den Schultern »Was tut man nicht alles in diesem Job?« Er hielt etwas hoch, das wie ein kleines Schraubenzieherset aussah. Dietriche.

»Wohnte Katja dort allein?«

»Nein, zusammen mit ihrem Lebensgefährten Adam und manchmal auch dessen Sohn.«

»Und wo ist Adam?«

»Er ist der Verdächtige. Aber sie haben ihn noch nicht gefunden. Zur Fahndung ausgeschrieben.«

»Und der Sohn? Wo ist der?«

»Er lebt bei Pflegeeltern«, erklärte Emelie und stieg aus dem Fahrstuhl, dessen Türen sich mit einem bedrohlichen Quietschen geöffnet hatten.

Nichts deutete darauf hin, dass die Polizei die Wohnung mit der Lupe durchsucht hatte oder dass hier vor wenigen Tagen ein brutaler Mord geschehen war.

Emelies Haltung war starr.

»Alles klar?«, versuchte Teddy es noch einmal, doch sie verschwand nur im Wohnzimmer, als hätte sie ihn nicht gehört.

»Hier drinnen«, sagte sie mit lauter Stimme, »hier lag sie.«

Das braune Sofa, der Couchtisch, die einsamen, zerzausten Topfpflanzen am Fenster. Bei näherem Hinsehen war es hier ziemlich aufgeräumt, Teddy konnte kaum irgendetwas Besonderes entdecken.

Jan begann seine Arbeit. Teddy hatte ihn schon früher *in action* gesehen. Er leuchtete mit einer kleinen Taschenlampe herum, obwohl es in der Wohnung hell war. Er tippte mit kleinen Wattestäbchen auf bestimmte Oberflächen, kroch wie eine Art Sherlock Holmes mit einem Vergrößerungsglas auf dem Boden herum. Teddy wusste, dass er derweil nichts unnötig berühren und Jan nicht mit dummen Fragen nerven durfte. Er ging nur durch die verschiedenen Zimmer und sah sich um.

Die Diele. Die Küche mit zwei ungespülten Tassen. Ein Schlafzimmer mit einem nicht gemachten Doppelbett und vorgezogenen Gardinen. Das Zimmer eines Teenagers mit eigenem Fernseher und einer PS4 daneben. Ein Badezimmer mit gesprungenem Waschbecken und einer schmutzigen Badewanne.

Teddy sah aus dem Fenster. Grauer Himmel. Minus drei Grad draußen. Das Haus auf der anderen Seite des Hofs sah exakt so aus wie das, in dem sie sich befanden. Wie viele Wohnungen mochten das wohl sein? Bestimmt mindestens hundert. Die gleichen Rechtecke, die Flachdächer, die monotonen

Farben – das Leben der Menschen sollte in identische Formen gepresst werden.

Unten versuchte ein Auto vor Teddys Volvo rückwärts einzuparken. Hier war alles still. Aber da drüben bewegte sich etwas. Etwas flatterte, störte die Ruhe.

Teddy sah wieder zu dem anderen Haus hinüber. Vögel. Auf dem Dach waren zu viele Vögel.

»Ich gehe mal kurz raus«, sagte er.

Das andere Haus hatte denselben Eingangscode wie Katjas. Er fuhr mit dem Fahrstuhl ganz nach oben. Im obersten Stockwerk gab es noch eine Treppe, die an einer Dachluke endete. Diese war mit einem Vorhängeschloss gesichert. Teddy ging zu seinem Auto runter. So was wie einen anständigen Werkzeugkasten hatte er nicht immer dabei, aber ein paar Dinge schon, so zum Beispiel ein Arbeitsmesser.

Das Schloss war keins von der stärkeren Sorte. Er fuhr mit dem Messer hinein und drückte. Das Vorhängeschloss hielt, nicht jedoch der Verschluss der Luke. Teddy kletterte auf einer Metallleiter nach oben aufs Dach. Sofort sah er die Ansammlung Vögel ein Stück entfernt. Das Dach war mit Schnee und Eisresten bedeckt, aber ansonsten total flach, sodass man nur hinaufsteigen musste. Hie und da staken Abluftrohre heraus.

Elstern und Krähen: die Vögel, die zu blöd waren, um Schweden im Winter zu verlassen. Teddy meinte, den Luftzug von ihren Flügeln zu spüren, als sie hektisch flatternd abhauten. Er war jetzt nahe am Rand des Dachs, hier hatten sich die Vögel versammelt, die er aus Katjas und Adams Wohnung gesehen hatte.

Dort lag etwas. Er trat näher heran.

Ein Rucksack.

An einer Seite war er kaputt, dort gähnte ein großes Loch. Offensichtlich hatte ein Tier den Rucksack aufgerissen oder sich durchgebissen. Ringsum lagen Krümel von etwas. Teddy beugte sich vor. Er zog den widerspenstigen Reißverschluss auf und holte den Inhalt heraus.

Papier von Powerriegeln und eine Thermoskanne. Er wühlte mit der Hand. Etwas Hartes. Er hielt den schwarzen Gegenstand hoch. Ein Fernglas.

Die Scheibenwischer quietschten. Emelie saß neben Teddy auf dem Beifahrersitz. Im Wagen war es immer noch kalt. Draußen fiel Schnee.

»Derjenige, der da oben lauerte, hatte also Powerriegel und Kaffee dabei«, stellte er fest.

Teddy hatte Emelie und Jan angerufen, sie waren raufgekommen und hatten auf dem Dach dasselbe gesehen wie er. Dann hatte Emelie eine Polizistin namens Nina Ley angerufen.

»Der Kaffee in der Thermoskanne ist eiskalt«, hatte Jan erklärt. »Wahrscheinlich haben Ratten oder Vögel Löcher in den Rucksack gepickt. Jemand war oben auf dem Dach und hat sich mit einem Fernglas umgesehen. Von diesem Dach sieht man geradewegs in Katjas und Adams Wohnzimmer und in die Küche. Und ich glaube, dass derjenige, der da oben lag, selbst das Vorhängeschloss an der Dachluke angebracht hat, das sieht nämlich nicht so aus wie die Dinger, die man normalerweise an diesen Luken hat.«

Jetzt war das Auto heiß. Die Wärme sprühte nur so aus den Düsen. Es war sechs Uhr, sie hatten auf das forensische Team gewartet, das jetzt da oben auf dem Dach war und alles untersuchte. Jan war schon gefahren.

»Was hast du jetzt vor?«, fragte Teddy.

»Nach Hause gehen und dasselbe machen wie die letzten Tage schon.«

»Versuchen zu schlafen, Albträume haben?«

»In der Art.«

»Willst du nicht mit mir zu Abend essen?«

Das rhythmische Quietschen der Scheibenwischer wirkte fast hypnotisch.

»Ich nehme mal an, dass deine Finanzen nicht riesig stark sind, aber lädst du mich ein?«

»Dein Geschäft geht doch gut, dachte ich.«

»Das war, bevor jemand damit angefangen hat, meine Klienten zu ermorden.« Emelie lächelte – zum ersten Mal an diesem Nachmittag. Eine Welle von Wärme durchströmte Teddy.

Sie setzten sich ins Raw Sushi & Grill. Teddy fand einen Parkplatz vor Emelies Haus. »Parkplätze sind vom Aussterben bedroht. Ebenso selten wie Pandabären«, beteuerte Emelie.

Sie fand, Sushi passte perfekt. Teddy war froh, dass sie auch Niku hatten, verschiedene Sorten Grillspieße. Die Teller waren viereckig und die Tische schwarz. Er bestellte ein Bier. Emelie nahm eine halbe Flasche Weißwein. Er wollte sie fragen, wie es ihr ging, mehr über Katjas Wohnung und den Tatort reden, aber die Gäste am Nebentisch saßen zu nahe, es fühlte sich an, als würden sie jedes Kommazeichen mithören.

Er fragte: »Wie läuft deine Kanzlei eigentlich?«

»Ich komme zurecht. Tatsächlich habe ich gerade erst einen Anwalt eingestellt. Er ist unglaublich ehrgeizig, sitzt oft länger als ich abends und arbeitet.«

»Habt ihr eine Beziehung?«

»Hör schon auf.«

Er trank einen Schluck Bier. Emelie nahm ein Maki mit ihren Stäbchen und hielt es still in der Luft.

»Und du, was machst du jetzt so?«

»Ich helfe Dejan, meinem alten Kumpel, bei verschiedenen Sachen.«

»Den hast du schon mal erwähnt. Ist er nicht …?«

Teddy stellte sein Bierglas ab. »Ich weiß, was du jetzt sagen willst, so klingt meine Beraterin beim Arbeitsamt auch immer. Ihr findet, Dejan ist kriminell, und damit meint ihr, dass er nicht salonfähig ist.«

»Ich weiß nicht, was ich finde.«

»Er hat viele üble Sachen angestellt, das kann ich dir versichern. Genau wie ich. Und auch heute ist er nicht total auf dem Pfad der Tugend unterwegs, was die Finanzen angeht. Aber irgendwie kann ich nicht mehr finden, dass er der große Buhmann ist, wenn ich in der Zeitung lese, dass der Besitzer von Ikea und Tausende andere steinreiche Schweden überhaupt keine Steuern zahlen. Wer am meisten hat, bezahlt am wenigsten, ist das nicht seltsam?«

Emelie füllte ihr Glas.

»Und du hast solchen Leuten geholfen, als du bei Leijon warst«, fuhr Teddy fort.

»Wenn du hier sitzen und hetzen willst, können wir gleich die Rechnung bestellen.«

Teddy wollte nicht über Emelie schimpfen. Er hatte das hier nur schon einmal gespürt: Sie betrachtete ihn als unpassend. Er war jemand, den sie niemals ihren Freunden vorstellen würde.

Zwei Stunden später standen sie auf. Emelie hatte noch zwei weitere Gläser Wein getrunken und Teddy drei Bier. Er fühlte sich nicht betrunken, merkte den Alkohol aber schon ein wenig.

»Jetzt kannst du nicht nach Hause fahren«, sagte sie und

hängte sich die Handtasche über den Arm. »Kannst du mit der Bahn fahren? Der Bahnhof Karlberg ist ganz in der Nähe.«

»Nein, nach Alby gibt es keine Bahn. Und Taxi ist von hier aus schweineteuer.«

»Ach so, ja.«

Er hielt ihr die Tür auf. Die Kälte hatte angezogen. Vielleicht schwankte sie ein wenig.

»Willst du nicht zu mir raufkommen? Auf eine Tasse Tee, wie man so schön sagt?«

Teddy konnte sich ihr still erleuchtetes Schlafzimmer vorstellen und nahm ihren Duft wahr. Er sah Emelies Körper vor sich, ohne Kleider.

»Nein«, sagte er. »Ich glaube nicht an uns beide. Oder besser gesagt, *du* glaubst nicht an uns.«

14

Die Beerdigung. Über tausend, vielleicht sogar zweitausend Leute waren da. Nikola konnte es nicht sagen. Er wusste nur, dass die syrisch-orthodoxe Kirche St. Afrem geräumig war und dass die Familie Hanna eine große Verwandtschaft und viele Freunde hatte. Die Leute drängten sich in den Bankreihen – die Frauen auf der einen Seite, die Männer auf der anderen. Einige standen an der Wand entlang. Viele hatten nicht einmal einen Platz bekommen, Nikola wusste, dass noch Menschen draußen warteten.

Er war zum ersten Mal auf einer Beerdigung und zum ersten Mal in einer syrischen Kirche. Mit seinem Opa war er schon ein paarmal in St. Save in Enskede gewesen, aber die war serbisch-orthodox und wirkte im Vergleich zu dieser Kirche hier wie ein kleiner Wohnwagen.

Chorgesang und Räucherwerk. Männer in schwarzen Anzügen und mit schwarzen Schlipsen, ältere Frauen mit Tüchern auf den Köpfen. Nikola saß in der dritten Reihe. Er war nicht Familie oder Verwandtschaft. Aber trotzdem – Chamon war sein bester Freund gewesen. Er freute sich, dass seine Mutter mitgekommen war, auch wenn sie auf der anderen Seite vom Mittelgang saß.

Der Sarg stand ganz vorn, umgeben von einem Berg roter und weißer Rosen. Eine gerahmte Fotografie von Chamon mit einem schwarzen, über eine Ecke drapierten Seidenband, stand auf einem Stuhl. Rechts und links davon hohe Kerzen.

Oben auf dem Podium standen mehrere Personen in Capes und mit kleinen Mützen. Der Alte in der Mitte hatte einen riesigen Bart und hielt ein Goldzepter. Nikola nahm an, dass sie allesamt Bischöfe oder Priester waren. Sie hielten die Messe, manchmal sangen alle mit, dann wieder sprach jemand in stimmungsvollem Ton. Ein jüngerer Priester übersetzte manches ins Schwedische. Zwei Jungs spielten Geige und Klavier. Die Frauen weinten. Die Männer umarmten einander. Das war so *sick*. Er konnte es nicht begreifen: Chamon.

Nicht mehr da.

Zwei Tage nach dem Mord war Nikola aus der Untersuchungshaft entlassen worden – aus irgendeinem Grund hatten sie zuerst gemeint, er sei an der Sache beteiligt gewesen. So war es doch immer: Wenn man aus Södertälje-Ronna kam, dann wurde man gleich erst mal verdächtigt. Die Zelle, in die sie ihn gesetzt hatten, hatte alle möglichen Flashbacks aus der Zeit ausgelöst, als er wegen der Ica-Maxi-Sache angeklagt war. Sowie Nikola die Wände berührte, hatte er das Gefühl, als würde es ihm den Körper zerreißen. Er lag in Embryonalstellung zusammengerollt auf der grünen Matratze mit Plastiküberzug. Sie war nur fünf Zentimeter dünn. Die Großzügigkeit des Staates kannte ihre Grenzen, ein Kissen hatte er auch diesmal nicht bekommen, nicht einmal irgendwelche Hausschuhe. Die Zementwände waren vollgekritzelt, und der Betonboden roch nach Pisse. Keine Toilette, kein Fernseher, kein Telefon, nichts zu lesen außer den Zeichnungen auf den Wänden. Nur er und die Panik. Gebrochen sein. Die Angst.

Es war ihm nicht gelungen, seinen besten Freund zu retten, und die Wachen weigerten sich sogar, die Luke aufzuklappen und darauf zu antworten, ob sie einen der Mörder gefasst hatten.

Am Morgen danach legten sie ihm Handschellen an und führten ihn in den Vernehmungsraum. Er wusste immer noch nicht, warum er gefangen genommen war: Es konnten ja wohl alle bestätigen, dass er mit der Todespatrouille, die Chamon attackiert hatte, nichts zu tun hatte, oder?

Er schlich in den Flur hinaus, die Wache hinter sich. Der Vernehmungsraum sah exakt genauso aus, wie er ihn vom letzten Mal in Erinnerung hatte. Derselbe schmutzige Plastikfußboden. Derselbe einfache, im Boden festgeschraubte Tisch. Dieselben leeren grauweißen Wände.

Die Tür ging auf, und Simon Murray kam herein: der Bulle, der ihn im Krankenhaus festgenommen hatte, der Zivile, der es schon seit Nikola und die Jungs klein waren auf sie abgesehen hatte. Der ihre Autos angehalten, ihre Freundinnen schikaniert hatte und bei ihren Eltern aufgekreuzt war, als sie noch zu Hause wohnten. Er war ein Teil des Projekts »Hipogrif« – Zusammenarbeit in Söderort für mehr Sicherheit in der Stadt –, wie sie ihren Einsatz nannten. Murrays Haar war kurz geschnitten und blond. Schwarze Stiefel und eine Pulsuhr aus Gummi am Arm. Er sah aus wie immer: Bulle von Geburt an. Es musste in seinen Poren stecken, in seiner DNA. Nikola begriff nicht, wie der Typ als Zivilbulle arbeiten konnte, wenn alle so eindeutig sehen konnten, dass er einer war.

»Grüß dich, Nicko«, sagte Murray und machte eine Geste, als wollte er Nikola umarmen.

Nikola setzte sich. Für diesen Bullen hier war er nicht »Nicko«. Begriff Murray nicht, dass er in Trauer war?

»Es tut mir leid. Sie konnten Chamon nicht retten, er war sofort tot.«

Nikola sah aus dem Fenster zu den Mauern. Himmel und Beton hatten dieselbe Farbe. Er wusste schon, dass Chamon gestorben war. Nikola hatte den Bauch seines Freundes aus nächster Nähe gesehen.

»Ich verstehe, dass dies hier extrem schlimm ist für dich. Ich weiß, wie nahe ihr euch standet«, sagte Murray. »Aber ich muss dich vernehmen. Ich bin sicher, dass du derjenige bist, der am meisten darüber weiß, wie es dazu kommen konnte.«

Nikola konnte sich nicht rühren. Er fror immer noch, obwohl es hier wärmer war als drinnen in der Zelle. Trotzdem wünschte er sich dahin zurück. Weg von dem hier.

»Jetzt komm schon, Nikola, gibt mir etwas. Erzähl wenigstens, wer dabei war, als beim ersten Mal auf ihn geschossen wurde.«

Nikola zog die Beine hoch und wickelte sie in die Decke. Er zitterte. Yusuf und er hatten Chamon vom Studio ins Krankenhaus gefahren und sich darauf geeinigt, den Freund nur abzuliefern – nichts darüber zu sagen, was passiert war.

Murray sagte: »Erinnerst du dich, als ich Chamon und dich zum ersten Mal festgenommen habe? Ihr wart elf Jahre alt, und wir mussten euch nach Hause zu euren Eltern fahren. Ihr hattet im Intersport in Södertälje Baseballkappen gestohlen, die ihr dann in der Schule verkauft habt. Erinnerst du dich noch, was deine Mutter gesagt hat, als ich dich abgeliefert habe?«

Nikola antwortete nicht.

Murray fuhr fort: »Sie sagte, ›so einer ist Nikola nicht‹. Das sagte sie, ›mein Sohn ist nicht so einer‹. Erinnerst du dich daran?«

Nikola erinnerte sich. Linda war oft enttäuscht von ihm gewesen. Aber irgendwie hatte sie nie aufgehört, an ihn zu glauben. Bilder flogen ihm durch den Kopf. All die vielen Male, bei denen sie für Chamon und ihn Abendessen gemacht hatte, all die Male, bei denen er und der Freund im Innenhof am Robert Anbergs väg gekickt hatten, und wie Chamon kleine eigene Lieder erfunden hatte, die von ihrem tuntigen Lehrer handelten.

Nikola spürte, dass er schwach wurde. Er öffnete den Mund. Murray erkannte die Situation sofort, verstummte, wartete darauf, dass Nikola etwas sagen würde.

Er überlegte kurz, alles zu vergessen und den Bullen die Story zu erzählen. Scheiß auf die Ehre. Das bisschen, was er wusste, ausspucken – dass es schon im Studio angefangen hatte, dass Yusuf, Isak und jede Menge MMA-Jungs das Schwein, das geschossen hatte, gesehen hatten. Und dann: Wie arbeiteten die Bullen eigentlich? Warum sollte er sie auf Trab bringen?

»Jetzt komm schon, Nikola. Sag was. Du bist doch Schwede, verdammt noch mal, kein Syrer. Verhalt dich nicht so wie die. Gib mir einfach was.«

Nikola musste an sich halten, so *close* und er wäre auf Murray zugeknallt: dieser Rassist. Der Bulle, der alles haben, aber nichts geben wollte.

Er räusperte sich. Zog Rotz hoch – verteidigte heilige Prinzipien. Spuckte Simon Fotze Murray direkt ins Gesicht.

»Ich werde nie so ein Schwede sein, wie du das meinst. Und ich rede nicht mit Bullen.«

Goldornamente um die Säulen und Ikonen an den Wänden. Gigantische Deckenleuchten baumelten über den Besuchern. Der Marmorfußboden glänzte. Er sah Chamons Vater Emanuel, Chamons Mutter und seine Geschwister, er sah Yusuf und Isak. Er sah Bello und den Rest der Jungs neben ihren Vätern verteilt. Er sah Leute, die er nur entfernt kannte.

Die Priester hielten die Hände vor sich, die Handflächen nach oben. Gold- und Silberkreuze um den Hals. Die Melodien klangen uralt. Linda hatte Nikola den Anzug gekauft.

Es war an der Zeit, um den Sarg herum zu defilieren. Einige Männer stellten sich an der einen Seite davon auf, einige Frauen auf der anderen: die nächsten Verwandten der Familie Hanna.

Nikola sah, wie die meisten sich die rechte Hand aufs Herz legten, er tat es ihnen nach. Er sah auch, dass niemand stehen blieb und mit der Familie von Chamon sprach, man glitt vorbei, nickte, versuchte, den Tränen in den Augen der Eltern zu begegnen.

Er näherte sich. Die Prozession bewegte sich langsam. Drei Menschen noch vor ihm in der Schlange zu Chamons Vater. Er versuchte zu erkennen, wie Emanuel auf all die Menschen reagierte, die vorbeikamen.

Die Hand aufs Herz. Jetzt stand Nikola Auge in Auge mit Chamons Vater. Er dachte an das Walnussgebäck, das Emanuel ihnen immer angeboten hatte, als sie klein waren.

»Nikola«, flüsterte der Vater und umarmte ihn. Keine feste Umarmung, aber es fühlte sich an, als würde die ganze Kirche über Nikolas Kopf zusammenbrechen.

»Ich weiß, dass du getan hast, was du konntest, um ihn zu

retten«, fuhr Emanuel fort und ließ ihn los. Für einen Moment wurde es still. Dann brüllte er. Der Schrei von Chamons Vater füllte die Kirche – und alles hielt einfach inne. Der ganze Mist gefror – die Zeit gefror in einen ewigen Abgrund und würde zerspringen, und man würde sie niemals wieder kitten können. Am Boden. Vom Ende des Lebens.

Und Nikola dachte: Ich komme hier niemals wieder raus. Ich werde mich nie wieder bewegen können.

Beim Essen nach der Beerdigung im Festsaal der Kirche kam Yusuf zu Nikola. Er roch nach Pfefferminzkaugummi und hatte eine Goldkette mit einem Kreuz um den Hals. Sie umarmten sich. »Isak will nachher mit uns reden«, sagte Yusuf.

»Worüber?«

»Das erfahren wir dann.«

»Deine Kette, ist das die von Chamon?« Nikola zeigte auf das Kreuz.

Yusuf küsste es. »Ja, er hat mir die im Krankenhaus gegeben, kurz bevor du kamst. Er wollte, dass ich sie bekomme.«

Eine Stunde später versammelten sie sich im Hinterzimmer der Steakhouse Bar. Isak saß auf einem Stuhl: Es sah aus, als könnte er nicht mehr stehen. Yusuf, Bello und die anderen Jungs hingen drum herum. *Men in Black,* alle trugen immer noch die schwarzen Anzüge. Sie waren zehn, zwölf, es war vier Uhr nachmittags. Es war das erste Mal, dass Nikola Isak und seine Leute in etwas anderem als Jogginghosen sah.

Die Jungs sprachen mit gedämpften Stimmen. Einer von den Typen von Mr. Eins erzählte, dass Isak ihn zum Krankenhaus beordert habe, um Nikola abzulösen, dass er aber im Verkehrschaos stecken geblieben war und deshalb zu spät kam. Nikola wusste nicht, was er darauf antworten sollte.

Alle warteten auf ein Signal von Isak, dass er sie zur Ruhe rufen oder einfach anfangen würde zu reden. Doch nichts kam. Yusuf wechselte von einem Bein aufs andere. Bello sah verstohlen zu Mr. Eins. Am Ende begriffen sie – er wartete darauf, dass sie von sich aus still wurden. Das Einzige, was man noch hörte, war das Geklapper aus der Küche – da drinnen wurde alles für den Abend vorbereitet. Isak verlangte Würde, Respekt für die Situation.

»Hurensöhne«, sagte Isak.

Das Handy von einem tönte, der Typ nahm es schnell heraus und brachte es zum Schweigen.

»Wir können uns nicht von ein paar kleinen Hurensöhnen erschrecken lassen. Was glauben die, wer sie sind? Wir werden ihre Mütter ins Auge ficken. Wir werden es ihren Schwestern in den Arsch stecken. Sie werden erfahren, was sie getan haben.«

Jetzt stiller als still, nicht einmal das Küchenpersonal war noch zu hören.

»Ich bin echt traurig. Chamon war wie ein kleiner Bruder für mich. Und einen besseren Bruder findet man nicht. Begreift ihr?«

Alle nickten bedächtig.

»Aber wenn die glauben, dass sie uns zerbrechen können, indem sie uns die nehmen, die wir lieben, dann täuschen sie sich. Ich habe geschuftet, um das aufzubauen, was wir haben. Tränen und Blut. Man bekommt nichts umsonst, es hat mehr als zehn Jahre gedauert. Begreift ihr? Aber es ist den ganzen Weg lang immer um Prinzipien gegangen. Darum, dass, wenn uns jemand schlägt, wir zehnmal härter zurückschlagen müssen. Aber da müssen alle dabei sein. Alle.«

Die Jungs nickten. Alle sahen todernst drein. Nikola fragte sich, ob Isak wusste, wer die Mörder waren. Die Augen vom Boss blitzten ihn an.

»Also frage ich euch: Wer meldet sich? Wer hilft mir herauszufinden, wer diese Schweine sind?«

Nikola sah wieder die tränennassen Augen von Emanuel vor sich. Hörte immer noch seinen abgrundtiefen Schrei. Der Kopfschmerz von der Explosion pochte wieder hinter den Schläfen, kleine Blitze schlugen ins Bewusstsein ein. Er dachte an George Samuel und das Elektrikerzertifikat, das er so gut wie in der Tasche hatte, darüber, wie stolz Linda und Teddy auf ihn waren.

Er spürte Isaks Blick brennen. Der Boss senkte das Kinn und starrte wie direkt durch ihn hindurch. Nikola wusste selbst kaum, was er tat. Es war, als würde Isaks Blick an seinem Leib zerren.

Er hob den Arm. Jetzt tobten die Blitze im ganzen Kopf.

»Ich übernehme das.«

Isak blies die Luft aus den Nasenlöchern. Nickte bedächtig.

Nikola sagte: »Chamons Blut war mein Blut. Ich werde den finden, der hinter der Sache steht. Ich schwöre.«

TEIL II

März – April

15

Schon im Fahrstuhl hatten sie nicht voneinander lassen können. Sie waren in die Diele gestürzt, hatten den Hocker umgeworfen, der dort stand, im Schwung alle Mäntel von der Garderobe runtergerissen und waren dann weiter ins Schlafzimmer gestolpert. Noch ehe sie auf dem Bett landeten, hatten sie sich schon die Kleider vom Leib gerissen. Als Teddy in sie eindrang, biss sie ihm so fest in die Lippe, dass es anfing zu bluten. Alles dauerte nur wenige Minuten.

Das war jetzt über einen Monat her: Und es war so, als wäre etwas explodiert. Trotz Teddys »Nein, ich glaube nicht an uns beide«, waren sie übereinander hergefallen, sowie die Fahrstuhltür hinter ihnen zugeschlagen war. Emelie wusste immer noch nicht, warum er es sich anders überlegt hatte.

Nach einer halben Stunde machten sie es noch einmal. Aber diesmal nahmen sie sich Zeit, ließen Finger und Lippen den Körper des anderen erforschen – sie spürte, wie Teddy ihrem Atmen, ihrem Keuchen, ihrem Rhythmus folgte. Sie küssten, bissen, tasteten sich vor, als wäre es für sie beide das erste Mal. Vielleicht war es auch ein Gefühl gewesen, das seit jener Nacht in dem kleinen Hotelzimmer in Palma vor sich hin schwelte. Sie wusste es nicht, und gerade war es ihr auch egal. Teddy streichelte ihren Rücken bis zum Steißbein und über die Pobacken. Seine Hände umfassten sie, sein ganzer Körper umschloss sie. Er nahm ihre Haare, ließ seine Zunge ihre Brüste berühren. Sie klammerte sich an ihm fest, spürte, wie feucht sie war. Jetzt war er unter ihr, sein großer Körper wie ein Bett aus Sehnen und Muskeln. »Komm«, flüsterte sie und nahm seinen Schwanz.

Es war etwas damit, wie er sie anschaute, als würde er sie wirklich sehen, in sie hineinsehen. Es war, als wollte er ein Teil von ihr sein, ohne etwas zurückzuhalten. Und vielleicht machte ihr das schon in dem Moment, als sie dalagen, Angst: Sie konnte sich kein Leben mit Teddy vorstellen. Es war unmöglich: Er an einem gewöhnlichen Freitagabend bei ihr zu Hause, mit Essenkochen in der Küche und Freunden zu Besuch? Und wie sollte sie ihn je mit zu ihren Eltern nach Jönköping nehmen? Er war zu weit entfernt von ihrem Idealbild, hatte nichts mit der Welt zu tun, in der sie lebte.

Doch jetzt nicht – sie schob die Gedanken beiseite und sah ihn an. Beschleunigte den Takt. Spürte ihn in sich. Sie glühte. Sie versank in Teddys Blick.

Heute war sie in der Kanzlei. Die Gedanken jagten sie immer weiter. Die Nacht mit Teddy war wie ein Lichtstreif am Horizont gewesen. Aber danach hatten die unbehaglichen Bilder wieder überhandgenommen. Katjas lebloser Körper mit dem zerrissenen Pullover. Das Blut auf dem Fußboden. Das Wort an der Wand. Das alles fuhr in ihrem Kopf herum, wenn sie aß und wenn sie zu arbeiten versuchte. Die Bilder waren da, wenn sie schlafen wollte und später in den Albträumen. Sie waren sogar da, als sie vor einer Woche versucht hatte, einen Film auf Netflix zu schauen.

Emelie aß weniger als die Stabheuschrecke, die sie als Kind einen Sommer lang hatte. Ihre Menstruation blieb aus. Sie schlief im Schnitt weniger als vier Stunden pro Nacht, obwohl sie Melatonintabletten futterte, als wären es Bonbons. Sie wusste, dass sie auch stärkere Sachen bekommen könnte, die hatte sie früher schon genommen, nicht nur Einschlafhilfen, sondern richtige Schlafmittel, doch da wollte sie nicht wieder hin. Sie musste durchhalten.

Die Polizei hatte sie vernommen: einmal vor Ort in der Wohnung von Katja und Adam und zweimal auf dem Polizeirevier. »Haben Sie etwas im Treppenhaus gehört?«, »Haben Sie draußen auf der Straße jemanden gesehen?«, »War Katja noch am Leben, als Sie reinkamen?«, »Wissen Sie, warum Katja nicht zu der Polizeivernehmung gehen wollte?«

Emelie musste leider auf jede dieser Fragen mit Nein antworten. Sie wünschte, sie hätte etwas beitragen können, doch sie wusste zu wenig.

»Warum verdächtigen Sie Katjas Lebensgefährten eigentlich?«

Der Polizist, der sie verhörte, sah sie an, als hätte sie gefragt, ob er seine Frau betrog. »Sie wissen doch sehr gut, dass eine solche Ermittlung der Geheimhaltung unterliegt. Ich kann Ihnen also nichts sagen.«

Kommissarin Nina Ley hatte sie angerufen und geweint – tatsächlich, eine Polizistin, die weinte. Emelie wusste nicht, wie sie damit umgehen sollte. Nach dem Gespräch blieb sie zwei Stunden an ihrem Schreibtisch sitzen, ohne sich vom Fleck zu rühren. Hätte sie das hier aufhalten können? War sie es, die Katja dazu gedrängt hatte, bei der Polizei auszusagen?

Ein paar Tage später rief Anneli bei ihr an: »Da ist ein Gespräch für Sie.«

»Wer ist es?«

»Ich habe keine Ahnung, er will seinen Namen nicht sagen.«

Emelie nahm den Hörer ans Ohr. Erst hörte sie jemanden, der schrie. Dann kratzende Laute, dann aufgeregte Stimmen.

»Hallo, wer ist da? Ich höre nichts.«

Dann eine Stimme, ein Mann, es rauschte. »Ich bin's. Sie müssen mir helfen.«

»Wer sind Sie?«

Dieselbe Stimme, gehetzt: »Adam, Katjas Freund. Und die wollen mich festnehmen.« Er keuchte. Im Hintergrund rauschte es. »Die Bullen. Sie jagen mich, seit das mit Katja passiert ist. Ich brauche Sie, Emelie. Sie müssen mit denen reden.«

Emelie wusste nicht, was sie erwidern sollte.

»Sie werden mich festnehmen. Früher oder später«, fuhr er fort.

»Warum haben Sie nicht früher angerufen und sind freiwillig zu denen gegangen?«

»Das sage ich doch. Sie werden mich festnehmen, sie werden versuchen, mich für das hier zu verurteilen. Ich bin total am Boden zerstört. Katja ist ermordet worden, verdammt. Ich habe nicht mehr geschlafen, seit es passiert ist.«

»Haben Sie etwas damit zu tun?«

Jetzt klang Adam fast ruhig. »Ich habe Katja geliebt, aber Liebe führt manchmal zu seltsamen Sachen. Sie müssen mir helfen, Emelie. Sie sind die einzige Anwältin, der ich vertraue, denn Katja hat Ihnen vertraut. Sie müssen mich retten.«

»Das geht nicht«, sagte sie. »Ich kann nicht Ihre Anwältin werden. Es tut mir leid. Da entstehen Interessenkonflikte, ich war Katjas Rechtsvertreterin, und jetzt sind Sie verdächtig. Das ist nicht erlaubt.«

Es knackte in der Leitung. »Ist es, weil ich in der Erotikbranche arbeite?«

»Nein, ich habe doch gerade erklärt, warum das so ist. Es gibt gewisse Standesregeln für Anwälte, an die ich mich halten muss. Ich muss so handeln.«

Emelie hörte andere Stimmen im Hintergrund. Dann wurde das Gespräch unterbrochen.

Es war das erste Mal seit einem Monat, dass sie trainierte. Sie hoffte, die Bilder im Kopf würden davon verschwinden.

Rechte – Linke. Arm anwinkeln – Aufwärtshaken – Ellenbeuge. Ihr Schlag knallte auf die Schlagpolster, die Jossan hochhielt. Bam-bam-bam.

Es war unglaublich, dass sie es überhaupt geschafft hatte, Josephine in diesen Laden zu bringen, wo die doch sonst unentwegt nur von den allerneusten Trainingsformen redete: Barre. Gestreamte Fitnessprogramme, PT mit Takkei, Kripalu Yoga, Hot Yoga, Air Yoga, Dark Yoga, Was-auch-immer-Yoga. Aber vielleicht war es genau das: Kampfsport war gerade angesagt. Oder, wie Jossan es ausdrückte: »Kayla Itsines sagt, es sei ein Teil des HIT-Trends, das genügt mir schon.« Sie hielt die Schlagpolster auf Kopfhöhe, bewegte sich auf dem blauen Gummifußboden. Emelie folgte – Kinn auf die Brust, Blick auf die Handschuhe. Durch die Nase atmen. Das hintere Bein bewegt sich bei jedem Schritt zuerst.

Als Josephine und sie tauschten, zitterten ihre Arme vor Erschöpfung. Schweißtropfen verwischten die Sicht. Sie atmete heftig. »Vielleicht hast du lange nicht trainiert, aber du hast einen Punch wie Manny Pacquiao, weißt du das?«, sagte Jossan, während sie die Boxhandschuhe anzog.

Sie machten weiter. Jossan sah aus wie ein Katzenjunges, das mit einem Wollknäuel spielte. Das hier war Erholung für Emelie – aber es löschte die Bilder in ihrem Kopf nicht: Katjas aufgerissene Augen, als würde sie etwas an der Decke anstarren. HURE – an der Wand. Das Tranchiermesser auf dem Boden.

»Warte«, keuchte sie.

Jossans Arme hingen müde herunter.

»Ich muss aufhören«, sagte Emelie. »Es fühlt sich nicht richtig an.«

Jossan war rot im Gesicht. Sie nickte nur. Die Stärke der Freundin lag vielleicht nicht in der Schlagkraft ihres Punchs oder der Größe ihres kulturellen Kapitals, sondern darin, dass sie immer irgendwie verstand.

Emelie fröstelte, als sie auf den Bus wartete. Sie hatte gemeint, die Polizei würde doch irgendetwas herausfinden, nachdem sie, Janne und Teddy den Rucksack oben auf dem Dach genau gegenüber von Katjas und Adams Wohnung gefunden hatten. Doch von Nina Ley und ihrem Team war, seit sie Emelie vernommen hatten, nichts gekommen. Emelie nahm an, dass sie Adam Tagrin noch nicht festgenommen hatten.

Sie hatte auch gemeint, dass sie und Teddy sich nach jener Nacht bei ihr zu Hause weiterhin sehen würden. Sein Geruch war das ganze Wochenende über in ihrer Wohnung gegenwärtig gewesen, auf ihrem Körper und in ihrer Bettwäsche. Doch er ließ nicht von sich hören und sie auch nicht. Spielchen zu spielen war mit Teddy nicht möglich, dazu kannten sie einander zu gut. Doch vielleicht rief sie ihn genau deshalb nicht an – es war zu groß, zu ernst, zu unmöglich.

Ihr Telefon meldete eine Mail, und sie schaute sie durch.

Betreff: Vierzig Jahre Leijon

Liebe Freunde der Kanzlei,
an Mittsommer feiern wir unser vierzigjähriges Firmenjubiläum und freuen uns sehr, wenn Sie als Ehemalige mit dabei sind. Wir

laden ein zu interessanten Gesprächen, einem köstlichen Mittagessen und zahlreichen Mittsommertraditionen.

Mit besten Grüßen
Josephine Söderlund für die Ehemaligenvereinigung

Sieh mal an, dachte Emelie, Jossan stieg sogar in der sozialen Hierarchie der alten Kanzlei auf. Offensichtlich zeichnete sie jetzt verantwortlich für die Ehemaligenvereinigung, das konnte von Bedeutung sein. Viele der ehemaligen Mitarbeiter der Kanzlei waren als Geschäftsjuristen, in vielen Fällen auch als Chefjuristen woanders hingegangen, was bedeutete, dass sie weiterhin wichtige Kunden für die Kanzlei blieben, und zwar als Käufer der Expertise von Leijon. Und selbst wenn Emelie auch niemals eine sonderlich bedeutende Käuferin von juristischen Expertisen werden würde, war sie doch im Hinblick auf die Übertragung von Unternehmensanteilen und die Kunst, durch extrem komplexe Geschäftsstrukturen Steuern zu sparen, eine Ehemalige. Aber das Jubiläum ausgerechnet am Mittsommerfest stattfinden zu lassen, dem heiligen Familienfeiertag der Schweden? Die hatten doch einen an der Waffel, diese Geschäftsnerds. Auch wenn sie vielleicht hingehen sollte, um Jossan eine Freude zu machen, war es das doch nicht wert. Emelie würde absagen.

Es störte sie wirklich, dass die Polizei nichts von sich hören ließ, immerhin war sie doch Zeugenbeistand von Katja gewesen. Sie wollte mehr über die Ermittlungen in der Mordsache erfahren. Also griff sie zum Telefon und rief Nina Ley an.

Überraschenderweise ging die Kriminalkommissarin ran. »Kommen Sie morgen vor dem Mittagessen zum Haupteingang in der Polhemsgatan, dann können wir ein wenig reden. Warten Sie draußen auf mich.«

Die Motorräder standen dicht an dicht auf dem Bürgersteig vor dem Polizeihaus – es war eine wohlbekannte Tatsache, dass die Polizisten einen Hang zu Zweirädern hatten. Motormänner, Männer, die sich wie Männer fühlten, die eine Männerrolle spielten. Emelie bezweifelte, dass viele der Polizistinnen, die sie kannte, auf einer Triumph Thunderbird Modell XL zur Arbeit gekommen waren. Warum hatte Nina sie wohl gebeten, am Haupteingang zu warten? Als sie mit Katja hier gewesen war, hatte Emelie sich drinnen im Empfang angemeldet.

Heute kroch die Kälte in alles hinein. Sie sah ihre Reflexion in den großen Scheiben, die den Haupteingang umschlossen. Sie sollte zum Friseur gehen, ihre Frisur war nicht als solche zu erkennen, der Versuch eines Seitenscheitels sah mehr danach aus, als ob sie ihr Gesicht hinter den langen Haaren verbergen wollte.

Nina Ley bewegte sich ruckartig, öffnete eine der hohen Glastüren und kam heraus. Sie wirkte verändert, strahlte überhaupt nicht mehr die ruhige, ausgeglichene Stimmung aus, die sie vor der Vernehmung mit Katja gezeigt hatte. »Ich dachte, wir könnten uns ein bisschen unterhalten«, sagte die Kommissarin und zeigte hinauf zum Kronobergsparken.

Emelies Zehen und Finger waren kalt wie Himbeersorbet. »Also nicht in Ihrem Zimmer oder so?«

Es zuckte in Ninas einem Augenlid. »Nein, wir waren überzeugt davon, ein hohes Sicherheitsniveau in diesem Fall zu haben, niemand dürfte gewusst haben, dass Katja vernommen werden sollte, aber dann ist passiert, was passiert ist. Ich kann keine Leaks ausschließen, was bedeutet, dass ich meinem eigenen Personal nicht wirklich vertrauen kann. Ich möchte über das hier außerhalb des Hauses sprechen.«

Sie gingen den Kiesweg zwischen den kahlen Bäumen und Büschen hinauf.

»Sie wollen wissen, warum Adam Tagrin verdächtigt wird und was wir in der Sache unternehmen?«, fragte Nina, als sie ein Stück weit in den Park hineingegangen waren.

»Ich war Zeugenbeistand für Katja, ja, da bin ich der Ansicht, ein gewisses Recht darauf zu haben.«

Nina gab ein scharfes Lachen von sich. »Ich bin eine schlechte und unloyale Polizistin.«

»Sagen Sie das nicht.«

»Während meiner fünfzehn Jahre bei der Truppe habe ich noch nie etwas Vergleichbares erlebt. Und ich bin auch nicht sicher, ob ich recht daran tue, Sie noch weiter reinzuziehen, aber irgendetwas muss ich ja versuchen. Und Sie und Ihr Freund haben sich ja früher schon als kompetent erwiesen.«

»Teddy ist nicht mein Freund.«

»Also, es sieht folgendermaßen aus: Adam Tagrin hält sich nun seit über einem Monat versteckt, er will offenkundig nicht von uns vernommen werden, also betrachten wir ihn als verdächtig.«

»Gibt es denn, außer dass er nicht freiwillig kommt, etwas, das dafür spricht?«

Ninas Nase war rot von der Kälte. »Das ist ja üblicherweise ein recht guter Grund, jemanden zu verdächtigen, finden Sie nicht?«

»Menschen können auch noch andere Gründe haben, sich zu verstecken.«

»Wissen Sie einen? Etwas, das er zu Ihnen gesagt haben könnte?«

Plötzlich fragte sich Emelie, ob Nina wusste, dass Adam sie nach dem Mord angerufen hatte. Aber das war eigentlich nicht möglich, wahrscheinlich meinte sie, Adam könnte vor dem Mord etwas gesagt haben.

»Nein«, antwortete sie und versuchte zu rekapitulieren, was

Adam während ihres kurzen Telefongesprächs gesagt hatte. »Aber warum verdächtigen Sie ihn eigentlich? Irgendetwas müssen Sie doch haben.«

»Ja, so ist es. Katja ist mit zwei Messerstichen getötet worden. Der eine durchstach ihre Lunge, der zweite verletzte den Bauchraum. Sie starb nach wenigen Minuten dort auf dem Fußboden, wo Sie sie gefunden haben. Die Mordwaffe war das Tranchiermesser, das Sie neben ihr liegen sahen, Katjas Blut war auf dem Messer, und wir haben die Breite und Tiefe der Einstiche damit verglichen, sodass wir zu neunundneunzig Prozent sicher sein können. Die Stiche sind tief, was bedeutet, dass sie mit Kraft ausgeführt wurden, und das Küchenmesser hat keinen Handschutz, also keine sogenannte sensorische Perle, deshalb kann die Hand des Täters durchaus bei den Stößen nach vorn geglitten sein. Das ist in den meisten Fällen so.«

Emelie begann zu ahnen, worauf Nina hinauswollte.

»Wir haben einen Zeugen, bei dem Adam die ersten Nächte gewohnt hat«, fuhr die Kommissarin fort, »und dieser Zeuge hat uns berichtet, Adam habe Wunden in den Handinnenflächen gehabt, die aussahen, als kämen sie von einem Messer. Doch er will nicht, dass wir diese Wunden kontrollieren. Genügt das als Grund für einen echten Verdacht?«

Sie gingen zum höchsten Punkt des Parks. Weiter unten auf der anderen Seite des Hügels lag das jetzt abgelassene Planschbecken des Spielplatzes.

»Das nehme ich an«, sagte Emelie. »Und das hätten Sie mir nicht am Telefon erzählen können?«

»Vielleicht schon, obwohl es ja ein Dienstvergehen ist, Ihnen geheime Informationen zu geben. Aber wenn Sie etwas von Adam erfahren oder wenn er sich meldet, dann müssen Sie es mich wissen lassen.«

»Eine solche Verpflichtung habe ich nicht.«

»Aber Sie haben eine Moral, oder?«

Emelie antwortete nicht.

»Da ist noch etwas.«

»Was denn?«

»Sie und Ihr Freund dürfen gern weiter darüber nachdenken, warum Katja ermordet wurde.«

»Wollen Sie sagen, dass uns die Polizeibehörde als Privatermittler anstellen möchte?«

»Nein.« Nina schob die Hände in die Jackentaschen. »Mit dem, was ich jetzt sage, hat die Polizeibehörde nichts zu tun. Und Sie haben keine über das Übliche hinausgehenden Befugnisse. Das hier bin ich, Nina Ley, die spricht. Und Sie können mit dem, was ich gesagt habe, machen, was Sie wollen.«

»Sie bezweifeln, dass Adam die richtige Person ist?«

»Eigentlich nicht, aber wie Sie wissen, gibt es in dieser Sache noch etwas anderes, einen Hintergrund, eine Geschichte.«

Emelie fror nicht mehr. Ihr war seltsam warm.

Nina sagte: »Helfen Sie mir, Emelie. Bitte. Helfen Sie mir.«

16

Sie waren high wie Cumuluswolken, alle beide, nebeneinander auf dem Sofa. Der Computer stand aufgeklappt auf dem Couchtisch, sie hatten sich eben zwei Dokumentarsendungen auf SVT Dox angesehen. *McFusk & Co* und *O. J. Simpson – das Gerichtsverfahren*, obwohl Z. die meiste Zeit auf seinem neuen Handy rumgespielt hatte. Es war der erste Abend seit langem, an dem sie einfach nur zu Hause blieben und rumhingen.

Es waren mehr als vier Wochen vergangen, obwohl es sich

so anfühlte, als wäre alles auf einmal passiert. Am Tag, nachdem sie Billie und ihre Gang im Dusky-Club zu Ketamin eingeladen hatten, hatte sich die Freundin bei Roksana gemeldet. »Shit, hatten wir einen Spaß gestern. Könnt ihr beiden nicht heute Abend mit ins Kaboom kommen? Biiiittee?« Das war ungewohnt: Noch nie zuvor hatte Billie gebeten und gebettelt, dass Roksana mit in einen Club kam – normalerweise war es umgekehrt.

Nach einer Stunde im Kaboom schienen alle zu wissen, was sie für ein Zeug dabeihatten. Die Leute quatschten sie an, versammelten sich um sie, als ob sie Beyoncé Knowles und »ihr eigener kleiner Z.-Typ« ohne Leibwächter wären, wie Z. witzelte. Das Gerücht hatte sich schneller verbreitet, als Roksana es für möglich gehalten hätte. Die Leute wollten eingeladen werden, probieren, kaufen – sie wollten *viel* erwerben, direkt die K-Höhen besteigen. Roksana und Z. feierten, als wären sie beim Gagnef- und Coachella-Festival gleichzeitig – und nahmen dabei zwanzigtausend Kronen ein. Es war unglaublich.

An den Tagen danach trudelten sieben verschiedene Einladungen zu unterschiedlichen Events auf Roksanas Handy ein – Billie rief *von sich aus* an und fragte, ob *sie* sich bei ein paar von den Events an Roksana und Z. dranhängen dürfe. Am Mittwoch riefen Freunde an und Freunde von Freunden und Freunde von Freunden von Billies Freunden und fragten, in welche Clubs Roksana am Wochenende gehen würde: Die Welt stand kopf.

Z. und sie verdienten in weniger als vier Stunden siebzigtausend Kronen. Da war es erst halb drei Uhr Freitagnacht, und sie hatten noch lange Zeit, um zu feiern.

In der Woche danach kamen doppelt so viele Einladungen, eine davon zu einem Kunstevent per Brief, in dickes Papier eingewickelt: *The Substance of the Void.* Davon hatte Roksana noch nie gehört, aber offensichtlich handelte es sich um ein Künstlerkollektiv mit der Zielsetzung, *to tear down all the power structures.* Sie verstand ja nicht, warum die auf Englisch schrieben, wo doch alle Künstler gewöhnliche schwedische Namen hatten, aber sie fragte trotzdem Z., ob er mitkommen wollte.

Sie lebten wie die Könige – wobei Z. im Übrigen fand, dass es ein Ausdruck für monarchische Unterdrückung sei – es müsste heißen, dass sie wie Präsidenten oder etwas anderes Neutrales lebten, aber trotzdem: Sie lebten wirklich wie die *Könige.* Sie fuhren zum Paradiset am Bysistorget und besorgten sich Öko-Raw Food für dreitausend Kronen. Roksana kaufte drei Paar vegane Lack-Doc Martens in verschiedenen Farben, legte sich einen Nylonrucksack von Prada zu, außerdem noch ein neues MacBook Air und bezahlte einen Vorschuss über dreißigtausend Kronen an ein Mädchen, das versprach, in ihrem Namen die Hochschulprüfung zu schreiben und mit mindestens 1,9 rauszukommen – wenn es ihr gelang, bekam sie noch mal dreißigtausend. Z. ließ sich neue Tätowierungen stechen, die My-Little-Pony-Figuren darstellten, fuhr nach Berlin und ging ins Berghain, wo er erst so spät am Vormittag wieder rauskam, dass er den Flug nach Hause verpasste. Roksanas Instagram-Konto schwoll innerhalb von sechs Tagen von 234 Followern auf 12k an, und was auch immer sie postete, die Likes kamen danach im Sekundentakt rein.

Z. brachte aus Berlin für jeden von ihnen ein Fairphone mit: »Es könnte ja sein, dass die Polizeibehörde aus irgendeinem Grund welche von denen, die uns anrufen, abhört.« Er schaute verschwörerisch. »Diese Telefone enthalten außerdem keine Mineralien aus Konfliktzonen der Welt, und die Arbeiter sind nicht ausgebeutet worden.« Da fuhr Roksana zum ersten Mal der Gedanke durch den Kopf: Was würde eigentlich passieren, wenn die Polizei herausfand, was sie da verkauften? Wie ernst war das Vergehen wohl? Aber: Wie sollten sie darauf kommen? Das Risiko war minimal. *Party on.*

In der dritten Februarwoche meldete sich der süße Typ vom Dusky-Club. Er sagte, er wolle sie wirklich treffen – aber Roksana hatte keine Zeit. Sie war zu einem richtigen VIP-Fest eingeladen: die Geburtstagsparty für DJ Ora Flesh. Billie klappte nur der Unterkiefer runter, als Roksana das erzählte. »Ora Flesh hat dich zu ihrem Dreiundzwanzigerfest eingeladen? Bist du mit ihr *befreundet*? Privat?«

Roksana kicherte. »Nein, aber ich glaube, sie hat mal von mir gekauft.«

In der letzten Februarwoche kamen Einladungen zu über zwanzig Events. Roksana schaffte es, zu vier zu gehen, jeweils zwei am Freitag und Samstag, auf denen sie und Z. ihr K wie Bonbons verkauften. Danach spendeten sie fast alles Geld an Save the Children, das UNHCR und die Feministische Initiative, gingen auf eine Kunstvernissage, kauften sich jeder einen Nasenring mit echten Brillanten und genehmigten sich ein paar eigene K-Trips.

Roksana liebte den ganzen Aufstand wie ein dickes Kind seine Kekse – alles war unkompliziert und einfach. Sie vergaß, ihren Vater an seinem Geburtstag anzurufen.

Anfang März hatten sie gemeinsam über sechshunderttausend Kronen eingenommen und mehr oder weniger zwei Drittel davon verbraten. Das war es wert gewesen. Locker.

Und jetzt saßen sie auf dem Sofa und ließen es ruhig angehen. Alles war fantastisch gewesen. Sie hatten auf der ganzen Welt nur ein einziges Problem, und das war groß. Viel zu groß.

Sie hatten nichts mehr, was sie verkaufen könnten. Das Ketamin war alle. Finito – die Tüten waren leer.

»Irgendwie ist es gemein gegenüber all den Freunden, dass wir nichts mehr haben. Die erwarten das schließlich von uns«, sagte Z. Es war das erste Mal, dass sie diese Sache woanders als auf einer Tanzfläche oder in ihrem eigenen, mit Gästen überfüllten Zuhause besprachen.

Roksana war ganz seiner Meinung. »Trotzdem«, sagte sie. »Wir sollten für die ganze Sache dankbar sein. Es war krass Fun.«

Z. kräuselte die Lippen und zeigte seinen Unzufriedenen-Look. »Aber was machen wir denn jetzt?«

Roksana wickelte eine Tüte mit Weed auf. »Wir machen weiter wie vorher. Ich hab irgendwie eine Million Vorlesungen in Södertörn verpasst, und nächste Woche sind, glaube ich, Prüfungen.«

Sie schauten mit halber Aufmerksamkeit einen neuen Dokumentarfilm an, sprachen nicht miteinander, chillten einfach nur.

Roksanas Telefon meldete sich ungefähr jede zweite Minute: SMS, Facebook, Insta, Snapchat und so weiter. Die Leute wollten wissen, auf welches Fest sie am nächsten Wochenende gehen würden, ob sie mit zu Burning Man kommen würden, auf Kunstausstellungen, ob sie mit ein paar Süßigkeiten bei ihnen vorbeischauen könnten, nur ein Quickie, bitte.

Roksana sagte: »Ich glaube, wir werden weiterhin ein fettes Semester haben.«

Z. erwiderte nichts, er schaute auch nicht mehr den Film.

Nach einer Weile stand er auf und ging in die Diele. »Ich geh mal und kaufe ein bisschen Frühstück. Möchtest du für morgen was Besonderes? Vielleicht Haferbrei? Wir kehren doch zum Spießerleben zurück.«

Roksana blieb auf dem Sofa sitzen und kicherte vor sich hin. Sie hatte den Eindruck, der Film auf dem Computer würde in Doppelversion gezeigt. Sie dachte an das vorvorige Wochenende, als sie immer noch ganz oben auf der Welle waren. Um sieben Uhr morgens hatte sie sich nach einem Rave auf den Råsundavägen gestellt, um auf ein Taxi zu warten. Eigentlich hätte sie auch den Bus nehmen können, der ging schon so früh, aber scheißegal – Z. und sie hatten schließlich Rekordsummen eingenommen.

Der Morgen war immer noch dunkelgrau, als sie jemanden auf sich zukommen sah. Ein Pusher? Sie sah die dunklen Augen des Typen, obwohl – vielleicht waren sie auch gar nicht so dunkel. Er trug auch eine Daunenjacke, die aber anders geschnitten war als ihre – superdick, schwarz, neu –, und er strahlte irgendwas aus. Dampfte ein Feeling aus, wie es keiner ihrer anderen Freunde auch nur im Entferntesten tat.

»Ey, Braut«, sagte er.

»Was willst du?«, gab sie zurück und hörte, dass ihre Stimme seltsam gellend klang.

»Bist du neu hier, oder was?«

»Bist du immer hier?«

»Nein, nicht so oft.«

»Und wie heißt du?«

»Roksana.« Sie machte einen Schritt zurück. »Aber ich will nichts kaufen.«

»Und, habe ich vielleicht gefragt, ob du was kaufen willst?« Der Typ machte einen Schritt auf sie zu. »Ich bin kein Verkäufer. Aber sie sagen, *du* würdest verkaufen.«

Roksana spürte seine Nähe, er war viel zu weit in ihre Komfortzone vorgedrungen. Sie wollte weggehen, konnte sich aber nicht vom Fleck rühren.

»Wer sagt das?«, war alles, was sie rausbrachte.

Der Typ machte sich nicht die Mühe zu antworten. Stattdessen kam er noch näher, als wollte er ihr was ins Ohr flüstern.

»Bist du der Pusher für Chamon?«

Roksana schüttelte den Kopf. »Ich weiß nicht, wer das ist.«

Der Typ schien nicht mal zu merken, dass sie geantwortet hatte. »Weil, wenn du für Chamon gearbeitet hast, dann kann ich dir sagen, dass er nichts mehr nimmt. Wir haben übernommen. Wenn du Nachschub brauchst oder Hilfe bei irgendwas, dann ruf an. Und vor allem, wenn du irgendwelches Gerede über Chamon hörst, dann will ich, dass du dich sofort meldest. Der war wie ein *Barádar* für mich, verstehst du?«

»Sprichst du Persisch?«

»Nein, aber du, glaube ich.«

»Wie kannst du das wissen?«

Der Typ sah sie an.

»Ich habe ein Ohr für Sprachen, *Walla*«, erwiderte er. »Und du hast eine fast unmerkliche Abweichung in deinen Vokallauten.«

Roksana starrte ihn an – war dieser Typ *for real*, oder was?

Er streckte ihr einen Zettel hin. »Ich bezahle gut für alles, was du über meinen Bruder, meinen *Barádar* weißt oder hörst. Also ruf mich an, wenn du was hörst.«

Roksana nahm den Zettel entgegen. Sie schaute mit zusammengekniffenen Augen im Morgenlicht darauf. Da standen eine Telefonnummer und ein Name: *Nikola*.

Es klingelte an der Tür. War Z. ohne Schlüssel raus? Aber dann müsste die Tür immer noch offen sein, denn Roksana hatte nicht hinter sich abgeschlossen. Es klingelte wieder. Bestimmt machte Z. sich nur einen Spaß, vielleicht war das seine Art zu sagen, wenn er Frühstück machen sollte, dann müsste sie zumindest die Tür aufmachen. Doch sie hatte ein schlechtes Gefühl dabei. Normalerweise war Z. nicht so.

Sie stand auf, ging in die Diele und öffnete die Tür.

Da stand Z. Aber neben ihm noch ein anderer Typ. Keiner, den sie kannte, er sah aus, als wäre er somalischer Herkunft, hatte eine Kapuze über den Kopf gezogen und darüber ein Paar Beats-Kopfhörer. Er füllte fast die gesamte Türöffnung aus. «Hallo?«, sagte Roksana.

Der Mann riss Z. mit sich in die Diele und zog die Tür hinter ihnen zu. Er sah aus, als würde er auf einem Bein hinken. »Wo habt ihr das Zeugs?«

Das schlechte Gefühl in Roksana wurde zu einem richtig üblen. Sie machte einen Schritt zurück, verwirrt darüber, dass er einfach so reingekommen war, und gleichzeitig wurde ihr noch etwas anderes klar: Sie hatten niemals über genau diese Situation gesprochen, sie und Z. – wessen Ketamin sie da eigentlich gefunden hatten.

»Ich weiß nicht, wovon du redest«, sagte sie. Sie war unendlich froh, dass sie die Kartons und die Tüten weggeworfen hatten.

»Jetzt bleib mal locker«, versuchte Z. Aber der Typ war schon auf dem Weg ins Wohnzimmer. Der Computer stand noch aufgeklappt auf dem Couchtisch. Der Eindringling sprach überdeutlich. »Ihr wisst genau, wovon ich rede. Vor euch hat hier ein Typ gewohnt, den die Bullen hochgenommen haben. Aber diese Tunten haben das Zeug nicht gefunden, also sind mehrere Kilo hiergeblieben, versteckt. Und dann ist die Wohnung an euch vermietet worden. Ich bin einmal hier gewesen und habe nach dem Scheiß gesucht, hab aber nichts gefunden. Und mein Bein war so verfuckt, dass ich abhauen musste. Dann hat mein Auftraggeber geglaubt, dass der Typ, den die Bullen hochgenommen haben, ihn reingelegt hat, dass er das Zeugs an jemand anders verkauft hat. Aber das hatte er nicht, alles war noch hier. Und stattdessen seid ihr es, die ihn reingelegt haben.«

Roksana merkte, wie ihr kalt wurde.

»Also entweder holt ihr das Zeug jetzt raus«, fuhr der Typ fort, »oder ihr kriegt richtig Probleme, ist das klar?«

»Aber ich weiß gar nicht, was für Zeugs du meinst. Du kannst dich gerne umsehen, hier gibt es nichts.«

Z. nickte zustimmend.

Der Typ legte den Kopf schief, eine Ader pulste auf seiner Stirn. »Sehe ich aus wie ein verdammter Drogenhund?«

»Nein, nein, aber wir wissen nicht, von welchem Zeug du redest«, sagte Roksana und hörte selbst, dass ihre Stimme nicht sonderlich überzeugend klang.

»Du bist anscheinend schwer von Begriff. Wir *wissen*, dass ihr was von unserem Zeug verkauft habt. Aber ich tue Mädchen nicht so gerne weh, dein Typ allerdings …«

Z. schaffte es nicht, zu reagieren oder sich zurückzuziehen, ehe der Kerl seine Hand packte.

»Lass mich los«, jammerte er.

Roksana versuchte, den Arm des Eindringlings zu greifen. »Bitte, hör auf.«

Der Typ drehte Z.s Finger nach hinten.

Roksana begriff zu spät, was passierte, obwohl sie es sah, als wäre es ein Standbild. Z.s linker Zeige- und Mittelfinger wurden nach hinten gebogen, unnatürlich weit, unbarmherzig. Bis ein klickendes Geräusch zu hören war und Z. laut losbrüllte.

Der Typ ließ seine Hand los. Er schloss die Augen – als würde er selbst nicht hinsehen können, was er da eben getan hatte.

Z. jaulte, schrie, weinte. Zwei seiner Finger baumelten herunter. Sie waren gebrochen.

»Du schreist wie eine Hure«, sagte der Typ. »Aber ihr habt den falschen Mann reingelegt.«

*

Telefongespräch Nr. 10
An: Hugo Pederson
Von: Göran Blixt (Chef)
Datum: 6. November 2005
Zeit: 13:46

GÖRAN: »Hugo, sind Sie im Büro?«

HUGO: »Nein, ich bin draußen beim Mittagessen.«

GÖRAN: »Glauben Sie, das hier wäre eine Behörde, oder was?«

HUGO: »Haha, ich will ja nicht draußen *essen*, ich hole mir nur was an den Schreibtisch.«

GÖRAN: »Das klingt schon besser. Aber Folgendes: Wir brechen das Danfoss-Geschäft ab. Ich werde allen anderen dieselben Instruktionen geben.«

HUGO: »Aber warum denn?«

GÖRAN: »KKR will uns nicht als Großaktionär dabeihaben, deshalb haben sie wie die Idioten A-Aktien gekauft. Wir könnten in den Krieg gehen, wie wir es bei Scania gemacht haben, aber diesmal ist meine Einschätzung, dass es das nicht wert ist. Der Kurs ist bereits um vier Prozent raufgegangen, also machen wir kein schlechtes Geschäft, aber doch längst nicht so gut, wie wir gedacht haben.«

HUGO: »Ich weiß ja nicht, ob das eine gute Idee ist, wir sollten auf jeden Fall noch ein paar Tage warten.«

GÖRAN: »Wenn man sich entschieden hat, gibt es keinen Grund zu warten, aber natürlich werden wir die Aktien rausschleichen, damit der Kurs nicht absackt.«

HUGO: »Aber in einer Woche ist das Timing besser, ich bin ziemlich sicher, dass Fed die Zinsen senken wird, dann kriegt die Börse wieder Fahrt.«

GÖRAN: »Nein, auf Makromaßnahmen können wir nicht so

lange warten. Wir fangen heute damit an. Bis nachher im Büro.«

HUGO: »Okay.«

GÖRAN: »Und, Hugo, bringen Sie mir doch auch was zu essen mit. Aber seien Sie in zehn Minuten zurück.«

Telefongespräch Nr. 11
An: Pierre Danielsson (Mitverdächtiger)
Von: Hugo Pederson
Datum: 6. November 2005
Zeit: 13:48

HUGO: »Hi, ruf mich auf der Pay an.«

PIERRE: »Was ist passiert?«

HUGO: »Wir reden auf der Pay darüber.«

Telefongespräch Nr. 12
An: Hugo Pederson
Von: Pierre Danielsson (Mitverdächtiger)
Datum: 6. November 2005
Zeit: 13:49

PIERRE: »Also, was ist passiert?«

HUGO: »Wir brechen das dänische Geschäft ab.«

PIERRE: »Was sagst du da? Warum denn?«

HUGO: »Göran will nicht mehr mitmachen, ich weiß nicht, warum, aber er glaubt, die KKR wollte uns nicht drinhaben. Ich muss mich jetzt beeilen.«

PIERRE: »Warte mal. Jetzt reiß dich mal zusammen und mach das hier kontrolliert. Du hast diese Papiere selbst gekauft, und wenn du jetzt rennst und einen Panikverkauf hinlegst, dann ist die Gefahr verdammt groß, dass jemand darauf reagiert. Ich möchte, dass du es ruhig angehst.«

HUGO: »Aber wir müssen jetzt verkaufen, sonst gibt es einen Wahnsinnsverlust.«

PIERRE: »Da scheiß ich drauf. Wenn man beim Spiel mitmacht, dann muss man auch mal ins Klo greifen Jetzt lass es ruhig angehen, verstehst du?«

HUGO: »Ich werd's versuchen. Können wir sie vielleicht gleichzeitig abstoßen? Ich muss jetzt Schluss machen. Ciao.«

Telefongespräch Nr. 13
An: Jesper Ringblad (Börsenmakler Nordea)
Von: Hugo Pederson
Datum: 6. November 2005
Zeit: 13:50

HUGO: »Hi, Jeppe, ich will Danfoss verkaufen.«

JEASPER: »Schon? Die liegen bei 118. Sie haben fast fünf Pros verloren. Ich glaube, dass es sich im Laufe der Woche erholen wird.«

HUGO: »Ja, aber ich sage, dass Sie verkaufen sollen. Alles. Aber im Block. Verdammt wichtig, dass es im Block geschieht, noch wichtiger als letztes Mal.«

JESPER: »*You're the boss.* Welches Limit?«

HUGO: »Wenn Sie die für 117 loswerden, bin ich happy. Aber ich kann auch auf 116 runtergehen. Alles muss weg.«

JESPER: »Okay … warten Sie … ich glaube, ich kann sie jetzt rauskriegen, warten Sie kurz … (unverständlich).«

(ANMERKUNG: *Man hört, wie Jesper Ringblad mit jemandem im Hintergrund über die Danfoss B-Aktie spricht.*)

JESPER: »Da bin ich wieder. Bisschen Glück heute, ich habe sie alle auf einmal auf einem Brett verkaufen können. Aber es wird ein Verlust von an die zwei Millionen Kronen.«

HUGO: »Sie sind ein Star, Alter. Ein Star.«

JESPER: »Sie klingen ja fast froh.«

HUGO: »Ich bin so froh, dass ich Ihnen einen blasen könnte.«

Telefongespräch Nr. 14
An: Hugo Pederson
Von: Louise Pederson (Ehefrau)
Datum: 6. November 2005
Zeit: 20:35

LOUISE: »Hallo, was glaubst du, wie lange du heute Abend arbeiten wirst?«

HUGO: »Hallo, mein Mäuschen, ich habe keine Ahnung, es ist gerade ziemlich viel.«

LOUISE: »Das war so nett, als wir vor ein paar Wochen aus waren und im Restaurant gegessen haben. Können wir das nicht bald mal wiederholen? Vielleicht Donnerstag oder Freitag?«

HUGO: »Nein, das geht nicht.«

LOUISE: »Warum nicht?«

HUGO: »Es ist halt so viel los.«

LOUISE: »Aber du wirst dich doch mal zwei Stunden davonschleichen können, ich kann einen Tisch bestellen und so, irgendwo bei dir in der Nähe. Du musst nicht mal was trinken, ich kann deinen Wein nehmen …«

HUGO: »Ich muss jetzt auflegen.«

LOUISE: »Nein, warte noch. Ich habe mit Premiform gesprochen.«

HUGO: »Mit wem?«

LOUISE: »Deinem Innenarchitekten, du weißt schon.«

HUGO: »Nein, werden wir Innenarchitekten haben?«

LOUISE: »Jaaa, natürlich. Die muss man haben. Auf jeden Fall habe ich jetzt alle Bestellungen gemacht, aber ich habe im kleinen Badezimmer den Kalkstein gegen Kolmårdenmarmor ausgetauscht, ich glaube, das kann richtig schick aussehen, das habe ich bei Oberlands gesehen.«

HUGO: »Was kostet das extra?«

LOUISE: »Ich weiß nicht genau, aber ich wollte nur sagen, dass ich auch entschieden habe, dass wir den Boden neu machen. Ich will die Heizkörper weghaben, die sind so hässlich. Deshalb planen die von Premiform in allen Räumen mit Fußbodenheizung.«

HUGO: »Mäuslein, also ...«

LOUISE: »Das wird fantastisch.«

HUGO: »Also ...«

LOUISE: »Was denn?«

HUGO: »Ach, nichts. Wenn du noch wach bist, sehen wir uns, ansonsten dann morgen. Küsschen.«

Telefongespräch Nr. 15
An: Carl Trolle (Freund)
Von: Hugo Pederson
Datum: 6. November 2005
Zeit: 21:58

HUGO: »Hey, Alter.«

CARL: »Hallohallo, wie geht's?«

HUGO: »Na ja, geht so.«

CARL: »Was soll denn das heißen? Jammerst du?«

HUGO: »Ach, du weißt doch, manchmal fühlt man sich einfach ein bisschen ausgepowert.«

CARL: »Ich hab morgen Mittag eine Tennisstunde, willst du mitkommen und spielen?«

HUGO: »Hab keine Zeit.«

CARL: »Nee klar, aber zum Jammern hast du Zeit?«

HUGO: »Ach, du weißt doch, wie das ist.«

CARL: »Gehst du denn am Samstag mit?«

HUGO: »Mal sehen. Hast du eigentlich nie das Gefühl, dass dir manchmal die Energie ausgeht?«

CARL: »Was?«

HUGO: »Na ja, dass du es irgendwie nicht mehr schaffst? Passiert es dir nie, dass du darüber nachdenkst, einfach alles hinzuschmeißen und irgendwohin abzuhauen?«

CARL: »In einen Stripclub in London oder so?«

HUGO: »So meine ich das nicht. In der letzten Zeit habe ich so krass viel gearbeitet, und ich weiß ja, dass ich in einem der besten Läden dieses Landes bin, aber irgendwie genügt das nicht. Alle wollen immer nur noch mehr haben, niemand respektiert, dass ich auch mal ein bisschen ich selbst sein muss. Am schlimmsten ist es mit Louise, die glaubt, dass ich jeden Monat immer nur noch mehr liefere, aber manchmal gibt es doch auch eine Talsohle, oder? Man muss doch mal eine Pause machen und alles sozusagen konsolidieren, die Finanzen, die Beziehung. Es muss doch nicht immer alles die ganze Zeit so intensiv sein. Es ist, als würde mir der ganze Kopf brennen, manchmal fühlt es sich an, als würde ich überkochen oder irgendwie explodieren.«

CARL: »Ähh?«

HUGO: »Verstehst du, was ich meine? Fühlst du dich nie so eingesperrt?«

CARL: »Nicht wirklich.«

HUGO: »Und abends kann ich nicht mehr einschlafen.«

CARL: »So wie du unterwegs bist, drehst du halt immer noch weiter. Wahrscheinlich denkst du an deine Geschäfte.«

HUGO: »*You bet.*«

CARL: »Kann es sein, dass du zu viel daran denkst?«

HUGO: »Das geht gar nicht. Das Einzige, was ich will, ist richtig reich werden.«

CARL: »Das wollen wir alle.«

HUGO: »Sicher, aber ich will das irgendwie noch mehr. Und das nicht einmal, um eine Menge Mist kaufen zu können, zu konsumieren und so. Ich will einfach reich werden. Ich will viel besitzen. Punkt.«

CARL: »Hmm. Willst du nicht doch morgen mitkommen? Gustav und ich sind dabei. Wenn ihr beiden im Doppel spielt, wird ein Match daraus.«

HUGO: »Glaube nicht, dass ich die Zeit habe, sorry.«

CARL: »Okay, aber du, ich muss jetzt auflegen. Bis später.«

HUGO: »Bis später.«

17

»Ich mag das, wenn Bräute einen Orgasmus faken«, sagte Dejan. Sie saßen in seinem Auto auf dem Weg zu einem Dealer. »Dann wollen sie ja, dass ich mich männlich fühle, ganz gleich, was sie selbst fühlen. Verstehst du?«

»Nö.«

»Kriegst du selbst denn auch was, gerade?«

Ausnahmsweise einmal hätte Teddy auf die Frage von Dejan, die der Freund ihm ungefähr einmal pro Woche stellte, mit Ja antworten können. Doch er schwieg. Er wusste selbst keine Antwort darauf, warum er vor ungefähr anderthalb Monaten mit Emelie mitgegangen war, und noch weniger, warum sie seither nichts voneinander gehört hatten. Gleichzeitig war das Bild, wie sie auf ihm saß, wie auf die Innenseite seiner Lider tätowiert. Da in ihrem Bett war etwas mit ihr gewesen, als hätte sie für eine Minute ihre Verteidigungshaltung aufgegeben und ihn an sich herangelassen, als wäre sie für einen kurzen Moment bereit gewesen, ihm zu begegnen. Trotzdem hatte er es nicht geschafft, sich zu melden – und außerdem schien es, als sei aus Emelies Anfrage, ob er mit ihr zusammenarbeiten würde, nach dem Mord an Katja nichts geworden.

Sie stiegen aus Dejans Auto. Die Leute reckten die Köpfe und wandten sich um. Södermalm – hier fiel ein Model X mehr auf als ein Formel-1-Bolide auf einem Fahrradweg. Zwanzig Meter die Straße hinunter lag das Wechselbüro. Dejans verschiedene Baufirmen brachten es mit sich, dass er Horden von Schreinern, Maurern, Trockenbauern, Elektrikern und Klempnern hatte, die bezahlt werden wollten. Die Technik, die er anwandte, war traditionell: Dejans Firmen stellten Rechnungen an von den Geldwäschern erfundene

Unternehmen aus, auf dem Papier waren es meist Zeitarbeitsfirmen, und die bezahlten freundlich die Rechnungen und konnten auf diese Weise Kosten absetzen und sich dazu noch die Vorsteuer erstatten lassen. Dann schleusten die Unternehmen der Geldwäscher das Geld in die Welt hinaus. Es war keine Kunst, große Summen Bargeld zum Beispiel in die Türkei oder nach Honkong zu verschieben – da drüben waren die Kontrollen so gut wie nicht existent. Die Scheine wurden dann an die Wechselbüros zurückgeschickt, die in Stockholm verbreitet waren, und in Umschlägen an die Handwerker ausgezahlt. Alle Beteiligten profitierten von dem System.

Teddy war heute wieder aus demselben Grund dabei wie zuvor in der Autowerkstatt: Es sollte nicht so wirken, als wäre Dejan allein. Man musste immer demonstrieren, dass man seinen Worten Nachdruck verleihen konnte, dass man Rückhalt hatte. Er musste daran denken, wie Isa von der Arbeitsvermittlung sich wohl ausgedrückt hätte, wenn sie seine Bewerbung hätte schreiben müssen. *Teddy hat zuvor erfolgreich in der Gorillabranche gearbeitet.*

Der Typ, der aus dem Wechselbüro kam, hatte das Geld wahrscheinlich bereits auf zwei Umschläge verteilt, einen für Dejan und einen für seine Leute – und die standen auch im Hintergrund herum. Teddys Pendant, da war er sich ziemlich sicher, saß in einem geparkten X6 auf der anderen Straßenseite.

Er musste an die letzte Zeit denken. Nachts lag er wach und sah Bilder. Immer wieder das Kidnapping von Mats Emanuelsson – wie er selbst festgenommen und zu Gefängnis verurteilt worden war. Er meinte, wieder in der Zelle in der Anstalt Håga zu liegen, wo ihn der korrupte Polizist Sundén, der das Netzwerk bedient hatte, voriges Jahr gefangen gehalten hatte. Ein verschwommenes Gesicht: Sundéns Helfershelfer, den sie nie dingfest machen konnten – ein Dämon in Teddys Kopf.

Immer wieder hörte er den Knall – den Schuss, der draußen in der Dunkelheit vor der Anstalt widerhallte, als jemand Sundén erschossen hatte. Und jetzt hatte der ganze Mist wieder von vorn begonnen. Der Mord an Katja riss alles wieder auf.

Vielleicht hatte Emelie den Fall niedergelegt, nachdem ihre Klientin getötet worden war, vielleicht wollte sie nicht weitermachen. Doch Teddy hatte nicht vor aufzugeben – er hatte die letzte Zeit damit verbracht, so viel wie möglich über Adam Tagrin herauszufinden – der Typ musste doch zu finden sein.

Nach einer Woche hatte er Loke Odensson bei einem Met getroffen, wie Loke das Bier nannte, das sie tranken. Sie sprachen über gemeinsame Erinnerungen aus dem Knast und über Lokes Familienleben. Loke hatte eine Zusammenfassung über Tagrin erstellt, die er ihm rüberschob.

»Tausend Dank, dass du dir die Mühe mit einer PM gemacht hast«, sagte Teddy.

Loke schob seine Finger in den geflochtenen Bart. »*Einem*, mein kleines Zuckerschweinchen, es heißt *ein* PM. Denn PM ist die Abkürzung von Promemoria, und es heißt ein Promemoria, nicht eine.«

Adam Tagrin war vor zweiundvierzig Jahren in Weißrussland geboren und kam in den Achtzigerjahren mit seiner Mutter nach Schweden. Er war in dem Stockholmer Vorort Skogås aufgewachsen. Anfang der Neunzigerjahre war die Familie mehrmals beim Jugendamt und bei der Polizei aufgefallen. Verdacht auf Alkoholmissbrauch, Vernachlässigung, Misshandlung. Einmal war der fünfzehnjährige Adam gezwungen worden, die Nacht bei sieben Grad Kälte auf einer Veranda zu verbringen, weil sein Stiefvater ihn rausgeschmissen hatte. Ein anderes Mal kam eine Anzeige, dass der Stiefvater versucht habe, den sechzehnjährigen Adam zusammen mit einem Klassenkameraden dazu zu bringen, in einem pornografischen Film mitzuspielen. Adam selbst war, mal abgesehen von einigen Verkehrsdelikten und einem Fall gewalttätigen Widerstands, als er mit ein paar Wachleuten auf einem U-Bahnhof aneinandergeraten war, nicht vorbestraft. Er schien nicht unter irgendwelchen psychischen Problemen zu leiden. Vor dreizehn Jahren war er der Vater von Oliver geworden, hatte mit der Mutter aber nie zusammengelebt. Inzwischen beschäftigte er sich selbst damit, Pornofilme zu überarbeiten, Websites zu betreiben und ab und zu sogenannte Shower zu arrangieren – was genau das Letzte bedeutete, hatte Loke nicht herausfinden können.

Teddy überwachte die Wohnung am Gösta Ekmans väg mehrere Tage lang, um zu sehen, ob Adam zurückkehrte, doch niemand setzte seinen Fuß dort hinein, nicht einmal die Polizei. Er versuchte, die Mutter und den Stiefvater des Kerls ausfindig zu machen, doch die waren offenbar vor zehn Jahren nach Thailand gezogen. Er sprach mit Adams alten Freunden aus Skogås, doch keiner hatte eine Ahnung, wo er sich aufhalten könnte. Dann dachte er an Adams Geschäft: K. Tagrin Import AB hatte ein Büro in Farsta Strand. Er fuhr hin.

Ein Typ mit grauem glänzendem Haar und einer gepiercten Augenbraue öffnete die Wohnungstür und betrachtete Teddy neugierig. Er trug ein Houdini-Fleece und etwas, das aussah wie Wanderhosen mit Cargotaschen und verstärkten Kniepartien. Teddy hatte das Gefühl, in eine Versammlung des Naturfreundevereins geplatzt zu sein.

»Was wünscht der Herr?« Der Wanderstil des Typen brach sich an den Füßen: Er trug Crocs und Füßlinge.

»Ich würde gern Adam Tagrin finden«, sagte Teddy. Es gab keinen Grund, hier nicht die Wahrheit zu sagen.

»Leider ist er nicht hier«, erwiderte der Mann und fing schon an, die Tür zu schließen.

Teddy stellte seinen Fuß in die Tür. »Ich will ihm nichts tun. Ich weiß, dass die Polizei ihn wegen dem, was passiert ist, verdächtigt, denn ich habe selbst damit zu tun.«

Der Typ sah noch neugieriger aus. »*Ach soo*. Wie, sagen Sie, ist Ihr Name?« Er lispelte.

»Teddy. Und Ihrer?«

»Eigentlich Jesús, aber die meisten finden, dass der Name nicht zu dem passt, womit wir arbeiten, deshalb werde ich John genannt. Aber kommen Sie ruhig rein, dann können wir reden.«

Die Wohnung war klein und roch nach Staub und kaltem Kaffee. Im Zimmer standen zwei Schreibtische mit Computern und Bildschirmen. Die Gardinen waren zugezogen. John setzte sich an einen der Schreibtische, rollte den Stuhl zurück und schnäuzte sich – er wirkte extrem erkältet. »Möchten Sie was zu essen? Ich hab gerade Pizza bestellt.«

Teddy sah auf den einen Bildschirm vor Jesús alias John: Zwei Männer und eine Frau hatten Sex, und sie hatte die Penisse von beiden in sich.

John folgte seinem Blick. »Wissen Sie, wir schneiden die Filme hier. Hier wird nicht lange geredet, es geht um die schnelle Nummer, aber alle müssen beim Manuskript bleiben.«

»Ich lasse das Essen aus, aber haben Sie kurz Zeit zu reden?«, fragte Teddy.

»Okay, während ich aufs Essen warte.«

Teddy setzte sich. »Wie lange arbeiten Adam und Sie schon zusammen?«

»Seit drei Jahren ungefähr. Ich habe vorher mit Instruktionsvideos gearbeitet, Sie wissen schon, Montage von verschiedenen Luftwärmepumpen und so.«

»Kannten Sie Adam vorher schon?«

»Nein.«

»Haben Sie Katja mal kennengelernt?«

»Also, das ist so krank, was da passiert ist. Katja war ein richtig gutes Mädel.«

»War sie auch mit hier, im Büro?«

»Klar, sie hat sich manchmal hier mit Adam getroffen.«

»Wusste sie, was Adam hier macht?«

»Wie meinen Sie das?«

»Dass Sie solche Filme bearbeiten und ins Netz stellen?«

»Ja, klar wusste sie das. Adam ist kein Mensch der Geheimnisse, sag ich mal. Zum Beispiel hat er mir erzählt, dass sie verreisen wollten. Er hatte hier sogar seit einiger Zeit eine fertig gepackte Reisetasche stehen.«

Teddy versuchte zu verstehen. Ob Adam in der letzten Zeit aus dem Gleichgewicht gewesen war oder aus irgendeinem Grund sauer auf Katja. Ob er John etwas erzählt hatte, das irgendwie anders klang. Ob er Drogen nahm.

»Hat Adam seit dem Ereignis Kontakt zu Ihnen gehabt?«, fragte Teddy schließlich.

»Man ist ja nicht blöd im Kopf, oder? Ich weiß, dass die Polizei nach ihm sucht. Ich will da nicht reingezogen werden. Ich will einfach nur, dass Adam arbeitet und Geld reinbringt, sodass wir hier unsere Rechnungen bezahlen können. Ich hab gehört, dass er ein paar Nächte bei einem Kumpel geschlafen hat, aber der ist schon von der Polizei verhört worden.« John kreiselte auf dem Stuhl herum und putzte sich noch einmal die Nase. »Und ich glaube nicht, dass er das da mit Katja getan hat.« Sein Augenbrauenpiercing glitzerte schwach im Schein der Tischlampe. »Manchmal war er ein bisschen hart zu ihr, das war er schon, aber das war, weil er sie geliebt hat.«

Teddy wartete auf weitere Erklärungen, doch John schien fast abwesend, der Blick unkonzentriert. Da klingelte es an der

Tür. John stand auf, und Teddy hörte, wie er mit jemandem in der Diele sprach, dann kam er mit dem Pizzakarton zurück.

Er schnitt die Pizza in sechs gleichgroße Stücke. »So, jetzt müssen Sie gehen. Ich brauche Ruhe zum Essen«, sagte er.

»Eine letzte Frage. Inwiefern war Adam hart zu Katja?«

John schüttete Krautsalat auf ein Stück Pizza und schob sich dann alles in den Mund.

»Sie wissen doch«, sagte er, »manche Frauen machen das mit einem. Die locken das Schlimmste aus einem raus.«

18

Manchmal fühlte es sich an, als wäre seit der Sache mit Chamon ein Jahr vergangen, dann wieder, als wäre es gestern gewesen. Die Zeitungen hatten zwei Tage lang über das Ereignis geschrieben, dann war in Malmö ein verdammter Tripelmord passiert, und der übernahm die Schlagzeilen.

Nikola schlief wie ein Murmeltier. Futterte Schlaftabletten und zog sich einen Joint rein, um genug Ruhe zu haben, sich ins Bett zu legen. Die Sonne ging nicht mehr auf: Er lebte im Schatten des Zorns. Er konnte nicht mehr trainieren. Wenn er rausging, um Essen einzukaufen, drehte er sich einmal in der Minute um, checkte immer, was hinter ihm war – sah die Bilder von den Typen im Krankenhaus vor sich. Er hörte alte Musik, die er vor ewiger Zeit von Linda bekommen hatte: REM – »Everybody hurts«, Eric Clapton – »Tears in Heaven«. Sie hatte Samuels Elektroservice angerufen und ihn schon vor der Beerdigung krankgemeldet.

Ich gehöre nicht in den Himmel, dachte er. Noch nicht zumindest.

Ein Weg durch die Nacht. Er musste einen Weg finden.

Und er hatte nicht vor, den allein zu gehen.

Yusuf und Bello riefen ihn ab und zu an, um zu hören, wie es ihm ging. Vor allem halfen sie ihm mit dem, was passieren musste. Ein einziges Wort dröhnte in seinem Kopf: Rache.

Am Tag nachdem Isak beschlossen hatte, dass sie loslegen sollten, waren er und Yusuf direkt zum Karolinska gefahren. Sie gingen denselben Weg, den die Schweine genommen haben mussten, mit dem Unterschied, dass sie sich die ganze Zeit umschauten. Sofort sahen sie die Kameras im Eingang und in den Fluren – da dankte man doch Gott mal für die Überwachungsgesellschaft. Nikola und Yusuf glitten auf den Informationstresen im Erdgeschoss zu. Versuchten mit der Wachfrau ins Gespräch zu kommen. Sie hatte Stoppelhaare, einen Ring in der Nase und ein Tattoo am Hals, das Klein-Mü von den Mumins darstellte – aber sie weigerte sich, auch nur ein bisschen mit ihnen zu argumentieren. Yusuf: Die Wachbraut muss Mega-Lesbe sein. Nikola bat, dass sie ihren Chef holte. Nach einer Weile kam ein schmaler Wachleuteboss durch den Flur getrippelt: Uniform, lange Haare und schiefe Zähne. Yusuf: Der Haarwachmann muss Mega-Schwuler sein.

Der Haarwachmann schüttelte den Kopf und sah traurig aus, als sie ihm dieselbe Frage stellten: Sie wollten die Überwachungsfilme von dem Tag, an dem Chamon ermordet wurde, sehen. Der Idiot sah so bedröppelt aus, dass Nicko dachte, er würde gleich anfangen zu heulen – das war doch wohl ein Witz, dieser *Kahbon* hatte Chamon doch überhaupt nicht gekannt, weshalb war er dann traurig?

»Tut mir leid, das lassen unsere Regeln nicht zu. Und die Polizei ermittelt in der Sache«, sagte der Wachmann und fügte hinzu: »Nicht Sie.«

Sie warteten einen ganzen Tag vorm Krankenhaus, checkten die Gewohnheiten des Arschfickers: Wann er zum Mittagessen ging, um welche Uhrzeit er Schluss hatte, welches Parkhaus er benutzte. Dann folgten sie ihm ins Parkhaus und sahen, was für ein Auto er fuhr – einen verkommenen Fiat mit rostigen Felgen. Am nächsten Tag brachen sie in das verdammte Auto ein, und Yusuf legte sich mit einem Kohlefasermesser auf den Rücksitz. Nikola war zwanzig Meter entfernt und versuchte, ins Auto reinzuschauen. Als der Haarwächter sich dann später hinters Steuer setzte, sah er, wie Yusuf sich wie irgendein motherfucking Zombie vom Rücksitz erhob, die Kapuze runterzog, dem Typen das Messer an den Hals setzte und erklärte, dass sie ihn *forever* verfolgen würden, wenn er nicht half. Dreißig Minuten später hatte der Haarwächter vierzehn Filme auf einen Dropbox-Account geschickt, den Nikola eben angelegt hatte. Vierzehn Kameras. Vierzehn Winkel. Vierzehn unterschiedliche Bildfolgen von den Mördern mit Sonnenbrillen.

Nikola, Yusuf und Bello wählten die schärfsten Teile der Filme aus. Die stammten von der Kamera bei den Fahrstühlen. Ungefähr sieben Sekunden lang standen die beiden Typen still und warteten, das Auge der Kamera starrte sie von der Seite an. Am besten sah man das eine Schwein, das eine Tätowierung am Hals hatte, vielleicht ein Skorpion, auch wenn das Bild nicht perfekt war – als sie versuchten, es ranzuzoomen, wurde es pixelig. Aber: musste reichen.

An den Abenden der letzten Wochen waren Nikola, Yusuf und Bello zu Gravediggers, O'Learys, Croc's, Telgias und all den anderen Orten in Södertälje gezogen. Hatten die Typen vom Film den Türstehern, Empfangsleuten, den Kerlen an den Bars und ausgewählten Gästen gezeigt. »Kennst du einen von diesen Jungs?« Die meisten wussten, worum es ging. Der Mord an Chamon war in Sö'tälje nicht unbekannt.

Sie redeten mit Leuten, die sie kannten, dann mit Leuten, die Leute kannten, die sie kannten. Sie zeigten den Film. Drückten genau in dem Moment auf Pause, wo die Mörderschweine in den Fahrstuhl stiegen, wo man den Tätowierungstyp am besten sah. Wiederholten die Frage wieder und wieder.

Alle wollten helfen. Alle hofften auf einen Gegendienst von Mr. Eins. Man konnte niemandem vertrauen, weil sie alle nett sein wollten.

Trotzdem erkannte niemand die Mörder.

Vor einer Woche dann war es Zeit für einen Rapport gewesen. Yusuf redete davon, dass er sich eine Weile unter dem Radar halten musste. Als er aus seiner Wohnung auf die Straße getreten war, war ein ramponierter Toyota mit heruntergedrehten Scheiben und Maschinenpistolen im Anschlag vorbeigefahren. *Drive-by* am helllichten Tag: das neue Schweden. Yusuf warf sich in den Hauseingang zurück – aber trotzdem: Söderort war wirklich dabei, sich in den Wilden Westen zu verwandeln. Und Murray und seine Bullenfreunde machten *nada*. Oder besser gesagt: die Gesellschaft tat nichts – die Bratans waren verrückt, aber sie waren es aus einem Grund.

Mittagszeit. Isak hatte fette schwarze Kopfhörer auf dem Kopf und verputzte einen Schweinebraten. Es war nur der schwache Klang der Musik zu hören. Bello tickerte mit seinen Fingern wie ein nervöser Schuljunge vorm Rektor.

Isak: rasierter Schädel, ein Bauch, der an die Tischkante reichte, obwohl er den Stuhl ein gutes Stück zurückgeschoben hatte. Auf dem einen Unterarm den syrischen Adler tätowiert. Obwohl es eigentlich kein Adler war, das hatte Chamon Nikola einmal erklärt, sondern eine Fackel, eine Sonne mit Flügeln. »Die muss rot sein, als Bild für all das

Blut, das geflossen ist. Wir sind seit Jahrhunderten verfolgt worden.« Chamons Stimme war sehr ernst gewesen. Aber was für ein Bullshit, dachte Nikola. Chamons Familie war vor der Unterdrückung an einem Ort geflohen, nur um in der Gewalt an einem anderen zu landen. Das war von Grund auf verfickt.

Der Boss wischte sich den Mund ab und nahm das Glas Cola, das er während der Mahlzeit nicht angerührt hatte. Jetzt leerte er es in einem einzigen langen Zug.

Er rülpste. Er puhlte sich zwischen den Zähnen.

»So«, sagte er. »Was läuft?«

Nikola fasste das wenige zusammen, das sie herausbekommen hatten. Bello nickte ab und zu. Nikola sagte: »Aber wir verstehen nicht, wie sie wissen konnten, dass Chamon dich und Yusuf im Studio treffen wollte. Woher konnten sie wissen, wo ihr euch verabredet hattet, und dann, woher wussten sie, auf welcher Station im Krankenhaus er lag?«

»Ich habe keine Ahnung«, sagte Isak und schob den Stuhl noch weiter zurück. »Aber ich glaube, dass sie es erst mal auf mich abgesehen hatten.«

»Aber warum sind sie dann noch zum Krankenhaus gekommen?«

»Das ist eine verdammt gute Frage, vielleicht wollten sie irgendein verfotztes Signal an mich schicken. Aber dass ich mich unterkriegen lasse, das können sie gleich vergessen.«

»Wir waren sogar mehrmals in Västerort unterwegs und haben da die Kamerabilder von den Schweinen gezeigt. Doch auch da scheint niemand zu wissen, wer sie sind.«

»Das macht mich so traurig. Ich denke jeden Tag an Chamon. Und um diese Jahreszeit bin ich sowieso immer deprimiert, alles ist so grau. Und das ist es um diese Jahreszeit in Schweden fast ununterbrochen.«

Heute war Isak cooler als bei seiner Ansprache nach der Beerdigung. Vielleicht weil schon ein paar Wochen vergangen waren, oder es war einfach das, was ihn zu dem machte, der er war – man muss Ruhe bewahren, auch wenn sie versuchen, dich abzuräumen, und es ihnen gelungen ist, einen der Deinen umzubringen. Vielleicht musste man sich so verhalten – wenn man Top Dogg sein wollte.

Isak sagte: »Versucht es weiter bei Chamons Kontakten, an die er Zeug geliefert hat, bei allen Clubs und so weiter. Vielleicht hat alles mit einem von dort zu tun.«

Nikola war bereits fast überall gewesen, um sich umzuhören, herauszufinden, ob jemand was über den Mord wusste. Er musste an eine von den Pushern denken, mit der er vor einer Weile nach so einem Industriefest gesprochen hatte. Er hatte sofort gemerkt, dass sie so eine Art hatte, die Vokale anzusaugen, wie Opa Bojan immer sagte. Sie sprach perfekt Schwedisch – aber er hörte, dass jemand sie auf Persisch erzogen haben musste. Roksana hieß sie – und aus irgendeinem Grund hatte er sie sich besonders gut gemerkt.

Im Jetzt. Boxershorts. Fauler Geschmack im Mund. Schmerzende Füße – er wusste nicht, warum.

Jemand klingelte an der Tür. Nikola zog sich ein T-Shirt an und ging hin. Bevor er aufschloss, checkte er den Spion – das hatte er sich schon vor dem Ereignis mit Chamon zur Gewohnheit gemacht, noch eine der Nachwirkungen der Explosion.

Doch die Person vor der Tür war ungefährlich. Es war seine Mutter, die mit zwei Tüten voller Lebensmittel dastand.

»Hier stinkt es, Nikola. Ich kann mal putzen«, war das Erste, was sie sagte.

Nikola schaffte es nicht, etwas zu erwidern, sondern drehte sich nur um und ging zurück zum Bett. Die Uhr an der Mikrowelle zeigte halb elf. Seine Mutter zog sich die Schuhe aus – eigentlich vollkommen unnötig, denn der Boden war definitiv dreckiger als die Straße draußen. »Hör mal auf, immer das Handy auszuschalten, Nicko, ich will dich anrufen können, will hören, wie es dir geht.«

Nikola setzte sich aufs Bett und ließ den Kopf hängen.

»Ich verstehe, dass es alles andere als leicht ist, mein Schatz, aber ich finde trotzdem, dass du wieder anfangen solltest zu arbeiten.«

Nikola schaltete sein Telefon ein. Er hatte einen verpassten Anruf von Bello.

»Bist du hierhergekommen, um zu meckern?«, fragte er. »Oder willst du was Bestimmtes?«

»Ich bin hergekommen, um zu meckern«, erwiderte seine Mutter und verzog den Mund.

Sie ging in die Küche. Nikola hörte, wie sie die Kühlschranktür öffnete und anfing, Essen zu verstauen. Er wusste, dass dort nicht mehr stand als ein paar Flaschen Cola und ein Päckchen Butter, das wahrscheinlich inzwischen schon lebte. Sie fing an, Frühstück zu machen.

»Liegst du die ganze Zeit nur hier rum und tust nichts?«

Sie hatte keine Ahnung, und das war am besten so. Am Tag zuvor war Nikola bei zwei weiteren Raves und in drei Clubs gewesen und hatte versucht, Leute zu finden, die für Chamon gearbeitet hatten und vielleicht etwas wussten. Er wollte auch diese Braut, Roksana, noch mal treffen, aber die schien ein *Sthlm Delete* gegen sich selbst gefahren zu haben.

»Hallo, Nicko? Bist du hier?«

Nikola legte das Butterbrot weg, hatte nicht mal davon gegessen. »Sorry. Ich bin einfach müde. Ich schlafe schlecht.«

»Das verstehe ich. Aber lass uns doch Folgendes ausmachen: Wenn ich hier putze und eine Menge gutes Essen koche, das du einfrieren kannst, dann versprichst du mir, wenigstens George Samuel anzurufen und ihn zu fragen, ob du in Teilzeit wieder anfangen kannst?«

Nikola wusste nicht, was er darauf antworten sollte. Er hatte keine Zeit, arbeiten zu gehen. Der einzige Job, den er jetzt erledigen konnte, war, diese Hurensöhne zu finden.

Am nächsten Tag stand er vorm Polizeirevier in Södertälje. Eine Tür in einem grauen Haus. Eine halbe Treppe runter. Betonwände, Plastikfußboden und Besuchersofas aus hellem, abgeschliffenem Holz. Simon Murray hatte ihn erneut zum Verhör zitiert.

Am Empfang wimmelte es wie immer von Leuten. Die meisten wollten sicher einen Ausweis abholen, aber andere waren auch da, um Autodiebstähle und Einbrüche und anderen Mist anzuzeigen.

Nach fünf Minuten kam die Fotze Murray mit einem Kollegen im Schlepptau. Dieselben schwarzen Stiefel, dieselbe sportliche Gummiuhr am Arm, aber mit mürrischer Miene. Er grüßte nicht. »Heute lässt du es bitte ruhig angehen.« Nikola begriff, warum er nicht allein gekommen war: Murray hatte nicht vor zuzulassen, dass er ihn noch mal anspuckte.

Anstatt in einen Vernehmungsraum brachte Murray ihn nach oben in die Flure der Bullen. Da standen überall Polizisten und quatschten miteinander. An den Wänden hingen alte Polizeiplakate, die aus den Achtzigerjahren zu stammen schienen. Manche hatten Zettel vor ihren kleinen Büros aufgehängt. *Keep calm und stoppe das Verbrechen. Ich liebe meine Arbeit… beim Mittagessen und in der Kaffeepause.* Sie versuchten, witzig zu sein.

In Murrays Büro sah es aus, als würde hier ein Speedfreak wohnen. Entlang der einen Wand stand ein Regal voller Bücher,

Zeitungen und vor allem Aktenordner. Neben dem Regal lagen stapelweise proppenvolle Aktenmappen. Der restliche Fußboden war mit Papieren mit und ohne Klarsichthüllen bedeckt, wahrscheinlich verschiedene Voruntersuchungsprotokolle. Mitten im Chaos stand eine gerahmte Fotografie von einem Kind, ein Junge mit blondem lockigem Haar, der aussah, als wäre er ungefähr vier Jahre alt. Nikola hatte noch nie daran gedacht, dass die Fotze Murray Kinder haben könnte.

»Setz dich«, sagte Murray.

»Wohin?«

Murray nahm einen Stapel Papier hoch, und es kam ein Stuhl zum Vorschein. Sein Kollege lehnte sich mit verschränkten Armen gegen die Wand.

Murray fing an, ungefähr so wie letztes Mal seine Fragen zu stellen. Wo hatte sich die erste Schießerei ereignet? Wie hatten die Täter im Krankenhaus ausgesehen? Welche Kleidung trugen sie? Welche Waffen hast du gesehen? Nikola antwortete wortkarg, meistens sagte er, er würde sich nicht erinnern oder wisse es nicht. Und das war die Wahrheit, er hatte die Bilder von den Überwachungskameras im Krankenhaus, aber in seinem eigenen Kopf sah er keine Gesichter, hörte keine Worte. Aber vielleicht könnte Nikola einen Gewinn aus dem hier ziehen. *Er* konnte den Bullen genauso verhören, wie der es mit ihm tun wollte.

»Hat eure technische Untersuchung was ergeben? DNA, Fingerabdrücke, Stofffasern?«

»Habt ihr die Leute in allen Häusern um das Studio rum befragt?«

»Habt ihr irgendwelche Funkmasten kontrolliert?«

»Habt ihr rausbekommen, mit welchem Auto sie gekommen sind?«

»Was ist die Hauptspur?«

Murray schüttelte den Kopf. »Darüber kann ich nichts sagen.«

»Aber ihr habt doch wohl die Verpflichtung, die Allgemeinheit zu informieren, oder?«

Die Stimmung war so weit von angenehm entfernt, wie man nur kommen konnte – und das war vielleicht auch kein Wunder. Nikola bereute fast, dass er der Rassistenfotze ins Face gespuckt hatte.

»*Die Allgemeinheit* – du klingst ja fast gebildet«, höhnte Murray. »Kommt nicht oft vor, dass man in deinem Metier auf solche Leute trifft.«

Nikolas Antwort kam so schnell wie ein Kinnhaken. »In deinem auch nicht.«

Murray lächelte, doch da war kein Millimeter Zuneigung in seinem Smile.

»Ich glaube, wir brechen hier mal ab. Wir kommen nicht weiter. Du benimmst dich genauso wie letztes Mal. Aber eins solltest du noch wissen.« Er stellte sich hin. »Wir haben einen deiner Bekannten festgenommen. Er wird morgen vor den Untersuchungsrichter geführt.«

»Wer?«

»Er heißt Isak, und normalerweise reicht es, wenn man seinen Vornamen sagt.«

Nikola fand nicht allein raus. Er folgte Murray wie ein Hund an der Leine. Sie redeten nicht miteinander.

Am Empfang da unten war es immer noch voll. Der Kopf fuhr Karussell: Mr. Eins festgenommen. Weswegen verdächtigt? Hatte das mit dem Mord zu tun? Murray und sein Fotzenkollege hatten sich geweigert, was zu sagen.

Er öffnete die Tür und trat auf die Straße. Der Himmel war grau wie Beton.

»Nikola.«

Er drehte sich um. Es war Emanuel Hanna, Chamons Vater. Er sah um zehn Jahre gealtert aus, seit Nikola ihn auf der Beerdigung gesehen hatte. Sie umarmten einander. Und doch schaffte Nikola es nicht, ihm in die Augen zu sehen.

»Wie geht es?«

»Das wünsche ich niemandem, dass er mitmacht, was Ranya und ich durchleiden.«

»Ich weiß.«

Er sah fast bucklig aus.

»Was machen Sie denn hier?«, fragte Nikola.

Emanuel hielt eine Papiertüte hoch. »Ich war da drin auf dem Polizeirevier und habe Chamons Sachen geholt. Seine Brieftasche, die Uhr, die Handys.«

Nikola dachte an die Fragen, die er Murray gestellt hatte und auf die das Schwein sich geweigert hatte zu antworten: technische Untersuchung, Befragung der Nachbarn, Funkmasten.

Die Funkmasten hatten mit Handys zu tun.

»Emanuel, vielleicht klingt das jetzt komisch«, begann Nikola, »aber könnte ich Chamons Handys nicht mal ausleihen? Nur ein paar Tage?«

Emanuel hielt ihm die Tüte hin. »Nikola, es gibt nichts, das ich dir jemals abschlagen werde.«

19

Emelie hätte sich am liebsten auf den Boden der Kanzlei gelegt, um ein Nickerchen zu machen. Sie hatte in der Nacht grässlich geschlafen, was vielleicht auch kein Wunder war. Nina hatte sie angerufen und erzählt, dass sie endlich Adam Tagrin festgenommen hätten.

Nun wartete Emelie auf Teddy – sie hatte beschlossen, die seltsame Todesstarre zwischen ihnen zu durchbrechen. Jetzt, da Tagrin in der Hand der Polizei war, mussten sie miteinander reden.

Von der Nacht war das seltsame Gefühl im Körper geblieben. Sie hatte sich so weit wie möglich auf die Seite gelegt und geatmet – sie wollte nicht das halbe Gesicht in irgendein Kissen gedrückt haben, sie brauchte Raum und freie Luftwege. Wenn sie hingegen nachdenken musste, dann funktionierten andere Positionen besser. Eine seltsame Tatsache: wie sie im Bett lag, beeinflusste, wie sie dachte.

Marcus arbeitete wie immer in seinem Zimmer, die Tür stand offen. Emelie hörte, wie er auf der Tastatur tickerte. In der Küche saßen zwei der Alten – wie Emelie und Marcus insgeheim angefangen hatten, die anderen Anwälte der Nachbarkanzleien hier zu nennen – und tranken Kaffee. Sie hatte wirklich nichts gegen sie, es waren alles fähige Leute, die ihre Arbeit machten, aber alle wussten auch, dass sie keine Asse waren, sie waren nicht *top of the line.* »Woher wissen Sie das eigentlich?«, hatte Marcus gefragt, als er und Emelie während eines Mittagessens darüber gesprochen hatten. »Hier gibt es doch keine Rankings wie bei den Firmenanwälten.« Aber Emelie wusste es einfach, und das hatte nichts mit fehlendem Scharfsinn zu tun, sondern mit einem Mangel an Energie.

Bald würde Teddy hier sein.

Am Tag zuvor hatte sie Oliver, Adams Sohn und Katjas Stiefsohn kennengelernt. Er selbst hatte angerufen und sich mit ihr treffen wollen.

Der Junge wohnte in Bredäng bei einer Pflegefamilie, wollte sich aber in der Stadt treffen. Sie erkannte ihn schon aus der Entfernung. Die Schritte wirkten entschlossen, die Körpersprache ansonsten aber unsicher. Ab und zu schaute er sich um, als fürchtete er, von jemandem entdeckt zu werden, und als er ging, sah es aus, als würde er sich gegen die Hauswände drücken. Er konnte nicht mehr als zwölf, dreizehn Jahre alt sein, doch war deutlich, wessen Sohn er war – seine Zähne waren klein, es sah fast aus, als hätte er noch seine Milchzähne im Mund. Er trug Daunenjacke, Mütze und Handschuhe und war somit im Unterschied zu Emelie für das Wetter passend gekleidet.

Warum lerne ich es nie?, dachte Emelie, als sie in der Kälte zitterte.

Sie streckte die Hand aus: »Oliver?«

Der Junge sah zu Boden und zog einen Handschuh aus.

»Sollen wir uns in ein Café oder so setzen, oder möchtest du hier reden?«

Der Junge seufzte. »Wir können hier reden.«

Aus der U-Bahnstation strömten die Menschen. Da oben musste ein Zug aus nördlicher Richtung angekommen sein.

»Wissen deine Eltern, dass du dich mit mir triffst?«

»Das sind nicht meine Eltern, ich wohne nur da. Und ich habe ihnen gesagt, dass ich Sie treffen will. Sie finden, ich sollte mich nicht mit der Sache befassen. Sie finden, es würde genügen, dass die Polizei mit mir über Papa geredet hat.«

»Verstehe. Warum wolltest du mich treffen?«

»Weil Sie Katja helfen sollten, also dachte ich, Sie können auch Papa helfen, wo ihn die Polizei jetzt festgenommen hat.«

»Und wie?«

»Er hat das, was sie sagen, nicht getan. Er hat Katja nicht getötet. Ich weiß das. Sie dürfen ihn nicht verurteilen.«

»Aber er hat sicher einen Anwalt bekommen, es gibt jemanden, der ihm hilft.«

»Schon, aber was, wenn der nicht gut ist? Können Sie das sagen? Hat er einen guten Anwalt? Wird er freikommen?«

Olivers Mundwinkel und Blick veränderten sich hin und her, als hätte er vergessen, welcher Gesichtsausdruck zu welchen Worten passt. Emelie kannte die Anwältin, die Adam Tagrin zugeteilt worden war, sie war eine der besten.

Emelie erklärte: »Ich kann deinem Vater leider nicht helfen. Es gibt bestimmte Regeln, und nach denen darf ich nicht seine Anwältin sein, so ist das leider. Das tut mir leid.«

Oliver sah verständnislos aus. Emelie versuchte, es ihm noch einmal zu erklären.

»Also, ich war ja Katjas Anwältin, und jetzt wird dein Papa verdächtigt, ihr das angetan zu haben. Da kann ich nicht seine Anwältin sein, das wäre, als würde ich gleichzeitig für zwei verschiedene Mannschaften spielen.«

Sie wusste nicht, ob das eine gute Erklärung war, aber schließlich schien der Junge es zu verstehen. Er zog die Kapuze seiner Jacke über die Mütze, machte auf dem Absatz kehrt und ging weg.

»Ruf mich an, wenn du Fragen hast«, rief Emelie ihm nach. Sie sprach mit seinem Rücken.

Teddy betrat ihr Zimmer. Sie machte einen Schritt vor, er machte einen Schritt vor. Er sah erschöpft aus – das durfte er, sie war erschöpfter.

Sie standen einander gegenüber. Sie gaben sich die Hände. Wie Menschen, die einander nicht kennen, die eine Berührung scheuen.

»Wie geht es dir?«

»Okay«, log Emelie. »Und selbst?«

»Es ist okay.«

Sie setzten sich. Teddy schaute sich um, als wäre er zum ersten Mal hier.

»Du wolltest, dass wir uns treffen?«, meinte Teddy.

»Du auch«, sagte Emelie, die, als sie dieses Treffen vereinbart hatten, den Eindruck gehabt hatte, er habe auch Dinge zu erzählen.

»Aber du wolltest mehr«, beharrte er.

Emelie musste lächeln. Sie fingerte mit dem Stift herum, der vor ihr auf dem Tisch lag. »Ja, vielleicht«, sagte sie. »Sie haben Adam festgenommen. Möglicherweise ist das Ganze also vorbei.«

Sie erzählte kurz, was sie über die Schnitte in Adams Händen erfahren hatte.

Teddy sagte: »Das ist interessant. Ich habe die letzten Wochen alles versucht, um rauszufinden, wer Adam Tagrin ist und wo er sich aufhält. Nichts von dem, was ich herausgefunden habe, spricht gegen die Möglichkeit, dass Adam Katja umgebracht hat. Aber nichts erklärt den Rucksack auf dem Dach. Der gehörte doch wohl nicht Adam, oder?«

»Das glaube ich auch nicht.«

»Erinnerst du dich, was du zu mir gesagt hast, als ich letztes Mal hier war? Als Katja gerade ermordet worden war?«

»Nicht so richtig.«

»Du hast gesagt, dass wir niemals wirklich die Schuldigen in dieser Sache gefunden haben. Wir haben auf halbem Weg aufgegeben. Und hier ist noch mehr. Das heißt, wenn wir diese Schweine finden wollen, dann müssen wir vorwärtsgehen. Wir können nicht einfach stehen bleiben.«

»Aber die Sache mit Katja hat vielleicht gar nichts mit dem Netzwerk zu tun.«

»Alles hat damit zu tun.«

Emelie wusste, dass er recht hatte.

»Gut, was schlägst du vor?«

Teddy räusperte sich: »Es gibt nur eine Person, die uns helfen kann.«

Nina Ley spuckte ihren Snus aus, der auf dem Boden aussah wie Rotwildlosung – Emelie erinnerte sich daran, manchmal als Kind morgens früh aufgestanden zu sein und die kleinen Dinger auf dem Rasen gesehen zu haben. Einmal hatte sie ihre Winterhandschuhe angezogen und sie alle in einem Eimer gesammelt. Ihre Mutter wurde wütend. Ihr Vater lachte nur: »Vielleicht können wir dich als Kotsammlerin anheuern.«

»Sie wollten sich treffen?«, sagte Nina, als sie auf dem höchsten Punkt des Kronobergsparken angelangt waren – derselbe Ort, an dem sie letztes Mal miteinander geredet hatten.

»Was sagt Adam Tagrin?«

»Er bestreitet das Verbrechen. Ansonsten kann ich Ihnen nicht viel verraten, das wissen Sie.«

»Haben Sie den Rucksack analysiert, den wir auf dem Dach gefunden haben?«

»Nein, noch nicht, beim NFC ist Stau. Wieso?«

»Ich wollte es nur wissen. Der passt irgendwie nicht rein.«

»Wollten Sie sich mit mir treffen, nur um das zu fragen?«

»Nein.«

Emelie dachte an Mats Emanuelsson, der wahrscheinlich unter neuem Namen, neuer Personennummer und vielleicht mit neuem Aussehen in einem anderen nordeuropäischen Land lebte. Seine Kinder Benjamin und Lillan waren auch nicht mehr in Schweden, und Teddy hatte offenbar versucht, mit seiner Ex-Frau Cecilia zu sprechen, aber die sagte, sie wisse nicht, wo er sei, und selbst wenn sie es wissen würde, so würde sie es ihm nicht sagen.

Sie sagte: »Jetzt, wo Sie Adam Tagrin haben, wollte ich wissen, ob Sie meine und Teddys Hilfe noch benötigen.«

Nina schob sich einen neuen Snus unter die Oberlippe. »Das tue ich.«

»In dem Fall müssten wir Mats Emanuelsson treffen.«

Nina sah Emelie an, während sie den Snus mit der Zunge zurechtrückte.

»Das geht leider nicht. Er hat eine geschützte Identität und gehört zum Zeugenschutzprogramm der Polizei.«

»Nina, Sie wollen diesen Fall genauso gern lösen wie ich, und es geht dabei nicht nur um den Mord an Katja, sondern um alles, was Sie im letzten Jahr untersucht haben. Aber, um mal ehrlich zu sein, scheinen Sie keine großartigen Fortschritte gemacht zu haben.«

»Das stimmt. Aber wir arbeiten uns langsam vor.«

»Dann gibt es nur einen Weg. Wir haben nur eine einzige Bedingung, wenn wir Ihnen helfen sollen.«

»Und die wäre?«

»Das habe ich schon gesagt. Dass Sie dafür sorgen, dass wir Mats Emanuelsson treffen können.«

20

Es hätte ein naißer Abend werden können. Das UB war im Übergang zum IG begriffen, soll heißen: der Inhouse-Club machte sich bereit für den Außerhausplace. Das *Unter der Brücke* lag in einer alten Villa unter der Skanstullsbron, ein Haus, das vielleicht mal eins der vornehmsten der Stadt gewesen war, bis plötzlich jemand entschieden hatte, dass die größte Brücke Stockholms direkt darüber gebaut werden sollte. Das UB öffnete jedes Jahr im September und schloss im Frühjahr, wenn das *Im Garten* übernahm. Aber im Moment konnten die Gäste noch zwischen den Orten hin und her wechseln, drinnen und draußen, wie Öl auf dem Wasser. Der

Fokus lag auf der Tanzmusik mit *resident DJs* und internationalen Gästen.

Billie war mit ihrer Entourage da, der süße Junge aus dem Dusky auch und Massen von anderen Leuten, die Roksana in den letzten Wochen geliebt hatten. Z. war dabei – und dem schien es gut zu gehen, obwohl zwei seiner Finger fixiert und eingegipst waren.

Billie begriff nichts von dem, was passiert war. Sie zwitscherte von einem neuen Kunstprojekt, das sie begonnen hatte und bei dem es darum ging, nachts rumzuschleichen und Vulven auf verschiedene öffentliche Skulpturen und Statuen zu sprühen.

»Ich nenne das Guerillavulvamalen. Das Geschlechtsorgan von Leuten wie uns, die von der Gesellschaft als Frauen definiert werden, muss ein Teil des öffentlichen Raums werden.«

Z. lachte wie ein Wahnsinniger und lud Billie auf eine Line ein – die allerletzte. Er musste noch eine kleine Tüte in der Jackentasche gehabt haben. Roksana konnte nicht begreifen, wie er dachte, alles sei wieder *business as usual* – trotz gebrochener Finger, Bedrohung und Chaos.

Nachdem sie wegen Z.s Hand im Krankenhaus gewesen waren, hatten sie in einem Café in Akalla zu Mittag gegessen. Ein kalter Regen lag über der Stadt, mehr ein feuchter Nebel als echte Tropfen, der Roksana sogar erreichte, wenn sie dicht an der Hauswand und unter Vordächern lief. Manche Sachen erwischen dich, auch wenn du zu fliehen versuchst.

Hinter dem Kassentresen hing ein Heiligenbild. Roksana bestellte Zimtschnecken und Cappuccino mit normaler Milch für sie beide. Billie hätte wahrscheinlich den Notarzt gerufen, wenn sie sie so sehen würde. Roksana müsste entgiftet werden:

weißes Mehl, Zucker und Laktose, das war gefährlicher als schmutziges Heroin.

»Diese Schnecke ist so scheiß gut, ich fass es nicht«, sagte Z., der schon wieder vergessen zu haben schien, dass er eben im Krankenhaus gewesen war.

»He, Z. was sollen wir denn bloß tun?«

Z. nahm noch ein paar Bissen. »Wir müssen versuchen, mit ihnen zu reden. Ein bisschen argumentieren. Verstehen, was sie eigentlich von uns haben wollen.«

Also hatten sie das versucht. Die Verrückten erklärten sich einverstanden, sich mit ihnen im Hotel Star Inn in Haninge zu treffen.

Z. und Roksana kamen zuerst ins Hotelzimmer. Drittes Stockwerk. Die Vorhänge waren schon zugezogen. Sie fragte sich, ob die Rezeption solche Treffen vorzubereiten pflegte.

Nach einer Weile ging die Tür auf, und der Typ, der bei ihnen zu Hause gewesen war, trat zusammen mit einem anderen Mann ein. Der erste: dieselben Klamotten wie letztes Mal. Kapuzenpullover und die gleichen Adidas-Jogginghosen, die Billie auch hatte. Der andere war ungefähr genauso jung und trug auch Sporthosen und Kapuzenpulli, aber mit dem Unterschied, dass der Pullover aussah, als wäre er aus Leder, und dass in Goldbuchstaben Gucci über der Brust stand. Geschmack schien nicht zu den Stärken dieser Gangster zu gehören. Doch er bewegte sich gelassener. Es war offenkundig, wer hier der Bestimmer war.

Der Bestimmer schüttelte ihnen die Hände, schob dann den Schreibtischstuhl raus und setzte sich. Der große Typ stand mit verschränkten Armen vor der Tür. Roksana musste daran denken, wie er selbst nicht hatte hinsehen können, als er Z. die Finger gebrochen hatte. Dieses Zimmer war klaustrophobisch klein, erkannte sie plötzlich, und der einzige Fluchtweg war soeben blockiert worden.

Niemand sagte etwas.

Z. stand ans Fenster gedrückt, steif wie ein Eis am Stiel, die Hand mit den gebrochenen Fingern hing am Bein herunter. Roksana blieb auf dem Bett sitzen. Die Klimaanlage des Zimmers surrte laut. Das Bett war unschön, viel zu weich. Es fühlte sich an, als würde sie auf den Boden sinken. Sie wartete darauf, dass Z. etwas sagen würde.

Der Bestimmer nickte ihm zu. »Was macht die Hand?«

»Wird ein paar Wochen dauern«, sagte Z. Und hielt sie ihnen hin.

»Es ist gut, dass ihr dialogen wollt«, sagte der Mann, als hätten sie nichts mit Z.s gebrochenen Fingern zu tun. Roksana dachte: Dialog ist ein Substantiv, kein Verb, du Fettsack. Aber vielleicht war es ein Verb, fiel ihr dann plötzlich ein – genau wie brechen, misshandeln, fertigmachen.

»Es wäre gut gewesen, wenn wir hätten reden können, ehe ihr meinem Freund die Finger gebrochen habt«, erwiderte sie.

Der Lederfettsack lehnte sich im Stuhl nach vorn. »Wir können uns immer vorstellen zu reden. Aber wir sind keine Idioten. Und jetzt sind wir ja hier. Wir sind gekommen, weil ihr *dialogen* wollt. Also erzählt mir: Worüber wollt ihr reden?«

Es klang, als würde Z. etwas piepen. Dann hörte Roksana, dass er zu reden versuchte. »Wir können uns vorstellen, euch was zu zahlen, aber wir haben nicht groß Geld, also erhofft euch keine Riesensumme.«

Der Bestimmer lehnte sich zurück. Mund geschlossen, trotzdem bewegte er den Kiefer – vielleicht massierte er da drinnen ein Kaugummi oder einen Snus. »Erst dachte ich, der Typ, der da vor euch gemietet hatte, hätte mein Zeug an jemand anders verkauft, weil mein Freund keinen Krümel bei euch gefunden hat. Glaubt mir, um Schamhaaresbreite hätte ich irgendwen im Gefängnis dafür bezahlt, die Hure niederzustechen. Aber ich habe mich getäuscht. Ihr wart das, die mein Zeug verkauft haben. Und dafür will ich eine Million.«

Roksanas Gehirn implodierte, sie konnte kaum atmen.

Eine Million – so einen Betrag würden sie niemals zusammenkriegen. Sie wollte am liebsten einfach aufstehen und weggehen, aber das war ja unmöglich.

»Aber das, was wir gefunden haben, hätte niemals so viel eingebracht, das waren doch nur ein paar Hekto«, versuchte Z.

Der Bestimmer sagte nichts. Wartete bloß. Z. redete weiter, versuchte zu erklären, wie Roksana und er die Sache sahen, wie sie nur ein paar Milligramm ausprobiert und ein paar Kumpels eingeladen hatten. Wie die Mengen nicht sonderlich groß gewesen waren – hatten sie zumindest gedacht.

Der Mund des Bestimmers bewegte sich wieder, ohne dass ein Laut herauskam, er kaute oder sog auf dem, was auch immer er da drinhatte.

»Ich glaube, ihr versteht«, sagte er, ohne auch nur ein einziges von Z.s sämtlichen halb wahren Argumenten zu kommentieren, »dass ich mein Geld kriegen muss. Eine Million. Und fangt jetzt nicht an, von Mengen zu quatschen. Ich weiß, wie viel der Typ, der vor euch in der Wohnung wohnte, dahatte. Und es ist sowieso egal. Ihr müsst Strafe zahlen, weil ihr mich reingelegt habt.«

Roksana versuchte zu schlucken. Es fühlte sich an, als würde jemand ihr zehn Zimtschnecken gleichzeitig in den Hals drücken. Z. saß jetzt auch mit hängendem Kopf auf dem Bett.

»Aber das ist unmöglich für uns«, bekam sie schließlich heraus.

Der Bestimmer erhob sich. »Ihr müsst es beischaffen, so einfach ist das. Ihr könnt ja immer noch weiter verkaufen, so wie ihr das bisher gemacht habt, dann kriegt ihr am Ende zusammen, was ihr braucht. Aber versucht nicht noch einmal, mich reinzulegen. Dann werde ich nämlich richtig ärgerlich Und ich bin sehr viel jägerzorniger als mein Bratan hier.«

Das heißt nicht jägerzornig, du Fettsack – dachte Roksana Verzweifelt.

Es war erst halb zwei, als Roksana schon den Nachtbus nach Hause bestieg. Mit den Taxifahrten war jetzt erst mal Schluss. Die Leute waren mindestens einmal alle Viertelstunde auf Z. und sie zugekommen und hatten gefragt, ob sie was zu verkaufen hätten, und am Ende war es einfach zu viel. Aber Z. war noch draußen, und Billie schnallte einfach nicht, dass was nicht stimmte. »*Gäri*, kannst du mir was verraten«, hatte sie gesagt, »warum ist es auf dem Fußboden in den Unisex-Toiletten immer so nass? Ich bin ja dafür, Toiletten nicht nach Geschlechtern zu sortieren, aber es ist einfach ekliger geworden, seit sich die Pissmänner da noch reindrängen. Also frage ich mich: Ist es so nass, weil die Männer sich nicht die Hände waschen können, ohne alles unter Wasser zu setzen, weil die Klos kaputtgehen und undicht werden oder weil sie beim Pissen nicht zielen können?«

Roksana versuchte wirklich zu lächeln. Im Hintergrund wurde ein alter Patti-Smith-Song gespielt, den Roksana nur kannte, weil eben Billie ihn immer hörte.

»Ich habe jetzt immer Handschuhe dabei, die Klos an der Uni sind auch eklig, obwohl Juristen so saubere Menschen sind«, fuhr Billie fort und hielt eine kleine Tüte mit Gummihandschuhen hoch. »Damit ich nicht irgendwas anfassen muss.«

Ganz hinten im Bus war es heiß. Roksana konnte nicht begreifen, wie Z. alles so leichtnahm. Sie brauchten Unterstützung von jemandem, aber er schien sich darum keine Gedanken zu machen. Sie nahm ihr Telefon und einen Zettel mit einer Telefonnummer. Rief den Einzigen an, der ihr einfiel, der ihnen vielleicht aus diesem Mist raushelfen könnte.

»Yes.«

»Ist da Nikola?«

»Ja, mit wem spreche ich?«

»Hallo, Nikola, ich bin's, Roksana.«

»Wer?«

»Roksana. Wir sind uns vor ein paar Wochen vor diesem Club begegnet. Erinnerst du dich? Du hast nach einem Freund gefragt.«

»Ja, ich erinnere mich. Was willst du?«

»Kannst du an diesem Telefon reden?«

»Ja.«

»Es gibt Leute, die Geld von mir erpressen wollen.«

»Ah so.«

»Ich brauche einen Rat von dir.«

»Weißt du, wer sie sind?«, fragte Nikola.

»Nein, eigentlich nicht. Ich habe keine Namen.«

»Du musst besser aufpassen.«

»Wie meinst du das?«

»Hör mal, ich kann dir nicht helfen. Ich habe meine eigenen Sachen zu regeln, verstehst du?«

»Bitte, können wir uns nicht wenigstens mal treffen und reden?«

Er klang, als würde er seufzen. »In dieser Welt gibt es Regeln, kennst du die?«

»In welcher Welt?«

»In der Welt, die du betreten hast. Es gibt einfache Regeln.

Und eine davon ist, dass man sich um seinen Scheiß selber kümmern muss. Ich glaube schon, dass du das verstehst. Plus, ich kenne dich ja nicht mal.«

Roksana beugte sich vor, es klang, als würde jemand sie auf den Boden drücken.

»Nein, wir kennen uns nicht«, versuchte sie ein letztes Mal, »aber es gibt auch andere Regeln.«

»Wovon redest du?«

»Man hilft einem Freund, der in der Scheiße gelandet ist.«

Am nächsten Tag sah Roksana zu, als er aus einem Auto stieg, das teuer und extrem umweltfreundlich aussah. Doch er war nicht der Fahrer. Er hatte denselben Laufstil wie vor dem Rave-Club – der Oberkörper schwang mit jedem Schritt vor und zurück. Er blinzelte mit einem Auge, als er sich ihr gegenübersetzte. Das Auto fuhr mit einem Aufheulen davon.

»Hi«, sagte er.

Das Restaurant hieß Palm Village Thai Wok und lag in der Nähe von Kista. Roksana war mit dem Fahrrad hierhergekommen. Das Lokal befand sich in einer gelben Holzvilla, aber sie hatte sich auf eine der Bänke draußen gesetzt. Sie war noch nie da gewesen, nahm aber an, dass Nikola sich nicht drinnen in Hörweite von anderen Gästen unterhalten wollte. Das schien zu ihm zu passen.

»Wie geht es dir?«, fragte sie. Obwohl das hier eine seltsame Situation war, wollte sie eine so normale Stimmung wie möglich schaffen – tatsächlich war sie wirklich erstaunt, dass er sich bereit erklärt hatte, sich mit ihr zu treffen. Sie waren *keine* Freunde, sie hatten sich nur einmal fünf Minuten lang gesehen, als sie beide auf ein Taxi warteten.

Draußen auf dem Sollentunavägen brausten die Autos. Die zwei Birken, die vor der Einfahrt zum Restaurant thronten, warfen schon etwas Schatten auf den Platz, wo sie saßen, obwohl sie noch nicht viele Blätter hatten.

Roksana glaubte schon fast, er würde aufstehen und wieder gehen, als sie ihn fragte: »Willst du was essen?«

Zu ihrem Erstaunen nickte er.

Sie gingen rein. Es gab nicht viele Sitzplätze da drinnen, es handelte sich offensichtlich um das kleine Billig-Take-away des Wohngebiets – man bestellte, bezahlte und nahm das Essen an einem langen Kassentresen hinter der völlig offenen Küche in Empfang. Die asiatische Dame, die ihre Bestellung entgegennahm, hatte die ganze Zeit den Mund geöffnet, sodass man das Zahnfleisch sah, und wirkte völlig ausdruckslos, so als wären sie gar nicht da.

Roksana fragte: »Haben Sie eine vegetarische Alternative?«

»Sie können alles kriegen«, antwortete die Dame in struppigem Schwedisch.

Roksana begriff nicht.

»Sie können alle Gerichte, eins bis siebenundfünfzig, ohne *meat* oder *fish* kriegen.«

Roksana bestellte dasselbe wie Nikola, nur ohne Hühnchen. Das war am einfachsten so.

Nikola aß mit Messer und Gabel. Roksana benutzte die Stäbchen. Es war faszinierend: Er schnitt jedes Geflügelstück in drei Teile, dann nahm er Reis mit der Gabel und spießte schließlich das Hühnchen vorsichtig auf, ohne dass ein einziges Reiskorn runterfiel.

»Also, was ist los?«

Roksana legte die Stäbchen beiseite. »Es ist so, dass ein Freund und ich viele Kumpels haben, die gerne feiern und so, und du hast mich ja neulich gefragt, ob ich für deinen Freund Chamon verkaufen würde, doch das habe ich nicht getan.«

»Nee, okay.«

»Und weißt du, die Leute wollen einfach nur fröhlich sein und tanzen, aber manchmal wollen sie auch Zeug nehmen, aber da erzähle ich dir ja nichts Neues, du warst ja auch schon in solchen Clubs und Raves.«

»Nein.«

»Du warst noch nie drin?«

»Nein.«

»Aber du bist mir doch vor einem begegnet.«

»Ich gehe nicht auf Raves. Was glaubst du, wer ich bin? Ich wollte einfach nur mit Leuten reden, die da rumhängen.«

»Du solltest es mal probieren.«

»Aber darüber wolltest du doch nicht reden. Du hast gesagt, jemand erpresst dich.«

Roksana begegnete seinem Blick. Seine Augen waren rund und hellbraun und gleichzeitig nachtschwarz. Als würde er nur dunkel sehen.

Sie musste erklären: Wie sie zufällig das Spezial-K gefunden hatten, wie sie angefangen hatten, es auf Partys und Raves an ihre Kumpels zu verkaufen, wie der Stoff schließlich zu Ende war und was sie Z. angetan hatten, was in dem Hotelzimmer geredet wurde, wie sie so idiotisch gewesen waren, keine einzige Krone zu sparen.

»Ist das dein Typ?«, fragte Nikola, als sie fertig war.

»Nein, aber wir wohnen zusammen.«

»Ihr wohnt zusammen, aber er ist nicht dein Typ?«

»Genau.«

Nikola zog die Augenbraue hoch.

Roksana beschloss, Letzteres nicht weiter zu kommentieren, sie brauchte einfach die Hilfe von diesem Idioten.

»Ihr habt doch die Kontakte«, sagte er dann, »warum macht ihr nicht einfach weiter und versucht, das Geld zu verdienen?«

»Aber wir haben nichts zu verkaufen.«

»Ihr könnt selbst was machen.«

»Wie das?«

»Kauft Ketamin in der Apotheke und trocknet den Mist.«

»Aber wir haben kein Rezept. Das läuft unter Betäubungsmittel, wir werden nichts kriegen.«

»Okay, dann probiert es in der Internet-Apotheke oder so, was weiß ich. Auf jeden Fall müsst ihr umdenken. Du kannst nicht einfach nur rumlaufen und jammern. Ihr habt die beiden Typen um ihre Ware gebracht, die müsst ihr ihnen jetzt zurückgeben. Denk mal in die Breite.«

Nikola pickte das letzte Reiskorn mit seiner Gabel auf und führte sie zum Mund.

»Ich muss jetzt los. Ich hab noch anderes zu tun.«

Roksana rief Z. an, während sie nach Hause fuhr. Die Pedale fühlten sich unwirklich schwer an, aber Z. klang froh.

»Hast du diesen Gangster getroffen, von dem du geredet hast?«

»Ja, aber er hat keinen Bock zu helfen.« Sie erzählte kurz, was Nikola gesagt hatte.

Z.s Stimme hüpfte in den Freestyle-Kopfhörern. »Aber das ist doch eine fantastische Idee«, sagte er. »Wir versuchen, die Ingredienzen zu besorgen, und dann trocknen wir uns neues Pulver.«

»Wie das denn?«, stöhnte Roksana.

»Warte, ich checke das mal.«

Ein paar Momente hörte sie nur das Klappern von Z.s Computer, dann kehrte seine Stimme zurück. »*Ketaminol*«, sagte er. »Das ist ein Narkosemittel für Tiere, aus dem man Ketamin gewinnen kann. Voll souverän, das.«

21

Teddy und Emelie liefen nebeneinander durch die Ankunftshalle des Osloer Flughafens Gardermoen, die Schuhsohlen quietschten auf dem Boden – während des Fluges hatten sie nicht nebeneinandergesessen. Emelies Gesichtsfarbe glich eher Papier als Haut. Nina Ley hatte das Ganze schneller arrangiert, als sie gedacht hatten. Heute würden sie Mats Emanuelsson treffen können.

»Wie geht es dir?«, fragte Teddy, als sie durch die Sperren zum Flughafenzug gingen.

»Willst du das wirklich wissen?«

»Ja.«

»In der letzten Zeit hast du dich ja nicht besonders für mich interessiert«, erwiderte sie.

»Du dich auch nicht für mich. Aber jetzt frage ich, wie es dir geht. Du musst nicht antworten.«

Sie betraten den Bahnsteig. Emelie hatte von Nina eine Adresse bekommen, eine Gegend in Oslo, die Tjuvholmen – Insel der Diebe – hieß, und dort ein Hotel, das den wenig originellen Namen *The Thief* trug.

Der Zug fuhr nach wenigen Minuten ein. Emelie hatte immer noch nicht auf seine Frage geantwortet. Eine automatische Stimme teilte mit, an welchen Haltestellen sie vorbeikommen würden, aber Teddy konnte es nicht verstehen – Norwegisch in Kombination mit fortwährendem Druck auf den Ohren machte es unmöglich.

Sie stiegen in den ersten Wagen ein. Emelie saß ganz aufrecht. »Ich versuche, eine Anwaltskanzlei zu betreiben, und dann passiert aber immer eine Menge Mist«, erklärte sie.

Ihre hochgezogenen Schultern und der verspannte Hals,

ihre eine Hand, die unbewusst die ganze Zeit gegen das Sitzpolster trommelte.

»Ich weiß, was du meinst«, seufzte er.

»Warum sind die Menschen solche Schweine?«

»Du bist es, die sich entschieden hat, mit Verbrechern zu arbeiten.«

»Ja, vielleicht hast du recht. Ich sollte nichts mit Menschen zu tun haben, die sich nie verändern«, sagte sie. »Ich sollte mir Leute suchen, die zu mir selbst passen.«

Der Zug rollte in den Hauptbahnhof von Oslo ein. Die Häuser sahen modern aus, hoch, schmal, mit reflektierendem Glas verkleidet. Eines hatte eine völlig unregelmäßige weiße Fassade, in der jedes Fenster wie die Scherbe in einem zerschlagenen Spiegel geformt war. Über die Botschaft herrschte kein Zweifel, jeder Ausländer, der hier ankam, sollte sehen: Norwegen geht es gut – oder zumindest *war* das so, als die Häuser gebaut wurden.

Sie stiegen aus. Der Hauptbahnhof war groß. Die Norweger haben ein B-Ding, dachte Teddy: Backwunder, Balzac Coffee, Biobars, Burger. Und dann ein kleines Bullenrevier. Sie stiegen in ein Taxi und nannten dem Fahrer die Adresse.

Links von ihnen, draußen im Wasser, lag ein riesiges Gebäude mit einer Fußgängerbrücke als Verbindung zum Kai. »Das da ist die Oper«, sagte Emelie und zeigte raus.

Das Gebäude sah aus, als wäre ein gigantischer Formel 1-Wagen ins Wasser gefahren und nur das Oberteil würde noch herausragen. Aber die Oper schien ein beliebter Ort zu sein. Teddy sah Menschen auf dem aus verschiedenen Rampen bestehenden Dach spazieren.

Tjuvholmen war eine Ansammlung neu gebauter Wohnhäuser auf einer Halbinsel mitten in Oslo. »Teurer Wohnung gibt nicht in Norwegen«, erklärte der Taxifahrer in gebrochenem Norwegisch. Tjuvholmen: supermodern, ultrateuer. Metallgeländer, Holzpaneele, fette Balkons zum Meer hinaus. Auf den Straßen standen die Teslas in Reihe, und auf dem Kanal schwammen trotz des kühlen Wetters die Anytec- und Axopar-Boote Bug an Bug.

Emelie meldete sie an der Rezeption, von jetzt an wussten sie nicht, wie es weitergehen würde. Die Rezeptionistin bat sie zu warten. Teddy sah, dass Emelie ein Gemälde hinter dem Tresen betrachtete, das aussah, als hätte jemand ein rundes Passepartout ausgelegt und dann willkürlich so viel Farbe wie möglich daraufgepanscht.

»Das ist ein Damien Hirst«, sagte Emelie.

»Was?«

»Das Gemälde da. Einer der bekanntesten zeitgenössischen Künstler der Welt. So was ist nicht preiswert.«

»Und woher weißt du das? Interessierst du dich neuerdings für Gemälde?«

»Nein, aber Magnus Hassel hatte Gemälde von Hirst. Du weißt doch, wie es bei Leijon aussah.«

Teddy fragte sich, wie es Mats Emanuelsson wohl ging. Ob er seine Kindern sehen konnte, so wie er jetzt lebte? Acht Jahre hatte er für das gesessen, was er Benjamin angetan hatte, aber Mats selbst hatte als eine Folge von allem auch in einer Art Gefängnis leben müssen. Sieben Jahre – so lange hatte er sich im Untergrund gehalten, erst allein, dann mit Hilfe der Polizei. Teddy fragte sich, wie lange das noch gehen würde.

Die Rezeptionistin winkte ihnen. »Jetzt habe ich eine Nachricht erhalten. Sie sollen offenbar in die Garage hinunter.«

Mats sah verändert aus. Möglicherweise hatte er eine plastische Operation gehabt, die Nase vielleicht oder etwas um die

Augen. Vor allem hatte er keinen Bart mehr, und er hatte die Haare wachsen lassen, die er zu einem Dutt hochgedreht trug, und zugelegt hatte er auch – er war mollig, vor allem unter dem Kinn.

Teddy und Emelie durften jeder auf einer Seite einsteigen und sich mit Mats in der Mitte auf die Rückbank eines Passats setzen. Sie hatten ihn beide seit ungefähr anderthalb Jahren nicht gesehen.

Irgendwie sah Mats auch jünger aus, fast so, wie Teddy ihn vor knapp zehn Jahren zum ersten Mal gesehen hatte. Vielleicht weil der Bart fehlte oder weil die Haut durch das Fett, das die Falten ausfüllte, glatter geworden war. Oder vielleicht waren es auch die Operationen. Dann wurde Teddy klar, dass Mats wahrscheinlich geschminkt war – vielleicht sah sein Leben jetzt so aus, dass er jeden Tag sein Aussehen verändern, ein anderer als er selbst werden musste.

Sie umarmten sich.

»Wie schön, Sie zu sehen«, sagte Mats mit fröhlicher Stimme. Der Fahrer, der sie kontrolliert hatte, ehe sie ins Auto gestiegen waren, ließ den Passat an und rollte aus der Hotelgarage.

»Könnten wir uns nicht im Hotel treffen? Das schien ein sehr angenehmer Ort zu sein.«

Mats lachte. »Das Geld vom schwedischen Staat reicht für so was nicht aus, und wenn ich nicht ein bisschen eigenes Geld zurückgelegt hätte, würden wir uns wahrscheinlich nicht einmal hier treffen können. Aber glauben Sie mir, der ich in so vielen Hotel gewohnt habe: Sie sind wie Vanilleeis, sehen einladend und verlockend aus, aber nach ein paar Löffeln wird man es leid.« Mats' Miene veränderte sich, er wurde ernst. »Doch Spaß beiseite, wir fanden das Hotel nicht sicher.«

Emelie und Teddy nickten. Sie sagte: »Aber wir sind froh, dass Sie und die Polizei einverstanden sind, dass wir uns sehen, Hotelzimmer oder nicht. Wie geht es Ihnen?«

»Zurück im Alltag, würde ich sagen. Ich habe ja schon ein paar Jahre auf eigene Verantwortung so gelebt, aber da war es einfacher, weil alle dachten, ich sei tot. Jetzt wissen sie, dass ich lebe.« Mats lachte wieder in sich hinein. »Wenn man das hier Leben nennen will.«

»Wie geht es Benjamin?«, fragte Emelie. Benjamin Emanuelsson – ihr ehemaliger Klient im Mordprozess.

»Ihm geht es gut, den Umständen entsprechend«, sagte Mats. »Er studiert Grafik und Design an einer Universität im Ausland.«

»Schön zu hören, sehen Sie sich manchmal?«

»Ja, durchaus. Ich wohne im selben Land. Und Lillan, die jetzt achtzehn ist, wird wohl auch bald dorthin ziehen, wenn es meine Ex nicht zu traurig macht. Aber ich habe mir schon gedacht, dass bald jemand mit weiteren Fragen auf mich zukommt.«

»Hat die Polizei Sie nicht vernommen?«

»Doch, eine Kriminalkommissarin Ley, doch die scheinen nicht groß weitergekommen zu sein.«

Teddy und Emelie begannen, ihre Fragen zu stellen. Ob Mats jemals von einem Mädchen namens Katja gehört hatte. Was er über einen Peder Hult wusste – den Mann, der Mats vor knapp zehn Jahren auf das Event auf einem Herrensitz eingeladen hatte, wo er den Computer mit den Missbrauchsfilmen gefunden hatte. Was er über die anderen Männer von dem Event wusste.

Mats sprach langsam, wenn er versuchte, ihre Fragen zu beantworten. Er nannte die Namen, an die er sich erinnern konnte: Peder Hult noch einmal, Fredrik O. Johansson, Gunnar Svensson, ein paar weitere. »Aber«, gestand er, »ich habe mehr als zehn Jahre daran gearbeitet, den Funken zu verdrängen, der das Höllenfeuer damals entfacht hat.« Vieles von dem, was er erzählte, war nicht mehr als Fragmente, Scherben von Erinnerungsbildern.

Irgendetwas würde es trotzdem bringen.

»Und Adam Tagrin?«, fragte Teddy. »Kommt Ihnen der Name bekannt vor?«

»Tagrin?«

Teddy beugte sich herab, um in seiner Tasche nach einem Foto von Adam zu suchen.

Da knallte es. Glas splitterte.

Emelie schrie. Der Wagen brach aus. Über ihnen lagen Glassplitter.

Die Seitenscheibe war kaputt.

Dann sah Teddy den Fahrer: Sein Kopf wackelte. Blut rann von der Innenseite der Beifahrerscheibe. Er war getroffen worden.

Teddy warf sich nach vorn und schaute gleichzeitig raus: ein schwarzer Golf, fünf Meter entfernt, mit heruntergedrehtem Seitenfenster. Teddy lag über dem Fahrer, packte das Steuer. Das Auto krängte. Er versuchte, den Fahrer wegzuschieben, gleichzeitig das Steuer nicht aus der Hand zu lassen und die Füße auf die Pedale zu bekommen. Er musste den Wagen auf geradem Kurs halten. Und sich gleichzeitig ducken.

Emelie brüllte wieder: »Runter, Teddy!«

Es schepperte. Teddy sah das Mündungsfeuer aus dem heruntergedrehten Fenster des Golf. Dunkel gekleidete Gestalten da drin. Das Geräusch einer Mini-Uzi, da war er sich fast sicher. Ringsum hupten Autos. Er wusste nicht, wie er hier fahren sollte. Fünfstöckige Wohnhäuser aus Ziegelstein. Fußgänger, hellgrüne Busse. Rechts lag das Wasser. Er drückte das Gaspedal runter. Es fühlte sich an, als würde der Wagen vorn hochgehen. Der leblose Körper des Fahrers stieß an ihn. Der Golf lag immer noch neben ihm, sie fuhren gegen die Verkehrsrichtung.

Es tönte. Kratzende Geräusche von Metall auf Metall – Autochassis, die aneinanderstießen. Der verdammte Golf versuchte, sie von der Straße abzudrängen, sie würden geradewegs ins Meer geschoben werden, wenn er nichts unternahm.

Wie ein Tunnel: Er sah die Straße wie einen langen Gang, weiter hinten ein Licht. Jetzt konnte er an nichts anderes denken, durfte nicht. Nur fahren. Er warf das Steuer nach links. Knallte in das benachbarte Auto.

Er hörte Polizeisirenen. Er hörte den Motor heulen.

Er hörte die Panik in seinem Kopf rauschen.

Er sah die weiße Silhouette des Opernhauses da vorn.

Der Golf war jetzt vor ihnen, versperrte ihnen alle Wege. Es gab keine Möglichkeit, nur das Wasser. Und das Opernhaus auf seiner künstlichen Insel.

Der Mann auf dem Beifahrersitz des Golf erhob wieder seine Waffe. Teddy setzte alles auf eine Karte. Warf das Steuer scharf nach rechts. Fuhr direkt die Fußgängerbrücke zur Oper hinauf. Wie irgendein *The Fast and the Furious*-Verrückter.

Er bremste nicht zwischen dem Kai und der Oper. Er hupte. Die Leute sahen ihn kommen, hörten ihn hupen – warfen sich zur Seite. Die Brücke war breit genug für ein Auto. Wie ein Wahnsinniger. Wie ein Mann, der die Panik regieren ließ. Er fuhr weiter. Ein Blick in den Rückspiegel. Fast schrie er laut. Der verdammte Golf blieb nicht stehen. Der war auch auf die Fußgängerbrücke gefahren.

Er drückte das Gaspedal hinunter. Emelie schrie: »Was tust du, Teddy?«

Oben auf der abfallenden Rampe, die das Dach des Opernhauses war. Die endete: eine Fahrbahn in den Himmel hinauf. Ganz oben: zehn Meter – da bremste er, warf den Rückwärtsgang rein, drehte auf der Stelle. Gab wieder Gas. Die nächste Rampe hinauf, die das Dach des verglasten Teils darstellte. Vorbei an dem aufwärtsweisenden letzten Teil des Dachs.

Es war krank. Jetzt sah er vorn nur noch Himmel und Meer. Sie waren zwanzig Meter hoch.

Emelie brüllte.

Teddy schrie.

Er sah den Golf auch die Dachrampe heraufkommen. Die Männer mit ihren Waffen.

Er drückte das Gaspedal durch – fuhr über die Kante.

Wie ein Vogel.

Drei Sekunden in der Luft: ein Moment der Stille. Ruhe. Nur das Rauschen des Windes durch die kaputten Fenster.

Dann knallten sie auf das abschüssige Gebäude darunter und rutschten weiter Richtung Wasser.

Gute Federung hat die Karre, konnte er noch denken, dann gingen die Airbags auf, und das Auto blieb stehen.

Er sah sich um. »Emelie?«

Sie saß wie ein Aufkleber in den Rücksitz gedrückt. »Du bist wahnsinnig«, sagte sie.

Dann sah er zu Mats.

Auch ihn hatte der Sicherheitsgurt gehalten.

Teddy sah näher hin.

Mats' Kopf lag in einem unnatürlichen Winkel.

Er hatte ein Loch in der Stirn.

Auf der Innenseite des Fensters hinter ihm. Blut.

*

Telefongespräch Nr. 16
An: Hugo Pederson
Von: Pierre Danielsson (Mitverdächtiger)
Datum: 1. Dezember 2005
Zeit: 09:03

PIERRE: »Tädä, juchhu, jetzt passiert's. Jetzt geht's ab.«
HUGO: »Was?«
PIERRE: »Ruf mich auf Pay an.«
HUGO: »Wenn du so redest, krieg ich gleich 'nen Steifen.«
PIERRE: »*Good for you*. Bald bist du ein gemachter Mann. Ruf mich an.«

Telefongespräch Nr. 17
An: Pierre Danielsson (Mitverdächtiger)
Von: Hugo Pederson
Datum: 1. Dezember 2005
Zeit: 09:05

HUGO: »Himpelchen und Pimpelchen stiegen auf einen Berg. Himpelchen war ein Heinzelmann, und Pimpelchen war ...?«
PIERRE: »Witzig.«
HUGO: »Jetzt erzähl schon!«
PIERRE: »Okay, es ist so. So einfach, wie es nur geht. Glatt und schön, im Prinzip nichts, was schiefgehen kann. Der Husquerulant wird eine Gewinnwarnung aussprechen. Sie werden den Wert ihrer Anlage in China um mehr als zweihundert Mille abwerten, wegen verlorener behördlicher Genehmigungen und Verunreinigungen, bei denen ein paar Dorfbewohner um die Fabrik herum gestorben sind und dergleichen, außerdem werden sie vor schlechteren Umsät-

zen ihrer Nordamerika-Division im nächsten Jahr warnen, und deshalb bekommen sie ein schlechteres Betriebsergebnis. Der kleine Husquerulant wird um mindestens sieben Prozent fallen.«

HUGO: »Klingt so, als ob er fallen wird, aber du kannst nicht wissen, um wie viel.«

PIERRE: »Ich habe auf jeden Fall vor, den Huspimmel blankzuziehen. Aber das genügt nicht, hör mir zu. Icahn plant auch, kürzerzutreten, er weiß vielleicht dieselbe Sache wie wir, und wenn es bekannt wird, dann werden die sich nur wegen der negativen Nachrichten ein paar Prozent runterscheißen.«

HUGO: »Ach du Scheiße, wann kommt die Pressemitteilung raus?«

PIERRE: »In zwei Stunden, wenn der Dow Jones öffnet.«

HUGO: »Hölle, dann ist es eilig. Warum hast du nicht früher angerufen?«

PIERRE: »Hab es gerade erst erfahren. Aber ich stelle mir das so vor, eine Zweistufenrakete. Jetzt erst blankziehen, dann kommt die Pressemitteilung, dann erholt sie sich ein bisschen vor dem Bericht, dann landen wir noch mal. Und dann, wenn er zum zweiten Mal stürzt, ja Hölle.«

HUGO: »Ich glaub, ich hab jetzt keine Zeit mehr, mit dir zu reden. Muss meine Bitch anrufen.«

Telefongespräch Nr. 18
An: Jesper Ringblad (Börsenmakler Nordea)
Von: Hugo Pederson
Datum: 1. Dezember 2005
Zeit: 10:04

HUGO: »Hallo, mein kleines Schätzchen. Ich bin's.«

JESPER: »Maestro Pederson?«

HUGO: »Exakt. Und jetzt hör mir mal ganz genau zu. Wir werden Husqvarna B short verkaufen.«

JESPER: »Short? «

HUGO: »Exakt.«

JESPER: »Das haben wir noch nie gemacht.«

HUGO: »*So what?*«

JESPER: »Ich bin verpflichtet, Sie über die Risiken dieses Handelsinstruments zu informieren. Es bedeutet, dass Sie Aktien verkaufen, die Sie nicht besitzen. Sie leihen also Aktien von Husqvarna B und verkaufen sie auf dem Markt. Dann müssen Sie die Aktien zu einem späteren Zeitpunkt zurückkaufen. Wenn die Aktie an Wert verliert, dann ist alles Friede, Freude, Eierkuchen, aber wenn die Aktie steigt, dann ...«

HUGO: »Ja, ja, natürlich weiß ich, was Shortselling ist. Wir haben jetzt keine Zeit, lange zu reden. Sie müssen arbeiten. Ich will ein Kilo.«

JESPER: »Sie wollen eine Million Husqvarna B leihen und dann direkt verkaufen? Hugo, sind Sie wirklich sicher? Sie wissen schon, dass es einen Verlust ohne Ende gibt, wenn es nicht so läuft, wie Sie wollen? Die Aktie kann unendlich steigen, und dann ist Ihr Risiko sozusagen auch unendlich.«

HUGO: »Hör auf, mir Vorträge zu halten, arbeite lieber. *Make me* dreckig reich.«

JESPER: »Absolut. Aber ich bin verpflichtet, Sie zu informieren und gewisse Kontrollfragen zu stellen. Wie können Sie in Sachen Husqvarna so sicher sein?«

HUGO: »Ich habe die Schwankungen dieser Aktien verfolgt, und sie ist zu weit hochgegangen. Deshalb glaube ich, dass sie fallen wird. Sie kennen mich doch. Ich bin ein telepathisches Aktiengenie. Ich habe meistens recht.«

JESPER: »Ich weiß, haha. Okay. Dann jage ich mal nach Blocks, wie immer, oder?«

HUGO: »Exakt. Aber eins noch.«

JESPER: »Was?«

HUGO: »Sie haben eine Stunde und fünfundfünfzig Minuten Zeit. Um zwölf muss alles klar sein.«

Telefongespräche Nr. 19–25 (Zusammenfassung)

An/von: Pierre Danielsson (Mitverdächtiger) sowie eine Anzahl Börsenmakler und Bankleute in Schweden, der Schweiz und England (in gesondertem Anhang namentlich genannt)
Von/an: Hugo Pederson
Datum: 1.-7. Dezember 2005

Zusammenfassung: Hugo Pederson ruft eine Reihe Börsenmakler und Bankangestellte in Schweden und dem übrigen Europa an und instruiert sie, auf seine Rechnung Shorts der schwedischen Aktie Husqvarna B zu kaufen. Insgesamt führen sie Shortsells bei 3,4 Millionen Aktien der Husqvarna B aus. Des Weiteren geht aus den Anrufen hervor, dass Icahn Enterprises um zwölf Uhr desselben Tages eine Pressemitteilung über den New York Stock Exchange herausgibt, ihre Beurteilung der Husqvarna AG betreffend. Der Aktienkurs der Husqvarna AG fällt um acht Prozent. Hugo Pederson realisiert daraufhin in den folgenden zwei Stunden auf seinem Shortsell Gewinne von an die neun Millionen Kronen.

Telefongespräch Nr. 26
An: Hugo Pederson
Von: Louise Pederson (Ehefrau)
Datum: 12. Dezember 2005
Zeit: 16:45

LOUISE: »Hallo, Liebling, wo bist du?«

HUGO: »Gerade über die Brücke. Die ist heftig, wirklich.«

LOUISE: »Hast du im Hotel Bescheid gegeben, dass du spät einchecken wirst?«

HUGO: »Nein, das werden die akzeptieren müssen. Le Royal, das beste Hotel der Stadt, wenn man Calle glaubt, da werden die doch wohl einen späten Gast verkraften können.«

LOUISE: »Doch, das werden sie. Wie angenehm für dich. Was wirst du zu Abend essen?«

HUGO: »Wohl was vom Roomservice. Ich werde müde Beine haben, nach dem ganzen Tag im Auto.«

LOUISE: »Das ist klar. Und morgen Abend kommst du wieder nach Hause?«

HUGO: »So sieht's aus, Mausilein. Nur rein und raus.«

LOUISE: »Und dann hast du drei Millionen Kronen dabei?«

HUGO: »Ja, Liebling. Dann habe ich drei Kilo dabei, wie wir in meiner Welt zu sagen pflegen. Aber das wird schnell weg sein. Stacek braucht seins für die Renovierung, und dann habe ich ein neues Auto bestellt.«

LOUISE: »Ich weiß. Und dann sollten wir einen Platz auf der Warteliste bei Magnussons bezahlen.«

HUGO: »Wovon redest du?«

LOUISE: »Weißt du doch. Ich habe es dir doch schon gesagt. Vorige Woche habe ich mit Isabelle zu Mittag gegessen, und das Einzige, wovon sie die ganze Zeit geredet hat, war, dass man die Kinder jetzt schon auf die Warteliste bei Magnussons setzen muss, damit sie später eine Chance haben reinzukommen.«

HUGO: »Aber wir haben doch keine Kinder.«

LOUISE: »Ich will mindestens vier.«

HUGO: »Ach so?«

LOUISE: »Vier Kinder hat Stil.«

HUGO: »Ja schon, aber was kostet die Warteliste?«

LOUISE: »Für einen gehaltenen Platz wollen sie hunderttausend Kronen.«

HUGO: »Hunderttausend? Die sind doch krank im Kopf. Hundert Scheine für einen Platz für ein Kind, das es noch nicht einmal gibt. Ich dachte, wir wohnen in einem sozialdemokratischen Land, wo die Schulbildung gratis ist. Wir sind doch nicht in den USA!«

LOUISE: »Aber unsere Kinder sollen ja wohl nicht in eine staatliche Schule gehen müssen, oder? Das kannst du doch nicht wollen.«

HUGO: »Nein, aber der Staat gibt Magnussons doch wohl Schulgeld, oder? Die finanzieren sich doch nicht nur privat.«

LOUISE: »Das glaube ich nicht, aber hier geht es ja um den Platz auf der Warteliste.«

HUGO: »Ja, ja. Mach das. *Sign up* für das.«

LOUISE: »Wunderbar. Aber du, Liebling?«

HUGO: »Ja?«

LOUISE: »Besteht Gefahr, dass sie dich irgendwo aufhalten, ich meine, wenn du auf dem Weg zurück mit alldem Geld bist?«

HUGO: »Nein, nein. Alles cool. EU-Bürger kriegen keine Probleme, von wegen Schengen und wie das alles heißt. Ich werde in ein paar Wochen noch mal hierherfahren und mehr Geld holen. Mach dir keine Sorgen, Mausilein. Mach dir keine Sorgen.«

LOUISE: »Okay, gut. Aber du, da ist noch eine Sache.«

HUGO: »Was denn?«

LOUISE: »Wo wir es jetzt so schön zu Hause haben, hätte ich gern etwas Kunst an den Wänden. Ich meine, richtige Kunst, nicht diese langweiligen Lithografien, die meine Mutter in Skåne kauft. Gestern war ich mit Fredrika auf der Christmas Contemporary bei Bukowskis, und die haben so viele herrliche Werke.«

HUGO: »Contemporary, das ist so ein moderner Scheiß, oder?«

LOUISE: »Hugo, du weißt nicht, wovon du redest. Ich meine Fotokunst. So nette Sachen. Ich habe ein Angebot auf ein wunderbares Foto von einem Naturfotografen namens Nick Brandt abgegeben, ein riesiger Löwe im Staub der Savanne. Schwarzweiß, zweimal anderthalb Meter. Riesig, ich glaube, das würde sich super über dem Sofa machen.«

HUGO: »Wie hoch war das Angebot?«

LOUISE: »Du denkst immer nur ans Geld. Ich dachte, du freust dich, wenn ich mich um unser Haus kümmere.«

HUGO: »Das ist wunderbar, Mausilein, wirklich, ich finde das auch gut, aber ich frage mich nur, was diese Fotografie wohl kosten kann.«

LOUISE: »Ich glaube, wir haben keine Erfahrung mit Kunstpreisen, das hat Fredrika zumindest gesagt. Sie meint, wenn man schöne Werke haben will, dann kostet das eben auch.«

HUGO: »Und?«

LOUISE: »Es ist auch eine Investition. Das kann ja im Preis raufgehen.«

HUGO: »Was wollen sie dafür haben?«

LOUISE: »Nicht mehr als für das neue Auto.«

HUGO: »Das ist jetzt nicht gerade aussagekräftig.«

LOUISE: «Jetzt hör auf. Es passt wirklich in unser Wohnzimmer. Lass uns darüber reden, wenn du wieder zu Hause bist.«

Telefongespräch Nr. 27
An: Unbekannt
Von: Hugo Pederson
Datum: 14. Dezember 2005
Zeit: 16:48

HUGO: »Hallo, mein Name ist Pederson, und ich habe eine Frage zu einem Werk, das Sie auf Ihrer zeitgenössischen Weihnachtssonderauktion verkaufen.«

UNBEKANNT: »Ja natürlich, um welches Werk handelt es sich?«

HUGO: »Ich weiß nicht, wie es heißt, aber es ist eine sehr große Naturfotografie von einem gewissen Nick Brandt.«

UNBEKANNT: »Ah, dann weiß ich. Es heißt ›Lioness Against Rock‹.«

HUGO: »Genau, das muss es sein. Für wie viel wird es aufgerufen?«

UNBEKANNT: »Einen Moment bitte … ja, hier ist es … es liegt bei fünfzigtausend Euro oder vierhundertsiebzigtausend Kronen.«

HUGO: »Aha, diese Fotografien sind nicht gerade billig.«

UNBEKANNT: »Da kann man unterschiedlicher Ansicht sein, aber wenn Sie mich fragen, das ist ein fantastisches Werk, ungeheuer suggestiv und gleichzeitig von einer Klarheit und einem Detailreichtum, wie er sonst fast unmöglich ist, was wilde Tiere angeht.«

HUGO: »Kann ich bei Ihnen bar bezahlen?«

UNBEKANNT: »Bar?«

HUGO: »Exakt.«

UNBEKANNT: »Nun ja, normalerweise bezahlt man bei uns mittels Banküberweisung.«

HUGO: »Aber ich möchte bar bezahlen. Und wir sind auch noch an anderen Werken interessiert. Also, ich denke, wir können als VIP-Kunden bezeichnet werden.«

UNBEKANNT: »Verstehe. Ich glaube, es ist das Beste, wenn Sie uns einmal persönlich besuchen, ich bin sicher, dass wir Ihre Bedürfnisse erfüllen können.«

Telefongespräche Nr. 28–48 (Zusammenfassung)
An/von: Pierre Danielsson (Mitverdächtiger) sowie eine Anzahl Börsenmakler und Bankleute in Schweden, der Schweiz und England (in gesondertem Anhang mit Namen versehen)
Von/an: Hugo Pederson
Datum: 13.-18. Januar 2006

Zusammenfassung: Hugo Pederson hat eine Anzahl Gespräche mit dem Mitverdächtigten Pierre Danielsson sowie einer Reihe Personen s. o. Kursbeeinflussende Ereignisse treten ein, eine Reihe von Positionen betreffend, die Pederson in schwedischen Aktien genommen hat, wobei die Aktiengeschäfte realisierte Gewinne für Pederson in Höhe von insgesamt vierundzwanzig Millionen Kronen bedeuten. In den Geschäften lässt Pederson derweil sein Aktiendepot und sogar seine Wohnung beleihen. Auf diese Weise erreicht er einen kräftigen sogenannten Hebeleffekt.

Telefongespräch Nr. 49
An: Hugo Pederson
Von: Pierre Danielsson (Mitverdächtiger)
Datum: 21. Januar 2006
Zeit: 11:36

PIERRE: »Hallo, hallo.«
HUGO: »Wie geht es dir?«
PIERRE: »Mir geht es wie einem König in einem mittelgroßen europäischen Land, obwohl, nein, mir geht es wie dem König von Bahrain oder so. Glück und Macht uneingeschränkt.«
HUGO: »Hast du was am Laufen?«
PIERRE: »Nicht direkt, aber ich habe Kontakt zu einer Person, die gern mit uns handeln möchte.«

HUGO: »Wie handeln? Was hat er zu verkaufen, und was will er kaufen?«

PIERRE: »Informationen. Er sitzt in mehreren Aufsichtsräten, sogar in notierten Unternehmen, außerdem gehört er zu mehreren wichtigen Kreisen.«

HUGO: »Aha, und was hat er davon, wenn er uns hilft?«

PIERRE: »Na ja, wenn du dir mal ansiehst, was wir beide in den letzten Monaten gemacht haben, dann glaube ich, spricht das schon eine deutliche Sprache. Er findet, wir wirken hungrig, und er muss seine Eier verteilen, wenn du verstehst.«

HUGO: »Du Idiot hast ihm doch keine Details weitergegeben, oder?«

PIERRE: »Nein, nein, natürlich nicht. Aber er hat mich angerufen, wir haben uns gestern zum Mittagessen im Prinsen getroffen, und er scheint das meiste von selbst durchschaut zu haben. Das war echt unangenehm, ich meine, wenn er es durchschaut, dann können andere das auch.«

HUGO: »Das klingt übel, aber ich glaube nicht, dass wir uns Sorgen machen müssen. Wir reden ausschließlich hier über Pay, und ich verteile immer die Kauf- und Verkaufsaufträge über so viele verschiedene Makler, dass kein einzelner Handel irgendwie Aufsehen erregen dürfte.«

PIERRE: »Ich weiß nicht, aber auf jeden Fall würde er dich gern kennenlernen. Hast du Lust?«

HUGO: »Kann nicht schaden. Wie heißt er?«

PIERRE: »Darüber reden wir, wenn wir uns sehen.«

HUGO: »Okay. Frag ihn, ob er Montag kann. Da, wo ihr euch auch getroffen habt.«

PIERRE: »Okay. Tschüss.«

22

Nikola hatte Chamons Handys von dessen Vater bekommen – leider aber waren sie ohne PIN wertlos. Weder Bello noch Yusuf hatten eine Ahnung, welche Zahlenkombinationen der Freund benutzt hatte. Der ganze Mist war dabei, im Sande zu verlaufen. Die Leute, die für den Mord an seinem besten Freund verantwortlich waren, würden entkommen. Die Tage vergingen. Sie hatten jetzt erfahren, weswegen Mr. Eins verdächtigt wurde: hauptsächlich Wirtschaftsvergehen. Trotzdem fühlte sich Nikola ohne Isaks Führung schwach.

George Samuel rief an und sprach ihm noch mal sein Mitgefühl aus. »Aber du warst so nah dran, Nikola, willst du nicht zurückkommen und wieder ein bisschen arbeiten? Dann wirst du fertiger Elektriker und alles.« Eigentlich hatte der Alte wahrscheinlich recht – Nikola sollte diese Sache mit Chamon jetzt loslassen. Zu seinem alten ruhigen Leben zurückkehren. Was tun, das die Gedanken vertreiben konnte. Aber: Das hatte Chamon nicht verdient. Emanuel Hanna hatte es nicht verdient. Nikola musste stattdessen härter arbeiten, besser denken. Den Schuldigen finden.

Irgendwie musste er in Chamons Telefone kommen. So arbeiten doch immer die Bullen, so dachten die Profis – sie analysierten Telefone. Aber offensichtlich waren auch die Bullen nicht reingekommen, sonst hätten sie die Handys niemals so schnell wieder freigegeben. Nikola versuchte es mit allen Zahlenkombinationen, die er sich denken konnte. Chamons Geburtsdatum, das Geburtsdatum seiner Eltern, der Haustürcode zum Haus des Freundes. Nichts funktionierte. Dann fiel ihm eine Person ein, die ihm vielleicht würde helfen können: Teddys alter Knastfreund Loke Odensson.

Loke – als Nikola den vor ein paar Jahren zum ersten Mal gesehen hatte, war sein Urteil binnen einer Sekunde klar: ein halb schräger, voll nerdiger Live-Schwuli. Ein mittelalterlicher Typ, der wahrscheinlich Hardrock hörte und ganze Nächte League of Legends gamte. Doch inzwischen war Nikola klüger. Loke Odensson hatte ihm schon mal geholfen, er war nicht nur ein Death-Metal-Typ, sondern auch ein Handy-Knacker von Rang.

Loke war einverstanden, dass sie sich auf Kungsholmen trafen. *Dragon's Lair* stand in verschnörkelten Buchstaben über dem Eingang des Lokals, das er vorgeschlagen hatte. Das war eine Art Laden oder Spielhölle, aber keine Computerspiele, Poker oder Jack Vegas, sondern *Herr der Ringe*-Sachen, wie Monopoly, aber mit Fantasyfiguren. Überall standen Glasvitrinen mit bemalten Zinnfiguren in Minilandschaften. Fünf Zentimeter hohe Ritter attackierten einen roten Drachen mit ausgebreiteten Flügeln. Krass viele Ork-ähnliche Krieger in schmutzigen Rüstungen standen ebenso vielen langhaarigen Figuren mit spitzigen Ohren und Flitzebögen gegenüber, die nur ein Kind bemalt haben konnte. Niemand mit normal großen Fingern würde die Federn der Pfeile so hübsch verzieren können.

Nikola hatte die beiden Handys von Chamon in der Tasche.

Da drin gab es keine einzige Braut, trotzdem dachte Nikola an Roksana, mit der er vor kurzem zu Mittag gegessen hatte. Er konnte es nicht richtig erklären, aber irgendwie hatte er doch ein schlechtes Gewissen, weil er ihr nicht mit den Tunten geholfen hatte, die Bargeld von ihr erpressen wollten. Aber: Er musste sich jetzt auf seine eigenen Sachen konzentrieren, so war es einfach.

Im Untergeschoss spielte sich jede Menge Krieg ab. Überall

kleine fette Jungs, Kappenschirme nach hinten und schwarze T-Shirts mit derselben Sorte Texte drauf. Alle waren sie gechillt. Alle waren sie weiß wie Extra-Kaugummi. Da standen große Tische mit denselben erfundenen Landschaften, die Nikola oben gesehen hatte, nur noch größer. Die Typen hatten noch mehr bemalte Zinnsoldaten platziert. Es roch nach Sprühfarbe und Schweiß. Er scherte sich nicht drum, was die da machten, das sah so *hillbilly* aus, dass er sich nicht reindenken konnte.

Loke stand über den hintersten Tisch gebeugt. Sein Bart war geflochten, und er hatte mindestens sieben Ohrringe in jedem Ohr. In der einen Hand hielt er fünf weiße Würfel, in der anderen einen Zollstock. Er reagierte nicht, als Nikola sich dicht neben ihn stellte.

»Was brauchst du?«

Loke sah auf. Smilte. »Hallöchen, mein Schnuckelchen, schön, dich hier zu sehen. Ich brauche Sechsen. Diese Deathwatch-Soldaten da müssen dorthin schießen, siehst du?«

Nikola sah nichts. Aber er blieb gelassen, denn er wusste, wie Loke drauf war, er hatte ihn sogar schon Teddy einen *kleinen Liebling* nennen hören.

»Lass mich mal versuchen«, sagte er.

Er warf die fünf Würfel auf den Tisch. Alle zeigten eine Sechs.

»Mein Goldjunge, ich liebe dich fast noch mehr als deinen Onkel!«, rief Loke aus.

Ein paar Tage später hatte Loke angerufen.

»Hallo, Schnuckelchen.«

»Hallo, Loke.«

»Sie haben angefangen, es schwieriger für uns zu machen.«

»Wer?«

»Die Handyhersteller. Sie haben mit sechsstelligen Codes angefangen. Ich verstehe, dass die Polizei daran gescheitert ist. Die sind im Prinzip unmöglich zu knacken.«

Nikola biss sich auf einen Fingernagel.

Loke fuhr fort: »Natürlich nur, wenn man nicht Loke Odensson heißt. Da ist alles möglich.«

»Das heißt, du hast sie aufgekriegt?«

»Yes, alle beide. Aber es war nichts Interessantes drauf, im Prinzip waren alle beide unbenutzt.«

»Das kann ich mir denken. Chamon hat oft das Telefon gewechselt.«

»So wie ihr das eben so macht.«

»Ich nicht.«

»Nein, du vielleicht nicht, mein Goldjunge. Aber deine Kumpels.«

»Kann ich die Handys zurückkriegen?«

»Selbstverständlich.«

Eine Stunde später hielt ein Taxi unten auf Nikolas Straße, und der Fahrer reichte eine Tüte raus. Nikola setzte sich an seinen Küchentisch und nahm sich das erste Handy vor. Ein altes iPhone 4 – so oft, wie Chamon sein Handy wechselte, wollte er wahrscheinlich keine teuren neuen Modelle. Es war kein Code mehr erforderlich, den hatte Loke rausgenommen. Nikola blätterte das Handy durch: keine gespeicherten Namen oder Adressen. Abgesehen von den Werkseinstellungen keine Apps. Er las ein paar bedeutungslose Textnachrichten, die an Chamons Eltern gerichtet zu sein schienen, und einige Gespräche mit Nummern, die er nicht kannte – wahrscheinlich waren das auch Telefone mit Prepaidkarten. Nikola fuhr das andere Telefon hoch, und auch hier: sparsam mit Funktionen und Apps, fast keine Anrufe und keine Nachrichten. Aber die »Mein iPhone suchen«-App war installiert. Das sah Chamon nicht ähnlich. Nikola bekam ein ungutes Gefühl. Er öffnete die App. Das ungute Feeling nahm zu.

In der Suche-App war eine andere Telefonnummer eingespeichert. Eine Nummer, die offensichtlich hatte verfolgen können, wo sich Chamons Telefon befand.

In Nikolas Hinterkopf fing es an zu kribbeln. Er kapierte etwas, ohne noch richtig zu verstehen, was. Er rekapitulierte für sich selbst: Chamon hatte auf einer der vielen Stationen des Krankenhauses gelegen. Trotzdem hatten die Mörder ihn verdammt schnell gefunden. Chamon war mit seinen Handys sorgfältig wie ein Schulrektor gewesen. Er hinterließ niemals Spuren oder ließ zu, dass ein anderer kapierte, wo er sich befand. Trotzdem hatte jemand anders ihn über die Suche-App seines Handys verfolgen können.

War das möglich? Könnten die Mörder sich auf irgendeine Weise mit dieser App verbunden haben? Verfolgt haben, auf welcher Station sich Chamon befand?

Nikola checkte die verbundene Telefonnummer. Er kannte sie nicht. Dennoch nahm er sein eigenes Telefon, schaltete die Nummernübertragung seiner eigenen Nummer ab und rief an.

Das Klingeln klang, als wäre es verstärkt.

»Ja, hallo?«, sagte jemand auf der anderen Seite.

Nikola atmete ein.

Er wusste, wessen Stimme das war. Der Tonfall. Die Trägheit.

Die Blitze kamen völlig ohne Vorwarnung, sein Kopf schien in Stücke zu gehen. Er fiel fast um. Es fiel ihm nichts ein, was er sagen könnte. Er drückte das Gespräch weg.

Die Stimme.

23

Morgen in Norwegen. Emelie hatte das Gefühl, sich übergeben zu müssen, als sie erwachte.

Man hatte sie und Teddy sofort mitgenommen, nachdem die Notärzte festgestellt hatten, dass sie nicht verletzt waren. Zuerst hatte sie laut protestiert, sie wären ja wohl nicht wegen irgendetwas verdächtig, die anderen hatten ein Verbrechen begangen: Mord und Mordversuch. Sie waren Zeugen und Kläger: Das konnte man in Norwegen ja wohl nicht anders sehen als in Schweden. Die Inspektorin der Polizei fragte sie trotzdem höflich und niedlich – Emelie fand, auf Norwegisch klang alles niedlich –, ob sie etwas dagegen habe, ein paar Tage zu bleiben.

»Ich möchte so schnell wie möglich nach Hause nach Schweden«, sagte sie.

»Aber dann möchten wir Sie *laider* doch hierbehalten, denn wir haben das Recht, *den Seugen* bis zu zwölf Stunden aufzuhalten. Und wie Sie sicherlich verstehen, haben wir eine Reihe Fragen zu stellen.«

Emelie kam in eine Zelle im Zentralen Untersuchungsgefängnis.

Alles war wie in Schweden, nur anders. Die Zelle hatte exakt dieselbe Größe, aber die Farbe auf den Epoxiwänden war heller. Die Bank, die in der Nacht ihr Bett darstellte, war aus Beton. In Schweden bestand sie aus hellem Holz, aber die Kunststoffmatratze war gleich. Der einzige echte Unterschied war, dass hier anstelle eines richtigen Fensters in zweieinhalb Metern Höhe ein Dachfenster saß, durch das man nichts anderes sehen konnte als weißen Himmel. Die Polizistin hatte Emelies Blick bemerkt, als sie hinter ihr zuschließen wollte.

»Dieses Fenster hat der Europarat so bestimmt, solche hatten wir vorher nicht.« Es war keineswegs so, wie alle behaupteten, dass Norwegen den schwedischen Nachbarn fünf Jahre hinterher war. Sie waren *zehn* Jahre hinterher.

In der Nacht hatte sie die meiste Zeit wach gelegen und an Teddy und ihren Vater gedacht, hatte seltsame Vergleiche vorgenommen. Teddy hatte ihr durch sein Eingreifen das Leben gerettet. Trotzdem war er genauso wie ihr Vater. Ein Mann, der sich nicht änderte, der in ein schlechtes Leben hineingezogen wurde. Oder vielleicht war es das schlechte Leben, das zu ihm hingezogen wurde. Der Vater hatte sich immer um sie gesorgt, hatte sich um sie gekümmert, als sie klein war, und doch hatte er so viele Tage und Möglichkeiten, glücklich zu sein, weggesoffen. Was bedeutete das eigentlich? Wie konnte ein und derselbe Mensch so widerstreitende Seiten haben?

Es piepte und klickte in der Zellentür. Hier in Norwegen war alles elektronisch. Die Tür ging auf – sie nahm an, dass es Zeit für die Vernehmung war, die norwegischen Polizisten hatten sie noch keineswegs so detailliert befragt, wie sie erwartet hatte. Emelie lag noch auf der Pritsche.

»Zeit, nach Hause zu fahren«, sagte eine bekannte Stimme. Sie sah auf. Es war Nina Ley.

Sie trug ein Fußballshirt, auf dem *Fly Emirates* stand, und kaute Kaugummi. In der Hand hatte sie Emelies Handtasche. Nina sah trauriger aus denn je.

»Was machen Sie hier?«, fragte Emelie.

»Ich dachte, ich bringe Sie auf eine sichere Weise nach Hause«, erwiderte Nina. »Wie geht es Ihnen denn? Das muss einfach nur schrecklich gewesen sein.«

Emelie stellte sich hin. »Mir geht es gut, aber wie steht es um Mats und den Fahrer?«

»Beide leben, sind aber in kritischem Zustand. Mats ist die ganze Nacht operiert worden, jetzt liegt er im Universitätskrankenhaus Ullevål auf der Intensivstation. Die Kugel hat seinen Stirnknochen schräg von der Seite getroffen und ist drei Zentimeter über dem Ohr wieder ausgetreten.«

Trotzdem keimte ein Funken Hoffnung in Emelie auf.

Nina sagte: »Seien Sie froh, dass Sie Teddy mitgenommen haben. Der ist echt ein krasser Ayrton Senna.«

»Wo ist er?«

»Er ist vor ein paar Stunden mit einem Kollegen von mir nach Hause gefahren.«

Auf dem Weg zum Flughafen sprachen sie weiter. Emelie spürte, wie die Wut in ihr hochkochte.

»Leider ist es unseren norwegischen Kollegen noch nicht gelungen, jemanden festzunehmen, aber wir arbeiten eng mit ihnen zusammen, um vorwärtszukommen.«

»Eins sollte Ihnen jetzt zumindest klar sein«, erwiderte Emelie, »hier geht es nicht nur um Adam Tagrin. Da hängen noch viel mehr drin.«

Nina lachte kurz und scharf auf. »Das weiß ich, und Sie wissen das auch. Warum hätte ich sonst überhaupt zugelassen, dass Sie Mats treffen? Aber mein Problem – und auch das wissen Sie – ist, dass ich mich auf meine eigene verdammte Organisation anscheinend nicht verlassen kann.«

»Können Sie mich nicht mal Ihr Material durchsehen lassen?«

Nina kaute weiter auf ihrem Kaugummi. »Tut mir leid, aber so weit kann ich nicht gehen.«

Emelie merkte, wie ihre Wangen heiß wurden. Sie erhob die Stimme.

»Was machen Sie da eigentlich? Seit über einem Jahr hocken Sie auf den Filmkopien von den Übergriffen, die Sie über Mats bekommen haben, ohne mehr zu erreichen, als Katja zu identifizieren. Sie sind doch vollkommen inkompetent.«

Ninas Mund sah aus wie ein O. Möglicherweise hatte sie das Kaugummi verschluckt.

Dreieinhalb Stunden später schlug Emelie ihre Wohnungstür hinter sich zu. Sie überlegte, Teddy anzurufen, sie mussten reden nach allem, was in Oslo passiert war.

Sie setzte sich in die Küche. Die Sonne blitzte in den Fenstern auf der anderen Seite des Hofs, es war halb vier. An der Küchenwand hing eine gerahmte Fotografie, die sie aufgehängt hatte: Ihre Mutter und ihr Vater an einem Strand auf Mykonos. Das Foto war vor mehr als dreißig Jahren gemacht worden, da hatten sich ihre Eltern gerade kennengelernt und nach nur wenigen Wochen beschlossen, gemeinsam nach Griechenland zu reisen. Ihr Vater war braun gebrannt und trug ein Hemd. Er wirkte entspannt, den einen Fuß hatte er ein wenig in den Sand eingegraben, und er hielt den Arm um die Taille ihrer Mutter. Die sah nicht nur jung aus, sondern auch glücklich: Der Blick strahlte direkt in die Kamera, als würde sie dem gegenüber, der die Kamera hielt, Stolz empfinden. Emelie betrachtete die Augen ihrer Mutter genauer. War da etwas, das auf das hinwies, was kommen würde? Hatte ihr Vater vielleicht schon dort auf der Insel ein ungesundes Interesse für Bier und Drinks gezeigt?

Ich werde niemals so lieben können, wie Mama ihn zu lieben scheint, dachte Emelie. Sie konnte Zärtlichkeit und Mitleid empfinden, sie konnte scharf auf jemanden sein – aber lieben? Sie war nicht einmal sicher, ob sie wusste, was das war, oder ob sie überhaupt diese Fähigkeit besaß.

Sie sollte mal wieder zu ihren Eltern fahren, hatte sie schon mehrere Monate nicht gesehen. Also nahm sie ihr Telefon und rief Marcus an.

»Was war denn da in Norwegen eigentlich los, Sie wissen ja wohl, dass Sie heute Morgen eine polizeiliche Vernehmung und eine Verhandlung über eine Beschlagnahmung hatten, wo Sie hätten erscheinen sollen?«, sagte er. »Sie können echt froh sein, dass Sie mich haben.«

Emelie erklärte, so übersichtlich sie konnte, was passiert war. »Und es geht mir tatsächlich nicht gut. Das ist alles sehr unangenehm.« Während sie sprach, schaute sie zu dem Foto an der Wand. »Deshalb habe ich vor, für drei Tage zu meinen Eltern zu fahren. Können Sie die Stellung in der Kanzlei halten? Checken Sie meinen Kalender, sagen Sie alle Termine, Besuche und Vernehmungen ab.«

»Die Stellung halten ist das Einzige, was ich hier jeden Tag mache«, erwiderte Marcus.

Eine Stunde später stand Emelie mit einem gepackten Rollkoffer in der Garage des Autoverleihs. Manchmal war es kompliziert, per Zug nach Jönköping zu kommen, momentan musste man wegen Bauarbeiten in Nässjö umsteigen. Außerdem waren die Tickets für den letzten Zug des Tages schon ausverkauft. Also hatte sie stattdessen ein Auto gemietet, das würde zwar länger dauern, aber dann wäre sie wenigstens für sich allein und würde schon heute Abend ankommen. Das war wichtig: Sie wollte einfach so schnell wie möglich von allem wegkommen.

Sie drückte auf den Schlüssel, den sie eben oben bei Europcar abgeholt hatte. Dreißig Meter entfernt blinkte ein Auto – das war also ihres, ein Seat Ibiza, klein und süß.

Sie war allein in der Garage und blieb kurz stehen, um sich zu sammeln. Vor ihr lagen mindestens dreieinhalb Stunden

Autofahrt, aber sie hatte nicht übel Lust, das Gaspedal runterzudrücken und die Strecke in der Hälfte der Zeit zurückzulegen.

Ein Geräusch ließ sie aufhorchen. Es klang, als käme jemand. Emelie ging auf ihr Auto zu, blieb aber aus irgendeinem Grund ein Stück entfernt davon stehen. Die Schritte hinter ihr hielten inne. Was war hier los?

Sie dachte an die Garage unter dem Hotel in Oslo, wo sie sich in das Auto von Mats hatten setzen dürfen.

Sie ging noch ein paar Schritte und meinte wieder die Laute hinter sich zu hören, doch sobald sie stehen blieb, war da nichts mehr. Gab es da jemanden in der Garage, der sich nur bewegte, wenn sie es auch tat? Jemand, der nicht gehört werden wollte?

Sie vernahm ihren eigenen Atem, und plötzlich wurde ihr klar, dass diejenigen, die sie in Oslo angegriffen hatten, sich vielleicht nicht nur mit Mats zufriedengeben würden. Sie hätte mit Nina darüber sprechen sollen, um das Bedrohungsszenario besser zu durchschauen.

Sie drehte sich um, aber hinter ihr war niemand, sie sah nur die Reihe der Autos.

Das Herz schlug ihr bis zum Hals. Sie war allein hier unten, völlig ungeschützt.

Vielleicht war sie dabei, paranoid zu werden, sie hätte das alles schon längst aufgeben sollen. Sie bereute, den Katja-Fall überhaupt angenommen zu haben und noch mehr, dass sie Mats getroffen hatte. Sie nahm das Telefon und rief Nina an, die ging aber nicht ran.

Wieder ein Laut hinter ihr – das war keine Einbildung, da war sie ganz sicher. Sie fuhr herum, konnte aber immer noch nichts anderes sehen als Autos. Sie schaute auf das Telefon, das sie immer noch in der Hand hielt.

Sie rief Teddy an.

Er ging ran, noch ehe es geklingelt hatte.

»Teddy, ich glaube, es verfolgt mich jemand«, sagte sie leise.

»Wo bist du?«

Sie erklärte es.

»Geh zurück nach oben zum Empfang des Autoverleihs«, sagte er. »Ich komme, so schnell ich kann. Und leg nicht auf. Ich will hören, dass du da bist.«

Sie drückte das Telefon ans Ohr, drehte sich um und ging zu den Fahrstühlen zurück.

Es waren keine Schritte mehr zu hören. Trotzdem raste ihr Herz, als hätte sie drei Trainingseinheiten hintereinander gefahren.

Ein klickendes Geräusch – das Licht in der Garage ging aus.

Sie hörte, wie sie selbst Luft durch die Nase einsog.

»Was ist passiert?«

»Jetzt ist es hier drinnen dunkel geworden«, flüsterte sie.

»Weißt du, wo der Ausgang ist?«

»Ich glaube ja.«

Es war nicht ganz dunkel, weiter hinten sah sie ein leuchtendes Notausgangsschild. Sie ging darauf zu. Ihr war übel.

Die Schritte, hörte sie die Schritte hinter sich? Sie wusste es nicht. Sie wollte einfach nur hier raus. Weg von der Dunkelheit. Sie lief schneller. Der Notausgang – das war genau, was sie jetzt gerade brauchte, und zwar in mehrfacher Hinsicht.

Jetzt rannte sie.

Schneller.

Da: RUMS! Etwas schlug an ihren Kopf. Sie schrie auf. Sie sah Sterne.

Das Telefon fiel ihr aus der Hand.

Vielleicht stürzte sie.

Der Raum war hell. Das Papier auf der Pritsche zerknittert. An der Wand hing ein Plakat mit einem Menschenkopf im Querschnitt. Der Kehlkopf, der Hals, die Nase. Die Mundhöhle, die Nackenpartie des Rückgrats, das Gehirn. Alles sah aus wie die verschiedensten Labyrinthe. Emelie lag.

Neben ihr saß Teddy. »Gut, du bist wach.«

Die Kopfschmerzen schlugen in ihrem Kopf die Basstrommel. Sie versuchte, sich aufzusetzen.

Eine Frau mittleren Alters in weißem Arztkittel legte eine Hand auf ihre Schulter. »Bleiben Sie liegen.«

»Was ist passiert?«

Teddy sagte: »Ich habe dich in der Garage auf dem Boden gefunden. Ich glaube, du bist versehentlich in einen Pfeiler gerannt.«

Die Frau streckte ihr eine Hand hin. »Ich heiße Fatima Eriksson, Ärztin vom Dienst. Sie waren schwer ansprechbar, aber nicht völlig bewusstlos, das glaube ich nicht. Erinnern Sie sich an etwas nach Ihrem Sturz?«

Emelie schüttelte den Kopf.

Die Ärztin hielt einen Spiegel hoch. Emelie sah ihr eigenes Gesicht: die strähnigen Haare – sie hatte nach Oslo noch nicht geduscht –, die Schatten unter den Augen, die trockenen Lippen und weißes Klebeband auf der Stirn.

»Oder ich wurde niedergeschlagen. Jemand hat das Licht ausgeschaltet.«

Teddy sah unpassend froh aus. »Nein, der ganze Stadtteil hatte einen Stromausfall. Und ich bin ziemlich sicher, dass du mit dem Pfeiler zusammengestoßen bist, denn auf der Höhe deiner Stirn habe ich dort einen Blutfleck gesehen.«

Auch Fatima sah provozierend zufrieden aus. »Auf jeden Fall ist es gut, dass Sie wieder bei sich sind. Das ist keine große Wunde, das wird sehr schön heilen, ich musste es nicht mal nähen. Ich glaube, es war hauptsächlich eine Stressreaktion. Und mit dem anderen ist auch alles in Ordnung.«

Emelie setzte sich auf. »Mit dem anderen?«

»Das Baby in Ihrem Bauch hat keinen Schaden genommen«, sagte die Ärztin, »und ich nutze gleich mal die Gelegenheit, Ihnen zu gratulieren.«

24

Jetzt standen sie hier. Der Mond spielte Verstecken hinter den Wolken, und vor ihnen erhob sich ein zwei Meter hoher Zaun. »*Ketaminol*«, flüsterte Z. und zwinkerte mit einem Auge. Ihre Fahrräder standen ungefähr hundert Meter entfernt gegen ein paar Bäume gelehnt.

Sie kicherten. Es war das erste Mal, seit Z. die Finger gebrochen worden waren, dass Roksana wieder so etwas wie Hoffnung verspürte. Hinter dem Zaun lag der Wareneingang von AniCura, der Tierklinik, in der eine Freundin von Billie vor einem halben Jahr Praktikantin gewesen war. Die Freundin war ein nettes Mädchen, das eigentlich nur bei besonderen Gelegenheiten mal eine Tüte rauchte, aber als sie einen Abend mal bei ihnen war und sie gemeinsam rumhingen, hatte Z. Cannabis in den Schokoladenkuchen gemischt, den sie zum Nachtisch gegessen hatten. Und sein Schokoladenkuchen war einfach perfekt: in der Mitte weich wie Karamell. Nach ein paar Stücken hatte das Mädchen ohne Stopp angefangen, davon zu reden, wie sehr sie Golden Retriever und Schimmel liebte und was es alles für Tiermedizin gab. Nach einem weiteren Bissen hatte sie erzählt, wie der Code zu der Klinik lautete.

Ketaminol was the shit.

Roksana sah auf ihre Schuhe – ihre neuen Eytys-Sneakers wurden von blauen flatterigen Schuhüberziehern versteckt, weil Z. entschieden hatte, dass sie die tragen sollten. »Oder du musst deine Schuhe hinterher wegwerfen, aber das willst du ja wohl nicht, oder? Ich hab jedenfalls keinen Bock, dass sie irgendwelche Schuhabdrücke finden oder Schmutz, der sie zu uns führen kann.«

Da waren sie wieder: Die Fragezeichen flammten in ihrem Kopf auf. Was machten sie da eigentlich? Was passierte, wenn sie erwischt wurden?

Über den Zaun zu klettern war leicht. Der Wareneingang war kleiner, als Roksana erwartet hatte, keine Rampe, keine Doppeltüren. Z. zog sich ein paar Arbeitshandschuhe an und tippte den Code ein. Die Tür war schwer.

Sie standen in einem Flur, der nach Beton und Pferdeäpfeln stank. Mit dem Öffnen der hinteren Tür gingen die Lampen automatisch an.

Sie liefen weiter: ein Flur, eine Küche, eine Kantine, zwei Büroräume. Plakate mit Werbung für sterile Wundkompressen für Pferde, Wurmkuren für Hunde und Tierzahncreme. Wie die wohl schmeckte?

Auch im Lager ging das Licht an, sowie sie reinkamen. Es war klein: weiße Regale vom Boden bis zur Decke mit verschiedenen Verpackungen. Sie machten die Tür zu, und Roksana hielt die Luft an – aus irgendeinem Grund hatte sie das Gefühl, dass sie leise sein mussten. Als wäre draußen auf den Fluren jemand unterwegs, obwohl es doch mitten in der Nacht war. Sie stellte sich mit einem Ohr an die Tür.

»Was machst du?«, flüsterte Z.

»Horchen, ob da draußen auch niemand ist.«

»Aber es ist geschlossen. Keiner ist hier.«

Auf der anderen Seite der Tür war es still. Roksana drehte sich zu Z. um. »Und warum flüsterst du dann?«

Sie grinsten sich an und fingen an, den Inhalt der Regale zu studieren. Osphos, Eryseng, Parvo und so weiter. Schräge Namen auf seltsamen Medikamenten. Die Ordnung war nicht zu durchschauen, aber vielleicht lagen die Präparate nach Tieren sortiert oder nach den Krankheiten, gegen die sie angewandt wurden.

»Hör auf«, zischte Z., nachdem sie fünf Minuten lang gesucht hatten. »Es muss hier sein, das hat sie doch gesagt, die Schokokuchenesserin.«

Da entdeckte Roksana den Schrank. An der kurzen Seite des Zimmers, aus weiß lackiertem Blech und nicht größer als ein kleiner Kühlschrank. Die Schokokuchenesserin hatte was davon gesagt, dass die als Narkotika klassifizierten Präparate manchmal eingeschlossen wurden.

Zehn Minuten später glänzte Z. die Stirn, und er war wütend. So hatte Roksana ihn noch nie gesehen. Er versuchte, den Schrank mit dem Bolzenschneider aufzubrechen, den sie mitgebracht hatten. Erst hatte er versucht, das Schloss abzuklemmen, aber es war unmöglich, einen Zugriff zu bekommen, der Bolzenschneider rutschte immer ab, sowie er ihn zudrücken wollte. Dann versuchte er, das Werkzeug in den Schlitz zwischen Tür und Schrank zu schieben und zur Seite zu biegen, als wäre es ein Brecheisen. Das T-Shirt war unter seinen Armen dunkel.

»Lass mich mal versuchen«, sagte sie.

»Ich glaube nicht, dass du das aufbiegen kannst«, sagte Z. »Ich meine, wenn ich es nicht schaffe.«

Roksana nahm den Bolzenschneider und öffnete ihn ein klein wenig – dann haute sie, so fest sie konnte, in die Seite des Schranks. Es gab ein kleines Loch im Blech. Sie wiederholte das Manöver. Es tat in den Schultern weh, aber das Loch wurde größer. Nun konnte sie das Werkzeug weit genug reinschieben, um anzufangen zu schneiden.

Fünf Minuten später lagen zweiundzwanzig Packungen *Ketaminol, 100 mg,* im Rucksack.

Da hörte Roksana etwas. Keine Halluzination. Keine Fantasien. Das hier war Wirklichkeit. Ein Geräusch. Sie horchte wieder an der Tür. Jetzt deutlich: Da draußen summte jemand. Ein Lied ohne Worte. Sie kannte sogar die Melodie. Lalehs »Live Tomorrow«.

»Was machen wir jetzt?«, flüsterte Z., die Augen groß wie Vinylscheiben.

Roksana legte sich flach auf den Boden, der überraschend sauber war, sie sah kein einziges Staubkorn. Sie schaute unter dem Türspalt hindurch, hinaus auf den Flur. Jetzt war das Summen da draußen deutlich zu hören, es war näher gekommen. Eine Männerstimme. Sie beugte den Nacken, um parallel zum Boden zu liegen. Da sah sie es: ein Paar Schuhsohlen und ein paar Rollen. Und nach ein paar Sekunden der untere Teil eines Schrubbers, der sich vor und zurück über den Fußboden bewegte.

Der Putzmann, das musste der Putzmann sein. Und er kam immer näher.

Z. kroch neben sie und versuchte auch, rauszusehen. »Verdammt, Verdammt«, hörte Roksana ihn mit jedem Atemzug flüstern – es schien, als würde er selbst das nicht mal merken.

Sie warteten. Roksana sah mehrere Versionen von den Schuhen des Putzmanns und musste an das Pflaster denken, von dem ein Augenarzt wollte, dass sie es als Kind über dem einen Auge trug, damit sie nicht doppelt sah. »Am Anfang wird das vielleicht jucken, aber daran gewöhnst du dich«, hatte er gesagt. Doch schon auf halbem Weg nach Hause hatte sie gemerkt, dass es mehr juckte als die Mückenstiche, die sie sich beim Fußball geholt hatte, mehr als das Ekzem, das sie manchmal in der Kniebeuge hatte und von dem ihre Mutter behauptete, es käme vom Waschmittel, und sogar mehr als der gestrickte Pullover, den sie von Tante Etty geschickt bekommen hatte. Aber ihre Mutter sagte, dass sie das Pflaster auf keinen Fall abnehmen dürfe. Am nächsten Tag in der Schule schauten alle sie an, als wäre sie eine Außerirdische. Das Mädchen mit dem einen Auge. Ihre Banknachbarin wandte sich von ihr ab. Die Mädchen, mit denen sie Gummitwist spielte, gingen an eine andere Stelle auf dem Schulhof. Sogar ihre beste Freundin fragte, ob sie unbedingt dieses eklige Stück Haut auf dem Auge haben müsse. Am Nachmittag riss sie das Pflaster ab und steckte es in die Tasche, und mit einem Mal war alles wie immer. Das Leben kehrte zurück. Ihre Banknachbarin flüsterte ihr wieder Geheimnisse zu, sowie sich die Lehrerin wegdrehte, die Mädchen wollten sie sofort beim Gummitwist dabeihaben. Gegen vier Uhr stand Roksana am Fenster der Nachmittagsbetreuung und spähte hinaus. Kaum tauchte ihre Mutter am Tor auf, holte Roksana das Augenpflaster aus der Tasche, klappte es auf und drückte einen Klebestift an vier Stellen. Dann klebte sie das Stück wieder übers Auge, als hätte es den ganzen Tag dort gesessen. Am nächsten Tag machte sie dasselbe. Ging mit dem zugedeckten Auge zur Schule, nahm das Pflaster ab, sowie sie ins Klassenzimmer kam, klebte es vor dem Nachhauseweg wieder an. Es wurde zu einem Spiel, es jeden Nachmittag zu schaffen, es rechtzeitig wieder anzukleben. Das Pflaster machte allerdings ihre Haut rau, einzelne Haare aus ihren Augenbrauen fielen aus, und die Haut wurde rot. Aber ihre Mutter merkte nichts. Sechs Wochen später war es Zeit, wieder in die Augenklinik zu gehen, wo Roksanas Sehfähigkeit erneut getestet wurde. Als der Doktor seine Analyse abgeben sollte, schaute er hinterhältig. »Keine Verbesserung, überhaupt nichts.« Roksana sah verstohlen zu ihrer Mutter. Der Arzt sagte: »Dieses Pflaster scheint nicht zu helfen, ich glaube, wir fangen stattdessen mit einer Brille an.«

Das Licht im Lager ging aus. Sie merkte, wie Z. neben ihr zusammenzuckte. »Was ist das?«, wisperte er.

Roksana war klar, dass sie zu lange still gelegen hatten und die Bewegungsmelder, die die Lampen steuerten, jetzt glaubten, sie seien nicht mehr da. Nun lag die Dunkelheit wie eine warme Decke über ihnen. Z.s fast unhörbares Keuchen klang, als käme es von einer fremden Person. Sie musste an das Mädchen denken, das versprochen hatte, die Hochschulprüfung für sie zu schreiben. Was, wenn sie es jemandem erzählte? Und wie würde es sich anfühlen, wenn dieses Mädchen die Prüfung schaffte und Roksana das Ergebnis benutzen würde, um ins Psychologiestudium reinzukommen?

Der Putzmann da draußen war nicht mehr zu sehen, vielleicht wurden jetzt andere Räume gewischt.

Roksana stand auf. Das Licht ging wieder an. Sie nahm den Rucksack.

»Wir rennen«, flüsterte sie und machte die Tür auf, noch ehe Z. protestieren konnte.

Sie eilten raus.

Als sie den Flur halb runtergelaufen waren, hörten sie jemanden rufen.

Der Putzmann hatte sie entdeckt. Er kam hinter ihnen in den Flur. Schrie hinter ihnen her.

Sie liefen schneller. Der Rucksack schlug an Roksanas Hintern.

Der Putzmann brüllte wieder. Roksana kam es fast vor wie die Stimme ihres Vaters.

Z. war schneller als sie. Er öffnete die Tür zur Warenannahme. Die Crocs des Putzmanns schlappten hinter ihr.

Shiit.

Sie rannten durch den nächsten Flur.

Auf der Rückseite raus. Der Putzmann war fünf Meter hinter ihnen.

Roksana keuchte. Sie rasten zum Zaun. Warfen sich hinauf, kletterten drüber.

Sie rannte, sprintete über den Asphalt wie Usain Bolt, sodass die Häuser um sie herum zu dunkelgrauen verwischten Körpern wurden.

Sie schaute nicht zurück. Rannte wie in einem Tunnel.

Am Ende blieb sie stehen. Z. war ein paar Meter vor ihr. Jetzt schaute sie sich um. Der Putzmann schrie fünfzig Meter hinter ihnen etwas Unverständliches. Sie spürte den Geschmack von Blut im Mund.

Hinter der Klinik kroch die Morgendämmerung am Himmel hoch. Sie sprangen auf ihre Fahrräder.

»Hast du da drinnen im Lager was genommen?«

Roksana verstand nicht. Sie konnte kaum treten, geschweige denn reden. »Nur was ich im Rucksack habe.«

»Aber hast du was genommen? Ich meine, geschluckt?«

»Nee.«

»Weil du nämlich gerannt bist wie ein verdammtes gedoptes Pferd«, lachte Z.

Roksana sog die Nachtluft ein, trat ein paarmal in die Pedale. Sie hatte noch die Schuhüberzieher an. Sie lachte laut. »Pferde mit blauen Schuhüberziehern rennen immer schnell.«

Sie wandte das Gesicht zum Himmel: lachte schallend gerade hinauf. Lange. Sie lachte so laut, wie sie noch nie gelacht hatte.

Als sie nach Hause kamen, rollten sie die Fahrräder in die Wohnung. Alle wussten, dass man ein auf der Straße abgestelltes Fahrrad in Stockholm schneller los war, als man »Versicherungsunternehmen« sagen konnte. Außerdem waren ihre beiden Drahtesel vom Ketamin-Geld neu gekauft. Roksana zog ihre neuen Sneakers aus und legte den Rucksack ab, da meldete sich ihr Telefon. Eine Mail im Eingangskorb: *Prüfungsergebnis Universitäts- und Hochschulrat.*

Shit, das Ergebnis der Hochschulprüfung war gekommen. Sie öffnete die Mail: *Ihr Prüfungsergebnis finden Sie unter folgendem Link.* Sie klickte auf den Link, schrieb Personennummer und Passwort hin und loggte sich auf die Seite mit den Resultaten ein.

1,9.

Sie las noch einmal.

Eins Komma fucking neun.

Das war fantastisch – es hatte funktioniert. Zumindest war sie jetzt zu neunzig Prozent sicher, es gab ein minimales Risiko, dass man vielleicht 2,0 Punkte brauchte, um ins Psychologiestudium reinzukommen. Und trotzdem gab ihr das hier eine anständige Chance. Aber irgendwie roch das auch alles ein bisschen komisch – es war Betrug.

Z. lehnte sein Fahrrad an die Wand. Roksana warf sich ihm um den Hals. »Ich habe 1,9 Punkte in der Hochschulprüfung.«

»Ich wusste nicht mal, dass du sie geschrieben hast. Da haben wir ja zwei Sachen zu feiern. Glückwunsch.«

Roksana überlegte einen Moment, ob sie ihm erzählen sollte, wie das eigentlich passiert war. Aber vielleicht war es am besten, solche Sachen für sich zu behalten.

Später dann: Sie waren angezogen wie so richtig bizarre Drogenhändler. Schürze, Sonnenbrille, Mundschutz. Z. hatte wie blöd nach Anweisungen gegoogelt, wie man das anstellen sollte. Sie ließen die Jalousien runter und fingen an, die Verpackungen zu öffnen: Flaschen mit dem Tiernarkosemittel, die sie mitgebracht hatten. Schraubten von jeder Flasche den Deckel ab. Rissen das Schutzplastik ab und gossen die Flüssigkeit in eine Glaskaraffe – vorsichtig, um nur nichts zu verschütten.

Daraus würden sie Keta gewinnen.

Obwohl sie die meiste Zeit hysterisch kicherten, waren sie doch konzentriert. Sie kochten in zwei Töpfen auf dem Herd Wasser auf und nahmen dann einen langen Bräter, den sie direkt auf die beiden Töpfe stellten. Warteten, bis der Wasserdampf den Bräter erhitzt hatte. Z. nahm eine Pipette, die er in der Apotheke gekauft hatte, und spritzte zwei Wassertropfen auf das Metall – sie verdampften augenblicklich mit einem zischenden Geräusch.

»So«, sagte er und drehte die Hitze herunter, »jetzt ist das Blech heiß genug.« Roksana begann, langsam aus der Karaffe herauszugießen, bis das Metall gerade so von Flüssigkeit bedeckt war. Z. behielt die ganze Zeit die Hand an der Hitzezufuhr, zum Feinjustieren – Roksana dachte, dass er keine Ahnung davon hatte, was er da machte, aber sie wussten beide, dass die Flüssigkeit nicht kochen durfte. Nach einer Weile stiegen kleine Rauchsäulen vom Metall auf, wie lebendige Geister, die sich zur Dunstabzugshaube ringelten. Sie sagten nichts, sondern kicherten nur und starrten auf die Pferdemedizin, die langsam verdampfte und verdunstete.

Nach zwanzig Minuten lag nur noch eine dünne kristalline Masse auf dem Metallboden.

Sie hackten die Teigmasse auseinander, Roksana nahm eine Gabel dazu. Es roch seltsam. Die Kristalle waren zerbrechlich. Ein eintöniges, kratzendes und quietschendes Geräusch erfüllte die Küche. Dieselbe Bewegung mit dem Handgelenk, wieder und wieder. Sie sah Z. an. Er hatte den Mundschutz abgenommen.

»Was machst du?«

»Wie auch immer diese Sache hier ausgeht, werde ich in der Zwischenzeit mit meiner eigenen Psyche experimentieren. Z. versus die K-Wolke.«

Roksana lachte so, dass sie fast an einem Hustenanfall erstickte.

Nach drei Stunden Arbeit saßen sie mit sieben Tüten da – in jeder ein Gramm Pulver. Es hatte funktioniert. Trotzdem war das die fetteste Enttäuschung seit der amerikanischen Präsidentenwahl. Roksana zog den Mundschutz ab. »Das hier sind nicht mehr als fünftausend Riesen.«

Z. bekam Falten, die sie bei ihm, der doch immer Optimist war, noch nie gesehen hatte.

»Verdammt«, sagte er. »Wir brauchen so viel mehr als das hier.«

Noch neunhundertfünfundneunzigtausend mussten sie für die Verrückten besorgen.

25

Nach dem Bescheid der Ärztin über Emelies Schwangerschaft hatte keiner von beiden etwas gesagt. Sie saßen auf dem Weg nach Hause zu Emelie einfach schweigend im Taxi, als könnte keiner von ihnen reden. Wahrscheinlich mussten sie beide erst mal eine Menge Gedanken sortieren. Das war zumindest, was Teddy zu tun versuchte, ohne dass es ihm jedoch gelang.

Als das Auto in die Rörstrandsgatan einbog, in der Emelie wohnte, drehte sie sich zu ihm. Das Pflaster auf ihrer Stirn schien zu leuchten.

»Es ist dein Kind«, sagte sie.

Teddy meinte zu sehen, wie der Taxifahrer zusammenzuckte. Was wurden denn da für Gespräche in seinem Taxi geführt?

Teddy versuchte, leise zu reden. »Bist du sicher?«

Emelie nickte, dann sah sie aus dem Fenster.

»Wir müssen reden«, sagte Teddy.

»Ja«, meinte Emelie. »Aber nicht heute. Ich muss mich ausruhen. Und nachdenken.«

Die Welt: unwirklich. Das Leben auf den Kopf gestellt. Er würde Vater werden. Der Gedanke hörte nicht auf, Karussell zu fahren. Emelie war schwanger mit einem Kind, das nach ihrer Aussage seins war. *Sie* würden *ein Kind* bekommen.

Er war sechsunddreißig Jahre alt, und es war ihm niemals auch nur im Entferntesten der Gedanke gekommen, dass das passieren könnte. Anderen passierte es, Dejan witzelte manchmal über all die unbekannten Kids, die er in der Stadt haben musste, Loke hatte ein Kind. Aber er – Teddy Masumic, der die Hälfte seines erwachsenen Lebens im Gefängnis verbracht hatte? Das war kein Thema.

Kinder.

Es passte einfach nicht zu ihm. Und doch war das Einzige, was er jetzt denken konnte: Sein Kind durfte nicht in eine Welt geboren werden, in der die Raubtiere herrschten.

Tage vergingen. Er rief Emelie jeden Tag mehrmals an. Neun von zehn Mal drückte sie ihn weg. »Aber du hast ein Kind im Bauch, das meins ist. Und wir liegen im Krieg mit *denen*«, sagte Teddy, wenn sie mal ranging.

»Du liegst vielleicht im Krieg. Ich habe mich immer noch nicht entschieden, was den Embryo angeht.«

»Aber hast du denn Hilfe? Fühlst du dich nach allem, was passiert ist, sicher?«

»Das habe ich, so gut es geht, organisiert.«

Ehe Teddy noch etwas sagen konnte, legte sie auf.

Vielleicht sollte er weiter über Adam Tagrin forschen, obwohl Adam jetzt, da er festgenommen war, Sache der Polizei war. Es gab so viel anderes, um das er sich kümmern musste. Teddys Projekt war, die Personen zu finden, die Mats in Oslo hatte nennen können. Zwölf Namen – die waren alles, was Teddy zur Verfügung hatte: Peder Hult, Fredrik O. Johansson, Gunnar Svensson und so weiter. Mats hätte sicher noch mehr Details über die Männer beitragen können, doch der lag nach wie vor in einem norwegischen Krankenhaus im Koma.

Teddy fuhr in der Stadt herum, er wollte sich in Bewegung halten und erlebte Stockholm mit neuem Blick. Gefilterter Blick: die Kinderbrille. Er sah Parks, Kinderwagen, Frauen mit dicken Bäuchen. Er sah Sandkisten, Schaukeln, Sonderangebote für Kinderautositze. Er wohnte nicht mehr zu Hause, der Angriff in Oslo war deutlich genug gewesen. Er rotierte, schlief beschissen, kaute Kaugummi und zog sich Snus rein.

Er versuchte zu begreifen, was passiert war, als sie Mats getroffen hatten, doch nach den norwegischen Zeitungen machte die Polizei in der Ermittlung keine Fortschritte. Allerdings war es deutlich, dass die Bullen Leaks haben mussten und dass die Reichweite des Netzwerks größer war, als ihm je klar gewesen war. Er hoffte, dass Emelie vorsichtig war.

Er musste etwas unternehmen, und er hatte zwölf Namen auf seiner Liste – zwölf Namen, die Mats genannt hatte. Nach einigen Tagen der Recherche und mit Hilfe von Loke wurde ihm klar, dass fünf dieser Männer tot waren. Ein Herzinfarkt.

Einer war bei einem Bootsunfall umgekommen. Einer an Krebs gestorben. Einer war von einem Raubmörder in Brasilien erschlagen worden. Und einer war in Falkenberg in eine Felswand gefahren.

Einer war in die Schweiz ausgewandert.

Einer war schlicht verschwunden. Und eine Person namens Peder Hult, auf die die Beschreibung von Mats passen könnte, konnte er nicht finden.

Aber die anderen fünf lebten und waren an Adressen im Raum Stockholm gemeldet.

Er rief ihre Sekretärinnen und Rezeptionistinnen an. Keiner der Männer besaß eine eigene öffentliche Telefonnummer. Die Frauen fragten, worum es ginge, Teddy antwortete ausweichend, sie antworteten ihrerseits, dass die Männer zurückrufen würden. Vielleicht. Er rief ihre Ehefrauen und Mitarbeiter an. Er wollte nichts anderes als ihre private Telefonnummer. Manche waren hilfsbereit und gaben ihm die Nummer der Durchwahl in den Betrieben, in denen sie arbeiteten – Nummern, die er schon zehnmal probiert hatte.

Teddy bat wieder Loke um Hilfe: »Ich brauche einfach nur ein paar Telefonnummern, so schwer kann das nicht sein.«

Loke sagte: »Mein Goldschätzchen, ich helfe gerade deinem Neffen in einer Sache, über die ich nicht sprechen darf, aber eine Telefonnummer werde ich wohl trotzdem rausfinden können.«

Teddy wollte nicht zu lange warten. Er suchte weiter auf eigene Faust.

Er trank Red Bull und nahm Ritalin, um weiterzumachen. Wieder betrachtete er die Stadt mit neuem Blick. Röntgenblick. Kriminellenbrille. Er sah die Huren an der Malmskillnadsgatan und vor den Apartmentbordellen. Er bemerkte die Drogengeschäfte in Husby, die mehr oder weniger offen betrieben wurden. Er sah die Jackentaschen – schwer von Messern, Faustringen und Schusswaffen – von Hunderten junger Typen, die auf dem Alby torg herumzogen. Die Zeitungen berichteten von den Morden, der Gewalt, und alle taten sie empört. Und wenn es weiße Innenstadtkids gewesen wären, die sich gegenseitig erschossen, dann hätte der Ministerpräsident schon eine nationale Krise ausgerufen und das Militär reingeschickt. Nicht alle Bürger waren gleich.

Er fuhr an seiner alten Schule vorbei: Grundschule Lina. Die Bäume waren noch kahl, und der Schulhof sah mehr aus wie ein Kieshaufen. Sie hatten den Wintersplitt noch nicht weggefegt. Dasselbe Gebäude wie damals, als er dorthin ging, aber sie hatten es frisch gestrichen, eine Nuance dunkler. Oder vielleicht spielte ihm auch nur seine Erinnerung einen Streich. Vielleicht war es ihm als Kind heller vorgekommen, weil er damals die Welt in einem anderen Licht gesehen hatte. Danach war seine Welt immer dunkler geworden. Und er hatte gemeint, er hätte sein Verbrechen gebüßt, indem er frisch aus dem Gefängnis entlassen eine andere gekidnappte Person befreit hatte. Teddy war von der Anwaltskanzlei Leijon angeheuert worden, bei dem Fall zu helfen. Da hatte er Emelie kennengelernt.

Die Anwaltskanzlei Leijon, dachte er, vielleicht würde die ihm helfen können.

Teddy stand am Empfang und unterhielt sich mit der Rezeptionistin. Sie hatte ihn gleich wiedererkannt. Einmal, als er noch für die Kanzlei arbeitete, hatte sie ihn gefragt, ob er mal auf ein Glas Wein mit ihr ausgehen wolle. Teddy hatte höflich abgelehnt, aber heute war es ein Glück, dass ausgerechnet sie da war.

»Eigentlich empfängt Magnus keine Besucher, aber weil

Sie es sind, macht er vielleicht eine Ausnahme«, sagte sie und lächelte. »Es könnte aber ein bisschen dauern.«

Teddy ließ sich auf dem unbequemen Designerstuhl nieder und wartete. Er musste daran denken, wie er zum ersten Mal hier gesessen hatte und Emelie dann kam, um ihn zu holen. Auf den kleinen runden Tischen lagen uninteressante Magazine, die Sachen wie *Dagens Industri*, *Veckans Affärer* und *Forbes* hießen. Doch im Unterschied zu damals entdeckte er jetzt neben den Zeitschriften auch ein paar iPads. Die hätte jeder einfach mitnehmen können, aber Teddy wusste, welches Kaliber die Klienten dieser Kanzlei hatten – die verdienten in der Minute mehr als das, was ein iPad kostete.

Eine Stunde später saß er oben bei Magnus Hassel.

»Teddy, ich weiß ja nicht, was Sie wollen, aber Sie haben zehn Minuten, dann muss ich los«, sagte der Teilhaber, der ihn damals angestellt hatte.

An den Wänden hingen wie immer verrückte Gemälde, und auf den niedrigen Bücherregalen standen dieselben kryptischen Kunstwerke wie damals: ein mit Ölfarbe bespritzter Menschenschädel, unter einer Glasglocke ein Vogelskelett mit einem gelben Tennisball daneben, und etwas, das wahrscheinlich eine grün melierte Vulva aus Plastik und Marmor darstellte. Außerdem standen da drei kleine Fotografien, die alle vor rund hundert Jahren aufgenommen zu sein schienen und auf denen kleine Jungen zu sehen waren. Jeder der Buben war um die zehn Jahre alt, mit dunklem Haar und einem unsicheren Lächeln. Teddy kniff die Augen zusammen, bis er lesen konnte, was unter den Porträts stand. Stalin. Bin Laden. Hitler.

Magnus sah ihn grübeln. »Was halten Sie von meinem jüngsten Fund?«

Obwohl er es doch angeblich so eilig hatte, zeigte Magnus auf die Fotos. »Drei widerwärtige Männer als Kinder.

Und ich finde, es ist eine interessante Frage, wann das Böse auftaucht. Denn kein Kind ist doch wohl böse, oder? Aber irgendwann geht die Unschuld des Kindes in das vorsätzliche Böse über.«

Teddys Stuhl knarrte.

»Wie auch immer«, sagte Magnus, »ich tue Ihnen allein schon einen Gefallen, indem ich Sie empfange, das ist Ihnen hoffentlich klar. Sie wissen, was ich über das denke, was Sie und Emelie unternommen haben. Aber ich mag Sie irgendwie immer noch, Teddy, und als Sie hier waren, haben Sie gute Arbeit geleistet. Sagen Sie, was Sie wollen.«

Teddys Stuhl quietschte noch mehr, als er sich vorbeugte.

»Ich bin hier, weil ich den Kontakt zu einer Reihe von Personen suche und niemanden kenne, der Leute wie die erreichen kann. Außer Ihnen.«

»Aha, und warum müssen Sie die erreichen, wenn ich fragen darf?«

Teddy antwortete nicht. Stattdessen sagte er: »Ich habe ihre Namen und weiß, wer sie sind, aber ich brauche einen Zugang. Ich müsste mit jedem von ihnen mal in Ruhe reden können.« Er zählte die fünf Namen auf.

»Hat das hier mit Mats Emanuelsson zu tun?«, seufzte Magnus.

Teddy lehnte sich zurück. Aus irgendeinem Grund blieb der Stuhl diesmal still. Wie konnte Magnus das wissen?

Magnus stand auf und zog sein Jackett an. Sorgfältig zog er jede Manschette heraus, sodass sie ungefähr einen Zentimeter aus dem Jackettärmel heraussahen. »Sie wissen, dass ich der Schweigepflicht unterliege. Also, auch wenn ich diese Personen kennen würde, dann könnte ich Ihnen nicht helfen. So ist es in meiner Welt. Ja, und nun muss ich mich beeilen.«

Auch Teddy stand auf. Magnus wies mit der Hand zur Tür.

Teddy sagte: »Versuchen Sie nicht, mich abzuwimmeln. Ich weiß, dass Sie mir helfen können.«

»Ich muss gehen, sagte ich.«

Teddy stellte sich vor die Tür. »Ich habe für Sie gearbeitet. Sie wissen, dass ich einiges darüber weiß, wie Sie Ihr Unternehmen betreiben, nicht wahr? Verstehen Sie, was ich meine?«

Die Manschettenknöpfe von Magnus schimmerten im Licht, das durchs Fenster fiel.

»Ich glaube, ich verstehe«, sagte er. »Lassen Sie uns miteinander reden.«

26

Mr. Eins war vor mehr als einem Monat aus wahrscheinlich guten Gründen wegen einer Menge Mist festgenommen worden: Steuerhinterziehung, Verstöße gegen die Buchführungspflichten und gegen das Betäubungsmittelgesetz – das war ein Klassiker. Wenn sie dich nicht wegen der echten Sachen rankriegen konnten, dann verlegten sie sich aufs Geld. Isak durfte von niemandem außer engen Verwandten Besuch bekommen. Das schwedische System war nicht so offen, wie viele dachten – aber es war trotzdem naiv. Denn hier stand Nikola vor der Metalltür vorm Gefängnis Huddinge und drückte auf einen Knopf, auf dem *Zentralwache* stand. Eine blecherne Stimme antwortete, und Nikola sah die runde schwarze Linse der Überwachungskamera, die ihn anstarrte.

»Ja, hallo?«

Er wusste nicht, was er sagen sollte. Er hatte selbst schon da drin gesessen, aber noch nie jemanden besucht. Musste er sich jetzt mit Namen vorstellen und sagen, wen er besuchen würde? Oder wussten sie schon, dass er einen Termin hatte?

»Ich heiße Rimon Nimrod und besuche meinen Onkel.«

»Und wer ist das?«

»Er heißt Isak …«

»Ah ja, dann weiß ich. Einen Moment.«

In der Metalltür war ein Klicken zu hören, und Nikola packte mit beiden Händen an und zog. Die war fett schwer.

Auch die Fahrstuhltüren waren aus gebürstetem Metall. Er drückte auf den Knopf nach oben und wartete. Aus dem Lautsprecher kam wieder die blecherne Stimme: »Drücken Sie bitte keine Knöpfe. Wir steuern den Fahrstuhl von hier.«

Wie gesagt: naiv. Isaks Anwalt hatte Nikola vor einer Woche angerufen und ihn gebeten, einen Besuch bei Isak zu beantragen. Der Anwalt hatte eine Idee, wie das gehen könnte, denn er meinte, die in der Kriminalwache hätten nicht gerade den besten Überblick der Welt. Also füllte Isak den Besuchsantrag aus und gab seinen Neffen Rimon Nimrod an. Nikola unterschrieb das Formular, schickte es an die Anstalt und lieh sich Rimons Ausweis aus. Der Typ war vier Jahre jünger als er, aber wenn Nikola sich dieselbe Frisur kämmte wie der Junge, dann waren sie sich ziemlich ähnlich.

In wenigen Minuten würde er sich mit Isak hinsetzen und ihm erzählen können, was er in Chamons Handy entdeckt hatte. Und wer rangegangen war, als er angerufen hatte.

Aber noch war er nicht drin.

Die Zentralwache befand sich auf Stockwerk vier. Er dachte an Kerim Celalî, den Kerl, mit dem er sich durchs Gitter angefreundet hatte, weil sie zur selben Uhrzeit jeden Tag an die Luft durften. Kerim musste einen Zauberer zum Anwalt gehabt haben, denn offensichtlich hatte er nur drei Jahre gekriegt. Weil er so lange gesessen hatte und jetzt schon wieder anderthalb Jahre rum waren, müsste er draußen sein. Vielleicht sollte sich Nikola mal bei ihm melden – Kerim war ein guter Boss.

Eine kleine Luke wurde aufgeschoben, der Wachmann auf der anderen Seite schaute heraus und bat um Nikolas Ausweis.

Der Moment der Prüfung: Wie gründlich war die Kriminalwache eigentlich? Hier wurde alles auf die Spitze getrieben. Nikola konnte die Person hinter dem Plexiglas kaum sehen, weil es so reflektierte. Sein eigenes Spiegelbild starrte ihn an: Er sah nicht normal aus mit seiner neuen Rimon-Matte. Aber hauptsächlich war es etwas anderes, das ihn verändert aussehen ließ: dunkle Ringe unter den Augen, tief wie Chamons Grab.

Es knatterte im Lautsprecher. Er wartete. Jetzt checkten sie wahrscheinlich den Ausweis. Eine Erinnerung: Sechzehn Jahre waren sie alt, aber Chamon hatte schon einen Bartwuchs gehabt, der sich mit dem übelsten IS-Krieger hätte messen können. Sie wollten im Systembolaget Alkohol kaufen. Also ließ Chamon den Bart zwei Wochen lang wachsen, und dann liehen sie den Kinderwagen seiner Cousine aus. »Jetzt denken die Leute bestimmt, ich bin Homo, was? Denn das mit Vaterzeit, das machen doch nur Schwedenspießer und Schwule, oder?« Auf dem Weg zum Systembolaget hielten sie einen Alten an und testeten: »Wie alt bin ich, was glauben Sie?« Sie hatten den Kinderwagen ordentlich vollgestopft, sodass es auf den ersten Blick schon so aussah, als würde da ein Kind drinliegen. Der Alte schien nichts gegen ein kleines Ratespiel zu haben, er scannte Chamon von oben bis unten. Bart, Kinderwagen, Chinos – Nikola hatte den Freund noch nie zuvor in was anderem als Jogginghosen gesehen –, das ordentlich gekämmte Haar, und am professionellsten von allem: die Nuckelflasche. Die hatten sie mit Saft gefüllt und in den Halter am Kinderwagen getan. Das Einzige, was fehlte, war ein Kind – doch so viel Chamon auch gequengelt hatte, seine Cousine hatte sich geweigert, ihr vier Monate altes Baby auszuleihen.

Nikola wartete draußen vorm Laden. Es war erst zehn Uhr vormittags, eine glaubwürdige Zeit für einen Vater in Elternzeit, der vor dem Sonntagsessen der Familie die Biervorräte auffüllen wollte. Er versuchte, durchs Fenster zu spähen. Er sah Chamon da drinnen mit dem Kinderwagen herumsoften, einen Korb in der Hand, total entspannt. Außer seinem Freund waren nur ein paar Alkis da, die schon vor der Tür rumgehangen hatten, als der Laden aufmachte. Wenn man in Papa-Schwuli-Zeit war, dann gab es ja wohl keinen Anlass, Stress zu haben, oder? Schließlich stellte sich Chamon in die Kassenschlange und hievte ein paar Sixpacks aufs Band. Das konnte Nikola ganz deutlich erkennen, denn der Ausgang lag direkt beim Fenster. Der Kassierer, der aussah, als hätte er selbst noch keine Haare am Sack, sagte etwas zu Chamon. Nikola hatte schon die Informationsschilder gesehen, die da drinnen an den Kassen hingen. *Wenn du unter 25 bist, zeige uns bitte deinen Ausweis.* Jetzt antwortete Chamon etwas. Nikola versuchte zu kapieren, was da passierte. Chamon schüttelte den Kopf. Der Kassierer gestikulierte. Dann nahm Chamon die Dosen vom Band. Verdammt. Blöde Fotze. Es hatte nicht funktioniert. Sie hatten seinen Ausweis sehen wollen.

Chamon rollte langsam mit dem Wagen raus. Die Räder quietschten.

»Ich hab's durchs Fenster gesehen«, sagte Nikola, als sie sich fünfzig Meter vom Laden entfernt trafen. Chamon sah verkniffen aus. »Wir hätten ein richtiges Baby gebraucht, das habe ich doch gesagt.«

»Willst du es noch mal bei dem in der Luna-Galerie probieren? Vielleicht haben wir da mehr Erfolg.«

»Nur der Kinderwagen reicht nicht, wenn man vier Sixpacks kaufen will.« Chamon zeigte die Zähne. Er beugte sich runter und wühlte im Korb unter dem Kinderwagen. Dann holte er zwei Flaschen Absolut Vodka raus. »Aber zum Schnapsklauen ist es genug.«

Wenn Nikola sich vorbeugte und beide Hände über das Plexiglas hielte, würde er wahrscheinlich reinsehen können, aber das würde ziemlich komisch wirken. Vielleicht schauten die da nur in ihren Computer, ob es einen freien Besuchsraum gab. Vielleicht riefen sie jetzt gerade die Polizei an und baten sie, zu kommen und ihn wegen Missbrauch des Ausweises oder wie das Vergehen nun hieß festzunehmen.

»So«, sagte der Wachmann durch den Lautsprecher. »Sie dürfen kein Handy oder irgendwelche anderen elektronischen Geräte mit raufnehmen. Das können Sie alles dahinten im Schrank einschließen. Dann gehen Sie einfach durch die graue Tür hier. Ich mache Ihnen auf.«

Die Tür öffnete sich, und Isak wurde in den Besucherraum geführt. In den Plastiklatschen und den grünen Softklamotten der VA sah Mr. Eins aus wie ein Penner.

»Rimon«, sagte Isak mit lauter Stimme, und Nikola sah, dass der Boss versuchte, ein Grinsen zu unterdrücken.

Als die Tür zuging, lachte er lautlos sicher eine Minute. »Nikola, bist du sicher, dass dein Papa dein Papa ist?«

»Das Einzige, was ich von meinem Papa weiß, ist, dass er ein Arschloch war.«

»Wie so viele Väter. Aber du musst einfach ein bisschen Mëdyad in dir haben, das sehe ich jetzt. Du sprichst nicht nur unsere Sprache, du bist ein richtiger Bratan.«

Sie setzten sich jeder an eine Seite des Tisches. Nikola wollte fragen, wie alles war, wie der Chef mit der Öde klarkam, dem Essen und der Tatsache, dass er nur eine Stunde am Tag rausgehen durfte. Aber der Boss wollte keinen Smalltalk.

»Wir haben eine Stunde«, sagte er, »und wir müssen viel besprechen.«

Isak fing an, Fakten runterzurappeln. Nikola hatte Papier und Bleistift mitgebracht. Er hatte gedacht, dass sie über die Jagd nach Chamons Mörder sprechen würden – schließlich wusste er jetzt, wer Chamons Bewegungen über die App hatte verfolgen können. Aber Isak wollte nur über eine Menge anderer Sachen reden. Nikola schrieb, so schnell er konnte: *Iztvan schuldet dreitausend Kronen im Monat, Homan schuldet fünftausend im Monat*, und so weiter. Isak meinte, er müsse nicht genau wissen, worum es da ging. Yusuf, Bello und die anderen würden sich darum kümmern. *Das Solarium in Ronna braucht einen neuen Geschäftsführer, für die Firma, unter der das Restaurant in der Badhusgatan gelaufen ist, muss Konkurs angemeldet werden* und so weiter. Warum rief Isak nicht einfach seinen Anwalt oder Yusuf an und besprach das alles direkt? Damit, dass er seinen Freund rächen wollte, hatte Nikola doch *niemals* gesagt, dass er wieder in das *Leben* einsteigen würde.

Isak las seine Gedanken. »Das hier sind zu heiße Sachen für meinen Anwalt, auch wenn man dem vertrauen kann. Und am Telefon kann ich das auch nicht besprechen, denn die Bullen hören alle meine Gespräche von hier ab, da bin ich ziemlich sicher. Es ist auch nicht gut, wenn Yusuf zu oft in meiner Nähe gesehen wird. Deshalb war es fett praktisch, dass du hierherkommen konntest. Wirklich.«

Trotzdem. Nikola musste seine Sache noch durchkriegen. Er wusste etwas, und jetzt saßen sie hier schon dreißig Minuten.

Mr. Eins machte weiter. In Norsborg sollte eine Immobilie gekauft werden, eines seiner Autos musste zum Service – obwohl es geleast war und natürlich auf Babso eingetragen –, ein paar Absprachen über Beraterdienste mussten umdatiert werden. Dann gab es noch eine wichtigere Sache. Jemand musste den Mazda mit dem Kennzeichen MFR-490 in Brand setzen, der oft am Lammholmsbacken in Skärholmen geparkt stand. »Der gehört einem Wachmann, der mir hier Stress macht.« Und dann das Wichtigste von allem: Jemand musste die Kisten mit explosivem Material, die im Keller auf der Sjöbergsgatan standen, woandershin bringen.

Es blieben noch fünf Minuten von der Besuchszeit. »Und wie geht es mit den Schweinen voran?«, fragte Isak endlich.

»Ich habe herausgefunden, dass jemand durch eine Suche-App in Chamons Handy seine Bewegungen verfolgt hat. Die App war mit einer anderen Nummer verbunden.«

»Verdammt. Wer?«

Es brannte in Nikola. »Yusuf«, sagte er.

Isak verstummte. Nikola fragte sich, was er jetzt wohl dachte. Yusuf war seit sicher acht Jahren dem Boss von den Männern am nächsten. Sie waren zusammen aufgewachsen. Mr. Eins war ein paar Jahre älter. Wenn Nikola und Chamon wie Brüder waren, dann waren Isak und Yusuf wie Zwillinge.

»Ich wollte es nicht glauben«, sagte Isak.

»Hast du einen Verdacht gehabt, dass Yusuf da mit drinstecken könnte?«

»Ich wollte es dir nicht sagen. Aber ja.«

»Warum?«

»Weil, direkt bevor die Schweine in den MMA-Club kamen und zu schießen anfingen, Yusuf total die Hosen voll hatte, nervös war wie ein Grünschnabel und eine Menge komischer Sachen gesagt hat. Damals hab ich nicht viel darüber nachgedacht, aber jetzt begreife ich. Er wusste, dass sie kommen würden.«

»Aber warum?«

»Ich habe keine Ahnung.«

Die Tür ging auf, und ein Wachmann schaute rein. »Die Zeit ist um.«

Isak stand auf und ging zur Tür. Als er auf der Höhe von Nikola war, beugte er sich zu seinem Ohr, eine rasche Bewegung. Ein leises Flüstern, das der Wachmann nicht hören konnte.

»Mach ihn fertig. Den Hurensohn.«

27

Wenn Emelies Berechnungen stimmten, war sie ungefähr in der neunten Woche, und sie wusste, dass man nicht vor der zwölften Woche von der Schwangerschaft erzählte. Aber das galt ja wohl nur für außenstehende Personen, oder? Vielleicht hatten ihre Eltern ein Recht, es zu erfahren. Vielleicht war sie es ihnen schuldig, davon zu erzählen. Das Problem war nur, dass sie noch nicht einmal wusste, ob sie das Kind behalten würde, und selbst wenn sie es tat, dann wären ihre Eltern nicht gerade die Leute, die ihr jetzt Händchen halten würden, denn die waren meistens vollauf mit sich selbst beschäftigt. Ihren geplanten Besuch bei ihnen hatte sie abgesagt.

Außerdem verlief ihr Leben gerade alles andere als stabil. Sie hatte Nina angerufen, die ihr Hilfe zugesagt hatte. Es kamen ein paar Handwerker zu Emelie. »Wir sind vom Personenschutz«, sagten sie, sahen aber eher aus wie Edward mit den Scherenhänden. Sie montierten eine Gittertür, installierten einen Alarm und gaben ihr einen Personenalarm – eine kleine Dose mit eingebautem GPS und einem Knopf, auf den sie drücken konnte, wenn was passierte. Die schickte dann ein Signal direkt zur Polizei.

Trotzdem fühlte sich Emelie nicht sicher – Nina hatte schließlich selbst zugegeben, dass es innerhalb ihrer Organisation Probleme gab.

Ein paar Tage nachdem sie im Krankenhaus gewesen war, fuhr sie zur Schwangeren-Beratungsstelle. Die Telefonistin, mit der sie zunächst dort gesprochen hatte, fand, dass es keine Eile hätte. »Kommen Sie in ein paar Wochen.« Aber Emelie wollte *asap* eine Hebamme sprechen. Sie nahm sofort ein Taxi und hoffte, dass irgendjemand anders vielleicht abgesagt hatte.

Die Beratungsstelle lag in Gamla stan, und sowie Emelie durch die niedrige Tür gegangen war, merkte sie, dass die Stimmung eine andere wurde. Nicht dass es draußen hektisch gewesen wäre, die Gasse war schmal, dunkel und ruhig wie so viele andere der engen und schattigen Gassen in Stockholms ältestem Stadtteil. Doch in der Beratungsstelle bewegten sich alle noch langsamer, zielgerichteter – es war, als wollte niemand den anderen belasten, als würde in einem der Räume ein wichtiger und feierlicher Vortrag gehalten, den niemand stören wollte.

Die Hebamme hieß Inga und fragte Emelie, wie es ihr ging. Sie sprach leise und ruhig, und sogar wenn sie auf dem Computer schrieb, war die Tastatur vollkommen lautlos. »Haben Sie oder der Vater des Kindes irgendwelche Krankheiten, oder nehmen Sie Medikamente?«

Da war sich Emelie ziemlich sicher – *inzwischen* nahm sie keine Medikamente. Aber Teddy? »Was mich betrifft, ist die Antwort nein, aber bei dem Vater muss ich noch mal nachfragen.«

Inga sprach weiter über die Risiken mit Rauchen oder Alkohol, dass Emelie vielleicht nicht würde so hart arbeiten können, wie sie es gewohnt war, dass die Übelkeit, die sie verspürt hatte, mit größter Wahrscheinlichkeit in der mittleren Phase der Schwangerschaft vorübergehen würde.

Emelie wurde klar, dass sie Teddy hätte mitnehmen sollen, zumindest für das Wohl des Kindes, damit Inga eine vollständige Kontrolle durchführen konnte. Aber dennoch hatte er nichts mit der Sache zu tun. Es war Emelies Bauch, in dem das Kind lag, sie hatte jetzt die ganze Verantwortung. Sie musste einen Entschluss fassen.

Inga kontrollierte den Blutdruck und bat um eine Urinprobe. Dann musste Emelie sich wiegen, und sie nahmen ihr Blut ab. »Da geht es um Ihre Blutgruppe und ob Sie Rh-positiv oder -negativ sind«, erklärte Inga. »Da sehen wir auch gleich, ob Sie gegen Röteln immun sind und ob Sie Syphilis, Chlamydien oder HIV haben.«

Emelie hatte erst nicht verstanden, wie das hatte passieren können. Ihre Menstruation war mehrere Jahre lang unregelmäßig gewesen, und aus irgendeinem Grund hatte sie deshalb aufgehört, die Pille zu nehmen oder ein Kondom zu verlangen. Also hatten sie ungeschützten Sex gehabt. Mit Chlamydien konnte sie ja leben, aber die anderen Sachen? Sie wusste nichts über Teddys Sexgewohnheiten oder seinen Gesundheitszustand.

»Wie lange dauert es ungefähr, bis das Ergebnis der Blutprobe kommt?«

»Nur ein paar Tage.«

Nach vierzig Minuten waren sie fertig. Emelie merkte, dass ihre Hände zitterten. »Ja dann, vielen Dank«, sagte sie und versuchte, ruhig zu klingen.

Inga blieb in der Tür stehen. »Das ist etwas Fantastisches,

was da mit Ihrem Körper passiert. Rufen Sie gern an, wenn Sie Fragen haben.«

Emelie nickte.

»Und wenn der Vater des Kindes hierherkommen und etwas besprechen möchte, dann geht das natürlich auch.«

»Ich glaube nicht«, antwortete Emelie.

»Haben Sie Kontakt zu ihm?«

»Das klingt jetzt vielleicht komisch«, sagte Emelie und nahm ihre Handtasche, »aber ich weiß es wirklich nicht.«

Jetzt saß sie im Büro und versuchte zu arbeiten. Es war acht Uhr abends. Hier fühlte sie sich sicherer als zu Hause.

Teddy hatte mehrere Male versucht, sie anzurufen, aber sie ignorierte ihn. Sie musste auf irgendeine Weise so tun, als wäre alles wie immer. Ende der Woche hatte sie eine Hauptverhandlung in einem Gewaltdelikt. Der Mandant war ein neunzehnjähriger Junge, der laut Anklage an einer schweren Körperverletzung gegen einen anderen Jungen desselben Alters auf einem Bahnsteig der U-Bahnstation Hallunda beteiligt gewesen sein sollte. Die Bilder von der Überwachungskamera waren unscharf, aber zu Beginn der Schlägerei konnte man eine Person in rotem Kapuzenpullover deutlich in der Nähe des Klägers erkennen. Es sah aus, als würde diese Person das Opfer zu Boden reißen. Dann wurde es undeutlicher – mindestens fünf verschiedene Gestalten bewegten sich um den Kläger, aber man konnte nicht erkennen, was der rote Kapuzenpullover machte. Fünfzehn Minuten später hatte die Polizei fünf Jungs beim Thai-Stand vor dem Bahnhof festgenommen. Einer von ihnen war Emelies Mandant, und er trug einen hellroten Kapuzenpullover. Sie hatten ihn dreimal vernommen, doch das Einzige, was er immer wieder sagte, war: »Ich bin nicht die Person, die da auf den Überwachungskameras zu sehen ist. Ich war nicht auf dem Bahnsteig. Ich habe meine Freunde später getroffen, als sie Nudeln essen wollten.« Es hatte eine Gegenüberstellung mit dem Hauptbelastungszeugen gegeben, bei der dieser mit neunzigprozentiger Sicherheit Emelies Mandanten erkannt hatte. Das Problem war nur, dass der Mandant und ein anderer in der Reihe die Einzigen aus einem nicht nordischen Land waren. Emelie wusste, dass eine solche Beweisführung höchstens für den Papierkorb taugte.

Trotzdem dachte sie momentan hauptsächlich an die Schießerei in Oslo und an Katja.

Da rief Nina Ley an.

»Ich habe es mir anders überlegt«, sagte sie. »Sie können einsehen, was wir bisher über Adam herausgefunden haben. *Off the record.*«

»Hat sich der Verdacht erhärtet?«

»Das müssen Sie selbst lesen. Wenn Sie hierherkommen, können Sie die Vorermittlung einsehen«, sagte Nina. »Aber ich kann nicht behaupten, dass der Verdacht zerstreut worden wäre.«

Emelie las, was es gab. Tatortuntersuchung, Analyse und Untersuchung von Katjas Handy, gerichtsmedizinische Aussagen über das Verletzungsbild ihres Körpers und die wahrscheinliche Todesursache. Zwei Stiche mit einem scharfen Gegenstand in den Bauch und so weiter. Fotos und ein kurzer Bericht über die Wunde in Adams Hand. Analyse des am Tatort entdeckten Bluts. Analyse des Tranchiermessers. Analyse des Rucksacks auf dem Dach. Der stellte nach wie vor das einzige Fragezeichen dar: Sie hatten weder Fingerabdrücke noch DNA-Spuren gefunden. Wer hatte auf dem Dach gegenüber gelegen? Hatte der Rucksack womöglich gar nichts mit dem Mord zu tun?

Emelie schaute auf die Uhr des Computers, die Viertel vor zehn zeigte. Irgendwas übersah sie hier. Oder der Polizei war etwas entgangen, das ihr auffallen sollte. Es musste ein Muster geben. Oder nahm sie sich selbst zu wichtig, wie in einem Krimi oder Thriller, wo der Held immer auf etwas kam, das niemand anders sah, wo die Intuition entscheidend war und man sich von einem Gefühl leiten ließ? Emelie wusste genau, wie es sich in der Wirklichkeit verhielt: Intuition kam nur durch harte Arbeit und davon, dass man das Material beherrschte.

Sie klappte den Computer zu. Legte ihre Hände auf den Bauch. Noch sah man nichts. Aber sie spürte die Veränderung. Sie würde Mutter werden. Eltern. Oder nicht?

Da fiel es ihr ein: Katjas Eltern kamen in der Ermittlung nicht vor.

Sie ging alles noch einmal durch. Katjas Vater war tot. Aber sie hatte eine Mutter.

Morgen würde Emelie versuchen, die zu erreichen.

Haninge Centrum sah aus wie alle diese Einkaufsgalerien der letzten fünfzehn Jahre. Derselbe helle Fußboden, dieselben weißen Wände, dieselben erleuchteten Gänge mit Boutiquen und offenen Innenhöfen mit Cafés, Saftbars und Ständen für den Verkauf von Handys. Es war doch seltsam, wie in einer Zeit der Wahlfreiheit immer alles gleich war.

Als sie die Leute betrachtete, die im Wayne's Coffee saßen, erkannte sie sofort, wer Gunnel sein musste – eine Frau um die fünfzig, allein, mit so gebeugter Körperhaltung, dass man kaum begreifen konnte, wie sie es geschafft hatte, hierherzukommen. Auch wenn es sie nichts anging, fragte sich Emelie, warum Katjas Mutter sie nicht lieber zu Hause oder im Büro getroffen hatte.

Vor Gunnel stand eine Tasse Tee, über die sie sich lehnte, als wäre sie im Begriff zu fallen, sie sah nicht ein einziges Mal auf. Das lange blonde Haar sah ungewaschen und strähnig aus, aber sie hatte versucht, es mit zwei rosafarbenen Haarspangen zurückzustecken – die Farbe wirkte fast pervers.

An den Tischen ringsumher saßen Menschen nahe an ihrem Tisch, aber alle schienen mit ihren eigenen Dingen beschäftigt, und die meisten sprachen andere Sprachen – ihre Chancen, ausgerechnet Gunnels und Emelies Gespräch zu belauschen, waren wahrscheinlich nicht sehr gut, dachte Emelie. Sich hier zu unterhalten müsste sicher sein.

»Sie waren also Katjas Anwältin?«, fragte Gunnel.

»Ja, aber wir haben uns nur zweimal treffen können. Wann haben Sie Ihre Tochter das letzte Mal gesehen?«

»Sie war so ein gutes Mädchen. Im Grunde. Das hier ist wirklich hart.«

Emelie war darauf vorbereitet, dass dies ein anstrengendes Gespräch werden würde. »Ich kann mir nicht mal vorstellen, was Sie jetzt durchmachen«, sagte sie.

»Das kann kein Mensch«, seufzte Gunnel.

Emelie nahm ihren Kaffee, aber sowie das Getränk unter dem dicken Milchschaum ihre Oberlippe berührte, spürte sie, dass sie keinen Appetit darauf hatte, und stellte die Tasse wieder ab. Gunnel hatte ihre Frage nicht beantwortet.

»Wann haben Sie Katja das letzte Mal gesehen?«

Gunnel schlürfte von ihrem Tee. »Warum fragen Sie das?«

»Ich versuche zu verstehen, was passiert ist, und dafür muss ich so viele Informationen über Katja sammeln wie möglich.«

Gunnel beugte sich so tief über ihre Teetasse, dass ihre Nase sie fast berührte. »Ich verstehe.«

»Also, wann war das?«

»Ich habe sie vor ein paar Monaten angerufen und vor diesem Adam gewarnt. Aber sie hat nicht zugehört. Ich hoffe, die geben ihm lebenslänglich.«

»Entschuldigen Sie, ich möchte wirklich nicht hartnäckig wirken, aber es wäre wirklich gut, wenn Sie auf meine Frage antworten könnten. Möglicherweise haben Sie Dinge gesehen oder gehört, die wichtig sein könnten. Wann genau haben Sie Katja das letzte Mal gesehen?«

Gunnel richtete sich auf und saß jetzt ganz gerade auf ihrem Stuhl. »Ich habe meine Tochter seit fünf Jahren nicht gesehen, nicht seit sie volljährig wurde. So, jetzt wissen Sie das.« Sie schob ihren Stuhl raus. »Und es geht Sie gar nichts an, warum es so war.«

»Nein, im Grunde nicht. Aber vielleicht möchten Sie es ja trotzdem erzählen.«

Gunnel sah auf. »Katja hat mir eine Menge Mist vorgeworfen, der zehn Jahre zurückliegt. Bei ihr war immer jemand anders daran schuld, dass es so kam, wie es kam.«

Wie ein Schlag ins Gesicht – der Gedanke traf Emelie mit aller Macht. Weder als Katja mit ihr gesprochen hatte, noch als sie von der Polizei vernommen wurde, hatte sie etwas darüber gesagt, wie der Kontakt zu dem ersten Mann eigentlich zustande gekommen war. Aber jetzt erinnerte sie sich an Katjas Worte aus dem Polizeiverhör: Wie nebenbei hatte sie erwähnt, dass sie ihn durch eine Person, der sie vertraute, kennengelernt hatte.

Eine Person, der sie vertraute. Damals. Als sie dreizehn Jahre alt war.

Emelie versuchte, so sanft zu sprechen, wie sie konnte. »Fand Katja, dass etwas Ihre Schuld war? Meinen Sie das?«

Gunnels Stimme klang jetzt nicht mehr traurig. Jetzt brannte sie. »Sie bildete sich gern mal Sachen ein, müssen Sie wissen, die Katja. Hatte eine viel zu blühende Fantasie.«

»Bildete sie sich etwas ein, das damit zu tun hatte, was sie als Dreizehnjährige erleiden musste?«

»Ich habe keine verdammte Ahnung, was sie meinte.«

Die Gedanken kamen nur so hoch: das Gespräch mit Katja in ihrem Büro, die Vernehmung bei Nina Ley. Fragen, die gestellt wurden, was Katja geantwortet hatte, was Katja nicht beantwortet hatte. Wie sie reagiert hatte.

Stark hatte sie reagiert. Körperlich. Geweint. Gezittert.

Emelie gelang es kaum noch, Gunnel anzusehen. Trotzdem musste sie fragen: »Gunnel, haben Sie geahnt, was mit Katja geschah?«

28

»Roksana, *joonam*«, sagte der Vater, als er die Tür öffnete. »Wie geht es dir, du siehst erschöpft aus.«

Roksana hatte den Nasenring rausgenommen, aber sie konnte schlecht verbergen, wie müde sie war.

Trotzdem sagte sie: »Mir geht's gut.«

In der Diele stand ein Paar neuer Gästelatschen, aber Roksana konnte nicht die finden, die sie sonst immer anzog.

»*Baba*, wo sind meine Latschen?«

»Ich weiß nicht, da musst du Mama fragen.«

Ihr Vater hatte heute Jogginghosen an, die wie ein Paar von Billies Yogahosen aussahen, aber Roksana wusste, dass sie im Iran gekauft worden waren. Sie setzten sich in die Küche. Ihre Mutter umarmte sie und konzentrierte sich dann wieder aufs Essenkochen.

»Hier«, sagte ihr Vater und hielt ihr eine Schachtel Schokoladenpralinen hin.

Wer mag eigentlich Schokoladenpralinen, dachte Roksana, nahm aber trotzdem eine von denen, die am wenigsten eklig aussahen. »*Merci*«. Sie enthielt irgendeine Art Erdbeercreme, die viel zu süß war.

Sie hatte das Gefühl, eine sorglose Miene aufsetzen zu müssen, schließlich war sie hier, um etwas Gutes zu erzählen, etwas, das die Eltern froh stimmen sollte. Doch der einzige Gedanke, der sich in ihrem Kopf drehte, war: Wie sollten Z. und sie die Kohle zusammenkriegen? Die einzige Möglichkeit wäre, weiterhin selbst zu produzieren, aber in hundertmal größerem Umfang als die kleinen Fläschchen vom Tierarzt, die sie sich besorgt hatten, es hergaben. Aber wie sollte das gehen? Um nur ein Zehntel von dem zusammenzukriegen, das die Verrückten verlangten, müssten sie zwanzig Kliniken ausrauben.

Sie hatten schon ein paar Tierkliniken und Lagerhallen gecheckt, doch die wurden viel zu gut bewacht, und sie waren keine Profieinbrecher und hatten auch keine Lust, in den Knast zu gehen. Z. hatte ein paar Köder im Darknet ausgelegt, um zu sehen, ob es da Leute gab, die Ketaminol oder andere ähnliche Medikamente verkaufen wollten, doch da meldeten sich nur Klodealer, die noch ein halbes Paket im Badezimmerschrank hatten, was sie nicht mehr mochten.

Sie strengte sich an. »Ich hab was Gutes zu erzählen.«

Ihre Mutter drehte sich um. Der Vater hörte auf, seine Praline zu kauen.

»Ich bekomme einen Platz für das Psychologiestudium«, sagte sie und zögerte den nächsten Satz ein bisschen hinaus. »Weil *ich* nämlich total viel Punkte bei der Hochschulprüfung gemacht habe.«

Zwanzig Minuten später hatte der Jubel sich gelegt. Ihr Vater hatte gefeiert, indem er eine Flasche Sekt entkorkt und die restliche Schokolade aufgegessen hatte. Die Mutter hatte Caspar und der Verwandtschaft in Teheran eine Nachricht geschickt. Ihr Vater umarmte sie, lachte vor Freude und schob ein paar von den alten Kassetten rein: spielte Dariush in voller Lautstärke. Die Mutter zog Roksana vom Stuhl hoch und tanzte mit ihr durch die Küche. Und jetzt trudelten die Antworten ein: Papas Schwester und ihre Kinder wollten skypen.

Sie ließen sich vorm Computer nieder. Fünf Minuten später sahen sie einander. Auf dem Bildschirm: Tante Etty und Roksanas Cousine Leila und ihr Vetter Val. Die hatte sie nicht gesehen, seit sie letzten Sommer in Schweden gewesen waren.

Etty hatte scheinbar einen weiteren *Nose Job* gehabt – sie ähnelte mehr und mehr Michael Jackson, aber Leila und Val sahen aus wie immer. Beide trugen Jeans und T-Shirts, Leila war ein wenig hellhäutiger als Val.

»Meine Lieben!«, schrie Etty.

Roksanas Vater fragte nicht einmal, wie es ihnen ging, er konnte sich nicht beherrschen, die Worte blubberten nur so aus ihm heraus: »Roksana wird Psychologin. Sie hat die höchste, schönste und beste Punktzahl im Eingangstest der Universität, damit kann sie sich aussuchen, was sie studieren will.«

Das stimmte natürlich nicht ganz, aber Etty war trotzdem außer sich vor Freude. Leila grinste, Val nickte nur – supercool, wie immer. Dann fingen Etty und ihr Vater an, über etwas anderes zu reden. Papas Krämpfe, Tante Ettys Anbau ans Haus und Reisen nach Paris.

»Ihr müsst euch unbedingt ansehen, wie das hier jetzt aussieht«, sagte Etty, nachdem sie zehn Minuten geredet hatten. Das Bild begann sich zu bewegen. Roksana wusste nicht, ob Etty ihr Telefon oder einen Laptop in der Hand hatte, aber jetzt gingen sie auf Hausbesichtigung. Das Wohnzimmer mit den viele Teppichen. Das Badezimmer mit den goldfarbenen Wasserhähnen. Und dann natürlich der neue Anbau. Ettys Schlafzimmer, Leilas Schlafzimmer, Vals Musikzimmer.

Die Kamera fuhr an zwei Gitarren und einem Keyboard vorbei. Doch Roksana sah noch etwas anderes. An der Wand, auf einem Haken: etwas Schwarzes. Rund.

»Was für ein schönes Zimmer«, sagte Roksana.

»Ja, wirklich schön, nicht wahr?«, rief Etty. Val und Leila beteiligten sich nicht mehr am Gespräch.

»Und seht nur«, sagte Etty und ging mit der Kamera aufs Fenster zu. »Die Aussicht!«

Der Gegenstand an der Wand wurde deutlicher. Etty kam näher.

Es war ein Helm.

Ein Reithelm.

Auf dem Weg nach Hause von den Eltern rief sie noch mal über Skype an. Etty wollte Smalltalk machen, aber Roksana bat, mit ihrem Cousin sprechen zu dürfen.

»Val«, sagte sie, »kannst du mir helfen?«

Vier Tage später war alles organisiert. Roksana war auf dem Weg. Eigentlich hatte sie jetzt, da sie schon auf der Reise war, keine Eile mehr, der Flug würde erst in zweieinhalb Stunden gehen. Aber die einzige Ermahnung, die ihr Vater ihr mitgegeben hatte, war: »Plane viel Zeit fürs Einchecken ein, Roksana *joonam*. Manchmal sind die total verrückt mit ihrer Bürokratie.« Sie fragte sich, wen er wohl meinte. Ansonsten waren ihre Eltern beide überglücklich gewesen, als sie erzählt hatte, dass sie die Reise gebucht habe. »Ist mir gar nicht so aufgefallen, dass ihr euch *so* gut versteht, als wir neulich mit ihnen geskypt haben«, fand ihre Mutter, deren Gefühl sie eben selten trog. Roksana wusste, dass sie eine Erklärung brauchte, und sie sagte, wie es war – zumindest fast. »Aber ich habe sie doch getroffen, als sie hier waren. Und dann habe ich Val angerufen, und da hat es einfach geklickt.«

»Welcome to the Arlanda Express«, sagte die automatische Männerstimme. »Die schnellste und umweltfreundlichste Art, zwischen Stockholm und dem Flughafen Arlanda zu reisen.« Als Billie erfahren hatte, dass Roksana nach Teheran fliegen würde, hatte sie skeptisch geklungen. »Du willst *fliegen*?«

»Wie soll ich da denn sonst hinkommen?«

»Man sollte nicht fliegen, denk an die Umwelt.«

»Du warst letzten Herbst doch in Los Angeles.«

»Ja, aber das war ja was anderes. Ich musste da hin.«

Warum genau sie das Moonfaze Feminist Film Festival besuchen *musste*, war Roksana nicht klar, aber sie sagte nichts.

Der Mann neben ihr roch nach Schweiß, und in der Kabine war es kalt. Dieses Flugzeug war abgenutzter als das, mit dem sie nach Istanbul geflogen war, wo sie umsteigen musste. Aber sie hatte nur dreitausendzweihundert Kronen für die Reise bezahlt, also konnte sie nicht klagen. Das war erstaunlich billig.

Sie versuchte zu lesen – am Flughafen hatte sie zwei Bücher von Susan Faludi gekauft. Zum einen *Männer: Das betrogene Geschlecht*, nach Billie ein Klassiker, und dann noch ihr neues: *Die Perlenohrringe meines Vaters.* »Es gibt keine Chance, sich wie ein Mann zu fühlen«, so beschreibt Faludi, habe sich der groß gewachsene Don Motta ausgedrückt, als er seinen Job verlor. »Und zwar, weil ich die Familie nicht mehr versorgen kann.« Don Motta war ehrlich zu Faludi: »Es fühlt sich an: Als. Wäre. Ich. Kastriert.«

Die Worte flossen auf der Seite zusammen, Roksana hatte

müde Augen, sie sah doppelt. Die alte Geschichte, ihr linkes Auge war schwächer als das rechte, der Sehfehler war ungewöhnlich, sagte der Augenarzt. Plus vier auf der rechten Seite minus zwei auf der linken – und das Pflaster auf dem Auge hatte ja auch nichts gebracht.

Sie dachte daran, wie alles so gekommen war. Es hatte sie reingezogen – nicht nur das Ketamin und dass alle für das Zeug bezahlen wollten, sondern auch das andere. Sie konnte es nicht benennen, außer, dass das Gefühl sehr angenehm gewesen war. Aber jetzt wusste sie nicht, wie sie da wieder rauskommen sollten. Die Verrückten mussten ihr Geld kriegen. Diese Reise musste bringen, was sie erhoffte.

Die spitzen schneebedeckten Berge, die Teheran umgaben, glitzerten im Sonnenlicht. Die Stadt sah aus der Luft aus wie ein riesiger deformierter Schmetterling, die Stadtmitte mit ihren Shoppingmeilen und Museen wie der schmale Körper in der Mitte. Der Imam Khomeini International Airport wirkte dagegen klein, war aber trotzdem alles andere als *petit*, fand Roksana, als sie ausstieg. Es gab noch einen anderen, größeren Flugplatz – Mehrabad –, doch der Imam Khomeini war der größte, was den internationalen Flugverkehr anging, hatte ihr Vater gesagt.

Riesige Banner mit Bildern vom Ajatollah Ali Khamenei hingen über dem Gate, als das Flugzeug reinrollte. Ihre Mutter hatte sie informiert: »Die erkennen keine doppelte Staatsbürgerschaft an, Roksana, deine schwedische Staatsbürgerschaft ist dort juristisch gesehen nichts wert.«

»Aber ich bin doch keine iranische Bürgerin.«

»Doch, sie halten sich an die Staatsbürgerschaft des Vaters, und Papa ist Iraner, also meinen sie, dass du es auch bist. Du musst dir einen persischen Pass zulegen.«

Hier waren, wenn das überhaupt möglich war, noch mehr Menschen auf dem Flugplatz als in Istanbul, und fast alle erinnerten an Papa, Etty, Val und Leila. Doch wie ihre Mutter sah aus irgendeinem Grund niemand aus. Vielleicht machte ihre Art zu gehen sie einzigartig, Roksanas Mutter lief immer ein wenig unregelmäßig, wie abgehackt, als wäre sie betrunken oder hätte einen Stachel im Fuß – obwohl sie eigentlich ganz genau wusste, wohin sie unterwegs war.

Roksana hielt ihren neuen Pass in der Hand, konzentrierte sich darauf, nicht mit dem Blick zu flackern, was in solchen Situationen leicht geschah.

Alles ging eleganter, als sie erwartet hatte, sogar ihr Koffer war als Erster vom Band gerollt. Ringsum standen uniformierte Wachen mit Maschinengewehren in den Händen – Soldaten. Roksana zog den Koffer hinter sich her Richtung Ausgang. Einer der Soldaten löste sich aus der Gruppe und ging in ihre Richtung. Sie beschleunigte ihre Schritte, er konnte ja wohl nicht hinter ihr her sein?

Die Waffe des Wachsoldaten hüpfte. Roksana war jetzt nur noch wenige Meter vom Zoll entfernt. Er ging hinter ihr her, das war ganz deutlich.

»*Khahar*«, rief er.

Roksana drehte sich um. Sah in das erstarrte Gesicht des jungen Mannes. Er gestikulierte zu ihrem Kopf hin. Roksana starrte ihn an. Dann begriff sie: Sie hatte das Tuch vergessen. Ohne Tuch durfte sie nicht in dieses Land hinaus. Zum Glück trug sie es bereits um den Hals und zog es jetzt über den Hinterkopf, wie Leila es auch immer tat. Ihre Mutter hatte ihr das Tuch vor der Abreise gegeben – es war ziemlich hübsch, etwas crazy, gelb mit orangefarbenen Blumen.

Sie wusste nicht, welchen Ausgang sie nehmen musste, und das Erste, was sie beeindruckte, als sie den Flugplatz verließ, war die Aussicht: Die Stadt, die sich hier ausbreitete, war komplett von den magischen Bergen umgeben, die sie schon aus dem Flugzeug heraus gesehen hatte. Doch von unten sahen sie noch mächtiger aus, es war, als stammten sie aus einem Disneyfilm. Sie holte tief Luft, und da erlebte sie noch eine Überraschung – es war schwer, hier zu atmen. Die Luft war dick von Abgasen, sie brannten in der Nase und füllten ihre Lunge mit Schmutz.

Bei einem riesigen SUV stand Val.

»Willkommen in Teheran, *soedi*«, sagte er.

Roksana lächelte. »Schwedin« – so war sie noch nie genannt worden.

29

Eine neue Abkürzung: MÜP – Militärisch überinteressierte Person.

Dejan trug Hose, Pullover und eine Kappe in Camouflage, auf Letzterer stand vorn der Text *Savage Arms* und auf der Rückseite *The definition of accuracy*. »Hab ich letzten Herbst in Vegas auf dem *shooting range* gekauft«, behauptete er.

»Ich dachte, du magst die Amerikaner nicht, nach dem, was sie uns in Serbien angetan haben.«

Dejan hielt die Pistole runter. Der beißende Geruch von Schwarzpulver hing dick im Pferch. »Nee, aber die Welt ist kompliziert. Der Feind unserer Feinde ist auch unser Freund. Die USA sind immer im Krieg, manchmal haben sie Fehler gemacht, sie haben uns angegriffen, Vietnam war sicher total verrückt, was weiß ich. Aber in den allermeisten Fällen waren sie auf der guten Seite. Was glaubst du, wäre passiert, wenn sie im Zweiten Weltkrieg nicht eingegriffen hätten? Die Ustascha hätte uns geschlachtet, wie sie es mit den Juden gemacht haben.«

Dejans Ausführungen waren durch die Ohrenschützer erstaunlich gut zu verstehen, die hatten offenbar eine Art elektronischen Verstärker, der die Pistolenknaller wegfilterte, aber die menschlichen Stimmen durchließ. The Mauler saß draußen im Tesla eingeschlossen – es gab keine Ohrenschützer, die ihm helfen würden.

Teddy fragte sich, wie Dejan hier hatte Mitglied werden können, denn er hatte sicher mehr Punkte im Strafregister, als hier Patronenhülsen auf dem Boden lagen. Vielleicht hatte dieser Verein einen Sondereingang für Leute wie seinen Kumpel, die durch Sponsoring in bar beitrugen.

Dejan übte sich in Selbstkritik. »Ich gestehe, ich bin eine richtige MÜP. Ich habe sieben Pistolen und zwei Gewehre zu Hause im Waffenschrank. Willst du mal meinen Colt 1911 ausprobieren? In dem ist richtig guter Druck, das sage ich dir. Oder willst du weiter mit dieser Bullengun schießen?«

Der Schießstand lag in einem Bergraum in Sollentuna, zärtlich der Bunkerberg genannt. Von draußen inkognito: lediglich eine Metalltür in einem Berg, aber Teddy erlebte den Weg von dem feuchten Eingang ins Innere wie ein Crescendo. Die unansehnliche, verrostete Tür, die zum engen Eingang mit alten Rohren an der Decke führte, dann weiter in den Vorraum mit etwas höherer Decke, Auslegeware und schallisoliertem Glas zur Schießbahn hin, und dann schließlich die Schießbahn: die Klimax – sicherlich sieben Meter hoch, von Granit umgeben, mitten im schwedischen Urberg.

Dejan war überglücklich, dass Teddy hatte mitkommen wollen. Er redete ununterbrochen von Pistolenmodellen, Kalibern, Rückstoß-Management – was immer das war –, Körperhaltung und Konzentration.

»Manchmal flüstere ich mir selbst beruhigende Worte zu So wie Fotze, Schwuler, Hure«, sagte Dejan. »Dann wird mir im Innern harmonisch, und die Hand zittert nicht mehr.«

Dejan war wirklich krank. Schon als sie vierzehn Jahre alt waren, war er im Wald hinter Ronna herumgekrochen und hatte mit dem Luftgewehr auf Krähen geschossen. Aber heute war Teddy mit Hintergedanken hier.

»Ist aus dem Geschäft mit den Bartzwergen was geworden?«

BAM-BAM-BAM.

»Nicht so gut. Ich zucke beim Feuern.«

Teddy wiederholte seine Frage. »Hast du diese Ausweisfabrik gekauft?«

BAM-BAM-BAM.

Die Hülsen flogen. Das Schwarzpulver stach in der Nase.

Dejan legte die Pistole auf den grünen, mit Filz bezogenen Tisch im Stand.

»Nein, nein. Doch nicht von diesen Terroristen.«

»Hätten die den Preis nicht senken können?«

»Du weißt, dass es darum nicht ging. Willst du den Colt jetzt ausprobieren?«

Teddy musste Dejans Aufmerksamkeit einfangen. Er nahm die Pistole in die Hand.

Der Colt war schwer. Trotzdem fühlte es sich bequem und natürlich an, die Finger um den Kolben zu schließen. Er entsicherte die Waffe und hielt den Arm vor sich ausgestreckt. Das Ziel musste richtig im Visier liegen. Er atmete ein. Ließ den Arm wieder sinken, es wurde zu schwer. Holte dreimal tief Luft. Eine einzige Sache sah er vor seinem inneren Auge. Emelies Bauch. Er wusste nicht, wie der jetzt aussah, ob er gewachsen war, und doch stellte er sich vor, wie er sich wölbte. Dann dachte er an das Kind, das da drinlag – nicht dass er ein Gesicht oder einen Körper gesehen hätte, er verspürte nur eine Nähe, als würde neben ihm ein Kind stehen und darauf warten, seine Hand halten zu dürfen. Als wäre Nikola wieder zwei Jahre alt. Dann ein neuer Gedanke: Jemand zerrte an dem Kind. Jemand wollte seinem Kind schaden. Ein Schatten versuchte, Teddys Kind von ihm wegzunehmen.

Er hob den Arm. Zielte auf den Schatten.

BAM-BAM-BAM.

Die drei Schüsse waren wie von selbst losgegangen. Dejan holte die Zielscheiben ein.

»Verdammt noch mal. Ins Schwarze.« Er hielt die Tafel hoch – alle drei Löcher saßen innerhalb des schwarzen Felds. »Darf ich dich Pia Hansen nennen?«

Teddy legte die Pistole ab. »Nenn mich, wie du willst. Wenn du mir bei einer Sache helfen kannst.«

»Was denn?«

»Ich will, dass ein paar Schwedentypen mit mir reden. Und ich will, dass sie kapieren, wie ernst das Gespräch ist.«

Dejan strahlte.

Die Typen versuchten immer noch so zu tun, als gäbe es ihn nicht. Aber jetzt spielte Teddy seinen Trumpf aus, seine zwei Joker: Dejan und Magnus Hassel. Teddy hatte, als er für den Superanwalt gearbeitet hatte, Methoden angewandt, die nicht einmal einer superwohlwollenden Begutachtung standhalten würden, das hatte Magnus sofort begriffen. Er hatte keine andere Wahl, als zu helfen.

Hassel rief die Nummern an, die herauszufinden Loke Teddy geholfen hatte. Wenn die Leute begriffen, mit wem sie redeten, wurde der Tonfall ein anderer. *Kein Problem, nett von Ihnen zu hören. Wann sollen wir uns treffen?*

Magnus wurde instruiert, für alle fünf dieselbe Geschichte

zu fahren: erzählte, dass er sich nur mit ihnen treffen und über eine vertrauliche Sache sprechen wolle. Gern zu Hause bei ihnen, wenn es ging – jedenfalls nicht in seiner Anwaltskanzlei, wo sich die Leute unter Umständen wundern würden, wenn man zusammen gesehen wurde.

Alle fünf sagten zu.

Der Erste, zu dem sie fuhren, war Fredrik O. Johansson. Er wohnte in Djursholm, war siebenundfünfzig Jahre alt, Hauptaktionär der Investmentfirma Pecuniarapid AG und im Aufsichtsrat von zahlreichen anderen Unternehmen. Fredrik – oder Fred O., wie ihn seine Freunde auf Facebook nach Lokes Feststellung nannten – stammte aus kleinen Verhältnissen in Nordschweden, hatte aber in dem einzigen Interview, das er jemals gegeben hatte, erklärt, »mit etwas verdammtem Geist und Glück kann man überallhin kommen. Kuckt euch nur Jesus an.«

Fredrik O. ließ Teddy, Dejan und The Mauler rein. Er hatte schwarz gefärbtes Haar, das wahrscheinlich eigentlich völlig grau war, und drei Doppelkinne. Die Villa war nicht nur so groß wie ein kleineres arabisches Emirat, sondern ging auch noch aufs Wasser raus. Dejan flüsterte, dass man allein vom Wert des Grundstücks wahrscheinlich ganz Södertälje kaufen könnte.

»Wer von Ihnen ist Magnus Hassel?«, fragte der Typ, nachdem er die Tür hinter ihnen zugemacht hatte.

The Mauler hing die Zunge aus dem Maul.

»Wir wollen ganz ehrlich zu Ihnen sein«, sagte Teddy. »Ich möchte mit Ihnen reden, und keiner von uns ist Hassel.«

»Ah so«, seufzte Fredrik. »Dann muss ich Sie bitten zu gehen. Sie kommen unter falschen Prämissen hierher. Da können wir uns auch in meinem Büro oder bei meinem Anwalt sehen.«

Teddy blieb stehen.

»Nein, wir bleiben noch ein wenig«, sagte er in dem wahrscheinlich gechilltesten Tonfall in Nordeuropa. »Es dauert nur ein paar Minuten.«

Fredrik O. Johansson sah zu Dejan. Seine Doppelkinne schlackerten. »Okay, wir reden. Aber Sie sollen wissen, dass ich in diesem Haus Alarmanlagen und Überwachungskameras habe. Außerdem kommen meine Putzleute jeden Moment. Glauben Sie also nicht, dass Sie irgendwas Übles mit mir anstellen können. Die haben einen Schlüssel und kennen unsere Sicherheitsroutinen.«

Teddy widerstand dem Verlangen, zu Dejan rüberzuschielen. Dieser Typ hätte gut und gern eins der Kidnapping-Opfer sein können, als sie noch in der Branche waren.

Sie ließen sich in einem Raum so groß wie ein Tennisplatz nieder, der voller Kunst und riesiger Topfpflanzen war. Auf einem kleinen Tisch vor einem der Fenster stand ein Kerzenleuchter aus Silber mit drei Kerzenhaltern, die sich in einer Art Knoten umeinanderschlangen. An den Wänden hingen Gemälde mit klassischen Abbildungen schwedischer Winternatur, die Teddy tatsächlich erkannte. Er meinte, einer der Künstler würde Anders Zorn heißen.

»Kennen Sie einen Peder Hult?«, fragte er.

»Nein, der Name sagt mir nichts. Und bevor wir reden, wüsste ich gern, worum es hier eigentlich geht.«

»Das werden Sie sicher gleich verstehen«, sagte Teddy. »Kennen Sie einen Mats Emanuelsson?«

Fred O.s Blick flackerte hin und her.

»Äh, der Name kommt mir tatsächlich bekannt vor«, sagte er. »Aber ich kann ihn nicht einordnen. Geben Sie mir mehr Informationen.«

»Vor etwa zehn, elf Jahren?«

»Ich versuche, mich zu erinnern.«

»Auf einem Herrensitz, zusammen mit anderen Personen vielleicht?«

»Wo? Welche Personen?«

»Unter anderem Peder Hult. Mats hat einen kleinen Vortrag gehalten, gab Ratschläge in Steuerangelegenheiten und so.«

Fredriks Miene verkrampfte sich. »Ah, genau. Ich weiß, wer er war, der hat sich später das Leben genommen, nicht wahr?«

Teddy beantwortete die Frage nicht. »Erinnern Sie sich, wann Sie Mats begegnet sind?«

»Nicht sonderlich gut. Aber ich erinnere mich an den Vortrag. Ich bin niemals so weit gegangen, irgendwelches Geld einzusetzen. Und darüber bin ich heute verdammt froh, zumal offenbar nicht einmal die besten Anwaltskanzleien Angestellte haben, die das Maul halten können.«

»Wo lag der Herrensitz?«

»Ich glaube, das war Södermanland, aber ich bin mit dem Taxi dorthin gefahren, alles verdammt schick, wenn Sie mich fragen.«

»Wie hieß die Anlage?«

»Ich weiß nicht, ob das überhaupt jemand zu mir gesagt hat, aber ich bin auch nicht gut darin, mir Namen zu merken. Es ist ja, wie gesagt, auch schon zehn Jahre her.«

»Wie sah das Haus aus?«

»Groß, gut erhalten, 19. Jahrhundert würde ich sagen, Holzpaneele, gelb. An mehr erinnere ich mich nicht. Als ich dorthin kam, war es sehr dunkel. Warum wollen Sie das alles wissen? Ich habe nichts verbrochen.«

»Sie vielleicht nicht, aber möglicherweise die anderen, die da waren«, erwiderte Teddy. »Und wer war der Organisator des Events?«

»Das möchte ich nicht sagen.«

Fredrik O. Johansson zupfte an seinem Ehering.

»Warum nicht?«

»Weil ich kein Idiot bin. Bei diesen Ratschlägen – und den Vortrag haben viele angehört – ging es ja um das Optimieren von Steuererklärungen. Grundsätzlich mal nichts Falsches, wenn Sie mich fragen, aber wenn mal jemand anfängt, da drin herumzuwühlen, dann wird man der Meinung sein, dass die Leute eine Menge falscher Dinge getan haben, genau wie Sie selbst sagen. Und warum soll ich dazu beitragen, dass vollkommen ehrenhafte Menschen in so etwas hineingezogen werden? Warum soll ich dafür sorgen, dass Menschen wegen einer Menge altem Mist angeklagt werden, der im Grunde Gesetz sein sollte?«

Niemals petzen. Teddy konnte ihm keinen Vorwurf machen, offensichtlich war dies eine heilige Devise durch sämtliche Gesellschaftsklassen. Doch es gab Grenzen, und zwar für alles. Er zog seinen Stuhl vor. Jetzt war sein Gesicht nur noch zehn Zentimeter vom schweißnassen Face von Fred O. entfernt.

»Es ist so, Fredrik, dass mir die Geldwäsche und die Steuerhinterziehung egal sind. Hier geht es um Vergewaltigung, Menschenhandel. Und Mord.«

Fredrik O. Johansson sah aus, als hätte ihm gerade jemand erzählt, dass er all sein Geld verloren habe. Als er wieder sprach, waren die Doppelkinne so bewegungslos, dass sie wie Keramik aussahen. »Mord? Das klingt, gelinde gesagt, beunruhigend. Aber warum kümmert sich nicht die Polizei darum?«

»Gegenfragen sind nicht erlaubt.«

»Aber Sie werden ja wohl verstehen, dass ich erstaunt bin. Und es ist zwar lange her, aber ich erinnere mich, dass derjenige, der den Steuervortrag arrangierte, also, der uns eingeladen hat, Gabriel Sveréus hieß. Das kann ich sagen.«

Teddy machte eine Miene, die so regungslos war wie die Doppelkinne vor ihm. Aber er hatte Freds Augenbewegungen kontrolliert. Gabriel Sveréus war einer der Namen, die Mats genannt hatte – das war der Typ, der an Krebs gestorben war.

Am Nachmittag desselben Tages besuchten er und Dejan den Typen, der am Narvavägen wohnte, Gunnar Svensson. Die Wohnung war groß und protzig möbliert, Teddy erkannte den gleichen Kerzenleuchter über dem offenen Kamin wie bei Fredrik O. Johansson: silber, drei Halter, ein Knoten.

Er versuchte, dasselbe Race zu fahren wie bei Fred O. Es lief nicht so gut. Dieser Alte erinnerte sich an nichts, behauptete er. Kein Peder Hult. Kein Mats Emanuelsson. Kein Gabriel Sveréus. Der Mann erinnerte sich nicht einmal, auf einem Herrensitz in Södermanland gewesen zu sein. Am Ende fragte Teddy, ob sich der Kerl daran erinnerte, was er zum Frühstück gegessen hatte.

»Butterbrot«, antwortete er. Und dann: »Nein, vielleicht war es auch Spiegelei.«

Verschlagener Teufel.

Die Gespräche mit den Typen Nummer drei, vier und fünf erbrachten dieselben nichtssagenden Ergebnisse. Sie wurden ohne Probleme reingelassen, weil Magnus die Verabredung getroffen hatte, aber dann kam die Wand. Sie wollten sich an nichts erinnern.

Der Magnus-Hassel-Trick erbrachte nicht, was Teddy sich davon erhofft hatte. Vielleicht hatte Hassel sie ja vorgewarnt.

Draußen begann die Natur, Leben zu entwickeln. Leberblümchen und Buschwindröschen leuchteten am Wegesrand in den finnischen Farben, obwohl schon die Abenddämmerung fiel.

»Was meinst du?« Teddy und Dejan saßen im Tesla auf dem Weg nach Hause.

»Es ist mehr als zehn Jahre her. Das muss man verstehen, wenn die sich nicht erinnern. Worum geht es bei der Sache eigentlich?«

»Das weißt du doch schon.«

»Ich habe gehört, dass du den Namen Mats Emanuelsson genannt hast. Teddy, ich habe dir doch gesagt, du sollst diese alte Geschichte loslassen.«

Teddy versuchte, geradeaus zu schauen. Ein Tunnel aus Scheinwerferlichtern. An den Seiten wurde die Welt jetzt verschwommen. »Ich werde es loslassen, aber erst, wenn es so weit ist, dass man es loslassen kann.«

»Okay. Ich werde nicht mit dir streiten. Aber du weißt schon, welcher von den Typen, die wir heute getroffen haben, lügt, oder?«

Teddy wandte sich zu Dejan. »Weißt du es?«

Dejans Hände lagen entspannt auf dem Steuer. »Du hast versucht, ihnen in die Augen zu sehen, das habe ich gemerkt. Alle glauben, man würde in den Augen sehen, wenn jemand lügt. Vor allem die Bullen glauben das. Wenn ich in solchen Verhören gesessen habe, dann habe ich immer einen Fleck an der Wand gefunden, auf den ich meinen Blick konzentriert habe, dann dachten sie, ich würde die Wahrheit sagen. Diese Idioten.«

Teddy fragte sich, ob Dejan in der schwachen Beleuchtung des Wagens wohl sehen konnte, wie er rot wurde.

Dejan fuhr fort: »Richter glauben auch, sie könnten sehen, wer lügt. ›Seine Erzählung war nicht von Glaubwürdigkeit geprägt‹, schreiben sie gerne, diese Clowns. Die haben ja keine Ahnung. Aber du weißt ja wohl, was die Wissenschaft dazu sagt?«

»Die Wissenschaft? Was weißt du denn von so was?«

»Offenbar mehr, als du glaubst. Alle Untersuchungen, die darüber unternommen wurden, wie man eine Lüge aufdecken kann, weisen auf dieselbe Gruppe Menschen hin.«

»Und welche?«

»Die Gruppe, der du einmal angehört hast. Und der ich immer noch angehöre, natürlich. Wir sehen. Weil wir wissen.«

Dejans Mundwinkel waren nach oben gewandert. Er sah unverschämt zufrieden aus.

»Also, wer hat gelogen?«

Dejan smilte weiter und zögerte seine Antwort genüsslich hinaus. »Die erste Tunte, die hat gelogen. Fredrik O. Johansson. Der hat nicht die Wahrheit gesagt.«

»Woher weißt du das?«

»Ich kann nicht exakt sagen, was es war. Aber seine Stimme und seine Hände stimmten nicht. Als du angefangen hast, ihn unter Druck zu setzen, sprach er plötzlich mit hellerer Stimme, ist dir das aufgefallen? Und er hat seine Hände weniger bewegt. Bei vielen geht die Stimme rauf, wenn sie lügen. Und fast alle bewegen dann die Hände weniger. Aber wie gesagt, so genau weiß man es nie. Ich vertraue auf mein Bauchgefühl. *It takes one to know one*, und ich bin eben, wer ich bin.«

Teddy hob seine Hand zum Touchscreen und drückte auf *Controls*. Dann zeigte er auf den *Ludicrous*-Knopf.

»Dejan, fahr so schnell du kannst nach Djursholm«, sagte er. »Ich möchte ein zweites Gespräch mit Fredrik O. Johansson führen. Auf meine alte Methode.«

Das Auto raste los.

Dejan schrie fast: »Teddy, ich liebe es, wenn du so redest. Du bist zurück.«

*

Telefongespräch Nr. 50
An: Louise Pederson (Ehefrau)
Von: Hugo Pederson
Datum: 22. Februar 2006
Zeit: 22:43

HUGO: »Mausi, es wird spät, ich muss eine Abendschicht einlegen, fürchte ich.«

LOUISE: »Aber heute Morgen hast du doch gesagt, dass ihr die meiste Arbeit in dem Projekt erledigt habt.«

HUGO: »Ich weiß, aber es sind doch noch neue Sachen aufgetaucht. Sorry.«

LOUISE: »Wie geht es dir eigentlich?«

HUGO: »Was meinst du?«

LOUISE: »Gestern habe ich gedacht, dass du so schnell alt geworden bist. Hugo, ist dir mal aufgefallen, wie deine Schläfen aussehen? Du wirkst zehn Jahre älter, als du bist, ist dir das klar? Ich glaube, es ist nicht gut, so viel zu arbeiten, wie du es tust.«

HUGO: »Aber du beklagst dich nicht, wenn wir zu Hause renovieren können.«

LOUISE: »Vielleicht nicht. Aber ich finde, dass du daran denken solltest. Und jetzt zu mir nach Hause kommen solltest. Ich hätte nichts dagegen, heute Abend mit dir ein paar scharfe Sachen zu machen, und wenn es unbedingt sein muss, kannst du ja hinterher ins Büro zurück.«

HUGO: »Mein Liebes, ich schaffe es einfach nicht.«

LOUISE: »Das sagst du immer. Weißt du, wann wir zuletzt miteinander geschlafen haben?«

HUGO: »Jetzt hör aber auf.«

LOUISE: »Weißt du es?«

HUGO: »Irgendwann im Herbst?«

LOUISE: »Nein, es war August. Vor sechs Monaten. Ich bin einunddreißig Jahre alt, und mein Mann will nicht mit mir schlafen, was glaubst du, wie sich das anfühlt?«

HUGO: »Jetzt musst du aber aufhören, Louise, du weißt, dass ich viel um die Ohren habe, und du weißt auch, dass es verdammt gut gelaufen ist, eben weil ich hart arbeite. Willst du jetzt kommen und rumjaulen, weil wir nicht genug ficken? Du bist doch diejenige, die keine Lust hat.«

LOUISE: »Wenn du nachts um vier betrunken nach Hause kommst und Analsex willst, ja. Da schlafe ich, für den Fall, dass du zu besoffen warst, um das zu begreifen.«

HUGO: »Willst du jetzt wieder davon anfangen? Das war ein Fehler, das habe ich dir doch gesagt, ich war betrunken.«

LOUISE: »Hm.«

HUGO: »Aber sag mal, ich habe vor ein paar Stunden die Nachricht erhalten, dass das Foto jetzt gekommen ist. Sie können es morgen per Boten von ihrer Auslieferungsstelle schicken, oder du kannst es selbst abholen. Sie wären dir auf jeden Fall behilflich, es ins Auto zu tun.«

LOUISE: »Passt es denn da rein? Es ist groß.«

HUGO: »Ja, schon, wenn man den Rücksitz runterklappt. Unser neues Auto ist einfach herrlich.«

LOUISE: »Das hat doppelt so viel gekostet wie das Bild. Und dann sagst du, ich würde unnötig viel Geld ausgeben.«

HUGO: »Meine Güte, es ist ein Porsche Cayenne, das ist ein fantastisches Auto.«

LOUISE: »Ja, ja, aber sag mal, kannst du nicht doch auf ein Stündchen nach Hause kommen?«

HUGO: »Mausilein, morgen gerne, aber heute Abend nicht. Ich schaffe es wirklich nicht. Aber sag mal, ich habe noch was anderes gedacht, sollen wir uns nicht irgendwo ein Sommerhaus kaufen?«

LOUISE: »Vielleicht in Strömsund? Wir haben doch darüber gesprochen, uns da was zu bauen.«

HUGO: »Ich bin meinen Vater so leid. Ich halte ihn nicht mehr aus.«

LOUISE: »Ist was passiert?«

HUGO: »Nicht direkt. Aber du, ich muss weiterarbeiten. Küsschen.«

LOUISE: »Küsschen, tschüss.«

Telefongespräch Nr. 51
An: Hugo Pederson
Von: Göran Blixt (Chef)
Datum: 26. Februar 2006
Zeit: 12:30

GÖRAN: »Ich bin's. Sind Sie im Büro?«

HUGO: »Nein, ich bin beim Mittagessen.«

GÖRAN: »Aha, und mit wem?«

HUGO: »Äh, mit meiner Frau.«

GÖRAN: »Nett, das Mittagessen ist ein guter Zeitpunkt des Tages, um ihnen Wertschätzung zu zeigen. Wo sitzt ihr?«

HUGO: »Sie wollen ja wohl nicht vorbeikommen und stören, haha.«

GÖRAN: »He, he, nein, wie ich schon sagte. Den Frauen soll man Respekt erweisen. Aber ich würde gern kurz mit

Ihnen reden, wenn Sie zurück sind. Ich habe erfahren, dass das *Svenska Dagbladet* dabei ist, in unserem Gebot auf Danfoss herumzugraben. Ich weiß ja nicht, was die zu finden hoffen, aber es gefällt mir nicht. Wenn die sich mal festbeißen, können sie alles drehen und wenden, bis die Leute finden, dass es komisch aussieht. Und wenn die Presse aufwacht, dann wachen auch das Finanzamt und die anderen Behörden auf. Und das wollen wir doch nicht, oder?«

HUGO: »Nein, natürlich nicht. Da bin ich ganz Ihrer Meinung.«

GÖRAN: »Gut, dann weiß ich, dass wir uns da einig sind. Und ich habe mich deutlich ausgedrückt?«

HUGO: »Durchaus. Alles klar, wenn jemand sich meldet und nachfragt, dann sollten wir gute Antworten haben.«

GÖRAN: »Genau, und das alles werden wir mit Danielsson Lind durchgehen, aber es ist nicht nur das. Ich gehe davon aus, dass Sie nichts selbstständig unternommen haben.«

HUGO: »Nein, nein, das dürfen wir doch nicht.«

GÖRAN: »Exakt, und Sie kennen ja unsere Insiderregeln.«

HUGO: »Ja, selbstverständlich.«

GÖRAN: »Für uns untereinander muss ganz klar sein, dass, wenn die Maulwürfe irgendwas ausgraben, was nicht stimmt, und das was mit Ihnen zu tun hat, dann fliegen Sie sofort raus. Und da gibt es dann auch keine Diskussionen, keine verdammten arbeitsrechtlichen Verhandlungen über Abfindung oder solche Sachen oder dass ich was hätte wissen sollen oder Defizite als Chef gezeigt hätte. Klar?«

HUGO: »Nein, nein, warum sollte das überhaupt eine Frage sein?«

GÖRAN: »Ich sage nicht, dass es eine Frage ist. Ich sage nur, *wenn* es so sein sollte, dann will ich, dass Sie die relevanten Absprachen unterschrieben haben. Verstehen Sie?«

HUGO: »Ich verstehe.«

SMS-Nachrichten
An/von: Unbekannt
Von/an: Hugo Pederson

26. Feb.
Eing.: Hallo, Hugo, danke fürs Mittagessen heute. Ich arbeite gern mit Ihnen und Pierre zusammen. Wir melden uns.
Ausg.: Ich danke, superspannend, unser Gespräch heute. Lassen Sie uns wieder reden, wenn wir was am Laufen haben. Hugo

1.März
Eing: Wir haben eine Sache am Laufen.
Ausg.: Interessant. Sollen wir uns zum Mittag treffen? Derselbe Ort wie voriges Mal?
Eing.: Gerne treffen. Aber besser, wenn wir nicht zusammen gesehen werden. Ich habe einen Raum bei meinem Anwalt gebucht, der, von dem ich letztes Mal erzählt habe. Heute, 12 Uhr?
Ausg.: Gut, perfekt. Dann sehen wir uns da.

2.März
Ausg.: Danke für gestern. Ich habe mehr Informationen für Sie. Kommen in verschlüsselter Mail. Und Grüße an Ihren Anwalt. Netter Typ
Eing.: Wir werden morgen vor Mittag loslegen. Wichtig, dass alle gleichzeitig anfangen. Ihr könnt nicht vor 15 Uhr morgen starten.

Telefongespräch Nr. 52
An: Pierre Danielsson (Mitverdächtiger)
Von: Hugo Pederson
Datum: 2. März 2006
Zeit: 15:34

HUGO: »Hallöchen, hallöchen.«
PIERRE: »Hallo, wie läuft's?«
HUGO: »Unglaublich gut. Ich habe unseren Freund gestern bei seinem Anwalt getroffen.«
PIERRE: »Interessant.«
HUGO: »Sehr. Ich finde, der macht einen netten Eindruck. Ebenfalls ein Kunstsammler, hat mir erzählt, dass er auch Anders Zorn sammelt, du weißt schon?«
PIERRE: »Klar weiß ich, wer das ist. Keine billigen Sachen.«
HUGO: »Offenbar hängt er die besten Sachen in seinen Botanischen Garten, wie er es nennt, und dahin dürfen nur besondere Gäste kommen.«
PIERRE: »Okay, aber komm mal zur Sache.«
HUGO: »Ich wollte nur sagen, dass es auf dem Gleis ist, ich werde dir Information mailen, aber wir dürfen nicht vor 15 Uhr morgen handeln.«
PIERRE: »Verstanden. Aber du, ich hab noch was anderes. Ich nehme mal an, dass es für dich genauso nervig ist mit der Logistik wie für mich.«
HUGO: »Ja, das ist richtig anstrengend. In die Schweiz oder zur Isle of Man hin und her, mit Koffern, um die Scheinchen nach Hause zu holen.«
PIERRE: »Ich glaube, ich habe die Lösung gefunden.«
HUGO: »Und was?«
PIERRE: »Ein Typ, der Mats Emanuelsson heißt. Der hilft offenbar bei genau den Sachen, die wir beide, du und ich, brauchen.«

HUGO: »Das klingt sehr gut.«

PIERRE: »Aber ich weiß nicht so viel von ihm. Vielleicht ist es unsicher, Hilfe von einem Externen anzunehmen.«

HUGO: »Lass uns mal drüber nachdenken.«

Telefongespräch Nr. 53
An: Carl Trolle (Freund)
Von: Hugo Pederson
Datum: 14. März 2006
Zeit: 01:34

HUGO: »Hallo, Alter. Hast du geschlafen?«

CARL: »Ach, konnte nicht schlafen. Liege und drehe mich rum wie eine Wurst auf dem Grill.«

HUGO: »Ist Fredrika nicht zu Hause?«

CARL: »Nee, die ist mit ein paar Freundinnen weg, Pauline und so.«

HUGO: »Spät.«

CARL: »Die ist immer spät unterwegs.«

HUGO: »Und wann steht sie morgens auf?«

CARL: »Ich gehe, noch ehe sie wach ist.«

HUGO: »Calle …«

CARL: »Ja.«

HUGO: »Es geht mir nicht gut.«

CARL: »Was ist denn los?«

HUGO: »Ich schlafe beschissen.«

CARL: »Willkommen im Club.«

HUGO: »Aber ist nicht nur das. Ich kriege so eine Art Anfälle, fange an, schneller zu atmen, merke, dass ich nicht mit mir selbst klarkomme, schwitze, will einfach nur schreien, hab so traurige Gedanken, wie das alles so nutzlos ist. Dass ich nutzlos bin.«

CARL: »Aber hallo, was soll das denn, es läuft doch scheißgut für dich gerade. Neues Auto, ihr checkt Sommerhäuser und alles.«

HUGO: »Ich weiß, ich weiß, aber das hier ist was anderes. Ich weiß nicht recht. Ich versuche, immer später und später ins Bett zu gehen, damit ich richtig müde bin. Trotzdem schlafe ich nicht, und dann tauchen eine Menge Bilder im Kopf auf, dass ich mit massenhaft Hunden eingesperrt wäre und nicht rauskönnte. Und dann will ich einfach nur schreien. Und Louise liegt nebendran und weiß von nichts.«

CARL: »Du hast Hunde noch nie leiden mögen.«

HUGO: »Das ist es vielleicht.«

CARL: »Kannst du denn nicht mit Louise reden?«

HUGO: »Nein, wie stellst du dir das vor?«

CARL: »Trainierst du denn genug? Vielleicht solltest du mit irgendeinem Kampfsport oder so anfangen, habe gehört, dass Foffe sein Thaiboxen klasse findet.«

HUGO: »Ja, vielleicht. Ich weiß nicht.«

CARL: »Du, jetzt höre ich gerade, dass Fredrika nach Hause kommt. Können wir morgen weiterreden?«

HUGO: »Okay, bis dann.«

30

Die exklusive Badeetage vom Sturebadet gebucht: Türkisches Bad nennen sie es. Bello verzog das Gesicht. »Wie können die was türkisch nennen wollen? Wissen die nicht, was das für Tiere sind? Wissen die, was die mit unserem Volk, mit uns Armeniern gemacht haben?«

»Ich weiß«, erwiderte Nikola. »Aber der Ort ist perfekt. Und alles ist vorbereitet.«

Bello und er saßen und warteten mit den dicken weißen Bademänteln und den Gratispuschen des Badehauses angetan in der Lounge. Sie hatten den Ort durch den ehemaligen Angestellten eines Freundes von Bellos Cousin buchen lassen, einen halb alkoholisierten Typen, der inzwischen in einem Wohnwagen bei der Marina in Slagsta hauste, und außerdem hatte der Strohmann alles in cash bezahlt – Nikola wollte, dass überhaupt keine Geldströme nachzuverfolgen waren. Er hatte den Spa-Therapeuten des Badehauses abgesagt und zusätzlich bezahlt, um eigene Leute reinbringen zu können: ein paar Thailänderinnen, die kein Schwedisch sprachen, aber in einem Massagestudio auf der Nygatan arbeiteten. Vielleicht würde das Yusufs Neigungen befriedigen: *happy ending*. Der Typ genoss es wohl mehr, einen runtergeholt zu kriegen, als *the real thing*.

Denn *er* hatte mit dem zu tun, was da passiert war. Er hatte seinen eigenen Bruder verraten. Im Stich gelassen. YUSUF – der Chamon mehrere Jahre lang Jobs gegeben hatte. YUSUF – der Nikola helfen sollte, die Hurensöhne zu finden, wo er doch selbst einer von ihnen war.

Die Frauen in der Rezeption des Sturebadets starrten Nikola und Bello an, als sie eincheckten: Sonnenbrillen und die Kappen tief ins Gesicht gezogen. Sie waren in diesem Teil der Stadt keine Typen aus der Szene gewohnt. Das naive, gutgläubige, schwache Stockholm, wie konnten sie nur glauben, dass sie jemanden so behandeln konnten wie ihn, ohne dass es Konsequenzen hatte? Ein Vater, dem erlaubt wurde, von seiner Frau und dem Kind abzuhauen – eine Gesellschaft, die diese Freiheit wichtiger fand als die Familie. Eine Schule, die fünfundzwanzig überenergetische Jungs und sieben stummschüchterne Mädchen in dieselbe Klasse mit einer Mittelstufenlehrerin packte, die schon nach dem ersten Halbjahr in der Vierten zusammenbrach und nie wiederkehrte. Eine Stadt, die zuließ, dass Sozial-Tanten, Schul-Berater und sogenannte Kontakt-Fotzen-Polizisten ihn und die Jungs während ihrer gesamten Jugend schikanierten. Die schon verurteilten, noch ehe sie überhaupt ihre ersten Süßigkeitentüten im Supermarkt hatten mitgehen lassen. Die eine deutliche Botschaft hatten, als sie zehn Jahre alt waren und ihre Eltern von Scania entlassen wurden, langzeit-krankgeschrieben, frühpensioniert oder kaputtbesteuert, sowie sie ein eigenes Geschäft aufmachen wollten: Ihr gehört nicht in diese Gesellschaft, ihr bekommt keine Anstellungen, aber ihr dürft auch keine selbstständigen Unternehmer werden. Dann wurde alles Mögliche darüber geschrieben, wenn die Kids derselben Menschen sich gegenseitig in Gang-Kriegen und kriminellen Rachespiralen kaputt schossen. Aber selbst wenn man sich dafür entschieden hatte, loszulassen, den Ball flach zu halten, gesetzestreu zu werden, griff die Polizei sich nicht die, die gemordet hatten. Alle zogen den Schwanz ein. Niemand übernahm Verantwortung. Dieses Land verwehrte einem alle Wege, außer einem, nämlich den, den Nikola jetzt gewählt hatte.

Trotzdem war er vorsichtig. Der Strohmann hatte checken müssen, dass im Eingang auch keine Überwachungskameras saßen, und Nikola hatte zwei Stunden vorher einen vierzehnjährigen Handlanger in die Sturegallerian geschickt, der alle vier Überwachungskameras, die dort saßen, übersprühte. Nikola hatte nicht vor, auf einem Film festgehalten zu werden – er war schlauer als die Schweine.

Yusuf hatte erstaunt geklungen, als Nikola ihn anrief. Irgendwie abwartend, hatte hauptsächlich einsilbig mit Lauten ganz tief im Hals geantwortet. Als wäre es ihm egal. Aber Nikola spürte: Die Fotze war zufrieden. Die Fotze meinte, er sei damit davongekommen, den Hurensöhnen geholfen zu haben. Die Fotze meinte, sie könne Nikola in den Arsch ficken, wie eine richtige, echte, tausendpro Fotze.

»Ich habe hundertmal versucht, dich anzurufen, war sogar bei dir zu Hause und hab da angeklopft, deine Mama gesprochen und alles«, sagte Yusuf. »Wo warst du?«

»Ach, ich war nicht in Form, voll erledigt mit einer verdammten Grippe rumgelegen«, log Nikola. Er hatte gesehen, dass Yusuf ihn angerufen hatte, sich aber bewusst ferngehalten. Er wusste nicht, wie er reagieren würde, wenn er Yusuf unvorbereitet treffen müsste. »Aber jetzt bin ich wieder auf den Beinen, und wir müssen uns mal absprechen, jetzt, wo Mr. Eins eingefahren ist. Ich dachte, wir könnten uns an irgendeinem netten Ort treffen«, meinte Nikola.

»Ah, naiß«, erwiderte Yusuf. »Ich würde auch gern mit dir reden.«

»Gut, ich dachte mir, einen Ort, wo keiner einfach so zuhören kann und so.«

»Klar. Naiß.«

»Hast du das Sturebadet schon mal probiert. Lieblingsspa der Östermalmer.«

»Äh. Nö.«

»Die haben eine eigene Etage, krass Luxus, da war ich noch nie, aber Bellos Bruder hat da einen Junggesellenabschied gefeiert.«

Die Location war wirklich perfekt: Yusuf konnte unmöglich Verdacht schöpfen – nicht mitten in der Stadt, nicht an der schlossigsten aller Adressen.

»Naiß«, sagte Yusuf noch einmal.

Wenn die Fotze noch einmal das Wort naiß sagte, dann würde Nikola nicht nur mit ihm machen, was er vorhatte. Dann würde er ihm auch noch den Schwanz abschneiden und ins Ohr stecken.

»Sollen wir uns da treffen? Ich sage Bello Bescheid. Und dann schicke ich dir die exakte Zeit auf Wickr.«

»Klar. Naiß.«

Es war entschieden: Sie würden sich treffen. Und der Schwanz der Fotze musste ab.

Bello sah zittrig aus. Nicht nur, dass sein eines Bein zitterte wie die Hand von Opa Bojan, wenn er Tee eingoss, es war auch was mit seinen Lippen, die bewegten sich irgendwie die ganze Zeit, obwohl er nichts sagte.

Die Sofas waren lang und schön, der Raum war für größere Gesellschaften gedacht als ihre. Wie gesagt: Junggesellenabschiede, Firmenevents, Gruppenaktivitäten für Spießerschweden, die meinten, Ruhe und Entspannung zu brauchen. Die Musik war leise und soft, irgend so eine Indianermelodie, Panflöten und Synthi-Trommeln.

»Bratan«, sagte Nikola, »es wird, wie es wird. Also chill mal.«

»Können wir alles noch mal durchgehen?« Bello sah lustig aus in dem Bademantel, der zwei Nummern zu groß für ihn war, tatsächlich erinnerte er darin an Linda.

Nikola nahm einen Schluck von der Cola. Für später hatte er Thai-Bräute organisiert, die würden ein paar Drinks und so servieren, aber die von Nikola und Bello würden alkoholfrei sein.

»Okay, also es geht so: Erst kommen die Masseusen und machen so ein bisschen Massage und Waschrituale und so für anderthalb Stunden. Dann haben wir noch zwei weitere Stunden die Etage für uns. Yusuf wird betrunkener sein als wir, aber in der Sauna müssen wir auch Bierchen trinken, damit er keinen Verdacht schöpft. Und das Schöne ist, dass er genauso nackt sein wird wie wir. Also werden wir wissen, dass er keinen Scheiß bei sich hat.«

»Und dann?«

»Dann, wenn es passt, machen wir wie beschlossen.«

Das Bein seines Kumpels zitterte mehr als ein Massagestab auf Turbo. »Okay, Bratan«, sagte Bello. »Und Isak ist komplett bei der Sache dabei?«

»Ja, verdammt. Er hat es befohlen.«

»Shit, also, Yusuf war vor ein paar Jahren noch wie ein Vater für mich.«

»Das war er auch für Chamon. Und du siehst ja, was passiert ist. Du nennst mich doch den Bibelmann, oder?«

»Was meinst du?«

»Liest du die Bibel?«

»Nee, eigentlich nicht. Auch wenn meine Mom das gerne hätte.«

»Egal. Auge um Auge, Zahn um Zahn. Das kennst du doch, oder?«

Bello begriff, was er meinte.

Yusuf war spät dran. Nikolas Bauch war voller Ameisen. Er wünschte, er könnte genauso ruhig sein, wie Chamon es immer gewesen war – Baldrian atmen, locker bleiben wie ein Mann. Aber mit einem krass gestressten Bello auf dem Sofa und ein paar Thai-Masseusen, die jeden Moment kommen konnten, plus dem eigenen Personal vom Sturebadet, die schon zweimal oben gewesen waren, um zu fragen, ob alles »zur Zufriedenheit« wäre – was war denn *Zufriedenheit* überhaupt für ein blödes Wort –, war Nikola nicht einmal halb so gechillt, wie er wünschte. Er stand auf und drehte noch eine Runde, um den Ort zu checken.

Vor der Lounge lag der Umkleideraum, er zählte zwanzig Schränke, alle aus irgendeinem Holz, das teuer aussah. Auf den Regalen unter den großen Spiegeln zwischen den Schränken standen unterschiedliche Gratisprodukte: Haargel, Wattestäbchen, Hautlotion. Im nächsten Raum war dann das Becken selbst. Wie alt war dieses Badehaus eigentlich? Hohe Säulen mit Schnörkeleien ganz oben, alles marmorverkleidet, und dann wieder Schnörkeleien an den Paneelen entlang der Wände, ein zwölf Meter langer Pool mit einem komplizierten Mosaikmuster in der Mitte – ganz ehrlich, das hier könnte auch irgendwo in der Türkei vor dreihundert Jahren sein. Oder so. Auf der anderen Seite des Pools befanden sich die Duschen, ein Vorraum mit gekachelten Wänden und zwei verschiedene Saunen. Die Duschen waren das Einzige da drin, was aus dem antiken Feeling fiel: Die langen Rohre blitzten, als wären sie heute erst angebracht worden.

Nikola hörte eine Stimme aus der Lounge, die ihm bekannt vorkam. Es war Yusuf – die Fotze war gekommen.

»Bratan«, sagte er zu ihm, als sie sich umarmten. »Wir haben ein ganzes Badehaus für uns allein.« Yusuf grinste. »Fett. Wann kommen die Bräute?«

Nikola und Bello saßen auf den Bänken im Umkleideraum und warteten, während Yusuf sich umzog, beobachteten ihn, als wäre er einer aus Guantánamo. Checkten, dass auch nichts blitzte, horchten, ob nicht was klapperte.

»Naiße Bademäntel hier.« Yusuf grinste, als er fertig war.

Sie setzten sich in die Lounge. Bello brachte Drinks von einer kleinen Bar, die so, wie Nikola es bestimmt hatte, vorbereitet waren. Sie sprachen über die Festnahme von Isak, wie das Gerichtsverfahren für den Chef ihrer Meinung nach laufen würde. Sie redeten über all die anderen Sachen, die sie für den Boss organisierten: das Solarium in Ronna, das Restaurant an der Badhusgatan, die Sprengstoffsachen, die Mr. Eins immer nachfüllen wollte, Leute, die bezahlen sollten, und Typen, die bezahlt werden sollten. Die »Operation Sicher« und »Operation Fenix« der Bullen. Sie diskutierten den Mord an Chamon. Wer konnte *eigentlich* dahinterstecken?

Nach zwanzig Minuten klopfte es an der Tür, und die Masseusen kamen rein.

»*Fuck*, ich dachte, du würdest ein paar Rumäninnen oder Bulgarinnen organisieren«, meinte Yusuf.

»Nee, in einer Location wie dieser geht das nicht, das ist dir ja wohl klar.«

Die Musik im Hintergrund klang wie Wellen an einem Strand. Das Hamamritual war schön. Die Mädchen mussten irgendeinen Kurs besucht haben, oder sie hatten so was einfach in den Genen. Erst duschten die Jungs: Bello wollte aus irgendeinem schrägen Grund die Badehose anbehalten. Yusuf lachte laut: »Bratan, ist das, weil dein *Dachri* nichts ist, womit man angeben kann?« Der Raum dampfte. Nikola drehte die Hitze noch höher. Er fasste an die glänzenden Rohre. Das eine war heiß, er zog die Hand weg. Auf dem anderen hingen kleine Tropfen Kondenswasser, das war kalt.

Sie durften sich auf drei Pritschen legen. Dreißig Minuten

Massage, es sah aus, als wäre Yusuf eingeschlafen – wenn die Masseusen nicht da gewesen wären, dann hätte Nikola ihn sich da gleich gegriffen. Sie genehmigten sich ein paar Drinks Yusuf redete davon, dass er vorhabe, anstelle von Erpressung sich komplett auf Betrug zu verlegen. So viel mehr Cash, aber nur halb so viel Risiko. Dann stellten sie sich mit kurzen, kleinen Handtüchern um die Hüften an den Rand des Pools. Der Marmorfußboden war seltsam warm. Die Masseusen zogen sich Massagehandschuhe an und fingen an, ihre Körper zu reiben. Nach ein paar Minuten duschten sie die Creme ab Dann war es Zeit für eine Art Lehm. Füße, Beine, Bauch und Rücken. Der Lehm wurde schnell hart, Arme, Hände, Hals Der Lehm wechselte die Farbe und wurde grauer. Nikola hatte kein gutes Gefühl dabei, als könnte man sich aus der Packung nicht befreien, als wäre jemand dabei, ihn in frischem Zement einzumauern.

»Ist gut, für mich reicht es«, sagte er und begann, sich abzuspülen. Als das Zeug in der Dusche wegfloss, sah es wieder schwarz aus.

Die Thaimasseusen verließen sie. Yusuf fing wieder an zu meckern, dass er etwas anderes erwartet habe als vierzigjährige Thailänderinnen mit knubbeligen Händen. Trotzdem hatte er gute Laune, er wollte in die Sauna, über Pläne reden, Bierchen trinken.

»Wie macht ihr das mit eurem Cash?«, wollte Yusuf wissen.

Nikola antwortete etwas ausweichend. »Ich bin ein einfacher Mann, ich verdiene nicht so viel.« Und das stimmte auch noch.

Yusuf sagte: »Ich habe einen Typen, der jedes zweite Wochenende mit einem Leihwagen runter nach Dänemark fährt, runter und rauf an einem Tag, kein Problem. Da wasche ich alles.«

»Und woher weißt du, dass du dich auf deinen Lieferanten verlassen kannst?«

»Sie müssen Angst vor dir haben, dann legen sie dich nicht rein.«

Nikola wartete nur darauf, dass sie ins Becken steigen würden. Da würde es passieren. Aber Yusuf wollte sich erst noch aufwärmen.

Die Sauna war groß. Das Thermometer an der Wand zeigte achtzig Grad. Bellos Bein hatte wieder angefangen zu zittern – verdammter Mist, das musste er irgendwie verbergen. Yusuf sah aus, als würde er schwitzen wie ein in Plastikfolie gewickeltes Schwein. Er trug immer noch die Goldkette mit dem goldenen Kreuz, die er von Chamon bekommen hatte, um den Hals, dieser Verräter. Nikola mochte die Hitze, er fühlte sich völlig entspannt. Das Handtuch um die Hüften gewickelt. Ein Bier in der Hand. Der Schweiß, der auf der Brust glänzte. Bald das Becken. Er schloss die Augen.

Er dachte an das erste Mal, als er mit Teddy ins Schwimmbad Arctic Sydpolen, das Abenteuerbad von Södertälje, gegangen war. Die Klasse hatte jeden Dienstag Schwimmunterricht gehabt, aber nachdem Nikola merkte, dass fast alle vor ihm schwimmen gelernt hatten, wurde es langsam peinlich. Wieder und wieder kam er mit irgendwelchen Entschuldigungen: Er war krank, er hatte ein Exzem, er hatte die Badehose vergessen. Am Ende hatte er nicht mehr als zwei Unterrichtsstunden im Becken besucht – und natürlich konnte er immer noch nicht schwimmen. Doch er erzählte nichts von alldem Teddy, als sie in das Becken im Sydpolen stiegen. Er hielt sich nahe am Rand und versuchte, die Beine so zu bewegen, wie er es bei den Schulkameraden im Schwimmunterricht gesehen hatte. Doch die ganze Zeit hielt er sich unter der Wasseroberfläche am Beckenrand fest. Teddy schwamm neben ihm. Spritzte ihm aus Spaß ins Gesicht. Fragte, ob sie vom Rand springen sollten. Nikola versuchte zu antworten und zu lachen, doch er hatte Angst, dass er Wasser schlucken würde. Er hatte Angst vor der Wasseroberfläche, die über ihm zusammenschlug. Seine Beinbewegungen gaben ihm keine Kraft. Sein Körper sank nach unten, er versuchte, den Beckenrand fester zu packen, sich vorwärtszuarbeiten – aber das ging nicht. Das Wasser zog ihn runter. Die Tiefe rief nach seinem Körper. Er würde ertrinken. Da packte Teddy ihn: »Komm, häng dich mal ein Weilchen an mich dran.« Sein Onkel schwamm mit ihm auf dem Rücken in flacheres Wasser. Dann stellte er sich hin und fasste Nikola unter den Bauch. »Du machst schöne Schwimmzüge, zeig noch mal.« Nikola strampelte mit den Beinen. Nach zwanzig Minuten gingen sie raus. Sechs Wochenenden hintereinander besuchten sie das Schwimmbad. Jedes Mal dasselbe Ritual. Teddy fasste ihn unter den Bauch und bat ihn, seine schönen Schwimmzüge zu machen. Nach und nach ließ der Onkel los, bis Nikola sich, ohne festgehalten zu werden, einen Meter ins Wasser rausbegeben konnte, sich von der Kante abstoßen und dann zwei Meter aus eigener Kraft schwimmen konnte. Bis er richtig schwamm. Und kein einziges Mal hatte Teddy etwas gesagt. Nichts darüber, dass Nikola nicht schwimmen konnte. Nichts davon, dass Teddy ihm jetzt aber mal die Beinbewegungen beibringen würde. Nichts. Er hatte nur gehandelt.

Ein quietschendes Geräusch. Vielleicht war das die Tür zur Sauna, die geöffnet wurde. Vielleicht war das wieder das Personal vom Sturebadet, obwohl Nikola ihnen doch gesagt hatte, dass sie in Ruhe gelassen werden wollten. Vielleicht waren es Bello oder Yusuf, die rausgeschlichen waren, um sich abzukühlen. Aber die Schritte klangen fester als die von jemandem, der barfuß ging. Nikola sah gedankenverloren auf.

Ein Typ in Jogginghosen und T-Shirt – Kleider, die in einer Sauna nichts zu suchen hatten. Kleider, die definitiv nicht zum Personal des Sturebadet gehörten. Er erkannte ihn: Fadi – Yusufs Typ.

Fuck.

Es war eine Falle. Yusuf musste es von Anfang an gerochen haben.

Fadi kam rein. Auch Bello begriff jetzt, hatte die Augen aufgerissen, als würde er ein Gespenst sehen. Fadi: ein großer Kerl, alle wussten, dass er Yusufs Muskelpaket war. Er hatte zwei Springmesser in den Händen. Das eine reichte er Yusuf.

FUCK.

Fadi jetzt vor Nikola.

F.U.C.K.

So war das nicht gedacht gewesen.

Nikola konnte sich noch hinstellen. Fadis Hand bewegte sich schnell, aber zu deutlich. Nikola erkannte die Richtung, parierte den Hieb. Voller Kontakt – der Schmerz fuhr wie Feuer durch den ganzen Arm. Aber es war kein Stich, sie waren lediglich mit den Armen aufeinandergeprallt. Und Nikola konnte auch schnell sein. Er rammte Fadi ein Knie in den Schritt. Der Kerl faltete sich zusammen. Brüllte.

Nikola nahm im Augenwinkel wahr, wie Bello versuchte, Yusuf in Schach zu halten. Beide waren nackt.

Nikola schrie, trat wieder in Richtung auf das Fadi-Arschloch. Aber diesmal war er zu langsam. Er sah nicht, wie der ausholte, spürte es nur im Oberschenkel. Es brannte, als hätte Fadi ihm einen Knaller reingerammt und dann abgefackelt. Fucking *Eastern Promises* in echt. Er sah sein eigenes Blut am Wandpaneel. Er hörte seinen eigenen Schrei, wie entfernt, als käme er von jemand anderem. Er öffnete die Saunatür, kroch raus Richtung Becken und Ausgang. Fadi kam hinter ihm her. Drinnen in der Sauna hörte er Bello schreien.

Fadi kickte ihn in den Magen, zielgerichteter Fußballtritt. Nikola blieb die Luft weg. Er drehte sich, rang nach Atem. Rollte herum. Der Beckenrand zwei Meter entfernt. Der Marmor glänzte.

Fadi nahm wieder Anlauf. Aber Nikola packte sein anderes Bein, der Kerl fiel um. Nikola warf sich auf ihn. Versuchte, Schläge wie ein MMA-Fighter zu landen, doch der Schmerz im Oberschenkel bremste ihn. Der Typ rollte weg. Hinter ihnen ging die Tür auf – Yusuf kam mit dem verdammten Messer in der Hand raus. Was hatte er mit Bello drinnen in der Sauna angestellt?

Nikola versuchte, sich aufzurichten, das Bein zitterte. Yusuf hieb auf ihn ein. Nikola drehte seinen Körper herum, weg von den Messerstichen. Yusuf versuchte es noch einmal. Verfehlte ihn.

Dann spürte Nikola Fadis Arme um seine Taille – verdammt, er durfte sich nicht festhalten lassen, dann wäre alles aus.

Yusuf zog den Arm zurück, um zuzustechen, doch auch er war zu offensichtlich in seinen Bewegungen. Nikola gab alles, riss sich los. Das Messer traf auf Fleisch – aber nicht seins.

Yusuf sah erstaunt aus: große Augen. Fadi sah noch erstaunter aus: riesige Augen – das Messer saß in *seinem* Bauch, nicht in Nikolas. Yusuf hatte seinen eigenen Mann verletzt.

Der Kerl gurgelte, Blut kam aus dem Mund. Das Messer saß noch in seinem Bauch.

Yusuf schrie: »*Fuck!*« Der Kopf pendelte zwischen seinem Schlägertypen, der jetzt wegsackte, und Nikola, der in Habachtstellung blieb, hin und her. Der Schmerz im Bein zerrte an ihm, er wollte einfach nur hinfallen, sich hinlegen. Ausruhen. Trotzdem zwang er sich, stehen zu bleiben.

Einander gegenüber.

Eine Sekunde.

Yusuf hatte versehentlich seinen eigenen Bratan erstochen.

Fünf Sekunden.

Vielleicht war Nikola jetzt allein. Vielleicht lag Bello tot in der Sauna. Er spürte, wie das Bein wieder unter ihm wegzusacken drohte.

Zehn Sekunden. Zwei Augenpaare, die Blicke aufeinander fixiert. Zwei nackte Kerle in Todesangst, die beide gedacht hatten, das hier würde auf eine andere Weise enden.

Nikola rührte sich zuerst. Einen Haken gegen Yusuf. Versuchte, den Schlag wie eine Kobra peitschen zu lassen, volle Kraft zu geben. Er traf Luft. Yusuf warf sich stattdessen auf den Boden: zu dem Messer, das in Fadi steckte. Wie dumm von Nikola, das nicht bedacht zu haben. Yusuf brüllte, griff das Messer. Sie stolperten beide. Rollten auf dem Marmorfußboden neben dem Pool herum. Die Blutspuren folgten ihnen, als wären sie Leiber in einem Schlachthaus. Sie kämpften, schlugen sich um das verdammte Messer. Nikola würde nicht mehr lange durchhalten können. Die Wunde fraß sich in ihn hinein. Er wusste nicht, wie viel Blut er verloren hatte. Wenn er jetzt nicht gewann, war er tot.

Yusuf stürzte sich mit dem Messer in der Hand auf ihn. Nikola landete auf dem Rücken, er hielt Yusufs Arm, versuchte, ihn wegzudrücken. Doch die Kräfte verließen ihn. Yusuf bleckte die Zähne: wenige Zentimeter vor seinem Gesicht. Die Messerspitze kam näher, er sah sie wie einen verschwommenen grauen Punkt, wenige Zentimeter von seinem Auge entfernt.

Er würde es nicht schaffen. Sie würde sich durch sein

Auge und Gehirn bohren. Er drückte zurück. Versuchte es. Schwitzte. Hörte sein eigenes Keuchen. Sah Bilder vorbeiflimmern: Mama, Teddy.

Dann war der Druck weg.

Yusuf rollte zur Seite. Blut blubberte aus seinem Mund. Hinter ihm stand Bello mit Fadis Messer. Er hatte es in Yusufs Nacken geschlagen.

Yusuf bewegte den Mund. Vielleicht versuchte er, was zu sagen. Da war etwas Ruhiges, das aufgehört hatte zu kämpfen.

»Nicko«, gurgelte er, ohne den Satz zu beenden. Seine Augen rollten nach hinten.

Hier vor ihnen auf dem Marmorfußboden lag kein lebendiger Mensch mehr.

Nikola beugte sich vor und nahm Chamons Goldkette und das Kreuz ab. »Die sind nicht für dich bestimmt«, sagte er leise zu sich selbst. Er rappelte sich auf. »Bello«, sagte er. »Danke.«

Fünfzehn Minuten später: Bello hatte einen Cousin angerufen und ihn gebeten, so schnell wie der Teufel mit seinem Auto zu kommen, der würde in einer weiteren Viertelstunde hier sein.

Sie hatten einen Notausgang in der Lounge gefunden und aufbekommen. Es könnte funktionieren: Der Ausgang führte direkt in ein Treppenhaus, das laut Bello bis zu einem Ausgang direkt auf die Grev Turegatan hinausging. Aber was sollten sie mit den Leichen machen? Und Nikolas Verletzung?

Bello wickelte einige Handtücher fest um Nikolas Oberschenkel, bis es aufhörte zu bluten.

In jedem einzelnen Schrank hingen ein großes Frotteehandtuch und ein Bademantel vom selben Modell, die sie bis vorhin auch angehabt hatten. Sie wickelten die Leichen ein, als wären sie beim Bestatter. Dann zogen sie sie hinter das Sofa in der Lounge. Verdammt, waren die schwer. Nikola stöhnte.

Bello spülte Sauna und Poolraum mit einem Schlauch ab, den er gefunden hatte. Sorgfältig: Wände und Boden. Wände und wieder Boden. Nikola lag im Umkleideraum auf dem Boden mit dem Bein auf eine Bank gelegt. Er schielte zum Poolraum hin. Das meiste Blut lief in den Abfluss. Aber nicht alles. Verdammt: Das Wasser des Beckens wurde hellrosa von dem, was da hineinlief. VER-DAMMT.

Sie durften keine Spuren hinterlassen.

Wie krank. Alles war so verfickt. Sie hatten Yusuf doch nur waterboarden wollen, um ihn zum Reden zu bringen, und jetzt saßen sie mit zwei Leichen hier.

Bellos Handy klingelte. Sein Cousin stand unten und wartete.

»Bitte park dein Auto so nah an der Metalltür, wie es geht, auf der Grev Turegatan direkt gegenüber vom Grodan. Lass die Schlüssel auf dem Fahrersitz liegen«, instruierte Bello ihn. »Es ist besser, wenn du nicht selbst im Auto bist. Du sollst in das hier nicht reingezogen werden.«

Es war höchste Zeit.

Bello versuchte, die erste Leiche zum Treppenhaus zu schleppen, aber für ihn allein war das zu schwer. Nikola stellte sich hin, schwankte. Testete, ob das Bein ihn trug.

»Bello, ich weiß nicht, ob ich es schaffe.«

»Du darfst jetzt nicht schlappmachen. Denk an deinen Onkel oder so. Wenn ich oben nehme, kannst du da unten packen.«

Nikola sog so viel Luft ein, wie er konnte, hinderte den Schmerz daran, sich auszubreiten. Sie trugen die erste Leiche runter. Das Auto stand einen Meter vom Ausgang entfernt. Bellos Cousin war nicht mehr da. Sie klappten die Rücksitze zurück und schoben die erste Leiche rein.

Nikola spürte, wie die verdammten Blitze wieder kamen.

Er musste sich ans Treppengeländer lehnen. Bello sagte: »Was machen wir mit dem Becken? Man sieht doch, dass da Blut reingekommen ist.«

Nikola stolperte in die Lounge. Er blinzelte. Sah die Schnapsflaschen an der Bar. Sah ein paar Weinflaschen.

Er keuchte. »Ich habe eine Idee.«

Er wackelte zur Bar. Nahm zwei Flaschen Rotwein. Schleppte sich zum Pool. Zerschlug beide Flaschen auf dem Fußboden. Der Rotwein verlieh dem Wasser im Becken noch mehr Farbe.

Bello stand hinter ihm.

»Ey, Bratan, du bist smart.«

31

Josephine hatte sie genötigt, sich mit ihr in der Stadt auf einen Drink zu treffen. Emelie hatte keine Lust, aber Jossan war hartnäckig geblieben und hatte sich sogar bereit erklärt, sie abzuholen.

»Hallo, Pippa«, sagte Jossan und stolperte fast zur Tür herein. Aus irgendeinem Grund fiel sie in jeden Raum hinein – wie Kramer in *Seinfeld* –, worüber Emelie normalerweise immer lachen musste. Doch nicht jetzt. Nicht heute Abend.

Sie umarmten sich. »Ich wollte einfach ein bisschen mit dir reden, nach all den komischen Sachen, die du miterlebt hast. Eigentlich sitze ich gerade an einem Gutachten, aber das kann auch morgen fertig werden.«

»Können wir nicht hierbleiben? Es ist zehn Uhr, nicht einmal du kannst jetzt noch richtig fit sein.«

»Nein, wir gehen in die Stadt. Und sag doch so was nicht,

du weißt doch, wie es ist, bei Leijon zu arbeiten. Vor weniger als zwei Jahren hast du selbst noch in meinen Schuhen gesteckt.«

»Ja, aber ich hatte nie so hohe Absätze wie du.«

»Haha, du bist wirklich witzig, Emelie.«

Sie setzten sich an einen Tisch im Ling Long, und Emelie ging zur Bar, um zu bestellen. Sie befingerte den Personenalarm in ihrer Tasche – das hier musste bald ein Ende haben. In den letzten Tagen hatte sie immer häufiger gespürt, wie die Panik in ihr aufstieg, sowie sie laute Geräusche hörte oder jemand schnelle Bewegungen machte. Die Schüsse in Oslo hatten Löcher in ihre Sicherheitszone geschlagen.

Sie dachte an Katjas Mutter. Ohne genau herausgefunden zu haben, was Gunnel getan hatte, war Emelie sicher: Sie war es nicht wert, eine Mutter genannt zu werden. Wie konnte die Grenze, sein eigenes Kind im Stich zu lassen, so leicht zu überwinden sein, wieso war der menschliche Trieb, seine eigenen Nachkommen zu beschützen, manchmal so schwach? So etwas durfte einfach nicht sein – hier ging es auch um Entscheidungen. Gunnel hätte andere Entscheidungen treffen können. Es gab immer Alternativen. Trotzdem fühlte Emelie sich nicht bereit, selbst Mutter zu werden, sie sah sich einfach nicht in der Rolle. Und noch weniger konnte sie den Vater des Kindes als solchen sehen. Sie hatte die gesetzlichen Regelungen nachgelesen: Bis zur achtzehnten Woche konnte sie bestimmen, was mit dem Kind passierte, aber ab der dreizehnten Schwangerschaftswoche gestaltete sich die Sache komplizierter, da war ein sogenannter Zwei-Stufen-Abbruch erforderlich. Eigentlich wusste sie, was sie wollte. Die Welt war zu hart, Mutterschaft eine zu unsichere Aufgabe. Aber sie wusste auch, dass sie Teddy nicht weiter ignorieren konnte. Sie sollte ihn anrufen und mit ihm sprechen.

Dann dachte sie daran, wie Marcus versuchte, ihre Kanzlei mit ihr als mental abwesender Chefin zu schaukeln. Ein paar Wochen noch, dann musste sie wieder am Platz sein, sonst lief ihr ganzes Büro Gefahr zusammenzufallen. Trotzdem wusste sie nicht, wie sie das schaffen sollte. Die meiste Zeit saß sie über dem Katja-Material, schrieb eigene Zusammenfassungen, machte Listen. Markierte, unterstrich, machte Notizen. Fragen, die nicht gestellt worden waren. Analysen, die nicht erfolgt waren, Proben, die nicht eingeholt worden waren, Karten, die nicht angeschaut worden waren, und so weiter. Es ging ihr nicht mehr so schlecht wie zu Beginn der Schwangerschaft, aber sie schlief immer noch lausig. Sie trank alle Formen von Kaffee, aß Äpfel und stopfte Süßigkeiten in sich hinein, als wären es Amphetamine. So gern würde sie richtige Pillen schlucken, doch das verbot sie sich. Nicht einmal auf den Seiten der illegalen Netzapotheken war sie unterwegs.

Die Polizei hatte die gerichtsmedizinischen Berichte vom Tatort bekommen. Die DNA-Analyse des NFC folgte der gewöhnlichen Skala. *Wahrscheinlichkeitsgrad:* +4. Das bedeutete gemäß der beigelegten Erklärung, dass es *mehr als eine Million mal wahrscheinlicher war, dass die DNA von der aktuellen Person stammte, als dass sie von jemand anderem stammte (1 000 000 ≤ V).* Auf dem Fußboden in der Nähe der Stelle, an der Katjas Leiche gelegen hatte, hatte sich Adams und Katjas Blut befunden, und Adam hatte Schnittwunden in der rechten Hand. Die Sache war glasklar.

Aber trotzdem.

Sie bestellte einen alkoholfreien Drink für sich und einen Gin Tonic für Jossan.

»Kommst du eigentlich zur Jubiläumsfeier der Kanzlei?«, fragte Josephine, als Emelie sich setzte.

»Ich habe mich noch nicht entschieden«, log Emelie, »aber die Einladung ist angekommen.«

»Ich kümmere mich um die Organisation, es wäre also klasse, wenn du kommst. Leijon möchte schließlich immer gern seine Elite zeigen, nicht wahr?«

»*Naturellement*, aber warum schmeißen sie dann die Besten raus?«

Jossan zwinkerte ihr zu. »Du weißt schon, warum du nicht bleiben konntest. Und wenn ich auch finde, dass es richtig war, diesen Mordfall zu übernehmen, hast du aus der Perspektive der Kanzlei einfach falsch gehandelt.«

Da konnte Emelie nicht widersprechen.

Schon redete Jossan von anderem.

»Ich habe angefangen, Holistic Magnesium zu nehmen«, sagte sie. »Das ist gut für Muskeln, Nerven, Proteinsynthese, Immunabwehr und Sexleben. Man bekommt mehr Freunde davon, das ist klinisch bewiesen.«

Emelie lachte laut. »Dann mal gleich her damit!«

Sie sprachen über Karrieren und alte Kollegen. Magnus Hassel war mit der jährlichen Ausschüttung für die Teilhaber bei Leijon offensichtlich nicht zufrieden. Anders Henriksson hatte in seinem Fitnessstudio ein Mädel kennengelernt, das zweiundzwanzig Jahre alt war und dessen Körper mehr als vierzig Prozent Silikon enthielt. Eva Rudolfsons Sohn schrieb aufmüpfige Rubriken in den Abendzeitungen und Protestlisten in den Sozialen Medien. Es war schön, einfach nur gewöhnlichen Anwaltstratsch zu hören und nicht an Katja oder die Oslo-Schießerei zu denken.

Vielleicht reagierte Jossan darauf, dass Emelie den Barkeeper um »Dasselbe noch einmal« bat, als sie die zweite Runde bestellten, aber man konnte ja nicht erkennen, dass ihr Drink keinen Alkohol enthielt. Vielleicht sollte sie doch mit Josephine sprechen, ihr alles erzählen. Der Mord an Katja, das Attentat auf Mats, das Netzwerk und vor allem: das Kind, das in ihrem Bauch wuchs. Wer der Vater war. Oder vielleicht sollte sie zu einem Psychologen gehen, denn sie merkte, dass sie bald mal den Druck rausnehmen musste. Es gab nur ein Problem: Sie wusste nicht, wie man richtig redete. Das war nie ihr Ding gewesen – wenn ihre Freundinnen nichts anderes wollten, als sich die Dinge vom Herzen zu reden, zu psychologisieren, miteinander Hobbytherapeuten zu spielen, wählte Emelie immer ein anderes Gesprächsthema. Es war nicht so, dass sie nicht über sich selbst nachdachte. Sie fand nur einfach nicht die richtigen Worte.

Vielleicht sollte sie den ganzen Mist auch einfach lassen. Die Sache mit dem Mord aufgeben. Nicht daran denken, dass sich mindestens zehn Männer an Katja und anderen Mädchen vergangen hatten, ohne dass einer dafür zur Rechenschaft gezogen worden war.

Die möglichen Hinweise von Mats Emanuelsson vergessen. Wieder zur Normalität zurückkehren. Keine Sorgen. Keine Angst. Keine Furcht.

Jossan versetzte ihr einen kleinen Stoß. »Du, Emelie, ich wollte nur sagen, dass ich für dich da bin, wenn du reden willst. Was auch immer dich gerade beschäftigt.«

Emelie fuhr bedächtig mit dem Strohhalm durch ihren Drink. Josephine war ihre beste Freundin.

»Kuck mal!«, sagte die plötzlich in einem völlig anderen Ton und zeigte auf den Eingang. »Da sind deine alten Chefs.«

Emelie drehte sich um. Magnus Hassel und ein paar andere Partner der Kanzlei betraten das Lokal. Sie drehte das Gesicht zur Wand und hoffte, dass man sie nicht sehen würde.

»Sie gehen rüber ins Restaurant«, sagte Jossan.

»Schön, ich kann jetzt wirklich nicht mit ihnen reden.«

Josephine verschwand auf der Toilette.

Vor einigen Tagen hatte Adams Sohn Oliver in ihrer Kanzlei angerufen und gebeten, noch einmal mit Emelie sprechen zu können. Als sie ihn zurückrief, bat er eindringlich um ein Treffen. Schließlich hatte Emelie zugesagt, zunächst, weil sie hoffte, dass das Betteln dann ein Ende haben würde, aber im Grunde, weil sie neugierig war. Sie wollte mehr über Katja und Adam wissen. Adam saß immer noch nach schwedischem Modell in Untersuchungshaft – es gab keine Obergrenze, wie lange jemand vor einem Gerichtsverfahren seiner Freiheit beraubt werden durfte.

Als sie ins Büro kam, hatte Anneli sie begrüßt und gescherzt: »Wie schön, dass Sie mal *vorbei*kommen.« Dann nickte sie zu den Besuchersesseln hin. »Da wartet jemand auf Sie.« Oliver war mehr als anderthalb Stunden zu früh. Emelie hatte gehofft, vor dem Besuch noch schnell ein bisschen Post durchsehen zu können. Aber dann sprach sie eben gleich mit ihm, sie würde sich sowieso nicht entspannen können, wenn er da draußen saß und wartete. Sie trat auf ihn zu und reichte ihm die Hand. »Hallo, Oliver, kommen Sie rein.«

Er stand auf. Vermied es, ihr in die Augen zu sehen. Vermied es, ihre Hand zu schütteln.

Sie gingen in ihr Zimmer. Oliver sah magerer aus als letztes Mal, vielleicht schüttelte er ihr deshalb nicht die Hand, vielleicht fehlten ihm Kraft und Muskeln. »Papas Anwältin ist nicht gut«, sagte er.

Emelie versuchte, Blickkontakt zu ihm zu bekommen. »Warum denn nicht?«

»Ich darf nie mit Papa sprechen. Ich habe tausendmal die Polizei und das Gefängnis angerufen, und die sagen nur, das musst du mit dem Anwalt deines Vaters ausmachen. Aber der Anwältin bin ich total egal.«

»Verstehe«, sagte Emelie.

Auch wenn ihr Adams Sohn leidtat, kannte sie solche Situation nur zu gut. Familienmitglieder und Verwandte von Klienten hatten oft das Gefühl, der Anwalt sei auch ihr Vertreter – das konnte einem eine Menge Gespräche bescheren.

»Das tut mir leid«, sagte sie, »aber ich kann mich da nicht einmischen. Das muss dein Vater selbst mit seiner Anwältin verhandeln. Sie ist nicht *deine* Anwältin. Und Adam ist nicht *mein* Klient. Verstehst du?«

»Aber bitte, können Sie mir nicht irgendwie helfen?«

»Hast du schon einmal mit deinem Vater sprechen können?«

»Einmal, vor ein paar Wochen. Ein Wachmann hat zugehört.«

Jetzt konnte Emelie ihre Neugier nicht mehr zurückhalten. »Und was hat er gesagt?«

Zum ersten Mal sah Oliver auf. »Er will da weg.«

Emelie wandte sich ab. Sie konnte diesem dreizehnjährigen Jungen keine weiteren derartigen Fragen stellen, das wäre unethisch. Sie sprachen noch ein paar Minuten, in denen sie versuchte, Oliver davon zu überzeugen, dass sie die falsche Person für sein Anliegen war. Schließlich sagte sie: »Okay, ich kann dir helfen, einen Brief an die Anwältin von deinem Vater zu schreiben. Das ist alles.«

Sie verfassten ein paar Zeilen auf ihrem Computer, druckten den Brief aus, und er durfte ihn unterschreiben. »Aber ich kann ihn nicht in einem Umschlag von meinem Büro schicken«, sagte Emelie. »Du musst ihn selbst auf die Post geben.«

Olivers Hand zitterte, als er das Papier entgegennahm.

Warum kam Josephine nicht zurück? Emelie befürchtete das Schlimmste, womöglich hatte sie auf dem Rückweg von der Toilette den Umweg durch das Restaurant genommen, um ihre Chefs zu begrüßen. Aber, was viel schlimmer war: Plötzlich sah sie Magnus Hassel auf sich zukommen – sie hatte jetzt wirklich keine Kraft, um mit ihm zu reden, vor allem nicht ohne Josephine. Sie wandte das Gesicht wieder ab und hoffte, dass er sie übersehen würde, doch fünf Sekunden später spürte sie eine Hand auf ihrem Rücken.

Magnus trug einen Mantel, den er ganz aufgeknöpft hatte, und hielt eine Lederaktentasche in der Hand. »Wie schön, Sie hier zu treffen«, sagte er und klang aufrichtig froh. »Sind Sie allein hier?«

Es fühlte sich so an, als würde er zu nahe stehen. »Nein«, erwiderte sie, »ich bin mit Josephine verabredet.«

Magnus stand unnatürlich still, so wie es betrunkene Menschen tun, die versuchen, nüchtern zu wirken. »Sie sind wirklich mutig.«

Emilie fragte sich, was er wohl meinte. Wusste er etwas von den Schüssen in Oslo? Oder bezog er sich auf etwas anderes? Dass sie grub, forschte, zu verstehen versuchte, was mit Katja passiert war – wusste er davon? Oder meinte er, dass sie hier saß und trank, obwohl sie doch schwanger war – konnte er das ahnen?

»Wovon reden Sie?«, fragte sie.

Magnus legte ihr einen Arm um die Schulter. »Ich meine, es ist mutig, dass Sie bei uns abgesprungen sind und jetzt etwas Eigenes aufbauen. Nicht viele würden diesen Weg wählen.«

Emelie atmete aus. »Ich habe nicht gewählt wegzugehen. Anders und Sie haben mir gekündigt, erinnern Sie sich?«

»Ganz so war es nicht, Emelie. Aber das ist Geschichte. Ich

mag Sie, das war schon immer so.« Seine Hand umfasste ihre Schulter.

Emelie wollte nichts mehr davon hören.

»Darf ich Sie zu einem Drink einladen?«, fragte er.

Emelie wollte *wirklich* nichts weiter hören. Sie sah zum Restaurant rüber und zu den Toiletten und wünschte, Josephine würde auftauchen und sie retten.

»Einen Martini vielleicht?«, wiederholte Magnus.

Emelie fühlte sich auf ihrem Stuhl wie versteinert. Sie bekam keinen Ton heraus.

»Kommen Sie schon«, sagte Magnus.

Emelie ließ die Eiswürfel in ihrem ansonsten leeren Glas kreiseln.

»Oder wollen Sie mit mir in ein anderes Lokal gehen?«

Sie sah zum Ausgang zu den Toiletten.

»Meine Güte, warum sind Sie denn so steif?«

Sie sollte aufstehen und gehen, aber es war, als würde seine Hand auf ihrer Schulter zehn Tonnen wiegen.

»Lass sie in Ruhe.«

Emelie drehte sich um. Da stand Anders Henriksson.

»Sie hat keine Lust auf anhängliche Alte wie dich«, sagte Anders und versuchte, es wie einen Scherz klingen zu lassen. »Du bist nicht in Form.«

Magnus schwankte fast unmerklich. Er schien seine Tasche ganz fest zu halten. Emelie nutzte die Gelegenheit. »Dann einen schönen Abend«, sagte sie und nickte erst Anders und dann Magnus zu. Sie steuerte auf den mit Vorhängen verhängten Eingang zu. Das würde sie Jossan morgen erklären.

Im Licht der Bar sah sie die Silhouetten von Magnus und Anders. Anders in einem offenen Jackett. Magnus in Mantel und mit Tasche.

Sie schob den Vorhang beiseite. In ihrem Kopf kreiste es.

Mantel UND Tasche. Magnus hatte seine *Tasche* mit zu ihr nach vorn genommen.

Mit einem Mal begriff Emelie etwas. Sie hatte einen Gedanken im Kopf, den sie erst einmal überprüfen musste. Wer hatte Katja ermordet? Vielleicht war die Lösung einfacher, als sie gedacht hatten, und gleichzeitig komplizierter.

32

Roksana war jetzt seit vier Tagen hier, aber es kam ihr vor wie vier Monate. Noch nie hatte sie etwas Vergleichbares empfunden. Etty, Val und Leila behandelten sie wirklich wie ein Familienmitglied. Etty hatte sogar schon verlangt, dass sie mindestens zweimal täglich die Großmutter zwei Häuser weiter besuchte, und hatte sich beklagt, dass sie die Klimaanlage falsch einstellte – ganz so, als wäre Roksana ihre eigene Tochter. Velenjak war ein total schönes Viertel mit seinen großen Parks, den feinen Häusern und den relativ entspannten Mädchen, die das Tuch schick heruntergezogen trugen und Hosen anhatten, die so eng saßen wie Trainingstights. Aber es war noch etwas anderes. Das Gefühl, hierherzugehören, Boden unter den Füßen zu haben, und mit Menschen zusammen zu sein, die sie so akzeptierten, wie sie war, ohne dass jemand von ihr verlangte, dass sie ausschließlich Spitzennoten ablieferte oder sich für einen ordentlichen Beruf entschied. Und ohne dass jemand ständig nach Ketamin schrie. Da schwang außerdem noch etwas anderes mit. Was, wenn es so geworden wäre – was, wenn ihre Eltern niemals hätten fliehen müssen, nicht hätten emigrieren müssen?

Doch Roksana hatte hier einen Auftrag zu erfüllen, etwas,

das sie tun musste. Nichts währte ewig, und bald würde sie nach Stockholm zurückkehren müssen.

Val und sein Kumpel Jahan fuhren mit ihr durch die Stadt. Die breiten Autobahnen entlang, am großen Khomeini-Tempel und den protzigen Moscheen vorbei, durch den Kessel mit Teherans unteren Schichten, vorbei an den kleinen Kindern, die Kaugummi und Blumen verkauften, und an den verrückten Wandmalereien – eine war es besonders, von der Roksana den Blick nicht wenden konnte: die Freiheitsstatue als nacktes Skelett gezeichnet. Alles, was gerade in den USA geschah, war verrückt, aber diese gruselige Karikatur ließ sie schaudern.

In den nördlichen Teilen Teherans fuhren sie durch klarere und bessere Luft – »die feinen Viertel«, so hatte ihr Vater sie genannt, wo sich grüne Bäume über die Straßen beugten, sich fast hineinlehnten, als wollten sie bewusst die gelben Taxis, die Porsches und die todesverachtenden Vespafahrer mit Schatten versehen.

Am ersten Tag waren die Cousinen und Roksanas Vettern zu Besuch gekommen. Am nächsten Tag kam die Tante ihres Vaters. Sie fragten alle, wann Mama, Papa und Caspar in den Iran kommen würden. Sie aßen Wassermelone und dann ein langes Abendessen um den dunklen Esstisch in der Mitte des Hauses. Ihre Großtante erzählte von der Zeit, als sie jung gewesen war und in Paris gearbeitet hatte – »Aber abends habe ich die Champs-Élysées im Sturm erobert.« Etty lachte so laut, dass die Gefahr bestand, dass die Nachbarn die Sittenpolizei rufen würden in der Annahme, sie sei betrunken. »Ja, Roksana, wenn wir nächstes Mal zu Besuch kommen, musst du uns das Stockholmer Nachtleben zeigen. Dein Papa sagt, du würdest sogar mehr feiern als Val.«

Die Häuser waren groß und von Mauern und Zäunen geschützt, hatten aber auf der Rückseite Pools. An manchen

Stellen erhoben sich Mehrfamilienhäuser, fast so hoch wie Wolkenkratzer, zu den Berggipfeln – die Aussicht hinunter in den Kessel war atemberaubend. Überall sah sie Kräne. Val lächelte: »So verdienen wir unser Geld. Die Preise haben sich in nur sieben Jahren verdreifacht. Viele Teile dieser Stadt wachsen um siebzig, achtzig Prozent, sie werden jetzt geformt, bekommen ihren Charakter, wie ein Kind, das wächst.«

Roksana wusste, wie die Dinge lagen. Omid, der Vater von Val und Leila, hatte zuvor im Amt für Stadtplanung gearbeitet, dann aber in den Neunzigerjahren über seine früheren Arbeitskollegen angefangen, Grund und Boden zu kaufen. Das Geld kam von Großmutters Seite der Familie. Vor zwei Jahren war Omid gestorben, aber Etty verwaltete weiterhin das Immobilienimperium, das sie aufgebaut hatten. Was Val und Leila eigentlich machten, das war Roksana nicht klar.

»Ich helfe Mama«, erklärte Val, aber Roksana hatte zumindest in der Zeit, in der sie da war, noch nicht gemerkt, dass er etwas anderes getan hätte, als zu essen, E-Gitarre zu spielen, scheinbar ziellos in dem unnötig großen Range Rover herumzucruisen und halbe Vormittage zu verschlafen. Und zu reiten – denn das machte Val am liebsten. In die Berge hinaufzureiten. Und deshalb war Roksana hierhergekommen – sie hatte seinen Reithelm gesehen und eine Idee gehabt.

Sie überlegte noch, wie sie ihm die Details erklären sollte, aber auf Skype hatte Val schließlich positiv geklungen.

Heute Abend war Party bei Jahan. Es war nicht zu erkennen, wie die *crib* des Kumpels sonst aussah, denn die Wohnung war für das Fest komplett umgewandelt worden – ein *remake deluxe*. Große Vorhänge waren angebracht, die ein Gefühl von verschiedenen Räumen im Raum schufen. In einem Teil stand eine beleuchtete Bar, in einer anderen eine DJ-Base. Stroboskop, Discokugeln und Scheinwerfer hingen an der Decke. Roksana sah nicht eine einzige Frau mit Schleier, hingegen zwei Typen, die ihren Oberkörper frei gemacht hatten – und auf der Brust mehr Tätowierungen trugen als Billie und Z. zusammen. Ein paar Mädchen und Jungs hingen in Badebekleidung herum und spritzten überhitzte Gäste mit Wasserpistolen nass, im Badezimmer gab es einen dicken Teppich, auf dem eine Gruppe im Kreis saß und eine Wasserpfeife herumgehen ließ. Auf einem hochgeklappten Computer lief *Shahs of Sunset*. Hinter einem Vorhang stand ein Sofa, auf dem ein Mädchen in sehr kurzem Kleid mit einem schnauzbärtigen Typen rummachte.

Der Barkeeper bereitete Mojitos, aber Roksana konnte nicht erkennen, ob er Alkohol hineinschüttete. Als sie dann das Glas an den Mund nahm, konnte sie kaum einen Schluck nehmen, so stark war der Drink. Val kicherte. »Die haben alles vermischt, keine Schnapsflaschen sind mehr zu sehen.«

Anderthalb Stunden später ließ sich Roksana auf dem großen Teppich auf dem Fußboden nieder. Ihre Kleider waren durchnässt. Diese Party – sie versuchte im Kopf vorzuformulieren, wie sie sie Z. beschreiben würde, wenn sie nach Hause kam, aber das ging nicht. Sie wusste nur, dass sie voller Energie war, die sie noch nie verspürt hatte, weder mit noch ohne Super-K im Leib. Sie kannte kein einziges Lied von der Tanzfläche, sie hatte nicht mehr als zwei Drinks zu sich genommen, sie hatte Val oder Leila lange nicht gesehen – das war egal. Diese Nacht war wie maßgeschneidert für sie.

»Wie läuft's?«

Roksana drehte sich um. Es war Val. Er setzte sich neben sie, in der Hand eine Shisha.

»Ich liebe diese Party«, sagte Roksana.

Val spielte mit der Wasserpfeife. »Ja, die ist schön. Jahan hat sich ausnahmsweise mal Mühe gegeben.«

Roksana lächelte. Val nahm einen tiefen Zug von der Pfeife. Jetzt nahm Roksana den Geruch wahr: süß, blumig, aber auch noch was anderes war dabei. »Rauchst du Gras?«

»Ja, was sonst?«

Aus dem Zimmer, in dem getanzt wurde, strömte Musik.

»Ich weiß nicht, ich dachte nur, falls die Polizei kommt.«

»Die kommt nicht, nicht auf einer Privatparty wie dieser hier. Und wenn sie kommt, dann werden wir wohl einen oder zwei Tage im Knast sitzen müssen, das haben schon viele getan. Du wirst deinen Flug nach Hause nicht verpassen. Mach dir keine Sorgen.«

Val reichte die Pfeife an einen Jungen neben ihm weiter. »Der Druck ist heftig, man muss eine Art Emigration finden, sei es auch nur eine innere.«

Emigrieren, dachte Roksana – sie fragte sich, ob Val auch immer wegwollte.

Zwei Tage später saßen Val und sie unter einer Pergola auf der Ranch. Es war der heißeste Tag, seit sie gekommen war. Jetzt musste alles klappen, deshalb war sie schließlich hier. Val hatte garantiert, dass hier große Mengen vorhanden waren, mehrere Kilo im Kühlraum.

Ein Typ mit Schnurrbart und Mütze sah in regelmäßigen Abständen nach ihnen. »Er kommt gleich«, versicherte der Bärtige. »Heute ist viel los.«

Val hatte nicht gefragt, was Roksana mit den Präparaten vorhatte, aber er hatte dieses Treffen hier arrangiert. Sie saßen bei einem von Teherans wichtigsten Pferdehändlern, der zufällig auch noch der beste Freund des Bruders von Ettys ehemaliger Nachbarin war. Mr. Isaawi.

Das Stallgebäude aus Ziegelstein war lang, und Roksana sah, wie stattliche Pferde hinein- und hinausgeleitet wurden. Um die Hufe staubte es. An manchen Stellen gab es Öffnungen in der Wand, aus denen Pferde herausschauten.

»Ich habe hier zusammen mit mehr als vierhundert anderen einen Platz gemietet«, erklärte Val. »Wir, die wir bessergestellt sind, lieben das Reiten, und da braucht man ein eigenes Tier.«

Ein schneeweißes Pferd sah aus der Fensternische neben ihnen. Es drehte ihr den Kopf zu und sah sie an. Es war schön, sah stark aus. Sie musste an ihre Großmutter denken.

Am Vormittag hatte Roksana sie besucht. Alle anderen Male, wenn sie zu Großmutters Haus rübergegangen war, hatte die alte Dame entweder im Bett gelegen oder vorm Fernseher gesessen. Die Haushälterin putzte oder kochte Essen, allerdings konnte Roksana nicht verstehen, warum sie dafür so viel Zeit brauchte. Die Male, wenn Roksana Großmutter am Tisch sitzen sah, hatte sie nicht mehr als ein paar Bissen genommen, und es war auch kaum schmutzig in ihrem Haus. Doch am Vormittag war keine Haushälterin da gewesen, und Großmutter saß im Garten hinter dem Haus auf einer Bank. Sie war elegant gekleidet, die Bluse goldbestickt, und die Mokassins an ihren Füßen trugen Embleme, die von irgendeinem Königshaus stammen konnten.

»Roksana *joonam*«, sagte sie und klang dabei genau wie Roksanas Vater. Sie klopfte mit der Hand neben sich auf die Bank. »Setz dich.«

Roksana nahm neben ihr Platz. »Wie geht es Großmutter heute?«

»Es geht mir, wie ich es verdiene, ich bin zu alt, lebe aber trotzdem gern. Ich habe gehört, dass du bald wieder nach Schweden reisen wirst.«

»Ja, übermorgen.«

An den anderen Malen, als Etty sie hierher nötigte, da hatte Großmutter fast nichts gesagt, sondern nur Roksanas Hand in ihre genommen. Aber heute war es anders. Sie sprach darüber, wie es war, als sie, Großvater, Etty und Roksanas Vaters vor mehr als vierzig Jahren in dieses Haus gezogen waren. »Dein Vater war nicht wie Val, dein Vater lernte die ganze Zeit.« Dann zeigte sie auf das Beet mit den lila Blumen direkt bei ihnen. »Sieh dir die an. Die habe ich vor mehr als fünfundzwanzig Jahren angepflanzt, und sie kommen immer noch jedes Jahr. Weißt du, was das ist?«

»Krokusse?«

Großmutter lachte. »Genau, aber was für eine Art Krokus?«

»Krokus *krokus*?«

Großmutter lachte noch mehr. »Du bist ja lustig. Den Humor musst du von deiner Mutter geerbt haben. Das ist Safran, Roksana *joonam*. Der wächst seit Urzeiten in unserem Land. Magst du Safran?«

»Ich liebe Safran.«

»Gut, dann bist du zumindest nicht vollkommen europäisiert. Wie geht es deinem kleinen Papa?«

»Ich glaube, es geht ihm gut. Aber er ist erschöpft.«

»Ich weiß. Und sagt er zu dir, dass du eine gute Ausbildung brauchst?«

Das kurze Haar von Großmutter war an manchen Stellen immer noch dunkel. In gewisser Weise sah sie jünger aus als ihr eigener Sohn, aber ihre Augen waren seinen sehr ähnlich, der Blick tief, beobachtend.

»Ja, und die werde ich auch bekommen.«

»Gut, gut.«

Großmutter sah wieder zu den Krokussen. Die Sonne sickerte durch die Zypressen auf das Gras ringsum.

»Du kannst tun, was du willst. So wie er es auch konnte.«

»Ja, aber vielleicht nicht in Schweden.«

»Das meine ich nicht. Weißt du, was für eine Ausbildung dein Papa zuerst gemacht hat?«

»Ingenieur.«

»Nein, nein, das war später. Dein Papa wollte spielen, er studierte Musikwissenschaft. Seine ganze Jugend lang spielte er. Gitarre, Sitar, Trommeln, Klavier, alles. Und er schaffte es an die Musikhochschule, nur sieben von tausend Bewerbern ist das gelungen. Er durfte ein paarmal sogar mit den ganz Großen spielen, Googoosh und Vigen. Er war brillant, dein kleiner Papa, ein Wunderkind.«

Roksana fehlten die Worte.

»Aber da gab es ein kleines Problem«, fuhr Großmutter fort, »er hat nämlich seinem Vater, deinem Großvater, nicht erzählt, dass er Musik studierte. Großvater dachte, er hätte bereits mit der Ingenieursausbildung angefangen.«

Großmutter legte den Kopf in den Nacken, als würde sie den Himmel beobachten.

Roksana sah sie an. »Und was passierte dann?«

»Was passieren musste. Wie immer. Man kann nicht vor sich selbst fliehen. Als dein Großvater das erfuhr, war Schluss.«

Roksana versuchte, Großmutters Blick einzufangen, aber der war oben bei den Wolken, weit entfernt in einer anderen Zeit.

»Willkommen auf meiner Ranch«, sagte ein braun gebrannter Mann in den Fünfzigern mit Kappe und Sonnenbrille.

Val und Roksana erhoben sich. Das Tuch juckte im Sonnenschein. Val stellte sie vor, und sie gab Mr. Isaawi die Hand.

»Wie wäre es mit einem Rundgang?«

Sie spazierten den Ziegelsteinbau entlang. Roksana fragte sich, wie viel Val darüber erzählt hatte, was sie eigentlich wollte. »Der persische Araber und das kaspische Pferd sind ein grundlegender Teil unserer Zivilisation«, erklärte Mr. Isaawi mit gedehnter und überdeutlicher Stimme, die signalisierte, dass dies möglicherweise die wichtigste Information war, die sie je in ihrem Leben bekommen würden.

Roksana hörte nicht zu, sie dachte nur daran, wie sie ansprechen könnte, was sie wollte. Sie musste total bekloppt sein, warum hatte sie nur nicht vorher mit Val vereinbart, wie sie vorgehen würden? Sie wusste nicht einmal, ob sie als Frau diesen Mann überhaupt ansprechen durfte.

»Die Pferde verleihen uns Flügel, Persien war das erste Land auf der Welt, wo Pferde gezähmt wurden, Khayyam nennt in der *Nowruznameh* mehr als einundvierzig verschiedene Arten Pferde«, sagte Mr. Isaawi und flocht weiterhin die Namen von bekannten Besitzern und Züchtern ein. Roksana schwitzte. Sie hätte jetzt auch gern eine Sonnenbrille.

Nach fünfzehn Minuten kehrten sie unter die Pergola zurück und setzten sich. Der Mann mit dem Schnurrbart servierte Eis und kleine Kekse. »So«, sagte Mr. Isaawi und griff sich zwei davon, »Sie wollten über Geschäfte reden.« Er sah Val an.

Roksana holte tief Luft. »Ich möchte von Ihnen Ketaminol kaufen.«

Der Ranchbesitzer zog eine Augenbraue hoch, machte dann aber eine Bewegung mit dem Finger, um zu signalisieren, dass sie weiterreden durfte.

Roksana sprach schnell, sie versuchte zusammenzufassen, was sie brauchte.

»Hier nennen wir es Ebastin«, sagte Mr. Isaawi, »womit wir unsere Tiere betäuben. Das ist kein Problem. Ich habe Mengen davon, kiloweise. Und wozu werden Sie es benötigen, wenn ich fragen darf?«

Roksana wusste nicht, ob dem Mann klar war, dass sie es ins Ausland schicken würde. Sie versuchte ein Lächeln. »Ich werde es für Pferde brauchen.«

Mr. Isaawi erwiderte ihr Lächeln. »Sehr gut. Das ist das Einzige, was ich wissen wollte.«

Mr. Isaawi war unglaublich nett. Vielleicht der netteste alte Mann der Welt.

Im Range Rover auf dem Weg zurück nach Velenjak lachte Val.

»Ich dachte, du würdest da oben vor Hitze vergehen. Warum hast du nichts gesagt?«

»Habe ich doch.«

»Ja, aber erst, nachdem er einen Vortrag gehalten hatte, der öder war als alle, die meine Mutter je hält.«

Roksana sagte: »Jetzt gibt es nur zwei Sachen, die ich nicht weiß, und zwar, wie ich für die Sachen bezahlen und wie ich alle Flaschen nach Schweden kriegen soll.«

»Die kosten nicht viel. Ich kann dir was leihen«, meinte Val.

Roksana musste lachen. »Ich verspreche, es dir zurückzuzahlen. Aber wie kriege ich die Flaschen aus dem Land?«

Val hielt an einigen roten Ampeln. »Hör mal, sie haben die Sanktionen zwar gelockert, trotzdem sind wir immer noch Experten darin, Sachen *ins Land* zu schmuggeln. Aber du willst was *rausschmuggeln*, und das ist noch nie ein Problem gewesen. Wirklich noch nie.«

33

Es waren fast zwei Wochen vergangen – zwei Wochen zu viel. Und das, obwohl Teddy Tag und Nacht gearbeitet hatte. Dejan und er waren sofort zu Fredrik O. Johansson zurückgefahren, doch es war zu spät gewesen. Der Alte war nicht mehr zu Hause. Teddy wartete die ganze Nacht vor dem Haus, doch Fred O. kam nicht zurück. Am Morgen rief er Loke an und bat um Hilfe für einen Lauschangriff auf die Djursholmsvilla. Loke – der weltloyalste Computernerd – opferte nicht nur seine Zeit, sondern lieh auch das Geld für die Ausrüstung, die sie dafür kaufen mussten. Drei Stunden später musste er trotzdem mit einer Enttäuschung aufwarten. »Dieses Haus ist schwierig. Die haben massenhaft Alarmanlagen, Überwachungskameras und Sensoren. Ich weiß tatsächlich nicht, wie ich da was reinkriegen soll«, sagte er.

»Ich dachte, du könntest zaubern.«

»Ja, Darling, das könnte man meinen, aber ich bin nur ein durchschnittlicher Hacker mit gutem Selbstvertrauen und zu viel Arbeit momentan.«

»Und das Telefon des Alten, können wir das abhören?«

»Ja, wenn er es im Haus verwendet, dann kann ich bestimmt was drumherum aufstellen, das die Signale auffängt, nur nicht, wenn er das Haus verlässt. Da werden wir ihn verlieren. Aber der Vorteil ist, dass du auch die Textmitteilungen wirst sehen können.« Jeden Tag saß Teddy in unterschiedlichen Autos, die er mietete, und wartete vor der Villa. Eine PET-Flasche im Auto, um reinzupinkeln, ein Handy, das mit der Abhöranlage verbunden war, und drei Powerbars als Mittagessen. Wieder musste er seinen Freunden danken – Dejan bezahlte die Automiete.

In gewisser Weise war es ein ruhiger, die meiste Zeit entspannter Job. Es hätte ihm gut gepasst, wenn es nicht etwas anderes als ein *Job* gewesen wäre: Niemand bezahlte ihn auf dieselbe Art, wie bei den Jobs, die er für Leijon gemacht hatte, und außerdem wurde er jetzt noch von etwas anderem gejagt. Die Sorge zehrte tief an ihm. Fraß ihn von innen auf. Sorge um Emelie. Und ihren Untermieter. Ihr Kind.

Fredrik O. Johansson bewegte sich weniger, als Teddy gedacht hatte. Seine verschiedenen Unternehmen schienen von selbst zu laufen. Zwar saß Fred in der Geschäftsführung, aber laut Loke gab es nicht mehr als zwei Konferenzen im Monat. Hierfür hätte man Emelie gebraucht, die kannte sich mit Unternehmen und Konzernen aus, aber momentan schien die unausgesprochene Vereinbarung zwischen ihnen zu sein, dass jeder wieder auf seiner Scholle arbeitete. Er wusste nur nicht, was sie mit dem Kind vorhatte.

Manchmal fuhr der Alte ins Fitnessstudio des Grand Hôtel in der Stadt, dann wieder radelte er mit einer Schlägertasche über der Schulter zum DJTK, dem Tennisclub Djursholm. Zweimal aß er nach dem Training im Restaurant zu Mittag, und viermal sah Teddy ihn mit einem Jagdhund in Djursholm am Wasser entlangspazieren. Alle anderen Male schien der Hund von irgendeinem Hausmeister Gassi geführt zu werden, der ihn für Kack- und Pinkelpausen rausbrachte.

Er hörte den Alten telefonieren, sah ihn Textnachrichten an seine Söhne schreiben und an seinen Hausverwalter auf dem Hof, den er in Skåne besaß. Er rief die anderen Mitglieder des Aufsichtsrats an und den Geschäftsführer seines Mutterkonzerns. Er sprach mit Handwerkern, die einen neuen Swimmingpool für die Villa bauen sollten, er redete mit einem Anwalt über die bösen Nachbarn des Hofs in Skåne und über sein Testament, seinen Personal Trainer und die Überlegung, zu Hause in der Villa zu trainieren, anstatt ins Studio im Hotel zu gehen. Teddy versuchte zu filtern, zu sortieren und zu verstehen. Die Informationen überschwemmten ihn. Mit wem redete Fred da? Oft hatte er keine Ahnung, und noch weniger, ob das Gesprochene relevant war für ihn. Er begann zu zweifeln, dass überhaupt Fredrik O. Johansson der Lügner gewesen war, wie Dejan so sicher meinte.

»Du musst ihn ausräuchern«, sagte Dejan, als Teddy die Frage ansprach.

»Wie das?«

»Schreck ihn ein bisschen auf. Dann wird er sein anderes Ich zeigen.«

Teddy dachte den ganzen Tag im Auto nach. Fast schlief er ein. Wahrscheinlich sollte er den Sitz nicht so weit nach hinten klappen. Er aß Koffeintabletten und trank noch mehr Energydrinks. Er erwog, das Ritalin gegen richtiges Amphetamin auszutauschen, er musste in Form bleiben.

Dann verbarg er seine Nummer im Telefon und rief Fred O. an.

Fredriks Stimme klang erschöpft.

Teddy verstellte sich, so gut er konnte. »Guten Tag, mein Name ist Daniel Olofsson, und ich rufe von der Polizei an.«

Plötzlich klang der Alte hellwach. »Und was wollen Sie von mir?«

»Wir möchten gern, dass Sie zu einem Verhör zu uns kommen.«

»Worum geht es?«

»Es geht um einen Mord.«

»Ich verstehe nicht, wovon Sie reden.«

»Nein, nein, schon klar. Aber Sie werden das alles erklären können. Wir möchten Sie nur aus Ermittlungsgründen befragen, Sie sind in keiner Weise verdächtig.«

»Aber ich weiß nichts von einem Mord. Ich glaube, ich habe kein Interesse, zu einem Verhör zu kommen.«

Teddy strengte sich an. Er wollte souverän klingen. »Von Gesetz wegen können wir Sie holen, wenn Sie sich weigern.«

»Ich möchte mit meinem Anwalt über die Sache sprechen.«

»Tun Sie das gern. Nur eins noch.«

»Was denn?«

»Es geht um den Mord an einer jungen Frau, aber was Sie betrifft, so sind Ihre möglichen Kontakte zu der Frau Mitte der 2000er-Jahre interessant.«

Teddy zählte die Herzschläge – bumm – Fredrik O. Johansson wartete eine Mikrosekunde zu lange mit der Antwort – bumm, bumm.

»Aha, aber ich habe dennoch keine Ahnung, wovon Sie sprechen«, antwortete der Alte schließlich.

Die Zeit verging. Der Sitz wurde ungemütlich, der Rücken verspannt. Die Muskeln der Beine steif. Er hatte Schmerzen in einem Stiftzahn, das Problem war schon im Knast aufgetaucht und ärgerte ihn immer mal wieder. In der Kabine des Wagens war schlechte Luft. Es roch nach Verzweiflung. Die Wärme umgab ihn wie ein erstickendes Kissen.

Fredrik O. Johansson tätigte weiter seine gewöhnlichen Anrufe, schickte seine gewöhnlichen Textnachrichten. Teddy versuchte herauszuhören, ob er anders klang, ob er jetzt Stress hatte.

Da tauchte eine Nachricht auf seinem Schirm auf: Der Alte textete mit einer Nummer, die Teddy bisher noch nicht gesehen hatte.

Eben hat mich ein Polizist angerufen, dass ich zum Verhör kommen soll.

Die unbekannte Nummer antwortete:

Warum?

Völliger Wahnsinn, es geht um dieses Mädchen in Hägersten. Aber sie dürften eigentlich keine Verbindungen erkennen können.

Haben sie dich wegen irgendwas in Verdacht?

Nein, offenbar nicht. Habe ich das Recht, dich bei so einem Verhör mitzubringen?

Ja, wenn du nicht verdächtigt wirst, dann darfst du einen Anwalt mitnehmen. Aber die Frage ist, ob ich so gut geeignet bin, ich arbeite ja nicht mit solchen Verbrechen.

Okay, denk mal drüber nach. Auf jeden Fall müssen wir aufräumen. Sicherheitshalber.

Teddy saß kerzengerade im Sitz. Seine Gedanken explodierten. Er wusste, was er am liebsten tun würde, er wollte den Alten frikassieren und dann gleich noch mal, wollte sein Haus abfackeln. Aber das durfte er nicht tun. Das durfte er NICHT tun. Jetzt musste er ruhig bleiben.

Er musste nicht lange warten. Eine Viertelstunde später ging die Garagentür auf, und Fredrik O. Johansson rollte in seinem neuen Range Rover heraus. Teddy folgte ihm.

Eine knappe Stunde später bog der Alte in einen kleinen Abzweig vor Sparreholm in Södermanland ab, nachdem er einen Umweg über den Norrmalmstorg genommen und dort einen unbekannten Mann aufgelesen hatte. Dejan half – er lag ein Stück zurück, sein Auto war eigentlich zu auffällig, aber Teddy und er hatten sich trotzdem abwechselnd hinter Johansson gereiht, Teddy im Leihwagen, Dejan im Model X. Diese Tour war definitiv eine Unterbrechung der üblichen Gewohnheiten von Fredrik O. Johansson, und sie musste mit den Textnachrichten zu tun haben. Die Abzweigung genügte Teddy schon – er checkte Google Maps. Entlang dieser Straße konnte es nur einen Ort geben, der es sein konnte: Hallenbro Storgården.

Dejan und er schalteten die Motoren aus. Einen Kilometer entfernt lag der Herrensitz, bei dem es sich mit großer Wahrscheinlichkeit um den handelte, auf dem Mats Emanuelsson gewesen war und zu dem Katja als Dreizehnjährige verschleppt worden war. Wo eine Anzahl Männer sich an ihr und anderen kleinen Mädchen vergangen hatten. Teddy öffnete die Autotür. Die Luft war kühl und sauber. Das Halbdunkel wirkte als Schutz. Er ging zu Dejan, der hinter ihm geparkt hatte. Die Scheibe fuhr völlig ohne Geräusch herunter – offenbar war bei einem Tesla nicht nur der Motor lautlos. Dejan reichte ihm einen Rucksack.

»Warte hier auf mich«, sagte Teddy. »Ich will nur mal nachsehen, was für eine Sorte Haus das ist. Wenn ich in einer Dreiviertelstunde nicht zurück bin, darfst du nach mir suchen.«

Er brauchte fünf Minuten, um neben dem Straßengraben im Laufschritt zu dem Haus zu kommen, das er schon von weitem sehen konnte. Als er näher kam, wurde ihm klar, wie groß es war. Auch hier gab es einen Zaun, aber im Rucksack war ein Bolzenschneider. Dejan war in vieler Hinsicht ein guter Freund.

Er dachte an Emelie. Jetzt müsste sie ungefähr in der zwölften Woche sein. Teddy hatte niemandem etwas erzählt, aber Linda gegenüber den Wissbegierigen gespielt. Gefragt, in welchem Entwicklungsstadium ein Embryo in den verschiedenen Wochen war, wie es der Mutter dann so ging, wann man es erzählte, bis wann ein Abbruch erlaubt war. Linda schien sich an überhaupt nichts von ihrer eigenen Schwangerschaft zu erinnern. Der beste Tipp, den sie ihm geben konnte, war: »Es gibt etwas, das heißt Google, kennst du das?«

Vor Teddy lag ein riesiger Rasen und weiter hinten das mit Ziegeln gedeckte rechteckige Haus, das vermutlich immer noch, wie Mats es beschrieben hatte, gelblich war. Das Neueste, was er über Mats gehört hatte, war, dass er zwar noch lebte, aber nicht öfter als ein paar kurze Momente aufgewacht war.

Entweder spazierte Teddy ganz einfach gerade über den Rasen, vielleicht würde die Dunkelheit ihn ausreichend schützen, oder er suchte sich einen anderen Weg, zum Haus vorzudringen. Dann dachte er: Was will ich jetzt eigentlich erreichen? Er hatte das Haus gefunden, und es hatte definitiv etwas mit dem Mann zu tun, der sich Peder Hult genannt hatte. Auch Fredrik O. Johansson hatte er gefunden, der in irgendeiner Weise Teil dieses Netzwerkes war. Genügte das nicht? Sollte er nicht einfach diese Polizistin, Nina Ley, anrufen und sie bitten, mit ihrem Team vorbeizukommen? Andererseits waren die Bullen über ein Jahr lang nicht vorwärtsgekommen, und jetzt konnte man ihnen überhaupt nicht mehr vertrauen. Nicht einmal Emelie schien man noch vertrauen zu können. Und jetzt stand er hier. Jetzt befand er sich hundert Meter von diesem Höllenschuppen entfernt.

Er ging gerade über den Rasen.

Die Fenster des Hauses waren dunkel.

Hunde. Diese Männer da waren Hunde.

Er drehte eine Runde ums Haus, fünf Minuten dauerte die, aber wenn jemand da drinnen war, würde der ihn bei der Dunkelheit kaum sehen. Er zählte drei Eingänge: einen Haupteingang mit großer Steintreppe, Geländer und riesigen Blumentöpfen mit kleinen Bäumchen drin, dann einen Seiteneingang, der wahrscheinlich direkt in die Küche führte, und einen Wirtschafts- oder Kellereingang, der ein halbes Stockwerk weiter unten im Souterrain zu liegen schien. Alle Türen waren verschlossen. Er konnte durch keines der Fenster jemanden erkennen, doch es mussten mindestens zwei Männer da drinnen sein.

Er suchte in dem Rucksack, den Dejan ihm gegeben hatte. Er war Najdan »Teddy« Maksumic, vor dem Knast war er ein *made man* gewesen. Ein Multikrimineller. Ein Verbrecher aller Kategorien. Im Alter von siebzehn Jahren pflegten er, Dejan und die anderen Jungs die Villen in den schickeren Stadtteilen von Södertälje zu knacken, manchmal fuhren sie sogar bis nach Mälarhöjden raus. Die Brüche waren einfach – damals hatten die Leute keine sonderlich aufwendigen Alarmanlagen, und wenn, dann hatte Dejan meist schon vorher die Stromversorgung finden und unterbrechen können. Meistens gingen sie durch die Kellertüren rein, die waren immer von derselben Sorte, und wenn im Haus jemand lag und schlief, dann hörte er die Einbruchsgeräusche aus dem Souterrain nicht. Schmuck und Bargeld. Sie rafften Uhren, Tennisschläger und manchmal auch Golfschläger zusammen. Mehrmals fanden sie Autoschlüssel, einmal sogar den zu einem Mercedes 500 SL mit V8-Motor, der noch keine zweitausend Kilometer gelaufen war. Das Auto hatte draußen vorm Haus gestanden, und Teddy erinnerte sich noch, dass die Felgen, obwohl es stockdunkel war, wie frisch geputztes Silber geglänzt hatten. Teddy und Dejan hatten damals noch keinen Führerschein gehabt, aber im Sommer fuhren sie die Karre trotzdem bis runter ins ehemalige Jugoslawien. Der Krieg war noch nicht zu Ende, aber das machte die ganze Sache nur noch spannender. Sie verkauften den Benz für über vierhunderttausend Cash und feierten dann zwei Wochen lang wie die Drogenkönige in Belgrad.

In weniger als drei Minuten hatte Teddy die Kellertür mit dem Brecheisen aufgekriegt, das Dejan auch in den Rucksack gelegt hatte. Der wäre stolz, wenn er ihn so arbeiten sähe –

»Der alte Teddy«, würde er sagen. »Du knackst Türen wie ich Eier über der Pfanne.«

Teddy stieg in etwas hinunter, das wie ein selbst gemachter Partykeller aussah. Im Raum stand ein großer Bartresen. Rote Vorhänge, Sofas und Sessel entlang der Wände. Dunkle Bilder, die kopulierende Tiere darzustellen schienen. Von der Decke hing ein Kristallkronleuchter. Er ging an der Bar vorbei. Dahinter gab es einen Flur mit mehreren Türen. Hier brannte Licht. Teddy horchte auf Geräusche.

Vorsichtig öffnete er eine Tür. Ein heller Raum, wie die Kulisse eines Schlafzimmers. Das Einzige, was echt war, war das große Bett, das da stand. Er öffnete eine weitere Tür. Ein gekachelter Raum, aber kein Badezimmer. Von der Decke hing eine Art Schaukel. Er öffnete den Schrank an der einen Wand: Da drin lagen Lederriemen, Peitschen, Masken, Kondompäckchen, Dildos, Tablettenblister. Spitzenunterwäsche, kleine Metallstäbe, die mit Batterien versehen waren, Handschellen, Tuben mit verschiedenen Salben, Penisbälle und eine Menge anderer Mist. Teddy dachte: Ich bin hier definitiv richtig, das sind Hunde.

Aus dem dritten Raum, der vom Flur abging, kamen Geräusche. Er konzentrierte sich. Das konnten Fred O. und sein Mitfahrer sein.

Teddy öffnete die dritte Tür. Hier sah es mehr wie ein Büro aus, mit Schreibtisch und einem Sofa.

Fredrik O. Johansson stand über den Schreibtisch gebeugt und war dabei, Dinge in einen Samsonite-Rollkoffer zu verfrachten – Papiere, Geschäftsunterlagen, vielleicht DVDs. Offensichtlich *räumte* der Typ hier *auf*.

»Es ist genug«, sagte Teddy.

Fredrik sah auf. Verständnislos. Erstaunt.

Dann erkannte er Teddy. Sie standen vier Meter voneinander entfernt im Halbdunkel, dennoch war das deutlich zu sehen. Der verdammte alte Sack sah aus, als wären gerade John Lennon und Olof Palme zusammen hier reingekommen.

»Sie haben hier nichts zu suchen«, sagte Fredrik mit seltsam heller Stimme.

Teddy spürte, wie das Blut durch seine Adern rauschte. *Der alte Teddy* war wieder richtig zurück, Bruce Wayne wurde zum *Dark Knight*, Bruce Banner verwandelte sich in *The Hulk*. Er wollte diesen Alten verprügeln, bis von ihm nichts mehr übrig war. Er wollte ihm den Schwanz abreißen und ins Maul stopfen. Er wollte nie wieder seine piepsige Stimme hören.

»Jetzt bleib mal schön still und hör auf mit dem, was du da gerade machst. Es ist vorbei, Fredrik.«

Er hatte nicht vor, das Monster Fredrik Johansson zu irgendwelchen Bedingungen abhauen zu lassen. Doch was machte er da? Er hätte wirklich schon längst die Polizei rufen sollen oder wenigstens Dejan. Außerdem meinte er, von draußen im Flur Geräusche zu hören – war das der Beifahrer von Johansson?

Fredrik ging langsam vor, den Rollkoffer zog er hinter sich her. Doch es war, als käme da ein neuer Mensch auf Teddy zu, nicht der verschreckte, erledigte, mickrige alte Mann. Fredrik O. knurrte, ballte die Fäuste, spannte den Körper an. Er fiel ihn an wie ein Tier. Sie stolperten in den Flur hinaus.

Teddy schlug zu und spürte, wie die Nase von Fredrik O. Johansson brach.

Im Augenwinkel sah er noch etwas anderes: Der Beifahrer kam im Flur auf ihn zu, auch er ein Typ mittleren Alters.

Teddy musste Fredrik jetzt loswerden. Er maß die Schläge ab wie eine Maschine. Blut spritzte. Zähne flogen. Fredrik schrie vor Schmerz.

Teddy erwartete, dass der Beifahrer sich auf ihn stürzen würde, doch stattdessen nahm der Typ den Samsonite-Koffer.

Teddy versuchte aufzustehen. Aber Fredrik O. Johansson ließ sich nicht abschütteln. Der Kerl hatte sich gedreht, die Beine um Teddys Taille geschlungen und presste ihn jetzt nach hinten wie irgendein UFC-Fighter. Der andere Mann verschwand mit dem Koffer aus dem Flur. Teddy rollte wieder herum. Und jetzt war es Fredrik, der zuerst auf die Füße kam. Doch er schlug und trat jetzt nicht – er rannte. Und er war so viel schneller, als er aussah.

Den Flur entlang, durch den Partykeller, die halbe Treppe hinauf und raus durch die Tür.

Der Rasen war vom nächtlichen Tau feucht. Fredrik war ein paar Meter vor Teddy, er rannte wie ein Hundertmeterläufer.

Den anderen Kerl, der mit dem Koffer verschwunden war, konnte er nicht mehr sehen, aber Fredrik O. Johansson würde ihm verdammt noch mal nicht entkommen.

Teddy keuchte, holte auf, drei Meter noch.

Jetzt zwei.

Teddy warf sich wie ein Footballspieler auf den Mann. Diesmal würde er ihn nicht loslassen.

Der Kerl strampelte. Teddy legte sich auf ihn, dann klemmte er ihn sich zwischen die Beine. Blieb einfach auf ihm drauf. Packte noch mal nach. Sekundenlang.

Fredrik zog und zerrte. Teddy hielt ihn fest.

Minuten vergingen. Fredrik zuckte wie ein Fisch am Haken. Teddy spürte, wie er müde wurde, aber der Alte musste noch müder sein. Teddy versuchte, sein Telefon rauszuholen, um Dejan anzurufen.

»Was willst du?«, zischte der Alte unter ihm.

Teddy antwortete nicht.

Das Klingeln im Telefon klang komisch, als wäre schlechtes Netz. Der Gesprächsversuch wurde abgebrochen.

Das ging mehrere Minuten lang so. Er musste noch mal

versuchen, Dejan anzurufen, aber das war nicht so einfach, wenn er gleichzeitig den Griff um den anderen halten musste. Kalter Schweiß lief an ihm herunter. Der Alte zuckte jetzt wie ein Fisch auf dem Steg, warf sich vor und zurück – Teddy konnte nicht begreifen, wie er das schaffte.

Dann sah er hinten am Zaun Blaulicht. Die Bullen waren unerwartet schnell gekommen, dafür, dass sie sich draußen auf dem Land befanden und Teddy sie nicht angerufen hatte. Vielleicht hatte er einen Alarm ausgelöst, als er in die Villa einbrach, oder der Mann, der mit dem Koffer verschwunden war, hatte die Bullen gerufen. Oder Dejan.

Jetzt sah er, dass es kein Polizeiauto war, sondern ein Polizeimotorrad. Der Alarm wurde ausgeschaltet, und stattdessen ging ein Scheinwerfer an. Das Motorrad rollte langsam auf das Hauptgebäude zu. Der Kies knirschte. Im nächsten Moment schlug der Fahrer ein und fuhr über den Rasen auf sie zu. Das Scheinwerferlicht blendete Teddy, doch er hörte das Tuckern des Motors auf sich zukommen.

Das Motorrad blieb in fünf Metern Entfernung stehen, und der Scheinwerfer ging aus. Der Polizist kam auf sie zu, die schweren Polizeiaccessoires klapperten.

Langsam löste Teddy den Griff um Fredrik O. Johanssons Körper. Er hörte, wie sich dem anderen ein Stöhnen entrang, selbst sog er endlich die Kühle der Nachtluft ein. Er hätte nie gedacht, dass er einmal so froh sein würde, einen Polizisten zu sehen, aber jetzt entspannte er sich doch ein wenig. Der Motorradpolizist stand da, ohne etwas zu sagen, das Visier des Helms war immer noch heruntergeklappt. Teddy fragte sich, ob sie gleich aufgefordert werden würden, sich hinzulegen oder die Hände über den Kopf zu halten.

»Nehmen Sie diesen Mann fest«, sagte Teddy mit lauter Stimme und gestikulierte in Richtung Fredrik.

Der Polizist wandte seinen Kopf von ihm zu Fredrik O. Das Gras war nass. Teddy meinte, das Klappern von Handschellen zu hören, und er sah wieder zu dem Motorradbullen hin. Das dunkle Visier erinnerte an einen schwarzen Bildschirm. Doch der Polizist hatte keine Handschellen in der Hand, sondern – eine Pistole.

Eine Waffe? Es war sicher nicht schlecht, wenn Fredrik O. Johansson mal den Ernst der Lage verstand. Aber Teddy wunderte sich, dass der Bulle immer noch nichts sagte.

Dann knallte ein Schuss.

Teddy verspürte etwas was Feuchtes und Warmes. Es klingelte in den Ohren.

Was zum Teufel war hier passiert?

Teddy wandte sich Fredrik zu. Erst begriff er nicht. Dann erkannte er in aller Deutlichkeit: Das Gesicht von Fredrik O. Johansson war nicht mehr da. Der Bulle hatte dem Kerl ins Gesicht geschossen.

Teddy hob den Kopf. Und schaute direkt in die Mündung der Pistole des Bullen.

»Was zum Teufel machen Sie?«, keuchte er.

Das schwarze Auge der Pistole starrte ihn an. Der Bulle sagte immer noch nichts. Wenn das hier überhaupt ein Bulle war. Aber es gab nichts, das Teddy jetzt noch ausrichten konnte. Nur hoffen, dass dieser Mensch fand, mit Fredrik O. Johansson wäre es genug.

Würde er jetzt sterben?

War jetzt alles aus?

Da: SWOSH. Ein gleitendes elektrisches Geräusch.

Die Pistole war nicht mehr da – und der Motorradpolizist auch nicht mehr.

Direkt vor Teddy stand der Tesla. Die Beifahrertür ging auf.

»Spring rein!«, schrie Dejan.

Teddy krabbelte auf den Beifahrersitz.

Dejan knallte die Tür zu. Es dauerte ein paar Augenblicke, bis Teddy begriff, was passiert war. Dejan war geradewegs über den Rasen gerast, auf den Polizisten zu, der sich wahrscheinlich auf die Seite geworfen hatte. Sein Kumpel hatte ihn mit aller Wahrscheinlichkeit davor bewahrt, eine Kugel in den Kopf zu bekommen. Niemand hatte Dejan kommen hören, denn ein Tesla Model X ist lautlos wie der Tod. Und der Tod kommt schnell mit *Ludicrous Speed.*

Teddy drehte sich um, sah den Bullen mit seinem Motorrad in der Dunkelheit verschwinden. Auf dem Rasen lag der erkaltende Körper von einem der erfolgreichsten Investmentunternehmer Schwedens.

Aftonbladet

Eine der reichsten Personen Schwedens ermordet

Bekannte Persönlichkeit in Finanzkreisen

Ein Finanzmann, der eine der wohlhabendsten Personen Schwedens sein soll, ist auf einem Herrensitz in Sörmland tot aufgefunden worden. Er wurde in den Kopf geschossen. Teile des Herrensitzes sind niedergebrannt worden, die Polizei sucht nach Zeugen.

Der Finanzmann startete sein Investmentunternehmen Mitte der Neunzigerjahre mit der Strategie, den bekannten amerikanischen Investmentmanager Warren Buffett zu imitieren. »Ich investiere nur in Sachen, die ich verstehe«, bekannte der Finanzmann vor acht Jahren in einem Interview.

Die Strategie erwies sich als äußerst effektiv, und seit einer Reihe von Jahren konnte er sich zu den vermögendsten Menschen in Schweden zählen.

Doch Ende April wurde die Polizei zu einem großen Brand auf einem Hof in Sörmland gerufen. Als man dorthin kam, entdeckte man den Finanzmann tot vor dem Gebäude. Er war in den Kopf geschossen worden.

»Alles spricht für vorsätzlichen Mord«, sagt der Leiter der Voruntersuchung, »doch wir können auch einen Selbstmord nicht völlig ausschließen.«

Laut den Quellen des *Aftonbladet* gehen die Ermittlungen nur langsam voran. Die heißeste Spur ist ein Auto, das in der Nähe des Tatorts gesehen wurde.

»Soweit ich weiß, hatte er keine Feinde, und ich glaube

ganz sicher nicht, dass er sich das Leben genommen hat, so einer war er nicht«, teilte einer seiner engsten Freunde uns mit. »Das ist so schrecklich und traurig. Er war ein feiner Mensch.«

Die Polizei sucht nun nach Zeugen der Ereignisse.

»Es könnte auch Filme von den Überwachungskameras in dem niedergebrannten Gebäude geben«, sagt der Leiter der Voruntersuchung. »Wir überprüfen alles.«

Carina Stenquist

TEIL III

Mai – Juni

34

Das Krängen des Flugzeugs verursachte Nikola Übelkeit. Er erwähnte es Bello gegenüber nicht, aber die Wahrheit war, dass er in seinem Leben noch nicht oft in einem Flugzeug gesessen hatte. Einmal mit Mama und Opa Bojan nach Belgrad, um Verwandte zu besuchen und das Haus anzusehen, in dem Großvater aufgewachsen war, aber da hatte Bojan ihm die ganze Reise lang aus *Harry Potter* vorgelesen, sodass er kaum merkte, wie sie abhoben. Ein anderes Mal war er mit seiner Mutter nach Mallorca geflogen, und da war er schon nach wenigen Minuten mit Jay Z. und Rihanna in den Kopfhörern eingeschlafen: *Now that it's raining more than ever / Know that we'll still have each other / You can stand under my umbrella.*

Sie waren auf dem Weg nach Hause, er und Bello. Sie mussten zurück nach *Good old Spießerschweden*, auch wenn sie eigentlich länger wegbleiben sollten.

Einen Monat lang waren sie in Dubai gewesen. Sie hatten runterkommen müssen, und vor allem: Die Situation zu Hause hatte sich erst abkühlen müssen, und zwar um mehrere Grad. Die Spekulationen schossen schlimmer ins Kraut als damals vor neun Jahren, als Isak dafür gesorgt hatte, dass Nermin Avdic verschwand. Nikola erinnerte sich noch an das Gerede, obwohl er damals gerade mal zwölf Jahre alt war. Die Vermutungen. Die Angst, die sich wie ein Virus unter den Jungs in Södertälje ausbreitete. Wie sie alle anfingen, sich zu bewaffnen. Und jetzt: Chamon massakriert und Yusuf und Fadi verschwunden.

Nikola und Bello hatten die Leichen mit zur Baustelle von Bellos Onkel genommen, sie in schwarze Plastiksäcke gewickelt und in die Betonplatten versenkt, die der Onkel gerade dabei war zu gießen. Das Letzte, was sie sahen, war, wie Teile der Tüte, die Yusufs Gesicht bedeckt haben musste, vielleicht seine Nase, in der körnigen Zementmasse verschwand, es blubberte wie die Lava im dritten *Star-Wars*-Film. Nikola sah es schon vor sich: Yusuf *reborn* als ein böser Sith-Lord.

Bellos Onkel stellte keine Fragen, aber er ließ auch keinen seiner Bauarbeiter zusehen. »Die Entsorgung von Müll bleibt in der Familie«, sagte er und zeigte seine gelben Zähne.

Nikola stand dabei und war drauf und dran loszuheulen. Er konnte nicht begreifen, wie es so weit hatte kommen können. Vor drei Monaten war er im Prinzip fertiger Elektriker bei George Samuel gewesen und auf dem Weg in eine richtig nice Zukunft. Und jetzt hatten sie einen Menschen *getötet*. Er hatte einen ganz anderen Weg gewählt – und das Kranke war, dass er, als er verkündet hatte, Chamon rächen zu wollen, nicht einmal darüber nachgedacht hatte, wohin das führen könnte. Aber jetzt wusste er es.

Jetzt wusste er es.

»Bello«, sagte er, »ich frage mich, ob wir das Richtige getan haben.«

»Was?«

»Ich meine, wir wollten Yusuf dazu bringen zu reden, weil er denen geholfen hat, die Chamon umgebracht haben. Und dann endete es damit, dass wir ihn erstochen haben. Aber dafür kriegen wir Chamon ja nicht zurück, oder?«

»Nee.«

»Manchmal fühlt es sich so an, als hätten wir nur mehr Fotzigkeit in die Welt gebracht. Ich meine, vielleicht sind wir ja die Schweine. Vielleicht sind wir *the bad guys*.«

Bello stand mit den Händen in den Taschen da und starrte auf den fest werdenden Beton. »Nein, wir sind nicht böse«, sagte er bedächtig, als ob jedes Wort genau durchdacht wäre. »Aber gut sind wir auch nicht.«

»Und was sind wir dann für Menschen?«

Bellos Blick war irgendwo weit weg. »Wir sind, wie wir sind«, sagte er. »Einfach so.«

Dubai: das weltgrößte Arschloch, als Touristenfalle getarnt, *shopping capital of the world*, durch und durch Plastebadeort mit kinderfreundlichen bananenförmigen Pools – aber wenn man am Badestrand nur fünfzig Zentimeter buddelte, stieß man auf eine Zementplatte. Wieder musste Nikola an die schwarze Tüte mit Yusufs Leiche denken, wie die Betonmischung ihn verschluckt hatte, als hätte es ihn nie gegeben. Wie viele Sklavenarbeiter aus Bangladesch lagen wohl unter den Stränden von Dubai begraben?

Die ersten Wochen waren trotzdem relativ nett gewesen. Nikolas Oberschenkelverletzung heilte, wie sie sollte. Isak vermittelte ihnen über seinen Anwalt in Schweden Jobs. Sie sollten eine Bank aufsuchen, mit so langem Namen, dass er den siebenmal hatte buchstabieren müssen, damit Nikola ihn nicht vergaß. Er und Bello holten zwei Rimowa-Koffer mit Code-Schloss ab.

»Feeett«, rief Bello, als er die Koffer in der Hand wog.

Nikola winkte nach einem Taxi. »Wahrscheinlich ist das Cash. Denn die sollen nur auf eine andere Bank verfrachtet werden, du weißt schon, die Kette muss durchbrochen werden, damit niemand mehr sehen kann, wohin die Scheine verschwunden sind. Wenn diese Kohle nachverfolgt wird, dann endet die Spur bei der ersten Bank. Weißt du, was Isak gesagt hat, als ich ihn im Gefängnis besucht habe?«

»Nee.«

»Nur C-Diebe und Hells Angels versuchen noch durch schwedische Banken und Wechselbüros zu waschen. Hier unten waschen die Leute ihre Kohle öfter als ihre Schwänze. Und keinen stört das.«

Bello explodierte, lachte so laut, dass zwei Polizisten vor der Bank sich langsam näherten. Dann holte er Luft. »Aha. Aber wie viel von dem hier kriegen wir?«

»Das weiß ich noch nicht, aber immerhin blecht er für unser Hotel.«

Sie hatten in einem Vier-Sterne-Hotel mit Blick auf die Sieben-Sterne-Hotels eingecheckt. Mövenpick Heights Hotel – also echt, Mövenpick war doch dieses Eis mit Keksstücken, das Mama immer vorm Fernseher aß, wenn sie Serien kuckte. Das Emblem des Hotels war auf allem drauf: auf der Seife, den Kissen und Handtüchern, sogar auf dem Toilettenpapier. Am ersten Tag hatte Nikola den Roomservice gebeten, einen Arzt zu besorgen, der nach der Wunde im Bein kuckte. Es war alles in Ordnung, der Arzt fragte nur, welche Idioten ihn denn verbunden hätten. Die Idioten hießen Bello und sein Onkel.

Es roch nicht so, wie Nikola erwartete, dass es in heißen Ländern riechen würde. Die Luft in Dubai war trocken, aber gleichzeitig metallisch. Der Möchtegernpark unten vorm Hotel wurde mit so viel Wasser bewässert, dass es für eine ganze Stadt reichen würde, und die Klimaanlage surrte wie eine Dunstabzugshaube Tag und Nacht. Überall fuhren fette, matt lackierte SUVs herum, deren Felgen größer als die von Traktoren waren. Die nigerianischen Hotelputzfrauen hatten Spuren von Misshandlungen an den Händen: Brandverletzungen und rausgezogene Nägel. Jeden Tag stellte eine von ihnen eine kleine Schnittblume in einer Vase in Nikolas Zimmer. Einmal versuchte er, sich zu bedanken, doch die Putzfrau schüttelte nur den Kopf. Es war ihnen verboten, mit den Gästen zu sprechen.

Bello liebte die Huren, die der Portier rund um die Uhr besorgen konnte. »Die Ukrainerinnen hier sind besser als in der Ukraine«, fand er.

Nikola war nicht scharf darauf. »Woher willst du das wissen?«

Bello lachte. »Eine von ihnen hat es zu mir gesagt.«

Tagsüber lagen sie am Pool und quatschten, saßen in der Roofbar und tranken Bier oder wanderten kilometerlang durch die Einkaufzentren. Nikola versuchte zu begreifen, wie tief Yusuf in den Mord an Chamon verwickelt gewesen war, aber Bello sagte nur: »Das muss eine interne Sache gewesen sein, vielleicht hatte Chamon seine Braut angebaggert, heutzutage sind doch alle total abgefuckt im Kopf. Die kleinste Sache, und schon knallt es.« Einmal in der Woche gingen sie zur Bank und holten die Koffer, nahmen ein Taxi und lieferten sie bei der anderen Bank ab, wo ein Konto für sie eröffnet worden war. Bello kaufte einen Louis-Vuitton-Rucksack und ein Paar Sneakers von Prada. Damit war sein Anteil an der Kohle verbraucht. Nikola interessierte sich für ein Hoodie von YSL, verlor aber alle Lust, als er den Aufdruck auf dem Rücken sah: ein Violinschlüssel. Chamons Worte, dass seine Mutter ihn für musikalisch gehalten hatte, mahlten in seinem Kopf.

Er dachte an das Gespräch, das er mit Roksana geführt hatte. Vor dem Sturebadet, vor Dubai. Er hatte ihr nicht geholfen. Ein richtiger Mann hätte sich vielleicht bereit erklärt – Chamon hätte das ganz sicher getan. Aber Nikola kannte die

Braut schließlich nicht. Trotzdem sollte er sie anrufen, wenn sie nach Hause kamen. Einfach mal checken.

Bello schien hier unten auch noch andere Aufträge zu haben. Vielleicht für Isak, vielleicht für andere Typen zu Hause. Er nahm Nikola mit auf Treffen mit Deutschen und Holländern. Nikola begriff schon, worum es dabei ging: Waffen, Schutzwesten, Handgranaten. Der Kumpel wheelte und dealte. Verhandelte wie der übelste Businesstyp. Warf mit Zahlen um sich wie ein Mathelehrer.

»Sieht aus, als würdest du die halbe Nato kaufen«, witzelte Nikola nach einem der Treffen. Bello und er saßen noch in der Hotelbar unten am Wasser. Hier durften Touristen bis Mitternacht rauchen und Alkohol trinken. Manche der Typen um sie herum trugen Flipflops und Shorts, andere Jackett und Loafers.

Bello winkte mit der Hand, um noch etwas zu trinken zu bestellen.

»Die Nato gibt es kaum mehr, weißt du doch. Aber die Leute zu Hause brauchen Sachen, da herrscht verdammt noch mal der Wilde Westen in unseren Vierteln. Und Mr. Eins baut sein Lager aus.«

»Hab ich mir schon gedacht. Er will ja auch die ganze Zeit mehr Sprengzeugs haben.«

»Ich weiß.«

»Glaubst du, es wird jetzt Krieg geben, wenn Yusufs Verwandte begreifen, dass er tot ist.«

»Aber wie sollen sie begreifen, dass er tot ist?«

Bello sprach Arabisch mit dem Kellner, bestellte ein Glas Champagner, dann wandte er sich Nikola zu. »*Chabibi*, ich glaube nicht, dass es jetzt noch schlimmer werden kann.«

Die Sonne ging über dem Meer unter. Die Palmen, die bekannte Hotelsilhouette, die roten Wolken – Nikola hatte das

Gefühl, als hätte das Touristenbüro von Dubai einen riesigen Instagram-Filter über den ganzen Himmel gelegt. In Wirklichkeit war die Welt nicht so schön.

Nach drei Wochen und vier Tagen bekam Nikola die Snapchat-Nachricht von Jacub, einem der Jungs zu Hause. Sie war nur fünf Sekunden lang offen, aber mehr brauchte er nicht. *Total magisch: Mr. 1 ist heute rausgelassen worden, sie scheißen auf die Anklage. Ihr müsst nach Hause kommen. Er braucht Unterstützung.*

Um halb ein Uhr nachts landeten sie in Arlanda. Die Mailuft war naiß. Jacub, der die Nachricht geschickt hatte, wartete in der Ankunftshalle auf sie. Eine knappe Stunde später saßen sie bei ihm zu Hause, und er erklärte ihnen alles. Die Wohnung war voll mit leeren Monster-Trinkdosen, Muskelproteinverpackungen und Vitaminschachteln.

Jacub war breit wie das Mövenpick-Bett in Dubai. Nikola hatten ihn erst einmal zuvor gesehen, nach Chamons Beerdigung. Trotzdem wusste er, wer der Typ war: Isaks Mann an der roten Linie rauf bis Bredäng.

Jacubs Handy surrte. Er sah sie an. »Er ist jetzt hier.«

Nikola merkte, wie die Bewegungen von Jacub und Bello angespannter wurden.

Eine Minute später trat Isak ein. Er sah erschöpfter aus als damals im Gefängnis, wahrscheinlich hatte er die letzten Tage hart gefeiert.

»Jungs«, sagte er und trat auf Nikola und Bello zu. Nikola versuchte zu checken, was Bello machte, und der versuchte wahrscheinlich zu checken, was er machte. Schließlich trat Nikola vor. Umarmte Isak.

»Glückwunsch«, sagte Nikola. »Das ist einfach unglaublich.«

Bello umarmte den Boss auch. »*Yani*, total crazy, stark.«

Isak setzte sich wortlos hin. Das Sofa knarrte. »Jaja, jaja, so unglaublich ist es nun auch wieder nicht. Mein Anwalt ist der beste der Stadt, das war er schon immer. Ich habe die Drogensachen gestanden, und dafür sollte ich drei Monate kriegen. Weil ich aber schon ungefähr zwei Monate im Knast gewesen bin, war das schon abgefrühstückt, mit der freiwilligen Aussage noch dazu. Aber bei den Wirtschaftsvergehen, da ist mein Anwalt auf die richtig feinen Sachen gekommen, um sie übers Ohr zu hauen. Ich habe dem Finanzamt alles freiwillig angezeigt, also haben sie mir mehr Steuern aufgebrummt, aber dann können sie nicht gleichzeitig Anklage erheben. Kapiert ihr?«

Isak redete, als wäre er selbst Jurist, Nikola kapierte gar nichts, aber Bello und er gratulierten einfach weiter.

»Ich hoffe, ihr hattet es naiß in Dubai, und das Hotel war soft. Aber jetzt seid ihr zurück, und wir haben Jobs zu erledigen. Viele haben gedacht, ich sei ganz unten angekommen. Aber wisst ihr, was mein Vater immer gesagt hat?«

»Nein.«

»›Wenn sie glauben, du bist ganz unten, dann sind sie schwach. Dann passen sie nicht mehr richtig auf.‹ Also werden wir sie uns jetzt greifen. Jetzt werden wir *all in* gehen. Jetzt werden wir expandieren.« Langsam – Isak sprach langsam. »Passfälschungen sind die neue Sache. Da steckt so viel Geld drin, das könnt ihr euch gar nicht vorstellen. Und dann haben wir die Domainfälschungen und die Recyclingzentralen – Kupfer, Metalle und Umweltabfälle, ihr werdet reich werden, Jungs. Wenn ihr nur tut, was ich sage, wenn ihr nur meinen Befehlen folgt. Versteht ihr?«

Nikola wusste nicht, ob er verstand. Er war bereit gewesen, weiter die Typen zu jagen, die Chamon ermordet hatten, der Hass brannte immer noch heiß in ihm, und Yusuf war nur *Anstifter* oder *Helfershelfer* gewesen, wie es in der Juristensprache hieß. Aber das hier? Weiter den Laufburschen für Mr. Eins geben? In der Zeit zurückgehen?

»Und die Hurensöhne? Die Chamon umgebracht haben? Was machen wir mit denen?«

Mr. Eins erhob sich. Kratzte sich mit der Außenseite der Hand an der Wange, raspelte in seinen eigenen Bartstoppeln. »Wir haben unsere Botschaft rausgegeben. Zwei Fotzen sind verschwunden. Keiner weiß, was passiert ist, aber alle wissen, worum es geht. Das reicht. Jetzt lassen wir das, was mit Chamon passiert ist, los, jetzt konzentrieren wir uns auf anderes. Es ist an der Zeit, das Kapitel hinter sich zu lassen.«

Nikola senkte den Blick. Er starrte auf die Pakete mit Star Nutrition Gainer Pro und Mutant CreaKong, die überall herumlagen. Er sollte etwas sagen. Das sollte er.

»Was du machen könntest, Nikola, ist, mal eine Runde mit Magdalena zu reden, weißt du, wer das ist?«

»Nein.«

»Das ist Yusufs Freundin, und die hat mich, seit ich raus bin, jeden verdammten Tag wie eine Hure angerufen.«

Nikola wartete mitten auf dem Stortorget von Södertälje auf sie. Es waren noch nicht viele Leute unterwegs, es war erst Viertel vor neun am Vormittag, keiner der Läden hatte schon geöffnet. Das neue Rathaus mit dem Gericht lag am höchsten Punkt über ihm. Links die Kirche Sankt Ragnhild und das alte Rathaus mit Cafés und allem möglichen anderen Kram vor ihm. Der Himmel war blau wie ein Schlumpf und die Luft schön. Im Vergleich zu Dubai war es das reine Paradies – trotzdem war das hier *fucked up*. Es war irgendwie nicht gut, dass Isak ausgerechnet ihn geschickt hatte, um mit Yusufs Witwe zu reden.

Magdalenas Absätze klapperten über das Kopfsteinpflaster, sie ging mit hängendem Kopf, sackte mit jedem Schritt in die Knie, so als wären Schuhe für sie ungewohnt. Ihr langes dunkles Haar war zum Mittelscheitel gekämmt, wirkte aber ungepflegt und zottelig, hinter einem Ohr konnte er eine Tätowierung erkennen: einen Delfin.

Sie standen mitten auf dem Platz. Södertälje wachte langsam auf. Jetzt bewegten sich mehr Menschen hier. Offensichtlich wusste sie, dass Nikola ihre Sprache sprach, denn das Erste, was sie sagte, war auf Syrisch. »Warum kommt Isak nicht selbst?«

»Er muss was anderes machen. Aber er lässt dich grüßen und versteht, dass sich das jetzt furchtbar anfühlen muss.«

»Wo ist Yussi?«

»Wir können nicht darüber reden, tut mir leid. Aber Isak will auch, dass du mir sagst, falls du was brauchst, dann erledigen wir das. Was auch immer.«

»Wo ist Yusuf?«, wiederholte Magdalena.

»Wie gesagt, wir können nicht darüber reden.«

»Isak weiß, wo er ist.«

Nikola antwortete nicht. Er spürte, wie die verdammten Blitze wieder dabei waren, von seinem Kopf Besitz zu ergreifen.

»Ich will wissen, wo mein Mann ist.«

Nikola massierte seine Schläfen. »Du weiß, was Chamon passiert ist?«

»Ja, ich weiß es. Und ich bin sicher, dass das irgendwie zusammenhängt. Yussi hat solche Angst gehabt.«

»Wusste er, dass was passieren würde?«

»Ja, seit Chamon getötet wurde. Aber ich will, dass du mir sagst, was passiert ist.«

»Aber ich kann nichts sagen. Weil ich nichts weiß.«

Magdalena begann zu schluchzen. »Ich spüre einfach, dass er tot ist.«

Fast empfand Nikola einen Stich Mitgefühl, Trauer. Yusuf hatte bekommen, was er verdiente – erst hatte er Chamon verraten, dann versucht, Nikola und Bello zu töten, aber Magdalena war ein anderer Mensch, sie war einfach mit dem falschen Typen zusammen gewesen. »Komm«, sagte er und streckte seine Hand nach ihr aus.

»Fass mich nicht an!«, schrie sie und stolperte rückwärts. »Ich will wissen, wo mein Mann ist!«, rief sie, jetzt auf Schwedisch. »Du, NIKOLA, musst es mir sagen!«, kreischte sie, brüllte wie ein verletztes Tier, wie eine Mutter, die ihr totes Kind im Arm hielt.

Nikola schaute sich um. Die Leute wandten die Köpfe. Ein paar Typen schienen zu überlegen, ob sie hingehen und fragen sollten, was hier eigentlich los war.

Er versuchte, sie zu beruhigen. Ihre Arme zu halten. Besänftigend zu wirken. Sie weinte. Schrie. Er wollte sie woandershin führen, gleichzeitig krachte der erste Blitz in seinen Kopf. Er brach fast zusammen.

»Ich will wissen, wo Yusuf ist«, wiederholte sie.

Die Menschen ringsherum waren jetzt stehen geblieben, beobachteten sie. Warteten, was weiter passieren würde.

»Ich will Isak treffen. ISAK NIMROD!«, brüllte sie, sodass man den Namen von Mr. Eins wahrscheinlich bis Ronna hörte.

»ICH WILL WISSEN, WER MEINEN MANN GETÖTET HAT!«

Nikola wankte davon, ohne sich noch mal umzudrehen. Wahnsinnskopfschmerz. Er sah nur noch weißen Schein.

Die Leute glotzten.

»ICH WILL WISSEN, WER YUSUF GETÖTET HAT!«

Er musste sich abschotten. Nicht mehr hinhören. Trotzdem beeinträchtigte es ihn. Er wollte auch mehr wissen, aber nicht das, was Yusufs Lebensgefährtin brüllte. Er wollte wissen, wer außer Yusuf hinter dem Mord an Chamon steckte. Yusuf hatte den Mist nicht organisiert, das war sicher.

Sein Kopf wurde in Stücke gesprengt.

Er hatte nicht vor, die Sache loszulassen, wie Mr. Eins es ihnen befohlen hatte. Er würde die Täter weiter jagen. Er musste den Verantwortlichen finden.

35

Emelie stand bei einer der neuen Maschinen im Studio und versuchte zu trainieren. Josephine hatte sie überredet, mit hierherzukommen.

Ungefähr ein Monat war vergangen, seit sie sich in dieser Bar getroffen hatten. In gewisser Weise fühlte Emelie sich jetzt ruhiger – sie wusste, wer Katja ermordet hatte, und die Polizei wusste es auch. Emelie war der Gedanke sofort gekommen, als sie das Lokal nach Magnus Hassels seltsamer Annäherung verlassen hatte. Gleichzeitig waren das die schlimmsten Wochen ihres Lebens gewesen, denn sie konnte sich nicht entscheiden, was sie mit dem Kind in ihrem Bauch machen sollte.

Sie war über das Verhalten von Magnus sehr erstaunt gewesen. Es war würdelos gewesen, und es tat ihr fast leid für ihn, denn das war nicht, was sie von ihm erwartet hatte. Er musste schon auf dem Weg nach Hause gewesen sein, als er sich ihr mit seinen wenig nüchternen Einladungen genähert hatte, auf jeden Fall wusste er schon, dass er nicht im Restaurant bleiben würde, denn sonst hätte er nicht sowohl Mantel als auch Tasche dabeigehabt. Den Mantel behielten die Leute ja manchmal an, aber es gab doch keinen Grund, die Tasche mitzunehmen, wenn er vorhatte zu bleiben.

In dem Moment kam Emelie ein größerer Gedanke: Eine Person, die von einem Ort weggeht, nimmt ihre Tasche mit, während eine Person, die bald zurückzukehren gedenkt, sie sehr wohl zurücklassen kann. Das hieß auf den Mord von Katja bezogen: Der Rucksack, den sie auf dem Dach gefunden hatten, war ein Zeichen. Derjenige, der da oben gelegen hatte, musste vorgehabt haben zurückzukehren, die Person musste gestört worden sein, denn die Tasche lag noch da. Es musste etwas Unerwartetes eingetroffen sein. Etwas, das ungeplant war. Vielleicht ein Mord. Vielleicht etwas anderes.

Das Bild von Adam als Täter hatte dazu nicht gepasst. Der Rucksack oben auf dem Dach passte einfach nicht zu ihm. Außerdem tötete man niemanden, den man schützen wollte, das fühlte sich an wie ein ewiges Prinzip – er war aus einer gefühlsmäßigen Perspektive heraus einfach die falsche Person, ihm fehlte ein emotionales Mordmotiv. Und in diesem Moment nahmen die unbearbeiteten, unzusammenhängenden Gedanken der letzten Wochen mit einem Mal Klarheit an. Adams Sohn: Oliver, dreizehn Jahre alt. Als sie ihn das erste Mal vor der U-Bahnstation Bredäng getroffen hatte, hatte er sie gebeten, seinem Vater zu helfen. Es war ein kühler Märztag gewesen, und Oliver hatte Handschuhe an. Emelie sah sie deutlich vor sich: schmutzige, ausgefranste, viel zu warme Winterhandschuhe. Zur Begrüßung hatte er sie dennoch abgenommen: In der Handfläche trug er ein breites Pflaster. Damals hatte sie nicht darüber nachgedacht, aber jetzt wusste sie, was es bedeutete. Als sie sich das zweite Mal gesehen hatten, in ihrem Büro, als sie ihm geholfen hatte, einen Brief zu schreiben, da hatte es kein Pflaster mehr gegeben, sondern eine hellrote Narbe. Sie war sehr erstaunt, dass sie damals überhaupt nicht darüber nachgedacht hatte. Und den Rucksack auf dem Dach hatte Jan analysiert: Der war zu klein für den Rücken eines erwachsenen Mannes. Aber auf den schmalen Körper von Oliver hätte er perfekt gepasst. Trotzdem konnte das alles auch Zufall sein.

Sowie Emelie wieder zurück war, schlug sie die Bilder vom Rucksack im Voruntersuchungsprotokoll auf. Sie ging auf Facebook und fand Olivers Account. Er hatte eine Reihe von Bildern dort gepostet. Sie wusste, wonach sie suchte, wagte aber nicht, den Gedanken für sich selbst zu formulieren. Sie wollte einfach nicht, dass es wahr wäre.

Doch das war es: Auf mehreren Fotos war Oliver mit einem Rucksack zu sehen. Mit *dem* Rucksack. Er passte ihm nicht nur, er gehörte ihm.

Mitten in der Nacht, auch wenn sie immer noch nicht richtig verstand, wie alles zusammenhing, rief sie Nina Ley an.

Einen Tag später rief Nina sie zurück. »Wir werden Adam Tagrin aus der Untersuchungshaft entlassen«, sagte sie in grimmigem Tonfall. »Er ist nicht mehr verdächtig. Stattdessen wird sein Sohn in einer Anstalt untergebracht. Er wird des Mordes an Katja verdächtigt. Er hat es im Verhör gestanden.«

Emelie hätte am liebsten geheult. »Was hat er gesagt?«

Nina war kurz angebunden. »Dass er es war, der auf dem Dach gelegen und die Wohnung ausspioniert hat. Das mit dem Rucksack stimmte also, der gehört ihm. Und bei einer Hausdurchsuchung haben wir den Schlüssel zu dem Vorhängeschloss gefunden, das an der Dachbodenklappe saß.«

»Und was hat er zu dem Geschehen selbst erzählt?«

»Es gibt einen Hintergrund.«

Nina holte tief Luft, und Emelie hakte nach: »Inwiefern?«

»Es gibt immer einen Hintergrund. Der Hintergrund ist wichtig.«

»Und wie sieht der aus?«

»Katja und Adam wollten nicht, dass Katja noch weiter verhört würde. Sie hatte vor, sich zu weigern. Sie wussten aber, dass sie bedroht wurden, deshalb war der Plan der beiden, Schweden zu verlassen, den ganzen Mist einfach hinter sich zu lassen. Und alles das hatte Oliver gehört und erraten.«

»Was geschah?«

»Sie wollten das Land ohne ihn verlassen, und es fiel ihm schwer, das zu akzeptieren, denn er wollte seinen Vater nicht verlieren. In seiner Welt war es Katjas Schuld, dass sein Vater ihn verlassen wollte. In seiner Welt war es ihre Hurerei, die ihm den Vater wegzunehmen drohte. Also floh er auf das Dach, wo er sich offensichtlich längere Zeit aufhielt. Aber als Katja an jenem Nachmittag allein nach Hause kam, ging er rüber, um mit ihr zu sprechen. Er wollte versuchen, sie zu überreden, dass sie und sein Vater es sich anders überlegen würden.«

»Und dann?«

»Ja, an dieser Stelle ist Oliver nicht ganz klar, aber er sagt, sie hätten erst geredet, weil er wollte, dass Katja seinen Vater in Ruhe ließ. Sie fingen an zu streiten, und nach einer Weile wurde Oliver, nach seinen eigenen Worten, so ›crazy vor Angst‹, dass er anfing, mit dem Tranchiermesser herumzufuchteln. Was genau dann passiert ist, konnte er nicht richtig erklären, aber er hat auf jeden Fall mit dem Messer auf sie eingestochen. Ich glaube, es geschah in einer Art blinder Wut.«

»Und hinterher hat niemand etwas zu den Verletzungen in seiner Hand gesagt?«

»Sie haben sie doch auch gesehen, ohne darüber nachzudenken, oder? Oliver ist nur ein Kind, er ist nicht einmal strafmündig. Wir haben ihn nicht nach solchen Maßgaben verhört.«

Emelie merkte, wie sie wieder einen Kloß im Hals hatte.

Nina fuhr fort: »Als Adam kurz darauf nach Hause kam, begriff er sofort, was sein Sohn getan hatte, und versuchte, Oliver das Messer abzunehmen. Da zog sich Adam die Verletzungen in der Hand zu, sogenannte Entwaffnungsverletzungen, und so landete sein Blut im Wohnzimmer. Wir haben auch Olivers Blut dort gefunden, aber das haben unsere Gerichtsmediziner mit dem von Adam verwechselt, was bei so nahen Verwandten leicht passieren kann. Dann sind sie beide Hals über Kopf aus der Wohnung geflohen.«

Es wurde still im Hörer. Eine Frage blieb noch, doch die Antwort wusste Emelie schon, denn hier ging es um ein ganz gewöhnliches menschliches Verhalten. Sie sagte es selbst: »Adam hat die Polizei nicht gerufen und auch in den Verhören nichts gesagt, weil er nicht wollte, dass Sie seinen Sohn abholen.«

»Genau.«

»Das ist so schrecklich.«

Ninas Stimme klang gefasst. »Mord ist immer schrecklich. Aber das ist es, was Raserei und Angst mit Menschen machen. Wir können es heute überall sehen. Angst und Raserei.«

Am nächsten Tag hatte Nina Ley sie erneut angerufen. Diesmal klang sie noch ernster als das letzte Mal. »Es ist noch etwas anderes passiert.«

Emelie konnte nicht noch mehr anstrengende Neuigkeiten ertragen, war aber dennoch neugierig.

»Ihr Freund Teddy«, begann Nina, »wird des Mordes und der schweren Brandstiftung verdächtigt.«

Emelie war in ihrem Büro. Sie machte die Tür zu ihrem

Zimmer zu und drückte das Handy fest ans Ohr. Das scharfe Sonnenlicht betonte die ungeputzten Fenster, blitzte im Schmutz auf. Alles war im Begriff einzustürzen.

»Was sagen Sie da?«

»Eine Person ist ermordet worden, und ein großes Gebäude ist abgebrannt, und alles weist auf Teddy hin. Er wird mit Haftbefehl gesucht.«

»Was weist auf Teddy hin?«

»Diesmal kann ich Ihnen leider keine Details verraten, denn Sie kennen einander, und die Voruntersuchung steht unter Geheimhaltung. Aber wissen Sie, wo er sich aufhält?«

Emelie merkte, wie ihr die Luft wegblieb, wie aller Sauerstoff aus ihr verschwand. Einen kurzen Moment war sie versucht, das Gespräch zu beenden. Sie musste sich erst fassen. Sie musste begreifen. Teddy sollte einen Menschen ermordet und ein Haus niedergebrannt haben. Der Vater des Kindes in ihrem Bauch. Der Mann, von dem sie glaubte, sie würde ihn kennen.

»Ich habe keine Ahnung, wo er ist«, antwortete sie schließlich. »Seit ich auf diese Sache mit Oliver gekommen bin, habe ich versucht, ihn anzurufen, aber er geht nicht ran.«

Nach dem Gespräch fuhr sie nach Hause in ihre Wohnung, verschloss das Gittertor von innen, nahm den Schlüssel mit ins Schlafzimmer und hielt den Personenalarm in der Hand – ob der wohl immer noch funktionierte? Sie musste mit Teddy reden. Über alles. Sie legte sich aufs Bett. Plötzlich fand sie es zu weich und berührte instinktiv ihren Bauch. Er wölbte sich, und ein geübtes Auge konnte sicher erkennen, was da drinnen lag und wartete. Die letzten Tage hatte sie schon weite und bauschige Blusen getragen. In ein paar Wochen würde sie es nicht länger verbergen können. Bald war auch die Zeit um, die sie hatte, um *den Beschluss* zu fassen. Sie hatte das Gefühl, dass sie es auf jeden Fall ihrer Mutter erzählen sollte. Und vor allem. Sie MUSSTE Teddy erreichen.

Sie rief ihn auf der Nummer an, die er die letzten Monate gehabt hatte, und schickte Nachrichten. Sie schrieb einen Brief an seine Adresse. Sie fuhr selbst hinaus und klingelte an seiner Tür in Alby – dachte an die Bombe, die Nikola genau dort verletzt hatte. War das hier Teddys Art, ihr zu sagen, dass er mit ihr fertig war, nachdem sie in den letzten Wochen so viele seiner Anrufe weggedrückt hatte? Das war egal. Emelie rief seinen Vater und seine Schwester an, doch auch die hatten lange nichts von ihm gehört und hatten auch keine andere Telefonnummer als die, die sie selbst hatte. Dann rief sie den einzigen seiner Freunde an, den sie kannte: Loke Odensson – doch auch der hatte keine Ahnung, was Teddy machte oder wo er sein könnte. Sie sollte mit Nikola reden, dachte sie, doch als sie den erwischte, war er aus irgendeinem Grund unwillig zu reden. »Ich bin in Dubai«, sagte Nikola. »Und ich habe keine Ahnung, welche Nummer Teddy hat. Wir reden nicht mehr miteinander.«

Emelie zog zu Josephine nach Norr Mälarstrand – sie konnte einfach nicht länger allein wohnen. Jossan war der einzige Mensch, dem sie vertraute. Auch wenn sie nicht genau wusste, was da auf dem Herrensitz geschehen war, spürte sie doch instinktiv, dass irgendwas daran nicht stimmte. Sie versuchte, eine paar Sachen von ihrem Schreibtisch zu schaffen, rief Teddy in regelmäßigen Abständen an. Zweimal musste sie Marcus ins Gericht zur Verhandlung schicken, weil es ihr nicht sicher erschien, selbst dort zu erscheinen.

»Vergessen Sie den Schlips nicht«, sagte sie halb im Scherz zu ihm. Auch wenn Emelie selbst nicht einmal ansatzweise so an Kleidung interessiert war wie zum Beispiel Jossan, war es ihr doch wichtig, im Gericht ordentlich auszusehen. Der Auftrag des Anwalts war in vieler Hinsicht eine Rolle: Die verschiedenen Parteien im Gerichtssaal waren nach den Prämissen der Gesellschaft aufgestellt. Der Staatsanwalt klagte an, der Richter verurteilte, und der Anwalt verteidigte. Es spielte keine Rolle, was man selbst fand oder fühlte: Die Positionen waren festgelegt, und die Pflichten ergaben sich daraus. Gerade deshalb war die Kleidung von Bedeutung – der Verteidiger hatte eine feste Rolle. In vielen europäischen Ländern trug man sogar einen Talar, aber auch in Schweden war es wichtig, dass es für alle Beteiligten erkennbar war, dass man nicht als Individuum dort war, sondern um einen Auftrag zu erfüllen.

Marcus hatte sich wacker geschlagen. Einmal tauchte der Klient, ein alter Drogenabhängiger, nicht auf, weshalb das Verfahren eingestellt wurde. Ein andermal kümmerte er sich so erfolgreich um Trunkenheit im Verkehr und Fahren ohne Fahrerlaubnis, dass der Angeklagte mit einer Einweisung in eine Klinik, eine Einrichtung vor den Toren von Örnsköldsvik, davonkam, was ungewöhnlich war. Der Betroffene war überglücklich, nicht ins Gefängnis zu müssen, und Marcus hatte wahrscheinlich einen Klienten fürs Leben gewonnen.

In den Medien wurde spekuliert, was wohl draußen beim Hallenbro Storgården passiert war. Emelie begriff mehr als die meisten: Das musste der Herrensitz sein, von dem Mats Emanuelsson und Katja gesprochen hatten. Es gab also definitiv eine Verbindung zu Teddy. Nach einigen Minuten des Suchens auf den Tratschseiten im Internet wurde ihr die Verbindung noch deutlicher: Der ermordete Finanzmagnat, wie die Zeitungen ihn nannten, war Fredrik O. Johansson – einer der Namen, die Mats in Oslo noch hatte nennen können. Emelie versuchte wie besessen, alles herauszufinden, was es über den

Kerl gab. Seine Geschäfte, seine Familie, seine Freunde. Und doch kam sie der Frage nicht näher, was draußen auf dem Herrensitz geschehen sein konnte.

Außerdem tauchte andauernd eine andere Frage im Kopf auf, die sie bedrängte. Was sollte sie mit dem Kind machen?

Die Geschichte mit Katja und Adams Sohn war so traurig. Ein Kind, dass nicht von seinem Vater verlassen werden wollte. Ein Mann, der seine Frau schützen wollte. Wenn nun Katja und Adam geplant hatten, Schweden zu verlassen, um nicht aussagen zu müssen, warum hatte Adam dann Oliver nicht mitnehmen können? Warum konnte sein Sohn sie nicht begleiten?

Ein Kind war eine Verpflichtung.

Vorsichtig nahm Emelie den Metallgriff in die Hand und versuchte, die Gewichte gerade hochzuheben. Das hier war eine Schulter-, Oberschenkel- und Coreübung, Jossan hatte ihr genau gezeigt, was die Maschine alles konnte. Neben Emelie lag ein Mann mittleren Alters in blauem Trainingspullover, hellen Leggings und Mütze und absolvierte Sit-ups. Es sah aus, als wollte er auf die Loipe, obwohl sie sich im Haus befanden. Josephine saß weiter entfernt und machte lange und rhythmische Züge an einer Rudermaschine. Emelie trug die am lockersten sitzenden Trainingsklamotten, die sie hatte finden können – im Internet bestellt und direkt nach Hause geliefert.

Am Tag zuvor hatte Anneli aus dem Büro angerufen und gesagt, dass Adam Tagrin dort aufgetaucht sei. Emelie hatte sich sofort in ein Taxi gesetzt und war hingefahren.

Adam sah aus wie eine Kreuzung aus lebendigem Geist und Psychofall. Tatsache war, dass sie noch niemals einen Menschen gesehen hatte, der so verzweifelt wirkte. Das war vor dem Hintergrund dessen, was geschehen war, natürlich verständlich. Emelie war erstaunt, dass er es überhaupt bis zu ihr geschafft hatte.

»Setzen Sie sich«, sagte sie.

Sie musste daran denken, wie er vor ungefähr drei Monaten mit Katja hier gewesen war.

Adam legte die Hände in den Schoß, aber Emelie sah trotzdem, dass sie zitterten.

»Es tut mir wirklich leid«, sagte sie leise. »Das ist so schrecklich. Ich kann mir vorstellen, was Sie durchmachen.«

Adam wiegte mit dem Körper vor und zurück. »Wissen Sie, was Katja immer gesagt hat?«

»Nein.«

»Sie hat immer gesagt, dass es auf dem Weg zur Wahrheit zwei Fehler gibt, die man machen kann. Nicht den ganzen Weg zu gehen, oder nie anzufangen zu gehen.« Er hörte auf zu schaukeln. »Sie wollte es richtig machen. Aber sie war eine verletzte Frau, Vertrauen fiel ihr nicht leicht. Und Oliver ...«

Emilie konnte es kaum ertragen.

»Oliver«, begann Adam wieder, »der hat nur einer einzigen Person in der Welt vertraut, und das war ich. Und ich habe ihn im Stich gelassen.«

Er vergrub das Gesicht in den Händen. Dann saß er eine Weile still da, und Emelie wusste, dass es nichts gab, was sie sagen konnte, um ihm zu helfen.

Als er aufstand, hatte er eine andere Stimme, nun schwang ein Funken Wut darin mit. »Aber eine Sache gibt es, die ich nicht einmal der Polizei erzählt habe. Ich vertraue denen nicht.«

»Was denn?«

»Ich weiß, dass Sie mit diesem Mist schon früher zu tun hatten, Katja hat Ihnen vertraut, also vertraue ich Ihnen auch. Ist das richtig von mir?«

»Katja war meine Klientin.«

»Ich werde es erzählen. Es geht darum, warum Katja nicht mehr zum Polizeiverhör gehen wollte und warum wir planten, einfach abzuhauen. Es war so: Am Abend vor diesem Verhör kam jemand zu uns nach Hause. Ich war nicht da, aber Katja hat es später erzählt. Ein Mann mittleren Alters, der reinkommen wollte, aber Katja erlaubte ihm das nicht, also haben sie nur an der Tür geredet. Dennoch war seine Botschaft deutlich; er sagte, wenn sie der Polizei weiter Lügen erzählen würde, dann hätte das Konsequenzen.«

»Wusste sie, wer das war?«

»Nein.«

»Dann war das der Grund, dass Sie darüber nachdachten zu verschwinden?«

»Ja, oder besser gesagt war es der Tropfen, der das Fass zum Überlaufen brachte.«

»Warum hat sie es nicht der Polizei gemeldet?«

»Sie traute sich nicht.«

»Verstehe. Aber sie hat auch zu mir nichts gesagt.«

»Doch, indirekt. Sie bat Sie, zu uns nach Hause zu kommen, sie wollte Ihnen erzählen, dass wir weggehen würden. Aber da war es schon zu spät.« Adams Stimme stockte. »Wir haben uns die ganze Nacht darauf vorbereitet abzuhauen. Und all diese Diskussionen hat Oliver gehört.«

Das Fitnessstudio konnte ein Ort der Energie sein, wenn man sich stabil fühlte. Der Mann mit den Sit-ups sah entspannt aus. Die Trainingsmaschinen waren wie neu, obwohl jeden Tag Hunderte von Menschen über ihnen schwitzen mussten.

Emelie hoffte, dass Jossan nach der Trainingseinheit nach Hause wollte, sodass sie zusammen gehen würden. Sie wollte nicht allein auf den Straßen unterwegs sein. Es war doch total krank, dass sie nicht mehr wagte, bei sich zu Hause zu wohnen, aber so war es.

Sie liebte ihre Wohnung an der Rörstrandsgatan. Die kleine Anderthalb-Zimmer-Wohnung hatte, als sie sie vor ein paar Jahren kaufte, ein Vermögen gekostet, siebenundsiebzigtausend pro Quadratmeter. Ihre Eltern hatten sie gefragt, ob sie krank sei. Deren Einfamilienhaus hatte einhundertsechzig Quadratmeter, eine Garage, Erdwärmeversorgung und Blick über den Vättern, aber sie würden es niemals auch nur annähernd für das verkaufen können, was Emelie für die Rörstrandsgatan bezahlt hatte. Und seither waren die Preise in Stockholm um sicher vierzig Prozent gestiegen, also wäre sie wahrscheinlich Millionärin, wenn sie verkaufte. Doch natürlich war sie nach wie vor bis über beide Ohren verschuldet, fünfundachtzig Prozent, und selbst wenn sie im Monat zehntausend vom Kredit abbezahlte – etwas, das sie sich bei den Einkünften ihrer Firma noch gar nicht leisten konnte –, würde sie binnen der nächsten zwanzig Jahre nicht schuldenfrei sein. Und jetzt wurde schon davon geredet, dass die Zinsen vielleicht steigen sollten: der Trump-Effekt. Nicht genug damit, dass der alte Sack von einem Präsidenten verrückt zu sein schien, er drohte auch noch, Emelies Finanzen zu ruinieren. Der Wohnungsmarkt in Stockholm war psychotisch. In den letzten zwanzig Jahren hatten sich die Preise verzehnfacht, während gleichzeitig eine Großwildjagd auf Wohnanrechte betrieben wurde – die waren inzwischen eine vom Aussterben bedrohte Art. Sie begriff nicht, was dahintersteckte: Wie sollten sich junge Menschen jemals eine eigene Wohnung anschaffen können, wenn ein Schlafplatz drei Millionen kostete?

Dann dachte sie wieder an ihre Arbeit. Es war unwahrscheinlich, dass sie es schaffen würde, wenn sie nicht wieder anfing, wie immer zu arbeiten, und ein bisschen Gas gab. Mit einem Mal wurde ihr deutlich: Die Kanzlei würde sowieso nicht überleben, wenn sie Elternzeit nahm. Marcus konnte sie nicht allein betreiben, denn er würde dann nicht noch eigene Klienten gewinnen können.

Zinsen, die vielleicht steigen würden.

Eine Firma, die pleiteging.

Ein Kindsvater, der wahrscheinlich lebenslänglich ins Gefängnis kommen würde.

Eine Mutter, die nicht zu Hause wohnen konnte.

Sie nahm das Handy raus und googelte. Versicherte sich, dass Josephine weit genug entfernt war. Dann rief sie die Abteilung für Schwangerschaftsabbrüche von UltraGyn an.

»Ich brauche einen Termin.«

Der Sit-up-Mann neben ihr sah verstohlen zu ihr hin.

»Es geht um eine ungewollte Schwangerschaft«, sagte sie.

36

Das Zeug war nur eine knappe Woche nachdem sie nach Hause geflogen war, an die Abholstelle geliefert worden. *Nach Hause?* Sie war verwirrt, anders als vor ihrer Reise. Zu Hause war ein seltsames Wort geworden. Sie kannte sich in Stockholm aus, hatte ihre Eltern hier, ihren Bruder, Z., Billie und alle anderen Freunde. Ihre Erinnerungen stammten von hier, waren mit den Orten und Menschen verknüpft. Aber *zu Hause*? Fühlte sie sich zu Hause? In Teheran war das auf eine andere Weise der Fall gewesen. Dort war alles neu für sie gewesen, die breiten, von Pinien gesäumten Straßen, die Art, wie die Menschen einander berührten und lachten, der Abgasgeruch, das Elburs-Gebirge, das sich auftürmte, als müsste Teheran vor dem Blick der Umwelt wie ein geheimer Schatz verborgen werden. Doch alles das war ihres, gehörte auf irgendeine Weise zu ihr. Sie hatten verlangt, dass sie mit einem persischen Pass einreiste – nun konnte sie wirklich verstehen, warum.

Außerdem: Als sie nach Hause gekommen war, hatte ein unangenehmer Brief auf sie gewartet. 1,9 in der Hochschulprüfung hatte nicht gereicht, um ins Psychologiestudium an der Stockholmer Universität reinzukommen. Sie wusste, dass man dafür viele Punkte brauchte, doch bisher waren noch nie mehr als 1,9 nötig gewesen. Vielleicht war das die Strafe für ihren Betrug. Geld verbrannt. Moral im Klo. Sie wusste nicht, wie sie das ihren Eltern erklären sollte. Doch darüber hinaus hatten Z. und sie momentan größere Probleme als das.

Sie hatten sich panisch gefühlt, als sie da vor dem Abholdienst im Zentrum von Akalla standen und checkten, ob auch keine Polizisten auf sie warteten. Z. fand, sie sollten den Abholschein einem Bettler oder Penner geben, der die Ware dann an ihrer statt abholen sollte, das wäre ohne Frage am sichersten. »Aber es fühlt sich unmoralisch an«, meinte Roksana. Sie war bereit, das Zeug selbst abzuholen.

Die Pakete waren viel schwerer, als sie gedacht hatten, acht Kartons insgesamt, groß wie Umzugskartons. Roksana konnte nicht einmal einen einzigen davon alleine tragen. Die Frage war, wie riskant es war, wenn sie mitten im Zentrum stehen blieb, um auf die Kartons aufzupassen, während Z. einen nach dem anderen nach Hause schleifte. Das würde Stunden dauern, und wenn jemand, den sie kannte, vorbeikommen und fragen würde, was in den Kartons war, dann würde sie keine Antwort wissen.

»Und ich werde nicht mal einen davon mehr als ein paar

Meter tragen können«, fand Z. »Ich schwitze jetzt schon wie ein gedopter Elite-Leichtathlet. Dieses Öko-Deo, das Billie mir verkauft hat, ist völlig nutzlos. Ich werde jetzt wieder Axe benutzen.«

Sie rief Caspar an, aber der textete zurück, er säße in einer Vorlesung. Sie rief Billie an, die mitteilte, dass sie nicht vorhabe, wegen einiger Kartons das Auto rauszuholen, weil alle gemeinsam darum kämpfen müssten, die Emissionen zu reduzieren. Sie hatte gerade unter den Jurastudenten eine Aktionsgruppe ins Leben gerufen, in der man die Gesetzgebung für Dieselautos unter die Lupe nehmen wollte.

»Jetzt komm schon«, stöhnte Roksana, »und wenn ich verspreche, Menstruationstassen zu verwenden?«

Billie verstummte. Seit mehreren Monaten redete sie jetzt schon von ihren Menstruationstassen. »Einerseits sind die gut für die Umwelt, wisst ihr, wie viele Tampons eine Frau im Laufe ihres Lebens verbraucht? Auf der anderen Seite trocknen sie die Schleimhäute nicht aus, und außerdem sind Tampons nur so ein Mist, den sich Männer ausgedacht haben, um Frauen das Geld aus der Tasche zu ziehen. Aber das Wichtigste ist«, und an dieser Stelle schrie Billie fast vor Erregung, »dass man seine Fotze kennenlernt. Und das ist etwas, das wir von der Mösenguerilla sehr hoch schätzen. Die wollen nicht, dass wir unseren eigenen Körper kennenlernen. Unser Körper ist tabu, vom Patriarchat verboten. Und das werden wir ändern.«

Billie klang froh. »Okay, gut«, sagte sie, »ihr dürft das Auto ausleihen, wenn du die Menstruationstasse ausprobierst. Aber denkt dran: sanfter Fahrstil verringert den Verbrauch. Sanfter Fahrstil rettet Mutter Erde.«

Sie hatten vor, das Zeug genauso wie letztes Mal zu Hause zu produzieren, aber schon nach der ersten Runde war klar, dass die Küche der Wohnung nicht für die industrielle Produktion von Mindfuck ausgelegt war. Roksana wurde so schwindelig, dass sie alle Viertelstunde auf den Balkon gehen und für ein paar Minuten durchatmen musste. Sie mussten eine andere Lösung finden – die Verrückten hatten nochmals gefordert, dass sie das Geld in ein paar Tagen bezahlen sollten. Roksana und Z. wussten nicht, wie viel Zeit sie insgesamt hatten, aber sie wussten, dass sie die Summe irgendwie zusammenkriegen mussten. Wie sollte ihnen das nur gelingen?

Palm Village Thai Wok, mittlerweile Roksanas Lieblingsrestaurant, seit sie sich dort mit Nikola getroffen hatte und wohin sie immer mit dem Fahrrad fuhr und für sich und Z. Essen bestellte. Der Besitzer war ein Schwede, der mit Sunee, einer supersüßen Frau aus Thailand verheiratet war, die aussah, als wäre sie zwanzig Jahre jünger als er. Eigentlich war es Sunee, die das Lokal führte. Roksana hatte sich immer ein wenig mit ihr unterhalten, wenn sie bestellte, meist, um ihr bei ihrem holperigen Schwedisch zu helfen. Wie auch immer: Sunee hatte nichts dagegen einzuwenden, Roksana und Z. den Keller des Hauses, der sowieso leer stand, zu überlassen.

»Was ihr machen da?«, fragte sie, als Roksana ihr zum dritten Mal zu erklären versuchte, dass sie nur etwas gesundes Mehl zubereiten wollten.

»Also, wir werden nur Mehl produzieren und verpacken. Du weißt schon, Mehl, mit dem man Brot backt.« Sie machte eine Geste, als würde sie ein fiktives Brot mit Butter bestreichen. »Aber es ist gesundes Mehl, es enthält eigentlich keine Getreideart. Du weißt schon, damit man nicht dick wird.« Sie gestikulierte wieder, zeigte an ihrem Bauch, wie man aussah, wenn man Getreide aß.

»Ich sprechen mit Lelle«, sagte Sunee und rief ihren Mann Lennart an. Sie redeten kurz auf Thailändisch – Roksana wusste gar nicht, dass Lelle die Sprache von Sunee beherrschte. Das erklärte, warum ihr Schwedisch so schlecht blieb.

Ein paar Minuten später zwinkerte sie Roksana zu. »Geht in Ordnung. Tausend Kronen Monat.«

Volltreffer.

Z. kaufte vier Bunsenbrenner mit Stativ, Glasphiolen, Bleche und Wasserbäder. Er schaffte zwei Ventilatoren an, um die Hitze zu bekämpfen, und einen, um Wolken abzusaugen – und eine große weiße Kiste, von der er behauptete, es sei ein Luftreiniger. »Wir wollen schließlich nicht, dass Sunees Gäste hier auf K kommen. Zumindest nicht, ohne für die Waren zu bezahlen«, meinte Z. kichernd. Roksana lachte auch – sie spürte, dass sie wieder auf *Go* waren.

Sie kauften Handschuhe, weiße Arbeitskittel und Mundschutz, Pipetten, Glaskrüge, Zylinder und andere Laborausrüstung. Sie schafften sich Ziplock-Tüten an, Etiketten und Milligrammwaagen. Sie bestellte sich im Internet eine Menstruationstasse.

Als sie alle Sachen hingestellt, die Brenner angeschlossen und Z. das Absaugsystem installiert hatte, ging er und holte einen letzten Karton aus der Einkaufsfuhre. »Tadaa!«, rief er, während er den Karton aufschnitt. Es war ein Lautsprecher. »Das Wichtigste muss man sich für zuletzt aufheben. Das hier ist der beste von Bose. Jetzt können wir loslegen.«

Zwei Tage nachdem Sunee ihnen den Schlüssel überlassen hatte, starteten sie die Produktion. Diesmal im Verhältnis eins zu zehn. Jetzt war es *the real shit*: Z. und sie sahen aus wie die übelsten Walter-White-Kopien, Modell Kernkrafttechniker. Sie reduzierten literweise Ketaminol. Sie hörten dabei Axel Boman, Kornél Kovács und selbst Produziertes und Eingespieltes von Z. Sie verbrannten sich an den Blechen, bekamen

Hustenanfälle von dem Rauch, der aufstieg, wenn die Flüssigkeit verdampfte, und Lachanfälle, als Z. am dritten Tag über Haarausfall klagte. »Entweder sind das die K-Dämpfe oder dieses natürliche Öko-Shampoo, das Billie mir verkauft hat.« Sie hörten Linda Pira und First Aid Kit und von Z. selbst Produziertes und Eingespieltes, sie tranken Kaffee und rauchten Zeug, redeten über Billies verschiedene Haarfarben, die Feste zu Hause in Teheran und wie krank das war, dass die rechtsradikalen Sverigedemokraterna in irgendeiner neuen Wählererhebung mehr als zwanzig Prozent kriegten, obwohl einer ihrer Parteivorsitzenden, irgendein Idiot, der genauso hieß wie alle die anderen, eben verkündet hatte, dass man die Anzahl an Globalisten und Baum-Umarmern – lies: Juden und Umweltparteiler – in den Medien beschränken müsse. Sie arbeiteten bis spät in die Nacht. Schwitzten. Legten kleine Tänze über den Tüten mit K hin. Sie sangen kreischend zu Piras Texten mit: *Ein Uhr war's, war am Ort/Exakt alle wollten bei uns hocken/Tanzfläche pechschwarz, Tanz wie ein Sexakt/DJ wechselt die Musik, schwitzen wie im Studio*. Sie stellten einen Computer auf und kuckten wieder und wieder die siebte Staffel von *Girls* – sogar Z. fand, das sei das Beste, was er je gesehen hätte, und normalerweise disste er eigentlich alle Vorschläge von Roksana. Ihre Beine schmerzten davon, den ganzen Tag zu stehen, und Z. fuhr zu Ikea und kaufte Barhocker auf Rollen. Sie schossen umeinander rum und spielten Boxautorennen. Die Ketaminol-Flüssigkeit blubberte wie Lava. Sie hörten Tove Lo, Asaf Avidan & the Mojos und von Z. selbst Produziertes und Eingespieltes. Die Menstruationstasse saß perfekt – beste Erfindung der Welt. Sie lächelten Sunee an und bestellten Nudeln mit Tofu, einer Extraportion Cashews und dicker scharfer Soße.

Nach vier Tagen war ihre erste Ladung fertig. Mehr als

sechshundert Gramm Kitkat, verpackt, gewogen und in Tüten mit je einem Gramm verteilt. Sie machten die Türen auf und stiegen aus dem Labor. Es war fünf Uhr früh. Die Maisonne stieg hinten an der Straße wie ein Vulkan auf.

»Sonnenschein, wir kommen!«, brüllte Roksana.

Die Mengen und der Takt, in dem sie kochten: Wenn sie alles verkauften, würden sie vielleicht das Geld für die Verrückten zusammenkriegen – es bestand die Chance, dass sie es schaffen könnten. Schon in der nächsten Nacht zogen sie zu Transmission#3 und am Abend danach zu Ghost Town Sessions. Sie verkauften Keta für über fünfzigtausend Kronen. Die alten Gruppen versammelten sich um sie: Cluborganisatoren, alte Freunde, neue Freunde, Freunde von Freunden und vor allem Käufer. Es war, als wäre nichts gewesen, als wären sie niemals weg gewesen. Roksana schaffte es kaum auf die Tanzfläche, aber in der letzten Stunde, als die Leute bereits zwei oder drei K-Trips gekauft hatten, tanzte sie, als hätte sie unbegrenzte Energie.

Billie fragte, wo sie die letzte Zeit gewesen waren, und als sie ausweichend antworteten, lachte sie laut. »Ihr habt immer gesagt, ihr seid nur Kumpels.«

»Und wir sind immer noch nur Kumpels, nichts anderes«, antwortete Roksana.

Am darauffolgenden Wochenende gingen sie mit neuen Tüten in neue Clubs, zu alten und *neuen* Kunden. Sie senkten den Preis auf hundert Riesen die Prise, dreihundert für eine Tüte. Die Leute hingen in Trauben an ihnen, als wären sie ein Håkan-Hellström-Konzert. Sie verkauften Kitkat für sechzigtausend Kronen. Runterverdampftes Pferdenarkotikum war ein krasses Produkt. Das Gerücht davon, von den neuen billigen Partymachern, verbreitete sich wie der übelste Kardashian-Post über Snapchat, WhatsApp und Kik Messenger. Sie bezahlten zweihundert von den Forderungen der Verrückten ab.

Ein paar Tage später rief der Bestimmer an.

»Das dauert mir zu lange.«

»Aber wir haben doch schließlich schon zweihunderttausend bezahlt.«

»Da scheiße ich drauf. Ich will den Rest von eurem Cash haben. Ihr kriegt drei Wochen. Ist das klar?«

»Ja, ja, aber das ist so gut wie unmöglich.«

»Drei Wochen.«

Vorhang.

Sie fuhr nach Hause zu ihren Eltern. Da war sie erst einmal gewesen, seitdem sie aus Teheran zurück war, nämlich in der Woche bevor die Waren angekommen waren, als sie immer noch Zeit hatte. Ihre Mutter hatte fast geweint, als sie das Silberbesteck entgegennahm, das Etty mitgeschickt hatte, und die Hausschuhe, die Roksana selbst gekauft hatte, und dann wurde sie zwei Stunden lang ausgefragt. Ihr Vater war vorsichtiger, aber sie konnte den Eifer in seinen Bewegungen spüren, auch er war neugierig und froh, dass sie gefahren war.

Doch heute war nur ihr Vater zu Hause. Er saß vor dem Fernseher, wo irgendeine französische Dokumentation über den Aufstieg des IS gezeigt wurde. Sie umarmten sich. Er roch wie immer, war gekleidet wie immer. Als sie sich neben ihn setzte, schaltete er den Fernseher aus.

»Roksana *joonam*, es deprimiert mich so, das anzusehen.«

»Warum siehst du es dann an.«

»Ich kann nicht anders. Es ist, wie wenn man an einem Unfall auf der Straße vorbeifährt, es ekelt mich an, aber ich muss trotzdem hinsehen, lesen, verfolgen, was sie da unten machen.«

Ihr Vater lehnte sich im Sofa zurück. Er sah klein aus, so

als würde er zwischen den Kissen ertrinken und verschwinden. »Wie konnte die Welt nur so werden? Als Mama und ich jung waren, fühlte es sich so an, als ob alles nur besser werden könnte.«

Roksana musste es jetzt sagen, es ging nicht anders, egal, wie anstrengend es war. Sie musste ihre lügenhafte Frage stellen. »Papa«, sagte sie mit ernster Stimme. »Ich weiß nicht, wie lange ich noch mit Z. zusammenwohnen kann. Das funktioniert nicht gut. Ich muss mir was anderes besorgen.«

»Das ist ja schade.«

»Und ich suche wie verrückt nach einem Wohnanrecht, das nicht zu viel kostet. Aber wenn ich das richtige Objekt finde, dann werde ich schnell zuschlagen müssen«, erklärte sie – es fühlte sich so beschissen an, ausgerechnet ihren Papa anzulügen, aber es ging nicht anders. »Deshalb wollte ich fragen, ob ihr euren Kredit auf das Haus ein bisschen aufstocken könnt, sodass ich Geld von euch leihen kann.«

»Aber kannst du dann nicht ein paar Monate hier wohnen? Bis was anderes auftaucht, das du mieten kannst, anstatt zu kaufen?«

»Aber *Baba*, ich sollte trotzdem was kaufen. Ich glaube nicht, dass es zwischen Mama und mir lange gut gehen würde, wenn ich hier einziehe. Wir gehen uns sicher unglaublich auf die Nerven. Und für euch ist das ja auch nicht schön. Es ist besser, wenn ich das Geld sofort bekomme.«

Papa legte den Kopf in den Nacken. »Du hast recht, *Azzizam*, du hast recht. Und du wirst eine eigene Wohnung brauchen, wenn du anfängst, Psychologie zu studieren. Das wird fantastisch.«

Das Letzte setzte ihr besonders zu, auch wenn sie ihren Vater mal nach dem fragen wollte, was die Großmutter erzählt hatte, dass er doch Musiker hatte werden wollen und genötigt worden war, ein anderes Studium zu wählen. Aber das war jetzt nicht die richtige Gelegenheit.

Ihr Vater fuhr fort. »Du kannst das Geld von uns leihen, sowie du etwas findest. Aber nicht jetzt, das finde ich unnötig. Wir warten ein wenig.«

Roksana sackte innerlich zusammen.

Im Bus auf dem Rückweg von ihrem Vater checkte sie Insta. Eine Serie von Postings dominierte die amerikanischen Accounts: Das jährliche Coachella hatte gerade angefangen. Die Fotos von der geometrischen Zeltaufstellung, von Menschen, die schön und gleichermaßen Boho waren, die alle aussahen wie Gigi Hadid, von Scheinwerfern beleuchtete Bühnen mit Rauch und pyrotechnischen Wunderdingen. Die schwedischen Accounts wurden von anderen Bildern beherrscht: Leute, die stolz ihre Buchungsbelege für Into the Valley und so weiter zeigten – der Ticketverkauf für die Sommerfestivals in Schweden hatte begonnen.

Gleichzeitig drehte sich das Gedankenkarussell in ihrem Kopf: Z. und sie mussten achthunderttausend Kronen ranschaffen. In drei Wochen. Das war eine unmögliche Gleichung. Selbst wenn sie gut verkauften.

Auf dem Handy: Fotos von bekifften Amerikanern, die in der Wüste tanzten.

Da kam ihr eine Idee. Sie hatten in der letzten Zeit doch DJs, Partyleute und Käufer kennengelernt. Theoretisch besaßen sie ein gutes Kontaktnetz. Kannten sich aus in der freien Partyszene Stockholms.

Der Gedanke wuchs im Kopf. Ihre einzige Chance, das Geld schnell genug zu beschaffen, war, etwas Eigenes zu organisieren. Selbst den kompletten Verkauf und die Ticketeinnahmen zu kontrollieren.

Sie und Z. sollten einen eigenen Club auf die Beine stellen. Eine ganz eigene riesige Party.

37

Teddy drückte auf die Klingel und erwartete, eine blecherne Stimme aus der Gegensprechanlage zu hören, die fragte, wer er sei und was er wolle, doch stattdessen ging die Tür sofort auf. Er drehte sich zu Dejan um, ehe er hineinging, und sagte: »Ich habe mein Telefon die ganze Zeit eingeschaltet, egal, was passiert.«

Dejan grinste unter dem Schirm seiner L. A.-Kappe. »Und was, wenn sie dir eine Betäubung gibt?«

Trendige Modeheinis trugen manchmal schwarze weiche Kappen, Skatekids und Trash-Metal-Wannabes liefen mit hohen Kappen mit geradem Schirm und Aufdruck rum, die Schwedenspießer aus Saltsjöbaden und Täby zogen die dunkelblauen NY-Kappen vor. Aber Dejan: Seine Kappe passte ungefähr so gut zu ihm wie ein Zauberhut.

Teddy erwiderte: »Wenn sie mich betäubt, musst du die Stellung halten, bis ich aufwache.«

Der Zahnarzt in Alby. Unter die Knöpfe im Fahrstuhl hatte jemand einen stilisierten Schwanz geritzt. Teddys alter Zahn hatte angefangen wehzutun. Oder eigentlich war es ein *Implantat*, das den Zahn ersetzte, den sie ihm gezogen hatten, als er im Knast saß. So ein Implantat hätte ihn vier Monate Arbeit in der Kanzlei Leijon gekostet, aber damals war die Sache von einer Krankenversicherung übernommen worden, die er durch die Anstellung in der Kanzlei bekam. Jetzt hatte er keine derartige private Versicherung mehr. Jetzt hatte er im Grunde gar nichts, und das Implantat knirschte jedes Mal, wenn er kaute, wie ein Stein im Mund. Es tat so weh, dass er nicht schlafen, nicht essen, nicht einmal denken konnte – also musste er was dagegen tun, selbst wenn er seit einem Monat auf der Flucht war. Es herrschte Panik.

Die große Sorge war aber, dass er nicht einfach so zum Zahnarzt gehen konnte. Dejan musste draußen aufpassen. Wenn die Polizei auf irgendeine Weise herausbekam, dass er hier einen Termin hatte, dann war alles aus.

Die Zahnärztin hatte Grübchen und bat ihn, sich auf dem Stuhl zurückzulehnen. Ihr leicht finnischer Akzent und das sanfte Lächeln beruhigten ihn. Er checkte, dass sein Handy immer noch eingeschaltet war, dass er Netz hatte, dann machte er den Mund so weit wie möglich auf. An der Lampe, die ihm in den Rachen leuchtete, saß ein kleiner Aufkleber, auf dem ein Engel zu sehen war. Teddy schloss die Augen. Ließ die Zahnärztin ihre Arbeit machen. Sein Leben war gerade alles andere als ruhig. Er konnte so einen Engel, der über ihn wachte, wirklich brauchen.

Er hatte sich nicht nur vor den Leuten, die sie in Oslo beschossen hatten, unter dem Radar halten müssen, sondern jetzt wurde er auch noch von der Polizei verfolgt. Wenn Dejan ihn nicht gerettet hätte, dann wäre ihm wahrscheinlich dasselbe Schicksal beschert gewesen wie Fredrik O. Johansson. Doch in der Ermittlung und dem Haftbefehl hieß es, *er*, Teddy Maksumic, habe den Mann vermutlich ermordet. Ganz zu schweigen von dem, was auf den Aushängern der Zeitungen stand.

Es war nicht leicht, sich für dieses Netzwerk unsichtbar zu machen, dessen lange Tentakeln offensichtlich weit reichten. Doch sich vor der Staatsmacht zu verstecken, war auf lange Sicht praktisch unmöglich. Teddy hatte in jungen Jahren viele Freunde gehabt, die dumme Sachen, Gesetzesverstöße begangen hatten und deshalb gesucht wurden. Die hatten oft gedacht, man müsse nur eine Weile bei seinen Eltern wohnen, den Ball flach halten und bei einem Verwandten TV-Spiele zocken, sich bei irgendeiner Braut aufs Sofa fallen lassen und so tun, als wäre alles o.k. Doch das war kein Leben für einen jungen Menschen. Man wollte raus und mit den Kumpels um die Häuser ziehen, man wollte wie ein Mann Frauen treffen, dabei sein, wenn was los war. Die Bullen hatten dein Foto und die Beschreibung in all ihren Streifenwagen. Sie wussten sogar, wie die Erzieherin in der Tagesstätte von deinem Kind hieß, das du nur jeden zweiten Freitag sehen durftest. Am Ende kriegten sie dich.

Doch Teddy hatte Maßnahmen getroffen. Er hatte nicht vor, die Fehler zu machen, die seine Kumpels vor fünfzehn Jahren begangen hatten. Also verkaufte er den Volvo und legte sich stattdessen einen klapprigen alten Fiat zu und ließ ihn auf einen Kumpel von Dejan anmelden. Er baute den Fahrersitz so um, dass man ihn ganz zurückklappen konnte – dann schlief er im Fiat, so gut es ging, die langen Beine wie ein Kind zur Brust hochgezogen. Er parkte in den verschiedenen Waldstücken vor der Stadt, ließ sich aber trotzdem mehrmals in der Nacht vom Handy wecken, um herumfahren und in Bewegung bleiben zu können. Er wohnte niemals zu Hause. Lebte wie ein Penner. Zog sechs Tage hintereinander dasselbe T-Shirt an, wusch es dann zusammen mit seinen Unterhosen im Handwaschbecken einer Restauranttoilette. Er duschte nicht mehr bei Dejan und ging stattdessen ins Sydpoolen, das Schwimmbad in Södertälje. Aus der Entfernung hatte er gesehen, wie die Polizei das Zuhause von seinem Freund durchsucht hatte, auch bei Linda und Bojan waren sie gewesen und natürlich in seiner eigenen Wohnung. Er wagte nicht einmal, sie anzurufen, um zu erklären, dass alles nur Bullshit war – selbst die Anrufe von Emelie nahm er nicht entgegen, weil er sie nicht in eine problematische Situation mit Beihilfe zur Flucht oder dergleichen bringen wollte. Er organisierte eine neue Dimension der Sicherheit – war er vor den Ereignissen auf dem Herrensitz vorsichtig gewesen, dann war er jetzt paranoid. Er ließ sich einen Bart wachsen, ging nirgends ohne Sonnenbrille hin, machte einen Umweg, wenn er jemanden sah, der ihn vielleicht kennen könnte. Er lieh sich Cash von Dejan. Er trainierte nicht. Er aß miserabel, spürte, wie es im Magen stach. Auch schon bevor die Zahnschmerzen ihn zu plagen begannen, schlief er schlecht. Er war der einsamste Mensch der Welt.

Tagsüber saß er meist in verschiedenen Seven-Eleven-Läden herum und benutzte deren Mietcomputer. Wieder und wieder ließ er vor seinem inneren Auge Revue passieren, was da draußen auf dem Hallenbro Storgården passiert war. Wie er Fredrik O. Johansson und den unbekannten Beifahrer gestört hatte, die offensichtlich den Ort säubern wollten. Wie Papiere, DVDs und anderes Material in den Samsonite-Koffer gepackt worden waren, der wiederum mit dem unbekannten Mann verschwunden war. Teddy wollte WIRKLICH den Inhalt dieses Koffers finden, denn das war ja offensichtlich etwas, von dem das Netzwerk nicht wollte, dass es ans Licht kam. Und dann: der Bulle mit Motorradhelm, der Fredrik O. direkt vor Teddys Augen umgelegt hatte. Das konnte kein richtiger Polizist, das musste ein Fake gewesen sein.

Der Hof war abgebrannt – hier war Teddys Theorie, dass der Beifahrer ihn angezündet hatte, aber vielleicht war es auch der Motorradbulle. Auf jeden Fall schien die Polizei da draußen nicht viel mehr als das Mietauto gefunden zu haben, mit dem Teddy gekommen war und das man offensichtlich mit ihm hatte verknüpfen können. Vielleicht war er auch auf irgendeiner Kamera zu sehen gewesen, er wusste es nicht. Die müssten aber doch eigentlich mit dem ganzen Ding verbrannt sein.

Er wollte wissen, wer der Besitzer von Hallenbro Storgården war, und mehr über die Männer erfahren, die er getroffen hatte, und über die, die er nicht getroffen hatte. Vor allem wollte er mehr über Fredrik O. Johansson wissen. Er hatte Loke gefragt, ob er sich ins System der Polizei einhacken könnte, um herauszufinden, welcher Polizist da draußen am Herrensitz Dienst gehabt hatte und der eigentliche Mörder war – wenn es überhaupt ein echter Polizist gewesen war.

Loke meldete sich nach ein paar Tagen zurück. »Tut mir leid, mein kleiner Freund«, sagte er und rümpfte die Nase auf seinem Beifahrersitz im Fiat, »aber es geht nicht, die haben sich neue Firewalls und neue Sicherheitsprogramme angeschafft. Ich dachte, ich könnte überall reinkommen. Aber das ist vorbei. Vielleicht werde ich langsam alt.«

»Gibt es denn da keinen Kurs?«, versuchte Teddy zu scherzen.

»Ich bin es, der die Kurse hält, mein Goldiger«, erwiderte Loke. »Übrigens hat Emelie Jansson sich vorige Woche bei mir gemeldet. Es war ihr sehr wichtig, Kontakt zu dir zu bekommen.«

»Ich weiß. Aber ich will sie in das hier nicht reinziehen.«

»Sie wusste sehr gut, dass du wegen diesem Scheiß verdächtigt wirst. Und *trotzdem* wollte sie mir dir reden.«

Er hatte die Wahrheit gesagt – er wollte Emelie nicht in die Sache reinziehen. Aber am Ende rief er sie trotzdem an. Sie redeten nicht viel, sondern entschieden, sich an dem Ort zu treffen, wo sie vor ein paar Monaten zusammen zu Abend gegessen hatten. Als sie fertig telefoniert hatten, warf Teddy das Handy von einer Brücke. Er wusste nicht einmal, ob sie noch schwanger war, aber er freute sich, dass sie ihn trotzdem treffen wollte.

Ein paar Stunden später im Raw Sushi & Grill. Teddy war eine Stunde zu früh da gewesen und draußen in der Gegend herumgelaufen. Auch wenn er ihr im Grunde vertraute, musste er sich doch vergewissern, dass sie nicht die Polizei angerufen hatte oder dass ihr Telefon abgehört wurde.

Er wartete, bis sie durch die Glastüren des Lokals gegangen war, er sah, wie sie einen Saft oder etwas Ähnliches bestellte. Sie wirkte nervös: Ihr Blick ging hin und her. Als er reinkam, schien sie ihn zuerst nicht zu erkennen, aber das sollte ja auch so sein. Er seinerseits konnte nicht feststellen, ob da etwas Lebendiges in ihrem Bauch war, ihr Pullover war viel zu groß.

Aber sie umarmten sich. Und als ihre Köpfe ganz nah beieinander waren, spürte er ihren warmen Atemzug am Ohr. »Teddy, ich weiß, dass du das nicht getan hast. Aber was ist passiert?«

Teddy wollte sie bei sich behalten, wollte ihr direkt ins Ohr antworten. Aber sie zog sich zurück und setzte sich.

»Nein«, sagte er. »Ich habe es nicht getan.« Dann beugte er sich vor und erzählte mit leiser Stimme. Von den Typen, die er besucht hatte. Wie er versucht hatte, sie unter Druck zu setzen, und wie er Fred O. reingelegt hatte. Er erzählte vom Hallenbro Storgården, wohin der Fredrik-Typ sich begeben hatte, um aufzuräumen. Vom Samsonite-Koffer, der von dem Ort weggebracht worden war. Als er geendet hatte, war sie dran. Sie erzählte, dass sie Adam Tagrin entlassen hatten und dass Oliver jetzt, bis es zur Verhandlung kam, in einem Erziehungsheim untergebracht war.

Dann sagte sie: »Teddy, ich habe nicht vor, es zu behalten.«

Er warf einen Blick auf ihr Saftglas, das sie nicht angerührt hatte. »Warum nicht?«

Emelie sah sich um, vielleicht um herauszufinden, ob an den umliegenden Tischen jemand zuhörte. Dann verschränkte sie demonstrativ die Arme vor der Brust. »Ich glaube, ich würde es jetzt gerade nicht schaffen, Mutter zu sein. Und ich glaube nicht, dass wir beide, du und ich, ein gutes Elternteam wären.«

Teddy spürte, wie ein schwerer Stein sich auf sein Inneres legte und ihn Richtung Boden zog. »Aber ich glaube, dass du eine fantastische Mutter wärst«, entgegnete er. »Und ich kann ein guter Vater werden. Ich kann das lernen.«

Es sah aus, als würde Emelie nach Worten suchen, so hatte er sie noch nie gesehen. Schließlich sagte sie: »Möglicherweise hast du recht. Aber ich habe meine Zweifel.«

»Ich glaube nicht, dass du wirklich zweifelst.«

»Jetzt hör auf, Teddy. Ich kann keine Beziehung zu einem Mann haben, der des Mordes verdächtigt wird.«

»Aber du weißt doch, dass ich unschuldig bin.«

»Ja, aber das allein ist es nicht. Es ist, wer du bist. Eine Person, die allen Mist anzieht, eine Person, deren Geschichte voller Schwierigkeiten ist. Du bist ein Problem, und das funktioniert nicht für mich. Ich habe mich entschieden. So ist es einfach. Es tut mir leid.«

Sie stand auf.

Die nette Zahnärztin klappte die Lampe zurück. Der aufgeklebte Engel verschwand aus Teddys Gesichtsfeld. »So, dann spülen Sie mal«, sagte sie.

Teddy richtete sich auf, er wusste nicht, wie lange er hier gelegen hatte. Der Plastikbecher stand unter einem kleinen Springbrunnen aus weißem Porzellan, der zu den diversen Einrichtungen um den Zahnarztstuhl gehörte. Er gurgelte das Wasser im Mund herum und spuckte es in das Porzellanbecken. Der Becher wurde automatisch wieder gefüllt. Er fuhr mit der Zunge über den neuen Zahn.

»Sollen wir eine Runde in meinem neuen Auto drehen?«, fragte Dejan, als sie aus der Zahnarztpraxis rauskamen.

»Nein«, sagte Teddy, »aber gut, dass du dir ein neues angeschafft hast.« Und musste denken, dass ein Tesla schließlich ungefähr so auffällig war wie ein Lamborghini.

Dejan lachte laut, wobei sein Adamsapfel wie eine Flipperkugel wobbelte. »Du bist in einer verdammt beschissenen Lage, mein Freund. Bist du sicher, dass du nicht die Stadt verlassen solltest? Ich habe gute Kontakte in Palma, Marbella, Belgrad.«

»Ich muss das hier im Heimspiel lösen.«

»Aber du kannst mich doch wohl bis zu meinem Auto begleiten, oder?«

»Okay.«

Sie gingen an großen Schildern mit Werbung für irgendeinen Fernsehkanal vorbei. *Entspanne dich mit den besten Krimiserien.* Offensichtlich galt es als relaxend, zuzusehen, wie die Leute sich gegenseitig totschlugen. Als sie sich Dejans neuem Wagen näherten – einem Porsche Panamera –, öffnete sich die Tür eines anderen Autos. Und ein Mann stieg aus und kam auf sie zu. Es war *Kum*. Alias *Mazern*.

Kum: Teddys alter Boss vor seiner Knastzeit. Ein Mythos in Stockholm und Umgebung, ein nicht zu fassender Geist für die Landeskripo, eine Gangsterlegende mit mehr als neun Leben. Der Mann, der mehr Geld mit Tabak, Koks, dreckigem Alkohol und Geldwäsche verdient haben soll als je ein anderer vor ihm in Schweden. Der Mann, der sich nun nach eigener Aussage zur Ruhe gesetzt hatte und nur noch in legale Unternehmungen investierte.

Sie gaben sich die Hand.

»My *friend*«, sagte Kum, »Dejan hat mich hierhertelefoniert. Geht es besser mit dem Mund jetzt?«

»Ganz okay, hoffe ich.«

»Auf seine Zähne muss man aufpassen. Sie sind das Erste, was ein anderer Mensch von einem sieht.«

»In den ersten Jahren meiner Haft habe ich keine zahnärztliche Behandlung bekommen, dafür hätte ich Ausgang haben müssen.«

»So kann es gehen. Und jetzt leihst du dir Geld von Dejan für den Zahnarzt?«

Teddy konnte nicht erkennen, ob *Kum* Witze machte oder ernst war. Er hatte fast keine Falten im Gesicht, es sah aus, als hätte jemand von beiden Seiten seine Haut gestrafft, vielleicht hatte Gottvater sich ja ein Lifting gegönnt.

»Ich werde es zurückzahlen«, erwiderte Teddy. Seine Gefühle für *Kum* waren ohne Frage gemischt.

Kum schüttelte den Kopf. Sein Gesicht blieb, auch wenn er sprach, unbewegt. »Du wirst gar nichts zurückzahlen. Ich möchte dich daran erinnern, dass ich es war, der dich damals gebeten hat, dieses Kidnapping auszuführen, ohne dass ich selbst wusste, welche Kinderficker hinter dem ganzen Mist stecken. Und eins sollst du von mir wissen, Teddy …« *Kum* legte eine Kunstpause ein. »Ich habe ja vielleicht mit meinen früheren Geschäften aufgehört, aber ich bin immer noch ein Mann. Wie viel von unserer Sprache beherrschst du, Teddy? *Lojalnost*, weißt du, was das bedeutet?«

»Ich glaube schon.«

»So einer warst du, als du verurteilt wurdest, sie haben dich in Grund und Boden verhört, und du hast deine Zeit abgesessen, ohne ein einziges Mal einen anderen Namen zu erwähnen. Ohne den Bullen auch nur den kleinsten Scheiß zu verraten. *Lojalnost*, Teddy. Es bedeutet Loyalität. Das ist ein schönes Lebensprinzip. Ich schätze es höher als das meiste hier in der Welt. Und du hast es höher gehalten als manch anderer. Auch wenn wir unsere Probleme miteinander gehabt haben, du und ich, stehe ich doch deshalb jetzt hier. Ich helfe dir.«

Teddy merkte, wie er sich tatsächlich ein wenig entspannte. Ein Teil der Anspannung, der Einsamkeit, der Angst fiel von ihm ab. *Kum* wollte ihm wirklich helfen. Dennoch hatte er keine Ahnung, wie das vor sich gehen sollte. Er wurde von der schwedischen Polizei wegen Mordes gesucht – was konnte da ein ehemaliger *Gottvater* ausrichten?

Kum sagte: »Du musst rauskriegen, ob man dieser Bullenfrau Nina Ley vertrauen kann. Wie sehr ich auch diese Schweine hasse, ist sie jetzt doch unsere größte Hoffnung.«

Kum und Teddy standen oben auf dem Katarinahissen und spähten nach unten. Teddy rief Nina Ley an und sagte, dass er sich mit ihr treffen wolle.

»Sie wissen schon, dass Sie mit Haftbefehl gesucht werden, oder?«, erwiderte Ley. Aus ihrer Stimme klang kein Mitleid.

»Ja, natürlich weiß ich das. Aber ich werde mich nicht freiwillig stellen. Ich habe Fredrik O. Johansson nicht erschossen, aber ich weiß, was da draußen passiert ist, und ich glaube, Sie wollen das auch wissen.«

»Dann erzählen Sie.«

»Am Telefon ist das keine gute Idee.«

»Dann müssen wir es außerhalb des Protokolls geschehen lassen, so wie ich es mit Emelie wegen der anderen Sachen auch schon getan habe. Können wir uns vorm Polizeihaus treffen?«

»Nein«, erwiderte Teddy. »Ich nenne Ihnen per SMS einen Ort. Und nur Sie, niemand sonst. Versprechen Sie mir das.«

»Ich verspreche es. Wie kann ich Sie erkennen?«

»Ich schicke eine Nachricht.«

Der Übergang vom Katarinahissen zum Mosebacke verlief ungefähr vierzig Meter über dem Boden. Teddy wurde fast schwindelig, als er nach Slussen hinunterschaute. Oder besser gesagt: dahin, wo früher Slussen gewesen war. Direkt unter ihm gähnten ein paar Gruben, so groß wie Fußballplätze. Mitten in der Stadt waren sie dabei, eine andere Zeit auszugraben, die Gänge und Straßen, die Tunnel und Kanäle lagen bloß wie Fleischwunden ohne Verband. Die grauen Nuancen des Schotters, die gelben Bagger und die braun-orangefarbenen Planken, die wie ein riesiges Mikado herumlagen, wirkten wie ein aus einer kriegszerstörten Stadt im Nahen Osten geholtes Bild. Armierungseisen hingen wie rostige Haarsträhnen aus den zerstörten Straßenmassen. Lose Steine und Betonklumpen breiteten sich aus wie in einem Landschaftsbild aus *The Road*. Und überall: Löcher. Löcher hinunter in die Unterwelt, Löcher in den ehemaligen Bürgersteigen, das Loch hinunter ins Wasser, das Slussen von unten aufzufressen drohte. So sah es aus, wenn eine Stadt ihre Erscheinung wechselte: als wäre eine Staubbombe eingeschlagen, und wenn sie fertig sein würden, dann würde sich hier etwas Neues erheben, das aber jetzt noch unmöglich vorherzusehen war. Etwas ohne Verbindung zu dem, was gewesen war.

Jenseits des Zauns aber, auf der anderen Seite der Gruben, konnte Teddy Dejan erkennen. Teddy hatte Nina den Ort per SMS geschickt: Södermalmstorg, direkt vor der U-Bahnstation Slussen. Und jetzt checkte Dejan da unten den Platz, ob es entspannt aussah.

Ich habe eine L. A. Dodgers-Kappe auf dem Kopf, schrieb Teddy in einer Nachricht an Nina. Jetzt sah er, wie Dejan da unten auf und ab ging wie ein Bär oder ein Tiger an den Stäben in einem Beton-Zoo. Es war zehn vor sechs: Teddy musste jetzt runtergehen, in zehn Minuten würde Nina auftauchen.

»Was sagt dein Bauchgefühl?«, fragte *Kum*

Teddy versuchte zu erkennen, ob sie irgendwo in der Nähe war. Er sah den Blumenstand da unten und die Heringsbude. Es wimmelte von Leuten – das letzte Anschwellen der Rushhour, Menschen, die zur U-Bahn hinunterrannten, schwere Tüten zu den Bussen schleiften, verwirrt zu begreifen versuchten, wie die neuen Wege an den Bauarbeiten vorbei verliefen. Und dann all die Fahrradfahrer, die durchpflügten. Nur wenige trugen einen Helm, die meisten hatten wahrscheinlich diese Airbag-Kragen. Teddy hatte davon gelesen, angeblich lasen sie durch hochempfindliche Sensoren das Bewegungsmuster der Fahrradfahrer ab und bliesen sich zu einer Kapuze auf, sowie man mit etwas zusammenstieß oder herunterfiel.

»Mein Herz sagt mir, dass ich ihr vertraue, weil sie offensichtlich Emelie vertraut«, sagte er zu Kum. »Aber mein Hirn sagt mir, dass sie Bulle ist. Und ich ein mit Haftbefehl gesuchter Verbrecher.«

Kum bleckte die Zähne, die unnatürlich weiß waren. »Ein Schwein ist immer ein Schwein. Und es liegt in ihrer Natur, sich wie solche zu verhalten. Aber dieses besondere Schwein scheint ja noch Züge von anderen Tieren zu besitzen. Komm, wir gehen runter.«

Dejan wartete am Blumenstand. *Kum* stellte sich neben ihn und fing an, von seinen Geschäften zu erzählen, so als wäre alles in Ordnung. Er besaß vier Asylantenheime außerhalb von Stockholm und plante, noch ebenso viele zu eröffnen. Teddy hatte langsam keine Lust mehr. Vielleicht würde Nina überhaupt nicht auftauchen, vielleicht war sie verhindert oder hatte sich genötigt gesehen abzusagen, weil es ein grobes Dienstvergehen wäre, ihn nicht festzunehmen.

Ein Helikopter knatterte hoch oben am Himmel.

Dann geschah etwas: Teddy spürte es in der Luft, noch ehe er es sah – seine Gangstersensoren waren immer noch intakt. Vier Männer bewegten sich schnell vorwärts, während gleichzeitig drei Zivilstreifen mit Blaulicht hinter der Windschutzscheibe auf den Södermalmstorg einbogen. Durch die Glastüren der U-Bahnstation konnte er erkennen, wie sich ähnlich aussehende Männer vor die Treppen nach unten stellten. Männer, die Windjacken trugen, Wanderhosen und Sneakers: die obligatorische Erscheinung von Zivilbullen. Die Autos bremsten mit quietschenden Reifen.

Alles ringsum erstarrte. Die Ziviler näherten sich, zielgerichtete Bewegungen: Sie meinten, jetzt einen Mörder zu fassen.

Er konnte Nina Ley immer noch nicht sehen, aber die Leute ringsum fingen an, sich zu verkrümeln. Was war mit dieser Stadt passiert? Vier gut gebaute Männer stürzten sich auf einen anderen Mann, und doch half niemand, niemand rief etwas, niemand scherte sich darum.

Das Einzige, was Nina versprochen hatte, war, dass sie ihn *allein* treffen würde. Er wusste, dass sie in diesem Moment die Information erhielt, jetzt, da sie dabei waren, ihn festzunehmen. Es hatte keinen Sinn zu laufen – es waren zu viele.

Kum sagte etwas.

Teddy drehte sich um.

Kum knurrte. »Oink, oink. Immer oink, oink.«

Teddy versuchte zu grinsen, aber eigentlich sah er vor sich, wie er vor mehr als zehn Jahren in der Hütte, in der sie Mats Emanuelsson festgehalten hatten, festgenommen worden war. Erinnerungsfragmente, die er versucht hatte zu unterdrücken.

Erst die Dunkelheit, nachdem sie den Strom gekappt hatten. Dann die Laserpunkte von den Sichtgeräten der MP5, ehe sie die Rauchgranaten reinwarfen und das Haus stürmten. Und am Ende der Schmerz, als der erste Bulle ihn zu Boden gebracht hatte, im Rücken und im Kopf als Vorwarnung auf das, was noch kommen sollte.

Dann knallte es auf dem Södermalmstorg. Und Teddy hätte jetzt gern das Gesicht von Nina Ley gesehen, als sie begriff, dass Teddy ihr *nicht* vertraut hatte. Dass er das Sichere dem Unsicheren vorgezogen hatte, gesagt hatte, dass er eine L. A.-Kappe tragen würde, obwohl es in Wirklichkeit Dejan war, der sie auf dem Kopf hatte.

Die Bullen warfen sich auf den Freund, hielten ihn fest. Vielleicht legten sie ihm Handschellen an, das war schwer zu erkennen, weil er fünfzehn Meter entfernt stand.

Dejan leistete keinen Widerstand, er war darauf vorbereitet gewesen, es war Teil des Plans. Teddy sah die L. A.-Kappe unter den riesigen Zivilern verschwinden. Sie bedeckten ihn mit ihren schutzwestenbewehrten Körpern. Wie immer übertrieben sie brutal.

»Am besten gehen wir jetzt«, sagte *Kum*.

Teddy riss sich los. Er hoffte, dass sie Dejan nicht zu schlimm zurichten würden.

*

Telefongespräch Nr. 54
An: Pierre Danielsson (Mitverdächtiger)
Von: Hugo Pederson
Datum: 23. März 2006
Zeit: 14:45

HUGO: »Hallöchen.«
PIERRE: »Hallo.«
HUGO: »Ich habe ihn jetzt kennengelernt.«
PIERRE: »Wen?«
HUGO: »Mats Emanuelsson, den Macher, von dem du meintest, ich solle mal mit ihm sprechen.«
PIERRE: »Und wie kam er dir vor?«
HUGO: »Gut, richtig gut. Wir haben uns in einer Anwaltskanzlei getroffen, dieselbe, die auch der Alte hat, und ich habe kurz berichtet, wobei wir Hilfe brauchen. Bisher hat er keine Kunden von unserem Kaliber, mehr so mittelmäßige Sachen. Ich habe ihn ein bisschen gecheckt, ich glaube, er arbeitet für die Jugo-Mafia.«
PIERRE: »Aha, dann ist er vielleicht nicht die richtige Person für uns.«
HUGO: »Doch, verdammt, er hat's drauf. Ich glaube, er wird super sein.«
PIERRE: »Weiß er, wer du bist?«
HUGO: »Nein, das fand ich unnötig. Ich habe mir einen Namen ausgedacht, die Buchstaben in meinem ein bisschen herumgedreht. Rate mal, was dabei rauskam.«
PIERRE: »Peder Hugoson?«
HUGO: »So ähnlich, aber das wäre dann doch zu offensichtlich gewesen. Ich habe mich Peder Hult genannt. Ich finde, das klingt cool.«

PIERRE: »Haha, ja, nicht schlecht.«

HUGO: »Ja, oder? Aber ich maile dir die Informationen noch über den verschlüsselten Account. Also, ich glaube an diesen Mats.«

Telefongespräch Nr. 55
An: Hugo Pederson
Von: Louise Pederson (Ehefrau)
Datum: 28. März 2006
Zeit: 12:30

LOUISE: »Hallo, ich bin's.«

HUGO: »Das sehe ich, Mausi. Was machst du?«

LOUISE: »Ich habe Kopfschmerzen bekommen, deshalb bin ich aus dem Büro weg.«

HUGO: »Du bist also zu Hause?«

LOUISE: »Ja.«

HUGO: »Und geht es dir jetzt besser?«

LOUISE: »Nein. Und ich möchte, dass du heute Abend zum Essen nach Hause kommst. Ich will mit dir reden.«

HUGO: »Das klingt, als wäre was passiert. Können wir nicht jetzt drüber reden?«

LOUISE: »Heute Abend ist besser.«

HUGO: »Aber ich werde es zum Abendessen nicht schaffen, keine Chance. Können wir nicht jetzt reden?«

LOUISE: »Okay, dann tun wir das. Du weißt, dass ich nicht richtig glücklich bin damit, wie viel du im letzten Jahr gearbeitet hast und wie wenig wir uns gesehen haben. Und dann ist da ja noch die Sache mit dem Bett, da kennst du meine Meinung. Ich spüre nicht, dass du zuhörst, ich habe nicht das Gefühl, dass du etwas tust, um das, wohin wir auf dem Weg sind, zu ändern. Es geht mir nicht gut, Hugo. Ich brauche eine Veränderung. Denn so funktioniert es nicht.«

HUGO: »Wohin sind wir unterwegs, was meinst du?«

LOUISE: »Stillstand und Kälte.«

HUGO: »Jetzt hör aber auf, du übertreibst.«

LOUISE: »Das ist, wie ich es empfinde. Hugo, ich möchte, dass wir eine Paartherapie machen. Und dann brauche ich ein Projekt, das mir wieder Energie geben kann. Denn von dir bekomme ich die momentan nicht.«

HUGO: »Bitte, also ehrlich.«

LOUISE: »Nein, hör mir zu, du wolltest schließlich jetzt reden und nicht später. Anna und Fredric haben in London eine Paartherapie gemacht, und das war supergut für sie. Du weißt, dass er hinterher seine Arbeitszeit runtergefahren hat.«

HUGO: »Aber das war doch, weil er in der Bank die Abteilung gewechselt hat.«

LOUISE: »Vielleicht, aber was glaubst du, warum er die Abteilung gewechselt hat? Das ist meine Forderung an dich, Hugo, wenn du dir nicht mal vorstellen kannst, da hinzugehen und mit mir zu reden, dann sehe ich nicht, wie wir weitermachen sollen.«

HUGO: »Ist das dein Ernst?«

LOUISE: »Es ist mir nie ernster gewesen. Und dann habe ich einen Hof in Upplands Väsby gesehen, den ich kaufen will.«

HUGO: »Wovon redest du?«

LOUISE: »Kalaholm, der wird jetzt bei Residence angeboten. Zweihundert Hektar und ein heruntergekommenes Schlossgebäude, das wirklich eine ordentliche, aber keine Luxus-Renovierung braucht. Das ist wie gemacht für mich. Ich glaube, dass wir da draußen glücklicher wären, also ich wäre es auf jeden Fall.«

HUGO: »Aber, aber …«

LOUISE: »Sie wollen vierzig Millionen für alles, inklusive einer Pferdeanlage und drei Häusern, die momentan noch an gewöhnliche Leute vermietet werden. Ich habe mit Fredrika gesprochen, und die sieht wirklich Potential in dem Hof, sie glaubt, ich könnte den auf fantastische Weise veredeln. Ich habe mir die Renovierung der Küche und der Ställe schon überlegt, das wird magisch.«

HUGO: »Aber, mein liebes Mausilein, vierzig Millionen geht ein bisschen über unsere Verhältnisse, zumindest jetzt. In zwei Jahren vielleicht.«

LOUISE: »Du kannst doch wohl einen Kredit aufnehmen. Hör doch auf, so besorgt zu sein. Es geht hier um unsere Beziehung, begreifst du das nicht?«

HUGO: »Aber ein Hof für vierzig Millionen kann doch wohl nicht darüber entscheiden, wie es uns geht?«

LOUISE: »Du scheinst wirklich überhaupt nicht zuzuhören.«

HUGO: »Jetzt bleib mal ruhig, ich verstehe bloß nicht, auf welche Weise uns der Hof helfen soll.«

LOUISE: Legt auf.

HUGO: »Hallo? Hallo? Hast du aufgelegt? Verdammt.«

SMS-Nachrichten
An/Von: Unbekannt
Von/An: Hugo Pederson
Datum: 29. April 2006

Ausg.: Hallo, wir haben ein neues Geschäft am Laufen. Können wir uns um 14 Uhr am üblichen Ort treffen? Hugo.
Eing.: Ich komme. Übrigens habe ich gehört, dass ihr einen neuen Berater gefunden habt, Mats E.
Ausg.: Ja, der liefert echt. Sehr gute Ideen und Vorschläge. Ich nenne ihn Mr. Money Man.
Eing.: Interessant.
Ausg.: Aber ich bin extrem vorsichtig, immer verborgene Nummer und verschlüsselte Mails von neu angelegten Accounts. Ich glaube, er weiß nicht, wer ich wirklich bin. Ich benutze ein Alias.
Eing.: Haha. Das klingt echt interessant. Lass uns mehr darüber reden, wenn wir uns sehen.

Telefongespräche Nr. 56–80 (Zusammenfassung)
An/Von: Pierre Danielsson (Mitverdächtiger) dazu eine Reihe von Börsenmaklern und Bankleuten in Schweden, der Schweiz und England (in gesondertem Anhang namentlich genannt)
Von/An: Hugo Pederson
Datum: 3.-17. Mai 2006

Zusammenfassung: Hugo Pederson führt eine Reihe Gespräche mit dem Mitverdächtigen Pierre Danielsson sowie mit den o.g. Börsenmaklern und Bankleuten in Schweden und dem übrigen Europa über eine Zahl von Unternehmen. Der gesamte realisierte Gewinn für Pederson aus seinen Geschäftstransaktionen beträgt mehr als zwei Millionen Euro. Sämtliche Transaktionen sind separat aufgelistet.

Telefongespräch Nr. 81
An: Pierre Danielsson (Mitverdächtiger)
Von: Hugo Pederson
Datum: 17. Mai 2006
Zeit: 15:15

HUGO: »Kleiner Pimmel-Pierre, wie geht es dir?«

PIERRE: »Mit geht's super, was haben wir für eine verdammte Reise mit dem Letzten da hingelegt.«

HUGO: »Ja, wunderbar, nur der Himmel ist unsere Grenze. Bald werde ich Göran aufkaufen und ihn stilllegen.«

PIERRE: »Haha.«

HUGO: »Aber deshalb habe ich nicht angerufen. Ich habe den Alten getroffen. Er hat ein paar Ideen. Habe ihm erzählt, wie zufrieden wir mit Mr. Money Man sind, und jetzt will der Alte ihn seinen Freunden und Geschäftskontakten vorstellen.«

PIERRE: »Aha.«

HUGO: »Ist das okay für dich?«

PIERRE: »Solange das alles vorsichtig abgeht, ist es okay.«

HUGO: »Genau, ich dachte nur, dass es gut ist, wenn wir uns sozusagen ein bisschen unsichtbar machen, wenn da andere auftauchen. Bist du im Internet gut zu finden?«

PIERRE: »Nee, nichts.«

HUGO: »Gut, ich auch nicht. Habe eben unsere Sekretärin gebeten, mein Bild von der Website zu nehmen. Also auch keine stureplan.se-Fotos, auf denen du auf irgendwelchen Events zu sehen bist? Mit so was müssen wir vorsichtig sein.«

PIERRE: »Bin ich schon.«

HUGO: »Gut, dann rede ich mit Mr. Money Man und frage, ob er vor ungefähr zwanzig möglichen Kunden einen kleinen Vortrag halten kann. Der Alte hat offensichtlich Zugang zu einem schlossigen Herrensitz in Södermanland. Hallenbro Storgården.«

PIERRE: »Okay.«

HUGO: »Er hätte es gern flott, also Smoking und nette Stimmung. Aber keine Namen. Mats muss keine Namen wissen.«

PIERRE: »Schon klar, wir machen das. Könnte lustig werden. Vielleicht sollte man mit dem Helikopter hin. Ich habe mir doch einen Robinson gekauft, hab ich das erzählt?«

HUGO: »Durchaus, in der letzten Zeit hast du von nichts anderem geredet. Wie ist es, damit zu fliegen?«

PIERRE: »Einfach wunderbar. Du musst mitkommen.«

HUGO: »Dann nehmen wir den gemeinsam zu dem Event. Dann kann Mats auch mitfliegen, das wird ihm imponieren.«

Telefongespräch Nr. 82
An: Carl Trolle (Freund)
Von: Hugo Pederson
Datum: 24. Mai 2006
Zeit: 01:10

HUGO: »Hey, Alterchen.«

CARL: »Jetzt hör aber auf, es ist zehn nach eins.«

HUGO: »Du musst ja nicht rangehen, wenn ich anrufe.«

CARL: »Aber ich denke dann, es ist was passiert.«

HUGO: »Es ist was passiert.«

CARL: »Und was? Du bist heute früher von der Arbeit nach Hause?«

HUGO: »Nein, ich war tatsächlich eine Weile zu Hause, aber

Louise und ich hatten den übelsten Streit. Sie ist weg.«

CARL: »Machst du Witze? Sie ist abgehauen?«

HUGO: »Ja, das ist sie. Aber du hättest sie hören sollen, hat geschrien wie eine Zweijährige.«

CARL: »Und warum war sie so sauer?«

HUGO: »Ach, sie findet, ich arbeite zu viel.«

CARL: »Nur das?«

HUGO: »Nee, irgendwie ist es alles. Sie redet davon, dass wir nicht wie normale Leute miteinander umgehen, dass ich nur arbeite, sie aber in unsere Beziehung investieren will. Und mit unserer Beziehung meint sie diesen Hof da in Upplands-Väsby. Jeden Tag hängt sie mir damit in den Ohren.«

CARL: »Kannst du das Ding nicht einfach kaufen?«

HUGO: »Vierzig Millionen wollen die.«

CARL: »Es trifft doch keinen Mittellosen.«

HUGO: »Nein, aber mal ehrlich, das ist echt riskant. Ich habe zu Louise gesagt, dass wir die Kohle dafür gerade nicht haben, aber da ist sie total durchgedreht und hat geschrien, dass ich rein gar nichts davon verstehen würde, wie sie sich fühlt, und dann fing sie mit unserem Sexleben an, damit macht sie immer rum, obwohl sie diejenige ist, die nicht will, aber das leugnet sie auch und redet davon, ich würde ja nur wollen, wenn ich betrunken bin, aber dass sie immer will, obwohl das blödes Gerede ist, denn die einzige Zeit, zu der sie will, ist zehn Uhr morgens am Sonntag, und da sollen wir dann im Bett liegen und erst eine Stunde von diesem Hof reden, dann soll ich sie massieren, und dann knutschen wir noch eine Stunde, und irgendwann gegen Mittag darf man vielleicht zur Sache kommen, und genau das habe ich zu ihr gesagt, das soll sie verdammt noch mal ruhig hören.«

CARL: »Ich weiß nicht, Hugo, du hast in der letzten Zeit so viel gearbeitet, da hat sie schon recht. Und dieser Hof sieht doch schön aus.«

HUGO: »Aber warum müssen wir die Ausgabe ausgerechnet jetzt machen? Wir wohnen gut, haben gerade erst renoviert, und wenn ich noch ein Jahr habe, dann werde ich richtig fett Geld reinholen, das ist für sie genauso gut wie für mich.«

CARL: »Und der Sex, so geht es doch allen, aber du hast ja auch noch andere, deshalb bist du vielleicht nicht so scharf drauf, wenn sie will.«

HUGO: »Wovon redest du, dass ich noch andere habe? Ich war Louise niemals untreu.«

CARL: »Und die Mädels in der Schweiz?«

HUGO: »Mein Gott, das sind Stripperinnen, das zählt doch nicht.«

CARL: »Nee, okay.«

HUGO: »Was ist los mit dir? Wovon redest du?«

CARL: »Ich will ganz ehrlich zu dir sein, Hugo, es ist in der letzten Zeit schnell für dich gegangen, und ich gönne dir alles Glück. Aber vielleicht solltest du mal eine kleine Pause einlegen. Einfach ein paar Wochen mit Louise zusammen wegfahren. Damit ihr reden könnt, ohne gestört zu werden.«

HUGO: »Du klingst ja genauso wie sie. Ja, es ist schnell für mich gegangen, hast du ein Problem damit? Höre ich da einen kleinen Sozi? Einen Gleichheitspolizisten? Einen missgünstigen Meckerer?«

CARL: »Jetzt komm aber mal auf den Teppich.«

HUGO: »Nein, das werde ich nicht tun. Du warst schon immer ein Loser, Carl, weißt du das? Erinnerst du dich noch, wie du über diese Lose geheult hast, die wir von meinem Vater bekommen haben, wenn du nicht gewonnen hast? Jetzt klingst du ganz genauso, weißt du das?«

CARL: »Ich lege jetzt auf.«

HUGO: »Ja, mach das nur, du Loser. Loser.«

CARL: Legt auf.

HUGO: »Verdammter Verlierer.«

Telefongespräch Nr. 83
An: Pierre Danielsson (Mitverdächtiger)
Von: Hugo Pederson
Datum: 1. Juni 2006
Zeit: 14:34

HUGO: »Ich hab's verbockt.«

PIERRE: »Was ist passiert?«

HUGO: »Ich hab meinen Computer in einem Taxi vergessen.«

PIERRE: »Was sagst du da? Wie ist denn das passiert?«

HUGO: »Ich bin so verdammt schusselig, hab einfach die Computertasche vergessen, als ich vom Flughafen nach Hause gefahren bin.«

PIERRE: »Hast du bei der Taxifirma nachgefragt?«

HUGO: »Ja, ja, hundert Mal. Pille, das ist so ein verdammtes Pech. Aber wir gehen ja am Nachmittag mit Mats raus zum Event vom Alten, da werde ich ihn heute Abend wenigstens nicht brauchen.«

PIERRE: »Aber du hast doch wohl ein Backup?«

HUGO: »Über das meiste, hoffe ich. Aber was, wenn jemand irgendwelche Sachen da drin sieht?«

PIERRE: »Ja, was dann, was meinst du?«
HUGO: »Verdammt, woher soll ich das wissen?«
PIERRE: »Das kann ich dir sagen. Die sehen, dass Hugo Pederson so richtig erfolgreich wird. Das ist alles.«

Telefongespräch Nr. 84
An: Hugo Pederson
Von: Jesper Ringblad (Börsenmakler Nordea)
Datum: 1. Juni 2006
Zeit: 14:56

JESPER: »Hallo, Herr Pederson, entschuldigen Sie die Störung.«
HUGO: »Kein Problem. Haben Sie was am Laufen?«
JESPER: »Nein, ich rufe aus einem anderen Grund an. Ich muss Ihnen berichten, dass wir ein Problem haben.«
HUGO: »Raus damit.«
JESPER: »Wir haben Informationen, dass die britischen Steuerbehörden bei der schwedischen Finanzinspektion eine Überprüfung bei uns beantragt haben. Das haben wir soeben aus inoffiziellen Quellen erfahren, und wir werden natürlich alles tun, um unsere Kunden zu schützen.«
HUGO: »O nein, wissen Sie, warum?«
JESPER: »Wir wissen nichts genau. Aber es geht um schwedische Fake-Konten auf den Kanalinseln.«
HUGO: »Ich habe da Geld.«
JESPER: »Genau, und deshalb sind Sie einer der Kunden, die ich jetzt sofort anrufe.«
HUGO: »Wann fangen die an?«
JESPER: »Wir wissen natürlich nichts sicher, im besten Fall werden sie nur eine schriftliche Dokumentation und

Papiere in allgemeinerer Form verlangen. Ein anderes Szenario ist, dass sie für einige Tage, an denen sie auftauchen wollen, Zugang zu unseren Büros und unseren Dokumentationen und Büchern verlangen werden. Aber das Worst-Case-Szenario ist, dass sie in zwei Minuten hier stehen und sich einfach reindrängen.«

HUGO: »Aber Sie haben doch wohl eine Bereitschaft?«

JESPER: »Selbstverständlich, Herr Pederson, wir haben alle erforderliche Bereitschaft, aber es ist dennoch meine Schuldigkeit, Sie zu informieren. Ich denke, dass Sie den Ernst der Lage verstehen und auch, dass ich nicht mehr dazu sagen kann, denn dann laufe ich selbst Gefahr, in eine kompromittierende Situation zu geraten. Hingegen werden Sie wahrscheinlich selbst im Laufe dieses Tages gewisse Fragen regeln wollen. Eilig, wenn ich es so sagen darf.«

HUGO: »Jetzt hören Sie aber auf, das kommt extrem unpassend. Ich habe soeben meinen Computer verloren, auf dem ich eine Menge Informationen über diese Konten habe.«

JESPER: »Es tut mir leid, aber das ist wirklich Ihr Problem. Ich hoffe, Sie werden es im Laufe dieses Tages lösen können.«

38

Die stillgelegte Kiesgrube sah aus wie der ödeste Ort der Welt – oder vielleicht sah es auch auf dem Mond so aus wie hier. Dabei lag die Autobahn nur ein paar hundert Meter entfernt. Das dumpf mahlende Rauschen war durch die Fenster von Bellos Auto zu hören, es klang, als würde eine fette Arterie durch den Wald brausen. Die Kieshügel dagegen wirkten irgendwie klein, als könnten sie jeden Moment in sich zusammenfallen. Nikola dachte daran, wie Frodo und Sam, nachdem sie in das schwarze Riesentor nach Mordor reingespäht hatten, eine steile Kiesböschung hinuntergekullert waren. Kies, Staub, rollende Steine.

»Du, Bello, was ich mich schon immer gefragt habe«, begann Nikola, »in *Herr der Ringe*, als Frodo und Sam sich unter Frodos Spezialmantel verstecken, da sehen sie doch aus wie die Steine und der Kies, sie werden unsichtbar.«

»Ach ja?«

»Aber, was ich nicht verstehe ist, sehen sie jetzt aus wie die Steine unter ihnen, auf denen sie draufliegen, oder sehen sie aus wie neue Steine obendrauf? Also, wer den Mantel ansieht, sieht der die Erde unter dem Mantel oder sieht er einen neuen Steinhaufen?«

Bello kratzte sich im Schritt. »So was kuck ich nicht.«

»Du hast nicht *Herr der Ringe* gesehen?«

»Nein, Filme, in denen Zwerge mit Schwertern vorkommen, interessieren mich nicht. Alle, die ich kenne, kucken *Narcos*, *Sons of Anarchy* und die alten Folgen von den *Sopranos*. Keiner kuckt Sachen, die in Neuseeland oder Dubrovnik gedreht worden sind.«

»Aber das hier sind Spielfilme und keine Serien.«

»*Scarface*, *GoodFellas* und *Der Pate*. Und *Straight Outta Compton*. Aber keine Ritter oder Zauberer.«

»Da hast du was verpasst.«

»Vielleicht, vielleicht auch nicht. Ich will einfach den Stil halten.«

Nikola lachte und stieg aus dem Auto. Er wollte Bello bei guter Laune halten. Das hier war heikel. »Du kannst jetzt fahren«, sagte er.

»Bratan, wen willst du hier eigentlich treffen?«

»Ist egal. Ich will dich da nicht reinziehen.« Nikola war nervös, ohne genau zu wissen, warum – in den letzten Monaten hatte er schließlich Sachen erlebt, die hundertmal schlimmer waren.

»Okay, wie du willst.« Bello startete den Motor und rollte davon. Der Kies knirschte unter den Rädern.

Nikola zitterte, es war ein kühler Tag, und er hatte nur ein T-Shirt an. Er musste an das Gespräch mit Roksana denken. Sie hatte ihm erzählt, dass sie eine Riesenparty veranstalten wollten. Er konnte nicht anders, als die Idee zu mögen. Und Roxy hatte gefragt, ob er ihnen mit der Sicherheit helfen konnte. Vielleicht war das keine dumme Idee.

Dann hatte sie angefangen, von was ganz anderem zu reden. »Wir gehen in den Globe zu einem Stand-up-Comedian.«

»Warum?« Der einzige Stand-up-Comedian, den Nikola kannte, war Seinfeld, denn den schaute seine Mutter manchmal.

»Weil es Spaß macht.«

»Und wie heißt er?«

»Kein er. *Sie* heißt Amy Schumer. Und sie war schon mal hier, und das war superlustig, also richtig so ›Ich mach mir in die Hosen‹-lustig. Billie, meine Freundin, hat die Karten schon im Februar bestellt, und weißt du, die waren nach ein paar Stunden ausverkauft. Aber jetzt ist einer von unseren Freunden, der mitkommen wollte, abgesprungen.«

Roksana redete davon, wie lustig diese Schumer war. Nikola konnte nicht aufhören zu denken: Sollte er fragen, ob er mitkommen könnte? Sie hatte gesagt, jemand wäre abgesprungen, warum sollte sie das sagen, wenn sie nicht wollte, dass Nikola fragte? Aber trotzdem: Eine Grundregel lautete, wer seine Karten zeigt, riskiert immer, auf die Schnauze zu fallen. Sagte man zu einer Braut, dass man sie mochte und mit ihr nach Hause gehen wollte, dann riskierte man, ein Nein in die Fresse geknallt zu kriegen. Oder noch schlimmer: ein Lachen wie ein *slap in the face*.

»Du«, sagte er, »was macht ihr denn mit dem Ticket? Verkauft ihr es auf Ebay oder so?«

Roksana kicherte. »Du bist auch ein bisschen verpennt.«

Nikola spürte, wie sein Gesicht brannte.

Roksana fuhr fort: »Jetzt habe ich fünf Minuten darüber geredet, wie genial Amy Schumer ist, nur weil ich will, dass du fragst, ob du mitkommen kannst. Kannst du das jetzt nicht einfach fragen?«

Der schwarze VW, der zehn Minuten später in die Kiesgrube fuhr, sah staubig aus. Normalerweise fuhren die Zivilen Saab oder Volvo, aber das hier war vielleicht der Privatwagen von Simon Fotze Murray. Hässlich war er zumindest.

Murray drehte die Scheibe herunter. »Hast du kein eigenes Auto?«

»Ich habe kein eigenes Auto, aber ich bin gebracht worden.«

»Willst du hier drinnen reden?«, fragte Murray, »Oder einen Spaziergang machen?«

»Wir reden draußen«, sagte er.

Simon Murray roch schwach nach Schweiß und Zigarettenrauch. Nikola glaubte nicht, dass Bullen pafften, die waren doch so trainiert. Murray hatte sogar seine Pulsuhr gegen eine Art Sportgummi-Armband ausgetauscht, was wahrscheinlich genau dasselbe tat wie eine Garmin-Uhr, aber nur ein Drittel so groß war. Die Stiefel von dem Bullen waren schmutzig und staubig, genau wie sein versifftes Auto. Nikola fragte sich, ob er wohl vorher schon hier gewesen war und die Lage gecheckt hatte.

»Nun, du wolltest, dass wir uns treffen«, begann Simon, als sie ein paar Meter vom Auto weg waren.

Einfach so mit einem Bullen zu reden war lebensgefährlich, das durfte er niemandem erzählen. Aber Nikola brauchte eine Antwort. »Habt ihr irgendwas rausgekriegt in eurer Ermittlung über den Mord an meinem Freund?«

»Meinst du Chamon oder Yusuf?«

»Ich meine Chamon. Warum glaubst du, jemand hätte Yusuf umgelegt? Habt ihr was gefunden?«

Simon lachte so sanft, dass es mehr wie ein Ausatmen klang. »Ich sage mal so: Wenn ich von der Ermittlung in Sachen Chamon erzähle, dann will ich einen Gegendienst von dir.«

»Was?«

»Dass du erst erzählst, was du über Yusufs Verschwinden weißt.«

Die düsteren Vibes der Kiesgrube wurden von den Regenwolken noch verstärkt, die jetzt am Himmel aufzogen. Nikola schaute zu den Kieshaufen – das hier war jetzt ganz dünnes Eis.

»Okay«, sagte er. »Vorweg kann ich mal sagen, dass wir glauben, dass auch noch ein anderer Typ namens Fadi verschwunden ist.«

»Das wissen wir bereits.«

»Aber das entscheidende Ding ist eigentlich, dass wir glauben, dass Yusuf auf irgendeine Weise in den Mord an Chamon verwickelt war.«

Simon Fotze Murray legte den Kopf schief und versuchte, schlau auszusehen, so als würde er richtig nachdenken oder rauszufinden versuchen, ob Nikola Witze mit ihm machte. »Hör auf, warum sollte er das?«

Nikola fingerte an seinem Telefon in der Tasche herum.

»Ihr habt doch die Handys von Chamon an seinen Vater zurückgegeben«, meinte Nikola, »aber ihr kanntet Chamon nicht so gut, wie ich ihn kannte. Vielleicht habt ihr seine Telefonate analysiert, aber habt ihr da auch gemerkt, dass auf einem die ›Mein iPhone suchen‹-App installiert war und dass die App mit einer anderen Nummer verbunden war?«

Simon sagte nichts, sondern betrachtete Nikola bloß.

»*Ich kannte Chamon*«, fuhr Nikola fort. »Ich weiß, dass er so was mit seinen Handys nie gemacht hätte.«

»Aber genau das hat er gemacht«, entgegnete Simon.

Nikola begriff nicht. »Was reden Sie da?«

»Vielleicht kanntest du deinen Freund, aber wir haben sowohl bei Chamon als auch bei Yusuf eine Hausdurchsuchung vorgenommen und noch ein paar andere Telefone gefunden, über die die beiden miteinander kommuniziert haben.«

Es kochte in Nikolas Kopf. Die Gedanken fuhren herum wie Super Mario.

»Und Chamon und Yusuf hatten beide Angst, das kann ich sagen«, fuhr Murray fort, »deshalb hatten sie beide diese Apps in ihren Telefonen installiert, um aufeinander aufpassen zu können. Und sich zu finden, wenn es notwendig sein würde.«

Nikola hätte am liebsten gar nicht weiter zugehört. Das war so krank – wenn es stimmte, was Simon Murray sagte.

»Hast du mit Isak geredet?«, fragte Murray, ohne sich zu ihm zu wenden.

Nikola antwortete nicht. Dieses Gespräch war jetzt beendet, er brauchte Zeit zum Nachdenken. Aber Murray redete weiter: »Ich habe nämlich die Anklage gesehen, die gegen ihn vorbereitet war, und auch die Voruntersuchung. Das war das härteste Material, das ich seit Jahren gesehen habe. Er hätte allein für den Buchführungsbetrug schon mindestens drei Jahre gekriegt.«

Jetzt musste Nikola doch antworten: »Was für ein Glück, dass Sie kein Staatsanwalt sind.«

Sie standen jetzt fünf Meter vom Auto entfernt.

Murray streckte die Hand vor. Nikola nahm sie nicht.

Murray sagte: »Vielleicht hören wir ja noch mal voneinander. Und grüß deinen Boss, wenn du mit ihm redest, sag ihm, dass er nur einmal im Leben ein solches Glück haben wird. Das hier ist nicht Mexiko, wir sind nicht von euch gekauft. Zumindest noch nicht.«

Auf dem Rückweg im Auto ließ Bello in voller Lautstärke Adele laufen. Nikola spielte wieder an seinem Telefon herum, konnte aber Murrays Worte nicht aus dem Kopf kriegen. Er war kurz davor überzuschnappen. Er musste irgendwas sagen und versuchte, die Musik zu übertönen. »Mann, das ist wirklich alles unglaublich.«

»Was ist unglaublich?«

»Dass sie Isak rausgelassen haben. Alle sagen, dass er wirklich in der Scheiße gesteckt hat. Und trotzdem haben sie alles gegen ihn fallen lassen.«

»Auch meine Meinung. So was hab ich noch nie gehört. Aber manchmal hat man ja auch ein bisschen Glück.«

Bello wollte offensichtlich nicht weiterreden, denn er drehte die Lautstärke noch höher auf. Nikola sah auf die Straße hinaus. Sie fuhren zurück nach Södertälje, hatten Arbeit zu erledigen. Der Kumpel drückte das Gaspedal runter. Neue Deals mit Estland, neue Versicherungsprodukte für die Kleinunternehmer in der Stadt, neue Typen, die Stoff verkauften, neue Ideen für die Passfälschungen. Er wusste nicht, wie das passiert war, aber plötzlich war er in den meisten dieser Sachen drin.

Bei Sätra bog Bello ab.

Nikola kapierte nicht. »Was machst du?«

»Ich will dir was zeigen«, sagte Bello und fuhr am Björksätravägen ab.

Der Wasserturm lag mitten im Wald. Zweihundertachtzehn Treppenstufen. Nikola war früher schon mal drauf gewesen. Da hatten sie das Vorhängeschloss an der Metalltür ganz unten aufgeknipst und dann einfach da oben gesessen und geraucht. Inzwischen schien es nicht einmal mehr ein Schloss zu geben. Der Turm war sicher fünfzig Meter hoch, und Nikola war außer Atem, als sie oben ankamen. Bello keuchte wie früher immer nach einer Sportstunde. Das Dach ganz oben war kreisförmig und mit schwarzer Dachpappe verkleidet. Unter ihnen befanden sich mehr als neuntausend Kubikmeter Wasser, wie viel das auch immer war. Nikola wusste nur, dass das Wasser von hier aus nach Skärholmen, Sätra, Vårberg und einer Menge anderer Orte entlang der roten U-Bahnlinie Richtung Süden floss. Am äußeren Rand saßen Metallgestänge, vielleicht Antennen oder eine Messeinrichtung. Er konnte nicht runterzusehen, dann wurde ihm schwindelig. Bello hielt sich noch weiter von der Kante entfernt.

Nikola fragte sich, was der Freund ihm zeigen wollte. Seltsam, dass er nichts sagte.

Er spürte einen Schlag in den Rücken und drehte sich um.

Bello stand einen Meter entfernt und hielt eine Gun auf seine Brust gerichtet.

»Bratan, was zum Teufel machst du?«, fragte Nikola. Er hörte das Blut in seinen Ohren pumpen. »Nimm die Waffe runter, Bello, was machst du?«

»Ich halte sie so lange, bis du erzählst, was du da treibst, verdammt noch mal.« Er wackelte mit der Sig Sauer.

»Komm schon, Bello, nimm das Ding runter.«

»Erst erzählst du, was du da machst.«

»Nichts.«

»Wen hast du in der Kiesgrube getroffen?«

»Niemand Wichtiges.«

»Motherfucker. Ich bin kein Idiot, Nicko. Ich war nicht so weit von der Kiesgrube weg, dass ich nicht gesehen hätte, dass Simon Murray in dem Auto war, das in die entgegengesetzte Richtung gefahren ist.«

Es blies so, dass es in den Ohren heulte. Nikola fror noch mehr.

»Bello, du verstehst nicht …«

»Schnauze. Wenn du weiter rumlaberst, dann kriegst du eine Kugel in den Kopf, oder du kannst einen Sprung über die Kante machen. Schwör«, sagte Bello.

Nikola versuchte, so still zu stehen, wie er konnte, und so sanft zu sprechen wie möglich. »Bitte, Bello, nimm die Gun runter.«

»Erzähl mir erst, warum du dich mit einem Bullen triffst.«

Nikola spürte, wie nah die Kante war, nur einen halben Meter hinter ihm. Ihm wurde schwindelig, obwohl er nicht mal hinsah.

»Ja«, sagte er. »Ich habe Murray getroffen, das habe ich. Aber nicht, um zu singen. Ich schwöre beim Grab meiner Großmutter, beim Namen meines Onkels. Ich habe nichts gesungen.«

»*Bei meinem Schwanz*, was du schwörst. Du hast dich insgeheim mit einem Schwein getroffen. Warum?«

Nikola spürte, wie er schneller zu atmen begann. Er musste sich anstrengen, jetzt ruhig zu reden, um die Blitze wegzudrücken. Er sagte: »Ich habe mich mit ihm getroffen, weil ich Informationen tauschen wollte. Ich wollte wissen, was sie über den Mord an Chamon und die Sache mit Yusuf wissen.«

Bello glotzte ihn an. »Aber warum hast du den Bullen da reingezogen?«

»Weil wir allein nicht weiterkommen. Und er hat verdammt seltsame Sachen erzählt.«

»Was denn?«

Nikola nahm sein Handy raus. Er hatte sein Gespräch mit dem Bullen aufgenommen. Er wollte alles, was Simon Murray gesagt hatte, gespeichert haben.

Er spielte die Stimme des Bullen ab.

Als er fertig war, senkte Bello die Waffe.

Nikola sagte: »Das ist alles so krank. Wir haben die falsche Person gejagt. Yusuf und Chamon haben die ganze Zeit solche Suche-Apps gehabt. Und das Ganze endete damit, dass wir einen Typen totgeschlagen haben, der unschuldig war. Bello, Yusuf war unschuldig.«

39

Emelie betrachtete sich als einen rationalen und reflektierten Menschen. Schon immer. In vieler Hinsicht empfand sie das als eine positive Eigenschaft. Sie wog Vor- und Nachteile ab, sie analysierte Situationen, ehe sie handelte, sie sah sich selbst von außen und versuchte, die Beweggründe für ihr Verhalten zu verstehen. Sie ergründete die Welt, ehe sie sich ihrer annahm. Aber vielleicht gab es auch noch ein besseres Wort, um zu beschreiben, wie sie war, und zwar: unentschlossen. Es fiel ihr schwer, sich zu entscheiden, sie zögerte Beschlüsse hinaus, anstatt den Schritt zu machen und weiterzugehen. Sie konnte unterschiedliche Gesichtspunkte allzu lange abwägen, bis alle Chancen vertan waren, Entscheidungen aufschieben. Manchmal empfand sie das Reflektieren an sich als ihr größtes Defizit.

In der Woche zuvor hatte sie die gynäkologische Abteilung des Södersjukhuset besucht, es sich dann aber anders überlegt und die Tablette nicht genommen. Eine Unentschlossenheit, eine Nicht-Entscheidung. Vor allem, weil die letzte Möglichkeit für einen Schwangerschaftsabbruch die achtzehnte Woche war, mit anderen Worten: diese Woche. War die abgelaufen, dann erforderte es eine sogenannte besondere Indikation, und die lag nur vor, wenn es um ein sehr junges Mädchen ging, das nicht begriffen hatte, dass es schwanger war, oder wenn man schwere Schädigungen des Embryos festgestellt hatte. Das traf auf Emelie beides natürlich nicht zu. Es hieß also jetzt oder nie.

Ein Abbruch in dieser Zeit konnte immer noch medikamentös geschehen. Sie würde unter Aufsicht in einer Krankenhauseinrichtung eine Abtreibungspille nehmen. Sie MUSSTE ihre Entscheidung treffen.

Also saß sie zu Hause bei Jossan und redete die halbe Nacht. Sie erzählte, dass sie schwanger war. Josephine – ihre Freundin, die sich eben die Lippen hatte aufspritzen lassen und deren *happy place* die neu eröffnete Chanel-Boutique in Stockholm war –, doch sie konnte sich keine bessere Gesprächspartnerin vorstellen. Und so hatte sie es auch sonst noch niemandem erzählt, keinem der Kollegen im Büro, nicht Marcus, nicht ihren alten Freunden in Jönköping. Und ihren Eltern schon gar nicht.

»Ich muss es spätestens morgen machen«, erklärte Emelie. Sie saßen in Josephines toprenovierter Küche, und beide hatten sie ein Glas Sancerre vor sich. »Damit du wenigstens mal am Wein riechen kannst«, meinte Josephine. Dann fragte sie: »Was sagt denn der Vater?«

»Ich weiß nicht, wer der Vater ist«, log Emelie.

Jossan erwiderte: »Erinnerst du dich, dass ich vor zwei Jahren einen Typen gedated habe, der bei Lindhag Orre arbeitet?«

»Ja, der immer einen Hermès-Schlips trug?«

»Genau, und schön, dass du dich an die Schlipse erinnerst, denn die waren mit das gewichtigste Argument, dass ich ihn großartig fand.«

»Ja, der lilafarbene mit den kleinen Hufeisen machte sich gut zu seinen grünen Augen.«

»Genauso war es. Aber ich habe wahrscheinlich nicht erzählt, dass ich von ihm schwanger war, oder?«

Jossan nahm einen Schluck vom Wein. Draußen fiel die Dämmerung, ohne dass es richtig dunkel wurde. Norr Mälarstrand Ende Mai: Der Himmel war tiefblau, aber die Lichter der Stadt glitzerten weiter entfernt auf dem Wasser, die Autos und die Verkehrslichter schufen den Schimmer sanfter Farben.

Emelie nahm das Glas und überlegte kurz, doch einen Schluck zu nehmen, denn wenn sie am nächsten Tag den Abbruch vornehmen würde, dann spielte es ja wohl keine Rolle. »Nein, du hast nicht erzählt, dass du schwanger warst. Was ist passiert?«

»Ich wollte das Kind behalten«, sagte Jossan, »aber er wollte nicht. Wir redeten ewig hin und her, ohne zu einer Lösung zu kommen. Gleichzeitig arbeitete ich wie ein Tier, du weißt schon, das war, als EQT Sourcefounder verkaufen wollte. Ich habe in der Kanzlei übernachtet, übrigens – ob du es glaubst oder nicht – ebenso wie Anders Henriksson. Wir haben auf dem Klo im neunten Stock nebeneinandergestanden und uns die Zähne geputzt.«

»Hör auf. Und wie ging es mit der Schwangerschaft weiter?«

»Ich habe abgetrieben.«

Emelie hielt das Glas fest umschlossen, trank aber nicht daraus. »Ich werde weinen, und vielleicht werde ich es bereuen, aber ich kann dieses Kind auch nicht zur Welt bringen.«

»Ich kann nur sagen, dass ich dich unterstützen werde, egal, was passiert.« Jossan kicherte. »Ich bleibe dran. Und zwar genauso, wie ich versucht habe, dich zu überreden, dass du dir mal eine ordentliche Handtasche kaufst.«

In diesem blöden Vergleich lag viel Geborgenheit: Josephine gab sie niemals auf. Sie war hartnäckig, und der Gedanke, dass sie in Sachen Tasche genauso hartnäckig sein würde wie darin, Emelie zu unterstützen, war einfach schön. Geradezu überwältigend.

Sie bekam ihr eigenes Zimmer auf der Station, hatte mit der Hebamme gesprochen, und jetzt lag vor ihr, in einer kleinen Plastikschale, die Tablette. Mifegyne: die Abtreibungspille. Neben ihr saß Josephine, heute mal in Tights, Hightech-Sneakers und einem dünnen weißen Kaschmirpullover.

Neben der Plastikschale stand ein Plastikbecher mit Wasser. Emelie sollte die Pille auf die Zunge legen, einen großen Schluck nehmen und sie mit einem Mal hinunterschlucken. Dann würde sie noch eine Stunde zur Beobachtung dableiben.

Sie würde das hier schaffen. Sie setzte sich auf den Stuhl und starrte auf die Pille vor sich. Weiß, rund, klein. So klein. Aber mit so großer Wirkung.

Sie hatte noch einmal versucht, Adam Tagrin zu erreichen,

und verfolgte den Prozess gegen seinen Sohn so aufmerksam sie konnte. Sie traf sich mit Janne, um zu überlegen, wie sie mehr über die Person, die laut Adam am Abend vor der geplanten Vernehmung Katja bedroht hatte, herausfinden könnte. Janne trug Handwerkerhosen und eine Art Angel- oder Jagdweste. Er sah unmöglich aus, aber so war es eigentlich fast immer.

»Wir können versuchen, die Überwachungskameras zu kontrollieren, die in den U-Bahn-Stationen in der Nähe der Wohnung von Katja und Adam sitzen, das wären Örnsberg oder Axelsberg, aber ich glaube nicht, dass die Filme so lange aufgehoben werden, das ist ja schon eine Weile her. Außerdem würden wir niemals die Genehmigung bekommen, solches Material ansehen zu dürfen.«

»Ich muss es versuchen.«

»Wir können nach Fingerabdrücken oder DNA suchen, aber ich bezweifle, dass wir so lange hinterher noch etwas finden, das Treppenhaus wird bestimmt schon geputzt worden sein.«

»Okay.«

Janne zupfte an seiner Jagdweste. »Und mehr fällt mir nicht ein.«

Emelie sagte: »Verstehe.«

Sie versuchte, etwas über Hallenbro Storgården zu erfahren. Der gehörte einer Firma, die auf Malta gemeldet war. Sie checkte die Firma: Paradise Nordic Estates Ltd. Sie bestellte so viele Unterlagen wie möglich von der MFSA, Malta Financial Services Authority. Das Ganze war seltsam: Dort konnte oder wollte man nicht einmal Dokumente finden, aus denen hervorging, wer im Aufsichtsrat dieser Firma saß. Das Einzige von Interesse, das sie finden konnte, war, dass die Firma zu einer auf Zypern gemeldeten Holding namens Nordic Light

Investment Group Ltd. gehörte. Sie las die magere Ausbeute wieder und wieder. Ein paar Stunden später bemerkte sie es: Auf manchen der Papiere waren ganz unten auf der Seite kleine Buchstaben und Ziffern zu sehen. 324 SAL stand da. Das hatte sie schon einmal gesehen, und zwar als sie bei Leijon arbeitete, und sie war ziemlich sicher, dass es sich dabei um den Dokumentencode einer Anwaltskanzlei handelte. Viele Kanzleien benutzten so etwas in ihrer Dokumentenverwaltung, um zu wissen, zu welchen Versionen und welchen Fällen die Papiere gehörten, vor allem vor einigen Jahren war das üblich gewesen. Sie googelte wie verrückt, sie sprach mit Jossan und anderen ehemaligen Kollegen bei Leijon, sie telefonierte in verschiedenen britischen und amerikanischen Großkanzleien herum und tat so, als wäre sie immer noch in der Branche. Am Ende war sie erfolgreich: Ein britischer Anwalt, mit dem sie zusammengearbeitet hatte, als sie noch bei Leijon war, erkannte die Markierung. SAL: Das war eine in Panama ansässige Kanzlei namens Suarrez Augustin Landsman. Emelie las deren Website, und es war offensichtlich, womit die arbeiteten: Briefkastenfirmen in Steueroasen – Mossack Fonseca nahm sich im Vergleich mit SAL wie ein Kindergarten aus.

Ungefähr jeden zweiten Tag rief Teddy von verschiedenen Nummern aus an. Meist drückte sie ihn weg, aber wenn sie ranging, fragte er immer zuerst, wie es ihr ging und wie sie sich fühlte. Sie hatte keine Antwort auf diese Fragen. Aber er würde sie nicht dazu bewegen, es sich anders zu überlegen. Sie hatte ihre Entscheidung getroffen.

Jossan hielt ihre Hand. Der Teller, auf dem die Abtreibungspille gelegen hatte, war leer. Emelie hatte sie in den Mund gesteckt. Die Hebamme saß in einer Ecke des Zimmers auf einem Stuhl. Man konnte ja viel darüber sagen, inwiefern die Krankenversorgung in Schweden in den letzten Jahren schlechter geworden sei, aber auf dieser Station zumindest war davon nichts zu bemerken, die Betreuung war gut.

Die Hebamme hatte es erklärt. »Die Mifegyne-Tablette muss unter Aufsicht genommen werden, denn Sie müssen diejenige sein, die sozusagen den Abbruch durchführt. Aber es wird noch eine Weile dauern, bis Sie etwas merken.«

»Wie lange denn?«

»Das kann man nicht genau sagen. Manchmal spürt man gar nichts. Aber wenn Sie Schmerzen bekommen, dann legen Sie sich hin und ruhen sich aus, schalten das Handy aus und versuchen, sich zu entspannen.«

Sie spürte nichts.

Josephines Nägel waren perfekt manikürt.

Emelie setzte sich auf das Bett, schaltete das Telefon aber nicht aus. Aus irgendeinem Grund wollte sie es gern eingeschaltet haben, obwohl sie nicht wusste, wer denn anrufen könnte.

40

Wie stellte man in nur drei Wochen eine Monsterparty auf die Beine? Wie sorgte man für die fetteste Veranstaltung von Stockholm, die Summerburst knacken und Coachella und Burning Man wie Abiturfeiern aussehen lassen würde? Ein Festival, das mindestens achthunderttausend Kronen Gewinn einbringen würde. Es gab nur eine Person, die das konnte, und dieser verrückte, fröhliche, überenergetische Mensch hatte einen komischen, aber coolen Namen: Z.

Z. war ein Genie. Ein brillanter Verrückter, der niemals ein Nein akzeptierte. Ein Duracell-Kaninchen mit extra *charger pack*, ein manisches Stehaufmännchen, ein *doer*, wie es ihn im ganzen Universum kein zweites Mal gab.

Drei Wochen: Sie rauchten nicht, ließen das Kitkat weg, tranken ausschließlich Kaffee und Vitaminsäfte mit Ingwerzusatz und Acai Boost. Sie schliefen fünf Stunden pro Nacht, fabrizierten den Rest der Zeit Keta und drückten sich im Stehen die besten Nudeln von Sunee rein. Sie warfen sich Namen zu. Das Startdatum stand fest: 6. Juni, fuuucking Nationaltag, dann würden sie drei Tage weitermachen. Sollte der Name mit dem Nationaltag zu tun haben? Sie suchten im Netz, redeten mit Billie, dachten darüber nach, sich selbst um der Inspiration willen jeder einen fetten Trip zu gönnen. Am Ende landete Roksana einen Vorschlag: *Our Land Club – The Isaawi Experience.* Z. fand es toll. Vor allem den Untertitel, eine Hommage an den Ranchbesitzer, der genügend Pferdenarkosemittel geschickt hatte, um halb Schweden zu betäuben.

Aber wie sollten sie an schwergewichtige DJs rankommen? Auch wenn Roksana ihre *fifteen minutes of dope-fame* gehabt hatte, waren doch die Agenten und Manager unüberwindbar: sie taten ihre Arbeit, nämlich die Schutzmauern vor den Stars zu sein. Diejenigen, von denen Roksana und Z. wollten, dass sie spielten, waren unmöglich zu erreichen, Kontakt zu ihnen bekam man ausschließlich über Vertreter und Vermittler.

Doch sie gaben nicht auf. Roksana umging die Vermittler und schickte DJ Ora Flesh direkt eine Nachricht – schließlich waren sie fast so etwas wie Freundinnen gewesen. Die Vorzeige-DJane flippte fast aus, als sie zu ihr Kontakt aufnahm, das konnte Roksana an den Emojis der Antwort erkennen. Zwei Tage später trafen sie sich im Berns, schlürften ein paar Gläser Schampus und redeten über das neueste Musikvideo von Skrillex und natürlich über *Our Land Club.* An Ora Flesh war nichts auszusetzen, auch wenn Roksana vergessen hatte, wie sie wirklich hieß. Sie war nett, hatte ganz klar die neueste Musik auf dem Schirm, die aktuellsten Ansichten und seit Neuestem einen Sensenmann auf dem Hals tätowiert. Vor allem war sie einfach hübscher als hübsch und so was von zusammen mit diesem angesagten Fotografen. Trotzdem fehlte was. Irgendwie sagte sie nie etwas Überraschendes. Roksana wusste, wonach sie suchte: Authentizität – Ora Flesh mangelte es an Authentizität. Aber sie würde trotzdem fragen. »Ich weiß ja, dass ihr DJs euch kennt«, begann Roksana.

»Ja, aber ich kenne nur die besten.«

»Genau. Könnte ich nicht die privaten Telefonnummern von dir kriegen? Dachte, dass vielleicht einer von denen auf meinem Festival auflegen will.«

DJ Ora Flesh sah beleidigt aus. Bestimmt dachte sie, warum fragt Roksana nicht mich?

Roksana fügte hinzu: »Na, und dann will ich natürlich auch, dass *du* auflegst.«

Es war nicht leicht, hyperbekannte DJs aufzutreiben. Zeitunterschiede und auf den Kopf gestellte Tagesrhythmen. Ibiza und L. A.-Zeit. Aber mit Ora Fleshs Namen auf der Liste ging alles leichter. Roksana kriegte sechs der angesagtesten DJs zu fassen. Jedem machte sie deutlich klar: »Wir haben nicht so viel Geld zu bieten, es ist kurzfristig, und wir wissen, dass ihr die Dicksten der Branche seid, aber wir haben eine andere Idee.« Die DJ-Zuhälter hörten aufmerksam zu. »Ihr kriegt eine Royalty von den Clubeinnahmen, aber nicht nur das, ihr kriegt auch zehn Prozent auf alle zukünftigen Rechte. Auf den Namen, kommende Clubs, Einspielungen und alles.«

Die hielten sie für verrückt. Zwei von ihnen nahmen trotzdem das Angebot an und sagten dafür andere Termine ab.

Entschieden, für *The Isaawi Experience* nach Estocolmo zu kommen.

»Du bist einfach fantastisch!«, kreischte Z., als er die beiden Namen hörte, die sie hatte aufreißen können.

Z. fand zwei Studenten von irgendeiner Kunstschule, von denen noch niemand gehört hatte, und versprach ihnen das Blaue vom Himmel, wenn sie die Deko übernahmen. Sie glaubten, er sei ein Talentjäger für irgendeinen amerikanischen Riesenplayer wie die Gagosian Gallery in NYC. Er brachte sie in einem Fabrikgebäude in Haninge unter, wo die beiden Künstler in spe *go wild* spielen und ihre Werke produzieren durften. Der Typ, dem das Gebäude gehörte, brauchte keine Miete, er war zufrieden, wenn er zwanzig Gramm gratis bekam. Das Kunstprojekt fand ein Echo in den alten Medien: Sowohl *Expressen* wie *Dagens Nyheter* brachten eine Reportage über das Festival. »Was bedeutet *The Isaawi Experience*?«, fragten die Journalisten. »Das hat was mit meinen persischen Wurzeln zu tun«, meinte Z. und sah verstohlen zu Roksana. Hinterher lachten sie sich halb tot.

Z. bequatschte eins von Billies Mädels, die als Social-Media-Beraterin in irgendeinem PR-Büro arbeitete, für wenig Geld eine Kampagne für das Festival auf die Beine zu stellen. Die trotzdem mehr kosten würde, als sie hatten. Z. nahm bei Collector einen Schnellkredit über zweihunderttausend auf, um Webdesign, Vorschussmieten, Lautsprecher und andere Ausrüstung besorgen zu können. Roksana fragte noch mal ihren Vater, doch der blieb hart. Stattdessen lieh sie bei Bank Norwegian und Snabblån.se. Die Zinsen waren wahnsinnig, aber sie rechnete ja damit, es in wenigen Wochen zurückzahlen zu können. Z. machte einen Instagram-Account und einen Youtube-Kanal auf, wo er Bilder und Filme hochlud, auf denen er tanzte und verrückte Scherze über verschiedene

Open-Air-Partys in ganz Schweden machte. Die PR-Beraterin optimierte die Suche so, dass die Threads für alle, die sich für dieselbe Musik interessierten wie er, sichtbar waren und unter den Top Ten auftauchten, wenn man *Festival* oder *Sommer Stockholm* suchte. DJ Aziz und Sandra Mosh repinnten und markierten und kommentierten. Bis Ende der Woche gab es keinen Hipster südlich der Västerbron, der nicht von ihrer Party wusste. Aber am größten: Ora Flesh pries *Our Land Club* dreimal hintereinander in den höchsten Tönen. Sie hatte 1,2 Millionen Follower – nach zehn Tagen hatte der *Our Land Club*-Account mehr als siebzigtausend Follower.

Sie buchten Arbeiter, die die beiden Bühnen bauten. Zum Glück mussten die nicht sehr groß sein, denn sie würden ja keine Livebands haben. Dann mieteten sie Lachgasflaschen und mehr als zweitausend Ballons, Bierfässer, Bartresen und Barkeeper, besondere Gummibänder, die man ums Handgelenk trug, wenn man den Eintritt für alle drei Tage gezahlt hatte. Sie organisierten Leute für Kasse, Beleuchtung und Lasershow. Roksana rief Nikola an und versuchte, die Sicherheit zu planen.

»Ich komme und bringe einen Typen mit, der Bello heißt«, erklärte Nikola.

»Das wird absolut nicht genügen. Das hier ist keine mickrige Scheißparty, sondern wir betreiben das drei Tage in großen Lokalitäten. Und ihr kriegt Geld.«

»Ich muss checken.«

»Mit wem?«

»Über so was redet man nicht.«

»Kommst du nun mit zu Amy? Das musst du wohl mit niemandem checken, oder?«

Doch eine Sache mussten sie noch klären: Wo sollte die Party überhaupt stattfinden? Roksana hatte auch dafür eine Idee.

»Warum nehmen wir nicht das Ulvsunda Industriegebiet, wo das Dusky damals war?« Z. sah sie mit seinen roten, unausgeschlafenen Augen an. »Ich glaube, du bist der beste Mensch, den ich je kennengelernt habe. Darf ich dich Edward Snowden nennen?«

Sie bewarben sich um eine Ausschankgenehmigung, waren aber nicht sicher, ob sie noch eine positive Antwort bekommen würden, denn sie waren wirklich superspät dran.

»Wir machen es trotzdem«, verkündete Z. »Schließlich brauchen wir nur achthunderttausend plus, auf den Rest scheißen wir.«

Achthunderttausend Kronen – nichts leichter als das. Roksana liebte es dennoch, dass Z. alles so soft nahm, wenn auch seine Finger immer noch krumm waren.

Das Einzige, was Roksana während der drei Wochen tat, das nicht mit der Planung zu tun hatte, war eben zu Amy Schumer im Globe zu gehen. Und das Coole war, dass Nikola mitkam. Billie und die anderen sahen ihn an, als wäre er ein Schimpanse im Zoo. Ihre Blicke verrieten Sorge, vielleicht sogar Angst. Aber auch Würdigung. Roksana hatte einen echten, authentischen *Lan* mitgebracht.

Im Globe war es brechend voll. Schumer brüllte Gags von der Bühne. Roksana lachte, sodass ihr der Bauch wehtat.

»*The way that these girls keep themselves skinny is awful, isn't it? By vomiting or using hard drugs – which I can't afford.*«

Billie fiel vor Lachen fast vom Stuhl. Um sie herum schrien die Leute. Roksana warf Nikola ein paar Seitenblicke zu – er wirkte steifer als ein Christdemokrat im Latex-Club.

»Letztes Mal war ein Typ im Publikum, der brüllte ›Zeig deine Titten!‹«, erzählte Roksana.

Nikola drehte sich zu ihr um. »Und was ist dann passiert?«

»Amy hat geantwortet: ›Das war jetzt wirklich süß, aber nun wirst du es dem Parkplatz sagen müssen‹, und dann sind zwei Wachleute gekommen und haben den Typen rausgeschmissen. Alle haben gegrölt vor Lachen.«

Nikola beugte sich näher zu Roksana, als wollte er nicht, dass die Leute in der Nähe ihn hörten. »Glaubst du nicht, dass das im Vorhinein geplant war?«

Roksana hatte keine Ahnung, es war ihr auch egal. »Gefällt sie dir nicht?«

»Sie steht für das, was sie ist. Das gefällt mir.«

Roksana wechselte das Gesprächsthema. »Hast du gecheckt, wie viele Sicherheitsleute du für den *Our Land Club* mitbringen kannst?«

»Ich glaube, das wird sich regeln. Aber es ist eine Ausnahme, dass ich so was mache«, sagte Nikola, »nur dass du es weißt.«

Roksana verspürte eine doppelte Wärme. Das Club-Ding würde vielleicht erfolgreich sein. Vielleicht bekamen sie das Geld zusammen. Plus: Sie würde mit Nikola zusammen sein können. Drei ganze Tage.

Dann kam der 6. Juni. Der Natio-anal-Tag, wie Z. ihn nannte. Der Startschuss. Roksana stand auf einer der Bühnen und schaute über die eine der alten Fabrikhallen. Das war krass mächtig. In ein paar Stunden würde es losgehen.

Mehr als achthundert Tickets zu fünfhundert Kronen das Stück waren im Vorverkauf weggegangen. Aber sie hatten auch fette Kosten: Löhne, die Bühnen, das Soundsystem. Sie würden mindestens das Doppelte verkaufen müssen, plus eine fette Menge K, um einen *break even* zu erreichen, ganz zu schweigen von dem, was sie verkaufen mussten, um die Schulden bei den Verrückten zu begleichen.

Billie strahlte, als sie mit ihren zwei Meter hohen Bildern

von verschiedenen Vulven ankam, mit denen sie in einer der Partyhallen eine Installation einrichten wollte – das hatten sie ihr versprochen für ihre Hilfe bei allem. »Ich denke, das wird der Durchbruch für uns von der Mösenguerilla sein.«

Roksana und Z. hatten zuletzt zweiundzwanzig Stunden täglich gearbeitet. Den Eingang und die Bars organisiert, zwischen den beiden Kunststudenten vermittelt, die über verschiedene Ansichten zur symbolischen Bedeutung von Neonfarben für die Shamankultur aneinandergeraten waren.

Sie rief ihren Vater an.

»Wie geht es dir, Roksana *joonam*?«

»Es geht mir supergut, Z. und ich haben eine große Party organisiert.«

»Was sagst du da? Ein Fest? Was für ein Fest?«

»Eine Art Musikfestival. Wir haben verschiedene Discjockeys eingeladen, die spielen werden.«

»Das klingt schön. Aber du hast doch auch Zeit zum Studieren, oder?«

Roksana seufzte. »Papa, ich habe die letzten Wochen Tag und Nacht daran gearbeitet.«

»An einem Musikfestival?«

»Ja, *Baba*. Daran, alles zu organisieren, damit Menschen Musik spielen und hören können. *Musik*, Papa, das ist doch wohl gut, oder?«

Er fing wieder an, von Roksanas Teheranreise zu reden, aber sie hatte das Gefühl, dass er froh klang. Und sie selbst? War sie froh? Ja, sie fühlte sich *sehr* aufgeräumt und *sehr* froh, es gab da nur eine kleine Sorge. Würden sie genug Geld zusammenbekommen? Sie setzten jetzt alles auf eine Karte.

Das Festival ging los. DJ John Hudson startete auf der großen Bühne, über fünfhundert Personen tanzten, als hätten sie nie etwas anderes getan. Die Bässe waren bis Södermalm zu hören. Auf der kleinen Bühne legte DJane Asian Girl auf. Alle wurden hysterisch, als sie mitteilte, dass sie dem Club zu Ehren zwei neue Songs spielen würde. Es verbreitete sich wie ein Lauffeuer durch Stockholm, und alle, die noch nicht vom *Our Land Club* gehört hatten, wussten innerhalb von zwei Stunden Bescheid. Die Schlange reichte fast bis zum Flughafen Bromma. Song um Song, Gig um Gig. Ein DJ nach dem anderen. Rhythmen pulsten in die alten Maschinenhallen hinaus, wie doppelte Herzen Blut durch den Körper pumpten. Bullen kamen vorbei und fragten, was zum Teufel sie da machten, aber Roksana wedelte mit den Ausschankgenehmigungen, die sie in letzter Minute bekommen hatten – da lächelten die Polizisten und gratulierten ihr.

In der ersten Nacht machten sie bis drei Uhr, sie wollten die Zeiten der Genehmigungen nicht überschreiten. Sie verkauften K für über dreihunderttausend.

Tag zwei war gleich, nur noch besser, noch mehr Leute. Noch mehr Kunden in K-Höhen. Noch mehr Scheine in der großen Nike-Tasche, über die einer von Nikolas Kerlen ständig wachte.

Tag drei erlebte sie wie im Nebel. Roksana hatte kein Auge zugetan. Sie rannte die ganze Zeit rum und erledigte Sachen, verkaufte Super-K, und das Einzige, was ihr leidtat, war, dass sie nicht mehr mit Nikola reden konnte. Das Wetter war so sanft und warm, dass die Leute von einer tropischen Nacht sprachen. Es kamen mehr als tausend Personen. Das Geld vermehrte sich schneller als das auf dem Konto des Erfinders von Minecraft. Die Musik schwappte über sie, umfing sie, nahm sie mit auf eine tiefe Reise. Die Leute gingen nicht nach Hause. Die Leute tranken Energydrinks und schliefen eine halbe Stunde hinter den geschlossenen Outlet-Läden, um ihre Batterien aufzuladen. Die Leute zogen sich Lachgas, Bier und Kitkat rein, als wäre es Essen. Die Leute tanzten bis halb acht Uhr morgens. Es war ein *blast*. Es war der Club des Jahrhunderts. Es war nicht nur ein Erfolg – es war ein Phänomen.

Gegen acht Uhr zog Z. den Stecker aus den Verstärkern. Die DJs wankten von der Bühne. Die Bauarbeiter tauchten auf und fingen an, die Bühnen zu zerlegen – wahrscheinlich hatten sie wie normale Leute die Nacht über geschlafen. Draußen und in beiden Hallen war immer noch alles voller Leute.

Roksana, Z. und Nikola standen am Eingang, sogen frische Luft ein und unterhielten sich. Die Augen winzig vor Müdigkeit. Sie wog die Tasche in der Hand. »Ich bin so froh, dass wir nur Cash akzeptiert haben, das wird es uns leichter machen. Sollen wir mal raten, wie viel hier drin ist?«

Z. grinste. »Ich glaube, mehr als zwei Mille.«

Nikola sah froh aus, obwohl auch er drei Tage lang kaum geschlafen hatte. »Ich glaube drei.«

Roksana nahm seine Hand. Nikola packte ihre: Seine Handfläche war warm und trocken. Z. grinste. Roksana sah ihm an, dass er begriff.

»Was macht ihr jetzt?«, fragte er.

Sie drückte Nikolas Hand fester. Er drückte zurück. Sie flüsterte ihm zu: »Sollen wir uns gegenseitig die Titten zeigen?«

Dann sah sie etwas, das sie jetzt wirklich nicht brauchen konnte. Drei Polizeiautos rollten vor ihnen auf den Kiesplatz. Neun Polizisten öffneten gleichzeitig die Türen und kamen mit langen Schritten auf sie zu.

»Verdammte Scheiße«, stöhnte Z.

»Lauf«, zischte Nikola.

Roksana lief. So schnell sie konnte. Über den Kies. Zur Straße.

Nikola war neben ihr. Z. irgendwo dahinter. Sie keuchte. Die Füße taten weh. Die Brust tat weh. Sie hielt die Tasche ganz fest. Sie baumelte an ihrer Seite. Wenn nur keine Zivilen da gewesen waren, die gesehen hatten, wie viel Ketamin sie verkauft hatten. Bitte, lieber Gott.

Sie überlegte kurz, die Tasche hinter irgendein Haus zu werfen, aber die Polizisten waren zu dicht hinter ihr. Sie sah sie im Augenwinkel, groß mit ihren klobigen Stiefeln und den klirrenden Gürteln.

Sie musste an die Stimme ihres Vaters denken, als sie gesagt hatte, dass sie ein Musikfestival organisiert habe – irgendwie hatte sie eine neue Nuance enthalten. Eine Art erstaunte Hoffnung. Wieder hörte sie ihre Großmutter: »Du kannst tun, was du willst. Und das konnte er auch.«

Roksana hatte geglaubt, dass sie tun könnte, was sie wollte. Sie war eine Idiotin.

Sie drehte sich um. Ein Polizist mit rotem Gesicht grinste sie an. Er schrie: »Stehen bleiben.«

Das Morgenlicht blendete zu sehr. Die Sonne war zu heiß.

Sie sah das Ufer vor sich. Die Hauptstadt auf der anderen Seite des Wassers.

Bald würde sie nicht mehr können. Sie musste sich ausruhen. Schlafen.

Der Polizist warf sich über sie.

Roksana stürzte. Versuchte, sich abzustützen. Sie riss sich die Knie auf. Das Kinn knallte in Kies und kleine Steinchen.

Mindestens fünf Kilo Keta – wie viele Jahre Gefängnis bedeutete das? Z. hatte einmal vier Jahre gemeint. Der Polizist drehte ihr den Arm auf den Rücken, die Tasche fiel runter.

Vier Jahre Gefängnis?

»Sie werden des ungesetzlichen Alkoholverkaufs beschuldigt«, keuchte der Bulle.

Roksana musste fast lachen, sie konnte es kaum glauben – sie wurden also *nicht* wegen der Drogen festgenommen. Was für ein Witz. Was für ein Jubel. Da gab es nichts, wovor man Angst haben musste.

Sie rappelte sich hoch, der Polizist war nicht so barsch, wie sie geglaubt hatte.

Sie lächelte.

»Um die kümmere ich mich«, sagte der Polizist und nahm ihr die Tasche mit dem Geld ab.

Roksana brach in Tränen aus.

Sie war so erschöpft.

41

Teddy liebte seinen alten Gottvater *Mazern, Kum* – also, nicht Gottvater in irgendeiner religiösen Bedeutung. *Kum* war *Kum*, der Mentor und die Vaterfigur, die alle Typen brauchten, zumindest, wenn sie das *Leben* lebten.

Die Schweine hatten die Person festgenommen, von der sie dachten, sie sei Teddy, die aber Dejan war. *Kums* Bauch hatte vor Lachen gehüpft, als er und Teddy weggegangen waren. »Was sind das doch für Idioten«, sagte er. »Die werden ihn innerhalb von sechsunddreißig Stunden freilassen, so sind die Regeln.«

Teddy lachte nicht. »Und ich dachte, ich hätte die erste ehrenhafte Polizistin der Welt getroffen. Aber ich habe mich getäuscht.«

»Ich glaube, du brauchst Restylane. Da kann ich dir helfen, und ich schwör, das ist nicht irgendein Homo-Ding.«

Restylane – was auch immer das war. Völlig egal. Nach

einem halben Tag in der Klinik auf Östermalm, die, wenn man *Kum* glaubte, seine Frau öfter besuchte, als sie ins Fitnessstudio ging, hatte Teddy wie ein neuer Mensch ausgesehen. *Mazern* versuchte es zu erklären und klang dabei wie ein durchgeknallter Schönheitschirurg. »Dieses Gel wird dir mit der dünnsten Nadel, die ich je gesehen habe, in die Haut injiziert, und es gibt Volumen und glättet Falten und Runzeln. Und dann dachte ich, wir können dein Kinn etwas betonen und deine Nasolabialfalte unterspritzen.«

»Nasowas?«

»Wirst schon sehen«, hatte *Kum* gesagt.

Es war egal. Der Arzt gab ihm eine lokale Betäubung. Teddy dämmerte weg, verschwand, sodass er wünschte, er könnte ewig in diesem Zustand verbleiben. Als er sich hinterher im Spiegel betrachtete, sah er nicht nur zehn Jahre jünger aus – er sah nicht aus wie *er selbst*. Das war ein anderer Typ, der ihn aus dem Spiegel ansah. Frischer, fröhlicher. Und sie hatten ihm alle Haare abrasiert, er war kahl wie ein Babypopo. Der Schädel glänzte, und der Bart sah noch länger aus als vorher.

Kum öffnete die Tür und betrat den Patientenraum. »Dejan hat gesagt, dass du die letzten Wochen wie ein Penner gelebt hast.«

»Ich habe in einem Fiat gewohnt«, sagte Teddy.

»Das muss so bleiben«, erwiderte *Kum*. »Nur weil du anders aussiehst, kannst du nicht wie gewöhnlich zu Hause wohnen und in der Stadt rumlaufen. Du wirst immer noch wegen Mordes gesucht, mein Freund.«

»Ich weiß.«

»Aber jetzt siehst du aus wie eine Mischung aus einem kahlköpfigen Viggo Mortensen und einem krebskranken Ryan Gosling. Das wird dir dein Leben erleichtern.«

Teddy wusste, dass der Gottvater recht hatte.

Dejan war zwei Tage später entlassen worden.

»Die hatten eine Menge Fragen über dich, das kann ich dir sagen«, berichtete er, als sie sich in einem Waldstück bei Skärholmen trafen. »Aber ich habe nichts verlauten lassen, den Mund geschlossen gehalten und durch die Nase geatmet, wie man es tun soll.«

»Danke für die Hilfe.«

The Mauler rieb sich an Dejans Bein.

»Und *Kum* hat dich schön gemacht, wenn ich das mal so sagen darf. Habe ich schon gesagt, dass du wie eine Mischung aus Mads Mikkelsen ohne Haare und Ben Mendelsohn nach einem Atomkrieg aussiehst?«

»Das macht mir mein Leben hoffentlich etwas leichter.«

»Aber du sitzt immer noch in der Scheiße.«

»Das musst du mir nicht sagen. Am Ende werden sie mich kriegen, und dann werde ich wegen eines Mordes verurteilt, den ich nicht begangen habe.«

»Leider ist das so. Denn sie werden dir niemals glauben, dass der Alte da draußen von einem Bullen erschossen worden ist. Das kommt in deren Weltbild nicht vor.«

The Mauler rannte jetzt frei herum und schnüffelte an alten Baumstümpfen. Teddy schaute in die dunklen Bäume. Er wusste, dass Dejan recht hatte. »Die einzige Methode ist also rauszukriegen, welcher Bulle da draußen am Herrensitz war, wenn es denn ein Bulle war«, erklärte er. »Sonst fahre ich ein.«

Dejans Augen waren halb geschlossen. »Ja, sonst fährst du ein.«

Am folgenden Tag hatte Teddy die Garage betreten, in der er einige Monate zuvor schon mit Dejan gewesen war. Dasselbe Schild über der Einfahrt: *Carwash, Reparaturen – City*

& Söderort. Derselbe Geruch nach Abgasen und Putzmitteln. Teddy hatte einen Plan, der ebenso verrückt wie einfach war.

Abdel Kadir, der Araber, der den Laden betrieb, war noch dort, obwohl Teddy ihn kaum erkannte – der Typ, der für ihn der Bartmann gewesen war, hatte sich alles abrasiert. Ob *das andere* Geschäft hier wohl betrieben wurde? Betonfußboden, Ditec-Schilder, die Plakate mit Bildern von Autopflegepaketen, Ausrüstung, Poliermittel und Wachs waren zumindest gleich geblieben.

Abdel kam auf Teddy zu. Hochgekrempelte Ärmel und Ölflecken an den Händen. Aknenarben und eine Hasenscharte waren jetzt deutlich in dem glatten Gesicht zu erkennen. »Maestro, wie kann ich helfen?«

Der Typ hatte heute nicht mal seine Häkelmütze auf, doch seine Tätowierungen waren zu erkennen. Teddy scannte ihn nach Zeichen: War er ein normaler trendabhängiger Mechaniker, und waren die Bilder und Texte auf seinen kräftigen Unterarmen ernst gemeint? Arabische Buchstaben, Symbole, ein Totenkopf. Und dazwischen in normalen, verschnörkelten Buchstaben: *Mama hat's versucht.*

Teddy sagte: »Wir haben uns vor ungefähr einem halben Jahr getroffen, als ich mit Dejan, dem kleinen Serben, hier war.«

Abdels Gesicht war ausdrucksloser als das von Teddy nach der Restylane-Behandlung. Vielleicht erkannte er Teddy nicht – so sollte es ja auch sein –, oder er tat nur so.

»Ich weiß nicht, von wem Sie reden.«

»Doch, er wollte Ihr anderes Unternehmen kaufen, weil Sie sagten, Sie würden weggehen.«

Abdel Kadir sah ohne seine Gesichtsbehaarung jungenhaft aus, doch seine Stimme war überraschend dunkel. »Aha«, sagte er, »*der* kleine Serbe, jetzt weiß ich. Aber ich werde nicht weggehen. Ich mache den Mist nicht mehr.«

»Habt ihr das Unternehmen verkauft?«

Die Oberlippe des Typen sah unnatürlich schief aus. »Nein, nein, mit dem Mist machen wir immer noch weiter.«

Teddy zeigte auf den Vorhang im Büro. »Gut, denn ich benötige etwas sehr Spezielles. Eine Polizeimarke.«

Am Tag danach fakte Loke eine Telefonnummer von einem Polizeirevier in Nordschweden und rief bei der echten Polizei an, um Teddys neues Polizei-Alter-Ego auf Besuch anzumelden. Sie spannen eine Story zusammen, dass der Besuch mit einer größeren Ermittlung mit Verästelungen nach Stockholm zu tun hätte, und Teddy präsentierte Ermittlungsnummer und Namen von anderen Polizisten. Doch die Sekretariatsperson in der Polhemsgatan brauchte das alles gar nicht – solange die Nummer auf dem Display von einem anderen Polizeirevier in Schweden zu kommen schien, war alles in Ordnung.

Und heute stand Teddy hier: vor dem Hauptquartier der schwedischen Polizei, dem Super-Fort auf Kungsholmen. Das vorstehende Dach schützte gegen die Sonne. Hier waren Katja und Emelie hineingegangen, als Katja verhört wurde, das wusste er. Er glitt durch die hohe Drehtür aus Glas und betrat den Empfangsraum. Eine Reihe gut gekleideter Männer und Frauen, die aussahen wie Anwälte oder Staatsanwälte, standen in kleinen Gruppen herum und unterhielten sich. Wahrscheinlich warteten sie darauf, zu einer Vernehmung oder einer Besprechung verschiedener Fälle abgeholt zu werden. Andere Menschen kamen und gingen durch die Schutzsperren weiter vorn: Leute in Jeans oder Chinos mit Sneakers oder Soldatenstiefeln. Das waren Bullen, garantiert.

Teddy ging zum Empfang. Der Wachmann hinter dem Plexiglas sah ihn müde an. Wie es sich wohl anfühlte, jeden Tag davon zu träumen, ein richtiger Polizist zu werden, aber stattdessen hier zu sitzen und in einer Möchtegernuniform aufpassen zu müssen? Er schob die gefakte Polizeimarke vor. »Ich müsste angemeldet sein.«

Sein Herz pochte wie das eines kleinen Vogels. Er wurde im ganzen Land per Haftbefehl gesucht – und jetzt betrat er einfach den Ort, an dem es die meisten Polizisten in ganz Schweden gab. Der Empfangstyp sagte etwas in viel zu grobem Skåne-Dialekt, als dass Teddy es hätte verstehen können, nickte aber gleichzeitig.

Teddy klickte sich durch die Sperre, auch hier eine Drehtür, die aber von dem Wachmann bedient wurde. Jetzt war er richtig drin. Es war krank. Er spürte den USB-Stick, den er von Loke bekommen hatte, in der Tasche.

Er ging los: überall Bullen. Ältere mit Brille und karierten Hemden, die wahrscheinlich zu denen gehörten, die Teddy und seine Kumpels damals verfolgt hatten. Durchtrainierte Frauen mit Pferdeschwanz, Tights und T-Shirts mit Sportlogos drauf. Typen mittleren Alters mit Tätowierungen, Bart und schlaksigem Gang. In Teddy machte sich ein bestimmtes Gefühl breit: *Ich bin im Land der Widersacher. Ich bin ein Fallschirmsoldat, der hinter den Linien des Feindes abgesprungen ist.*

Loke hatte gesagt, alles sei ganz einfach. »Du gehst einfach in ein Zimmer, welches auch immer, in dem es einen Computer gibt, und in den steckst du dann den USB rein. Den Rest erledige ich aus der Distanz.«

Teddy hielt sich in Bewegung, den Blick direkt geradeaus gerichtet, versuchte, sich nicht umzusehen, zielgerichtet, als wüsste er ganz genau, wohin er unterwegs war. Der Strom von Bullen um ihn herum nahm kein Ende, er war ein Fisch im Haifischbecken.

Weiter vorn sah er eine Rolltreppe, er fuhr hinunter und

kam auf das untere Stockwerk im neuen Haus, der Komplex war riesig. Hier standen Oldtimer-Motorräder zur Besichtigung aufgereiht, und das Dach war mindestens zehn Meter hoch. Links lag die Kantine, in der sicher hundert Bullen gerade zu Mittag aßen, redeten und Kaffee tranken – wie ganz gewöhnliche Menschen. Das war wirklich faszinierend. Rechts standen drei Tischtennisplatten, die in diesen heiligen Hallen etwas deplatziert wirkten, aber die Bullen, die daran spielten, schienen begeistert zu sein. Sie schrien und grölten zwischen den Bällen, als befänden sie sich in einem Freizeitpark. Teddy hatte nicht übel Lust, sie alle fertig zumachen – wer so lange gesessen hatte wie er, war teuflisch gut im Tischtennis.

Vor ihm wieder Glastüren. Er musste sie nicht selbst öffnen, die Polizistin vor ihm hielt sie ihm auf: höflich und freundlich. Er ging in den Innenhof hinaus. Das Wetter war herrlich, und hier saßen noch mehr Leute mit Kaffeetassen und Softdrinks. Teddy lief geradeaus. Er dachte an all die Bullen, denen er schon begegnet war. Die ihn nach dem Kidnapping von Mats festgenommen hatten. Die ihn zum Gericht eskortierten, als er in Untersuchungshaft war, die ihn danach verhört hatten. Alle Ortspolizisten, Landeskriminaler, die besonderen Gang-Polizisten, die in den Jahren wie Kletten an ihm gehangen hatten. Wahrscheinlich war das die Berufsgruppe, mit der er in seinem Leben am meisten zu tun gehabt hatte. Warum ging er dann das Risiko ein, dass jemand von all diesen Polizisten ihn hier erkennen könnte? Die Antwort war einfach: Wenn es ihm nicht gelang, seine Unschuld zu beweisen, dann würde er wegen Mordes zu lebenslänglich verurteilt werden. Und der Beweis musste irgendwo in deren Datensystem zu finden sein.

Er hoffte, dass seine Veränderung, der rasierte Schädel und die geglätteten Falten ihn schützen würden. Und vor allem:

Niemand rechnete damit, einen alten Verbrecher mitten in der Hochburg der Polizei zu sehen.

Er öffnete die Tür auf der anderen Seite des Innenhofs und betrat das ältere Gebäude. Dieser Teil stammte wohl noch aus den Anfängen des 20. Jahrhunderts, hatte Flure und Verbindungsgänge und sah anders aus. Korridore und kleine Räume. Die Wände mit hohen Paneelen und Lampen an der Decke, die hundert Jahre alt zu sein schienen. Er ging langsam, sorgte dafür, dass alle ihn überholten, er immer der Letzte im Strom war. Hielt Ausschau nach geöffneten Türen, leeren Zimmern.

Was würde wohl Isa von der Arbeitsvermittlung sagen, wenn sie ihn hier sähe? Wie würde er seine Situation erklären? Aber irgendwann hatte es angefangen, und er hatte es nicht stoppen können. Welcher Dominostein war wohl der erste gewesen? Als er in die dritte Klasse ging, gab es einen ziemlichen Aufstand um Radiergummis. Die Mädchen wollten rosa Sachen, die nach Erdbeeren rochen, die Nerds wollten die großen weißen mit einem Aufdruck von *Star Wars* oder *Indiana Jones*, und Dejan und Teddy wollten immer die gewöhnlichen grünen von der Schule, die mit dem roten Streifen drin, aber nur, um sie auseinanderzuschneiden und als Munition für die Zwillen zu nehmen. Also marschierten sie mindestens einmal täglich zur Lehrerin nach vorn und sagten, sie hätten ihr Radiergummi verloren und bräuchten ein neues. Doch das genügte nicht. Sie brauchten mehr, viel mehr. Eines Tages, als alle auf dem Pausenhof waren, schlich er sich ins Klassenzimmer, das die Lehrerin einmal nicht abgeschlossen hatte. Er wusste, wo der Schlüssel zu ihrem Rollschrank lag. Die Sonne schien schräg ins Fenster hinein und ließ die Staubkörner, die immer in der Luft schwebten, wie Glitzer aussehen. So etwas hatte er noch nie getan. Er öffnete die Schublade des Katheders, nahm den Schlüssel und schloss den Schrank auf. Da drinnen stand er: *the holy grail* – der noch ungeöffnete Karton der Lehrerin mit den Radiergummis. *The lost ark.* Er schnappte sich den Karton und rannte die Treppen hinunter. Am nächsten Abend rief ihn sein Vater zu sich. »Najdan, komm mal her.« Teddy ging in die Küche, der Vater stand am Tisch, als würde er darauf warten, dass Teddy sich setzte. Doch dazu kam es nicht. Sein Vater schlug ihn mit dem Handrücken. Teddy sah weiße Sternchen vor den Augen, und die Wange brannte, als wäre sie angezündet. Sein Vater hielt ihm den immer noch ungeöffneten Karton mit Radiergummis hin. »Niemand mit dem Namen Maksumic ist ein Dieb.« Sein Serbisch war überdeutlich. »Erwische ich dich noch einmal beim Stehlen, dann wird meine Hand nicht geöffnet sein.« Das war das *erste* Mal. Seither hatte der Vater seine Faust ballen müssen, und zwar viele Male. Und schließlich, viele Jahre später, hatte Teddy einen Menschen gestohlen. Eine andere Person gekidnappt. Und jetzt wurde er wegen Mordes gesucht.

Da: eine Tür nur angelehnt. Teddy sah verstohlen hin, versuchte ins Zimmer zu schauen. Dann spazierte er so unbekümmert wie möglich los. Das Zimmer war groß, die Tische standen in Hufeisenform aufgestellt. Ganz hinten waren eine weiße Tafel und ein paar Bürodinge zu sehen. Vielleicht fand hier gerade ein Vortrag statt, und die Teilnehmer hatten Pause. Er ging hinein und zog die Tür hinter sich zu.

Es war stickig und roch nach Menschen. Er ging zum Katheder – dort stand ein stationärer Computer. Auf der Rückseite: ein USB-Port. Loke hatte ihm gezeigt, wie die aussahen. Er schob den kleinen Plastikstick hinein und wandte sich zum Gehen.

Er versuchte, ruhig zu bleiben, nicht zu rennen. Der Strom

von Bullen war immer noch dicht. Machten die eigentlich nichts anderes, als den ganzen Tag durch dieses Gebäude zu latschen? Vielleicht hatten die ja so einen Schrittmesser-Contest.

Er öffnete die Glastüren zum Innenhof. Weniger Kaffeetrinker jetzt, die Mittagspause war vorüber. Er ging an Oldtimermotorrädern und Tischtennisplatten vorbei. Die Rolltreppe fuhr so langsam, als wäre sie auf halbes Tempo gestellt, er musste sich anstrengen, nicht hinaufzustürzen.

Teddy dachte an die sporadischen Telefongespräche mit Emelie. Was sie jetzt wohl gerade machte?

An den Wänden hingen alte Polizeiplakate.

Zum ersten Mal seit langem fühlte er sich gut gelaunt. Es war ihm gelungen, Lokes Trojaner in ihr System zu bekommen. Er ging weiter. Treppen und Umwege. Sitzecken und fette Topfpflanzen. Große Fenster und Hunderte von Bullen.

Da vorn sah er die Eingangstüren. In dreißig Sekunden würde er draußen sein. *Mission completed.* Das war unglaublich schön.

Da hörte er eine Stimme. »Teddy? Teddy Maksumic?«

Das durfte nicht wahr sein.

HÖLLE.

Er wusste nicht, wer da seinen Namen sagte, aber jemand hatte ihn erkannt.

Teddy ging weiter auf den Ausgang zu, als hätte er nichts gehört. Er war doch nicht mehr zu erkennen, deshalb das ganze Restylane. Aber der Polizist rief jetzt hinter ihm her. »Teddy, bleiben Sie stehen.«

Er ging etwas schneller, drehte sich nicht um, lief nur vorwärts. Die Türen waren vierzig Meter entfernt.

Der Polizist wurde noch lauter. Er brüllte seinen Kollegen zu: »Haltet diesen Mann, er wird gesucht!«

Teddy rannte jetzt, beeilte sich.

Er arbeitete sich noch vor, während die Polizisten ringsum sich wie amerikanische Footballspieler auf ihn stürzten.

Er wich ihnen aus. Lief im Zickzack.

Die Türen waren jetzt so nahe.

Dann stolperte er, fiel.

Er biss in Polizeifußboden.

Die Bullen warfen sich auf ihn. Brachten ihn vollends zu Boden und setzten ihre breiten Knie in seinen Rücken.

Der Polizist, der ihn erkannt hatte, kam und sah auf ihn herab. »Legt ihm Handschellen an.«

Teddy sagte: »Ich verlange einen Anwalt.«

»Darum kümmern wir uns später.« Der Polizist beugte sich herunter, um einem seiner Bullenkollegen zu helfen.

»Nein«, stöhnte Teddy, »ich werde den Mund nicht wieder öffnen, ehe mein Anwalt hier ist. Und ich möchte einen bestimmten.«

»Wen?«

»Rufen Sie Emelie Jansson an.«

42

Kroppsakademien – das Massage-Mekka. Es roch nach Sterillium und Dior Homme. Die Wände waren auf eine Art weiß, wie man sie in gewöhnlichen Wohnungen nie sah, gespenstisch selbstleuchtend. Die Hautpflege-Therapeutinnen, wie sie sich nannten, mit faltenlosen Stirnen und japanischem Mundschutz, fluteten wie auf Wolken schwebend umher.

Mr. Eins lag mit dem Gesicht nach unten in einer Art Hohlraum auf der Liege. Das war notwendig, damit der Kunde bei der Massage noch Luft bekam oder – wie in diesem Fall – beim Waxing von Schultern und Rücken.

»Nur weil man mehr Affe als Mensch ist, muss man ja nicht wie einer aussehen«, hatte Isak gelacht, als Nikola reinkam.

Hätte er nicht zwanzig Minuten damit warten können, mich hierherzuzitieren?, dachte Nikola, das hier war unangenehm. Plus: In seinem ganzen Leben war er noch nie so müde gewesen. Das Festival war das Lustigste und Anstrengendste gewesen, was er je erlebt hatte. Tatsächlich war er zum ersten Mal seit Chamons Tod wieder glücklich gewesen. Dann waren heute Morgen die Bullen auf das Fabrikgelände gestürmt und hatten Roksana festgenommen. Er selbst war davongekommen, am Wasser entlang, wo er nur das Schreien der Schweine hinter sich gehört hatte.

Nikola hatte angerufen und gefragt, was man ihr vorwarf, ob sie sie freilassen würden, doch die Tunten wiesen natürlich nur auf die Geheimhaltungspflicht bei Voruntersuchungen hin. Er hatte also eigentlich anderes im Kopf, aber wenn Mr. Eins einen treffen wollte, dann kam man, ganz gleich, ob der Boss der Länge nach auf einer Massageliege lag und darauf wartete, dass eine Gespenstertherapeutin ihm seinen Pelz abreißen würde, der dicker war als der eines echten Gorillas.

»Erzähl, was passiert ist«, murmelte Isak. Nikola konnte kaum verstehen, was er sagte, da sein Gesicht zum Fußboden wies.

Er sah zur Therapeutin, die gerade das warme Wachs mit einer Art Pinsel auftrug.

»Meinst du die Veranstaltung, bei der wir uns um die Sicherheit gekümmert haben, oder alles andere?«

»Dieser Club ist mir scheißegal«, sagte Isak, ohne den Kopf zu heben.

Die Therapeutin legte sorgfältig ein paar pappähnliche Streifen auf die dünne Schicht Wachs. Nikola tat der Rücken weh, weil er sich immer runterbeugen musste, um zu hören, was Isak sagte.

»Nicko, erzähl mir lieber, was ihr macht, du und die Jungs. Kümmert ihr euch um alles?«

Nicko fragte sich, worauf er hinauswollte.

»Du hast doch wohl mit Bello gesprochen?«

»Ich spreche mit euch allen. Aber ich will, dass *du* mir erzählst, was du machst.«

Nikola fragte sich, ob er von Bello was über das Bullengespräch gehört hatte, aber das glaubte er nicht. Sie hatten sich geeinigt, die Szene oben auf dem Wasserturm zu vergessen. Stattdessen berichtete er, so gut es ging, von den verschiedenen Aufträgen und Jobs, die er inzwischen für Isak erledigte: die Wechselbüros, die er besuchte, die Dealer, denen er Aufträge gab, die Kartons mit Sprengmittel, die sie auffüllten.

»Aha, und sonst?«, sagte der Boss, als er fertig war.

Was hatte Bello Mr. Eins wohl erzählt?

»Sonst nichts.«

»Nicht okay. Du gräbst also nicht mehr weiter in der Sache mit Chamon herum?«

Jetzt merkte Nikola, wie angenehm es war, mit Mr. Eins reden zu können, ohne seine Visage sehen zu müssen. »Nein, ich hab das losgelassen, genau wie du gesagt hast.«

Die Therapeutin packte einen der Streifen und riss ihn ab.

»Au!« Isak bekam einen roten Streifen auf dem Rücken, wo zuvor seine Haare gesessen hatten. »Mach doch bisschen langsam!«, zischte er. »Nikola, siehst du die Tasche dahinten?«

Eine kleine schwarze Bauchtasche mit Reißverschlüssen lag am Fuß der Liege. »Im Außenfach ist ein Handy. Nimm das doch und wirf es irgendwo weg, am liebsten in einen See oder so. Im Moment ist so viel Mist unterwegs, dass wir besonders vorsichtig sein müssen.«

Nikola stand auf und ging zum anderen Ende der Massageliege. Er hörte, wie Isak schrie, als die Therapeutin einen weiteren Wachsstreifen abzog. Die Bauchtasche war geräumiger, als er gedacht hatte, und er fing an, darin herumzuwühlen. Er wog das Telefon in der Hand.

»Danke, du kannst jetzt gehen.« Die Stimme von Mr. Eins klang gellend, gequält. Nikola hatte ihn noch nie so reden hören, ihn noch nie leiden hören, aber irgendwie gefiel es ihm auch.

Er traf sich mit Bello. Sie sollten arbeiten. Nikola war zu einem Packesel geworden – Mr. Eins lud wie blöd Sachen auf ihm ab, wo er doch eigentlich nur schlafen wollte.

Er rief seine Mutter an.

»Lange nichts gehört. Weißt du, was passiert ist?«

»Nein.«

»Teddy wird wegen Mordes verdächtigt.«

»Ist das wahr?«

»Ja, das ist so schrecklich.«

»Aber du glaubst doch wohl nicht, dass er das getan hat, oder?«

»Ich weiß nicht. Ich kann nur sagen, dass er anscheinend zurück auf Los ist, wir sind so enttäuscht.«

Das hatte Nikola schon oft gehört, seine ganze Jugend lang. Mama und Opa Bojan – enttäuscht von Teddy, unzufrieden mit Teddy, voller Scham darüber, einen Bruder und Sohn zu haben, der so etwas tat, und dann verurteilt worden war. Aber für Nikola war Teddy immer nur eins gewesen: ein Held, auch wenn er offensichtlich einen anderen Menschen gekidnappt hatte. Er sollte versuchen, ihn zu erreichen, aber als sie sich das letzte Mal gesehen hatten, war alles so schiefgegangen. Als würde Teddy sich über Nikola stellen und auf ihn herabsehen, als wäre Teddys Lebenswahl plötzlich schicker als seine. Aber jetzt war sein Onkel ein Freiwild – er sollte ihn wirklich anrufen.

»Und, Liebling«, sagte seine Mutter, »ich weiß, dass alles nicht so läuft, wie wir uns das gedacht haben.«

»Wovon redest du?«

»Na ja, du weigerst dich, wieder bei George Samuel zu arbeiten, und irgendwelche Noten aus der Abendschule gibt es auch nicht, oder?«

»Jetzt hör aber mal auf. Mein bester Freund ist ermordet worden.«

»Ich weiß, und ich verstehe, dass das schwer ist. Aber Nicko, es ist doch für dich. Du musst aufhören mit dem, was du tust.«

Er konnte nicht mehr. Er drückte sie weg.

Bello wandte sich zu ihm um. »War das deine Mom?«

»Yes.«

»Gibt es Probleme, oder was?«

»Yes.«

»Ist sie enttäuscht?«

»Yes.«

»Das sind sie immer.«

»Yes, ich weiß.«

»Sie meint, du wärst völlig neben der Spur?«

»Yes.«

»Und was wird sie jetzt machen?«

»Keinen Scheiß. Sie ist neben der Spur, nicht ich.«

»Aha.«

»Können wir an irgendein Wasser fahren, ich muss was wegwerfen.«

»Hast du ein Handy von Isak gekriegt?«, fragte Bello.

»Woher weißt du das?«

»Er wechselt oft, und dann bittet er mich immer, die alten auf den Handyfriedhof zu werfen, so nenne ich den Grund auf dem See bei Saltskog. Aber meistens will er, dass ich die Telefone noch ein paar Tage behalte, ehe ich sie wegwerfe. Damit meine Bewegungen von den Masten aufgefangen werden und nicht seine. Wenn dann hinterher irgendwas ist, kann er immer beweisen, dass er an anderen Orten war oder dass das Telefon an anderen Stellen war als er. Eine Alibiversicherung.«

Isak. Nikola dachte an den Boss. Vielleicht war er der schlauste Typ, den er kannte.

»Dieser Handyfriedhof«, sagte Nikola, »kannst du mir mal zeigen, wo genau der liegt?«

43

Emelie saß immer noch auf dem Bett. Ihr Handy lag neben ihr. Sie spürte nichts – doch die psychische Anstrengung, hier zu sein, war überraschend groß.

»Wie fühlen Sie sich?«, fragte die Hebamme.

»Bisher ganz okay.«

»Dann denke ich, dass Sie in ungefähr einer halben Stunde nach Hause fahren können. Möchten Sie, dass wir ein Taxi rufen?«

»Nein, alles in Ordnung.«

»Ich wollte Ihnen auch noch die Adresse von einigen Beratungsstellen und so geben, aber das können wir tun, wenn Sie gehen.«

Die Hebamme verließ den Raum, die Tür ging zu. Jossan

goss ein Glas Wasser ein und sah Emelie mitleidig an, als sie es ihr reichte. Emelie schüttelte den Kopf.

Jossan sagte: »Soll ich ein Taxi rufen?«

Emelie schüttelte wieder den Kopf. »Warte kurz.«

»Jetzt hast du es getan«, sagte Josephine. »Jetzt bist du am *point of no return*. Das kann ja auch schön sein, denke ich.«

Noch ehe Emelie etwas antworten konnte, klingelte ihr Handy. Erst wollte sie nicht rangehen, das hier war irgendwie nicht der richtige Ort, um zu telefonieren, aber die Nummer kam ihr irgendwie bekannt vor. Das war die Nationale Operative Abteilung der Polizeibehörde.

»Hallo, mein Name ist Elisabeth Carlberg, und ich rufe von der NOA an.«

»Worum geht es?«

»Wir haben einen Untersuchungsgefangenen, der Sie als seinen Verteidiger wünscht.«

»Ah. Dann muss ich auf meinen Assistenten verweisen, denn ich kann in der nächsten Zeit leider keine Mandate annehmen.«

»Der Verdächtige ging davon aus, dass Sie das sagen würden. Er beharrte aber darauf, dass wir Sie anrufen.«

»Wie ist sein Name?«

»Najdan Maksumic, wird aber offensichtlich Teddy genannt.«

Fast hätte Emelie sofort das Gespräch weggeklickt. Jossan sah sie mit hochgezogenen Augenbrauen an, weil sie nur still dasaß und atmete.

»Warten Sie …«, sagte Emelie zu der Polizistin am anderen Ende. Sie musste das erst mal begreifen – sie hatten Teddy festgenommen, und das bedeutete, dass sie ihn mit höchster Wahrscheinlichkeit wegen Mordes verurteilen würden. Emelie wusste, dass er nicht getan hatte, was sie behaupteten, trotzdem würde er wieder eingesperrt werden und diesmal nicht lebend wieder rauskommen. Er würde da drinnen vergehen. Er würde keine Möglichkeit haben, ein normales Leben zu führen oder mit jemand anderem zusammen zu sein. Der Gedanke ließ sie erstarren, denn sie spürte deutlich, dass dies auch *ihr* Leben sinnlos machen würde. Dass alles, wonach sie gestrebt hatte, dann aufhören würde, wie ein Ballon, dem die Luft entwich und der nur noch als ein kaputter Gummilappen auf dem Boden landete. Gleichzeitig wurde jede Entscheidung, jede Handlung, die sie jetzt vornahm, extrem bedeutungsvoll, jeder Augenblick wurde so kostbar. Sie musste ihn sehen. Sie musste Teddy gewisse Dinge sagen können.

Sie legte sich die Hand auf den Bauch. Dann antwortete sie der Polizistin. »Ich nehme das Mandat an. Sie können mir die Unterlagen sofort mailen. In welchem Untersuchungsgefängnis sitzt er?«

Josephine stellte sich hin, und einen kleinen Moment lang dachte Emelie, sie würde versuchen, den Ausgang zu versperren. Doch stattdessen nahm Jossan ihre Hand und fragte: »Was ist denn los, Emelie?«, und das Gefühl, dass sie sie aufhalten wollte, verschwand sofort.

Emelie klappte ihre Hand auf, darin lag die Abtreibungspille, die sie ausgespuckt hatte. »Ich werde das Kind behalten. Und jetzt muss ich arbeiten.«

Am Rückspiegel des Taxis baumelte ein kleines Messingschild mit arabischem Text. »Ist das ein Glaubensbekenntnis?«, fragte Emelie.

Der Fahrer erinnerte an Naz in *Die Wahrheit einer Nacht*. »Ja, das ist das Glaubensbekenntnis des Islam. Auf Arabisch *Shahādah*.«

»Hilft es, das für jemanden zu lesen, der weder Muslim ist

noch an Gott glaubt?« Der Fahrer sah sie verstohlen im Rückspiegel an. »Ich weiß es nicht.«

Die Fahrt zum Untersuchungsgefängnis dauerte nicht lange. Teddy war blau geschlagen und sah verändert aus. Der Besucherraum war kalt, alles hier bestand aus Beton oder Plastik und roch ungelüftet nach Schweiß. Er hatte rote Flecken im Gesicht, und sein eines Ohr war bandagiert.

»Du hast deinen Bauch noch«, war das Erste, was er sagte, als der Wachmann die Tür hinter sich geschlossen hatte.

»Ja, aber darüber können wir jetzt nicht reden.«

»Und du müsstest doch in der achtzehnten Woche sein«, fuhr Teddy fort, als hätte er sie nicht gehört. »Das bedeutet, das Kleine darin ist ungefähr fünfzehn Zentimeter lang.«

Emelie setzte sich. »Du weißt, dass ich nach den Regeln der Anwaltskammer eigentlich nicht deine Verteidigerin sein kann. Es ist unpassend, jemanden zu verteidigen, dessen Kind man im Bauch trägt, da könnten sozusagen Interessenskonflikte entstehen.«

Teddy grinste. »Ja, das ist möglich. Aber ich stelle fest, dass du trotzdem hier bist. Ist das, weil ich mein Gesicht verjüngt und mit Restylane angefangen habe?«

»Erzähl mir jetzt die Details«, bat Emelie. Obwohl alles so seltsam war, musste sie doch lächeln – Teddy sah wirklich lustig aus.

Er erklärte ihr noch einmal, was draußen auf dem Hallenbro Storgården passiert war. Das meiste wusste Emelie bereits, sie hatten sich ja gesehen und miteinander geredet. Aber nun sah sie alles in einem anderen Licht, ihre Verteidigerlampen waren eingeschaltet.

»Aber es gibt doch einen Zeugen«, stellte sie fest, als er fertig war. »Dein Freund Dejan hat schließlich gesehen, was passiert ist.«

Teddy wand sich auf dem Stuhl. »Ja, aber du kennst Dejan nicht. Wer würde ihm glauben? Intensivtäter, seit zwei Jahrzehnten der Polizei als der übelste Verbrecher der Region bekannt.«

»Aber er ist doch auf die Person zugefahren, die Fredrik O. Johansson erschossen hatte, sodass der Täter zur Seite springen musste?«

»Ja, und damit hat er wahrscheinlich mein Leben gerettet.«

Sie sprachen weiter. Diskutierten sich voran. Nicht nur über das, weswegen Teddy in Untersuchungshaft saß, sondern auch über alles, was mit Mats Emanuelsson und Katja zu tun hatte. In vier Tagen würde die Vorführung beim Haftrichter sein, da würde die Beweislage vielleicht etwas klarer.

Teddy sagte: »Du musst sofort mit Loke reden, ehe die Polizei den USB-Stick mit dem Trojaner entdeckt.«

»Wenn das da draußen wirklich ein Polizist war, dann müsste das doch in irgendeinem ihrer Systeme zu sehen sein.«

»Das dachte ich auch.«

Sie schwiegen einen Moment.

»Wie kriege ich raus, wer am Abend, bevor Katja ermordet wurde, bei ihr war?«, fragte Emelie.

»Erinnerst du dich, was ich gemacht habe, als wir mit diesem Kidnapping gearbeitet haben?«

»Ziemlich viel.«

»Ich bin von Tür zu Tür gegangen.«

Emelie schlief unruhiger als sonst, und das sollte wirklich etwas heißen, denn in den letzten Monaten bestanden ihre Nächte mehr aus einer Aneinanderreihung von Ruhepausen als einem geregelten Nachtschlaf, und das lag nicht nur an dem wachsenden Bauch. Aber jetzt schien es, als *wollte* sie nicht einmal mehr runterfahren, als würde sie ihr Gehirn bewusst in Gedankengänge zwingen, die sie aufschreckten, und das sogar, wenn sie schon fast dabei war einzuschlafen. Oder es lag daran, dass sie auf Josephines Sofa schlief. Eigentlich war das schön, aber das Wissen, dass die Freundin wenige Meter entfernt in ihrem Schlafzimmer lag, störte sie.

Vielleicht hing es auch damit zusammen, dass der Vater ihres Kindes Gefahr lief, zu lebenslanger Haft verurteilt zu werden.

Oder es lag schlicht daran, dass gerade alles so schwierig war.

Sie stand um fünf Uhr auf, zog sich an und lief am Norr Mälarstrand entlang. Um diese Uhrzeit war sie weniger unruhig, aus irgendeinem Grund schien es zu früh für eine Gefahr. Die Sonne glänzte schon auf den Fassaden, als wäre es mitten am Tag. Die Straßen waren still und sauber, und die einzigen lebendigen Wesen, die zu sehen waren, waren die Zeitungsboten mit ihren schweren grünen Wagen und die Vögel, die vor geschlossenen Gartenlokalen die letzten Reste aufpickten. Ein schwedischer Frühsommermorgen – normalerweise war das für sie das Schönste, was es gab.

Ein paar Stunden später stand sie im Treppenhaus des Hauses, in dem Katja gewohnt hatte. Sie bezweifelte, dass Adam hier weiterhin lebte. Es war halb acht, und die Nachbarn hatten das Haus sicher noch nicht verlassen. Emelie klingelte an der Tür neben der Wohnung von Tagrin.

Ein alter Mann in zerschlissenem Morgenrock, der ganz durchsichtig aussah, öffnete. Ein Stock lehnte an der Wand im Flur, und der muffige Geruch nach alten Menschen drang aus der Wohnung.

»Hallo«, sagte sie. »Ich komme von der Polizei und habe ein paar Fragen an Sie, wenn Sie Zeit haben.«

Der Alte musterte sie mit zusammengekniffenen Augen, so

als würde er schlecht sehen, was vielleicht auch der Fall war. Sie verstand kaum, was er sagte, als er mit knarzender, dünner Stimme antwortete: »Geht es um das arme Mädchen, um die so ein Bohei gemacht wurde?«

»Ja, Ihre Nachbarin.«

»Das arme Ding. Aber ich war an dem Tag nicht zu Hause, ich spiele Bridge, und das habe ich Ihnen auch schon erzählt.«

»Verstehe, aber ich wollte fragen, ob Sie wissen, ob jemand am Abend, *bevor* sie ermordet wurde, also am 19. Januar, die Wohnung aufgesucht hat.«

»Am 19. Januar?«

»Ja. Am Abend.«

»Das ist ein wichtiger Tag. Oft der letzte Tag, bevor man die Steuererklärung abgibt, Sie müssen wissen, ich habe zweiundvierzig Jahre als Steuerberater gearbeitet. Die reinste Hölle für den Rücken, denn zu der Zeit, als ich anfing, gab es noch keine schicken gepolsterten Stühle, wir haben tagelang im Stehen gearbeitet.«

»Waren Sie an jenem Abend zu Hause?«

»Ich bin abends immer zu Hause. Das ist so, seit meine Frau gestorben ist, und das war vor neun Jahren, der Krebs hat sie erwischt, es fing mit Dickdarmkrebs an, hat sich dann aber ausgebreitet.«

»Das tut mir leid. Aber haben Sie jemanden gehört oder gesehen, der Katja besuchte?«

»Gesehen?«

»Ja. Oder gehört.«

»Ich sehe nicht sonderlich gut, wissen Sie, das ist schon so seit 2004, als sie meinen Star, den grauen Star, entdeckt haben. Sie haben versucht, ihn zu operieren, so wie sie das machen, aber er ist zurückgekommen, und …«

»Und haben Sie etwas gehört?«

Der Alte fing an, von seinem schlechten Gehör zu reden, er konnte offenbar unendlich reden. Emelie gab sich alle Mühe, um das Gespräch abzuschließen. Sie klingelte noch an zwei weiteren Türen, aber die Familien mit Kindern, die dort wohnten, hatten auch nichts gesehen oder gehört. An der vierten Tür klebte ein großer Zettel über dem Briefeinwurf: *Keine verdammte Werbung und auch keine Gratiszeitungen. Ist das klar?*

Ein riesiger bärtiger Mann mit nacktem Oberkörper öffnete die Tür. Er war so dick, dass er den gesamten Türrahmen einnahm, und seine Oberarme zitterten wie ein Wasserbett. »Was wollen Sie?«

»Ich komme von der Polizei«, Emelie konnte nichts von dem Flur hinter ihm sehen, »und wollte fragen, ob Sie am Abend des 19. Januar zu Hause waren.«

Der Mann musterte sie von Kopf bis Fuß, als wäre sein Blick ein Metalldetektor, der ihren Körper nach versteckten Gegenständen absuchte. »Zum Teufel noch mal«, sagte er.

»Wie bitte?«

»Sie sind nicht von der Polizei, nicht mit dem Bauch, das glaube ich nicht.«

»Glauben Sie, schwangere Frauen könnten keine Polizistinnen sein?«

»Keine Ahnung. Aber mit Ihnen stimmt noch was anderes nicht. Sie sind jedenfalls so wenig Bulle wie ich Langstreckenläufer.«

Emelie stemmte die Hände in die Seiten. »Ich möchte, dass Sie auf ein paar Fragen antworten.«

Der Mann stemmte nun seine eigenen riesigen Hände in die Seiten – das Armfett wobbelte wie große Fleischstücke. »Okay«, sagte er. »Es gefällt mir, dass Sie lügen. Legen Sie los.«

Emelie stellte ihre Fragen.

»Ich war zu Hause, und ich weiß, dass Katja sich hier draußen vor der Tür aufgeregt hat«, sagte er. »Ich habe durch den Türspion geschaut und da dann noch einen eleganten Typen gesehen, der die Treppe hinunter verschwunden ist.«

Emelie hielt die Luft an. »Wohin ist er dann, wissen Sie das?«

»Was ich weiß, ist, dass er draußen auf der Straße in ein Taxi gehüpft ist.«

»Erinnern Sie sich, um welches Taxiunternehmen es sich gehandelt hat?«

Schon auf dem Weg zurück fing Emelie an, verschiedene Taxiunternehmen anzurufen. Der dicke Mann hatte sich an kein Unternehmen oder irgendein Nummernschild erinnern können – aber es bestand trotzdem eine Chance.

Sie erzählte allen dieselbe Story. Sie wäre, soweit sie sich erinnern könnte, an jenem Abend vom Gösta Ekmans väg mit einem Taxi des Unternehmens gefahren und hätte etwas im Auto vergessen. Nun wollte sie herausfinden, ob das Unternehmen ihre Fahrt im System sehen könne und wer der Fahrer gewesen sei.

Emelie versuchte, sich auf die Gespräche zu konzentrieren. Sie wollte freundlich klingen, mit der richtigen Person verbunden werden, volle Information bekommen. Sie begann mit den großen Unternehmen: Taxi Stockholm, Taxi Kurir, 020 und so weiter. Sie rief mehrmals an, sprach mit verschiedenen Ansprechpartnern, um sicher zu sein, dass sie ihre Anfrage wirklich bearbeiteten. Dann rief sie Uber an.

»Ja, wir hatten am Abend des 19. Januar eine Fahrt von der Adresse«, sagte die Telefonistin, zu der durchzukommen mehr als vierzig Minuten gedauert hatte – App-Unternehmen wollten nicht, dass man auf so altmodische Weise mit ihnen kommunizierte. »Aber das können Sie doch in Ihrer App sehen.«

»Nee, leider hab ich mein Telefon verloren.«

»Aber dann müssen Sie nur die App noch einmal runterladen und sich einloggen, dann ist alles wieder auf dem Schirm. Da sehen Sie auch den Fahrer.«

»Aha, und wie hieß der Fahrer?«

Die Telefonistin klang kühl. »Also, solche Informationen kann ich über das Telefon nicht rausgeben. Die ganze Idee mit Uber ist doch, dass Sie als Kunden alle Informationen selbst verwalten. Das wird billiger für alle.«

Emelie sagte: »Ich werde hier so lange anrufen, bis Sie mir den Namen geben. Ich glaube, das wird billiger für Sie, als eine Menge Gespräche mit mir zu führen.«

Die Telefonistin stöhnte. »Okay, dann sage ich Ihnen den Namen.«

Emelie schrieb mit.

Eine Bewegung. Sie hielt inne, dankte für das Gespräch. Da kam es wieder. Eine Bewegung. Sie legte die Hand auf den Bauch.

Das Kleine da drinnen bewegte sich. Das Kleine da drinnen lebte.

Ihr Kind – Teddys Kind. Ihrer beider Kind.

Sie musste den Fahrer suchen und mehr rauskriegen.

*

SMS-Nachrichten
An/Von: Unbekannt
Von/An: Hugo Pederson
Datum: 2. Juni 2006

Eing.: Hallo, Hugo, ich wollte mich nur dafür bedanken, dass Sie ME zu dem Event in Hallenbro gestern mitgebracht haben. Alle fanden seinen Vortrag hyperinteressant.

Ausg.: Dank zurück für einen fantastischen Abend. Pierre und ich fühlten uns beide geehrt, dabei sein zu dürfen.

Eing.: Gut. Wie ich es verstanden habe, war es gestern trotzdem anstrengend für Sie. Wie ist es denn gelaufen? IRS und die Finanzinspektion gleichzeitig?

Ausg.: Es war unangenehm, und ich glaube, dass viele Probleme bekommen werden. Meine Bankleute waren verdammt gestresst. Aber wir haben im Laufe des Tages viel gelöst, und das, obwohl mein Computer verloren ist. Extremes Pech, dass der ausgerechnet am selben Tag verschwinden musste. Aber danke, dass ich Ihren Computer ausleihen durfte, wenn das nicht gewesen wäre, dann hätte ich nicht zusammen mit ME so viel ausrichten können. Zumindest glaube ich nicht mehr, dass es für mich irgendwelche Unannehmlichkeiten mit sich bringen wird.

Aktennotiz

Während des Sommers 2006 wurde eine große Anzahl Telefongespräche geführt, die separat aufgelistet sind. Keines dieser Gespräche führte zu Geschäftstransaktionen, die auch abgeschlossen wurden.

Telefongespräche Nr. 85–104 (Zusammenfassung)
An/Von: Pierre Danielsson (Mitverdächtiger) sowie eine Reihe Börsenmakler und Bankleute in Schweden, der Schweiz und England (in gesonderter Anlage namentlich aufgeführt)
Von/An: Hugo Pederson
Datum: 12.-20. September 2006

Zusammenfassung: Hugo Pederson führt eine Reihe Gespräche mit dem Mitverdächtigen Pierre Danielsson sowie mit den o. g. Börsenmaklern und Bankleuten in Schweden und dem übrigen Europa bezüglich eines geplanten Aktienkaufs in einer Reihe von Unternehmen. Der spekulative Wert geht auf bis zu mehr als neunzehn Millionen Euro (gesondert aufgeführt). Hugo Pederson bürgt für diese Geschäfte bis zu einem Wert von zwölf Millionen Euro. Seine Bürgschaft ist laut unseren Berechnungen höher als sein Nettovermögen. Sollten die Geschäftstransaktionen missglücken, riskiert er somit Verluste, die zu einer Insolvenz führen würden. Weitere Informationen folgen.

Telefongespräch Nr. 105
An: Hugo Pederson
Von: Louise Pederson (Ehefrau)
Datum: 20. September 2006
Zeit: 10:45

LOUISE: »Hallo, ich bin's.«
HUGO: »Hallo, Mausi …«
LOUISE: »Nenn mich nicht Mausi.«
HUGO: »Aber du bist doch mein Mausi, mein kleines Mausilein.«
LOUISE: »Es reicht, Hugo. Acht Tage lang warst du nicht zu Hause oder erst da, wenn ich schon geschlafen habe

Und jetzt hat mich der Makler angerufen und will eine Entscheidung wegen des Hofs. Offenbar hat jemand anders ein Gebot abgegeben.«

HUGO: »Ich kann doch wohl nichts dafür, dass du früh schlafen gehst.«

LOUISE: »Ich habe dich gebeten, wenigstens mal zum Abendessen nach Hause zu kommen, ich habe nichts dagegen, wenn du danach wieder zur Arbeit fährst.«

HUGO: »Du hast ja keine Ahnung, was für Geschäfte ich gerade am Laufen habe. Dieses Mal kann es ein richtiger Jackpot sein. Ich meine, richtig gediegene Zahlen.«

LOUISE: »Offensichtlich begreifst du nicht. Du sagst, du müsstest arbeiten, damit wir uns den Hof leisten können, aber wenn du nur arbeitest, dann müssten wir ihn doch wohl auch kaufen können. Andernfalls wäre es ja eine Lose-lose-Situation für mich. Ich fasse mich kurz, es sieht also so aus: Wenn wir den Hof nicht kaufen, dann ist es aus zwischen uns. Ohne diesen Hof wird es mir nicht gut gehen. Also komm bitte nach Hause, damit wir darüber diskutieren, wie wir am besten bieten können.«

HUGO: »Also, ich weiß nicht, was ich dazu sagen soll. Ich habe jetzt keine Zeit, und das habe ich dir auch schon erklärt. Und wir können uns die Summe, die der Makler will, nicht leisten.«

LOUISE: »Wenn du keine Zeit hast, nach Hause zu kommen und dafür zu sorgen, dass wir dieses Haus kaufen, dann hast du überhaupt keine Zeit für mich, Punkt aus. Ich bin einen Millimeter davon entfernt, mit dir Schluss zu machen.«

HUGO: »Aber Mausi, du bist zu hart zu mir. Können wir nicht jetzt darüber reden?«

LOUISE: »Du sollst mich nicht Mausi nennen, habe ich gesagt. Kauf einfach den Hof.«

Telefongespräch Nr. 106
An: Carl Trolle (Freund)
Von: Hugo Pederson
Datum: 21. September 2006
Zeit: 11:32

HUGO: »Du musst mit ihr reden.«

CARL: »Wovon sprichst du?«

HUGO: »Louise. Die ist völlig irre. Sie ist verrückt. Aber wenn es dir nur gelingt, sie für ein paar Tage zu beruhigen, dann wird alles gut.«

CARL: »Und da rufst du mich an? Erinnerst du dich, wie du mich bei unserem letzten Telefongespräch genannt hast?«

HUGO: »Nein, wieso?«

CARL: »Ich bin ziemlich sicher, dass du dich daran erinnerst. Du hast gebrüllt, ich sei ein Loser.«

HUGO: »Es tut mir leid, Calle. Das wollte ich wirklich nicht. Ich hatte einen stressigen Tag, war einfach verdammt gestresst. Das habe ich wirklich nicht so gemeint. Kannst du nicht bitte mit ihr reden?«

CARL: »Ich glaube, es ist zu spät.«

HUGO: »Nun komm schon. Alles wird gut, denn hör mal: Ich habe den Hof für sie gekauft. Ich habe gestern ein Angebot abgegeben, und die Verkäufer haben es sofort akzeptiert. Heute Morgen habe ich alles mit den Banken geregelt, schließlich habe ich da gute Kontakte. Jetzt habe ich so viele Kredite, wie es nur geht, doppeltes Kreditrisiko und der ganze Scheiß. Aber ich habe das Riesengeschäft der Welt am Laufen, das größte, das ich je auf der Pfanne hatte, es wird sich also alles lösen, ich werde das bezahlen können, was nötig ist, aber ehe das durch ist, möchte ich Louise lieber nichts davon erzählen. Wenn du also einfach mit ihr reden könntest, damit sie nicht irgendwas Dummes macht, ehe ich weiß, dass das Geschäft in trockenen Tüchern ist, dann wäre ich unglaublich froh.«

CARL: »Tut mir leid, da kann ich dir nicht helfen.«

HUGO: »Aber wenn ich dich bezahle? Nur ein Gespräch mit Louise. Sagen wir hunderttausend?«

CARL: »Du glaubst, mit Geld kann man alles kaufen!«

HUGO: »Was?«

CARL: »Du glaubst echt, mit Geld kann man alles kaufen.«

HUGO: »Ja, ich dachte, wenn das für dich okay ist?«

CARL: »Du bist doch total krank.«

Telefongespräch Nr. 107
An: Pierre Danielsson (Mitverdächtiger)
Von: Hugo Pederson
Datum: 22. September 2006
Zeit: 17:02

HUGO: »Tach.«

PIERRE: »Tach auch.«

HUGO: »Es ist was passiert.«

PIERRE: »Du klingst nervös, sag nicht, dass irgendwas dabei ist schiefzugehen. Keine Razzien von der Finanzinspektion, verlorene Computer oder dass einer sich aus dem Geschäft rauszieht, bitte.«

HUGO: »Nein, nichts mit einer von den Banken da unten

und auch nichts mit dem Geschäft, Gott sei Dank, ich habe nämlich gerade zweihundert Hektar Grund in Upplands Väsby für meine Frau gekauft. Aber Mats hat mich eben angerufen.«

PIERRE: »Und?«

HUGO: »Er war verdammt wütend.«

PIERRE: »Was ist denn los?«

HUGO: »Als er uns draußen bei diesem Event in Hallenbro geholfen hat, du weißt schon, als ich einen Computer ausleihen musste, um das durchdrehende Finanzamt in den Griff zu kriegen, da hat Mats offensichtlich in einen anderen Computer da draußen geschaut und möglicherweise auch Sachen da rauskopiert.«

PIERRE: »Warum das denn?«

HUGO: »Was weiß ich? Ich hab ihn allein in einem Zimmer mit unseren Sachen da draußen arbeiten lassen, hab nicht dabeigestanden und ihn überwacht. Aber er sagt, er hätte in diesem Computer komische Filme gefunden, und er wäre bei der Polizei gewesen und hätte davon erzählt.«

PIERRE: »Machst du Witze? Weißt du, was für Filme das waren? Hatte es etwas mit unseren Geschäften zu tun?«

HUGO: »Keine Ahnung, aber ich glaube nicht. Ich hatte nicht den Eindruck, als hätte es was mit uns zu tun, aber wie gesagt, ich weiß es nicht. Aber ich wollte es dir erzählen. Vielleicht weiß ja der Alte, worum es da geht.«

PIERRE: »Check das mal mit ihm ab.«

SMS-Nachrichten
An/Von: Unbekannt
Von/An: Hugo Pederson
Datum: 22. September 2006

Ausg.: Ich habe ein seltsames Gespräch mit ME gehabt, der sagt, er habe in einem Computer seltsame Filme gefunden, die er draußen auf Ihrem Event im Sommer kopiert haben muss. Ich nehme an, dass es passiert sein muss, als er mir mit meiner kleinen Finanzinspektionskrise geholfen hat. Aber ich weiß nicht, was für ein Computer und was für Filme das sind. Sie vielleicht?

Eing.: Machen Sie sich keine Gedanken. Darum kümmere ich mich.

Ausg: Super.

Telefongespräch Nr. 108
An: Hugo Pederson
Von: Unbekannt
Datum: 23. September 2006
Zeit: 21:45

HUGO: »Hallo?«
UNBEKANNT: »Hallo, ich bin's.«
HUGO: »Wer?«
UNBEKANNT: »Erkennen Sie meine Stimme nicht?«
HUGO: »Doch, jetzt, entschuldigen Sie. Hallo.«
UNBEKANNT: »Ich hätte ein paar Fragen zu Ihrem Berater.«
HUGO: »Von wem reden Sie?«
UNBEKANNT: »Ich glaube, Sie wissen, wen ich meine.«
HUGO: »Meinen Sie ME, Money Man?«
UNBEKANNT: »Exakt. Wissen Sie, wo er sonst arbeitet?«
HUGO: »Keine Ahnung.«

UNBEKANNT: »Wo treffen Sie sich immer mit ihm?«

HUGO: »Wir treffen uns nicht oft.«

UNBEKANNT: »Aber manchmal übergeben Sie ihm doch Unterlagen, oder?«

HUGO: »Ja, das kommt vor, aber da wählen wir meist unterschiedliche Orte.«

UNBEKANNT: »Wo wohnt er?«

HUGO: »Ich weiß nicht.«

UNBEKANNT: »Jetzt bemühen Sie sich mal ein bisschen, auf meine Fragen zu antworten.«

HUGO: »Aber ich weiß es doch nicht. Unsere Beziehung ist nicht so. Aber wenn Sie so neugierig sind, dann können Sie ihn doch wohl selbst googeln, er ist kein Geheimnis, er hat auch einen normalen Job. Und warum wollen Sie das alles wissen?«

UNBEKANNT: »Das wissen Sie sehr gut.«

HUGO: »Ich weiß es ehrlich gesagt nicht.«

UNBEKANNT: »Ich finde, Sie könnten etwas hilfsbereiter sein. Immerhin haben Sie mehrmals das Konferenzzimmer in meinem Büro benutzen dürfen. Ich hätte gern, dass Sie ein Treffen mit ME am Odenplan verabreden, und zwar übermorgen um neun Uhr.«

HUGO: »Was soll da passieren?«

UNBEKANNT: »Wir werden sehen. Verabreden Sie sich einfach mit ihm.«

Telefongespräch Nr. 109
An: Pierre Danielsson (Mitverdächtiger)
Von: Hugo Pederson
Datum: 23. September 2006
Zeit: 21:47

PIERRE: »Tach.«

HUGO: »Hallo. Gerade ist was wirklich Seltsames passiert. Der Anwalt hat mich angerufen und angefangen, eine Menge Fragen über Mats zu stellen.«

PIERRE: »Aha, aber du hast hoffentlich einfach nur geantwortet, oder? Wir können uns da nicht einmischen. Wir haben von der Sache mit den Filmen schließlich keine Ahnung. Das geht uns nichts an.«

HUGO: »Aber es hat sich nicht gut angefühlt. Außerdem wollte er, dass wir uns übermorgen um neun Uhr mit Mats am Odenplan verabreden. Was machen wir jetzt?«

PIERRE: »Wir?«

HUGO: »Hör schon auf, du profitierst doch auch von Mats. Er ist genauso dein Berater wie meiner.«

PIERRE: »Ja, aber ich bin nicht seine Kontaktperson, das bist du. Und du warst derjenige, der trotz des Chaos mit der Finanzinspektion keinen eigenen Computer dabei hatte, weshalb wir gezwungen waren, den Rechner vom Alten auszuleihen.«

HUGO: »Also, ehrlich, ich kann mir doch nicht was ausdenken, warum wir uns am Odenplan treffen müssen. Das fühlt sich wirklich nicht gut an.«

PIERRE: »Es ist bestimmt nichts, Hugo. Denk einfach nicht mehr dran, das ist doch nicht unser Problem.«

44

Als sie rausgelassen wurde, rief sie als Erstes Nikola an. Vielleicht hätte sie erst Z. oder ihre Eltern anrufen sollen, aber irgendwie fühlte es sich am natürlichsten an, erst mal mit Nicko zu reden.

»Bist du schon raus?«, fragte er als Erstes, als er hörte, dass sie es war. Roksana war fast sicher, dass er erleichtert klang. Aber sie wollte hören, ob er *sehr* erleichtert klang. »Ich bin raus«, antwortete sie. »Und ich bin verdammt sauer.«

Sie war so richtig wütend. Sie hätte nicht übel Lust, die Polizeibehörde zu verklagen, vom Wachpersonal Schadensersatz zu fordern, den Bullen zu verklagen, der sie auf den Boden gedrückt hatte, an die Medien zu gehen und einen flammenden Artikel zu schreiben. *Wir haben für Stockholm ein unvergessliches Festival organisiert, und das hier ist der Dank.* »Das sind faschistische Schweine«, sagte sie.

Nikola stimmte zu. »Viele von denen sind Rassisten«, fand er. »Aber, *Faschisten*, was meinst du jetzt damit?«

Roksana meinte, es würde keinen großen Sinn ergeben, jetzt über den Begriff Faschismus zu diskutieren, und ehrlich gesagt war sie selbst nicht ganz sicher, was das eigentlich bedeutete. Sie wusste nur, dass die Welt neuerdings von Idioten überschwemmt zu sein schien.

»Hör mal, Roxy, die haben dich nach einem Tag rausgelassen«, erklärte Nikola dann mit ruhiger Stimme. »Damit kannst du sehr zufrieden sein, das ist ein gutes Zeichen, finde ich. Dann verdächtigen sie dich nicht wegen einer Menge schlimmerer Sachen.«

»Möglich. Aber Z. haben sie noch. Und sie haben die ganze Nike-Tasche, all unser Geld. Alles. Ich weiß nicht, was wir tun sollen. Ich will mich heute mit meinem Anwalt treffen und den Gegenangriff vorbereiten.«

»Hast du schon einen Anwalt?«

Roksana kicherte, es war das erste Mal in den letzten vierundzwanzig Stunden, dass sie auch nur einen winzigen Funken Freude verspürte. »Nein, ich dachte, du könntest mein Anwalt sein. Geht das nicht?«

»Ich treffe mich gerne mit dir«, sagte er. »Aber erst muss ich noch ein paar Sachen erledigen.«

Sie legten auf. Im Hintergrund türmte sich Täby Centrum auf, vollkommen farb- und gefühllos. Roksana war wirklich sauer – genau, wie sie es zu Nikola gesagt hatte. Aber eigentlich war sie nicht *so* sauer, denn im Grunde hatte er recht, das war Roksana auch sehr schnell klar geworden. Im Grunde war sie vor allem besorgt. Und hatte Angst.

Es war Viertel nach zehn Uhr morgens, der Tag nach ihrer legendären Party. Die Polizei hatte sie exakt fünfundzwanzig Stunden und vierundvierzig Minuten lang festgehalten. Ihr Handy und ihr Kreditkartenhalter lagen in der braunen Packpapiertüte, in der sie die Sachen zurückbekommen hatte. Sie hatte Unmengen von unbeantworteten Anrufen und mehr als siebzig Textnachrichten von Leuten, die sich für die Party bedankten, die Organisation lobten, die Musik und die Liebe, die in der Luft gelegen habe.

Erstaunlicherweise hatte sie wie ein Stein geschlafen, so tief und ungestört wie schon lange nicht mehr. Sie hatte keine Albträume von Z.s gebrochenen Fingern oder den Reaktionen ihrer Eltern gehabt, wenn sie erfahren würden, was sie so trieb. Kein plötzliches Aufwachen außer Atem und Stressboost auf hundert wegen der Anspannung vor *Our Land Club*, keine komischen K-Schwitzanfälle mit extremem Pinkeldrang, zitterndem Körper und klatschnasser Bettwäsche. Tatsache war, dass sie sich nicht erinnern konnte, so gut geschlafen zu haben, seit sie das Ketamin gefunden hatten. Aber jetzt im wachen Zustand war die Angst gegenwärtig wie eine Ratte, die im Körper herumkrabbelte. Das Polizeirevier, in dessen Keller sie eingesperrt gewesen war, sah von außen aus wie ein halbwegs nettes Reisebüro oder eine Arbeitsvermittlung, aber drinnen war es alles andere als nett, das wusste sie jetzt.

Sie setzte sich in den Bus, der sie in die Stadt zurückbringen würde, wo sie dann in die U-Bahn wechseln musste. Wahrscheinlich würde sie mehr als anderthalb Stunden brauchen, um nach Hause zu kommen, aber sie wusste nicht, wie sie es sonst machen sollte. Täby und Akalla lagen auf völlig unterschiedlichen Seiten von Stockholm, weiter auseinander ging nicht. Wie Feuer und Wasser, Luft und Erde. Aber vielleicht war das auch übertrieben, möglicherweise beeinträchtigte die Sorge alles, was sie jetzt dachte.

Was könnte die Polizei wohl wissen, und was hatte sie tatsächlich erzählt? Sie war nur anderthalb Stunden verhört worden. Meist ging es darum, inwieweit Z. und sie alle Genehmigungen beisammenhatten, die nötig waren, um ihren Club zu organisieren, und ob sie über die Ticketeinnahmen sowie die Ausgaben für DJs, Arbeiter, Eingangspersonal und alle anderen auch Buch geführt hätten. Roksana wartete die ganze Zeit auf die Fragen über *das andere*, über die Menge von kleinen Ziplocktüten, die sie in den Mülltonnen gefunden haben mussten, von den Pulverspuren in den Tüten, vom Bargeld in der Tasche, das sie ihr abgenommen hatten, und all den Typen mit Rucksäcken *voller* Pulvertüten, die sie aufgegriffen haben mussten. Doch nichts davon kam. Vielleicht glaubten die, dass die Scheine in der Tasche ausschließlich das Eintrittsgeld wären.

Sie machte sich Sorgen wegen der Spuren, die sie selbst hinterlassen hatten. Z. und sie hatten trotz allem kiloweise Mindfuck in größeren Verpackungen dorthin geschafft. Immerhin war sie auf Nummer sicher gegangen. Billies Rat, immer ein Paar Latexhandschuhe dabeizuhaben, wenn man eine eklige Männertoilette aufsuchen musste, hatte sich in mehrerer Hinsicht als brauchbar erwiesen – Roksana hatte das Ketamin auf dem *Our Land Club* kein einziges Mal angerührt, ohne solche durchsichtigen Plastikhandschuhe an den Händen zu haben. Nicht weil sie glaubte, da wäre draufgepinkelt worden, sondern weil es sich besser anfühlte. Intuitiv.

Aber trotz des sanften Verhörs und obwohl es nicht so schien, als hätten sie wegen der Drogen was gegen sie in der Hand, quietschte die Sorge in ihr wie eine große rostige Maschine. Denn die Bullen hatten das Geld. Das Geld für die Verrückten.

Was sollten sie jetzt nur tun?

Sie versuchte, Z. anzurufen, aber der ging nicht ran.

Sie rief Billie an.

»Haben sie dich rausgelassen? Ist ja krass, dass du im Gefängnis warst, so verdammt authentisch«, brüllte sie, und Roksana merkte, dass Billie weniger Kontakt zur Wirklichkeit hatte als Josh Pfefferman in *Transparent*. Roksana hatte nicht im Gefängnis gesessen, sondern war nur in Untersuchungshaft gewesen. Und besonders authentisch hatte sich das nicht angefühlt.

Sie legte sich in Klamotten aufs Bett. Zog die Beine hoch. Embryonalstellung. Das Rollo war runtergezogen. Es war einsam hier ohne Z. Sie versuchte noch mal, ihn anzurufen. »Ihr Gesprächspartner ist vorübergehend nicht erreichbar«, sagte die roboterartige Frauenstimme völlig ohne Empathie.

Sie versuchte, Musik zu hören, konnte aber die richtigen Kabel zu Z.s schicker Anlage nicht finden. Sie überlegte, ihren

Vater anzurufen, packte es gerade aber nicht. Sie hatte keinen Appetit, gleichzeitig war sie total hungrig – das Einzige, was sie in der Zelle gegessen hatte, war ein bisschen kalter Reis gewesen. Die gelbe Pampe, die man dort Curry nannte, hatte nach Spüllappen gerochen, die hatte sie nicht einmal probiert. Trotzdem schaffte sie es nicht, zum Kühlschrank zu gehen und nachzusehen, was es da noch gab.

Dann klingelte ihr Telefon. Eine Nummer, die sie nicht kannte. Das war vielleicht Z., den sie auch rausgelassen hatten.

»Was ist los mit euch?« Das war der Bestimmer der Verrückten. Das Gespräch, das sie wirklich nicht führen wollte. »Ich habe zwanzigmal versucht, dich anzurufen«, zischte er. »Wer zum Teufel glaubst du, dass ich bin? Ein verdammter Versicherungsverkäufer?«

»Es tut mir leid«, versuchte Roksana, »aber ich hab über einen Tag in der Zelle gesessen. Wir hatten gerade alles Geld für euch zusammen, aber dann ist gestern was passiert, die Bullen sind gekommen.«

Es klang, als würde sich der Bestimmer direkt ins Telefon schnäuzen. »Mein Schätzchen, du scheinst zu glauben, hier würde verhandelt.« Er machte eine Kunstpause, jetzt klang es, als würde er den Rotz in den Hals ziehen und dann ein paarmal schlucken, geradezu darauf mümmeln. »Aber das hier ist ziemlich einfach. Ihr wisst, was wir haben wollen. Und es sind drei Wochen vergangen. Jetzt will ich mein Cash. Punkt aus.«

»Bitte, wir haben das Geld, könnte man sagen, aber ich komme nicht ran. Bisher haben wir euch alles gezahlt, sobald wir das Geld hatten. Aber gestern hat die Polizei alles mitgenommen, das war total krank, deshalb können wir jetzt im Moment keine Krone bezahlen. Können wir es nicht um ein paar Wochen aufschieben?«

Die Rotzvorräte des Bestimmers schienen unerschöpflich

er schluckte Nasenschnodder, als wäre das ein Nachtisch. »Ich habe gehört, was passiert ist. Ihr habt eine Party organisiert, mehrere Tage lang.«

»Ja, aber dann wisst ihr es ja. Ein krasser Erfolg. Wir haben das Geld für euch verdient, aber sie haben alles beschlagnahmt.«

»Und wie wollt ihr das jetzt lösen? Wie kriege ich mein Cash?«

Darauf hatte Roksana keine Antwort. »Ich weiß nicht«, sagte sie vorsichtig.

»Du weißt nicht?«

»Wir hatten es.«

»Das hast du jetzt schon hundertmal gesagt«, erwiderte der Bestimmertyp. Dann schrie er: »Aber du hast nicht gesagt, WANN ICH DAS GELD KRIEGE!«

Sie war den Tränen nahe. Ihr fiel nichts ein, womit sie ihn hätte beruhigen können. Sie hatte keine Ideen mehr.

Er sagte: »Ihr müsst euch ganz einfach was verdammt Schlaues ausdenken. Und ich bin ein großzügiger Mann. Ich gebe euch zwei weitere Wochen. Nur weil ich finde, es passt, das Geld zu Mittsommer zu kriegen, das hat doch irgendwas Schönes, nicht wahr? Den Sommer mit Cash zu feiern. Aber dann will ich auch Zinsen, also heben wir das Ganze wieder auf eine Million an. Ich habe sowieso schon wie ein Idiot gewartet, und wenn ihr dann nicht bezahlt, kannst du deinen Freund vergessen. Da reichen ein paar krumme Finger dann nicht mehr.« Der Bestimmer klang mit einem Mal ganz anders, so als wäre er fast selbst traurig.

Gleichzeitig gab Roksanas Handy einen Laut, und sie sah, dass eine unbekannte Nummer ihr eine MMS geschickt hatte.

Sie öffnete die Bildnachricht. Es war ein Foto von ihrem Vater.

Der Bestimmer fuhr fort: »Dann werde ich nämlich persönlich dafür sorgen, dass der alte Sack auf dem Foto auf dem Grund des Edsviken landet.«

Roksana war nahe daran aufzulegen. Das Foto musste kürzlich vor dem Haus ihrer Eltern gemacht worden sein. Die Blätter des Baumes im Hintergrund waren hellgrün.

»Ist das klar?«

Roksana bekam keinen Laut heraus. Sie schluckte wieder und wieder.

»Ist das klar, oder was?«

Ein krächzender, gurgelnder Laut. »Ja«, versuchte sie zu sagen.

»Gut, dann weißt du, was Sache ist«, sagte er. »Zwei Wochen, eine Million. Einfache Mathematik.«

Roksana fiel wieder aufs Bett zurück. Das Handy lag wie ein unendlich schwerer Stein auf dem Kissen neben ihr. Sie und Z. hatten wirklich keine einzige Krone, es war genau, wie sie es gesagt hatte. Außerdem waren sie massenhaft Menschen, die für *Our Land Club* gearbeitet hatten, Geld schuldig. Aber da gab es gar nichts – diesmal meinten die Verrückten es ernst. Sie bekam Magendrücken. Achthunderttausend waren schwer abzuarbeiten gewesen, bis sie auf die Idee mit dem Club gekommen waren. Aber jetzt: *eine Million*, in *zwei Wochen*.

EINE MILLION. ZWEI WOCHEN.

Z. und sie würden nicht einmal so viel K selbst kochen können, geschweige denn den ganzen Mist verkaufen, nicht einmal, wenn Nikola ihnen half. Vielleicht sollte sie einfach abhauen, nach Teheran fahren, zu Hause bei Etty, Val und Leila wohnen, bis der Bestimmer und seine Typen in irgendeinem Bandenstreit umgekommen oder Rentner waren. Aber was würden die vorher mit ihrem Papa machen? Scheiße Scheiße, Scheiße.

Wie war sie da nur reingeraten? Z. und sie hatten doch einfach nur in einem Versteck in einem Kleiderschrank ein bisschen Ketamin gefunden – das war alles. Sie hatten niemanden überfallen, nichts geraubt, das Zeug war schließlich in ihrer Wohnung gewesen. Sie konnte nicht begreifen, wie es so weit hatte kommen können. Warum hatte sie nicht rechtzeitig aufgehört? Einfach nur ein bisschen selbst probiert und dann den Rest aufgehoben, bis die Verrückten aufgetaucht wären? Irgendetwas in ihr hatte sie weitergetrieben. Nach oben. Sinnloserweise auf einen Gipfel.

Sie wand sich vor und zurück, schaute aus dem Fenster. Der Himmel war immer noch blau, in zwei Wochen war Mittsommer. Die hellste Zeit des Jahres. Die finsterste Zeit in ihrem Leben. Sie musste sich ein richtiges Leben zulegen. Es war dumm gewesen, jemand anderen zu bitten, die Hochschulprüfung für sie zu schreiben. Sie hätte es selbst versuchen sollen, aber momentan war sie nicht gerade in Topform.

Vielleicht war es die Gruppe von Menschen, die mit einem Mal angefangen hatte, sich für sie zu interessieren. Billie, die *mit ihr* hatte rumhängen wollen, die Einladungen, die Vernissagen, all die Kumpels, die sie mochten, sie bestärkt hatten. Aber es war noch etwas anderes, dachte sie nun: die Kluft. Die Kluft war es, die sie in Versuchung geführt hatte, das Gefühl, etwas zu tun, das so weit von den Erwartungen der Eltern entfernt war, wie man nur kommen konnte. Der Kitzel, die höchste Punktzahl und eine schicke Universitätsausbildung zu bekommen und ihr fleißiges Mädchen zu sein, aber gleichzeitig die K-Königin der Stadt par excellence. Stockholms fucking Top Dogg Nummer eins.

Aber sie hatte niemanden getäuscht – außer sich selbst.

Und jetzt würden sie sich auf *Baba* stürzen. Es gelang ihr kaum, daran zu denken.

45

Die Räume des Bereitschaftsgerichts in der Polhemsgatan: eine tuntige Ironie, weniger als fünfzig Meter davon entfernt, über der Erde, im Polizeihaus selbst war er festgenommen worden. Manchmal fand er fast, er würde die Schritte von all den Polizisten da oben hören. Bullenschritte. Schweine mit Ehre? Aus irgendeinem dummen Grund hatte er Nina Ley vertraut.

Es war Sonntag Anfang Juni, und offensichtlich fand der Staatsanwalt, es sei eilig, ihn in Untersuchungshaft zu nehmen, sonst hätte er mit dieser Prüfung durchaus noch bis Montag warten können. Wenn die Verhandlung aber wie jetzt an einem Sonntag stattfand, musste man sich in besonderen Räumen einfinden. Das Amtsgericht war geschlossen und verwaist.

Der Raum lag unter der Erde, und Teddy war direkt aus der Zelle durch die Gänge unter dem Polizeihaus dorthin gebracht worden. Über ihm fünfzehn Meter Boden, Berg und Beton, als hätte jemand ihn gezwungen, zweihundert Kilo zu stemmen und dann die Scheibenstange auf seiner Brust liegen lassen.

Als Emelie in das kleine Wartezimmer kam, wirkte ihr Bauch noch größer als das letzte Mal. Sie umarmten sich, so gut es ging. Er spürte, wie ihr Bauch ihn wie ein weicher Airbag berührte.

»Wie geht es dir?«

»Es geht mir okay.« Emelie setzte sich auf den einzigen Stuhl. »Bald habe ich Halbzeit, ich muss Eisentabletten nehmen, aber ansonsten ist alles wirklich gut. Nur haben wir jetzt leider keine Zeit, darüber zu reden. Ich habe eben hier vor der

Tür die Unterlagen zur Untersuchungshaft des Staatsanwalts bekommen.«

»Du machst Witze, oder?«

Emelie hielt ein Bündel Papiere hoch, das mit einer Klammer Modell XL zusammengehalten war. »Nein, so ist es immer. Die Anwälte bekommen nie Zeit, um sich auf die Verhandlung beim Haftrichter vorzubereiten. Hattest du das schon vergessen?«

In zehn Minuten würde die Verhandlung beginnen. Emelie löste die riesige Klammer und breitete ein paar Seiten vor sich aus. Teddy beugte sich vor und versuchte, zusammen mit ihr zu lesen.

Antrag auf gerichtliche Entscheidung über die Verhängung von Untersuchungshaft gegen Najdan »Teddy« Maksumic:

Begründung:
- *Najdan Maksumic ist dringend verdächtig, Fredrik O. Johansson am Hallenbro Storgården, Malmköping, ermordet zu haben.*
- *Es besteht der Haftgrund der Verdunkelungsgefahr.*
- *Die Mindeststrafe für das besagte Verbrechen beträgt zwei Jahre, deshalb ist die Untersuchungshaft wegen der zu erwartenden Strafe nicht unverhältnismäßig.*

Wenn man wegen Mordes verdächtig war, so weit erinnerte sich Teddy, war die Begründung für die Untersuchungshaft nicht interessant, dann beantragte die Staatsanwaltschaft grundsätzlich Untersuchungshaft. Er fragte sich, *warum* sie ihn überhaupt in Verdacht hatten. Er war vor Ort gewesen, als Fredrik O. Johansson erschossen worden war, aber die Einzigen, die das wussten, waren Dejan und der Mörder. Woher kam die Information, dass er mit dem Mord zu tun haben sollte, abgesehen davon, dass in der Nähe ein Wagen gefunden worden war, den er gemietet hatte?

Sie blätterten weiter: Fotos von dem niedergebrannten Herrensitz, eine halb fertige Tatortuntersuchung vom Rasen davor, eine begonnene Analyse der Kugel, die den Kopf des Alten durchdrungen hatte, die Untersuchung verschiedener Reifenspuren im Kies und im Gras, die Untersuchung des Mietwagens, mit dem Teddy zu dem Ort gefahren war. Doch keine Vernehmung mit niemandem. Und keine der technischen Beweise waren bisher vollständig analysiert worden, auch wenn Teddy klar war, dass sie in den Ruinen des Herrensitzes ganz sicher seine Spuren finden würden. Dann sah er, was er die ganze Zeit vermutet hatte: Die Daten gewisser Überwachungskameras waren vom Brand nicht zerstört worden. Die Stillbilder der Kameras waren pixelig, aber ausreichend: Teddy höchstselbst, wie er in die Kellertür einbrach.

Trotzdem war es komisch, wie schnell dieser Polizist dorthin gekommen war.

Die Wachleute führten ihn in den Raum. Die Handschellen klapperten leise. Auf der anderen Seite der Plexiglasscheibe sah er fünf Personen, die vielleicht Journalisten waren, und dann Dejan – es fühlte sich gut an, dass er hier war. Hinter den Schranken saß eine Richterin, die aussah, als hätte sie schon vor zehn Jahren in Rente gehen sollen, und ein Notar mit rotem, sorgfältig gepflegtem Bart. Die Staatsanwältin war eine Frau um die fünfunddreißig in grauem Kleid und mit einem rosafarbenen Tuch lässig um den Hals gewickelt. Ein schneller Gedanke schoss Teddy durch den Kopf: Könnte er durch den Saal hechten, sich über sie werfen und sie mit dem verdammten Tuch erdrosseln, oder saß sie zu weit weg?

Doch wen er am allerliebsten erdrosselt hätte, das war Nina Ley, die neben der Staatsanwältin saß. Was machte sie hier? Wahrscheinlich beriet sie die Staatsanwaltschaft in diesem Fall, es war nicht ungewöhnlich, dass die Staatsanwälte bei den Verhandlungen einen Bullen dabeihatten. Es erstaunte ihn nur, dass es ausgerechnet Kriminalkommissarin Ley war, die hier die Vorermittlungen leitete. Aber vielleicht war das nur logisch, da sie, seit Mats die Filme an die Polizei übergeben hatte, daran gearbeitet hatte, Hallenbro Storgården und die damit in Zusammenhang stehenden Menschen zu finden. Und jetzt war ebendort ein Mord geschehen. Sie war eine Betrügerin. Eine Verräterin.

Die beiden Wachmänner ließen sich hinter Teddy nieder. Es war völlig still im Raum – Mordfälle sind immer von einer besonderen Stimmung umgeben. Emelie stellte ihre Tasche auf den Tisch und holte Stift und Block heraus. Die Ermittlungsunterlagen hatte sie in der Hand, sie sahen bereits benutzt und viel gelesen aus, so als besäße sie die schon seit mehreren Monaten. Es klirrte, als die Klammer gelöst wurde und auf den Tisch fiel. Zehn Minuten: Mehr Zeit hatte sie nicht gehabt, um die Dokumente durchzugehen, das war ein Witz, aber so war es offenbar. Rechtssicherheit schien ein relativer Begriff zu sein.

Die Staatsanwältin räusperte sich und las exakt dasselbe vor, was in dem Bericht über die Voruntersuchung stand. Die Richterin fragte nach Teddys Haltung dazu.

Emelie sprach langsam und deutlich. »Teddy Maksumic bestreitet die Vorwürfe und auch, dass überhaupt ein dringender Tatverdacht vorliegt. Er bestreitet das Vorliegen von Haftgründen. Er verlangt, unmittelbar auf freien Fuß gesetzt zu werden. Er beantragt den Ausschluss der Öffentlichkeit.«

»Aha«, sagte die Richterin mit knarzender Stimme, »dann

schließen wir die Türen, und ich bitte alle Zuhörer, den Saal zu verlassen.«

Dejan und die Reporter standen auf und gingen hinaus.

»Gut«, sagte die Richterin, und ihre Frisur hüpfte, als säße sie auf einem Trampolin, »dann darf die Frau Staatsanwältin beginnen.«

Er verspürte keine Klaustrophobie. Letztes Mal, als er an einem solchen Ort gelandet war, hatte ihn die nackte Angst gepackt, da hatte er sich selbst geschworen, nie wieder in eine Arrestzelle zurückzukehren. Auf einer Reise in eine lange Gefängnisstrafe. Doch das war heute nicht sein Problem.

Die Wände der Zelle schienen sich nach innen zu neigen. Aber er kannte das mittlerweile. Diesmal würde er keine Panikanfälle bekommen. Nicht schreien und heulen. Nein, etwas anderes war in ihn hineingekrochen, ein für ihn neues Gefühl. Etwas, das nicht aus seiner eigenen Person zu kommen schien, etwas, das sich fremd anfühlte. Er wusste nicht, was es war.

Natürlich war er in Untersuchungshaft gekommen. Es spielte keine Rolle, wie gut Emelie ihren Job machte. Bei Haftterminen wurden die Beweise niemals so genau überprüft wie in der Hauptverhandlung, hier genügte schon eine Behauptung seitens der Staatsanwaltschaft, damit die Richterin feststellte, dass ein dringender Tatverdacht für ein Verbrechen vorlag. Eine Untersuchungsverhandlung war keine Hauptverhandlung, hier war nicht vonnöten, dass etwas bewiesen wurde.

Teddy erinnerte sich an die vielen Male, an denen er in einer solchen Arrestzelle gelegen und an seinen Vater gedacht hatte. Wie er in der weichen Kinderecke in der Bibliothek mit Kissen und Sofas auf seinen Schoß gekrabbelt war. *Die Brüder Löwenherz*, das Buch in seiner Hand, das man dort in serbischer

Übersetzung bekommen konnte. »Aber es gibt Dinge, die man tun muss, sonst ist man kein Mensch, sondern nur ein Häuflein Dreck.« Sein Vater sah ihn immer ernst an. »Mein Goldjunge, verstehst du, was das bedeutet?« Teddy, sechs oder sieben Jahre alt, hatte den Kopf geschüttelt. »Welche Sachen muss man tun, Papa?« Bojan gab ihm einen Kuss auf die Wange, obwohl Teddy es nicht mochte, wenn er das vor anderen Leuten tat. »Man muss freundlich sein, Teddy. Manchmal muss man freundlich sein, auch wenn es schwerfällt.«

Teddy starrte auf die Metalltür. Das hatte er vor der Verhandlung, als er formell gesehen nur in Gewahrsam war, auch getan. Er horchte auf Geräusche: eilige Schuhe im Korridor. Er legte sein Ohr an die Tür. Versuchte zu hören, ob da draußen jemand atmete. Er aß sein Essen wie ein Vorkoster. Erst stocherte er darin herum, suchte nach zerbrochenen Tabletten oder seltsamen Flüssigkeiten. Dann nahm er immer nur einen kleinen Bissen und suchte mit den Geschmacksknospen nach der kleinsten Andeutung eines bitteren oder scharfen Geschmacks. Als sie mit ihm aufs Dach gingen, damit er seine Stunde Hofgang bekam, spannte er den ganzen Körper an. Immer auf irgendeinen Angriff vorbereitet, von dem er nicht wusste, wie oder woher der kommen würde.

»Wir kennen uns nicht«, sagte die Justizangestellte Britta, die ihn in den Käfig auf dem Dach führte, »Sie müssen mich also nicht so ansehen, als würde ich Ihnen gleich ein Bein stellen oder so.«

Teddy war klar, wie man ihn einschätzte. Es war das neue Gefühl in ihm, der neue Gedanke, der seinen Kopf dominierte.

Oben im Käfig dann stellte er sich so weit von der Tür weg wie möglich, auch wenn sie nur vier Meter entfernt lag, und wartete. Er wusste nicht, worauf, aber irgendwo im Kopf sah er die rostige graue Metalltür sich öffnen und jemanden raufkommen. Jemand, der ihm Böses wollte. Sie wussten jetzt, dass er wusste. Sie hatten Fredrik O. Johansson ermordet. Sie waren bereit, alles Mögliche zu tun.

Nachts lag er wach. Dieselben Gedanken kreisten. Er hatte Emelie angerufen – seinen Anwalt durfte man immer anrufen, ganz gleich, welche Restriktionen und Kontaktsperren herrschten. Er wollte sie gern bitten, mit *Kum* Kontakt aufzunehmen, doch das wagte er nicht, denn die Leitung wurde sicher gründlicher abgehört als das Telefon von Assange in der ecuadorianischen Botschaft.

Die Augen weit offen. Teddy vernahm seinen eigenen Atem. Die Schreie und das Gebrüll von irgendwelchen Idioten im Korridor waren jetzt verstummt, irgendwann schliefen sogar die Verrückten ein. In der Zelle gab es keine Uhr, und natürlich hatten sie ihm sein Handy weggenommen, aber Teddy riet, dass es nach Mitternacht war. Im Juni die einzige dunkle Stunde der Nacht. Vielleicht sollte er noch einmal die Unterlagen lesen, die er von Emelie mitbekommen hatte – doch das machte keinen Sinn. Er hatte alles gesehen, was es darin gab, inklusive der Bilder von ihm selbst mit dem Brecheisen in der Hand. Er versuchte, ruhiger zu atmen. Er fühlte sich kalt, verspannt. Dann endlich begriff er, was mit ihm los war. Mit einem Mal wurde ihm klar, was für ein neues Gefühl das war, ein Feeling, das er noch nie erlebt hatte. Er, Teddy Maksumic, hatte Angst. Er war außer sich vor Angst. Zum ersten Mal in seinem Leben. Er hatte Todesangst. Angst um das Leben seines ungeborenen Kindes.

Es war doch total krank: Er hatte Menschen gekidnappt und geschlagen, er war von Einsatzkräften festgenommen worden, hatte deren MP-Mündungen direkt in der Fresse gespürt, er hatte gegen *Kum* gekämpft, war von verrückten Bullen gefangen gehalten worden. Er hatte mehr Mist erlebt als 99,9 Prozent der schwedischen Bevölkerung. Trotzdem hatte er niemals Angst gehabt, jedenfalls nicht *wirklich*. Niemals so, dass jedes Geräusch ihm einen kalten Stoß durch den ganzen Körper jagte. Niemals so, dass seine Atmung unregelmäßig wurde, wenn er nur daran dachte, hier schlafen zu müssen. Und jetzt wagte er nicht einmal, sich im Bett zu bewegen. Er wollte nur noch horchen – ob jemand vor der Tür draußen wartete, ob jemand eindringen wollte.

Er erwachte und merkte, dass er nicht atmen konnte. Wieder und wieder rang er nach Luft, doch es kam kein Sauerstoff. Er versuchte, sich aufzusetzen, aber jemand drückte ihn hinunter, presste auf seinen Rücken. Das hier war kein Traum. Es war KEIN TRAUM.

Jemand war dabei, ihn von hinten zu strangulieren, da saß ein Mensch auf seinem Rücken.

Er versuchte, sich auf die Seite zu werfen, doch etwas zog sich um seinen Hals zu. Er musste atmen, er brauchte Sauerstoff. Er versuchte zu schreien, aber ohne Luft kam auch kein Laut.

Er zerrte mit den Fingern an dem Gegenstand um seinen Hals, bekam ihn aber nicht zu fassen. Es drückte ihm die Augen aus den Höhlen. Er dachte an Emelies Bauch.

Teddy riss mit der einen Hand, doch die Finger griffen nicht. Er hätte es wissen können – Strangulieren war immer noch die beste Methode, es wie Selbstmord aussehen zu lassen. Das passierte doch andauernd, dass ein Gefangener sich mit seinem eigenen Gürtel oder Bettlaken erhängte.

Er warf sich herum, versuchte die Person wegzudrücken, die ihn von hinten umfangen hielt.

Er rang nach Luft, die es nicht gab, er spürte, wie sich alles drehte. Wie viele Sekunden würde er noch schaffen? Ein Seil grub sich in seinen Hals, schnitt seine Luftwege ab.

Der Kopf drohte ihm zu zerspringen.

Er war dabei zu verschwinden.

Luft. Atmen. Er sah ein weißes Licht vor seinen Augen.

Bilder flimmerten vorüber. Emelies Bauch im Wartezimmer vor der Verhandlung, wie sie das dicke Bündel Unterlagen hielt. Er tastete mit der Hand unter dem Bett. Fühlte die Papiere, bevor er eingeschlafen war, hatte er noch darin gelesen.

Blitze vor den Augen. Alles drehte sich. Jetzt war er im Begriff wegzudämmern.

Er fingerte, tastete nach der Klammer – da, jetzt spürte er sie.

Er versuchte, sich an die Kante des Bettes zu pressen, bekam die Klammer zu fassen. Vorher am Tag hatte er damit gespielt, sie aufgebogen, sodass sie nur ein dünner Metallspieß war.

Dann. Sein Körper war dabei zusammenzusacken, doch mit einer letzten Kraftanstrengung drehte er sich zu einer Bewegung. Ein Wurf, ein Schlag, ein Hieb – er ließ die ehemalige Metallklammer hinter sich sausen, auf die Person, die versuchte, ihn umzubringen.

Ein Geräusch, so wie wenn Flüssigkeit verspritzt. Er spürte, wie die ausgeklappte Klammer in etwas Weiches gedrückt wurde. Etwas auf einem Körper. Sein Hieb hatte getroffen. Ein Auge? Eine Wange?

Der Griff um seinen Hals lockerte sich, ein schwerer Körper knallte auf den Boden. Teddy riss an dem Seil, das seinen Atem abgeklemmt hatte. Warf sich auf die andere Seite, keuchte, hustete.

Der Mann, der versucht hatte, ihn zu töten, war bereits auf dem Weg hinaus aus der Tür. Teddy erkannte seinen Rücken im Dunkel, und dann, als die Tür aufging und wieder zuschlug, die breite, eilige Gestalt im Licht vom Korridor.

Teddy versuchte, sich aufzurichten, musste aber erst einmal Atem schöpfen.

Er hörte, wie die Tür von außen abgeschlossen wurde.

Er fiel wieder aufs Bett. Sog Luft ein.

Teddy drückte auf den Alarmknopf, schrie und schlug an die Wand.

Wenigstens war er am Leben.

Der Mann hatte sich reingeschlichen, während er schlief. Und da überkam ihn das Gefühl wieder, das er in sich trug, seit sie ihn festgenommen hatten, nur diesmal stärker. Das Gefühl, das er nicht kannte, von dem er nicht geglaubt hatte, es jemals wirklich zu erleben. Nun überflutete es ihn mit voller Kraft, ein physischer Effekt in seinem Kopf und seinem Körper. Er begann zu zittern und zu beben wie ein kranker Mensch.

Angst.

46

Nikolas Handflächen rutschten fast auf dem Lenkrad herum. Er schwitzte sonst nie an den Händen, aber heute war es, als hätten sich alle Schweißdrüsen des ganzen Körpers an einer einzigen Stelle versammelt, und zwar zwischen seinem Daumen und Zeigefinger. Er wusste, warum. Bello saß auf dem Beifahrersitz, und sie waren mit den Kartons voller Sprengstoff unterwegs, die zu befüllen Isak sie in regelmäßigen Abständen beauftragte. Nikola hatte nicht nur vor dem Inhalt dieser Kisten Angst, sondern auch davor, was sie mit seinem

Rücken machten – sie waren schwer wie Beton. Mit einem Kastenwagen von der Sjöbergsgatan zum Selmedalsvägen, vom Selmedalsvägen bis zu ihrem heutigen Ziel und so weiter. Welcher normale Mensch fuhr mit einer Menge *Bomben* in der Gegend herum? Das war ein beschissener Job, aber irgendwer musste ihn ja machen. Bello hatte davon schon vorher mal erzählt: Mr. Eins war dabei, eine Art Lager einzurichten.

Bello hatte Nikola versprochen, ihm, wenn sie hier fertig waren, den Handyfriedhof auf dem Seegrund zu zeigen.

Nikola hielt das Steuer mit der einen Hand und wischte sich die andere Handfläche an der Hose ab. Der Laderaum dieses Kastenwagens war so dermaßen vollgestopft mit Sprengstoff, dass er, wenn sie jetzt erwischt würden, wahrscheinlich wegen Vorbereitung eines terroristischen Anschlags zu lebenslänglich verurteilt würden. Das war der pure Hohn: Von allen Idioten wurde ausgerechnet er, der voriges Jahr fast in Stücke gesprengt worden war, gezwungen, mit Dynamit herumzufahren. Er konnte nicht anders, als daran zu denken, was passieren würde, wenn er zu stark bremste oder zu schwungvoll um eine Ecke bog. Oder wenn jemand in sie reinfuhr. Hägersten würde einen Feuerball in Größe des Globe am Horizont aufsteigen sehen. Die Stockholmer würden denken, dass Putin angriff oder dass der ISS einen Angriff auf die südlichen Vororte der Stadt gestartet hatte.

Drei Stunden später tauchte Nikola wieder auf. In Södertälje hatte er sich Taucherbrille, Schnorchel und eine wasserfeste Taschenlampe gekauft. Das Wasser des Sees umschloss ihn wie eine kühlende Decke, doch es war nicht tief, nur ungefähr anderthalb Meter, und sehr klar, mit steinigem Boden. Er konnte besser sehen als gedacht – kleine schwarze Gegenstände. Entsorgte Handys. Nach ein paar Minuten des Tauchens hatte er neun Stück aufgefischt.

»Ich bin sicher, dass ich im Januar hier ein Telefon für Mr. Eins entsorgt habe, da war ein bisschen Eis hier, deshalb bin ich noch ein paar Runden Schlittschuh gefahren«, erklärte Bello und zeigte auf eines der Handys. »Das da war es, Samsung S5. Ich bin hundertpro sicher.«

Der Freund war sicherlich nicht mehr Schlittschuh gefahren, seit sie im Alter von acht Jahren im Waldheim dazu gezwungen worden waren. Nikola versuchte ein Lächeln, das aber nicht gelingen wollte. Vor einer Weile hatten sie die Kisten mit den Sprengmitteln an einer neuen geheimen Adresse in der Kommune aus dem Auto getragen, doch jetzt fühlte er sich erst so richtig schlecht.

Er kletterte auf die Klippen und warf sich ein Handtuch um. Die Luft war warm, dennoch spürte er seine Muskeln zittern.

Zurück bei Bello wollte er Roksana anrufen, hören, wie alles gegangen war und ob er ihr helfen könnte. Doch irgendetwas hielt ihn zurück – er musste erst diese Sache mit den Telefonen erledigen. Er musste rauskriegen, wer eigentlich an dem Mord an seinem besten Freund beteiligt war. Das war zu groß, um es einfach in der Luft hängen zu lassen.

Unten bei seinem Freund fuhr ein Taxi in die Einfahrt. Er wusste, was der Fahrer brachte: eine Sendung von Loke. Teddys alter Knastbruder half ihm immer wieder.

Nikola ging runter, holte den Umschlag, bezahlte den Fahrer und riss das Kuvert auf. Es lagen eine Postkarte und ein Handy drin. Die Handschrift auf der Karte war kindlich, fast ebenso unleserlich wie Nickos eigene.

Liebes kleines Schnuckelchen, ob du es glaubst oder nicht, aber mit einem Föhn und etwas Reis kann man Wunder vollbringen. Ich habe das Handy geöffnet, es trocken geblasen und dann in einer Tüte Uncle Bens Reis liegen lassen. Es funktioniert wieder, und ich habe die PIN geknackt. Jetzt kannst du also alles checken. Der Code ist: 7586. Küsschen, Loke

Nikola setzte sich mit dem Gerät in der Hand an den Küchentisch. Es war das Handy, auf das Bello gezeigt hatte. Eines der alten Telefone von Mr. Eins, das er bei sich gehabt hatte, als Chamon erschossen wurde. Jetzt würde er hineinschauen.

Von dem alten Plakat an der Wand glotzte Al Pacino auf ihn herab. Tony Montana saß mit einer goldenen Uhr am Arm und einem Kristallglas mit Whiskey an seinem Schreibtisch. Er hatte eine hübsche Frau, und alles lief so krass gut für ihn, trotzdem sah er nur total angepisst aus, verbittert, als wäre er den ganzen Scheiß leid. Sein finsterer Blick schoss aus dem Bild und traf Nikolas Augen.

Als sie nach Yusufs Tod in Dubai gewesen waren, da war er voll auf dem Tiefpunkt. Doch hatte er immer noch geglaubt, Teil einer Familie, einer Bruderschaft zu sein. Er hatte gemeint, seinen Platz gefunden zu haben, trotz all des Wahnsinns, den sich die Bullen ausdachten, und obwohl er seinen besten Freund verloren hatte. Er hatte an eine Gemeinschaft geglaubt, die noch etwas wert war.

Aber sie hatten ihn nur verarscht. Und das Ding war, dass jemand ihn *die ganze Zeit* verarscht hatte. Er konnte es jetzt ganz deutlich erkennen: ein Muster, eine Linie, gerade wie eine fucking Linie, die vom Anfang bis jetzt – bis zum Schluss – verlief. Obwohl sein Opa ihn Lesen gelehrt hatte, als er erst fünf Jahre alt war, obwohl sein Schwedischlehrer in der Fünften zu ihm gesagt hatte, er sei ein »ungeschliffener Diamant« – damals wusste er nicht richtig, was das hieß, aber seine Mutter erklärte ihm, dass es etwas Gutes sei, dass es bedeutete, dass er »enormes Potential« habe –, war alles beschissen gelaufen. Er war niemals ein Nerd gewesen, aber auch nicht einer von denen, die am meisten Ärger machten, er hatte einfach sein Leben leben wollen, mit seinen Freunden rumhängen. Aber die ganze Klasse, die ganze Schule oder das ganze Viertel waren von Anfang an abgeschrieben. Ein Brennpunkt, dadurch definiert, dass sie die Anpassung verweigerten. Aber an was denn anpassen? Ihre Stimmen hatten angeblich zu viel Akzent, waren zu laut und störend, ohne dass überhaupt mal jemand darauf hörte, was sie eigentlich sagten. Ihre Zeichnungen wurden als Gekritzel und Sachbeschädigung betrachtet, ganz gleich, was sie darstellten. Ihr Denken wurde als mittelalterlich, gewalttätig, fucking Verbrechen bejahend angesehen, ohne dass sich jemals jemand die Frage stellte, warum Nikola und seine Bratans so dachten, wie sie es taten. Es wurde davon geredet, dass alle gleich geboren seien, aber dann waren die Voraussetzungen so, dass ihre Leben sich unterschieden. Es war doch alles Bullshit – sie waren *nicht gleich* geboren, die Voraussetzungen führten aber dazu, dass ihr Leben in dieselbe Form gepresst wurde. Wie die verdammten Vögel in Angry Birds: Man tat sie in die Zwille, und alle wussten, dass sie irgendwo weit weg zerschellen und niemals den Himmel erreichen würden. Die einzige Frage war nur, wie viel sie auf dem Absturz zerstören und abrasieren konnten.

Er öffnete Isaks Handy mit dem Code. *7586*.

Er sah die normalen Apps. Isak war sparsam, genau wie Chamon – das war nur natürlich, da er ein Handy niemals länger als ein paar Wochen benutzte. Nachrichten, Bilder und die Kamera, Handyfunktionen, WhatsApp, Vickr, Snapchat, Karten und YouTube. Er scrollte durch die SMS, fand aber nichts. Dann machte er WhatsApp auf.

Und dann sah er es. Am Tag, als sie das Studio angegriffen hatten, als Chamons Unterkiefer halb weggeschossen worden war.

MOTHER.FUCKER.

Der Scheiß war noch drin, seit einem halben Jahr auf dem Grund des Handyfriedhofs begraben. Eine Nachricht von Isaks Telefon.

Er ist jetzt hier. Ihr könnt kommen und ihn euch holen.

Nikola las es auf *repeat*. Er versuchte, seine Gedanken zu sammeln, das ganze Bild zu sehen. Er dachte an das Gespräch, das er mit Isak gehabt hatte, als er bei Chamon im Krankenhaus war. Wie Isak hatte wissen wollen, wie lange Nikola bei seinem Freund bleiben würde und wie die Mörderschweine erst *nach* den zwei Stunden gekommen waren, die Nikola ursprünglich angegeben hatte. Wie sie die Station viel zu schnell gefunden hatten.

Er wusste zwei Dinge. Das eine: Isak war es, der hinter dem steckte, was Chamon zugestoßen war. Nikola wusste nicht, warum Mr. Eins befohlen hatte, Chamon zu töten, aber der Boss war der Schuldige, das war hundertpro sicher.

Das andere: Alles, was gewesen war, bedeutete nichts mehr. Der einzige Weg, den es jetzt noch gab, war vorwärts. Er musste Isak stürzen. Ganz gleich, wie hoch der Preis sein würde. Das war jetzt sein Job.

Aber wie zum Teufel sollte ihm das gelingen? Er musste mehr erfahren. Mehr Information bekommen. Rauskriegen, ob jemand ihm gegenüber loyal sein würde.

Er musste mit jemandem reden. Und es gab nur einen, der helfen konnte. Sein zweiter Erzfeind: Simon Fotze Murray, der Bulle.

47

In ihr brannte eine Art Fieber, aber ohne dass die Temperatur über 37,5 gestiegen wäre. Es war, als würden keine Eindrücke bleiben, als würde alles, was sie sah und hörte, nur an ihr abgleiten. Manchmal wusste sie nicht einmal, wo sie aufwachte, was vielleicht auch daran lag, dass sie nicht einmal mehr wagte, bei Josephine zu wohnen, sondern zwischen verschiedenen Hotels wechselte. Manchmal tagsüber vergaß sie, wohin sie unterwegs war, und abends vor dem Einschlafen fiel ihr ein, dass sie vergessen hatte, etwas zu essen. Dabei hatte sie die ganze Zeit das Gefühl, überwacht zu werden, dass jemand sie beobachtete, abhörte, was sie am Telefon sagte. Sie wusste, dass Teddy im Auto gelebt hatte, dass er nicht nur vor der Polizei auf der Flucht gewesen war. Jedes Mal, wenn sie sich auf der Straße umdrehte, hatte sie das Gefühl, dort würden dieselben Personen unterwegs sein. Jedes Mal, wenn sie in einem Hotel eincheckte, meinte sie, der Mann im Sessel in der Lobby mit einem Bluetooth im Ohr würde sie anstarren. Vielleicht war sie auch nur wieder paranoid, so wie damals in der Garage, als sie vor den Pfeiler gelaufen war. Den Alarmknopf der Polizei hatte sie jedenfalls in einen Gully geworfen.

In ein paar Tagen war Mittsommer.

Jemand hatte versucht, Teddy in seiner Zelle zu ermorden. Das war so krank und widerlich, gehörte zum Schlimmsten, was Emelie je gehört hatte. Denn obwohl sie die Sicherheit in schwedischen Gefängnissen nicht für die beste der Welt hielt, obwohl sie die Mängel des Rechtssystems kannte, die leichtfertigen Verhaftungen und die langen Untersuchungshaftzeiten, vertraute sie dem System doch grundsätzlich, denn Schweden war immer noch einer der stabilsten Rechtsstaaten der Welt. Natürlich waren gewisse Wachkräfte ein wenig bestechlich, und ein paar Polizisten gingen manchmal zu weit, und hin und wieder gab es Streit zwischen Insassen, die in grobe Verbrechen ausarteten. Doch das hier überschritt alle Grenzen. Dass jemand, der allein in einer Untersuchungszelle saß, isoliert und mit allen Restriktionen, einem Mordversuch ausgesetzt werden konnte, das war *unheard-of*.

»Wir wissen, dass Teddy Maksumic davon redet, aber keiner hier hat was gesehen«, sagte der diensthabende Justizbeamte, als Emelie die Sache zur Sprache brachte. »Da wird er wohl Anzeige gegen Unbekannt erstatten müssen, dann kommt jemand von denen und wird mit ihm reden.« Die Lippen des Wachmanns glänzten, als hätte er sie eben mit Fett eingeschmiert.

Supergute Idee, dachte Emelie, *jemand*, der wahrscheinlich erneut versuchen wird, ihn umzubringen.

»Aber Sie haben doch wohl Überwachungskameras hier auf den Fluren, oder?«

»Natürlich, und wir haben auch versucht, sie zu überprüfen, als Ihr Mandant anfing, davon zu reden, aber von der Nacht ist leider nichts gespeichert, tut mir leid.« Die Lippen des Wachmanns glänzten jetzt so, dass sie sich darin hätte spiegeln können.

»Finden Sie nicht, dass das ein wenig seltsam klingt?«

Der sogenannte diensthabende Wachmann holte eine Tube mit einer Art Lippenbalsam heraus. *Gegen Lippenverletzungen und Herpes*, konnte Emelie noch lesen. »Nein, das finde ich nicht«, erwiderte er. »Aber so ist es fast immer, muss ich sagen. Das Gefängnis ist nicht mehr, was es mal war. Sie wissen doch, dass es vorkommt, dass Insassen versuchen, sich umzubringen, viele von ihnen sind suizidal, sich in der Zelle zu erhängen ist leider die üblichste Methode. Wir können also nicht ausschließen, dass Ihr Mandant genau das tun wollte. Wir kontrollieren ihn jetzt viermal die Stunde. Damit er es nicht noch einmal versucht.«

Emelie zitterte, als sie zu Teddy reinging. Die Spuren an seinem Hals sahen aus wie kleine rote Pickel. Sie wusste, dass er nicht suizidal war.

Sie erzählte ihm, was der Wachmann draußen gerade gesagt hatte.

»Ich kann ihn fast verstehen«, meinte Teddy, »denn die können sich doch nicht mal in ihren wildesten Träumen vorstellen, was da passiert ist.«

Emelie wand sich. »Aber sie müssen doch wissen, ob irgendein Angestellter hier drinnen eine Klammer ins Auge bekommen hat. Ich habe vor, das nachzuprüfen.«

Sie saßen einander in dem kleinen Besuchszimmer gegenüber, in dem es sich anfühlte, als ob die Zeit seit den Achtzigerjahren stehen geblieben wäre. Der schmutzige Linoleumfußboden, der schäbige Sperrholztisch mit zerkratztem Holzfurnier, der auf dem Fußboden festgeschraubt war, und das alte Telefon mit geringelter Schnur, wie man sie heutzutage nur noch in Filmen sah.

»Ich habe mit Dejan gesprochen, und er ist natürlich bereit, als Zeuge auszusagen«, sagte sie. »Aber ich bin mir wirklich nicht sicher, ob das helfen wird, die Gefahr ist groß, dass es den gegenteiligen Effekt hat.«

Teddy seufzte, ein langer stöhnender Seufzer. Emelie hatte ihn noch nie so gehört. Sie schaute ihn an. Obwohl er diese seltsame Gesichtsbehandlung über sich hatte ergehen lassen, um anders auszusehen, wirkte er doch müder als sonst, als würde unter der strafferen Haut ein Gesichtsausdruck liegen, der, als sie sich das letzte Mal begegnet waren, noch nicht da gewesen war. Und mit einem Mal begriff sie, was es war.

»Emelie, ich habe Angst«, sagte er, als hätte er ihre Gedanken gelesen. Das letzte Wort schien ihm so schlecht zu schmecken, dass er es mehr ausspuckte als sagte. »Und früher hätte ich gut damit leben können. Aber nicht jetzt, da es zwei Weitere gibt, um die ich mich sorgen muss. Ich muss hier weg, egal wie, das ist einfach so. Ich muss alles lösen. Für dich und für das Kind.«

Emelie spürte tief in ihrem Innern, dass er recht hatte. Er musste aus dem Gefängnis raus.

Ungefähr zehnmal am Tag rief sie den Fahrer des Uber-Taxis an. Endlich ging er ran. Er klang wie ein junger Mann aus einem arabischsprachigen Land, aber sein Wortschatz umfasste vielleicht fünfzig Wörter Schwedisch und noch weniger englische. Sie mussten sich stattdessen treffen – Emelie bot ihm einen Tausender an, wenn er redete. Er konnte die Fahrt in seinem Logbuch sehen, 19. Januar, Gösta Ekmans väg, eine achtzehn Minuten lange Fahrt. Wie eine blaue Schlange auf der App des Jungen zu sehen. Er hatte den Kunden an der Kreuzung Regeringsgatan–Mäster Samuelsgatan rausgelassen. Das Problem war nur, dass sie daraus nicht viel schließen konnte, denn das war mitten in der City. Und noch schlimmer war, dass die Telefonnummer, die auf den Kunden registriert war, von einer Prepaidkarte zu stammen schien. Sie probierte sogar, die Nummer ein paarmal anzurufen, erreichte aber niemanden.

Emelie überprüfte die wenigen für sie zugänglichen Dokumente, die mit den Ereignissen am Hallenbro Storgården zu tun hatten. Die Anwaltskanzlei Suarrez Augustin Landman, dann die Unternehmen, die Nordic Light Investment Group Ltd., die Paradise Nordic Estates Ltd. und so weiter. Sie hatte Flashbacks, das Gefühl von Wiedererkennen – alles roch nach ihrem alten Leben als Geschäftsjuristin. Sie checkte weiter die alten Unternehmen, die Mats noch hatte nennen können, ehe er in Oslo beschossen worden war. Die Firmen, die mit den Männern in Verbindung standen, die er zehn Jahre zuvor auf dem Herrensitz kennengelernt hatte. Sie bestellte bei der Finanzbehörde Unterlagen aus verschiedenen Verfahren. Sie rief alte Kollegen in Kanzleien in aller Welt an. Sie mindmappte den ganzen Mist in ihrem Computer, zeichnete Kreise und Rechtecke und zog Linien. Gemeinsame Namen von Vorstandsvorsitzenden – Anwälte, die als Stellvertreter für die eigentlichen Besitzer fungierten –, Adressen, die Daten der Registrierung der Firmen. Sie arbeitete rund um die Uhr. Das Kind in ihr strampelte. Sie trank Milch und aß Lakritz. Sie breitete ihre Notizen auf Hotelbetten aus. Sie legte sich die Hand auf den Bauch, schrieb, als wären ihre Finger von ihrem Körper abgekoppelt, als hätten sie zehnmal mehr Energie, als sie eigentlich jetzt verspürte, sie trank Kaffee mit literweise Milch und rief Menschen in Hongkong, auf Malta, in Panama an. Sie erfand Fälle, tat so, als würde sie von Leijon anrufen, tat so, als wäre sie noch dort beschäftigt. Manchmal bekam sie Antworten, meist sagten die anderen nichts, hielten sich an die Geheimhaltungsvorschriften. Sie bezahlte ein zertifiziertes Whistleblower-System im Netz, um Zugang zu Unterlagen zu bekommen. Einige der Firmen kamen da vor, aber auch Namen von echten Menschen. Sie begann, ein Muster zu erkennen. Das war kein schöner Anblick, doch irgendwie war sie nicht erstaunt.

Mehrere der Firmen waren von Schweden aus gegründet worden. Und die Firma, die dabei behilflich gewesen war, sie an verschiedenen Orten der Welt zu installieren, trug einen nur allzu bekannten Namen: Anwaltskanzlei Leijon. *Surprise* – aber irgendwie auch nicht.

Gleichzeitig wusste sie, dass Loke mit dem Trojaner arbeitete, den Teddy kurz vor seiner Verhaftung in das Computersystem der Polizei hatte einschleusen können. »Ich werde etwas finden, meine Süße«, meinte Loke, »aber du musst mir ein bisschen Zeit geben.«

Und die ganze Zeit: Es musste ihr etwas einfallen, wie sie Teddy aus dem Knast kriegen könnte. Sie spielte mit dem Gedanken, doch Dejan aufzurufen, ihn entgegen allen standesrechtlichen Regeln beinhart zu coachen, um eine Story zu erfinden, die hielt, ohne ihn suspekt zu machen. Doch das würde nicht funktionieren. Dejan war ja schon einmal festgenommen worden, als Teddy sich mit Nina bei Slussen verabredet hatte. Sie *wussten*, dass die beiden in Verbindung standen. Außerdem würde die Hauptverhandlung sicher erst Monate später stattfinden, und sie brauchte Teddy jetzt an ihrer Seite.

Wer war loyal zu ihm? Sie dachte an Nikola, doch der schien aus Teddys Leben verschwunden zu sein. Die Frage dröhnte ihr im Kopf: Wen gab es noch? Es musste doch jemanden geben, dem sie vertrauen konnte. Sie rief Loke und Tagg an, seine alten Knastkumpels, doch die waren einhellig der Meinung, dass es unmöglich sei, jemanden aus dem Knast zu befreien. »Das einzige Mal, dass wir gehört haben, wie jemand von da weggekommen ist, das war dieser Ganganführer, den die Kids den *neuen Kum* nennen, der ist mit einem Helikopter vom Dach geflohen. Aber das war auch oberste Spitze.«

Es musste noch jemanden geben. Und ihr fiel nur ein weiterer Mensch ein, einer, den Teddy eigentlich hassen müsste.

Kum saß auf der anderen Seite ihres Schreibtisches und sah skeptisch drein. Er versuchte nicht einmal zu verbergen, wie er starrte. »Sie sollten schwerere Möbel haben«, sagte er und gestikulierte in Richtung Emelies weißem Ikea-Schreibtisch und den billigen Besucherstühlen. »Die Klienten mögen schwere Möbel, die stehen für Stabilität und Kompetenz.«

Der obere Teil von *Kums* Gesicht war, während er redete, vollkommen unbeweglich, so als würde er zu einem anderen Gesicht gehören oder auf einem anderen Menschen sitzen. Emelie war ganz sicher, dass Jossan die Stirn des Mafiabosses »botoxschlapp« genannt hätte.

Er war leichter zu finden gewesen als erwartet, denn er war mit einer Adresse in Lidingö gemeldet und ging freundlich ran, als Emelie ihn auf dem Festnetz anrief.

»Ich bin Anwältin. Das hier ist also nicht ganz unproblematisch für mich«, begann Emelie.

Kum schien kaum zuzuhören, sondern fuhr mit dem Finger über die Tür ihres einzigen Aktenschranks. »Ist das hier auch Ikea?«, fragte er.

Emelie fragte sich, ob er sie provozieren wollte

»Interessieren Sie sich für Einrichtung?« Seine Stirn war steif wie bei einer Wachspuppe. »Ich habe nämlich ein Babybett im Keller, möchten Sie das vielleicht haben?«

Emelie nickte, hauptsächlich, um in dem Gespräch weiterzukommen.

»Aber bevor ich Ihnen das verspreche«, erwiderte *Kum*, »und bevor ich Ihnen weiter zuhöre, möchte ich wissen, wessen Kind Sie erwarten.«

Die Leute sahen ihr an, dass sie schwanger war, doch bisher hatte Emelie noch niemandem erzählt, wer der Vater war. Es gab keinerlei Grund, dass andere das erfahren sollten, nicht solange der Vater des Kindes wegen Mordes in Untersuchungshaft saß. Aber *Kum* hier war ihre letzte Hoffnung.

»Der Vater ist der Mann, der acht Jahre im Gefängnis saß, weil er einen Auftrag für Sie ausgeführt hat.«

Kum wackelte auf dem Stuhl vor und zurück. »Das habe ich

mir fast gedacht«, sagte er, immer noch mit einem Gesicht, das so still war, dass sich nicht ein einziges Atom da bewegte. »Sie haben am Telefon so verzweifelt geklungen. Ihr könnt auch unsere Spielwiese bekommen, die hat ein Vermögen gekostet.« Ein sehr schwaches Lächeln machte sich auf *Kums* Lippen breit. Kapierte er nicht, wie ernst Teddys Situation war?

»Ich habe Sie nicht treffen wollen, um mit Ihnen über gebrauchtes Kinderspielzeug zu sprechen«, sagte Emelie, »sondern um die Situation zu diskutieren, in die Teddy geraten ist. Er muss da raus.«

Kum schien über das meiste schon informiert zu sein. »Sie wollen, dass ich helfe, Teddy zu befreien, und da möchte ich Folgendes sagen: Sie sind Anwältin, und Sie haben Ihre Regeln einzuhalten. Wenn jemals herauskommt, dass Sie in so eine Sache verwickelt waren, dann werden die Ihre Zulassung schneller einziehen, als es gedauert hat, meinen gefälschten Behindertenausweis herzustellen. Ich nehme an, dass Ihnen das klar ist und Sie das einkalkuliert haben.«

Emelie nickte wieder. Sie kannte die Spielregeln – sie ging ein ungeheures Risiko ein; wenn das schiefging, wären ihre Arbeitsmöglichkeiten für alle Zeit ruiniert. Außerdem war Anwältin zu sein mehr als ein Beruf für Emelie – es war ihre Identität. Doch sie sah keinen anderen Ausweg.

Kum sagte. »Mir sind in meinem Leben schon viele Sachen gelungen, glauben Sie mir. Zum Beispiel bin ich 1999 von zwei aus Montenegro angeheuerten Hunden beschossen worden. Die hatten sich einen Pick-up zugelegt, auf dem sie meine Leiche mitnehmen wollten, um keine Spuren zu hinterlassen. Ich stand vor einem Parkautomaten vorm Hallunda Centrum, damals habe ich noch Parkscheine gelöst, und diese Schweine versuchten, hinter mir anzurollen, ohne dass ich es bemerken sollte. Aber man heißt nicht *Kum*, weil man lahm ist. Man muss Augen im Hinterkopf haben, und mir fielen ihre runtergefahrenen Scheiben auf, noch ehe sie auf den Parkplatz einbogen. Diese Hunde versuchten es mit einem Schrotgewehr, als ob ich eine verdammte Ente wäre. Die ersten Schüsse zerschlugen an die siebenundzwanzig Autoscheiben, das habe ich hinterher im *Aftonbladet* gelesen. Aber da hockte ich bereits hinter einem Saab 95. Na ja, Sie müssen wissen, damals waren wir in diesem Land solche Drive-by-Shootings nicht so gewohnt wie heute, aber ich hatte trotzdem immer meine alte Zastava M70 vom Krieg dabei. Die hatte ich in einem Spezialholster auf der Innenseite des Oberschenkels, das sah schon mal komisch aus, wenn ich danach langte, aber als ich da unter dem Saab lag und ernsthaft darüber nachzudenken begann, warum ich kein Testament geschrieben hatte, war mir dermaßen egal, ob irgendein Schwedenspießer dachte, dass ich mich am Sack kratzen würde, als ich nach meiner Neunmillimeter fasste. Also zog ich die Waffe und wartete unter dem Saab. Haben Sie mal versucht, sich unter einem Auto zu verstecken?«

»Nein«, antwortete Emelie und hoffte, dass er bald zur Sache kam.

»Dachte ich mir«, fuhr *Kum* fort. »Es ist jedenfalls gar nicht so gefährlich, wie man meinen könnte. Klar ist es dreckig und eng, vor allem für einen großen Kerl wie mich, aber es ist auch interessant. Man kapiert wirklich mal die Geografie eines Autos, seine innere Natur sozusagen. Und ich erinnere mich, dass ich gedacht habe: Wenn sie mich jetzt kriegen, bin ich zufrieden, ich habe mein Leben so gelebt, wie ich es wollte, ich habe nie Bullshit mit jemandem angestellt, der es nicht verdient gehabt hätte, und ich habe die Kardanwelle eines 95ers gesehen. Aber diese beiden Hunde im Pick-up verdienten es mehr als jeder andere, den ich je getroffen hatte. Also rollte ich unter dem Saab raus.«

Die Tür ging auf, und Marcus schaute herein. Er hielt ein Tablett in der Hand. »Ich bringe etwas Kaffee.« Er stellte das Tablett mit den Tassen und der orangefarbenen Kaffeekanne von Stelton, auf die Emelie so stolz war, auf den Tisch.

»Danke«, sagte sie und goss *Kum* einen Kaffee ein. »Entschuldigen Sie die Unterbrechung. Erzählen Sie gern weiter.«

Kum nahm einen Schluck vom Kaffee. »Es ist unwichtig.«

»Doch, Sie waren doch mitten in einer Geschichte.«

»Sie ist ohne Bedeutung. Das Einzige, was ich mit dieser kleinen Story sagen wollte, ist, dass ich in meinem Leben schon viele Dinge geschafft habe, aber das Gefängnis ist leider außerhalb meiner Möglichkeiten. Ich kann Ihnen nicht helfen, Teddy freizubekommen, ich weiß ganz einfach nicht, wie das gehen könnte. Kann ich etwas Milch in den Kaffee bekommen?«

Sie erhob sich langsam, niedergeschlagen wegen *Kums* negative Antwort, öffnete die Tür und rief nach Marcus. Zehn Sekunden später kam er mit einem Kännchen Milch rein. *Kum* starrte ihn an, als wären die beiden Hunde vom Parkplatz wieder aufgetaucht.

Als Marcus gegangen war, wandte er sich Emelie zu. »Wer ist das?«

»Das ist Marcus, mein Anwaltsvertreter, er hat in den letzten Monaten praktisch meine Kanzlei allein führen müssen. Extrem tüchtig.«

»Loyal?«

»Sehr.«

»Mutig?«

»Glaube schon.«

»Wie heißt er mit Nachnamen?«

»Engvall.«

»Nicht Maksumic?«

»Nein, wieso meinen Sie?«

»Haben Sie gesehen, wie er sich bewegt?«

»Ich habe noch nicht darüber nachgedacht.«

»Haben Sie seinen Körperbau bemerkt?«

»Worauf wollen Sie hinaus.«

»Ich will jetzt nicht behaupten, er sähe Teddy im Gesicht ähnlich, denn das tut er nicht«, sagte *Kum*, »aber die Art, wie er sich bewegt, und sein Körperbau sind praktisch identisch.«

Emelie goss *Kum* Milch ein.

»Ich weiß nicht, wieso das von Bedeutung sein sollte?«

»Das kann sehr bedeutsam sein. Mit etwas Glück habe ich gerade kapiert, wie wir den Vater Ihres Kindes aus dem Knast kriegen. Aber dafür müssen Sie Ihrem kleinen Anwalt vertrauen. Und ihm wahrscheinlich einen echten Bonus anbieten. Einen ziemlich fetten, würde ich empfehlen.«

*

Telefongespräche Nr. 110–135 (Zusammenfassung)
An/Von: Pierre Danielsson (Mitverdächtiger) sowie eine Reihe Börsenmakler und Bankleute in Schweden, der Schweiz und England (in gesondertem Anhang namentlich genannt)
Von/An: Hugo Pederson
Datum: 25. September 2006

Zusammenfassung: s. o. Bei keiner der Transaktionen wurde bisher ein Gewinn realisiert, aber die aktuelle Bewertung liegt inzwischen bei mehr als vierundzwanzig Millionen Euro. Es kann zudem bemerkt werden, dass Hugo Pederson eine Kaufverpflichtung für eine Immobilie in Upplands Väsby, Stockholm, eingegangen ist, deren Wert ca. vierzig Millionen Kronen beträgt. Die Immobilie ist allerdings noch nicht bezahlt.

Telefongespräch Nr. 136
An: Pierre Danielsson (Mitverdächtiger)
Von: Hugo Pederson
Datum: 25. September 2006
Zeit: 9:34

HUGO: »Das ist doch total krank hier, total krank.«

PIERRE: »Wovon redest du?«

HUGO: »Ich habe mich, wie die verlangt haben, mit Mats am Odenplan verabredet, habe gesagt, ich hätte ein paar Dokumente für diese Firma auf der Isle of Man für ihn, du weißt schon, North Term Investment. Also haben wir uns da getroffen, war alles vollkommen in Ordnung, aber ich wusste ja, dass die wollten, dass ich mich genau da mit ihm treffe, deshalb bin ich Mats gefolgt, nachdem wir uns verabschiedet hatten. Er ist zu seinem Büro gegangen, über die Barnhusbron, du weißt ja, zwischen Kungsholmen und Vasastan. Und stell dir vor, was dann passiert ist. Da fährt ein Kastenwagen neben ihn, und zwei Typen steigen aus und werfen ihn ins Auto. Verstehst du?«

PIERRE: »Was sagst du da? Die haben ihn in den Kastenwagen geworfen?«

HUGO: »Ja, total wahnsinnig, gerade eben ist das passiert. Sie haben ihn einfach gepackt und hinten in den Laderaum von dem Kastenwagen gehoben. Ich war ungefähr fünfzig Meter entfernt, habe alles ganz deutlich gesehen.«

PIERRE: »War das vielleicht ein Witz?«

HUGO: »Das war kein Witz, das kann ich dir versichern. Ich muss sofort die Polizei anrufen.«

PIERRE: »Warte mal, Hugo, wieso willst du die Polizei da reinziehen, bevor du weißt, was da eigentlich los ist?«

HUGO: »Verdammt, da haben zwei Yetis eben Mats gekidnappt.«

PIERRE: »Hugo, hör mal gut zu. Wir haben ein riesiges Ding am Laufen. Ich habe nicht vor, das zu gefährden, indem ich die Polizei unsere Partner stören lasse. Du rufst die Polizei also *nicht* an, ist das klar?«

HUGO: »Aber …«

PIERRE: »Nein, du wirst die Polizei nicht anrufen. Du wirst jetzt überhaupt nichts machen, sondern einfach ins Büro zurückgehen und tun, was du immer tust. *Business as usual.*«

Telefongespräch Nr. 137
An: Hugo Pederson
Von: Louise Pederson (Ehefrau)
Datum: 25. September 2006
Zeit: 10:40

LOUISE: »Ach, wie herrlich!«

HUGO: »Was?«

LOUISE: »Du bist so wunderbar, Hugo, so goldig. Ich liebe dich wirklich.«

HUGO: »Was?«

LOUISE: »Ich habe von Fredrika gehört, die es von Calle gehört hat, dass du den Hof gekauft hast. Genau wie ich wollte.«

HUGO: »Äh, ja, das ist schön, oder? Es sollte eine Überraschung für dich sein.«

LOUISE: »Das ist mir schon klar, aber ich konnte einfach nicht anders, sondern musste dich anrufen, als ich davon erfahren habe. Du bist so wunderbar, so fürsorglich. Das wird einfach fantastisch sein.«

HUGO: »Ja, das glaube ich auch. Aber wir haben es noch nicht bezahlt.«

LOUISE: »Nee, aber das ist doch nur eine Formsache.«

HUGO: »Ja, im Grunde genommen schon.«

LOUISE: »Also, ich bin so aufgekratzt, im Kopf habe ich schon angefangen, den großen Saal einzurichten, und drüber nachgedacht, welche Bilder wir in den Speisesaal hängen und welches Lautsprechersystem wir für das Fernsehzimmer nehmen und welchen Billardtisch im Herrenzimmer. Und welche Hunde wir uns anschaffen werden.«

HUGO: »Das klingt gut, Mausi. Ich bin glücklich, wenn du glücklich bist. Aber Hunde geht nicht, du weißt doch, was für ein Verhältnis ich zu Hunden habe. Und jetzt muss ich weiterarbeiten.«

LOUISE: »Schon klar. Küsschen.«

Telefongespräch Nr. 138
An: Carl Trolle (Freund)
Von: Hugo Pederson
Datum: 25. September 2006
Zeit: 10:50

HUGO: »Hallo, Calle.«

CARL: »Warum rufst du an?«

HUGO: »Weil ich dich brauche.«

CARL: »Du bist gestört, Hugo, weißt du das?«

HUGO: »Es ist eine Menge Scheiß passiert, Calle, ich bin in eine richtig schwierige Situation geraten. Ich möchte um Entschuldigung bitten, weil ich mich das letzte Mal wie ein richtiges Arschloch verhalten habe, ich war ein echtes Aas. Ich brauche dich, du bist mein bester Freund, das warst du schon immer.«

CARL: »Und was ist jetzt passiert? Habt ihr euch wieder gestritten?«

HUGO: »Nein, nicht so was. Ich habe mit den falschen Leuten Geschäfte angefangen, könnte man sagen. Und heute vor ungefähr zwei Stunden haben ein paar Schlägertypen einen meiner Berater in einen Kastenwagen gezerrt und sind mit ihm verschwunden.«

CARL: »Was sagt du da? Die haben einen deiner Berater abgeschleppt?«

HUGO: »Ich glaube, das ist Kidnapping, und ich kann dir sagen, die Typen, die ihn ins Auto geworfen haben, sahen nicht lustig aus, eher so nach Jugomafia.«

CARL: »Hast du die Polizei angerufen?«

HUGO: »Das ist es ja, wenn ich die Bullen anrufe, dann kann es sein, dass ich eine Menge Leute da reinziehe, die ich nicht reinziehen will, und ich werde bei zukünftigen Geschäften nicht mehr dabei sein, und dann ist es aus mit dem ganzen Kauf des Hofs in Upplands Väsby. Louise hat von Fredrika davon gehört, sie war überglücklich.«

CARL: »Sorry, das war mein Fehler. Ich habe es Fredrika erzählt, aber sie hat versprochen, Louise nichts davon zu sagen.«

HUGO: »Das konntest du ja nicht wissen, die Frauen tratschen ja so verdammt viel. Aber was soll ich jetzt tun?«

CARL: »Wollen wir uns auf einen Kaffee treffen, und du redest darüber?«

HUGO: »Gerne.«

Telefongespräch Nr. 139
An: Hugo Pederson
Von: Göran Blixt (Chef)
Datum: 29. September 2006
Zeit: 11:12

GÖRAN: »Hugo?«

HUGO: »Ja.«

GÖRAN: »Können Sie heute Nachmittag mal bei mir vorbeikommen? Ich möchte mit Ihnen reden.«

HUGO: »Natürlich, aber im Moment habe ich ziemlich viel auf dem Tisch. Worum geht es denn?«

GÖRAN: »Sie können auch jetzt kommen, wenn es hinterher nicht passt.«

HUGO: »Ich bin gerade nicht im Büro.«

GÖRAN: »Nein, genau.«

HUGO: »Was sagen Sie?«

GÖRAN: »Ich sagte: nein, genau. In der letzten Zeit waren Sie nicht sonderlich oft hier.«

HUGO: »Ich habe von zu Hause aus gearbeitet.«

GÖRAN: »Okay. Aber zusammengefasst kann ich sagen, dass ich mit Ihrer Leistung in den letzten Wochen nicht zufrieden bin. Dass Sie nicht oft genug hier sind, ist ja eine Sache, aber Ihre Berichte sind auch nicht mehr top, und das ist nicht akzeptabel. Dazu kommt, dass Sie sich in den letzten Tagen gelinde gesagt seltsam verhalten haben. Ich weiß wirklich nicht, was gerade mit Ihnen los ist, aber wir haben hier bei Fortem Capital keinen Raum für irgendwelche Seltsamkeiten, das wissen Sie. Sie werden dafür bezahlt, Leistung zu bringen, und nicht um wie ein verwirrtes Huhn herumzutorkeln.«

Telefongespräch Nr. 140
An: Carl Trolle (Freund)
Von: Hugo Pederson
Datum: 29. September 2006
Zeit: 22:27

HUGO: »Hallo, Calle, ist es okay, wenn ich anrufe und ein bisschen erzähle?«

CARL: »Ja, klar.«

HUGO: »Also, ich habe die Polizei immer noch nicht angerufen.«

CARL: »Warum nicht?«

HUGO: »Nee, das geht irgendwie nicht. Aber ich habe ein paar Sachen rausgekriegt.«

CARL: »Was denn?«

HUGO: »Ich habe ja das Kennzeichen von diesem Kastenwagen gesehen, der mit meinem Berater weggefahren ist. Es ist ein Mietwagen von OKQ8. Die habe ich angerufen und gebeten zu erfahren, wer das Auto gemietet hatte, aber sie haben sich geweigert, es zu erzählen. Da habe ich Gurra Hamilton angerufen, erinnerst du dich noch an den aus der Schule?«

CARL: »Ja, doch, der sitzt im Aufsichtsrat von der schwedischen OKQ8, oder?«

HUGO: »Genau. Und fünf Minuten später haben sie von der Tanke zurückgerufen und erzählt, wer den Wagen gemietet hatte, und ich hab die Personennummer und eine Kopie vom Führerschein und alles von dem Typen bekommen. Also habe ich den mal gecheckt, und der muss ein Strohmann sein, denn der ist auf ungefähr hundert börsennotierte Unternehmen eingetragen und hat in den letzten zehn Jahren null versteuert.«

CARL: »Klingt wie der Urtyp von einem Strohmann.«

HUGO: »Genau, aber gestern Abend bin ich mit zehntausend Scheinen in einer Tüte zu ihm rausgefahren. Erst wollte der Typ keinen Ton sagen, aber dann habe ich ihm einen Tausender unter die Nase gehalten und gesagt, dass da, wo der herkommt, noch mehr sind. Da hat er erzählt, dass er nur seinen Namen ausgeliehen hat, um sich die Miete leisten und alte Schulden abbezahlen zu können. Ich habe ihm noch zweitausend gegeben, und da hat er erzählt, dass er manchmal Aufträge von richtig gefährlichen Typen annimmt. ›*Kums* Jungs‹, wie er gemeint hat. Dann wollte er überhaupt nichts mehr sagen, hat nur dagesessen, geschwiegen und auf den Boden gestarrt. Aber weißt du, ich hatte es ja schon geschafft, reinzukommen und ihn dazu zu bringen, einen Wein aufzumachen. Ich habe gequatscht und gedroht und mich eingeschmeichelt, aber er wollte wirklich nicht reden. Am Ende habe ich sechs glatte Tausender auf dem Tisch ausgebreitet und gesagt, wenn er mir den Namen von dem Typen sagt, für den er den Kastenwagen gemietet hat, dann würde er diese Scheine kriegen und noch mal so viel, wenn der Name stimmt.«

CARL: »Hat er was gesagt?«

HUGO: »Ich habe einen Namen.«

CARL: »Wer?«

HUGO: »Ich habe keine Ahnung, wer das ist, aber offenbar heißt die Person Najdan Maksumic, wird aber Teddy genannt.«

CARL: »Okay, niemand, von dem ich je gehört habe.«

HUGO: »Na klar, das sind ja auch Gangster. Auf jeden Fall habe ich diesen Teddy mal gecheckt, und der ist bekannt, definitiv einer von der Jugomafia, aber kein Boss, glaube ich. Aber ich bin zu ihm nach Hause gefahren.«

CARL: »Im Ernst?«

HUGO: »Ja, das habe ich gemacht. Er wohnt in Södertälje, in einer Wohnung, aber er war nicht zu Hause. Also bin ich ins Auto und habe da vor dem Haus gewartet. Die ganze Nacht habe ich dagesessen und heute den halben Vormittag. Sogar Göran hat angerufen und gefragt, wo ich bin, er findet, ich hätte in der letzten Zeit keine Leistung gebracht. Aber am Ende ist dieser Teddy aufgetaucht, er hat müde und fertig ausgesehen, groß wie ein Haus, also ein richtiger Schlägertyp, und ich bin ganz sicher, dass er einer der Männer ist, die den Berater gekidnappt haben. Also habe ich mein Auto, als er in die Wohnung rauf ist, umgeparkt und hinter seins gestellt. Ein paar Stunden später ist er dann runtergekommen und losgefahren. Und ich bin ihm gefolgt.«

CARL: »Shit, also du bist echt wahnsinnig. Warum hast du nicht einfach die Polizei angerufen, jetzt, wo du einen Namen hast?«

HUGO: »Das geht nicht, habe ich doch gesagt.«

CARL: »Und was ist dann passiert?«

HUGO: »Ich bin hinter ihm hergefahren, habe genug Abstand gehalten, aber immer so, dass ich seinen Wagen noch sehen konnte. Wir sind ein gutes Stück aus der Stadt raus, Richtung Uppsala. Er blieb an einem verlassenen Haus stehen, das ziemlich verfallen aussah. Da stand noch ein anderes Auto, ein BMW, und ein paar Minuten später kam ein anderer Mann aus dem Haus, und das war der andere Mafiatyp, der meinen Berater vorher ins Auto abgeschleppt hatte. Verstehst du? Ich bin ganz sicher, dass die meinen Berater in diesem Haus haben.«

CARL: »Aber dann *musst* du doch die Polizei rufen. Das hast du doch wohl getan, oder?«

HUGO: »Nein, das habe ich nicht. Ich bin einfach nach Hause gefahren.«

Telefongespräch Nr. 141
An: Pierre Danielsson (Mitverdächtiger)
Von: Hugo Pederson
Datum: 30. September 2006
Zeit: 01:34

PIERRE: »Du kannst doch nicht um diese Zeit anrufen!«

HUGO: »Du entscheidest ja wohl selbst, ob du rangehst oder nicht. Und du bist rangegangen.«

PIERRE: »Was gibt es denn?«

HUGO: »Ich muss die Polizei wegen der Sache mit Mats anrufen. Ich bin ganz sicher, dass er entführt worden ist, und ich weiß auch, wer es getan hat.«

PIERRE: »Jetzt hör aber auf, du übertreibst.«

HUGO: »Du bist es, der mal aufhören sollte. Womöglich töten die ihn.«

PIERRE: »Aber ich habe dir doch verdammt noch mal schon gesagt, dass du dich da nicht reinhängen sollst. Was ist denn los mit dir? Das ganze Geschäft wird zum Teufel gehen, und du wirst keine einzige Krone Gewinn machen, im Gegenteil.«

HUGO: »Das ist doch Bullshit. Ich habe schon meine Positionen, und die kann mir keiner wegnehmen, genauso wenig, wie sie dir die Aktien wegnehmen können, die du besitzt. Dieses Geschäft will niemand gefährden, das ist für alle ein Riesending.«

PIERRE: »Du bist ja total verrückt geworden. Willst du ein Geschäft im Wert von, lass mich mal raten, mehr als fünfzig Mille allein für dich riskieren, weil jemand eine schmierige kriminelle Geldwäschetunte hopsgenommen hat?«

HUGO: »Du hörst mir nicht zu. Ich sage doch, dass das Geschäft nicht in Gefahr ist. Wir sind zu viele, die jetzt darauf gesetzt haben. Ich werde die Polizei anrufen.«

PIERRE: »Bitte, Hugo, ich flehe dich an. Warte bis morgen. Schlaf noch mal über die Sache. Du wirst den größten Fehler deines Lebens begehen.«

Telefongespräch Nr. 142
An: Hugo Pederson
Von: Louise Pederson (Ehefrau)
Datum: 30. September 2006
Zeit: 03:10

LOUISE: »Wo bist du?«

HUGO: »Tut mir leid, dass ich mich nicht gemeldet habe, Mausi, ich arbeite.«

LOUISE: »Aber es klingt, als würdest du im Auto sitzen.«

HUGO: »Ja, ich bin auf dem Weg zu einem Termin.«

LOUISE: »Zu einem Termin? So früh?«

HUGO: »Ja, allerdings. Ich kann dir das jetzt nicht erklären, Mausi, es ist ein bisschen kompliziert.«

LOUISE: »Ich mache mir immer Sorgen, wenn du nichts von dir hören lässt. Wenn es so spät wird, sagst du doch sonst immer Bescheid.«

HUGO: »Ja, ich weiß. Ich erzähle dir alles später, ich verspreche es. Schlaf jetzt und stell dir vor, wie schön die Immobilie werden wird.«

LOUISE: »Und wann kommst du nach Hause?«

HUGO: »Bald, so ungefähr in zwei Stunden.«

LOUISE: »Mit wem triffst du dich denn?«

HUGO: »Lass uns morgen darüber reden, ich verspreche es.«

LOUISE: »Okay, Liebling. Wir sehen uns morgen.«

HUGO: »Ja, bis morgen.«

Telefongespräch Nr. 143
An: 112 (Notruf der Polizei)
Von: Hugo Pederson
Datum: 30. September 2006
Zeit: 04:12

SOS: »Notrufzentrale Stockholm hier.«

HUGO: »Guten Tag, ich möchte ein Verbrechen anzeigen.«

SOS: »Ja, und was ist passiert?«

HUGO: »Ein Mann ist entführt worden, Mats Emanuelsson.«

SOS: »Entführt, sagen Sie? Auf welche Weise?«

HUGO: »Ich habe gesehen, wie er vor ein paar Tagen in einen Kastenwagen gezerrt worden ist. Und ich habe die Leute verfolgt.«

SOS: »Wohin?«

HUGO: »In die Nähe von Uppsala. Die Koordinaten sind 59.17 und 17.38. Sie halten ihn dort in einem Haus gefangen.«

SOS: »Aha, das klingt nicht gut, aber danke für die Anschrift, warten Sie kurz, dann notiere ich das. Und wer hält ihn gefangen?«

HUGO: »Das weiß ich nicht genau, aber einer heißt Najdan Teddy Maksumic, das weiß ich.«

SOS: »Haben Sie noch mehr Informationen über diesen Teddy?«

HUGO: »Nein, leider nicht.«

SOS: »Und woher wissen Sie das?«

HUGO: »Ich habe es gesehen.«

SOS: »Haben Sie das Opfer gesehen?«

HUGO: »Nein, aber ich bin ganz sicher, ich habe gesehen, wie sie ihn entführt haben.«

SOS: »Und woher kennen Sie den Namen des Täters?«

HUGO: »Den weiß ich einfach.«

SOS: »Und wie lautet Ihr Name?«

HUGO: »Das möchte ich nicht sagen, denn das ist eine ziemlich üble Geschichte.«

SOS: »Aha, aber es wäre gut für uns, Kontakt zu Ihnen aufnehmen zu können, zu wissen, wer Sie sind.«

HUGO: »Jetzt habe ich getan, was ich tun muss. Ich habe diesen Scheiß angezeigt und Ihnen die Adresse gesagt. Das muss reichen.«

48

Die beschissensten Tage ihres Lebens: Dennoch hatte Roksana sich gezwungen, zu der Aula des Gymnasiums Kista zu fahren, ihr Handy abzugeben, ihren *eigenen* Ausweis zu zeigen und über sechs Stunden mit den vier verschiedenen Prüfungsfächern der Hochschulprüfung zu verbringen. Diesmal richtig, sie selbst – kein anderer.

Es ging um mathematische Problemlösungen, quantitative Vergleiche, Diagramme, Tabellen und Karten, Wortverständnis, Satzergänzungen und so weiter. Jeder Prüfungsteil war fünfundfünfzig Minuten lang. Vor allem Mathe lief schlecht, ihr Kopf wollte nicht geradeaus denken, der Stress blockierte die Gedanken, es dauerte mindestens fünfzehn Minuten, nur die erste Frage zu lesen – fünfzehn Minuten, die sie nicht hatte. Sie schaute sich bei den anderen Prüfungsteilnehmern um: Die saßen alle vornübergebeugt, schrieben mit ihren gespitzten Bleistiften, konzentrierten sich, wussten, was sie da taten. Ihre Gedanken flatterten herum. Die Forderungen der Verrückten. Die Bedrohung ihres Vaters. Z., den sie nicht erreichen konnte, seit er aus der Untersuchungshaft entlassen worden war. Sie würde es nicht schaffen, das war klar. In der Pause ging sie zur Toilette und erbrach sich.

Sie verspürte ein ungeheures Bedürfnis, direkt nach der Prüfung nach Hause zu ihren Eltern zu fahren, doch als sie hinkam, waren sie nicht da. Sie rief ihren Vater an und spürte, wie sie aufatmete, als er ranging.

»*Baba*, wo bist du?«

»Mama und ich gehen ins Theater.«

Roksana setzte sich in die Küche und hörte die Kassetten

ihres Vaters. Ob er einer der Musiker bei den Songs war? Dann kam Caspar nach Hause und setzte sich hin, um für irgendeine Prüfung zu lernen. Roksana ging in ihr altes Zimmer, legte sich auf ihr altes Bett und versuchte, YouTube-Videos mit Sofia Karlberg und Stand-up-Comedians wie Clara Henry zu schauen – alles Sachen, die sie vor ungefähr drei Jahren ununterbrochen angesehen hatte. Sie hoffte, das würde sie entspannen, und sie würde sich wieder wie zwanzig fühlen. Allen Mist vergessen. Es funktionierte nicht.

Eine Million Kronen. Sie musste versuchen, Geld zusammenzukriegen, fühlte sich aber wie gelähmt. Die Verrückten hatten vor, *Baba* zu töten – und nichts, was sie tat, konnte den Gedanken daran vertreiben, es kreiste in ihr wie in einer Zentrifuge, blockierte alle Sinne, schloss sie gegen alles andere ab. Sie spürte keine Gerüche oder Geschmäcke, hörte oder sah die glatten Gesichter der Vlogger auf dem Display des Handys nicht, konnte auf überhaupt keine Ideen kommen, sondern nur über die Gefahr für ihren unschuldigen Vaters nachgrübeln. Und immer wenn sie an den Punkt kam, an dem die Zeitfrist abgelaufen war, gab es so etwas wie einen Kurzschluss in ihrem Kopf.

Sie rief noch einmal bei Z. an. Es ging tatsächlich jemand ran, aber das war nicht er, sondern sein Vater.

»Er ist zu uns gekommen, nachdem er frei war, und wird hier ein paar Tage wohnen.«

»Kann ich mit ihm sprechen.«

»Ich werde ihm ausrichten, dass du angerufen hast. Dann sehen wir mal.«

Der Tonfall war deutlich: Z.s Vater war nicht sonderlich begeistert von Roksana. Sie fragte sich, was Z. über sie gesagt haben mochte.

Also rief sie Billie an. »Billie, kann ich Geld von dir leihen?«

Billie klang fröhlich. »Na klar, wie viel?«

»Ein paar Hunderttausend.«

Es wurde still in der Leitung.

Dann fragte Billie aus Spaß auf Norwegisch: »*Kødder du*?«

»Nein, ich mache keine Witze. Z. und ich sind in eine voll kranke Situation geraten.«

»Was ist passiert?«

Roksana konnte ein paar von Billies Mitbewohnern im Hintergrund hören. »Ich kann jetzt nicht darüber reden.«

»Verstehe«, sagte Billie. »Ich helfe euch gern, aber hunderttausend habe ich nicht. Vielleicht dreitausend.«

Roksana seufzte, sie beendeten das Gespräch. Sie hielt den Hörer weiterhin in der Hand. Rief den süßen Typen aus dem Dusky an, der versprach, ihr zehntausend zu leihen, sobald er einen neuen Job hätte. Sie rief eine Menge alter Kunden an, doch niemand war besonders scharf darauf, mehr als ein paar Hunderter lockerzumachen. Sie rief sogar Ora Flesh an – das Model, die Influencerin, die DJ-Göttin –, die sich vorstellen konnte, ziemlich viel zu leihen, wenn Roksana mit mindestens zwanzig Gramm K vorbeikäme.

Sie legte das Telefon aufs Bett.

Dachte an Teheran. Die Querstraße, an der Leila, Val und sie eines Abends vorbeigekommen waren und die voller Autos, Mercedes, BMWs und dergleichen, stand. »Was passiert hier?« Es war damals das erste Mal, dass Roksana sah, wie Leila eine bissige Miene auflegte, richtig sauer sah sie aus. »Da sind die Prostituierten unterwegs«, erklärte sie. »Aber jetzt zeigen wir dir noch etwas anderes.« Val bog in eine andere Seitenstraße ein. Weiter vorn sah Roksana Autos, die sich bewegten, und Menschentrauben vor einem Gebäude. Leila drehte sich um. »Das hier ist Super Jordan.« Sie stiegen aus dem Auto. Von dem Ort konnte man nicht mehr erkennen, als dass durch eine Glastür in der Fassade Licht fiel. Die Geschäfte ringsum waren geschlossen. »Angeblich hat der Besitzer direkten Zugang zum Bürgermeister.« Das Geschäft war nicht größer als ein Kiosk, aber voller Menschen. Im Hintergrund wurde Musik gespielt, die Roksana wiedererkannte – die Rolling Stones. Auf den Regalen lagen Zigarettenschachteln, Erdnusstüten und andere Snacks, Flaschen mit Tonic Water, Sodawasser und Studentenfutter. Die Kunden schienen Blickkontakt zueinander zu vermeiden, und manche hielten sich die Hand vor den Mund. Roksana starrte sie an. Dann begriff sie. Der Alkoholgeruch der Leute war bis auf die Straße hinaus zu riechen. »Halb Nord-Teheran kommt hierher, wenn sie nach Mitternacht was brauchen«, erklärte Val. Leila lachte. »Das Einzige, was man hier bei Super Jordan nicht kaufen kann, ist seine eigene Zukunft.«

Roksana erhob sich aus dem Bett. Es war vorbei. Sie war völlig ohne Zukunft – eine echte Verliererin. Sie hatte keine Ideen mehr. Und ihr Papa würde dafür büßen müssen.

Sie sollte eine Überdosis von irgendwas nehmen und sich hier in ihrem alten Zimmer begraben. Nie wieder rauskommen.

Sie musste wieder an ihre Cousine und ihren Cousin denken. Ihre Art zu reden. Ihre unkomplizierte Nähe.

Nähe.

Sie rief Nikola an.

49

Er hielt sich die Nacht über wach, fest entschlossen, nicht wieder denselben Fehler zu machen und in der Zelle einzuschlafen. Im Grunde ohne Essen: Teddy wagte nicht, etwas anderes als Keksriegel und Snickers zu sich zu nehmen, die noch originalverpackt waren – aber er durfte nicht unbegrenzt davon beim Kioskwagen kaufen, auch dafür gab es Restriktionen.

Emelie hatte vergebens versucht, einen Angestellten im Gefängnis zu finden, der sich in der letzten Zeit für eine Augenverletzung hatte krankschreiben lassen – man weigerte sich, derartige Information rauszugeben. Aber Teddy wusste, worauf er wartete. Heute würde es passieren.

»Sie haben Besuch«, sagte einer der Wachleute, die in regelmäßigen Abständen in seine Zelle schauten.

Der Wachmann führte ihn durch den Flur. Der Geruch erinnerte Teddy an die Mensa in der Schule.

Marcus saß bereits im Besucherzimmer. Teddy hatte ihn noch nie zuvor gesehen, aber Emelie hatte ihm wieder und wieder erklärt, dass man ihm vertrauen konnte. Marcus' Gesicht sah aus, als hätte jemand es gepudert, so blass war er.

»Hat Emelie Ihnen erzählt, worum es hier geht?«, war das Erste, was er sagte.

»Ja, sie war gestern hier.«

Teddy musste sie dafür bewundern, dass sie ihren Assistenten dazu gebracht hatte, das hier mitzumachen, und noch mehr Marcus selbst, der seiner Chefin offenbar tiefstes Vertrauen entgegenbrachte. So etwas hatte Teddy noch nie erlebt.

»Sind Sie sicher, dass Sie das hier tun wollen?«, fragte Teddy und bereute im selben Moment, Marcus die Chance gegeben zu haben, es sich anders zu überlegen.

Marcus schlug die Beine übereinander. »Es ist in Ordnung, wir schätzen es so ein, dass ich keine Gefahr eingehe. Es wird so aussehen, als hätten Sie mich überfallen und zu dem hier gezwungen. Und bisher sind ja noch keine Überwachungskameras in diesen Räumen zugelassen.«

Die Tasche von Marcus stand auf dem Boden. Teddy kannte die Routinen unten am Zentraleingang. Alle Anwälte mussten durch Metalldetektoren gehen und ihre Taschen durch Röntgenapparate scannen lassen. Doch ansonsten gab es niemanden, der den Inhalt kontrollierte, und große Taschen waren üblich – Ermittlungsunterlagen konnten manchmal Tausende von Seiten umfassen.

»Ich habe alles dabei, nur eine Schere konnte ich nicht mit reinbringen, weil sie aus Metall ist«, sagte Marcus. »Haben Sie das regeln können?«

»Eine Schere habe ich nicht«, sagte Teddy, hielt aber den gelben Bic-Rasierer hoch, »dafür das hier.«

Es wurde keinem Insassen erlaubt, Rasierer oder andere scharfe Gegenstände in seiner Zelle zu haben, doch konnte man zum Duschen einmal die Woche um einen Einwegrasierer bitten. Meist reichte der Wachmann nur eine Dose rein, und man durfte sich selbst den Rasierer nehmen, der dann nach dem Duschen zurückgegeben werden musste. Teddy hatte sich zwei Stück gegriffen.

Marcus holte eine Plastiktüte heraus, aus der er ein kleines Handtuch nahm, das er Teddy reichte. Das Tuch war feucht, und er begann, seinen Bart einzuweichen in der Hoffnung, dass die Rasur dadurch leichter ginge. Er wünschte, er hätte wenigstens einen Spiegel, doch derartigen Luxus gab es nicht in einem Besucherzimmer des Untersuchungsgefängnisses Kronoberg.

Dann begann Marcus, ihn zu rasieren. »Ich habe dieses Besucherzimmer für zwei Stunden gebucht«, sagte er, »das sollte reichen.«

Teddy spürte, wie der Rasierer die Haarsträhnen mehr abriss, als sie abzuschneiden.

»Die haben sich hier daran gewöhnt, Sie mit Bart zu sehen«,

erklärte Marcus und fuhr weiter mit kurzen schnellen Bewegungen über Teddys Wange. Erst *Kums* Hautbehandlungen und jetzt ein fremder Mann wenige Zentimeter von seinem Gesicht entfernt, der ihn so sorgfältig rasierte, als ginge es um eine Werbekampagne für Gillette. Marcus' Atem roch nach mit Pfefferminzbonbons überdecktem Kaffee.

Fünfundvierzig Minuten später waren sie fertig. Teddys Bartsträhnen lagen auf dem Fußboden, und seine Wange war zum ersten Mal seit mehreren Wochen ganz glatt. Er trug Anzug, Schlips und Schuhe von Marcus, der wiederum seine grünen Gefängniskleider und Latschen an den Füßen hatte. Zum Schluss hatte Marcus sogar noch eine Perücke aus seiner Tasche gefischt: Sie passte perfekt auf Teddys relativ kahlen Schädel und hatte ungefähr dieselbe Frisur und Haarfarbe, wie Emelies begnadeter Anwalt.

Marcus grinste. »Sie sehen zwar nicht genauso aus wie ich, aber man darf annehmen, dass die Wachleute hier mich nicht so genau angeschaut haben.«

»Wird es funktionieren?«

Marcus legte ein noch breiteres Grinsen auf. »Nein, denn Sie sehen fertig aus, wie einer, der eine Woche nicht geschlafen hat.«

Teddy rieb sich sein neues Gesicht.

»Aber meine Chefin denkt an alles«, sagte Marcus und hielt ein kleines Necessaire hoch.

Eine weitere Viertelstunde später waren sie ganz fertig – Marcus hatte ihn hauptsächlich unter den Augen, aber auch auf der Stirn geschminkt.

»Besser als das wird es nicht«, sagte er und schob die Tube Foundation ins Necessaire zurück, »jetzt sind Sie fast so hübsch wie ich.«

Teddy lachte zum ersten Mal seit langem.

Marcus setzt sich auf den Boden, und Teddy band ihn mit einem auseinandergerissenen Kissenbezug, den er aus der Zelle geschmuggelt hatte, am Tischbein fest und stopfte ihm den Rest in den Mund. Dann hängte er sich die Besuchsgenehmigung von Marcus um den Hals, öffnete die Tür zum Flur und rief dem Wachmann, der zwanzig Meter entfernt in der Bude saß, zu: »Wir sind hier jetzt fertig.«

Der Wachmann winkte ihm zu.

Teddy sah ein letztes Mal zu Marcus hinein. Er nickte ihm zu: viel Glück. Dann schloss er die Tür. Jetzt kam es darauf an, dass sie nicht sofort kamen, um Marcus – alias Teddy – in die Zelle zurückzubringen.

Der Flur war leer. Das Glas in der Wachbude blitzte, und er würde daran vorbeigehen müssen, um zur ersten Tür zu kommen. Er versuchte, so zu gehen, wie es ein Anwalt in diesen Räumlichkeiten tun würde: Souverän in seiner Anwesenheit, sicher, dass er nicht wie sein Mandant hier eingesperrt bleiben würde, gleichzeitig immer ein bisschen gestresst, auf dem Weg zum nächsten Termin. Mit einem Mal wurde ihm sein eigener Laufstil extrem bewusst, immer ohne Eile, immer mit den Armen an den Seiten schwingend, immer den Blick gerade nach vorn. Macht ausstrahlen, Selbstsicherheit, zurückgehaltene Aggressivität – das alles steckte in ihm drin. Davon musste er wegkommen. Er ging schneller, fasste die Tasche von Marcus so entspannt wie nur möglich, während er gleichzeitig den Blick auf seine Schuhe gerichtet hielt. Überall hier saßen Überwachungskameras wie die Fliegen an einem warmen Sommertag an der Wand. Er wollte nicht, dass sie sein Gesicht einfingen.

Er musste daran denken, wie er beim letzten Mal schon mit dem Ausgang des Polizeihauses in Sichtweite doch noch erkannt worden war.

Teddy schielte zur Seite. Auf der Innenseite der Wachbude klebten Ansichtskarten und Ordnungsregeln. Eine bizarre Demütigung. ANSICHTSKARTEN von anderen Wachleuten, die frei waren zu reisen, wohin sie wollten. Der Wachmann, der gerade dort saß, las eine Zeitung. Teddy ging schneller. Sagte nichts, als er an der Bude vorbeikam.

»Tschüss!«, rief der Wachmann ihm nach.

Die blau gestrichene Metalltür war schwer und wurde vom Wachmann elektronisch geöffnet. Hier war Teddy noch nie gewesen, ein kleiner Raum mit drei Fahrstuhltüren. Emelie hatte ihm erklärt, dass die Fahrstühle von der Zentralwache aus gesteuert wurden. Jetzt waren es andere Wachleute, die ihn vielleicht durch die runden schwarzen Augen beobachteten, die in den Ecken des Dachs saßen. Er ging ein paar Schritte vor und zurück – auch das war ein Tipp von Emelie, denn dann würden sie ihn leichter auf der Überwachungskamera entdecken und den Fahrstuhl herunterschicken. Doch das Gesicht hielt er die ganze Zeit zum Boden gewandt.

Es klingelte, und die Fahrstuhltür öffnete sich. Verdammt, es stand jemand drin. Teddy trat trotzdem ein. Er sah die Schuhe des anderen: gut geputzt, braunes Leder mit Messingspangen. Er sah die Hosen: grau mit Bügelfalte. »Hallo«, sagte der Mann.

Teddy musste aufsehen. Graue Augen, Hemd, Schlips. Das musste ein Anwalt sein.

»Hallo«, erwiderte er den Gruß.

»Sind Sie der Neue bei Ramblings?« Der Mann war vielleicht fünfzig Jahre alt, mit beginnender Glatze und aufgebundenem Schlips. Teddy spürte, wie ihm der Schweiß über den Rücken lief. Der Anzug fühlte sich unbequem an und juckte, sodass er sich am liebsten am Metallgeländer des Fahrstuhls geschubbert hätte.

»Nein«, erwiderte er, »ich bin bei Emelie Jansson.«

»Ah, die Kanzlei kenne ich gar nicht. Arbeiten Sie noch mit was anderem als Strafrecht?«

Das Display des Fahrstuhls zeigte den dritten Stock an.

»Äh, nein, nur Strafverteidigung. Und ein paar Asylsachen«, antwortete Teddy und hoffte, das würde glaubwürdig klingen.

»Ich kann mir denken, dass die in den letzten Jahren explodiert sind. Ich heiße übrigens Patrik Wallin.« Der Mann reichte ihm die Hand. »Und ich bin Polizeimeister.«

Teddy hätte am liebsten die Notbremse gezogen und sich aus dem Fahrstuhl geworfen, ganz gleich, ob er dann den Fahrstuhlschacht würde hinunterklettern müssen, um hier wegzukommen. Von allen möglichen Teufeln stand er hier in einem Fahrstuhl eingesperrt mit einem Bullenchef. Aber ein hoher Polizist war besser als einer, der wirklich am Boden arbeitete, da war das Risiko, dass er erkannt werden würde, nicht so groß.

»Marcus heiße ich«, sagte Teddy nur, denn er hatte keine Ahnung, wie Marcus mit Nachnamen hieß. Seine Handflächen waren nass von Schweiß.

Der Fahrstuhl quietschte und blieb mit einem Rums stehen, die Tür ging auf.

»Dann sehen wir uns sicher bald mal wieder«, rief Teddy fast und eilte aus dem Fahrstuhl. Er starrte weiterhin zu Boden, verlangsamte aber seinen Schritt bald wieder – ein rennender Anwalt würde sofort die Blicke der Fernsehschirme der Zentralwache auf sich ziehen.

»Sie, Marcus«, rief der Polizeimeister ihm nach.

Teddy ging weiter, als hätte er nicht gehört.

»Warten Sie.«

Teddy wollte sich nicht umdrehen, er wollte nicht auf den Polizisten warten, dessen Schritte er schon wenige Meter hinter sich hörte. Doch er zwang sich, beruhigte den Atem, fuhr herum. Der Schweiß lief ihm unter dem Hemd herunter, als hätte ihm jemand einen Duschkopf unter den Kragen gesteckt. Er sah die Bilder im Kopf, die Dunkelheit in der Zelle. Das Gefühl, keine Luft zu kriegen. Das weggepustete Gesicht von Fredrik O. Johansson.

»Sie haben Ihre Tasche vergessen«, sagte der Polizist und hielt ihm die Ledertasche von Marcus entgegen.

Der Polizeimeister zwinkerte ihm zu. »Es ist nicht leicht, wenn man hier neu ist. All die verschlossenen Türen und klaustrophobischen Fahrstühle machen einem Stress.«

Schlösser und Riegel – Teddy würde nicht zurückkommen.

Er trat an das Fenster der Zentralwache. »Hallo«, sagte er zu dem Wachmann, dessen Gesicht hinter dem Spiegelglas unsichtbar war. Er hielt die Besucherkarte hin.

Der Wachmann schob eine kleine Schublade unter dem Glas hindurch. Teddy legte seine Karte hinein. Die ganze Zeit versuchte er, so entspannt auszusehen wie möglich. Er redete sich selbst ein, dass Marcus nur der Angestellte von Emelie war und dass er nur ein halbes Jahr lang in der Strafverteidigung gearbeitet hatte. Also müsste es stimmen, wenn er sagte, dass er kein bekanntes Gesicht hier war, vielleicht war er noch nie im Kronoberg-Gefängnis gewesen.

Teddy musste daran denken, wie er nach seinen acht Jahren aus dem Knast gekommen war. Dejan hatte ihn vor der Anstalt in einem krass versifften BMW abgeholt. Der Motor hatte geklungen wie ein kaputter Traktor, obwohl das Ding nicht mal ein Diesel war, und die Abgase stiegen in dunklen Wolken zum Himmel wie von einem Johannifeuer. Der Metalliclack und die 18-Zoll-Felgen des Wagens hatten schon lange ihren Glanz verloren, und der eine Rückspiegel war aus irgendeinem Grund geklebt. Teddy erinnerte sich, dass er sich wirklich gefragt hatte, ob die Karre bis nach Hause halten würde. Vielleicht würde sie auf der Höhe von Tumba einen Reifen verlieren oder einfach leise röchelnd sterben, sodass sie stundenlang in Minusgraden würden hocken müssen. Er hatte zum Gefängnis zurückgeschaut, als Dejan ihn durch den Wald chauffiert hatte, und gewissermaßen jeden Baum gezählt. Einzusaugen versucht, wie der Abstand zu seinem alten Leben mit jeder Sekunde wuchs.

Der Wachmann erwiderte nichts. Schob nur die Schublade wieder raus. Da lag ein Führerschein. Marcus Engvall. Teddy nahm ihn. Hielt ihn fest in der Hand, strengte sich an, nicht zu rennen.

Die nächste schwere Tür klickte.

Er ging durch den Glasgang zur Straße.

Es klickte in der letzten Tür. Er öffnete sie mit beiden Händen. Sie fühlte sich leicht an, wie aus Papier gemacht.

Er stand draußen auf der Bergsgatan. Die Sonne schien.

Auf der anderen Straßenseite stand ein Porsche Panamera in mattem schwarzem Lack mit schwarzen Felgen.

Der Wagen hupte, und Dejan ließ die Scheibe herunter. Zeigte die breiteste Zahnreihe der Welt. »*My friend*, willkommen draußen!«

Neben ihm auf dem Beifahrersitz saß Emelie.

50

Nikola und Roksana trafen sich wieder beim Palm Village Thai Wok. Die thailändische Frau, die das Lokal betrieb, nannte Roksana »meine neue Tochter« und ließ die Rechnung aufs

Haus gehen. »Wir hatten vorher unsere Produktion da unten«, erklärte Roxy und zeigte mit dem Daumen zum Boden.

Nikola hätte gern gehabt, dass sie gelacht hätte, als sie das sagte, denn es war immer noch ein krank verrücktes Ding, dass Roxy wie der übelste El Chapo Guzmán Ketamin gekocht hatte. Er wusste, wie viel sie auf ihrer Party verkauft und wie viel sie mit den Eintrittskarten verdient hatten, aber er wusste auch, dass sie alles verloren hatten.

Nach dem Thai-Essen fuhren sie zu ihr nach Hause. Die Wohnung wirkte leer, als wäre sie dabei auszuziehen, aber Roksana meinte, nur Z. sei abgehauen. »Er ist zu seinen Eltern in die Pampa gezogen.«

»Wo liegt die Pampa?«

»Das sagt man nur so, und es ist mir auch egal«, antwortete sie rasch. »Alles, was ich weiß, ist, dass er mich nicht zurückruft, obwohl ich schon hundert Nachrichten bei ihm hinterlassen habe.«

»Hat er Schluss gemacht?«

Roxy hielt mitten in der Bewegung inne wie bei einer Mannequin-Challenge. »Wir waren nie zusammen«, erklärte sie. »Ich dachte, du wüsstest das. Schließlich hast du ja drei Tage mit uns rumgehangen.«

Vielleicht wusste er es, vielleicht auch nicht. Die Wahrheit war, dass er noch zwei andere Dinge wusste: Ihm war klar, dass er etwas für Roksana empfand. Seit sie sich nach ihrem Riesenclub an den Händen gehalten hatten, war er sicher geworden, und er konnte sich selbst jetzt auch nicht länger was vormachen: Er stand total auf diese Braut, und zwar richtig. Aber das andere, was er auch wusste, war, dass sich die Grundregeln nicht geändert hatten: Wer die Karten zuerst zeigte, lief immer Gefahr, reingelegt zu werden. Das war ein einfaches Prinzip, von dem er nicht abwich. Ihr zu sagen, was sich in seinem Herzen abspielte, bedeutete einen Schritt ins Unbekannte. Einen Schritt, den zu tun er nicht schaffte – deshalb dachte er, dass sie bestimmt schon einen Typen hatte, dass sie mit diesem Z. rumhing, dass es deswegen nichts mit ihnen werden konnte, und nicht, weil er selbst feige war.

Aber jetzt musste er umdenken. Nachdem sie deutlich gesagt hatte, dass Z. sie nicht interessierte, gab es keine Ausreden mehr. Und irgendwo tief drin begriff Nikola noch was anderes: Er musste die Chance mit diesem Mädel ergreifen, sonst würde er das für den Rest seines Lebens bereuen. Er hatte schon so viel verloren, aber jetzt gab es eine krasse Sache zu gewinnen – also musste er das Richtige tun. Jetzt ausnahmsweise MUSSTE er es mal hinkriegen.

Er beugte sich vor, schob seinen Mund zu ihrem Gesicht. Er wagte nicht, richtig hinzuschauen, kniff die Augen zu, wartete auf ein Lachen oder eine Ohrfeige. Doch so kam es nicht. Auch Roksana hatte sich vorgebeugt. Sie trafen sich in der Mitte. Er dachte nicht einmal an Chamon, er fühlte sich einfach nur im Gleichgewicht.

Nikola drehte sich im Bett um. Am nächsten Morgen. Das Bettzeug war zerknittert und am Rand des Bettes lang gezogen: ein Ergebnis der nächtlichen Aktivitäten. Neben ihm lag Roxy. Sie schlief immer noch, in Embryonalstellung zusammengekauert, die Decke halb abgeworfen, die dunklen Locken hingen ihr übers Gesicht. Obwohl sie das Rollo runtergezogen hatte, war es im Zimmer fast taghell, er konnte die mikroskopisch kleinen Falten in ihren Lidern erkennen, das Muttermal über ihrem einen Wangenknochen und die langen Wimpern, die von der regelmäßigen Bewegung, die ihre Atmung erzeugte, zitterten. Alles an ihr war immer noch neu und gehörte in keine Routine. Sie war der schönste Mensch, den er je gesehen hatte, nicht nur, weil ihr Gesicht die Mischung aus dunkel und hell hatte, die er so sehr mochte, sondern weil sie wirklich alles, was er sagte und meinte, wirklich zu verstehen schien, ohne nur so zu tun als ob. Sie benutzte ihre Offenheit nicht als ein Instrument, um an ihn ranzukommen, nicht wie all die Berater, Sozialtanten und das Personal in den verschiedenen Erziehungsanstalten, denen er schon begegnet war.

Aber der ganze Mist brannte in ihm. Isaks Verrat. Mr. Eins: ein Mann, der Morde befahl. An seinen eigenen Leuten. Ein paar Abende zuvor hatte Simon Murray in der Kneipe Bello angesprochen.

»Ich habe gehört, dass Nikola mich treffen will«, hatte er gesagt.

Bello wollte mit Bullen nicht reden, hatte aber doch genickt und Murrays Vorschlag zu Ort und Zeit an Nikola weitergegeben.

Sie trafen sich in der Kiesgrube, demselben Ort wie letztes Mal. Derselbe tuntige Volkswagen.

»War das wieder dein Gorilla, der dich heute hier abgesetzt hat?«

»Falls Sie Bello meinen, der ist kein Affe. Aber ich weiß, dass ihr Bullen uns so nennt.«

Die Gesichtsfarbe von Fotze Murray wurde dunkler. »Ich hab es nicht so gemeint.«

Etwas weiter entfernt quietschte ein Kiesbagger, hier wurde heute gearbeitet – Nikola hatte gedacht, der Ort wäre aufgegeben. Er und Murray gingen weiter weg.

Der Bulle Murray war leicht außer Atem. »Nun, was willst du denn?«

»Ich will mit Ihnen über das reden, was Sie wissen.«
»Warum?«
»Weil hier gerade ziemlich viel Scheiß passiert. Ich will das alles beenden.«
»Das bezweifle ich. Ich glaube, ich habe das meiste verstanden.«
»Was haben Sie verstanden?«
»Ihr habt Yusuf und den anderen Typen versehentlich umgelegt, weil ihr dachtet, dass Yusuf hinter dem Mord an Chamon stecken würde.«
Nikola sagte nichts.
Simon Murray fuhr fort: »Aber jetzt glaubst du, dass Isak derjenige ist, der hinter allem steckt, stimmt's?«
Murray hatte es wirklich kapiert. Nikola musste etwas sagen.
»Warum sollte ich das glauben? Ich habe nichts gegen Isak. Er ist wie ein Mentor für mich.«
Murrays Stimme war jetzt fast ins Falsett umgeschlagen. »Das war er vielleicht, das bezweifle ich nicht, auch wenn das traurig ist, weil du einen anderen Weg hättest wählen können. Aber ich glaube nicht, dass du noch weiter Isaks Anhang bist.«
»Das ist Bullshit. Sie können nichts beweisen.«
»Davon hast du ja keine Ahnung.«
Nikola schob die Hände in die Taschen. »Warum wird man Bulle, das habe ich mich schon immer gefragt. Warum will man reingezogen werden, sobald was Schlechtes passiert?«, fragte er. »Ist es nicht netter, sich mit schöneren Sachen zu beschäftigen? Irgendwas läuft doch falsch mit euch.«
Die Schultern von Simon Murray sahen angespannt aus. »Wenn du mir ein paar Informationen gibst, dann kann ich vielleicht dafür sorgen, dass du rauskommst. Dann kannst du all das hier sein lassen.«

»Nein, Sie sind es, der alles sein lassen sollte«, erwiderte Nikola und nahm sein Handy raus. »Ich erinnere mich, dass Sie es total unfassbar fanden, dass Isak freigelassen wurde, obwohl die Anklage gegen ihn gerade eingereicht wurde und die Beweislage sehr gut war.«

»Ja, das war Zauberei, aber was hat das mit dem hier zu tun?«

Nikola tippte auf die Aufzeichnung, die er, als sie sich das letzte Mal an diesem Ort getroffen hatten, mit Simon Murray gemacht hatte. Fotze Murray sah noch röter aus, seine Mundwinkel rutschten nach unten.

»Jetzt hören Sie mir mal gut zu: Besser, Sie halten den Ball schön flach«, sagte Nikola, »denn auf dieser Aufnahme teilen Sie gerade geheime Informationen mit mir. Das ist ein Dienstvergehen, und ich muss Ihnen ja wohl nicht erklären, was das für Sie bedeutet. Damit ich diesen Scheiß nicht an Ihre Chefs schicke, will ich, dass Sie mir auf eine Frage antworten.« Murray wand sich – jetzt wurde ihm klar, warum Nikola sich mit ihm hatte treffen wollen.

»Ich will wissen, was das für eine Sache mit Isak ist.« Nikola verschränkte demonstrativ die Arme vor der Brust.

Dreißig Sekunden vergingen. Der Lärm der Straße rauschte im Hintergrund.

»Du bist ein kleines Aas, weißt du das?«, sagte Murray.

»Möglich, aber momentan sieht es für das eine Aas schlechter aus als für das andere. Erzählen Sie mir also, was Sie über Isak wissen und warum er rausgelassen worden ist.«

»Okay, okay. Wenn du den Scheiß löschst, den du da aufgenommen hast, dann kann ich erzählen, was ich weiß.«

Nikola streckte ihm die Hand hin. *Deal.*

Simon Murrays Hals sah angespannt aus. »Ich habe es selbst gerade erst erfahren. Als die Ermittlung gegen ihn eingestellt worden ist, wusste ich es nicht. Aber irgendwie hatte ich das Gefühl, dass hier was nicht stimmt. Isak ist seit langem Informant für die Landeskripo.«

»Was?«

»Du hast richtig gehört.«

Nikola hatte gehört, aber noch nicht begriffen. »Sagen Sie das bitte noch mal.«

»Doch, ich habe doch gesagt, dass ich mich mal etwas umgeschaut und dann Sachen kapiert habe. Isak hat die ganze Zeit auf unserer Spielfeldseite gespielt, hat uns Informationen gegeben, eine Beziehung zur Landeskripo aufgebaut, die Leute angeschwärzt, die ihm nicht passten, ans Messer geliefert, wer ihn störte. Und das genau war es, was Chamon rausgekriegt hatte: dass euer Boss ein Informant war. Frag mich nicht, wie, aber er hat es rausgekriegt. Und deshalb musste Isak ihn aus dem Weg schaffen. Der Angriff auf das Studio war von Anfang an gegen Chamon gerichtet, gegen niemanden sonst.«

Nikola hatte in seinem ganzen Leben noch nie so genau zugehört, aber er konnte es trotzdem nicht begreifen. Sagte dieser Bulle wirklich das, was da gerade bei ihm ankam?

»Was haben Sie da gesagt?«, fragte Nikola noch einmal. Er musste es begreifen. Er musste es noch einmal hören.

Sie standen einander gegenüber, ungefähr gleich groß. Murray – der Polizist, der die letzten Jahre ausschließlich damit verbracht hatte, Nikola und seine Bratans in den Knast zu bringen, der in den Zeitungen als »der Polizeiinspektor, der es zu seiner Berufung gemacht hat, in Södertälje aufzuräumen«, gepriesen wurde, der Bulle, der immer der gerechte, der ehrenhafte, der GUTE sein wollte. Jetzt wollte Nikola hören, was er da wirklich sagte.

Murray wiederholte alles noch einmal. »Und ich glaube«,

sagte er schließlich, »dass Chamon, nachdem er angegriffen worden war, das, was er wusste, Yusuf erzählt hat.«

Nikola dachte an Chamons Worte da im Krankenhaus, die der Freund nicht hatte aussprechen können, sondern nur auf einen Zettel geschrieben hatte: *Man kann niemandem vertrauen. Ich will aufhören.*

SHIT.

Das war alles viel kränker, als er gedacht hatte. Isak, der Boss, war nicht nur ein Mörder. Er war auch noch eine Ratte. Ein Sänger. Ein Verräter.

Jetzt musste er Mr. Eins wirklich fertigmachen, jetzt hatte er an allen Fronten die Berechtigung dazu. Es gab kein Zurück – aber um das zu schaffen, brauchte er Hilfe. Doch wer kam dafür infrage? Die erste Person, die ihm einfiel, die offenkundige erste Wahl, war Teddy. Aber sein Onkel war gerade erst festgenommen worden, und sie hatten lange nichts voneinander gehört. Nikola hatte selbst schon in U-Haft gesessen, das war kein guter Ort. Mit Bello konnte er das hier nicht angehen, es wäre von dem Kumpel zu viel verlangt, sich gegen Mr. Eins zu wenden.

Das Gefängnis, er dachte wieder an das Gefängnis, in das Teddy gesteckt worden war. Das war aber nicht nur ein schlechter Ort. Nikola hatte dort einen Freund gewonnen, den Mann, der seine Pausen im Nachbarkäfig verbracht hatte: Kerim Celalî. Der Typ, der mit dem Heli ausgebrochen war, wieder gefangen genommen wurde und dann aber wie von Geisterhand vor Gericht nur drei Jahre bekommen hatte. Kerim: Mafioso mit mehr als neun Leben. Der Typ, von dem alle sprachen, den sie den *neuen Kum* nannten, der ein Imperium aufzubauen schien, das ebenso groß war wie das vom alten. Nikola zählte Monate und Tage. Kerim müsste vor nur wenigen Wochen entlassen worden sein.

Roksana schlug die Augen auf. Nikola kroch näher an sie heran und legte das Gesicht ganz nah zu ihr. Als sie blinzelte, berührten ihre Wimpern die seinen. Er war völlig nackt, sogar Chamons Goldkette mit dem Kreuz hatte er auf den Nachttisch gelegt. Sie küssten sich. Er sah die Sorge in ihrem Blick – in der Nacht hatte sie von den Typen erzählt, die eine Mille Cash von ihr forderten und gedroht hatten, ihren Vater umzulegen, wenn sie die Kohle nicht beibrachte.

»Guten Morgen, Roxy.«

»Guten Morgen, Nicko. Bist du schon lange wach?«

»Ein Weilchen. Wie geht es dir?«

»Geht so, du weißt schon. In drei Tagen, am Mittsommerfest, wollen sie bezahlt werden.«

»Ich weiß. Was sollen wir machen?«

»Du hast schon genug getan, du hast mir Geld geliehen. Ich muss versuchen, meinen Vater davon zu überzeugen, dass ich von ihm irgendwie den Rest kriege.«

Nikola hatte ihr am vorigen Abend all seine Ersparnisse gegeben: einhundertvierundfünfzigtausend Kronen, die er immer in zwei von Gummibändern gehaltenen Rollen in seiner Hosentasche aufbewahrte. Aber das war kein Kredit, wie Roxy sagte – er hatte nicht vor, das Geld jemals zurückzuverlangen. Momentan überlegte er, ob er die Goldkette und das Kreuz auch verpfänden sollte, doch diese beiden Stücke gehörten ja eigentlich nicht ihm.

»Bist du sicher, dass ich nicht mal mit denen reden soll? Vielleicht kenne ich sie ja.«

Roksana streichelte die Narbe auf seinem Bauch, die körperlichen Spuren der Explosion, die er erlebt hatte. »Nein, das wird nicht helfen. Ich habe jetzt schon so viele Chancen bekommen.«

»Aber ich komme auf jeden Fall mit, wenn du dich mit

ihnen triffst. Kommt gar nicht infrage, dass du allein zu diesen Schweinen gehst.«

»Z. und ich haben sie immer die Verrückten genannt.«

Die Verrückten, dachte Nikola. Ich bin genauso wie die.

Sein Telefon meldete sich.

Eine Snapchat-Mitteilung. *Habe gehört, dass du dich treffen willst. Sag einfach wann, dann sage ich wo. Kerim*

Der *neue Kum* wollte sich mit ihm treffen – diese Chance musste er ergreifen. Nikola stand auf und begann, sich anzuziehen.

»Wann sehen wir uns wieder?«, fragte Roksana.

So weit hatte Nikola noch nicht gedacht. Er küsste sie auf die Stirn. »Ich weiß nicht.«

»Was machst du jetzt?«

Nikola kannte die Regeln, die herrschenden Gesetze unter den Brüdern. Trotzdem fühlte er sich so vertraut mit dem Mädchen, das da im Bett lag, dass er wollte, dass sie ihn ganz kannte.

»Ich werde in einen Krieg ziehen.«

»Wie meinst du das? Krieg?«

»Das ist schwer zu erklären.«

Er hörte, wie krank das klang, wenn er das Wort benutzte. Krieg.

51

Sie war in der zwanzigsten Woche schwanger, konnte aber nicht zu Hause schlafen. In wenigen Monaten würde sie ein Kind zur Welt bringen, war aber ihres Lebens nicht sicher. Und überall in der Stadt klebten Aushänge mit Bildern vom

Vater des Kindes. *Des Mordes an Millionär verdächtigter Mann aus Untersuchungshaft entkommen. Mordverdächtiger fesselt seinen Anwalt im Gefängnis. Mordverdächtigem und ehemaligem Entführer gelang die raffinierteste Flucht seit dem Helikopterausbrecher.*

Emelie und der *Mordverdächtige* saßen mit einem Laptop und Stapeln von Papieren im Hobbyraum unter *Kums* Villa. Loke hatte endlich Informationen geliefert, die er mit Hilfe des Trojaners aus dem Computersystem der Polizeibehörde hatte gewinnen können, doch ohne sie schon zu verarbeiten. Das war jetzt der Job von Emelie und Teddy: Voruntersuchungsprotokolle der alten Ermittlung von 2006 wegen Freiheitsberaubung gegen Teddy, das VU-Protokoll des Benjamin-Emanuelsson-Falls, die laufende Ermittlung, die Nina Ley innerhalb ihrer Spezialeinheit betrieb. Vieles von dem hatte Emelie zuvor bereits gesehen, aber da gab es auch Material, das neu für sie war, zum Beispiel die laufende VU gegen Teddy wegen des Mordes an Fredrik O. Johansson und weitere Ermittlungen, die Nina betrieben hatte, die Ermittlungen im Fall Joakim Sundén – den Bullen, der für die Schweine gearbeitet hatte, aber vor knapp zwei Jahren erschossen worden war. Wäre alles anders gewesen, dann hätten Teddy und sie jetzt entspannt Zeit zusammen verbringen können, doch das war nicht möglich.

Sie sortierten, strukturierten. Wollten den Umfang des Materials erfassen, Prioritäten festlegen. Sie lasen Verhörprotokolle, technische Analysen, polizeiliche Aktennotizen. Sie versuchten, bei all den vielen Details ein Ganzes und ein Muster zu erkennen. Das Netzwerk war größer, als sie angenommen hatten, die Ausbreitung der ganzen schrecklichen Umstände wurde ihnen bewusst, als sie den Berg von Material betrachteten.

Ab und zu kam *Kum* herunter und brachte ihnen Essen.

»Emelie, wie findest du meine Cevapcici?«

Emelie liebte die Lammfleischwürste, obwohl es um ihren Appetit nicht gut bestellt war.

»Und es sieht ganz so aus, als würdet ihr euch hier unten bei mir wohlfühlen.«

Der Raum war schön, zwei große Sofas, ein riesenhafter Fernseher mit allen Spielen und Streamingkanälen, die man sich nur denken konnte, dazu zwei zusammengeklappte Betten, in denen sie und Teddy nachts zu schlafen versuchten.

Teddy sagte: »Ich werde dir ewig dankbar sein.«

Kum ging die Treppe hinauf, blieb aber auf der Hälfte stehen und schob den Kopf über die Metallstangen des Geländers: »Eine Staranwältin und einer meiner besten Männer. Ihr dürftet das, was ihr hier vorhabt, hinkriegen. Und ihr solltet es schaffen, dass du freigesprochen wirst, nicht wahr, Teddy?«

Emelie wünschte, sie könnte so sicher sein wie der Mann auf der Treppe, Teddys alter Gottvater. Sie wusste nur nicht, wie sie es anstellen sollten.

In einem der Polizeiberichte in der Ermittlung zum Mord an Fredrik O. Johansson sah Emelie, dass eine Überwachungskamera auf dem Herrensitz gefilmt hatte, wie Fredriks Range Rover nach dem Mord vom Haus weggefahren war. Die Polizei verdächtigte Teddy, sich des Wagens bemächtigt zu haben. Emelie und Teddy aber wussten, dass es der Mann gewesen sein musste, der mit dem Samsonite-Koffer verschwunden war. Die Polizei hatte die Mautstationen an der Einfahrt in die Stockholmer City kontrolliert und gesehen, wie das Auto vierzig Minuten später die Stadtgrenze passiert hatte.

Emelie musste an die Person denken, die Katja bedroht hatte und danach mit einem Uber-Taxi in die City gefahren war. Und dann musste sie an die Firmengeschäfte für die Verwaltung des Herrensitzes denken, die von der Kanzlei Leijon geführt wurden. Sie hatte eine Idee.

»Ich muss mal weg«, sagte sie zu Teddy. »Muss in der Stadt etwas überprüfen.«

Sie stand am Eingang des Hauses, in dem sich die Kanzlei Leijon befand. Im Erdgeschoss gab es eine chemische Reinigung, ein Skigeschäft und einen Seven Eleven.

Sie betrat den Seven Eleven und erkannte sofort den Angestellten, der schon dort gearbeitet hatte, als sie noch jeden Tag in dieses Haus gegangen war.

»Hallo, Gregory«, sagte sie und lächelte so breit, dass es fast wehtat, »lange nicht gesehen. Wie geht's?« Glücklicherweise trug er ein Namensschild auf der Schürze.

Gregory schien sie zu erkennen, immerhin war sie damals eine Großkundin in Sachen Süßigkeiten gewesen.

»Alles gut, arbeiten Sie nicht mehr bei Leijon? Sie waren ja bestimmt ein Jahr nicht mehr hier.«

»Doch, doch, ich bin noch da. Aber ich versuche, gesünder zu essen. Sie wissen ja, Zucker soll angeblich lebensgefährlich sein.«

Gregory hatte Sommersprossen und sah immer noch wie siebzehn aus, obwohl er wahrscheinlich mindestens zweiundzwanzig war.

»Ich habe eine Frage«, sagte Emelie, »oder besser gesagt, die Kanzlei hat eine Frage. Wäre es möglich, dass wir Zugang zu den Filmen von Ihrer Überwachungskamera bekommen, die Sie da draußen angebracht haben?«

Gregory zupfte sich an der Nase. »Warum denn?«

»Ach, es gab einen Vorfall vor ein paar Wochen, den wir gern überprüfen würden, und es ist so unnötig, die Polizei wegen irgendwelcher Kleinigkeiten zu belämmern. Ich will einfach nur sehen, ob eine gewisse Person an einem bestimmten Tag ins Büro gekommen ist.«

»Aha.«

»Wie lange heben Sie die Filme auf?«

Jetzt bohrte sich Gregory tiefer in der Nase. »Mehrere Monate, und das ist alles hier hinten auf dem Computer.« Er gestikulierte zu einer Tür hinter dem Tresen. »Da können Sie kucken, so viel Sie wollen.«

Zehn Minuten später hatte Emelie genug gesehen – der richtige Abschnitt war schnell zu finden gewesen. Die Überwachungskamera von Seven Eleven deckte auch einen Teil des Eingangs zur Kanzlei Leijon ab, und sie wusste, nach welchem Datum sie suchte. Am selben Tag, als der Mord draußen auf dem Herrensitz geschehen war, exakt vierzehn Minuten und zwölf Sekunden nachdem der Wagen von Fredrik O. Johansson die Mautstationen in die Stadt hinein passiert hatte, konnte man auf der Überwachungskamera erkennen, wie ein Mann durch den Eingang ging und einen Samsonite-Koffer in ebender Farbe, die Teddy beschrieben hatte, hinter sich herzog. Mit anderen Worten, der unbekannte Freund von Fredrik O. hatte sich draußen auf dem Herrensitz den Koffer gegriffen, war mit Fredriks Auto in die Stadt gefahren und hatte dann den Koffer mit in die Anwaltskanzlei Leijon genommen.

Es gab nur ein Problem: Die Überwachungskamera von Seven Eleven deckte nicht den gesamten Eingang ab. Man konnte den Kopf des Mannes, der den Koffer reinrollte, nicht sehen, der war nicht mit auf dem Bild.

Vielleicht befand sich der Koffer nicht mehr im Haus, aber allein die Möglichkeit, dass alles, was Fredrik O. Johansson hatte verschwinden lassen wollen, alles, was er hatte verbergen wollen, noch da in Reichweite war, machte ihr klar: Sie musste da rein, musste versuchen, an den ganzen Mist heranzukommen. An die Beweise.

Emelie ließ sich an Jossans Küchentisch nieder.

»Was ist eigentlich los?«, fragte die Freundin. »In der ganzen Stadt wimmelt es von Aushängen mit dem Bild von Teddy.«

»Ja, das ist ein bisschen unangenehm.«

»Ein *bisschen* unangenehm? Du steckst da doch irgendwie mit drin, es war immerhin dein Anwalt, den er im Besucherzimmer gefesselt hat, oder?«

»Ich bin da mit drin. Und du hast recht, es ist nicht nur *ein bisschen* unangenehm. Es ist das Schlimmste, was ich je erlebt habe.«

Jossan schob den Unterkiefer vor. Sie sah skeptisch aus – diese Miene hatte Emelie noch nie an ihr gesehen. Es machte ihr Angst. Scheinbar hatte Jossan heute keine Lust auf Witze.

»Wie sehr bist du da eigentlich drin?«

»Sehr. Zum Beispiel ist Teddy der Vater von dem Kleinen hier drin.« Emelie strich sich über den Bauch.

Josephine sah aus, als hätte sie eben die Nachricht erhalten, dass sie selbst mit Drillingen schwanger sei. »Machst du Witze? Du hast doch gesagt, du wüsstest nicht, wer der Vater ist.« Doch dann lachte sie und war wieder sie selbst. »Pippa, euer Kind wird so unglaublich goldig werden. Also, das wäre es natürlich sowieso geworden, aber jetzt, wo ich weiß, wer der Vater ist, ist mir klar, dass es ein Babymodel werden wird. Vielleicht für Bonpoint, die machen fantastische Kleider für Kinder. Hast du die schon mal gesehen?«

Emelie musste lächeln. »Ich möchte mich zum vierzigjährigen Jubiläum für Alumni anmelden.«

Jossan lachte wieder, aber auf andere Art. »Nein, Emelie, es ist zu spät, es sind nur noch drei Tage bis dahin. Ich hatte es so verstanden, dass du nicht kommen wolltest, und der Anmeldetermin ist längst verstrichen.«

»Aber ich muss auf dieses Fest gehen können«, sagte Emelie. »Ich will in die Kanzlei, mich umsehen.«

»Ich habe das dringende Gefühl, dass du aus einem anderen Grund auf das Fest kommen und dich umsehen willst, als es gedacht ist.«

»Könnte man so sagen, aber mehr musst du nicht wissen. Sorge einfach dafür, dass ich kommen kann.«

Josephine zeigte auf Emelies Bauch. »Okay, Pippa, ich regele das, aber unter einer Bedingung.«

»Die wäre?«

»Dass ich die Patentante von dem kleinen Zuckerschweinchen in deinem Bauch werde.«

52

Roksana hatte in dieser Nacht Dinge geträumt, die sie noch nie geträumt hatte. Oder war es vielleicht kein Traum gewesen? Waren sie und Nikola in einer der hellsten Sommernächte des ganzen Jahres mit einem Motorrad über die Dächer von Akalla geflogen? Waren sie wirklich über den Wald geflogen und hatten so lange gekreist, bis sie eine Wiese gefunden hatten, um zu landen, waren dann von der Maschine abgestiegen und hatten sich ins Gras gelegt und zu dem heller werdenden Himmel hinaufgeschaut? Aber sie wusste, dass es ein Traum war, denn Nikola war nicht da.

Das Leben war schizo im Moment: Auf der einen Seite

empfand sie für diesen Typen etwas, das sie noch nie zuvor gefühlt hatte, eine Aufregung, die sie mit blubbernden Blasen erfüllte. Auf der anderen Seite war sie nicht einmal im Entferntesten so weit, die Forderungen der Verrückten erfüllen zu können, auch wenn Nikola ihr all sein Geld geliehen hatte. Sie überlegte, ob sie ihre Eltern bitten sollte, doch zu Tante Etty nach Teheran zu fahren, auch wenn ihr Vater niemals wieder dort gewesen war. In zwei Tagen war Mittsommer – der letzte Tag. Der Bestimmer hatte verfügt, dass sie sich um fünf Uhr nachmittags treffen würden. Z. weigerte sich immer noch, sich bei ihr zu melden – Roksana überlegte schon, zu seinen verdammten Eltern zu fahren und ihn eigenhändig wegzuzerren. Aber sie wusste nicht genau, wo die wohnten.

Alles lag nun an ihr. Es war *wirklich* vorbei. Es war vorbei für *Baba*.

Sie zog sich die Decke bis zum Kinn. Wie konnte es mitten im Sommer so kühl in der Wohnung sein?

Sie fragte sich, warum Nikola nichts von sich hören ließ. Tatsache war, dass er in den letzten vierundzwanzig Stunden nur einmal ans Telefon gegangen war, und da schien er in Gedanken ganz woanders zu sein und weigerte sich zu erzählen, wo er war, oder sie zu sich nach Hause kommen zu lassen. Mitten in den schönen Gefühlen begann sie, Ärger zu empfinden. Und sie fürchtete, dass der Grund für sein Verhalten der Krieg war, von dem er geredet hatte. Das klang gar nicht gut.

Ein Schlüssel drehte sich im Schloss herum. Jemand kam.

Kurz darauf saß sie im Wohnzimmer. Ihr gegenüber stand Z. Es war schön, dass er wieder da war, auch wenn sie nicht verstehen konnte, warum er sie nicht angerufen hatte. Vor ihm auf dem Fußboden standen eine Reisetasche und ein Karton.

Er hatte zerschlissene Jeans an und ein T-Shirt, das von der amerikanischen Präsidentenwahl sein musste: ein blau-rotes Bild von hochstehendem Haar und zwei Kämmen. Dort stand: *We shall overcome Trump.*

»Ich werde umziehen«, sagte er.

Sie hatten nicht miteinander gesprochen, seit er aus dem Gefängnis raus war, und das hier war das Erste, was Z. zu ihr sagte. »Ich habe meinen Eltern versprochen, Stockholm zu verlassen, und mein Vater hat mir einen Praktikumsplatz in einem Steuerberaterbüro in Västerås besorgt.«

Roksana sah zu dem Karton. Er hatte die Musikanlage in Handtücher gewickelt und verpackt. »Und was ist mit den Verrückten?«, fragte sie. »Wir müssen doch irgendwie das Geld zusammenbringen, um sie zu bezahlen. Und wir haben nur noch zwei Tage, dann töten sie meinen Vater.«

Z. sah sie an. Sein Blick wirkte fremd, so als würde er einen K-Kunden ansehen oder jemand anderen, den er nicht kannte, als wäre sie nicht mehr seine beste Freundin und WG-Mitbewohnerin, als hätte es alles das, was sie im letzten halben Jahr durchlebt hatten, nicht gegeben. ZWEI TAGE. Das war doch geisteskrank. Sie begriff nicht, wie Z. so ruhig tun konnte, aber so war es ja die ganze Zeit gewesen, er tat nur so als ob. Ihre Gedanken aber waren von dem ganzen Scheiß bestimmt, der wie eine patschnasse Decke die ganze Zeit auf ihr lag – ZWEI TAGE. Dann würden sie sich *Baba* greifen.

Z. klappte die Reisetasche zu und verklebte den Umzugskarton. Roksana wusste nicht, wie er die Sachen wegschaffen wollte, vielleicht hatte er Billies Auto geliehen. Sie folgte ihm in den Flur.

»Z., was sollen wir tun? Wir müssen uns was ausdenken.«

Da hatte Z. wieder diesen Blick. Er öffnete die Tür, stellte Reisetasche und Karton in den Vorraum, dann kam er wieder in den Flur und zog die Tür bis auf einen kleinen Spalt zu. »Ich fahre jetzt.«

»Hörst du denn nicht, was ich sage? Wir müssen uns was ausdenken, um das Geld zusammenzukriegen.«

»Ich habe meinen Teil erledigt.«

»Was sagst du?«

»Ich habe mit Hilfe meines Vaters einen Kredit aufgenommen und habe ihnen fünfhunderttausend Kronen bezahlt. Ich konnte einfach nicht mehr, die haben auch gedroht, meine Familie zu töten.«

»Aber wir sind eine Million schuldig.«

»Ich weiß, aber ihr Bestimmer hat gesagt, wenn ich die Hälfte beibringe, dann wäre er mit mir fertig. Also habe ich das gemacht. Ich bin den Verrückten nichts mehr schuldig. Ich bin fast dabei draufgegangen, Roksana. Aber jetzt bin ich frei.«

In ihrem Kopf drehte sich alles, und ihr tat das Herz weh, wie entzündet.

»Aber von mir wollen sie immer noch fünfhunderttausend?«

Z. machte die Tür wieder auf. »Ja, sie wollen ihr Geld von dir. Aber du solltest mir dankbar sein, jetzt musst du nur noch die Hälfte beschaffen, keine ganze Million.«

Er sah weg. Nahm seine Tasche.

»Das heißt, du haust jetzt einfach ab. Ich dachte, wir würden zusammenhalten«, sagte Roksana.

»Man kann nicht immer zusammenhalten.«

»Hast du denn gar keinen Stolz im Leib?«

Z. lächelte schief. »Ich sage es mal wie Hugo Rask in *Widerrechtliche Inbesitznahme*: ›Ich habe keinen Stolz, denn Stolz hängt mit Scham und Ehre zusammen, und ich bin schamlos und habe keine Begriffe für das, was andere mit Ehre verbinden.‹«

Sie hatten es sich zur Angewohnheit gemacht, einander immer gegenseitig Lena Andersson zu zitieren, aber glaubte er wirklich, Roksana würde jetzt darüber lachen? Sie blieb in der Tür stehen und rang nach Worten. Z. hatte vor abzuhauen – er hatte *sein* Problem gelöst.

»Dann bis später«, sagte er und schlug die Tür fünf Zentimeter vor ihrer Nase zu. Sie wollte sie wieder aufreißen und etwas zu ihm sagen, konnte sich aber nicht rühren. Nein, sie wollte nichts sagen. Sie wollte ihm ins Gesicht schreien. Ihn anspucken. Ihn schlagen, ihm zeigen, was der Begriff Ehre bedeutete.

Vor allem: Jetzt brauchte sie Nikola mehr denn je. Aber er war nicht hier. Er war nie da, wenn sie ihn brauchte, sondern ging nur weiter seinem ungesunden Lebensstil nach.

Die Wut wallte in ihr auf wie eine vulkanische Schnellzündung.

Alle waren sie Schweine.

53

Kums Hobbyraum, oder besser gesagt sein umgebauter Keller, war Teddys Gefängnis, aber gleichzeitig auch seine Freiheit. Jetzt musste er nicht mehr zusammengekauert in einem Auto schlafen, jetzt konnten Emelie und er richtig mit allem arbeiten, ohne dass er sich hinter Sonnenbrillen, Gesichtsoperationen oder seltsamen Bärten verbergen musste.

Sie waren weitergekommen. Sie wussten, dass die Anwaltskanzlei Leijon auf irgendeine Weise in die Sache verstrickt war. Emelie würde morgen hingehen. Doch es war nicht sicher, dass sie das Material finden würde, das Fredrik O. vom

Herrensitz hatte verschwinden lassen wollen. Die Unterlagen konnten da ja überall sein, wenn es sie überhaupt noch gab.

Sie brauchten mehr. Sie gruben weiter.

Am Abend fand Teddy etwas Interessantes: eine Voruntersuchung über Insidergeschäfte und Steuervergehen von 2006, die dem Material beilag. Sie bestand aus über siebenhundert Seiten, meist Analysen des Börsenhandels und Kursbewegungen verschiedener Aktien, aber auch ein ausgedehnter Lauschangriff gegen eine Person namens Hugo Pederson und drei Polizeivernehmungen mit ihm. Die Ermittlung als solche war eingestellt worden – Grund dafür war, dass das Dezernat für Wirtschaftsverbrechen meinte, nicht wirklich beweisen zu können, dass die Geschäfte durch die Ausnutzung von *Informationen, die für die Allgemeinheit nicht offiziell zugänglich waren*, sogenannte Insiderinformationen, erfolgt waren – wahrscheinlich war das Dezernat von seiner eigenen schlechten Erfolgsstatistik, was diese Sorte Klagen anging, abgeschreckt worden.

Aber wie war diese Voruntersuchung hier gelandet? Hatte Loke sie aus Versehen kopiert? Er begann zu lesen und kapierte erst mal gar nichts, bis er zum letzten Teil kam – den abgehörten Telefongesprächen von Hugo Pederson. Da begriff er.

Als er fertig war, las er alles noch einmal. Ganz hinten in den Unterlagen fand sich ein langes Polizeiverhör mit Pederson. Es ging dabei zu neunzig Prozent um die angeblichen Insidergeschäfte. Pederson redete sich elegant heraus, wie er und sein Freund keine Steuern für das verdiente Geld hatten zahlen wollen und wie sie deshalb ein separates Telefon für ihre Gespräche benutzt hatten, dass aber alle Geschäfte sorgfältig berechnet und auf Informationen gegründet waren, die genügend Menschen bekannt gewesen waren, um als offiziell zu gelten. Teddy konnte verstehen, dass das Dezernat den Verdacht hatte fallen lassen, denn es wäre schwer gewesen, Hugo Pederson zu verurteilen, vor allem, da er eine Selbstanzeige gemacht hatte und sowohl Steuern als auch Schadensersatz gezahlt hatte. Doch am Ende des Verhörs stellten sie Fragen zu der Entführung, die er mit angesehen hatte. Teddy spürte, wie sich seine Nackenhaare sträubten. Manchmal sah er zu Emelie hinüber, fragte sich, ob sie merkte, wie es in ihm rumorte, als er die Antworten von Hugo Pederson las.

Sie lag halb auf dem Sofa mit dem Computer auf dem Schoß und sah müde aus, aber Teddy wusste, dass sie hoch konzentriert war.

Hugo war es gewesen, der sich, hauptsächlich weil es ein lustiger Namensverdreher war, Peder Hult nannte, was er in dem Verhör auch zugab. Doch er weigerte sich, auch nur einen einzigen Namen der Personen zu nennen, die er draußen auf dem Herrensitz kennengelernt hatte, oder wer der Kontakt war, über den Mats eingeladen worden war. Die Polizisten setzten ihn unter Druck, das konnte man an ihren Fragen erkennen, doch dieser Hugo Pederson hielt stand. Teddy aber konnte die Verbindung erkennen: Der Typ, den Hugo Pederson nie erwähnte, musste Fredrik O. Johansson sein. Es gab allerdings noch eine weitere aktive Person, nämlich im Telefongespräch Nummer einhundertacht. Er las dieses abgehörte Telefongespräch zehnmal. Die Einleitung las er *zwanzigmal.*

Telefongespräch Nr. 108
An: Hugo Pederson
Von: Unbekannt
Datum: 23. September 2006
Zeit: 21:45

HUGO: »Hallo?«
UNBEK.: »Hallo, ich bin's.«
HUGO: »Wer?«
UNBEK.: »Erkennen Sie meine Stimme nicht?«
HUGO: »Doch, jetzt, entschuldigen Sie. Hallo.«
UNBEK.: »Ich hätte ein paar Fragen zu Ihrem Berater.«

Hugo Pederson – alias Peder Hult – wusste, mit wem er da sprach, er erkannte die Stimme. Er kannte die Person, die ihn angewiesen hatte, dafür zu sorgen, dass Mats Emanuelsson an den richtigen Ort kam, um entführt zu werden. Doch diesen Namen hatte er der Polizei nie verraten.

Teddy suchte im Netz nach der Telefonnummer von Hugo Pederson. Er musste den Typen erwischen, denn die Zeit raste. Er stieß auf einen Anrufbeantworter.

»*This ist Hugo Pederson, please leave a message after the beep.*« Warum der Typ wohl Englisch redete?

»Hallo, ich würde Sie gern so schnell wie möglich treffen, es ist sehr eilig und geht um den alten Verdacht der Polizei gegen Sie«, sprach Teddy auf und hinterließ eine Telefonnummer, unter der er erreicht werden konnte.

Emelie hatte die Beine aufs Sofa gelegt, und jetzt sah es fast so aus, als würde sie mit offenen Augen schlafen. »Wen hast du angerufen?«

»Ich muss morgen auch mal weg«, erwiderte Teddy.

Sie sah von ihrem Computer auf. »Willst du Mittsommer ohne mich feiern?«

Teddy lachte. »Du gehst doch zu dieser Jubiläumsfeier.«

»Was hast du vor?«

»Ich muss den Mann besuchen, der mich bei der Polizei angezeigt hat, den Mann, der dafür gesorgt hat, dass ich acht Jahre im Gefängnis saß. Hugo Pederson heißt er, doch er nennt sich Peder Hult, und ich glaube, er weiß, wer die Unterlagen hat, nach denen du in der Kanzlei Leijon suchen wirst.«

54

»Danke noch mal für die Süßigkeiten, das werde ich dir nie vergessen.«

Kerim Celalî sah, verglichen mit der Zeit, als Nikola ihn im Gefängnis gesehen hatte, fast fett aus – das Letzte, was er von dem *neuen Kum* gesehen hatte, war, wie er durch ein zersägtes Gitter zu einem Helikopter hochgezogen worden war, der wie ein riesenhaftes *Independence Day*-Raumschiff über dem U-Haft-Gebäude gethront hatte.

Sie standen auf der Vorderseite des Stadshuset, mitten in Stockholms City, und schauten übers Wasser. »Ich wohne jetzt hier«, sagte Kerim und lachte laut. »Kannst du dir mich in diesem Reservat hier vorstellen?«

»Gefällt es dir?«

»Nee, eigentlich nicht. Mir fehlt Bredäng. Aber meine Braut will hier wohnen, sie glaubt, das würde was bedeuten. Aber ich sage: Du kannst zwar Kerim aus dem Viertel nehmen, aber niemals das Viertel aus Kerim.«

Nikola war froh, dass er sich darauf eingelassen hatte, ihn sofort zu treffen.

»Du musst wissen«, grinste Kerim, »dass diese Süßigkeiten, die du für mich besorgt hast, als sie mich wieder eingefangen hatten, mich am Leben erhalten haben. Das ist schon schräg, wie zehn kleine Lakritzbonbons einem mehr Hoffnung geben können als alle Scheine, Anwälte und reingeschmuggelten Handys zusammen. Diese zehn kleinen Stückchen bedeuteten für mich, dass es in dieser Welt nette Menschen gibt, nicht nur Arschlöcher. Also, wenn du mich sehen willst, mein Freund, komme ich immer.«

Vor ihnen lag ganz Södermalm: Massenhaft alte Häuser mit Zinnen und Türmchen – es sah aus wie in einer Ritterburg, mit dem steil abfallenden Berg wie eine fette Mauer gegen das Wasser und mit all den Leuten, die da raufwollten. Nikola war noch nie beim Stadshuset gewesen, aber das Gebäude selbst kannte er natürlich. Die Silhouette des Hauses war auf den Sitzen der U-Bahn abgebildet und kam in jeder Werbung für die Stadt vor. Es war schon verrückt, dass dieses Gebäude das wichtigste Symbol für Stockholm war und er keine Ahnung hatte, was die darin eigentlich machten.

»Aber du wolltest wahrscheinlich nicht nur die Aussicht mit mir bestaunen, nehme ich an«, sagte Kerim.

»Nein, ich habe ein fettes Problem«, erwiderte Nikola und erklärte, was er wollte. Nach zehn Minuten war er fertig.

Kerims Vorderzähne waren in schlechtem Zustand, sie sahen aus, als wären sie mit Lakritz eingeschmiert. »Du willst also deren neuer Boss werden? Du willst Mr. Eins beerben?«

So hatte Nikola überhaupt noch nicht gedacht. »Ich weiß nicht«, gestand er, »aber ich brauche deine Rückendeckung, wenn ich diesen Motherfucker abräumen will.«

Kerim hörte auf zu grinsen. »Das ist keine Kleinigkeit, die du da sagst, mein Lieber, und was du damit ins Rollen bringen kannst, ist auch keine Kleinigkeit. Aber ich habe Respekt vor deiner Willenskraft.«

Der *neue Kum* hatte sich einen gesetzten Tonfall angeeignet, er sprach langsam und deutlich, buchstabierte sozusagen jedes Wort. »Und ich respektiere dich auch als Freund. Aber nichts ist gratis, nicht einmal Freundschaft.«

Nikola wartete, was jetzt kommen würde. Ihm war klar, dass er seine Seele an den Teufel verkaufte, auch wenn dieser momentan recht freundlich wirkte.

»Ich werde dir geben, was du haben willst. Aber eine Hand wäscht die andere.«

»Was heißt das?«

Kerim legte den Kopf schief, und es sah aus, als würde er sich an einem Ohrläppchen ziehen. »Manchmal kriegen wir Auftragsjobs rein. Wir nehmen sie an, wenn genug Geld im Spiel ist und um in Übung zu bleiben. Kannst du mir bei so einem helfen?«

»Was soll ich da für dich machen?«

»Das weiß ich noch nicht. Aber es kommt bestimmt bald was, ich habe einen Auftraggeber, der gerade ziemlich fickerig ist, das weiß ich. Wir haben eine Sache für ihn im Gefängnis gemacht, die ziemlich übel ausgegangen ist.«

»Im Gefängnis drin?«

»Ja, total krank, ich weiß, ich hatte einen Typen, der da gearbeitet hat, aber jetzt auf einem Auge nichts mehr sieht.«

»Soll ich jemanden umbringen?«

»Das weiß ich noch nicht, sage ich doch. Einer von uns meldet sich, wenn es einen Auftrag gibt.«

»Kann man euren Auftraggebern vertrauen?«

»Ja, verdammt noch mal. Wir haben vorher schon Sachen für den gemacht, nicht nur im Gefängnis. Das Einzige, was du tun musst, ist eine Waffe besorgen.«

»Ich weiß nicht.«

Kerim hob den Kopf und starrte ihn an. »Wenn du dabei bist, dann wirst du Instruktionen bekommen, was du machen sollst. Und so was liegt doch bei dir in der Familie, oder? Dein Onkel, den kennen doch alle, der war eine Legende, als ich ein *Kid* war, der war doch der König des Kidnappings.«

Der *neue Kum*: Nikola brauchte Kerims Rückendeckung. Seinen Schutz.

Er schüttelte Kerims Hand. »Okay. Rechne mit mir. Ich bin dabei.«

TEIL IV

Mittsommerfest

55

Der Aperitif wurde auf der Dachterrasse serviert, von der aus man eine Rundumaussicht über Stockholm hatte.

Emelie war froh, dass Jossan hier war. Sie war ihr Anker, denn auch wenn sie mit den meisten dieser Menschen schon einmal zusammengearbeitet hatte, fühlte sie sich heute doch wie eine Fremde.

Es war ein schöner Tag. Emelie versuchte, ihr Champagnerglas so entspannt wie möglich zu halten. Ab und zu setzte sie es an den Mund und spürte, wie die kleinen Bläschen auf ihre Lippen trafen. Aber sie trank nicht – die Bewegung war nur Show. Ihr Bauch war rund, aber sie trug ein locker fallendes Kleid und eine Strickjacke darüber, sodass nicht jeder es zwangsläufig erkennen müsste, aber das war nun auch egal. Sie überlegte, wie sie später in die inneren Teile der Kanzlei würde vordringen können – die Flure und die Büros waren für Klienten und für ehemalige Mitarbeiter nicht zugänglich.

Nach einer Weile erhob sich Magnus Hassel über alle anderen, Emelie konnte nicht erkennen, ob er auf einem Stuhl oder einem Hocker stand. Er schlug an sein Glas.

»Dann möchte ich die Gelegenheit nutzen, alle willkommen zu heißen und ein paar kurze Worte zu sagen.« Er trug einen hellbeigen Leinenanzug, der zu dünn aussah – Mittsommer war doch immer kühler, als man zugeben wollte. Auf dem Kopf hatte er einen Panamahut, der noch unpassender wirkte – als würde er sich irgendwo in Italien auf einer Strandpromenade tummeln.

»Wir bei Leijon sind froh darüber, Sie, unsere ehemaligen Mitarbeiter, jedes Jahr zum Alumni-Treffen einladen zu dürfen, doch in diesem Jahr ist es etwas ganz Besonderes. Wir feiern die letzten vierzig Jahre. Und wenn ich mich so mit Ihnen unterhalte, dann merke ich doch, dass man, wenn man einmal Teil der Leijon-Familie war, immer diese besondere Aura in sich trägt, die diese Kanzlei auszeichnet.«

Magnus erhob sein Glas, um zu prosten, brachte jedoch keinen Toast aus, sondern sprach weiter. Emelie wusste sehr gut, worum es hier ging: Klienten umgarnen. Wenn die Chefjuristen der größten schwedischen Unternehmen juristische Dienste einkauften, dann sollte Leijon der erste Name sein, der in ihren Köpfen auftauchte. Und was konnte eine bessere *Connection* darstellen, als wenn die betreffenden Chefjuristen selbst in der Kanzlei gearbeitet hatten und eben zum nettesten Fest des Jahres eingeladen worden waren? Trotzdem wirkte es etwas verstörend, eine solche Veranstaltung ausgerechnet auf den Tag des Mittsommerfestes zu legen.

Magnus streckte sein Glas immer noch hoch und hielt damit alle in der Warteschleife. »Deshalb bin ich besonders froh, heute zusammen mit Ihnen auch unsere obere Etage und die Dachterrasse einweihen zu können«, sagte er. »Leijon *ist* nicht nur die Nummer eins in der Rangliste der Geschäftskanzleien des Nordens, man soll auch sehen können, dass wir es wirklich sind.«

On top of the world. Die Straßen unten waren gähnend leer, als wäre die Stadt von der Pest heimgesucht worden. Mittsommer: der ödeste Tag des ganzen Jahres.

Das Mittagessen wurde draußen auf der Terrasse serviert. Da oben hatten sie sogar eine moderne Interpretation des Mittsommerbaums aufgebaut: ganz aus Aluminium. Emelie landete zwischen Anders Henriksson und einem Typen, der bei der Kanzlei aufgehört hatte, noch ehe sie dort anfing, und inzwischen Unternehmensjurist bei ExActor war, einem IT-Unternehmen, das den Verkehrsfluss im Internet berechnete. »Ich habe in meinem Unternehmen durchaus Optionen, also wenn es eine Teilhaberschaft wird, dann werde ich, das habe ich ausgerechnet, die eintausenddreiundzwanzig-reichste Person in Schweden sein«, verkündete dieser und hielt Emelie sein Glas hin, um mit ihr anzustoßen. Emelie fragte sich, warum es noch keine Teilhaberschaft geworden war, obwohl der Typ offensichtlich seit nunmehr acht Jahren in seinem kleinen Unternehmen saß.

Schräg gegenüber saß Jossan, wofür sie ewig dankbar war. Als Anders Henriksson von der bald beginnenden Wildschweinjagd berichtete, begann sie einen Monolog darüber, dass sie eigentlich vorgehabt hätte, an diesem Tag ausschließlich vegetarisches Essen servieren zu lassen. »Das neue Sternelokal von Mathias Dahlgren, Rutabaga, ist komplett vegan. Daran sieht man ja, was momentan angesagt ist.«

Emelie wusste nicht, ob sie Witze machte, aber auf jeden Fall liebte sie es, dass Jossan sie immer wieder an die Grenze zu einem Kicheranfall treiben konnte. Heute allerdings nicht. Sie begriff nicht, wie Jossan es wagen konnte, so frech zu sein. Aber vielleicht hatte sie positive Nachrichten erhalten. Josephine war jetzt seit über sieben Jahren in dieser Kanzlei, und alle kannten das System bei Leijon. Das stand natürlich nirgends im Informationsmaterial der Kanzlei, auf der Website oder in den Broschüren, die man an die Topstudenten der Universitäten austeilte – doch das Prinzip, nach dem man verfuhr, wurde intern *up or out* genannt. Wenn man nicht in der Gehaltsliste nach oben stieg, wenn die Teilhabergemeinschaft nicht bestätigte, dass man nach wie vor auf dem richtigen Weg war, *on track*, dann wurde erwartet, dass man sich einen neuen Job suchte. Man wurde allerdings nicht gekündigt oder rausgekickt. Es geschah auf eine elegantere Art – plötzlich tauchten ohne weitere Kommentare Suchanzeigen für Juristen bei Unternehmen oder größeren staatlichen Behörden in deinem Eingangskorb auf. Aber Jossan hatte nichts erwähnt, dass sie einen guten Bescheid erhalten hatte oder dass irgendetwas im Gange sein könnte. Die Freundin pflegte immer zu analysieren und vorherzusagen, was in den Entwicklungsgesprächen gesagt werden könnte, und machte sich schon Wochen vorher Sorgen.

Der eingelegte Hering und die neuen Kartoffeln, die als Vorspeise gereicht wurden, waren erhaben, und die gebackenen Kalbsrippchen als Hauptgericht fantastisch. Emelie redete nicht viel, sondern lächelte hauptsächlich und versuchte, sich uninteressant zu machen. Auch Anders Henriksson hielt eine Rede zu Ehren der Kanzlei und skizzierte die Geschichte von Leijon.

»Als diese Kanzlei vor vierzig Jahren begann, konnten viele schwedische Anwälte nicht mal das Wort *transaction* buchstabieren. Heute haben wir Alumni hier, die sowohl an der Columbia als auch in Cambridge Kurse in juristischem Englisch geben.«

Die Leute applaudierten. Emelie tauschte, als niemand hinsah, ihr Schnapsglas, das nach Henrikssons Rede ausgeteilt worden war, gegen das leere von Jossan aus.

Das Mittagessen neigte sich seinem Ende zu. Zum Nachtisch gab es Erdbeeren und Sahneeis.

Jetzt war die Terrasse fast leer. Viele hatten noch andere Verabredungen mit Familie und Verwandten, zu denen sie nun eilten. Das Cateringpersonal war dabei abzudecken. Josephine hatte sich verabschiedet, sie wollte nach Hause und sich für den Abend umziehen.

Emelie sah die Geschenktüten hinten bei der Treppe, die von der Terrasse hinunterführte, aufgereiht. Leijon ließ sich nicht lumpen. Sie hatte ihrem ehemaligen Arbeitgeber ihren Respekt erwiesen, war höflich gewesen, hatte sowohl mit Magnus Hassel als auch mit Anders Henriksson gesprochen. Jetzt musste sie rein – runter. Sie beobachtete Hassel aus der Entfernung – als sie sah, dass er sich umdrehte, um etwas zu einer Kellnerin zu sagen, ging sie zu der Treppe, ohne sich zu verabschieden. Im Vorbeigehen nahm sie eine der Tüten und stieg die Treppe hinab.

Sie schaute in die Tüte. Darin lag eine Festschrift über die Kanzlei, eine Flasche Wein, die wahrscheinlich gut und teuer war, die neueste Ausgabe von *Legal 500*, eine Nummer des *Forbes Magazine* und eine Einladung für eine kostenlose Probefahrt mit einem neuen Volvo Cross Country.

Vor ihr die verschlossene Tür zu den Arbeitsräumen der Kanzlei, die Bereiche, zu denen die Allgemeinheit keinen Zutritt hatte. Man benötigte einen Code, um reinzukommen, aber den hatte Emelie schon vor dem Mittagessen von Jossan bekommen.

»Wozu brauchst du den?«, hatte Josephine gefragt.

»Es ist am besten, wenn du das nicht weißt.«

Jossan betrachtete sie. »Das, was du da machst, gefällt mir nicht, es ist gegen meine Prinzipien, der Kanzlei gegenüber illoyal zu sein. Aber weil ich Patentante werde, mache ich eine Ausnahme.«

Emelie sah sich um, tippte die Zifferkombination ein, öffnete schnell die Tür und trat ein. Der Flur war leer.

Hier war sie schon unzählige Male gewesen, doch im letzten Jahr kein einziges Mal. Es war wie nach Hause nach Jönköping zu kommen, in das Haus ihrer Eltern, auf ihren alten Schulhof. Alles war so bekannt, so vertraut, und dennoch wirkte es heute fremd und bedrohlich.

Wie sollte sie nun das, was in dem Samsonite-Koffer gelegen hatte, finden? Ihr Herz schlug, als hätte sie eben eine Trainingseinheit absolviert. Der Bauch fühlte sich unbequem und noch größer an, als er schon war, als müsste sie aufpassen, nicht an die Kunstwerke zu stoßen, die an den Wänden hingen. Aber sie wusste zumindest, wo sie anfangen sollte. Heutzutage gab es die meisten Akten der Kanzlei in elektronischer Form, was bedeutete, dass man viel weniger mit Papier arbeitete als früher. Doch handelte es sich noch längst nicht um ein papierloses Büro. Viele zogen es vor, Entwürfe zu Verträgen, Klageersuchen und dergleichen auf Papier festzuhalten. Sie saßen lieber vor richtigen Dokumenten in Aktenmappen, als auf einem Computer vor und zurück zu scrollen. Mit anderen Worten hatten fast alle Anwälte in der Kanzlei massenhaft physische Unterlagen und Papiere in ihren Zimmern, aber nur die älteren hatten verschlossene Aktenschränke.

Erst wollte Emelie in das allgemeine Archiv der Kanzlei schauen. Dort wurden bis zu zehn Jahre alte Fälle aufbewahrt – getreu den Vorschriften für die Archivierung von Unterlagen.

Der Teppich im Flur war weich und schluckte alle Geräusche. Hier drin war es ruhig. Emelie tat der Rücken weh, der Bauch war zwar nicht schwer, veränderte aber ihre Haltung. Sie öffnete die Feuerschutztür zum Archivraum, trat ein und schaltete das Licht an.

Die Tür schlug mit einem Knall hinter ihr zu. Hier drinnen herrschte eine trockene, muffige Luft, der Geruch von Papier und völlige Stille. Regale, vom Boden bis zur Decke mit Pappkartons und Aktenordnern gefüllt, alle nach dem Archivierungssystem der Kanzlei markiert. Sie wusste, wo sie anfangen wollte – sie hatte die Codes auf den Dokumenten gesehen, die mit der Firma zu tun hatten, der Hallenbro Storgården gehörte – die Dokumente, die von der Kanzlei Leijon verwaltet wurden.

Nach einer Weile fand sie das richtige Regal und sah die Kartons da oben. Es gab eine kleine Leiter, die sie dorthin schleppte. Es fühlte sich an, als würde sie schwanken, als sie hochkletterte. Vielleicht bewegte sich auch etwas in ihrem Bauch.

Sie stellte den Karton auf einen wackeligen Tisch, klappte ihn auf und sah auf die Bündel mit Papieren: Klageschriften, Vorstandsprotokolle der Firma, Eröffnungen von Konten, Stiftungsunterlagen für Trusts in Hongkong, Korrespondenz mit verschiedenen Anwaltskanzleien und Managementfirmen. Es waren an die zehn verschiedene Unternehmen, um die es sich drehte, darunter auch die Nordic Light Investment Group. Die Verbindung zum Herrensitz kannte sie bereits, aber diese Papiere waren nicht sonderlich gefährlich oder in irgendeiner Weise kriminell. Außerdem waren die obersten Unterlagen mit einer dicken Lage Staub bedeckt, die sich in einem verschlossenen Aktenkarton nicht binnen weniger Wochen bildete. Das hier konnten nicht die Dokumente sein, die vom Herrensitz mitgenommen worden waren, da war sie sich sicher.

Emelie hörte ein Geräusch. Hielt inne. Horchte. Draußen auf dem Flur war etwas zu hören. Sie schlug den Deckel des Kartons zu, schob ihn weg und sah sich um. Konnte man sich hier irgendwo verstecken?

Doch es war schon zu spät, sie hörte, wie die Tür aufging. Sie drückte sich an eins der Bücherregale und hoffte, dass niemand weiter in den Raum hineingehen würde.

Magnus Hassel war es, und er marschierte geradewegs auf sie zu.

»Emelie«, sagte er mit tönender Stimme, »ich dachte, Sie seien nach Hause gegangen.« Er sah nicht so erstaunt aus, wie er es eigentlich sein müsste. Und auch nicht verärgert. Er wartete lediglich auf eine Art von Antwort.

Sie hätte einen Grund dafür vorbereiten sollen, warum sie sich hier reingeschlichen hatte. Jetzt fiel ihr nichts ein.

Magnus sagte: »Wer hat Sie reingelassen?«

Emelie schüttelte den Kopf. Sie musste etwas sagen. »Ich bin allein hier reingekommen. Aber Jossan wollte, dass ich etwas für sie hole.«

Es sah fast so aus, als würde Magnus Hassel sie lustig finden. »Und warum konnte Josephine das nicht selbst holen?«

»Was machen Sie eigentlich hier?«, konterte Emelie.

»Die Schweigepflicht verbietet mir, Ihnen das zu offenbaren.«

Emelie verstand ihn nicht. Magnus müsste doch empört und sauer sein. Er müsste sie rauswerfen, vielleicht die Hilfe eines Mitarbeiters suchen, wenn noch jemand da war, oder die Wachfirma rufen. Trotzdem echote er nur: »Aber was machen Sie denn hier?«

Für einen kurzen Moment war sie versucht, ihm alles zu erzählen. Die Karten auf den Tisch zu legen. Aber warum war ausgerechnet er jetzt hierhergekommen? In diesem Moment? Sie versuchte sich vorzustellen, ob er die Person war, die sie auf dem Überwachungsfilm vom Seven Eleven mit dem Samsonite-Koffer gesehen hatte. War das Magnus gewesen?

Er stellte sich dicht zu ihr. Sie merkte, dass er nach Schnaps roch, die kleinen Gläschen da oben hatten offensichtlich ihre Wirkung gehabt. »Emelie«, sagte er dann mit tieferer Stimme, »ich habe mir schon gedacht, dass Sie nicht einfach gehen würden, ohne mir auf Wiedersehen zu sagen.«

Was machte er nur? Sie sollte so tun, als wäre nichts, und einfach weggehen, aber sie fühlte sich schuldig, weil sie einfach so hier eingedrungen war. »Ich muss los«, versuchte sie, »ich sollte, wie gesagt, nur etwas für Josephine holen.«

Magnus beugte sich fast über sie. »Ja, das haben Sie gesagt, aber ich verstehe es immer noch nicht. Sie können doch nicht einfach so hier hereinspazieren, Sie arbeiten doch nicht mehr hier.«

»Ich muss wirklich gehen«, wiederholte sie und wandte sich Magnus zu. Sie war hier noch nicht fertig, sie musste den Inhalt des Koffers finden. Das würde schwer werden, wenn Magnus ihr im Weg stand.

Er stand immer noch dicht neben ihr. Um seine Lippen spielte ein schwaches, fast unsicheres Lächeln. »Das war komisch, als wir uns neulich in diesem Restaurant gesehen haben, das finde ich auch. Ich wollte Sie um Entschuldigung dafür bitten, mir ist aber nichts eingefallen, was ich hätte sagen können. Aber wir können doch da weitermachen, wo wir das Mal davor aufgehört haben.«

Emelie sollte ihm einfach eine reinhauen und rausgehen, wusste aber nicht, ob sie das mit dem Kind in ihrem Bauch fertigbringen würde.

Das Zimmer war heiß und eng, sie merkte, wie sie schneller atmete. Es war, als würden die Wände nach innen kippen.

»Ist es nicht fantastisch«, sagte Magnus, »ich liebe es, an Tagen wie diesem zu arbeiten, wenn alle anderen unproduktiv sind. Jetzt, da alle nach Hause gegangen sind, wollte ich mich einfach mit einem alten Fall hinsetzen und etwas fertig kriegen. Aber dann finde ich Sie hier, und das macht mich gleichermaßen verwirrt wie froh.«

Emelie starrte ihn an. Eins war jetzt ganz sicher: Magnus Hassel hatte nicht alle Tassen im Schrank.

56

Für ein Frühstück war es eigentlich zu früh. Trotzdem stellte sie sich vor den Kühlschrank und suchte nach etwas Essbarem. Das ging schnell, denn das Einzige, was da stand, war ein Trinkjoghurt, den Z. zurückgelassen hatte.

Sie dachte an das Telefongespräch, das sie vor ein paar Stunden mit Nikola geführt hatte.

»Was machst du denn so?«, hatte sie gefragt. »Warum können wir uns nicht sehen?«

»Ich kann dir nicht alles erzählen, Roxy, auch wenn ich das vielleicht will.«

»Ist das dein Krieg? Ist der daran schuld, dass du mich nicht sehen willst?«

»Ich muss gewisse Dinge tun, wenn ich mit mir selbst leben will.«

»Was genau meinst du?«

»Ich meine, dass ich gewisse Sachen erledigen muss, damit ich mir selbst noch in die Augen sehen kann.«

»Aber du hast doch schon versucht, alles zu tun, was du kannst, oder?«

»Du weißt nicht alles. Ich habe es versucht, und jetzt klebt Blut an meinen Händen. Aber zumindest weiß ich, dass es falsch war.«

»Du wirst mit dir selbst leben können, egal, wie es ausgeht.

Und was immer du tust, bringt es Chamon doch nicht zurück.«

»Das spielt keine Rolle«, erwiderte er. »Das sind alles verdammte Hurensöhne, sogar die, von denen ich dachte, sie seien meine Helden. Mein Onkel ist nicht mehr für mich da. Meine Mutter kapiert gar nichts. Und der, von dem ich dachte, dass er für die Ehre steht, ist derjenige, der dafür gesorgt hat, dass Chamon ermordet wurde. Wenn alle mich verraten, dann kann ich sie genauso gut zurückverraten.«

Roksana holte tief Luft, sie musste das hier einfach sagen: »Nikola, ich kannte Chamon nicht, aber ich weiß, dass er es nicht gut gefunden hätte, wenn du über unschuldige Menschen herfällst. Du glaubst, du könntest etwas zurückbekommen, indem du den verletzt, der dich verletzt hat, aber ich glaube, damit sinkst du nur noch tiefer in die Scheiße ein. Denn du weißt, dass du mit allem, was du tust, nur den aufgibst, der du einmal warst, der, den Chamon mochte. Verstehst du, was ich meine? Nur weil andere Leute dich verraten haben, musst du dich nicht selbst verraten.«

Nikola antwortete nicht. Es war nur ein Klicken zu hören. Er hatte aufgelegt.

Er ließ sie allein. Wieder.

Der Trinkjoghurt war für Roksanas Geschmack zu süß, aber sie trank ihn trotzdem aus. Dann zog sie sich an, stand eine Weile in der Diele und versuchte, ihre Gedanken zu ordnen: die Wut, die Verwirrung, die Angst. Heute mussten die Verrückten ihr Geld bekommen.

Ein Geräusch, ihr Telefon meldete den Eingang einer Mail. *Prüfungsergebnis Universitäts- und Hochschulrat. Ihr Prüfungsergebnis finden Sie unter folgendem Link.* Roksana klickte den Link an und bekam ihr Ergebnis.

2,0.

Oh My G.

Zwei Komma null. Sie hatte tatsächlich die höchste Punktzahl erreicht. *Ganz allein.* Jetzt würde sie ins Psychologiestudium reinkommen. An einer der besten Unis Schwedens. Aber was spielte das schon für eine Rolle, wenn die Verrückten das taten, was sie vorhatten.

Vielleicht könnte ihr Nikola doch auf irgendeine Weise helfen. Sie fing an, auf ihrem Handy herumzusurfen. *Nikola* schrieb sie und dann: *Maksumic.* Es tauchte nicht viel mehr auf als ein Bild von irgendeiner Facebookseite, ein paar Informationen über seine Mutter und massenhaft Artikel, die mit seinem Onkel zu tun hatten, der offenbar aus einem Gefängnis ausgebrochen war. Sie probierte andere Schlagwörter, *Chamon Hanna. Mord. Rache.* Eine rassistische Nachrichtenseite schrieb über Streitigkeiten zwischen syrischen Gangs in Södertälje. Ein Artikel aus dem *Aftonbladet* handelte von der zunehmenden Gewalt in der Umgebung von Stockholm und dem Gebrauch von Schusswaffen. In Foren spekulierte man darüber, wer Chamon getötet hatte. Sie konnte kaum aufhören zu lesen. Da wurde diskutiert, geraten, man meinte, alles zu wissen. Und dennoch: Es gab auch Behauptungen, die sie nicht losließen. Zum Beispiel, dass das Verschwinden eines anderen Mannes, Yusuf, mit dem, was Chamon passiert war, zusammenhing. Ihr Blick blieb an einem Post hängen:

Wir sind Yusufs Familie. Wir schreiben eine Belohnung von fünfhunderttausend Kronen aus für den, der uns oder der Polizei Informationen darüber gibt, wer unseren geliebten Lebenspartner, Sohn und Freund von uns gerissen hat. Magdalena mit Familie

Unter der Mitteilung war ein Foto. *Das hier ist das letzte Foto von Yusuf.*

Das Brennen in Nikolas Blick. Sie hörte ihn noch einmal sagen. »Jetzt klebt Blut an meinen Händen. Aber zumindest weiß ich, dass es war falsch war.«

Da lag eine Belohnung und wartete auf den, der Tipps darüber geben konnte, was mit Yusuf geschehen war. Eine Belohnung, die die Forderungen der Verrückten erfüllen würde.

Vielleicht hätte sie erkennen müssen, dass Nikola der war, der er war – er passte nicht zu ihr. Er war ein Idiot auf dem Egotrip. Er war eine Art Faschist. Und jetzt war sie sicher, dass ein Preis auf seinen Kopf ausgesetzt war, diese Belohnung. Doppelte Botschaft: Nikola verraten – und Papa durfte leben. Ein Typ, den sie kaum kannte – gegen *Baba*.

Sie konnte nicht aufhören, das zu denken.

Als sie beim *Our Land Club* Wache schoben, hatte Nikola nebenbei Namen genannt, und sie hatte auch seinen Kumpel kennengelernt. Sie googelte wie verrückt, fand aber nicht viel. Der Typ, in den sie sich verliebt hatte, und seine Freunde wollten offensichtlich in den Sozialen Medien nicht sichtbar sein. Sie kehrte zu der Seite zurück, auf der die Belohnung ausgelobt war. Las den Text wieder und wieder. Betrachtete das Bild von Yusuf: das letzte Bild von einem verschwundenen Menschen. Sein Gesicht sah entspannt aus, die Lider halb geschlossen, so als wäre er dabei einzuschlafen. Roksana konnte sonst nur ein einziges anderes Bild von ihm im Netz finden: einen alten Instagram-Post, den jemand anders gemacht hatte. Es gab einen Unterschied zwischen dem alten und dem neuen Bild. Nicht das Aussehen, der Gesichtsausdruck oder die Frisur. Nein, auf dem neueren Bild trug Yusuf eine fette Goldkette mit einem Kreuz um den Hals. Sie versuchte zu zoomen. Da war was mit der Kette und dem Kreuz, die hatte sie schon einmal gesehen Sie zoomte wieder.

Und da begriff sie. Sie streckte sich zum Nachttisch und

nahm die Goldkette mit dem Kreuz, die Nikola nach der Nacht, in der sie zusammen gewesen waren, dort gelassen hatte. Es waren schwere Schmuckstücke. Sie sah wieder das Foto von Yusuf an. Es war exakt dieselbe Kette und exakt dasselbe Kreuz, das Yusuf auf dem letzten Foto, das von ihm gemacht worden war, trug.

Roksana legte sich wieder ins Bett. Schaltete das Handy aus. In ein paar Stunden würde sie den Bestimmer-Idioten treffen. In ein paar Stunden musste sie das Geld bereit haben. Sonst würde Papa getötet. *Baba* wäre nicht mehr da, das Leben ihrer Mutter und ihres Bruders wäre zerstört. Sie bekam kaum Luft, wenn sie daran dachte.

Yusuf ermordet – aber eine Belohnung für den, der Tipps zu seinem Verschwinden geben konnte. Eine Belohnung für den, der eine Kette und ein goldenes Kreuz mit einem Täter verbinden konnte.

Dasselbe Wort dröhnte wieder und wieder durch Roksanas Kopf: Belohnung.

BE.LOH.NUNG.

57

Die Blätter an den Bäumen der Allee, die zu dem Gebäude führte, waren immer noch hellgrün, so als ob der Sommer nach Kalaholm später gekommen wäre, obwohl es nur zwanzig Minuten nördlich der Stadt lag. In den Telefonprotokollen, die Teddy gründlich gelesen hatte, wurde deutlich, wie Hugo Pedersons Frau vor zehn Jahren von diesem Ort geschwärmt hatte. Trotzdem hatte er kein solches Schloss erwartet: drei Stockwerke hoch mit einem sicher zwanzig Meter hohen

Turm, vor dem Gebäude eine Fontäne und ein parkähnlicher Garten, der kein Ende zu nehmen schien.

»Scheinen ja ziemlich feine Leute zu sein, die wir heute besuchen«, hatte Dejan gesagt, als der Panamera auf den Kiesplatz rutschte und neben der Fontäne zum Stehen kam. »Aber um wen geht es eigentlich?«

»Um den, der mich angezeigt hat, sodass ich eingefahren bin.«

Dejan wühlte in einer Tasche, die auf dem Rücksitz stand. »Ah, so was also. Dann ist es vielleicht gut, dass ich die hier mitgebracht habe. Du darfst wählen.«

Teddy schaute in die Tasche. Da lagen eine Mini-Uzi und eine Heckler & Koch MP5er.

Sie stiegen aus. Weiter hinten, bei einem der Nebengebäude, waren fünf andere Autos geparkt. Entweder war Hugo ein Sammler wie *Kum*, oder Familie Pederson hatte heute Gäste.

Teddy stieg die breite Treppe zum Schlosseingang hinauf. Zwei Bronzelöwen flankierten die Stufen – The Mauler starrte sie erst misstrauisch an, dann leckte er ihnen das Gesicht und schnüffelte an ihren mit Grünspan besetzten Hinterteilen.

Niemand öffnete.

»Scheint nicht zu Hause zu sein«, sagte Dejan und wedelte mit der MP5.

»Wir checken mal die Rückseite«, schlug Teddy vor. »Du kannst die Waffe ruhig wegstecken.«

Hinter dem Schloss erstreckte sich ein noch größerer Park zu einem See hinunter. Hier den Rasen zu mähen musste mehrere Wochen dauern. Aber, so wurde Teddy schnell klar, an einem solchen Ort mähte man den Rasen ja nicht selbst, dafür war das Personal zuständig. The Mauler schlenderte hinter ihnen, die Zunge hing ihm fast bis auf den Boden. Weiter hinten konnte man eine Gruppe Menschen erkennen, in deren Mitte so ein Mittsommerbaum stand. Das erklärte die Autos vorn. Wahrscheinlich war das hier ein ungünstiger Zeitpunkt, aber nun war Teddy schon mal hier – er wurde eines Mordes verdächtigt, war aus dem Gefängnis ausgebrochen und wurde im ganzen Land per Haftbefehl gesucht. Es gab kein Zurück.

Ausgerechnet Mittsommer. Teddy hatte diesen Feiertag nie anders begangen, als wenn die Wachleute im Knast zu Hering und Leichtbier eingeladen hatten. Er wusste wohl, dass es kein christlicher Feiertag war, eher etwas altes Heidnisches. Da wurde eine hohe Stange in irgendwelches Grünzeug gewickelt und mit laubverkleideten Ringen aufgestellt. Es war doch offensichtlich: Die ganze Sache stellte einen gigantischen Schwanz dar, dessen Eier da oben baumelten. Und um diesen Schwanz tanzten die Schwedenspießer ihren Kreistanz wie Indianer um einen Totempfahl.

Das war jedenfalls genau das, was Familie Pederson mit ihren Gästen gerade tat, als Dejan und er sich der Gesellschaft näherten – sie johlten und hüpften um die grüne Stange. Die Frauen jedenfalls. Die Männer saßen an einem langen Tisch und schienen mehr zuzusehen. Teddy konnte keine Kinder entdecken – vielleicht waren sie noch im Internat, er wusste zumindest, dass Pedersons Kinder ein solches besuchten, oder irgendwo kümmerte sich eine Nanny um sie. Teddy hörte die Frauen traditionelle Lieder singen: »Die kleinen Frösche, die kleinen Frösche, wie lustig sind nicht die: keine Ohren, keine Ohren und keine Schwänze haben sie!« Niemand schien sich um die beiden unbekannten Männer zu kümmern, die über den Rasen geschritten kamen. Wahrscheinlich nahmen sie an, dass Teddy und *freaking* Dejan für das Rasenmähen zuständig waren.

Er trat an den Tisch. Um die Stange wurde weiterhin getanzt. Das Gras war so grün, dass es in den Augen wehtat. Alle sahen irgendwie gleich aus, ihre Gesichter verschmolzen zu einer einzigen Menge heller Gesichtszüge und Falten, die allein durch sonniges Wohlbehagen auf Golfplätzen und in Skiliften erzeugt worden waren. Dennoch erkannte Teddy ihn: Hugo Pederson, alias Peder Hult. Er hatte nur ein einziges Bild von ihm finden können, auf einer Wohltätigkeitsveranstaltung vor zehn Jahren, aber der Mann hatte sich nicht verändert. Die Haare etwas schütterer als auf dem Foto, aber derselbe Seitenscheitel und dieselbe blonde Farbe.

»Hugo Pederson«, sagte Teddy geradeheraus.

Die fünf Männer sahen ihn erstaunt an, doch keiner erhob sich. Auf dem weißen Tischtuch standen Bierdosen und leere Schnapsgläser. Offensichtlich hatten sie eben erst zu Mittag gegessen, vielleicht waren sie betrunken.

»Oder soll ich Peder Hult sagen?«, fragte Teddy jetzt mit lauterer Stimme.

Hugo Pederson erhob sich langsam. Er streckte die Hand aus und lächelte mit dem ganzen Gesicht. »Hallo, hallo, wer sind Sie?«, sagte er mit betont deutlicher Artikulierung, wie es nur besonders selbstsichere Personen tun.

Dann änderte er die Tonlage, jetzt zu einer vertraulichen Stimme. »Wie Sie sehen, haben wir hier eine private Veranstaltung. Wer immer Sie sind, Sie werden an einem anderen Tag wiederkommen müssen. Worum geht es denn eigentlich?«

Teddy wandte sich ihm zu. Versuchte aus Hugos Miene zu lesen, ob er scherzte. Erkannte er ihn wirklich nicht?

»Ich habe gestern versucht, Sie zu erreichen, aber Sie haben nicht zurückgerufen. Nun würde ich gern in aller Ruhe ein paar Worte mit Ihnen wechseln.« Teddy ahmte den vertraulichen Stil nach und legte seinen Arm um Hugos Schultern. Er spürte, wie der Typ zusammenfuhr. »Können wir irgendwo unter vier Augen sprechen?«

»Wie ich sagte, möchten wir hier Mittsommer feiern.« Hugos Stimme war wieder fester, als wollte er die Aufmerksamkeit der um den Tisch Sitzenden erregen. »Und ich weiß nicht einmal, wer Sie sind.«

The Mauler sabberte.

Teddy verlor langsam die Geduld. »Wir sind hier, um über die alte Ermittlung gegen Sie zu sprechen. Dieser Ort zum Beispiel ist mit illegalem Geld gekauft worden. Geld, das Sie verdient haben, indem Sie das System betrogen haben. Nicht wahr?«

Es zuckte unter Hugos einem Auge. »Geht es um diese alten Anschuldigungen? Es ist kein Geheimnis, dass das Dezernat für Wirtschaftskriminalität mich vor zehn Jahren unter Verdacht hatte, das wissen all meine guten Freunde, versuchen Sie also bloß nicht, mir damit Angst machen zu wollen. Aber alle wissen auch, dass der Mist gegen mich fallen gelassen wurde, weil ich mir nichts habe zuschulden kommen lassen.«

Der Kleine-Frösche-Tanz war abgebrochen worden. In den Laubbäumen zwitscherten Vögel. Alle Blicke waren auf Teddy und Dejan gerichtet. Die Frauen in ihren geblümten Kleidern und hochhackigen Holzschuhen und die Männer in ihren Leinenjacken und den geflochtenen Gürteln: Alle schoben sie die Sonnenbrillen hoch und starrten, als würde am Tisch ein Theaterstück aufgeführt.

Eine Frau trat vor. »Verschwinden Sie.«

Auch sie hatte Teddy gegoogelt, sie war auf mehr Bildern zu finden: Louise Pederson, Hugos Ehefrau.

»Nein. Ich will mit Hugo sprechen.«

»Sie haben hier nichts verloren. Verschwinden Sie, sonst rufe ich die Polizei.«

»Das hat Ihr Mann vor über zehn Jahren schon einmal getan«, erwiderte Teddy. »Er hat mich angezeigt, sodass *ich* zu einer Gefängnisstrafe verurteilt wurde. Aber was Sie vielleicht nicht wissen, ist, dass er nicht diejenigen anzeigte, die eigentlich hinter einem System von Prostitution und Vergewaltigung von Kindern standen.«

Louise Pederson starrte ihn an. Die Männer um den Tisch glotzten so, dass ihnen die Augen aus den Köpfen zu fallen drohten. In Hugos Gesicht zuckte es ununterbrochen. »Jetzt reicht es mit diesem Gerede«, sagte er. »Jetzt rufen wir die Polizei.«

Einige der Männer standen auf. Dejan hielt sich im Hintergrund. Die Frauen sahen verärgert aus, Louise wirkte hauptsächlich erstaunt.

Dann sah Teddy im Augenwinkel, wie Dejan die MP5 unter seinem Hemd herauszog.

KLACK-KLACK-KLACK. Fünf Schüsse geradewegs in die Luft und den blauen Himmel. Es knallte, als hätte jemand sie direkt auf Teddys Ohr gerichtet. Es klingelte im Kopf. Was zum Teufel machte Dejan da, dachte er etwa, das hier wäre eine libanesische Hochzeit?

Teddy gestikulierte, dass er die Waffe runternehmen sollte. Aber Dejan begann zu brüllen. »Genug geredet. Alle legen sich auf den Boden. Und ihr nehmt schön eure Handys und werft sie vor euch.«

Noch ehe Teddy nachdenken konnte, lagen zwölf Personen der Länge nach auf dem Rasen. Einige von ihnen weinten.

Hugo Pederson folgte Teddy ohne weitere Klagen ins Haus.

Der Salon war wie ein Museum. Natürlich hatte Teddy schon sogenannte Moderne Kunst gesehen, zumal in der Kanzlei Leijon, aber trotzdem kapierte er nicht, was das sollte.

Wo waren da das Handwerk und die Technik? Wieso war es bewundernswert, wenn jemand vier breite Pinselstriche auf eine weiße Leinwand gemalt hatte oder einen Computer japanische Mangabilder durcheinander in einem Kreis arrangieren ließ? Vielleicht ging es um Politik, vielleicht riefen die Werke, die an den Wänden im Schloss der Familie Pederson hingen, zum Kampf auf, möglicherweise gab es da eine Botschaft, die Teddy nicht verstand. Aber am wahrscheinlichsten war etwas ganz anderes: Sie übermalten das Einfache und Schmutzige. Sie verliehen Hugo Pederson eine Aura von etwas, das er sein wollte.

Über dem Sofa hing eine schwarzweiße gerahmte Fotografie, die einen Löwen darstellte – das einzige Werk im ganzen Raum, bei dem Teddy erkennen konnte, was es darstellte.

»Schöner Löwe«, sagte er und drückte Hugo ins Sofa. »Das war Ihr erster Kauf, nicht wahr? Bei Bukowskis.«

Durchs Fenster konnte Teddy den Mittsommerbaum und Dejan sehen, der immer noch die Gäste in Schach hielt. Er setzte sich neben Hugo und sank tief ein. »Erkennen Sie mich denn jetzt?«

Hugos Miene war verzogen, er sah aus, als würde er schmollen. »Ich weiß, wer Sie sind. Und der andere auch, der mit der Waffe. Ich habe Sie bei dem Kastenwagen gesehen.«

»Genau. Sie haben uns gesehen, als wir Mats Emanuelsson reingezerrt haben. Das war der größte Fehler meines Lebens. Aber dann haben Sie mich noch einmal gesehen, nicht wahr?«

»Ja, beim Haus.«

»Und erst da haben Sie die Polizei gerufen?«

Hugo erwiderte nichts.

»Oder?«

Hugo schwieg.

»Aber Sie haben in den Polizeivernehmungen nie erzählt, dass Sie wussten, wer die Entführung, die ich ausführte, in Auftrag gegeben hatte, war es nicht so?«

In Hugos Mund hing ein Spuckefaden, als er ihn endlich öffnete. »Was machen Sie eigentlich hier?«

»Ich wollte den Mann treffen, der mir acht Jahre Gefängnis eingebracht hat.«

Es war kühl und still im Raum. Sämtliche Sessel, Sofas, Teppiche und Tische sahen aus, als wären sie genau auf die Farben von Tapeten und Kunstwerken abgestimmt. Oder war es umgekehrt?

»Wissen Sie, was sie im Knast mit einem versuchen?« Teddy beherrschte sich, so gut es ging. »Sie versuchen, einen als Mensch auszuradieren. Sie nehmen dir alles, was dein Leben einzigartig macht, du kannst deine eigene Zeit nicht planen, du darfst nicht essen, wann du willst, dich nicht kleiden, wie du willst. Du darfst nicht einmal duschen, wann du willst. Vor allem nehmen sie dir die Möglichkeit zu menschlicher Nähe. Da vergessen manche, dass sie Menschen sind. Manche werden da drin noch mehr zu Tieren. Zeitweilig habe ich das Gefühl, als wäre ich acht Jahre lang tot gewesen.«

Hugo stammelte: »I-ich weiß nicht, was ich sagen soll.«

»Sie brauchen nichts zu sagen. Es gibt nämlich auch noch eine andere Geschichte. Und die ist, dass ich froh bin, dass Sie mich angezeigt haben, denn nichts anderes hätte mich aufhalten können. Ich habe mich da drinnen verändert, ich wurde wirklich ausradiert und neugeboren. Ich kam als eine andere Person raus. Und seither habe ich versucht zu sühnen, dass ich einen Mann für etwas, was das Schlimmste ist, was ich mir vorstellen kann, entführt habe.«

»Aber was wollen Sie dann von mir, warum sind Sie hier?«

»Ich bin gekommen, weil ich will, dass Sie sagen, wer Ihnen

befohlen hat, Mats zu dem Ort für die Entführung zu locken. Ich will, dass Sie die Karten auf den Tisch legen.«

Hugos Mund wurde zu einem mit dem Lineal gezogenen Strich.

»Sie wollen nicht davon reden?«

Hugo Pederson antwortete nicht.

»Sie haben nicht vor, irgendetwas zu sagen?«

Hugos Lippen waren schmal.

»Das ist nicht gut«, sagte Teddy und nahm sein Handy heraus, »denn ich werde nicht das Gefühl haben, alles, was ich getan habe, gesühnt zu haben, ehe das hier nicht erledigt ist. Alles.«

Zwei Minuten später kam Dejan und ließ The Mauler herein, der zu Teddy trippelte. Hugo riss die Augen auf. Teddy musste an das denken, was er in den Telefonprotokollen über das Verhältnis dieses Mannes zu Hunden gelesen hatte.

Teddy nahm die Leine und sah Hugo an. »Das hier ist The Mauler. Er ist ein Bullterrier und darauf spezialisiert, Leute wie Sie aufzufressen.«

The Mauler zerrte an der Leine.

The Mauler zog die Lefzen hoch.

»Nehmen Sie den Hund weg!«, schrie Hugo und zog die Beine aufs Sofa hoch.

The Mauler sprang zu ihm hoch.

Zeigte die Zähne.

58

Mittsommer war ein komischer Tag. Aber irgendwie war gerade ja sowieso alles total verfickt. Das einzige Licht in dem ganzen finsteren Mittsommerscheiß war, dass er vor ein paar Tagen mit Roksana zusammen gewesen war. Aber das ging wahrscheinlich auch den Bach runter, denn wenn sie am Telefon geredet hatten, dann hatte sie ihn die meiste Zeit ausgeschimpft.

Jetzt saß er zu Hause bei seiner Mutter und sollte bei einem Mittagessen diesen Feiertag begehen. Opa Bojan war auch da. Nikola wäre gern stattdessen mit Roksana zusammen gewesen, aber das funktionierte nicht. Er musste standby bleiben, falls Kerim oder der Auftraggeber von sich hören ließen, und in dem Fall wollte er nicht Hals über Kopf wieder bei Roksana wegrennen müssen. Plus: Der Hass brannte so stark in ihm, dass er dabei war, sich selbst zu verbrennen. Er tat ihr gerade nicht gut, so war es einfach.

Isak: der den Mord an Chamon bestellt hatte. Isak: eine Ratte – ein Informant für die Schweine. Isak: Nikola musste sich Kerims Segen holen, um Rache üben zu können. Aber erst musste er dem *neuen Kum* einen Dienst erweisen – was das wohl sein würde?

Später an diesem Tag würden Bello und er einen Job für Isak erledigen. Die Fassade musste aufrechterhalten werden, damit der Schweine-Informant nicht begriff, dass Nikola Bescheid wusste.

Seine Mutter versuchte, die Traditionen zu mischen. Auf dem Tisch standen Hering und Kartoffeln, aber auch Würste, Ajvar und Sauerkraut. Opa Bojan aß nur vom schwedischen Essen. »Heute ist Mittsommer. Ich habe ja nie verstanden, was die da feiern, aber da wollen wir das Richtige essen«, sagte er und schob sich einen Löffel mit Sahne und gehackten roten Zwiebeln in den Mund. Nikola war ganz sicher, dass man das so nicht tat, aber er sagte nichts – Opa Bojan war unverbesserlich.

Seine Mutter erhob ihr Glas. »Das ist so schlimm mit Teddy, was die behaupten, was er getan haben soll, und all die Artikel über seine Flucht, aber ich bin froh, dass ihr wenigstens hier seid.«

Vielleicht hätte Nikola doch seinen Onkel fragen sollen. »Kannst du mir helfen, wenn ich zuschlage?« Aber Teddy wurde momentan von allen gejagt, und Nikola hatte auch keine Ahnung, wie er ihn gerade erreichen könnte.

Opa Bojan nippte an seinem Bier. »Es tut mir so leid für ihn, dass er es auch nie lernt.«

Nikolas Mutter nickte. Das ewige Gejammere, das Nikola schon seine ganze Kindheit über gehört hatte. Teddy auf der schiefen Bahn. Teddys schwacher Charakter. Teddys Art und Weise, sich nicht um seine Schwester und seinen Vater zu scheren.

Nikola weigerte sich, all den Medienbullshit zu glauben, und er erinnerte sich an die Diskussion, die sie vor ein paar Monaten im Espresso House gehabt hatten. Er sagte: »Teddy hat gelernt. Er hat sich verändert, glaubt mir. Er ist nicht mehr so wie früher.«

»Was hat er gelernt?«, fragte seine Mutter.

»Mehr als ich auf jeden Fall.« Nikola wusste nicht einmal selbst, was er damit meinte.

Eine Stunde später saß er mit Bello im Kastenwagen. Ein Routinejob am späten Mittsommernachmittag, soll heißen: Isaks Sprengstoff herumfahren. Sie hatten ihn in einem Versteck in

Skärholmen geladen und waren jetzt auf dem Weg ins Hauptlager.

»Glaubst du, der will sich eine Atombombe bauen?«, fragte Nikola. »Das sind doch mehrere Kilo, so viel haben wir noch nie geholt.«

Was betrieb Mr. Eins da eigentlich? Er war nicht nur ein dreckiger Bulleninformant, sondern scheinbar wollte er auch noch ganz Södertälje in Stücke sprengen. Nikola dachte wieder an Roxy und den Streit, den sie gehabt hatten. Was würde sie wohl sagen, wenn sie das hier sähe? Die Kisten mit Sprengstoff?

»Er sieht, was in den Vororten abgeht, und rüstet sich für einen Krieg«, sagte Bello.

Nikola fuhr zusammen. »Wovon redest du?«

»Du weißt, was ich meine. Das ist wie in einem Computerspiel. Wenn du nicht die neuesten Waffen hast, kannst du niemals gewinnen. Und alles wird immer nur noch mehr und mehr beschissen. Als ich vor sechs Jahren anfing, waren Shootouts hier genauso ungewöhnlich wie in irgendeinem schicken Villenviertel im Norden. Aber jetzt … na, du weißt ja selbst.«

Nikola wusste.

Ja, er wusste durchaus.

Bello sagte: »Trauen wir uns, den Wagen zwanzig Minuten abzustellen und was zu essen?«

»Ich habe schon gegessen, Mittsommermittag mit meiner Mutter und meinem Opa. Kennst du das?«

»Ja, klar, mein Vater liebt Fisch. Aber ich habe Hunger.«

»Mit all dem, was da hinten drin ist, will ich das Auto nicht einfach so auf der Straße stehen lassen. Hol dir doch was, ich warte solange.«

Und so machten sie es. Die Steakhouse Bar war geöffnet.

Bello trat ein. Die Stammkneipe von Mr. Eins. Chamons Lieblingslokal. Nikola blieb im Kastenwagen.

Er dachte, wie alles angefangen hatte, der ganze Scheiß. Damals kannte er keine Kinder im Viertel. Sie waren gerade neu hierhergezogen, aber eine Woche vor Schulbeginn war das Waldheim noch offen, und seine Mutter fand, das würde ein sanfter Start werden, wenn er dorthin ging. Also gab sie ihn eines Montagmorgens bei einem bärtigen Fräulein und einem Freizeitpädagogen, wie sie genannt werden wollten, namens Mikael ab und sagte, alles würde gut werden. Nikola konnte sich nicht vorstellen, wie irgendwas gut werden könnte – er wollte sich am liebsten auf dem Klo einschließen und weinen oder noch lieber wegrennen, ohne die Schuhe anzuziehen, und einfach auf Socken nach Hause zu Mama laufen. Er glaubte, den Weg nach Hause schon zu finden. Vielleicht. Oder auch nicht. Mikael saß an einem runden Tisch, und alle Kinder hockten ringsum und schauten zu, wie er ein U-Boot zeichnete. Niemand begrüßte Nikola, aber alle anderen schienen sich zu kennen. Als seine Mutter ihn nach gefühlten Wochen abholte, erklärte er: »Ich will nicht mehr ins Waldheim gehen.« »Es wird besser, wenn nächste Woche die Schule anfängt«, meinte seine Mutter. »Da kümmert sich eure Lehrerin um euch. Ich habe schon mit ihr gesprochen, sie ist supernett.« »Ich will morgen zu Hause bleiben«, verkündete Nikola. »Das geht nicht, mein Herz, ich muss arbeiten.« Mit einem Mal erkannte Nikola, dass nichts so werden würde wie früher. Am nächsten Tag im Waldheim saß Mikael am selben Platz und zeichnete nun ein Flugzeug. Alle starrten ihn an und rissen sich darum zu sagen, wie gut er darin war, einen Propeller zu zeichnen. So ging es vier Tage. Am Freitag weinte Nikola schon, ehe seine Mutter aufwachte. »Bitte, Mama, lass mich heute mit dir zur Arbeit gehen. Ich verspreche auch, ganz still zu sein.« Er spürte, dass sie kurz davor war nachzugeben, es gab da so ein Zucken um ihre Mundwinkel. Trotzdem sagte sie: »Nein, mein Schatz, es ist gut, wenn du ins Waldheim gehst, dann wird es leichter am Montag, wenn die Schule anfängt.« Er wollte sie nicht loslassen, klammerte sich an ihr fest, als sie ihn abgab. Mikael zeichnete. Die anderen Kinder sahen zu oder waren irgendwo anders. Niemand sprach mit Nikola. Er ging allein herum, das einsamste Kind der Welt. Hinter dem Zeichenraum gab es ein Kissenzimmer. Er hatte schon die Jungs aus der ersten und zweiten Klasse da reingehen sehen. Für die Kinder, die mit der Vorschule anfingen, war es verbotenes Territorium, wahrscheinlich würde man totgeschlagen, wenn man seinen Fuß da reinsetzte. Trotzdem öffnete er vorsichtig die Tür und sah hinein. Das Kissenzimmer war fast leer. Die Kissen hatten grüne plastikartige Bezüge und lagen durcheinander. Ein Mädchen hüpfte allein auf dem Haufen herum. Mit jedem Sprung, den sie machte, flogen ihre dunklen Haare. »Hallo«, sagte Nikola. Er wusste, dass er sich nicht mit einem Mädchen anfreunden konnte, also setzte er sich an die Wand in der einen Ecke und schaute nur zu.

»Hallo«, sagte das Mädchen und hüpfte weiter.

Nikola zog die Knie an die Brust. »Wie heißt du?«, fragte er trotz des Mädchenverbots.

Das Mädchen hörte auf zu hüpfen und kam zu ihm. »Ich heiße Chamon«, sagte Chamon, dessen lange Haare vielleicht doch gar nicht so lang waren. »Und am Montag fange ich mit der Vorschule an. Wie heißt du?«

»Du kannst fahren, solange ich esse«, sagte Bello, als er sich mit dem Essenkarton auf dem Schoß ins Auto setzte. »Wir sind Zirkusartisten. Wir können mehrere Sachen gleichzeitig.«

Nikola hoffte, dass Kerim sich bald melden würde. Er hatte sich an Gabbe, den alten Waffendealer von Mr. Eins gewandt und eine Gun besorgt. Aber vor allem bereitete er sich in seinem Kopf vor: Alles, was er bisher gemacht hatte, war von einem lodernden Feuer begleitet. Es hatte ihn in eine Welle des Hasses getrieben. Aber jetzt: Er würde einen Auftrag ausführen müssen, von dem er nicht einmal wusste, um was es ging. Gegen einen Menschen, den er wahrscheinlich nicht kannte – das war eine neue Sache. Vielleicht war er ein bisschen beschränkt, aber jetzt hatten ihn alle so lange angepisst. Nun war er dran zurückzupissen.

»Glaub mir«, sagte er, »das hier ist das letzte Mal, dass ich für Mr. Eins was mache.«

Bello hörte auf zu grinsen. »Da ist was zwischen dir und Isak, oder? Die letzte Zeit hast du nur an ihm herumgemeckert.«

Nikola startete den Wagen. »Ja, da ist was zwischen uns.«

59

Eine Erinnerung. Emelie als Kind in ihrem Zimmer, über eine Stunde lang hatte sie *Harry Potter und der Stein der Weisen* gelesen, konnte aber nicht einschlafen. Ihre Mutter setzte sich in den Sessel und machte eine Entspannungsübung mit ihr – »Spüre, wie dein Körper schwer wird, ganz schwer.« Emelie konnte trotzdem nicht einschlafen. Ihr Vater sagte, sie solle es im Bett der Eltern versuchen. Sie legte sich auf sein Kissen, unter seine Decke, spürte seinen Geruch, sie versuchte, daran zu denken, wie gut er roch, wenn er nicht vom Alkoholdunst umgeben war. Trotzdem schlief sie nicht ein. Da legte sich ihr Vater neben sie, er sagte nichts, sondern legte nur seinen Arm über ihren Rücken und ließ seine Hand auf ihrem Schulterblatt ruhen – er schützte sie vor allen und allem. Umschloss sie. Und da war es, als ob alles, was er getan hatte, und was er noch tun würde, keine Rolle spielte. Da konnte sie leicht einschlafen.

Jetzt hätte sie jemanden brauchen können, der sie schützte. In einem feuerfesten Archivraum mit einer Metalltür und einem sich sehr seltsam aufführenden Teilhaber.

Magnus wollte sie nicht hier haben, und gleichzeitig redete er doch davon, wie traurig er über das Missverständnis neulich in dem Restaurant war. Auf jeden Fall war er nicht, was sie einen kurzen Moment befürchtet hatte – er war kein Teil von Fredrik O. Johanssons Gesellschaft, von dem Netzwerk. Er war lediglich ein freundlicher, selbstfixierter Idiot. Ein ganz gewöhnlicher Depp.

Ihr Handy klingelte. Teddys Name erschien auf dem Display.

»Ich bin's.«

»Das sehe ich.«

»Was machst du?«

»Ich bin bei Leijon drin.«

Teddys ruhige Atemzüge im Hörer. Emelies Herz, das dreifach schlug. Magnus glotzte sie an.

»Hugo Pederson war sturer, als ich dachte, er weigerte sich, Namen zu nennen.«

Emelie stöhnte.

»Aber nach etwas vierbeiniger Überredungskunst hat er mir dann doch sein Handy überlassen«, fuhr Teddy fort.

Emelie vergaß fast, dass Magnus neben ihr stand, sie hörte einfach zu.

»Und in dem habe ich ein Telefongespräch mit einer sehr interessanten Nummer entdeckt.«

»Eine Nummer?«

»Ja, und zwar ist es dieselbe Nummer, die den Uber von Katja gebucht und an die Fredrik O. eine Nachricht geschrieben hat, ehe er zum Herrensitz rausfuhr.«

Emelie kapierte. »Dann hat Hugo dieselbe Person angerufen, die Katja bedroht hat und mit Fredrik zum Herrensitz rausgefahren ist?«

»Wahrscheinlich.«

»Hast du sie mal angerufen?«

»Ja, aber es geht niemand ran.«

»Vielleicht kann Loke da helfen.«

»Ja, vielleicht. Ich werde ihn anrufen. Aber du kannst die Nummer ja auch da, wo du dich gerade befindest, mal probieren.«

Teddys unglaubliche Ruhe, als er ihr die Nummer gab. Ihr eigener Puls auf hundertachtzig. Sie wollte ihn jetzt hier haben. Vielleicht hörte er es an ihrer Stimme. »Emelie, ist alles in Ordnung?«

»Nein«, antwortete sie und überlegte kurz, ob sie ihm erzählen sollte, neben wem sie stand, ließ es aber bleiben. »Lass uns später darüber reden.«

Sie beendete das Gespräch, behielt das Telefon aber in der Hand und überlegte fieberhaft, was sie tun sollte.

Magnus' Wimpern bebten. »Können Sie mir mein peinliches Verhalten im Restaurant verzeihen?«

Emelie wusste nicht, was sie antworten sollte. Dieser Typ musste jetzt einfach mal aufhören, und sie musste weiterkommen.

»Ich stelle mir das nämlich so vor«, fuhr er fort, »wenn wir nur einen Strich unter diese ganze Sache machen können, dann sind Sie willkommen, hier wieder anzufangen. Ich glaube immer noch an Sie. Und Sie müssen wissen, dass ich mein Leben dieser Firma gewidmet habe, ich habe alles aufgebaut, von der mickrigen kleinen Amateurkanzlei, die wir waren, als der alte Leijon den Laden noch beherrschte, zu dem, was wir heute sind: die Kanzlei mit dem höchsten Ranking im Norden, mit dem höchsten Partner-Profit in ganz Nordeuropa. Und in diesem Boot hätte ich Sie gern dabei.«

Emelie musste jetzt *wirklich* hier weg.

Sie atmete tief ein und nahm Anlauf, schob sich schnell an ihm vorbei zu der geschlossenen Tür. Sie riss sie auf.

Magnus wollte weiterreden. »Was tun Sie?«

Emelie schlug die Tür zu, die diesmal noch lauter knallte als beim Reinkommen. Dann schob sie eine Skulptur, die einen Jungen in Bademütze und mit Schwimmbrille darstellte, unter die Klinke – nun war Magnus eingesperrt.

Die Stille im Flur war fast unbehaglich. Sie versuchte, ruhiger zu atmen. Da fing Magnus an zu klopfen. Durch die dicke Tür konnte sie schwach seine Stimme vernehmen. »Lassen Sie mich raus, Emelie, was tun Sie?«

Sie musste jetzt klar denken, ging den Korridor hinunter. Hier konnten immer noch Mitarbeiter von Leijon sein. Der Lärm von Magnus wurde gedämpft. Sie wählte die Nummer, die Teddy in Hugos Telefon gesehen hatte.

Es klingelte, doch nichts geschah, weder ging jemand ran, noch gab es eine Mailbox.

Die Auslegeware auf dem Fußboden glänzte in den einfallenden Sonnenstrahlen fast wie Seide. Sie hielt ihr Telefon vor sich, ließ es weiter bei der unbekannten Nummer klingeln. Sie horchte auf Laute. Magnus Hassel schien verstummt zu sein.

Sie ging an Jossans Zimmer vorbei, dann an ihrem eigenen alten Büro. Das Klingeln aus ihrem Handy setzte sich rhythmisch fort. Sie lief am Zimmer alter Kollegen vorbei. Das Telefon wurde heiß in ihrer Hand.

Da hörte sie es: Ein schwaches Läuten weiter hinten im Korridor. Sie ging darauf zu. Das Geräusch wurde stärker. Da klingelte ein Handy in irgendeinem Zimmer.

Ein Büroraum. Die Tür war verschlossen. Doch hörte sie dahinter deutlich das Telefon. Niemand bei Leijon schloss seine Tür ab, das hatte sie jedenfalls noch nie erlebt. So knallhart die Regeln der Kanzlei auch waren, und obwohl von einem erwartet wurde, dass man sein Leben der Firma widmete, blieben die Türen doch immer offen. Die assistierenden Juristen sollten immer ihre Kollegen oder die Partner ansprechen können, wenn sie etwas wissen mussten. Das Wohl der Kanzlei musste immer über dem möglichen Bedürfnis einzelner Mitarbeiter nach Privatsphäre stehen.

Aber sie war sich ganz sicher, das Telefon, das klingelte, war in diesem Raum.

Emelie riss an der Tür, doch es passierte nichts.

Sie ging ins Treppenhaus und dann runter in den sechsten Stock, wo sich die Bude vom Wachmann – oder, wie man es nannte, die Gebäudeverwaltungsabteilung – lag. Sie suchte bei den Werkzeugen, bis sie den größten Schraubenzieher fand.

Wieder oben angekommen, schob sie den Schraubenzieher in das Schloss und versuchte, ihn zu drehen. Sie zerrte, riss und hackte, aber trotzdem gelang es ihr nicht, die Tür aufzubrechen. Sie schob den Schraubenzieher in den Spalt zwischen Tür und Türrahmen. Nahm Anlauf und trat dagegen. Es schepperte, barst. Die verdammte Tür ging auf.

Sie spürte, wie es im Bauch trat.

Das Zimmer sah wie erwartet aus: gut aufgeräumt, sehr unpersönlich – abgesehen von einem Foto auf dem Schreibtisch, auf dem eine Frau abgebildet war, die entweder eine Tochter oder die neue Frau war. Sie rief die Nummer noch einmal an. Ihr war jetzt klar, wo sie war. Das hier war das Zimmer von Anders Henriksson. Der Meganerd, der immer ihre Entwicklungsgespräche geleitet hatte und der in der Bar neulich Magnus Hassel Einhalt geboten hatte.

Aus einem hohen braunen Schrank waren die wütenden Klingeltöne zu hören. Der Schrank war verschlossen. Sie brach ihn mit dem Schraubenzieher auf. Drin lag ein grauer Samsonite-Koffer. Und auf einem Regal brummte und tönte ein Handy.

Emelie nahm es. Auf dem Display war ihre eigene Nummer zu sehen. Sie packte den Koffer, auch er war verschlossen. Sie versuchte, den Schraubenzieher ins Schloss zu stecken, doch ohne Erfolg. Dieser Koffer war offenbar dafür konstruiert, dass er nicht so leicht aufzubrechen war. Sie brauchte besseres Werkzeug. Und sie konnte nicht länger hierbleiben.

Sie nahm das Telefon in die eine Hand, den Koffer in die andere. Dann ging sie raus.

60

Das Polizeirevier in Täby hatte nichts mit dem zentralen Platz und dem palastartigen Einkaufszentrum mit Behörden zu tun, sondern lag in einer Gasse hinter dem Riesending. Sie hielten einander an den Händen, Billie und sie. Roksana brauchte ihre Freundin jetzt und hatte sie vorhin angerufen. Billie kam sofort.

»Das da ist der Tempel der Unterdrückten«, rief Billie und zeigte auf das Einkaufszentrum. »Und die Sekte des Konsumerismus verlangt vollkommenen Gehorsam. Ein Bewusstsein über die Machtstrukturen der Gesellschaft ist das einzige

Gut, das in diesen ansonsten so hell erleuchteten Galerien nicht angeboten wird, weil dieses Bewusstsein nicht für Geld verkauft werden kann, deshalb ist man nicht interessiert.«

Roksana bekam Bauchschmerzen davon, vor den schweren Glastüren des Reviers zu stehen.

»Haben Sie dich hier nach dem *Our Land Club* gefangen gehalten?« Vielleicht begriff Billie erst jetzt, dass sie nicht herbeigerufen worden war, um politische Brandreden zu halten.

Roksana nickte. »Aber eigentlich haben die mich ganz in Ordnung behandelt«, sagte sie. »Das waren keine faschistischen Schweine, die haben einfach ihren Job gemacht.«

Billie schnaubte. »Die verteidigen Nazis, die auf unseren Straßen demonstrieren, aber nehmen dir deine Eintrittsgelder von einem Festival der Liebe weg. Die sind verrückt.«

Roksana wusste sehr gut, wer wirklich verrückt war. Sie musste jetzt das Geld besorgen.

Das Revier war heute nicht für die Allgemeinheit geöffnet, aber über einer Klingel neben den Türen stand *Bereitschaft*. Sie drückte darauf.

»Alles wird gut«, sagte Billie.

Zehn Minuten später kam eine Polizistin in Uniform und öffnete die Tür.

»Ich würde gern mit einem Beamten sprechen. Können wir reinkommen?«, erklärte Roksana.

»Dann können Sie mit mir sprechen, aber wir sind heute stark unterbesetzt, Sie müssen also Platz nehmen und eine Weile warten.«

Billie starrte sie wütend an. Die Polizistin fuhr fort: »Die Leute, die hier sonst arbeiten, sind draußen unterwegs und jagen Betrunkene am Steuer. Auf der Straße ist das heute der gefährlichste Tag des Jahres.«

Sie ließen sich auf den Steinbänken im Eingangsbereich nieder. Roksana schob die Hand in die Stofftasche, die sie mitgenommen hatte, und berührte das kühle Metall von Nikolas Goldkette. Und sie dachte wieder den doppelten Gedanken: ein Typ, den sie kaum kannte, gegen ihren Papa. Wieso fiel ihr diese Entscheidung so schwer?

Zehn Minuten später ging eine Klappe im Empfangsschalter auf. Die Polizeibeamtin hatte jetzt eine Brille auf und stand auf der anderen Seite hinter dem Schalter – spießig, eine Markierung von Positionen.

Roksana atmete ein und befühlte wieder die Kette in der Tasche. »Ich möchte etwas mit Ihnen besprechen.« Ihr Mund war trocken, die Worte klebten am Gaumen, auf der Zunge.

Die Polizistin hatte einen Computer eingeschaltet und stand mit den Fingern auf der Tastatur bereit mitzuschreiben, was Roksana erzählen wollte. Billie wirkte aufgekratzt und vollführte eine kleine Pirouette im Eingang des Reviers.

61

»*Stockholm by day* mochte ich noch nie«, sagte Dejan. »Diese Stadt muss man nachts erleben.«

»Du bist doch verrückt«, murmelte Teddy und musste noch mal daran denken, wie Dejan mit der MP5 über die Köpfe der Mittsommergäste gefeuerwerkt hatte. Aber er war auch dankbar – wenn sein alter Gangsterkamerad nicht seinen Köter dabeigehabt hätte, wäre er nie an das Telefon von Hugo rangekommen. Und jetzt chauffierte Dejan ihn zurück zum Haus von *Kum*.

»Ich meine«, fuhr Dejan unbeirrt fort, »alle sind immer so

stolz auf die tolle Entwicklung von Stockholm, wie schön es ist mit seinem Wasser, wie sauber, wie sicher und all den Scheiß. Aber sexy ist doch, was dahintersteckt. Dass nichts so ist, wie es zu sein scheint. Dass auf denselben Straßen jede Nacht Unmengen von Koks gedealt werden, dass die Huren an jede Adresse fahren, zu der du sie bestellst, dass der Zugang zu Waffen vom Balkan sich in den letzten drei Jahren versiebenfacht hat, dass die Polizei sich nicht mal in die einschlägigen Viertel hineintraut.«

»Jetzt sei mal still und konzentrier dich aufs Fahren«, fand Teddy – Dejan war doch schräger, als er je gedacht hätte.

Der Touchscreen in der Mittelkonsole des Porsche war nur halb so groß wie der im Tesla, aber alles andere atmete deutschen Superluxus.

Eben hatte er mit Emelie gesprochen, die in der Kanzlei den Koffer und ein Telefon hatte ausfindig machen können. Jetzt saß sie in einem Taxi ebenfalls auf dem Weg zu *Kum*, wo sie gemeinsam versuchen würden, den Koffer zu öffnen. Er ging davon aus, dass sie darin Sachen finden würden, die es ihnen ermöglichten, das sogenannte Netzwerk einzukreisen und zu erledigen. Hoffentlich würden sie dann auch an einen Polizisten geraten, der ihnen half und auf den man sich mehr verlassen konnte als auf Nina Ley.

Sein Kind sollte nicht in das hier hineingeboren werden. Sein Kind sollte keinen Vater haben, der auf der Flucht war.

Eine Erinnerung: vor dem Knast, vor dem ganzen Mist. Ein ebenso kühler Vorsommer wie jetzt. Teddy war mit Nikola, der damals vielleicht sieben Jahre alt war, in den Vergnügungspark nach Gröna Lund gefahren. Er kaufte für sie beide eine Tageskarte, und sie fingen auf der linken Seite an, wo die Attraktionen für die kleineren Kinder waren. Die Schlangen waren lang, sie warteten zwanzig Minuten auf den Marienkäfer, nach einer Fahrt wollte Nikola Zuckerwatte. Dann fuhren sie den Leuchtturm und dann die Teetassen. Die Zuckerwatte saß wie ein dünner Bart um Nikolas Mund und wie ein klebriger Teig auf seinen Fingern. Dann wollte er zur »Erwachsenenabteilung«, wie er es nannte, rüber, wo der Freie Fall stand. Sie fuhren die Bürsten und den Blauen Zug. Teddy fror, Nikola wollte die Wilde Maus fahren – ein richtig perverser Name für eine Berg-und-Tal-Bahn –, aber laut Broschüre musste man ein Meter zwanzig groß sein, um reingelassen zu werden: Nikola war nur ein Meter neunzehn. Teddy sagte nein. Nikola quengelte. Teddy sagte wieder nein. Nikola weinte. »Bitte, Onkel Teddy, bitte. Du bist der Einzige, der lustige Sachen mit mir macht, und Chamon ist damit gefahren, das hat er mir erzählt. Außer mir sind alle gefahren!« Sie gingen auf die Toilette, Teddy setzte Nikola auf einen Toilettendeckel und zog ihm die Schuhe aus. Dann faltete er zwei Papierhandtücher, sodass sie wie steife Kartonkissen waren, und steckte sie in Nikolas Schuhe. »So, jetzt schauen wir mal, wie groß du bist.« Sie gingen zur Wilden Maus, und Teddy sah, wie Nikola den Atem anhielt, als der Typ am Eingang ihn maß. Aber als es dann so weit war und sie sich in den ersten Wagen setzten, sah Teddy noch etwas anderes in Nikolas Blick. »Alles in Ordnung?« Nikola nickte steif. Die Wagen der Wilden Maus quietschten und vibrierten und wurden die zehn Meter zum Start der Bahn hochgezogen. Einen kurzen Moment standen sie ganz oben still, bevor sie wieder runtersausten, dann hoch, dann um die scharfen Kurven. Sie wurden von der Fliehkraft nach außen gedrückt, die Leute kreischten, Teddy spürte, wie sein Magen protestierte. Dann schaute er zu Nikola und merkte, dass er besser hätte aufpassen müssen. Die Augen seines Neffen waren vor Schreck aufgerissen. Als sie ausstiegen, überkam es ihn, Nikola konnte nicht aufhören zu weinen.

Teddy nahm ihn hoch und trug ihn die Treppen zum Ausgang hinunter. Er spürte Nikolas warmen Atem an seiner Schulter, die Tränen an seinem Hals. Der Junge schluchzte, rollte sich zusammen, wurde zu einem kleinen nassen Fleck.

Kinder brauchen immer Nähe. Kinder brauchen Sicherheit.

»Darf ich jetzt sprechen?«, fragte Dejan.

Teddy erwachte aus seinen Gedanken. »Ja, ja, natürlich.«

»Dieses Schwein, das ihr beiden jagt, scheint keine Grenzen zu kennen, der ist schlimmer als ich. Vergiss nicht, was die in Oslo angestellt haben, und als sie dich voriges Jahr in dieses alte, stillgelegte Gefängnis gesperrt haben.«

»Da hast du wohl recht.« Teddy fragte sich, worauf er hinauswollte.

Dejan fuhr langsamer und bog bei *Kums* Villa ein. »Ich kann mir nicht vorstellen, dass die jetzt die Hände in den Schoß legen.«

»Gewiss nicht.«

»Ich wollte es nur sagen. Sei auf der Hut, Teddy. Lass nicht zu, dass ein verdammter Teufel dir oder denen, die du liebst, Schaden zufügt.«

62

Vor fünfzehn Minuten hatte er eine Snapchat-Nachricht bekommen. Kurz und einfach: *Norr Mälarstrand 17, 4. Stock, Wohnung 1405. Nimm die Frau mit, die sich da befindet, aber füge ihr keinen Schaden zu. Ich melde mich wieder mit weiteren Instruktionen.*

Der *neue Kum* hatte es schließlich erklärt – wenn Nikola

das hier machte, würde er Kerims Schutz erhalten. Endlich war es so weit.

Er war froh, dass es lediglich eine Entführung zu sein schien und kein Mord auf Bestellung, den er ausführen sollte. Trotzdem konnte er das schlechte Gefühl nicht abschütteln.

Bello und er fuhren direkt zum Norr Mälarstrand. Bello blieb im Kastenwagen, denn sie hatten ja entschieden, dass sie den voller Sprengstoff nicht einfach irgendwo rumstehen lassen wollten. Nikola war froh, dass Bello bei der Sache hier mitmachte. Der Freund war loyal wie niemand sonst. Dennoch fühlte er sich schlecht.

Er fuhr in den vierten Stock und stellte sich vor die Tür. Am Briefkastenschlitz der Wohnung 1405 stand Söderlund. Nikola hatte im Internet nachgesehen. Die Frau, die hier wohnte, hieß Josephine mit Vornamen.

Er klingelte. Nichts geschah.

Er klingelte wieder. Er hörte leise Schritte von drinnen.

Eine Frau in Bademantel öffnete. Sie hatte ein Handtuch um die Haare gewickelt. Es sah aus, als hätte sie eben geduscht und wäre jetzt dabei, sich zu schminken. Sie war nach normalen Männerkriterien hübsch, aber trotzdem nicht Nikolas Typ. Als sie ihn begrüßte, wirkte sie etwas versnobt, so als würde ihre Nase fünfundvierzig Grad nach oben weisen.

Er drängte sich schnell in die Wohnung und machte die Tür hinter sich zu. Die Schutzmaske, die sein Gesicht verbarg, juckte mehr als der Wespenstich, den er mal als Kind gehabt hatte. Vielleicht kapierte die Frau, Josephine, was hier gerade passierte, vielleicht auch nicht. Es war egal – alles ging viel leichter, als Nikola angenommen hatte. Sie sagte nicht einmal etwas, als er die Knarre hochhob.

Die Wohnung war luxuriös renoviert. In die Decke eingelassene Spots, frisch abgeschliffenes Eichenparkett, Lichtschalter, die mehr aussahen wie Computer. Er schickte, wie ihm befohlen worden war, ein Snap von der Frau. Sie blieb die ganze Zeit ruhig und still.

Die Antwort kam sofort. *Fahr sie in die Stadt. Sie wird jetzt gebraucht.*

Nikola überlegte, wie er sie jetzt runterkriegen sollte. Würde sie die Treppen ruhig mit nach unten gehen, oder würde er sie fesseln und in den Fahrstuhl schubsen müssen? Würde sie auf dem Rücksitz sitzen, oder musste er sie in den Laderaum des Kastenwagens werfen?

Er musste jetzt handeln.

Nikola erhob die Gun gegen sie. »Nimm es einfach weiter gechillt, sonst blase ich dir die Kniescheiben weg.« Das war das erste Mal, dass er sie reagieren sah. Sie erbebte, als wäre ein Schaudern durch ihren Körper gegangen. Gleichzeitig sah er Roxys Gesicht vor sich. Fuck – sie war das Beste, was ihm seit langem passiert war – und jetzt stand er hier und entführte jemanden.

Nikola sah wieder die Frau an. Was machte er hier eigentlich?

Ganz ehrlich, was machte er hier?

63

Heute kam man schnell durch Stockholm. Der Samsonite-Koffer stand neben ihr auf dem Rücksitz des Taxis, und vorn sah sie schon die kleine idyllische Straße, in der *Kums* Haus lag. Teddy war informiert, und sie hatte eben auch Nina Ley angerufen, denn sie wusste keinen anderen Menschen bei der Polizei, zu dem sie wegen dieser Sache Kontakt aufnehmen konnte.

»Wir haben eine Person identifiziert, die definitiv Verbindungen zu dem Netzwerk hat.«

Nina hatte fast abwesend geklungen. »Was ist passiert?«

Emelie erzählte so schnell wie möglich von dem Koffer, der vom Herrensitz mitgenommen worden war, von den abgehörten Telefongesprächen von Hugo Pederson, der Nummer in seinem Telefon und dem Koffer, den sie bei Anders Henriksson gefunden hatte.

»Ein Anwalt, also?«, war das Einzige, was Nina sagte, als Emelie fertig war.

»Ja, in meiner ehemaligen Firma. Anwaltskanzlei Leijon. Das ist so krank.«

»Vielen Dank, wir kümmern uns, so schnell wir können, darum. Wahrscheinlich morgen. Heute ist es nicht so leicht, Leute zu kriegen.«

Emelie wusste nicht, was sie darauf erwidern sollte. Müsste die Polizei nicht unmittelbar zuschlagen?

Da klingelte es auf dem anderen Telefon, dem, das sie in Henrikssons Schrank gefunden hatte.

Eine Stimme: »Emelie?«

»Ja.«

»Ich dachte, Sie hätten das Jubiläum verlassen, um wie alle anderen Mittsommer zu feiern.«

»Mit wem spreche ich?«

»Vergessen Sie das. Sie haben etwas, das mir gehört.«

»Mit wem spreche ich?«, wiederholte Emelie.

»Ich glaube, Sie wissen das.«

Ja, jetzt erkannte sie seine Stimme. Die Stimme, die vor zehn Jahren Hugo Pederson befohlen haben musste, Mats in die Entführungsfalle zu locken. Es war Anders Henriksson.

»Warum glauben Sie, dass ich etwas habe, das Ihnen gehört?«

»Weil Magnus mich eben angerufen und mir erzählt hat

dass er sich aus dem Archivraum befreien konnte und dann entdeckt hat, dass jemand meine Bürotür und meinen Schrank aufgebrochen hat. Und weil ich in diesem Moment auf meinem eigenen Telefon anrufe.«

»Ich habe mit der Polizei gesprochen«, erwiderte Emelie, »und werde alles, was sich in dem Koffer befindet, dort abgeben.«

»Ich mag es nicht, wenn Leute mir Dinge wegnehmen«, fuhr Anders Henriksson fort, ohne auf das zu reagieren, was Emelie gerade gesagt hatte, »aber zum Glück habe ich etwas, das Ihnen gehört.«

»Was meinen Sie?«

»Wenn ich den Inhalt dieses Koffers nicht zurückbekomme, dann werden Sie Ihre Freundin nie wiedersehen.«

»Wovon reden Sie?« Emelie sah im Augenwinkel, wie sich der Taxifahrer umdrehte.

»Ich habe Josephine entführen lassen«, sagte Henriksson.

Emelie rang nach Luft.

»Ich weiß, dass Sie den Koffer haben«, erklärte Henriksson. »Treffen Sie sich mit mir bei Leijon, dann lösen wir das hier, ohne dass jemand zu Schaden kommt.«

64

Der Bestimmer trug dieselbe Kapuzenjacke wie letztes Mal, war genauso fett und schluckte genauso viel Schleim wie sonst. Aber seine Stimme klang fröhlicher, als sie es gewohnt war. Sie trafen sich im selben Hotelzimmer wie das Mal davor.

Roksana zog vor seinen Augen den Reißverschluss der Tasche auf. Der Bestimmer-Idiot sah hinein.

»Hier ist eine halbe Million in cash. Willst du zählen?«

Diesmal blockierte niemand den Ausgang.

Der Bestimmer schaukelte auf seinem Stuhl vor und zurück. »Ich vertrau dir, Mädel.«

Sie stand auf. »Dann sind wir jetzt fertig, oder?«

Unten an der Hotelrezeption wartete Billie.

Der Bestimmer blieb sitzen. »Warte kurz. Ich bin neugierig. Woher hast du die Scheine? Du hast doch gesagt, die Bullen hätten all euer Cash genommen. Hast du dir was geliehen?«

»Nein«, sagte sie.

»Wie hast du dann die Kohle so schnell besorgt?«

»Das spielt keine Rolle.«

»Aber ich will es wissen.«

»Ich bin auch neugierig. Warum hattet ihr das Ketamin in der Wohnung, die wir gemietet haben? Ist ja wohl klar, dass mir das nur Stress gemacht hat.«

»Nicht alle sind so kompetent wie du, Mädel. Die Bullen haben das Ketamin bei ihrer Hausdurchsuchung nicht gefunden, das haben wir ja wohl schon erklärt, was? Und der Typ, den ich beauftragt hab, den Scheiß zu holen, ist eine Null. Der kann nicht mal sehen, ob die Bremsscheiben von einem BMW Schrott sind oder nicht.«

Roksana begriff nicht, wovon er redete.

»Du lieferst ja wenigstens. Hast du in nur zwei Wochen für eine halbe Mille verkauft? Hast du so das Geld zusammengekriegt?«

Sie dachte an etwas, das Nikola ihr gesagt hatte. Als sie die Tür zum Flur öffnete, erwiderte sie: »Ich kann mit dir nicht über alles reden.«

Der Bestimmer sah ihr nach.

Das einzig Wichtige war, dass dieser Verrückte nicht mehr ihren Vater bedrohte.

Nein, das war nicht das einzig Wichtige. Nikola war auch wichtig.

65

Sie hatten umdrehen müssen. Teddy erklärte Dejan, warum. »Jemand hat Emelies Freundin Josephine entführt und will im Austausch gegen sie etwas, das Emelie hat. Und da du ja schon mal jemanden entführt hast …«

»Du auch«, unterbrach ihn Dejan.

»Ja, was soll ich tun?«

Dejan fuhr schneller, vorbei an Sollentuna. »Du sollst dieses Aas so richtig in den Arsch treten.«

Dejan parkte den Porsche ein Stück weit von Leijon entfernt. Vor einer Minute hatte Henriksson offensichtlich den genauen Ort mitgeteilt, an dem er Emelie treffen wollte: in der Garage unter der Kanzlei.

Teddy und Dejan mussten ums Haus gehen, bis sie die Garageneinfahrt fanden.

Teddy schrieb an Emelie. *Bist du da unten?*

Ja, bin gerade gekommen. Es ist aber noch niemand da. Hier ist es leer.

Wir sind draußen. Kannst du uns aufmachen?

Nein, das traue ich mich nicht. Er war ziemlich deutlich damit, dass ich allein sein muss. Was, wenn er sieht, dass ich euch reinlasse?

Teddy wandte sich um und starrte zur Straße hinaus. Die Läden waren geschlossen, die Leute wollten jetzt nicht hier sein. Es war halb fünf. Zwei junge Männer kamen Hand in

Hand die Straße auf den Sturеplan zugeschlendert. Ein Kastenwagen bog in die Straße ein. Teddy und Dejan traten ein paar Schritte zurück und versuchten, sich um die Ecke des Gebäudes zu stellen. Er hörte, wie der Kastenwagen vor der Garage stehen blieb. Der würde also dort hineinfahren – in die Garage der Kanzlei.

Man konnte hören, wie die Garagentore langsam aufgingen. Der Kastenwagen rollte weiter.

Eine Sekunde. Zwei Sekunden. Die Türen begannen zu quietschen, gleich würden sie wieder zugehen. »Bleib hier«, sagte er zu Dejan, dann duckte er sich unter dem Tor durch und ging in gebücktem Gang in die Garage.

Im Kontrast zu dem strahlenden Sommertag draußen war erst einmal alles dunkel. Doch nach ein paar Momenten gewöhnten sich die Augen an das schwächere Licht. Die Rampe ging direkt nach unten, und Teddy konnte den Kastenwagen noch halten sehen. Er drückte sich an die graue Wand.

In dem Wagen befand sich Emelies Freundin, da war er ziemlich sicher.

66

Nikola parkte den Transportwagen so, wie er vom Auftraggeber instruiert worden war, nahe der Einfahrt zur Garage.

Als er in der Anfahrt auf die Kanzlei gewesen war, war eine Nachricht mit dem Code zur Garage gekommen und der Anweisung: *Fahr da rein mit deiner Ladung. Stell dich auf Platz Nummer 4.* Er tat, wie ihm befohlen worden war. Er dachte an den Menschen, der hinten zwischen all den Kisten mit Sprengstoff im Laderaum lag. Es war so bescheuert, dass sie ausgerechnet mit den lebensgefährlichen Sachen von Mr. Eins unterwegs sein mussten, als die Order kam, dieses Ding für Kerim zu erledigen. Aber nun war es halt so.

Ich bin da, schrieb er, nachdem er den Motor ausgeschaltet hatte.

Die Antwort kam postwendend. *Ich weiß.*

Das hier war *creepy* – der Auftraggeber musste ihn in einer der Überwachungskameras gesehen haben, die an der Decke hingen. Das schien ja ein richtiger Pedant zu sein. Was nahm Kerim da eigentlich für Aufträge an? Und was waren das für Entscheidungen, die er selbst in der letzten Zeit getroffen hatte?

»*Was jetzt?*«, schrieb er zurück.

Austausch. Du kriegst ein Telefon und einen Koffer, einen Samsonite. Wenn ich sehe, dass es der richtige ist, schicke ich dir eine Nachricht. Dann übergibst du sie. Dann fährst du mit meinem Koffer weg.

Also echt, dieser Job war noch mieser als in schlechten Filmen.

Der Auftraggeber – wer auch immer es war – sah alles. Wie eine fucking Szene in *Die Tribute von Panem.*

67

Emelie erkannte in zwanzig Metern Entfernung den Parkplatz, an dem sie sich treffen sollten. Sie musste daran denken, wie sie vor ein paar Monaten in einer Garage hingefallen war und Teddy sie ins Krankenhaus gefahren hatte, wo sie dann erfahren hatte, dass sie schwanger war. Diesmal war sie nicht paranoid – diesmal war hier wirklich jemand in der Garage.

Einen kleinen Moment lang hatte sie tatsächlich gedacht,

dass es ein Ende haben würde. Sie war ziemlich sicher, dass der Koffer massive Beweise gegen das Netzwerk enthielt – gegen die Männer, die Frauen hassten. Das Telefon musste Henrikssons *sicherer* Draht sein. Wenn der richtige Polizist und der richtige Staatsanwalt Zugang zu all diesen Unterlagen bekämen, dann würden sie ihn und die anderen vor Gericht bringen können. Sie würden festgenommen und verurteilt werden, und diese Albtraumgeschichte würde zu Ende sein.

Doch so kam es nicht – denn der elende Magnus Hassel hatte Kontakt zu Anders Henriksson aufgenommen, der jetzt ihre beste Freundin hatte kidnappen lassen. Teddy und sie würden verlieren. Anders Henriksson würde den Inhalt des Koffers wiederbekommen und die Beweise vernichten. Nein, nicht Teddy und sie würden die Verlierer sein, sondern Katja und all die anderen Mädchen.

Die Laute ihrer eigenen Schritte hallten in der Garage wider, als befände sie sich in einem Musikinstrument. Vielleicht hörte sie auch jemand anderen, der sich hier bewegte? Sie hielt Anders Henrikssons Telefon in der einen Hand. Zwar hatte sie Nina Ley angerufen, doch das war, bevor sie erfahren hatte, dass Henriksson Jossan in seiner Gewalt hatte. Jetzt wagte Emelie nicht mehr, die Polizei zu alarmieren, das Risiko, dass Henriksson auf irgendeine Weise Jossan oder den Austausch gefährdete, war zu groß. Außerdem war die Polizei ja hinter Teddy her.

Noch fünfzehn Meter. Ihr war schon klar, warum er diese Stelle gewählt hatte: Wer dort stand, konnte sich hinter einem Pfeiler verstecken, aber gleichzeitig die ganze Garage im Blick haben.

Sie hielt den Griff des Samsonite-Koffers fest umklammert Was, wenn Henriksson Josephine jetzt nicht freiließ? Der Gedanke ließ ihren Bauch zucken.

Zwei Gestalten kamen auf sie zu. Eine von ihnen trug eine Maske und führte den anderen Menschen vor sich her: Josephine. Die Freundin hatte einen schwarzen Stoffsack auf dem Kopf. Sie bewegte sich seltsam und hatte andere Kleider an als sonst – war das ein Bademantel? War sie verletzt?

Emelie brachte es kaum über sich hinzusehen und bemühte sich darum, einfach geradeaus zu einem der Pfeiler weiter hinten zu starren.

Die Figur mit Maske hielt eine Pistole in der Hand.

Was war Anders Henriksson nur für ein Mensch?

»Stehen bleiben«, sagte die Person mit der Maske, als sie zehn Meter voneinander entfernt waren. »Leg das Telefon ab und roll den Koffer rüber.« Irgendwie kam Emelie die Stimme entfernt bekannt vor. Es war ein Mann, aber nicht Anders Henriksson, da war sie ganz sicher.

Plötzlich spürte sie, wie es im Bauch schmerzte, als würde sich alles zusammenziehen und bis zum Bersten anspannen. Trotzdem tat sie, was man ihr befohlen hatte: Sie blieb stehen und gab dem Koffer einen kleinen Schubs nach vorn. Das Telefon legte sie auf den Betonfußboden.

»Jetzt zurückgehen«, sagte der Mann mit ruhiger Stimme.

»Ich will, dass du erst meine Freundin loslässt.«

»Ist das deine Freundin?«

»Das weißt du ja wohl.«

»Dann kommt sie hier«, sagte der Mann und gab der Geisel einen Stoß, sodass die Gestalt mit dem Sack über dem Kopf mit ausgestreckten Armen vorwärtsstolperte.

Emelie blieb stehen. Die kühle Luft bewegte sich nach oben. Der Bauch war prall wie ein Basketball, die Krämpfe fast unerträglich. Sie stolperte nach vorn, um Josephine entgegenzunehmen, deren Hände mit Kabelbindern um die Handgelenke gefesselt waren. Der Mann mit der Maske hatte sich umgedreht und war auf dem Weg zurück in seinen Kastenwagen. Er hatte das Telefon eingesteckt und rollte den Koffer hinter sich her.

Emelie riss den Sack von Jossans Kopf.

Aber es war nicht Josephine, die sie anstarrte.

Es war jemand anders. Ein junger Mann. Jemand, den sie nicht kannte. Oder doch? Ein dunkelhaariger Junge.

VERDAMMTE SCHEISSE – Henriksson hatte sie reingelegt. Er hatte Josephine immer noch – das hier war nur ein Bluff, um den Koffer zu kriegen.

Der dunkelhaarige Junge sagte: »Ich kenne Sie. Waren Sie nichts Nickos Anwältin?«

Emelie begriff gar nichts mehr.

Dann sagte er: »Ruhig bleiben. Wir haben diese Josephine gar nicht entführt, Nikola hat die Nerven verloren, und wir hatten übrigens keine Ahnung, dass sie Ihre Freundin ist. Aber er muss diesen Koffer und das Telefon bei seinem Auftraggeber abgeben. Sonst gibt es Stress. Und zwar richtig.«

68

Erst als sie mit Billie in einem Taxi auf dem Weg zurück von dem Bestimmer war, konnte sie durchatmen. Sie hatte es geschafft – sie hatte das Geld aufgetrieben und übergeben. Es war unglaublich.

Billie kicherte.

Roksana dachte an die Polizistin auf dem Revier Täby, die vor ein paar Stunden an ihrem Computer bereitgestanden hatte. Roxy hatte sich zum Schalter gebeugt. »Ich heiße Roksana und bin wegen eines Falles mit der Nummer 3232-K38909 hier.«

Die Polizistin tippte die Zahlen in den Computer. Im Polizeirevier war es so still wie in den Sälen bei der Hochschulprüfung. »Okay, und was wünschen Sie?«

Roksana wusste genau, was sie wünschte, denn das hatte Billie ihr schon früher an diesem Tag erklärt. Shit – Roksana war so *happy* über Billies Gerede und ihr Mitdenken. Sie war *superhappy*, dass Billie das Studium gewählt hatte, das am wenigsten zu ihr zu passen schien: Jura.

»Ich möchte meine Tasche und deren Inhalt zurückbekommen«, sagte Roksana und begegnete dem müden Blick der Polizistin.

Nach dem *Our Land Club* hatten sie die Tasche mit allem Geld beschlagnahmt. Aber die Verdachtsmomente gegen sie betrafen lediglich Steuerhinterziehung und Verstoß gegen das Alkoholgesetz, nicht das Ketamin. Deshalb hatte der Staatsanwalt verlangt, dass ein Teil des Geldes zurückgehalten werden sollte. Dies hatte auch das Gericht bestätigt: Knappe anderthalb Millionen Kronen von dem, was in der Tasche war, sollten bis zu einer richterlichen Entscheidung in Gewahrsam genommen werden, um möglicherweise entstehende Steuerschulden, Zinsen und Strafen zu bezahlen. Doch es betraf ja nicht *das ganze* Geld. Billie hatte herausgekriegt, dass der Staatsanwalt unmöglich darüber entscheiden konnte, was mit dem Rest des Geldes geschah, das Roksana und Z. ganz legal an den Eintrittsgeldern verdient hatten. Und dieses Geld musste die Polizistin auf dem Revier Täby aushändigen.

Billie: ein Juristengenie.

Kurz darauf kam die Beamtin mit Roksanas Tasche unter dem Arm aus der Abteilung für beschlagnahmte Sachen. »Dann bitte ich Sie, hier zu quittieren, dass Sie Ihre Tasche und Ihr Geld entgegengenommen haben.«

Zwei Reihen, wo man etwas ankreuzen musste, und dann die Unterschrift.

Beschlagnahme Nr. K38909-23p1: *Tasche. Modell: Nike.*

Beschlagnahme Nr. K38909-23p2: *Bargeld: 1.404.400 Kronen in Scheinen.*

So hatte sie das Geld aufgetrieben, um die Verrückten zu bezahlen. Dass sie überhaupt auch nur daran gedacht hatte, Nikola anzuzeigen, um eine Belohnung dafür zu bekommen, war reiner Wahnsinn – sie schämte sich schrecklich, dass solche Gedanken überhaupt in ihrem Kopf vorgekommen waren, aber die Drohung gegen *Baba* hatte sie vor Angst verrückt gemacht.

Die Polizistin hatte die Tasche mit dem Bargeld rübergereicht. »Dann wünsche ich ein schönes Mittsommerfest«, sagte sie.

69

Teddy sah alles. Ein junger Mann war es, der da anstelle von Josephine übergeben wurde, und Teddy kannte ihn. Das war Bello, Nikolas Kumpel. Die Gedanken explodierten wie Handgranaten. Was machte der denn hier? Henriksson musste sie in irgendeiner Weise reingelegt haben. Teddy wusste nicht, was er tun sollte – doch er musste handeln. Agieren. Den Samsonite-Koffer daran hindern, zusammen mit dem Mann in Maske, der Bello übergeben hatte, zu verschwinden.

Er ging weiter in die Garage hinein. Hinten sah er Emelie, sie wirkte verwirrt, und instinktiv wollte er hinlaufen und sie in den Arm nehmen. Aber dafür war jetzt keine Zeit.

»Was machst du denn hier?«, rief er Bello zu.

Der sah genauso erstaunt aus wie Teddy.

»Das ist doch komplett *crazy*. Du musst unbedingt mit Nicko reden, bevor er abhaut.«

Teddys Kopf schien zu brennen. Nikola? NIKOLA?

Er rannte los, auf die Türen der Garage zu, dorthin, wo der Kastenwagen gestanden hatte, als er hineingeschlichen war. Der Wagen rollte schon los, die Rampe rauf. Teddy begriff nicht, was Nikola machte, aber offensichtlich hatte sein Neffe vor, hier wegzufahren. Das durfte nicht geschehen.

Lange Schritte. Er dachte gar nichts mehr. Und an alles gleichzeitig. Vor seinem inneren Auge das Bild, wie Fredrik O. Johansson auf dem Herrensitz Dokumente in den Koffer geschaufelt hatte.

Das Garagentor öffnete sich langsam. Der Kastenwagen wartete darauf, rausfahren zu können, der Gang war schon eingelegt.

Teddy warf sich an das Auto, riss die Fahrertür auf, sah das verständnislose Gesicht seines Neffen und zerrte ihn raus.

»Was zum Teufel tust du?«

Beide fielen auf den Betonboden.

Nikola brüllte zurück: »Was machst du hier?«

»Du weißt ja nicht, was du da tust!«

Teddy rappelte sich auf. Nikola stand über ihm. Seine Nasenflügel bebten. Auge um Auge. Zwanzig Zentimeter voneinander entfernt.

»*Ujak*, ich habe keine Ahnung, was ihr hier treibt, Emelie und du, und ich habe alles so anständig geregelt, wie ich konnte«, zischte Nikola. »Ich wusste nicht, dass sie Emelies Freundin ist, und ich habe sie nicht mal mitgenommen, sondern hab den ganzen Mist gefaked und stattdessen Bello in den Laderaum geworfen. Aber ich brauche diesen Koffer. Den werde ich nicht hergeben. Du weißt nicht alles, Teddy.«

»Und du weißt nicht, wem du hier hilfst.«

»Ich tue es für Chamon.«

Teddy starrte ihn an. Sein Neffe, den er so oft in den Schlaf gewiegt hatte, mit dem er ins Schwimmbad gegangen war, nach Gröna Lund, zu den Fußballspielen der Syrer. Dem er niemals, niemals ein Leid zufügen würde.

Da war ein Geräusch im Hintergrund zu hören. Teddy fuhr herum. Eine Metalltür weiter hinten in der Garage ging auf, und zwei Personen kamen herein.

Die eine Person trug die Motorraduniform der Polizei und einen Helm mit heruntergeklapptem Visier und hielt eine Pistole an den Hinterkopf der anderen Person, bei der es sich um Anders Henriksson handelte. Das Gesicht des Alten war weiß wie eine Kopfschmerztablette.

Teddy erkannte diesen Bullen. Der Helm war identisch mit dem des Polizisten, der draußen auf dem Herrensitz Fredrik O. erschossen hatte.

»Einer von euch hat einen Koffer, der Henriksson gehört«, sagte der Motorradbulle.

Nun erkannte Teddy auch die Stimme. Eine Frau.

Nina Ley.

Sie sagte: »Ich will den Koffer.«

70

Das letzte halbe Jahr war so dermaßen verfickt gewesen, wie ein Leben nur sein konnte. Aber trotzdem war das hier *das Krankeste ever*.

Er hatte tatsächlich vorgehabt, diese Frau zu entführen – das musste er tun, um Kerims Schutz zu bekommen. Aber er hatte es sich anders überlegt. Vielleicht war es Roksana, die ihn beeinflusst hatte. *Nur weil andere Leute dich verraten haben, musst du dich nicht selbst verraten* – diese Worte hatten sich in ihn gezwängt und waren auf eine bescheuerte Weise geblieben. Vielleicht war es auch Teddy: Sein *Ujak* hatte in seinem Leben einen U-Turn gemacht. Doch Nikola dachte in diesem Moment nur daran, wie Teddy sich ihm gegenüber verhalten hatte. Wie er sich immer gekümmert hatte. Immer da gewesen war. Aber Nikolas Kopf war von den Verrätern durchlöchert, er wollte nur noch alle zurückficken. Bloß, wie sollte er dann selbst wieder heil werden? Er betrog sich selbst immer mehr, und das war falsch. Also hatte er den ganzen Scheiß abgebrochen, hatte Josephine sein lassen, war die Treppe runter und hatte stattdessen Bello einen Sack übergestülpt und ihn gebeten, sich in den Laderaum des Kastenwagens zu legen. Das Einzige, was sie besorgen mussten, damit der Auftraggeber zufrieden sein würde – und damit auch Kerim –, waren der Koffer und das Handy.

Doch jetzt war sein Onkel aufgetaucht. Und Emelie, seine Anwältin von früher. Plus eine durchgeknallte Frau mit Motorradhelm, die drei Meilen gegen den Wind nach Schwein stank, und einem Riesennerd, der vermutlich der Auftraggeber war, ihre Bullenknarre an den Schädel drückte. Was zum Teufel ging hier ab?

Teddy schrie der Bullenfrau zu, dass sie die Waffe fallen lassen sollte, aber die scherte sich gar nicht darum.

»Die Hände auf den Kopf«, befahl sie stattdessen dem Auftraggeberdaddy und wandte sich dann Nikola und Teddy zu. »Ich will den Koffer.«

Der Alte keuchte und hyperventilierte. Im Hintergrund stand der Kastenwagen noch auf halbem Weg durch die Garagentür und brummte, der Motor lief.

»Was wollen Sie tun?«, fragte Teddy.

Die durchgeknallte Polizistin redete undeutlich, vielleicht, weil sie immer noch den Helm aufhatte. »Ich werde mit ihm Schluss machen. Und dann will ich den Koffer.«

Sie drückte ihre Dienstpistole dem Alten an den Hinterkopf. Er zitterte. Der Beton unter ihm wurde dunkel. Die Pisse bildete eine kleine Pfütze.

Nikola machte einen Schritt auf sie zu. Wer immer sie war, sie musste jetzt doch mal ein bisschen runterfahren. Sie MUSSTE sich beruhigen.

»Ich weiß nicht, wer Sie sind, aber Sie müssen Ihre Pistole runternehmen«, sagte er, so sanft er konnte. »Sie können nicht einfach schießen.«

Die Stimme der Bullenfrau war jetzt unsicherer. Sie vibrierte in dem Helm, vielleicht weil sie so wütend war. »Gib mir einfach den Koffer«, sagte sie und entsicherte die Waffe.

Das klickende Geräusch hallte wie ein Knall in der Garage wider.

71

Verwirrung. Unsicherheit. Völliger Wahnsinn. Alles geschah zu schnell. Auf zu unerwartete Weise.

Emelie starrte auf die Motorradpolizistin, die sich aus dem Nichts mit Anders Henriksson offenbart hatte. Nina Ley.

Ihr Gehirn versuchte, das alles zu sortieren. Der Mord an Fredrik O. Johansson und den ganzen anderen Typen, von denen Mats erzählt hatte – Teddy hatte rausgekriegt, dass fünf davon tot waren und einer verschwunden. Zwei waren offensichtlich an Herzinfarkt und Krebs gestorben, aber einer war bei einem Bootsunfall umgekommen, einer war in Brasilien von einem Einbrecher erschlagen worden, und einer hatte sich zu Tode gefahren. Das alles im Laufe von anderthalb Jahren – das wurde Emelie mit einem Mal klar. Alle von dem Zeitpunkt an, als die Filme von den Übergriffen bei der Polizei abgeliefert worden waren.

Die Ermittlung durch Nina Leys Spezialeinheit war aus polizeilicher Sicht gescheitert – es war kein Täter identifiziert, geschweige denn dingfest gemacht worden. Emelie begann zu begreifen, warum das so war.

»Nina«, sagte Emelie, »es ist an der Zeit aufzuhören.«

Die Motorradpolizistin wandte sich ihr zu, die Waffe immer noch gegen Henriksson gerichtet. Mit der anderen Hand klappte sie das Visier hoch.

Nina Leys Gesichtszüge sahen da drinnen zusammengequetscht aus. »Nein, Sie sind es, die aufhören müssen. Sie haben Ihr Soll erfüllt. Jetzt übernehme ich.«

Plötzlich ging Nikola auf Nina zu. Emelie kapierte nicht, was er vorhatte, er sollte sich ihr jetzt nicht nähern, das war zu gefährlich. Aber alles, was hier unten gerade passierte, war so wahnsinnig.

Ihr Magen war von Krämpfen zusammengepresst.

»Ich weiß nicht, wer Sie sind«, sagte Nina und richtete jetzt ihre Pistole auf Nikola, »aber machen Sie keinen einzigen Schritt weiter.«

Und dann, ehe Emelie sehen konnte, wie das vor sich ging, richtete sich Anders Henriksson auf und schlug Nina die Waffe aus der Hand.

Ein schepperndes Geräusch.

Nina warf sich zu Boden, versuchte, nach der Pistole zu greifen.

Aber Henriksson war schon auf dem Weg davon. Er rannte wie ein Verrückter auf das Garagentor zu.

Teddy schrie: »Packt ihn!«

Nina brüllte etwas Unverständliches.

Und dann rannten alle. Teddy. Nina. Auch Emelie versuchte zu laufen, so schnell sie konnte. Hinter sich hörte sie Bello und Nikola rufen.

Sie erreichten die verlassene Straße. Die Sonne brannte. Es hätte eigentlich ein fantastischer Spätnachmittag werden können. Eigentlich.

Henriksson war nicht weit gekommen. Nina warf sich über ihn, nun wieder die Pistole in der Hand.

»Auf die Knie«, befahl sie und setzte ihm die Waffe ins Gesicht. Der Alte tat, wie sie sagte.

Sie standen alle still. Ein Dreieck des Todes. Teddy neben Emelie in der einen Ecke. Nikola und Bello in der anderen. Nina mit Henriksson vor sich auf dem Boden in der dritten. Wie festgenagelt. Mitten in der Garagentür war der Kastenwagen zu sehen.

Das Auge der Pistole auf Henrikssons Auge.

»Sie dürfen nicht schießen …«, versuchte Nikola, doch die verrückte Polizistin schien ihn nicht zu hören.

Emelie sah Bilder. Als sie und Josephine vor ein paar Jahren zum Mittagessen gingen, mussten sie an einer Menschenmenge vorbei, die auf der Birger Jarlsgatan demonstrierte. Sie erinnerte sich nicht mehr, worum es ging, sondern nur, dass sich der Zug von Demonstranten wie eine riesige bunte Schlange zum Norrmalmstorg geringelt hatte. »Warum sind die alle so wütend?«, hatte sie gefragt. Jossan packte ihre Designertasche ganz fest. »Weil sie an eine andere Welt glauben.

Sie glauben, dass man, wenn etwas Schlechtes passiert, kämpfen muss, um es zu verändern. Und zu demonstrieren ist eine friedliche Methode, seiner Stimme Gehör zu verschaffen.«

Emelie sah unverwandt zu Nina Ley und machte gleichzeitig einen Schritt nach vorn.

»Nina, nehmen Sie die Waffe weg.«

Nina rührte sich nicht. Nichts geschah. Alle Positionen waren eingefroren. Außer Henriksson: der zitterte.

»Nina«, versuchte Emelie erneut, »Sie haben kein Recht, das zu tun, was Sie tun wollen, ganz gleich, welche Verbrechen er auch begangen hat. Er wird seine Strafe bekommen, aber nicht auf diese Weise. Es gibt friedliche Methoden.«

Nina bewegte sich langsam.

Emelie merkte, wie die Krämpfe in ihrem Bauch ein wenig nachließen.

Ganz langsam senkte die Kriminalkommissarin ihre Pistole, ohne jedoch den Blick von Henriksson zu wenden.

Emelie sah, wie es passierte: Sie sah, wie die Gefahr kleiner wurde.

Aus Henrikssons Augen sickerten Tränen.

Nina wirkte erstarrt. Dann sagte sie plötzlich: »Nein, das hier ist für Amanda.«

Und erhob die Pistole wieder.

Sie wollte schießen.

NEIN.

Im Augenwinkel sah Emelie eine Bewegung.

Nikola warf sich gegen Nina.

Drei Schüsse wurden abgefeuert. Das laute Knallen flog zwischen den Hauswänden hin und her.

Und dann, sofort: Emelie wurde mehrere Meter weggedrückt. Flog, als wäre sie aus Papier. Eine enorme Explosion, ein Geräusch, das lauter war als alles, was sie je gehört hatte.

Der Boden erbebte. Der Bürgersteig zitterte. Es pfiff in ihren Ohren. Sie sah den Asphalt. Fiel darauf. Sie spürte ihren Bauch. Ihr Kind darin.

Sie versuchte, etwas zu sehen, kniff die Augen zusammen.

Vor sich auf dem Asphalt sah sie den Körper von Nina Ley: zerrissen und deformiert. Sie hatte immer noch den Helm auf.

Aus der Garage wallte Rauch auf. Es war etwas explodiert. Sie begriff nichts. Aber eins war klar: Das ganze Gebäude begann auseinanderzubrechen.

Das Haus riss entlang der Fassade ein, es sah aus, als würde es implodieren, nach innen einstürzen, wie die Bilder vom 11. September. Erst kamen Rauch und Staub, dann Betonteile und Glas. Steine und Metall fielen. Es klang, als würde der Himmel über ihren Köpfen einstürzen.

Die Anwaltskanzlei Leijon war in die Luft gesprengt worden.

Die Anwaltskanzlei Leijon existierte nicht mehr.

EPILOG

An Emelie,
für den Fall, dass ich außer Gefecht gesetzt werde

Die Erde kreist um ihre eigene Achse, man könnte auch sagen, die Welt kreist um sich selbst. Das ist doch ein schwindelerregender Gedanke, oder? Dass wir uns alle, die ganze Zeit, jede Sekunde unseres Lebens bewegen. Als Kind konnte ich nicht verstehen, warum wir von der Erdoberfläche nicht runtergeworfen werden oder zumindest einen Fahrtwind im Gesicht spüren. Später dann, als ich älter wurde, dachte ich, das müsste uns interessante Perspektiven eröffnen: Wir sehen dieselben Sachen, aber die ganze Zeit von neuen Positionen aus, und weil wir uns als Betrachter ständig bewegen, müssen wir irgendwann auch einmal etwas entdecken, das kein anderer je zuvor gesehen hat, etwas, das man nur aus einem speziellen Winkel, aus der besonderen Situation im Leben, erkennen kann.

Emelie, ich schreibe diese Zeilen an Sie in aller Eile. Ich weiß nicht, was in den nächsten Stunden geschehen wird. Vielleicht werde ich tot sein. Vielleicht festgenommen. Vielleicht sind andere tot. Doch eins sollen Sie schon jetzt erfahren: Alles, was ich getan habe, habe ich für Amanda getan.

Amanda durfte mich auf meiner Reise nicht begleiten. Aber ich begleitete sie auf ihrer wenn auch viel zu kurzen. Vor vier Jahren wurde ich zur Kriminalkommissarin ernannt. Obwohl, eigentlich habe ich mich schon seit meiner Jugend als Polizistin gefühlt. Schon in der Schule war für mich klar, dass ich jemand bin, der für Gerechtigkeit sorgen kann. Doch nun weiß ich es nicht mehr. Vielleicht bin ich keine Polizistin mehr, vielleicht bin ich dazu gezwungen, jemand anders zu werden. Ich habe etwas gesehen, wovon ich nichts wusste. Ich habe begonnen, unser Problem auf meine eigene Weise zu lösen. Aus einem neuen Winkel, aus einer neuen Position.

Wir stehen am Anfang vom Ende dieses Albtraums. Des Albtraums, der für Amanda viel früher begann, als ich je begriffen habe.

Eben habe ich erfahren, dass Sie und Ihr Freund mich zu einem der letzten Puzzleteile in dem hier geführt haben. Sie haben mich eben angerufen, Sie hätten einen Koffer voller Material vom Hallenbro Storgården gefunden – aus der Hölle auf Erden.

Schon als ich Ihnen während der Vernehmung von Katja die Filmabschnitte gezeigt habe, merkte ich, dass Sie etwas bemerkt haben. Vielleicht haben Sie die Ähnlichkeit zwischen mir und meiner Tochter, Amanda, erkannt – aber wie hätten Sie die Verbindung verstehen sollen? Amanda und ich waren uns immer ähnlich, nicht nur im Aussehen, wir teilten auch dieselbe Willensstärke. Aber wir benutzten sie auf unterschiedliche Weise.

Sie sind keine bösen Menschen, Teddy Maksumic und Sie. Sie tragen keine Schuld an dem, was passiert ist, vielmehr bin ich dankbar, dass Sie mich zu Fredrik O. Johansson geführt haben. Sie haben auch gelitten: Ich weiß, dass die versucht haben, Ihren Teddy in Stücke zu sprengen, aber dass stattdessen sein Neffe verletzt wurde, ich habe sogar Beweise dafür gefunden, wer hinter dieser Tat steckt. Ich weiß, dass Teddy festgenommen und unschuldig für das, was auf dem Herrensitz passiert ist, angeklagt wurde, und ich tat nichts dagegen. Verzeihen Sie mir, das war nur vorübergehend, um Störungen zu vermeiden und Zeit zu gewinnen.

Doch jetzt gibt es noch einen Mann, den ich ergreifen muss: Ich habe ihn lange den »Helfer« genannt, ohne seinen Namen zu kennen. Und jetzt haben Sie mich zu ihm geführt. Sie und Teddy, Sie waren genauso listig, wie ich gehofft hatte.

Jetzt sitze ich also hier, allein am Mittsommerfest, und werde gleich auf mein Motorrad steigen. Ich habe schon den aktuellen Mobilfunkanbieter kontaktiert und erfahren, dass er sein Telefon in der Nähe der Kanzlei Leijon benutzt hat. Vielleicht ist er immer noch dort. Ich werde ihn finden: Anders Henriksson. Den Helfer. Den Anwalt, der von Anfang dabei war. Seit Mats Emanuelsson entführt wurde. Vielleicht war er nicht auf dieselbe Weise wie Fredrik O. Johansson und die anderen in die direkten Verbrechen verwickelt, aber er ist trotzdem schuldig. Er war ein Teil der Maschinerie. Er hat es möglich gemacht.

Amanda war eines der Mädchen auf den Filmen der Festplatte, die Mats Emanuelsson uns überlassen hat. Sie hat mir niemals selbst erzählt, was sie erlitten hat, aber ich musste mit ansehen, wie sie und das andere Mädchen, Katja, von vier Männern gleichzeitig vergewaltigt wurden. Sie urinieren auf meine Tochter, sie führen Sachen in ihren Unterleib ein. Sie lachen, als sie vor Angst und Schmerz schreit. Niemals werde ich diese Bilder in meinem Kopf auslöschen können, sie liegen immer dort, wie eine Haut zwischen mir und der Wirklichkeit.

Für Amanda gab es keinen Ausweg. Ich weiß, dass sie es versucht hatte, bevor sie sich das Leben nahm. Ich weiß, dass sie eigentlich leben wollte, als sie ihr Leiden beendete. Aber das, was diese Menschen mit ihr getan hatten, zerstörte ihre Seele und begrub sie viel zu tief.

Und ich konnte sie nicht retten.

Als ich dann als Ermittlungsleiterin begann, die Filme anzusehen, verstand ich hingegen umso mehr. Ich habe niemandem je erzählt, dass meine Tochter eines der Mädchen war. Das hätte keinen Sinn gehabt, Amanda würde dadurch nicht wiederkommen. Manche fragten sich, warum die Ermittlung niemals irgendwelche Erfolge zeigte, manche stellten meine Kompetenz und die meiner Kollegen infrage. Doch die Ermittlung führte weiter, als sie ahnten – allerdings nicht auf die Weise, die sie wollten. Ich habe mich um alles selbst gekümmert. Nebenbei. Ohne Gefahr zu laufen, dass ein lächerliches schwedisches Gericht so tun würde, als gäbe es keine Moral.

Emelie, Sie verstehen sicher, denn Sie tragen ein neues Leben in sich. Jeden Tag, jede Nacht, jeden Atemzug, den ich durchleide, denke ich nur an meine Tochter. Und je länger ich diesen Albtraum durchlebt habe, umso größer ist er geworden. Sie war nicht allein, Amanda, ich habe mindestens fünfundzwanzig der über dreißig Mädchen, die missbraucht wurden, identifiziert. Und ich habe die meisten der Männer ausfindig gemacht.

Manchmal denke ich, dass es ein Bild vom männlichen Sexualschwein als einsamer Verrückter, sozialer Eigenbrötler, vielleicht leicht geistig Behinderten gibt. Manche sind so. Doch in viel mehr Fällen sind sie das Gegenteil. Denken Sie an Kapitän Klänning, wie sie ihn nannten, oder den französischen Präsidentschaftskandidaten Dominique Strauss-Kahn. Das waren Männer mit allen gesellschaftlichen Möglichkeiten, mächtige Männer, Männer in hohen Positionen mit einem unstillbaren Appetit darauf, Frauen, Mädchen, Kinder zu verletzen.

Das Netzwerk hat über fünfzehn Jahre lang existiert, und niemals sind sie verdächtigt worden, nicht einmal, als einige der Mädchen Psychologen, Beratern und Sozialbeamten von den Übergriffen erzählt haben. Ihr Machtapparat hat sie geschützt, ihre Vernetzung in der Gesellschaft stärkte sie. Niemand hätte geglaubt, dass so etwas wahr sein könnte.

Ich habe nicht kapiert, wie sie herausfinden konnten, dass Sie

Mats in Oslo treffen würden, oder wer es war, der draußen in Håga vor zwei Jahren dem verdorbenen Sundén geholfen hat – bis ich den Polizisten gefunden habe. Er ist Polizeimeister in Stockholm, heißt Patrik Wallin und ist einer der Täter. Seine Verwicklung in die Sache habe ich rein zufällig entdeckt, als ich nachprüfte, wer in der ASP nach Teddy Maksumic gesucht hatte, nachdem er geflohen war. Unsere Systeme sind in der Hinsicht intelligent – alle Suchen und wer sie ausgeführt hat werden registriert. Selbst wenn sie von hohen Vorgesetzten gemacht werden. Polizeimeister Wallin stach heraus, er zog meinen Blick auf sich. Also, Emelie, wenn ich in ein paar Stunden nicht mehr hier sein sollte, dann ist es an Ihnen, dafür zu sorgen, dass er festgenommen wird.

Denn die anderen sind schon weg. Einen habe ich so erschreckt, dass er an einem Herzinfarkt starb. Einen ertränkte ich, als er mit seinem Boot unterwegs war. Einen schlug ich auf der Straße in Brasilien tot. Mit einem fuhr ich in eine Felswand und löste seinen Sicherheitsgurt, ehe wir reinknallten. Einen erdrosselte ich in der Schweiz, ließ es aber wie Selbstmord aussehen. Das war übrigens derjenige, der als Erster Kontakt zu Katja aufgenommen hatte und den sie im Polizeiverhör beschrieben hat. Zweien habe ich mit einer Kanüle Luft ins Auge injiziert, sodass ihr Herz stehen geblieben ist. Einen schoss ich an dem Ort, an dem alles geschah, ins Gesicht: Fredrik O. Johansson. Ich weiß, dass er einer der Männer war, die sich an Amanda vergangen haben.

Sie sollen wissen, dass sie alle nur Pappfiguren waren, im Grunde genommen so schwach. So leer. Amanda war stärker.

Amanda war größer als sie alle.

Das, was ich getan habe, habe ich für sie getan und für alle Opfer dieser Männer. Jetzt und in Zukunft.

Nina Ley

Mit Roxy bei Ikea: Er fühlte sich wie ein Löwe in einer Herde Schafe. Alle liefen nur herum und waren so normal, so zufrieden und durchschnittlich, so interessiert an Esstischen in hellem Holz für 399 Kronen. Es war trotzdem schön. Er hatte den Arm um Roxys Taille gelegt, sie redeten davon, ein gemeinsames Leben zu beginnen. Na ja, vielleicht war das übertrieben, aber auf jeden Fall waren sie hier, um ein Bett zu kaufen. Das genügte ihm schon. Wahrscheinlich hielten alle anderen hier ihn und Roxy für die super-mittelmäßig-normalsten Leute von allen. Die konnten ja nicht wissen, dass sein einer Arm in einer Schlinge hing und dass er darunter eine Sig Sauer im Achselholster trug.

»Weißt du was«, sagte Roxy, »das hier ist ein beknackter Ort. Aber ich finde es trotzdem toll, mit dir hier zu sein.«

Für Ikea war es ein ruhiger Tag, trotzdem standen die Leute vor jedem kleinen aufgebauten Wohnungsmodell und schauten. Das hier war Schweden im Miniformat – nur die U-Haft-Zellen, die Gefängnisflure und die abgenutzten Schulräume hatten sie nicht aufgebaut. Aber es war auch nicht alles an Schweden mies. Roxy hatte erzählt, dass sie einen Teil ihres Geldes von der Polizei zurückbekommen hatte. Ein Drittel davon hatte sie an Z. geschickt; auch wenn er ein Verräter war, hatte er doch ein Recht darauf, fand sie. Ein weiteres Drittel ging drauf, um die schnellen Kredite abzubezahlen und die Bühnenarbeiter, DJs und all die anderen, die ihr Geld immer noch nicht bekommen hatten, auszuzahlen. Das letzte Drittel gehörte ihr, und das war im Grunde schon nach Steuern, da die Staatsanwaltschaft ja einen möglichen Steuerbetrag bereits einbehalten hatte. Nachdem sie die Verrückten bezahlt hatte, blieben ihr noch ungefähr hunderttausend Kronen. »Das müsste reichen, um ein paar Monate davon zu leben und für uns ein Ikea-Bett zu kaufen«, meinte sie.

»Wann kann ich deine Eltern kennenlernen?«

Roxy lächelte. »Die sind gerade nicht so zufrieden mit mir.«

Nikola merkte, wie sein Arm schmerzte. Die Ärzte meinten, man könne nicht sagen, ob er ihn jemals wieder normal würde benutzen können. Trotzdem war er einfach nur froh, überlebt zu haben.

Sie irrten durch die Bettenabteilung. Boxspringbetten, Tagesbettgestelle und Bettmatratzen: neue Wörter für ein neues Leben. Zu Hause bei seiner Mutter hatte er seit Jugendtagen dasselbe Bett gehabt und nie darüber nachgedacht, um was für ein Modell es sich handeln könnte. Für seine Wohnung hatte Teddy was besorgt.

Schlaf mit fünf Sternen im Boxspringbett, stand auf den Werbeschildern. *Dunvik, Vallavik, Lauvik*. Er trat an eines der aufgestellten Betten und las, was auf dem Zettel stand. Alles war so gechillt.

Wieder musste er daran denken, wie der Kastenwagen von den Pistolenkugeln der Bullenfrau explodiert war. Sie hatte es auf den Auftraggebertypen abgesehen, der Anders Henriksson hieß, wie Nikola hinterher erfahren hatte. Doch durch sein Eingreifen war ihr das misslungen. Im Grunde wusste er nicht, warum er sich auf sie gestürzt hatte, der verdammte Typ hatte den Tod sicher verdient gehabt. Aber wenn er einen Entführungsauftrag nicht ausgeführt hatte, weil es sich nicht richtig anfühlte, dann war es noch viel weniger richtig, einen Alten einfach so und direkt ins Auge umzulegen.

Bombenphobiker, der er war, begriff er schon, als er auf den Boden knallte, was passiert war. Isaks Sprengstoff in den Kisten, die Bello und er in regelmäßigen Abständen durchs Land kutschiert hatten, war explodiert. Das Gebäude darüber fiel wie ein Kartenhaus in sich zusammen. Das war so *crazy*, dass er es kaum begriff, aber als er und Bello mit klingelnden Ohren weggerannt waren, konnten sie nicht mehr aufhören, laut zu lachen. Da hatte er noch nicht geglaubt, dass der Arm permanent hinüber sein würde – das lag nicht an der Explosion, sondern eine von Nina Leys Kugeln hatte ihn getroffen. Er las in den Zeitungen, dass sie jetzt tot war: Die wahnsinnige Bullenfrau war umgekommen.

»Sollen wir Probe liegen?«, fragte Roxy.

Was war das, mit ihren Eltern? Nikola hatte es noch nicht kapiert. »Ja, aber erst will ich etwas wissen. Warum sind deine Eltern nicht zufrieden mit dir?«

»Im Grunde, weil ich die Hochschulprüfung *allein* geschrieben und die höchste Punktzahl bekommen habe.«

»Glückwunsch, aber das klingt jetzt nicht nach etwas, weswegen man sauer sein müsste.«

Roxy erklärte es ihm. Vor ein paar Tagen war sie bei ihren Eltern zu Hause gewesen und hatte ihrem Vater die Bewerbungswebsite der Universität gezeigt. »Mein *Baba* konnte selbst vom Bildschirm lesen. *Immatrikulationsbescheid: Sie sind angenommen worden und haben hiermit Anrecht auf einen Platz im Psychologiestudium.* Du kennst ihn ja nicht, aber der hat sich so gefreut, wie ich es seit mehreren Jahren nicht erlebt habe. ›Das ist doch wunderbar!‹, meinte er. ›Du wirst Psychologin. Ich muss sofort deine Mutter anrufen und es ihr erzählen.‹ Aber ich sagte zu ihm: ›Nein, mach das nicht, denn ich habe nicht vor, den Studienplatz anzunehmen.‹«

Nikola unterbrach sie: »Warum willst du den Platz nicht annehmen?«

»Genau dasselbe hat Papa auch gefragt, aber mit viel mehr Enttäuschung in der Stimme. Da habe ich zu ihm gesagt: Ich habe nicht vor, Psychologie zu studieren, denn ich glaube, das ist nicht das Richtige für mich. Mir ist klar geworden, dass ich etwas anderes machen will. Und ich habe einen Abendjob im Palm Village Thai Wok angeboten bekommen.«

»Was hat er dann gesagt?«

»Das Übliche, dass mir ein Titel verloren geht und so. Aber Nikola, ich bin sicher, dass er mich versteht. In seinem tiefsten Innern. Ich glaube, dass er eigentlich Musiker ist, das hat mir jedenfalls meine Oma in Teheran erzählt.«

Musiker, dachte Nikola. Wie Chamon.

Sie legten sich auf ein Dunvik. Am Fußende hatte die Matratze einen Plastikschutz, sodass man sie nicht unnötig schmutzig machte. Nikola versuchte, sich zu entspannen und ein Gefühl dafür zu kriegen, wie es wäre, hier so richtig einzusinken.

Kerim Celalî war kurz davor gewesen, ihm eine zu knallen, als er erzählte, was passiert war. Sie hatten sich in einem Café in Bredäng getroffen. »Du hast also meinen Auftraggeber reingelegt? Den, der den ganzen Scheiß bestellt hatte?«

Nikola hatte dieses Gespräch im Vorhinein etliche Male durchgespielt. Es gab keine andere Möglichkeit, als Kerim gegenüber ehrlich zu sein. Die Medien hatten in den letzten Tagen keine andere Meldung gehabt als das Bombenattentat. Am meisten faszinierte sie, dass nur eine Person getötet worden war und niemand sonst ernsthaft verletzt wurde. Wie konnten die Terroristen so dumm sein, ausgerechnet an Mittsommer zuschlagen zu wollen?

»Ich habe es mir anders überlegt«, sagte Nikola. »So was passiert.«

Kerim erhob wieder die Hand. »Schwör, ich reiße dir den Kopf ab. Ich werde verdammt noch mal in deinem Blut tanzen.«

»Kerim, mach dir keine Sorgen. Dieser Auftraggeber wird

dir keine Schwierigkeiten machen, das verspreche ich.« Er erklärte so kurz wie möglich, was passiert war.

»Wie viel solltest du für den Job kriegen?«

»Hundertfünfzigtausend.«

Nikola hatte zwar all seine Ersparnisse der letzten Jahre Roksana gegeben, aber die brauchte sie nun nicht mehr. »Hier«, sagte er und hielt Kerim ein Bündel Fünfhunderter hin, »hundertfünfzigtausend, die gehören dir.«

Kerim kratzte sich die Wange und erinnerte dabei total an den jungen Tony Montana, als er noch im Flüchtlingslager wohnte.

»Nee«, sagte der Boss und schob die Scheine zurück. »Bratan, du hast das Richtige getan, und du hast den Arm kaputt. Ich hab nicht gewusst, worum es bei dem Scheiß geht.«

Kerim stand auf, ging zum Ausgang, öffnete die Tür und hielt sie auf – das Signal, dass Nikola frei war zu gehen.

Nikola schob die Scheine in die Tasche.

»Du, eins noch.«

Nikola drehte sich um. Was kam jetzt?

»Wir sind keine Schweine. Wir fallen nur über solche her, die es verdient haben«, sagte Kerim und grinste. »Aber nächstes Mal lässt du deine Bomben zu Hause, okay?«

Es war schwer, mit nur einem Arm aus dem Bett wieder hochzukommen. Roxy lag immer noch, und es sah aus, als wäre sie eingeschlafen.

Nikola richtete sich auf und sah sich um. Die Bettenabteilung bei Ikea war ungefähr so groß wie ein halbes Fußballfeld. Vielleicht sollte er heute Abend zu Mama Linda fahren. Ihr einfach Roxy vorstellen, jetzt, wo sich alles so cool anfühlte.

In dem Moment erblickte er die Person, die er jetzt am allerwenigsten sehen wollte. Auf einem der Betten neben ihnen lag ein Mann. *Fuck*. Ausgerechnet bei Ikea – und ausgerechnet in der Bettenabteilung, wie krank war das denn? Mr. Eins *himself*.

Da war Isak, direkt vor Nikolas Nase. Aber er war nicht allein, neben ihm lag eine Frau, genau wie Roxy neben Nikola gelegen hatte. Und zwischen Isak und seiner Frau entdeckte er ein kleines Kind.

Nikola konnte sich nicht rühren, er musste seinen ehemaligen Boss anstarren. Da klingelte es schon in seinem Kopf, er wusste, was jetzt kommen würde. Die Frau sagte etwas zu Isak, und er hob das Kind in die Luft. Es war ein Baby, konnte nicht mehr als ein paar Monate alt sein, ein winziges knubbeliges Wesen; alle, die es sahen, lächelten und fühlten sich glücklich: das Wunder des Lebens und der ganze Mist.

Nikola hatte nicht gewusst, dass Mr. Eins ein Kind bekommen oder dass er auch nur eine Frau hatte. Der Boss lebte offenbar noch mehr Leben, von denen niemand etwas wusste, er war nicht nur ein Bullenkollaborateur. Aber das war auch gar nicht das Ding – das Ding war, dass hier zehn Meter entfernt der Mann lag, der schuld daran war, dass es Chamon nicht mehr gab. Und Nikola hatte geschworen, sich an ihm zu rächen.

Er fühlte die Pistole unter dem Pullover. Wie einfach es wäre, hinzugehen und dem Motherfucker eine ins Gesicht zu ballern. Ein kleiner Druck auf den Abzug, und alles wäre wieder im Gleichgewicht: Chamon gegen Isak – Isak gegen Chamon. Das war die kosmische Gerechtigkeit. So gehörte es.

Da schlug der erste Blitz in seinen Kopf ein.

Nikola löste die Knarre aus dem Holster. Roxy lag immer noch mit geschlossenen Augen auf dem Bett, das sie ausprobierten. Nikola schritt zu Mr. Eins und seiner Familie.

Isak turtelte mit dem Baby, ganz konzentriert auf das Kind.

Er hob es über sich in die Luft. Küsste es auf die Stirn. Die Frau lachte. Das Baby gurgelte und lachte noch mehr. Nikola konnte nicht erkennen, ob es ein Junge oder ein Mädchen war. Er stellte sich einen Meter von dem Bett entfernt hin. Der Puls auf hundertachtzig. Es dröhnte in seinem Kopf. Die Pistole hielt er in festem Griff an seinem Bein.

So einfach wäre es.

Und so richtig.

Da drehte sich Isak herum. Sah ihn geradewegs an. Riss die Augen auf: Er verstand. Sah die Waffe, die Nikola in der Hand hielt.

Nikola blieb stehen, bohrte sich in Isaks Blick. Mr. Eins tastete nach seinem Kind, Panik in seinem Gesicht. Er atmete hektisch.

Aber Nikola beugte sich vor und flüsterte fast: »Du bist ein Polizeiinformant. Und du weißt, was wir mit Sängern machen.«

Nikola sah Isak an, dass er begriffen hatte.

Isak keuchte. »Nein, nein, mach nichts Dummes.«

»Warum sollte ich das nicht tun?«

Mr. Eins bekam kein Wort heraus.

»Sag mir einen einzigen vernünftigen Grund, warum ich dich nicht hier und jetzt erledigen sollte?« Er presste die Knarre an Isaks Seite. Leichter Druck, eine so einfache Bewegung.

»Was? Sag, warum?«

Isaks Unterlippe zitterte. »Ich weiß nicht, aber bitte, denk an mein Kind. Es ist nicht richtig, so was vor Unschuldigen zu tun.«

»Hast du auch so gedacht, als sie Chamon umgebracht haben, als er in einem Krankenhausbett lag?«

»Bitte, tu es nicht.«

Nikola schob die Waffe wieder unter den Pullover. »Wenn du mich jemals störst, werden alle erfahren, was du bist. Ist das klar?«

»Ja, ja, lass mich nur am Leben.«

»Weil ich keine Leute hinrichte, die sich nicht wehren können. Ich bin nicht so wie du. Werde niemals so wie du sein.«

»Natürlich, ich weiß.«

»Und noch etwas«, sagte Nikola, »du wirst dich um Yusufs Witwe kümmern. Was Magdalena auch braucht, du wirst es für sie besorgen. Das gibt ihr nicht Yusuf zurück, aber du hilfst ihr trotzdem. Jederzeit. Ist das klar?«

»Ja, ist klar, ich schwör.«

Nikola drehte sich um und ging zu Roxy zurück, die inzwischen auf einem anderen Bett saß.

»Leg dich mal in das hier und probier das«, sagte sie.

Das Boxspringbett war höher, und deshalb konnte er mit nur einer Hand als Hilfe leichter reinkommen. Roxy kicherte und legte den Arm um ihn. »Jetzt stell dir vor, wir wären zu Hause bei dir«, flüsterte sie ihm ins Ohr.

Nikola schloss die Augen. Lehnte sich zurück. Spürte, wie die Kopfschmerzen abnahmen.

Er fühlte sich ruhiger. Die Blitze waren verschwunden. Sein Kopf war schwer, aber doch klar.

Er war erschöpft.

Entspannt.

Jetzt konnte er schlafen.

*

Emelie saß im Büro und versuchte zu arbeiten. Abgesehen davon, dass der Bauch immer im Weg war, ging es ihr jetzt relativ gut, aber sie hatte immer noch viel Arbeit nachzuholen.

Es klopfte an der Tür, und Marcus sah herein. »Weil du so viel arbeitest und dein Handy abgestellt hast, hat dein Typ mich angerufen. Er will vorbeikommen.«

»Danke. Ach, und, Marcus«, begann Emelie, ehe er die Tür wieder schließen konnte, »ich werde bald schon wieder aus der Kanzlei verschwinden.«

»Das habe ich mir gedacht. Dein Bauch spricht eine deutliche Sprache.«

Emelie lachte. »Aber du bist es ja gewohnt, die Stellung zu halten, oder?«

Marcus lachte auch. Er war ein Held, der während der letzten Monate, als Chaos herrschte, die meisten ihrer Fälle abgearbeitet und auch noch Teddy gerettet hatte. Einige Klienten waren dennoch verärgert über ihre Abwesenheit gewesen, und das war auch verständlich. Sie hatten das Recht, die volle Aufmerksamkeit ihrer Anwältin zu bekommen und sie jederzeit kontaktieren zu können. Emelie war nicht da gewesen, wo sie hätte sein sollen.

Sie rief das Internet auf, um die jüngsten Meldungen anzuschauen. Die Zeitungen waren voll mit Artikeln über die Sprengung der Anwaltskanzlei Leijon, allerdings begannen sie zu begreifen, dass es sich nicht um einen terroristischen Anschlag handelte, sondern mehr um eine Art Missgeschick im Zusammenhang mit einer durchgeknallten Polizistin. Anders Henriksson saß weiterhin in Untersuchungshaft, und die Polizei ermittelte mit allem Material, das Emelie ihr überlassen hatte.

Alles, außer dem Brief von Nina Ley.

Nina: eine einsame Rächerin. Eine, die heimzahlte. Sie hatte von Anfang bis Ende ein doppeltes Spiel gespielt.

Emelie hatte sich hauptsächlich Sorgen um das Kind in ihrem Bauch gemacht, aber nachdem alles mehrmals kontrolliert worden war, konnten Hebammen und Ärzte gleichermaßen feststellen, dass die Druckwelle oder die Tatsache, dass Emelie zu Boden gefallen war, das Kind nicht beeinträchtigt hatten. Magnus Hassel hatte das Haus schon lange, bevor es knallte, verlassen – doch die Frage war, ob er rein psychisch überleben würde, denn sein Lebenswerk war vernichtet.

Josephine hingegen war von dem jungen Mann mit der Maske über dem Gesicht, der sie in ihrer Wohnung bedroht hatte, sehr schockiert gewesen. Natürlich verstand sie überhaupt nicht, worum es bei der ganzen Sache ging – und Emelie hatte nicht vor, es ihr je zu erzählen. Oder sollte sie? Vielleicht sollte sie Jossan und Nikola irgendwann mal zu Matchatee und Energydrink einladen.

Als Teddy auftauchte, gingen sie los, um einen Kinderwagen zu kaufen. Eine ganze Industrie war das, eine Wissenschaft für sich. Und gleichzeitig wahrscheinlich die Ware, die am leichtesten von allen zu verkaufen war. Denn welche Eltern wollten schon etwas anderes als den besten Wagen für ihr neugeborenes Kind?

Jetzt würden sie Dejan treffen, der ihnen offensichtlich sehr gern helfen wollte, den Wagen nach Hause zu bringen, obwohl Teddy ja auch ein eigenes Auto hatte. »Er macht das, um nett zu sein«, erklärte Teddy. »Das ist ihm wichtig.«

Sie standen an auf der Odengatan Ecke Sveavägen und warteten auf Teddys Freund.

»Mats Emanuelsson hat angerufen.«

»Unglaublich«, sagte Emelie, »kann er sprechen?« Unwillkürlich musste sie an die Schusswunden von Mats denken.

»Ja, offensichtlich geht es ihm langsam besser, er ist aus dem Koma erwacht und die letzten Wochen in der Reha gewesen. Er wird nie mehr gehen können, sagte er, aber er lebt.

Und in gewisser Weise lebt er besser, denn jetzt muss er sich nicht mehr verstecken. Zum ersten Mal seit vielen Jahren wird er frei leben können.«

Dafür, dass sie sich mitten in der Stadt befanden, fühlte sich die Luft unwirklich frisch an. Stockholm war doch ein fantastischer Ort, vielleicht der beste der Welt. Sie rollte den Wagen probehalber vor und zurück und versuchte sich vorzustellen, wie es sich anfühlen würde, wenn ein Kind darin lag.

Teddys Handy klingelte erneut. Er ging ran und forderte sie gleichzeitig durch Gesten auf, sich den einen Kopfhörer ins Ohr zu stecken. Nun konnte sie das Gespräch mithören.

»Ja, hallo, Hugo. Was wollen Sie?«, fragte Teddy.

»Ähm, ich wollte nur kurz mit Ihnen sprechen.«

»Worüber?«

»Ich habe in den Zeitungen über Anders Henriksson gelesen«, sagte Hugo.

»Ja, und?«

»Und über die tote Polizistin, die alle Leute umgebracht hat, die in dieses Netzwerk verwickelt waren.«

»Ja?«

»Also, da wollte ich einfach sicherstellen, dass wir beide quitt sind. Sie und ich und Ihr Kollege mit dem Hund. Dass keiner von Ihnen beiden noch hinter mir her ist, meine ich. Denn ich habe Ihnen geholfen, so gut ich konnte, das habe ich wirklich.«

Teddy erwiderte: »Na ja, wie man's nimmt.«

»Doch, doch, ich habe Ihnen nichts getan. Sie haben schließlich selbst gesagt, dass Sie dankbar sind, angezeigt worden zu sein, und dass es Sie verändert hat.«

»Ja, es hat mich verändert. Aber während der zehn Jahre, in denen Sie geschwiegen haben, waren Sie keine große Hilfe. Deshalb will ich, dass Sie etwas tun, um das wiedergutzumachen.«

»Und was? Was wollen Sie, dass ich tue?« Emelie hörte, wie nervös Hugo wurde.

Teddy sagte: »Ich will, dass Sie den Mädchen dreißig Millionen Kronen geben.«

»Was? Was meinen Sie damit? Welchen Mädchen?«

»Sie haben gehört, was ich gesagt habe. Kriegen Sie raus, wer sie sind, und spenden Sie ihnen dreißig Millionen. Das wird nicht vergessen machen, was ihnen angetan wurde, aber Sie müssen etwas tun. Sonst kommt The Mauler wieder bei Ihnen vorbei.«

Emelie sah Dejan schon von weitem. Seine Art zu gehen war speziell: ein langsames Pendeln mit den Armen von links nach rechts, von rechts nach links. The Mauler trippelte ohne Leine neben ihm her.

Emelie war Dejan gegenüber skeptisch – sie kannte ihn nicht, spürte aber instinktiv, dass er ein Schwein war, was sie Teddy auch vor einigen Tagen gesagt hatte. Der hatte eine seltsame Antwort: »Ja, er ist ein Schwein. Wahrscheinlich eines der größten Arschlöcher in Nordeuropa. Aber er ist der einzige Freund, den ich habe.«

Noch seltsamer war, was Emelie dabei gedacht hatte: Dejan war ein Schwein, aber sie konnte damit leben – weil sie wusste, dass sie ihr Leben mit Teddy führen wollte.

Der Arschlochfreund näherte sich. »Supernetten Wagen habt ihr gekauft.«

»Du hast doch keine Ahnung von solchen Wagen«, meinte Teddy, »aber du kannst gerne mal Probe fahren.«

Dejan sah ihn an, als hätte er ihm angeboten, an Scheiße zu lecken. »Können wir den nicht zu meinem Auto tragen? Ich habe den neuen Range Rover Autobiography gekauft, ist vorige Woche gekommen. Krass großer Kofferraum.«

»Kinderwagen zu fahren ist nicht gefährlich.«

Dejan berührte den Griff des Kinderwagens mit den Fingerspitzen, als wollte er erst checken, ob er sich auch nicht verbrennen würde.

»Gewöhn dich nur dran«, sagte Teddy, »denn du wirst der *Kum* von dem Kleinen werden.«

Svensk Damtidning

Eleganter Empfang zum Start der neuen Stiftung von Ehepaar Pederson

Diese Woche versammelte sich die Stockholmer High Society und Finanzelite zur Eröffnung der neuen Stiftung von Hugo und Louise Pederson, die sich gegen Prostitution und sexuellen Missbrauch von Frauen einsetzen wird. Das Wohltätigkeitsessen fand im Spiegelsaal des Grand Hôtel in Stockholm statt.

»Ich spende ungefähr zwanzig Kunstwerke aus meiner Sammlung«, sagte Hugo Pederson stolz. »Das Geld kommt in voller Höhe der Stiftung zugute.« Der Reporter von *Svensk Damtidning* konnte feststellen, dass es sich nicht um irgendwelche Kunstwerke handelt, sondern unter anderem auch um einige einzigartige Werke des Wildlife-Fotografen Nick Brandt. Die Werke werden auf über fünfzig Millionen Kronen geschätzt.

Louise Pederson, an diesem Abend in einem eleganten Kleid von Lars Wallin, strahlte: »Es liegt eine wichtige Arbeit vor uns. Das hier ist nur der Anfang.«

Böse Zungen haben jedoch Hugo Pedersons Geschäftsgebaren kritisiert und meinen, dass er unethische Methoden benutzt habe. »Er kann dieses Geld überhaupt nicht auf ehrliche Weise verdient haben«, schreibt die anonyme Finanz-Bloggerin DinaXpengar.

»Tratsch ist für Loser. Ich habe immer alles richtig gemacht. Ich bin eine durch und durch integere Person«, sagte Hugo Pederson dazu.

Johan W. Lindvall

Die Originalausgabe erschien 2017 unter dem Titel
»Top dogg« by Wahlström & Widstrand, Stockholm.

Dieses Buch ist auch als E-Book erhältlich.

FSC www.fsc.org
MIX
Papier aus verantwortungsvollen Quellen
FSC® C014496

Penguin Random House Verlagsgruppe FSC® N001967

1. Auflage
Deutsche Erstausgabe August 2021
btb Verlag in der Penguin Random House Verlagsgruppe GmbH,
Neumarkter Straße 28, 81673 München

Published by Agreement with Salomonsson Agency
Covergestaltung: semper smile, München
nach einem Entwurf von John Vorhees
Covermotiv: Masterflie/Mauritius Images
Autorenfoto: Pierre Björk
Satz: Uhl + Massopust, Aalen
Druck und Einband: GGP Media GmbH, Pößneck
MK · Herstellung: sc
Printed in Germany
ISBN 978-3-442-71952-5

www.btb-verlag.de
www.facebook.com/btbverlag